Der Münzmeister von Köln

Karina Kulbach-Fricke studierte Geschichte in Köln. Nach jahrelanger Forschung insbesondere über das Kölner Patriziat kann sie ihre Vorfahren bis ins 11. Jahrhundert zurückverfolgen. Eckebrecht, der »Kaufmann von Köln«, ist ein Vorfahre von ihr. Eckebrechts Lieblingsenkel Constantin, der »Münzmeister von Köln«, ist der Held ihres zweiten Romans. Im Emons Verlag erschien »Der Kaufmann von Köln«, der auf Anhieb ein Bestseller wurde.

Dieses Buch ist ein Roman. Die Handlung ist zu großen Teilen frei erfunden, wenngleich im historischen Umfeld eingebettet. Das gilt für Handlungen und Äußerungen der auftretenden oder erwähnten Personen, auch wenn viele von ihnen nicht der Phantasie der Autorin entsprungen sind.
Der Anhang enthält ein Personenverzeichnis.

Dieses Buch widme ich meinem lieben Mann
Harald Fricke, der sich mit unermüdlicher Geduld
(und auch noch mit Genuß) die verschiedenen
Fassungen von mir vorlesen ließ.

Prolog

Dezember 1169

Die Nacht ist zum Trost des Menschen gemacht. Wie gut tut es, sich nach erledigtem Tageswerk zufrieden zur Ruhe zu begeben! Wie erwartungsvoll legt man sich schlafen, wenn am nächsten Tag eine lohnende Aufgabe lockt! Wie glücklich macht die Hoffnung auf eine rauschende Liebesnacht, die nach seliger Erschöpfung in tiefem Schlaf mündet!

Aber es gibt auch schlimme Nächte. Nächte voller Fieberschauer und Schmerzen. Nächte voller Sorgen um die Zukunft. Nächte, in denen die Angst vor einem nahenden Unheil den Atem knapp macht. Nächte voller Tränen um den Verlust eines geliebten Menschen. Nächte dieser Art wollen kein Ende nehmen.

Am schlimmsten aber sind die Nächte, in denen bohrende Fragen an der Seele fressen. Wo der müde Körper sehnlich nach dem Trost des Schlafes verlangt, der aber nicht kommen will. Eine solche Nacht war dem Kölner Kaufmann Constantin heute zugeteilt. Er und seine junge Frau, die nicht seine Frau war, hatten das Weihnachtsfest zusammen mit seinen Eltern und Angehörigen verbracht. Verstohlen hatten sich viele neugierige Blicke auf Elizabeth gerichtet, wie sie zart und schön in der Domkirche neben ihm stand, eine Fremde. Sie hatte die niedergeschlagenen Augen nicht ein einziges Mal erhoben, während der Chor der Mönche sein Jubellied zur Geburt des göttlichen Kindes erklingen ließ, während Weihrauchwolken sich mit dem Duft der festlichen Tannenzweige mischten und erst recht nicht, als Erzbischof Philipp von Heinsberg den weihnachtlichen Segen spendete. Wohl hatte Elizabeth sittsam das Knie gebeugt, den Kopf geneigt, wie sie von Äbtissin Gepa von Dassel unterrichtet worden war. Aber was sie dabei dachte, konnte man nicht erraten. Als ihre Hand das Kreuzzeichen schlug, wie es sich gehörte, sah sie so aus, als wisse sie durchaus nicht, was ihre Hand da tat.

Dies alles hatte allein Constantin mit dem geschärften Blick des nichtgeliebten Liebenden wahrgenommen.

Und nun lag er hier neben ihr im Bett, in der Kammer, die vor wenigen Wochen die alte Magd Wigberta so sorgsam und liebevoll als Brautstatt für ihren Herrn und die junge Elizabeth gerichtet hatte, und der Schlaf wollte nicht kommen. Er hatte das Bedürfnis, sich von einer Seite auf die andere zu wälzen, als ob mit einer bequemeren Lage die Träume sich nähern wollten, aber er rührte sich nicht, um Elizabeth nicht zu stören. Ihre Atemzüge klangen leicht und gleichmäßig. Vielleicht schlief sie schon, er wußte es nicht.

Was wußte er überhaupt von ihr?

Es gibt Gedanken, die tun sehr weh. Wenn man sich fragen muß: Was habe ich falsch gemacht? Was hätte ich anders, besser machen müssen und können? Warum habe ich versagt?

Man hätte in Köln lange suchen können und doch keinen Menschen gefunden, der Constantin für einen Versager gehalten hätte: Ihn, den großen, überaus erfolgreichen Handelsherrn aus der bedeutendsten Kaufmannsfamilie der Stadt; den ehemaligen Zollmeister, den Münzmeister – nie hatte man gehört, daß ein einzelner Mann diese wichtigen Ämter beide in seiner Hand gehabt hätte. Ihn, der als enger Freund des größten Kirchenfürsten, den Köln je gehabt hatte, Rainald von Dassel, lange Zeit am Hof des Kaisers Friedrich Barbarossa ein und aus gegangen war. Ihn, den schönen, blendenden, gescheiten, liebenswürdigen Mann. Wer in Köln bewunderte ihn nicht?

Elizabeth bewunderte ihn nicht. Seine Frau, die nicht seine Frau war, bemerkte ihn nicht. Höflich und freundlich antwortete sie, wenn er sie ansprach. Niemals richtete sie von sich aus das Wort an ihn. Er nahm an, daß sie ihn vergaß, sobald er das Zimmer verlassen hatte.

Er holte tief Luft, um das Stöhnen zu unterdrücken, das bei diesem Gedanken in ihm aufstieg. Seine Schuld, alles nur seine Schuld. Wie selbstverständlich hatte er die demütige, dankbare Hingabe seiner ersten Frau Durechin entgegengenommen. Gewiß, er war ihr ein aufmerksamer und freundlicher Ehemann gewesen; aber hätte er in ihren Augen nicht den unerfüllten Wunsch nach mehr Nähe lesen müssen, nach mehr Wärme – nach Liebe eben?

Und Friederun, seine zweite Gattin: wie verzweifelt hatte sie um seine Liebe gefleht! Eine so schöne, so großzügige Frau! War nicht er ganz allein schuld an ihrem unseligen Tod?

Er hatte es früher nicht gewußt, aber in dieser Nacht wurde ihm klar, daß er versagt hatte, daß er von seinen Frauen viel mehr genommen hatte, als er bereit war zu geben.

Und war es deswegen nicht gerecht, wenn er jetzt dafür büßen mußte.

3. April 1151

Engilradis, die Frau des reichen Kölner Kaufherrn Fordolf, stand in der Pforte, die aus ihrem Haus in der Straße Unter Goldschmied in den Garten führte, und schaute sich mit zufriedener Miene um. Gerade heute schien die Sonne ungewöhnlich warm für die frühe Jahreszeit.

»Was für ein Glück, daß heute so ein schönes Wetter ist«, sagte Engilradis zu ihrer Magd Berta und reichte ihr ein Brett mit Kuchen. »Bring das bitte den Kindern hinaus, ich glaube, sie haben schon wieder alles aufgegessen.«

Sie sah der Magd nach, die im Garten umherging und den jungen Mädchen dort von dem Kuchen anbot. Heute wurde Liveradis, die jüngste Tochter des Hauses, zwölf Jahre alt, und ihre Mutter Engilradis hatte es sich nicht nehmen lassen, deren Freundinnen einzuladen. Einige von ihnen saßen auf Kissen unter dem Apfelbaum, andere spielten Ball oder rannten beim Fangenspiel durch den Garten. Sie lachten und riefen vergnügt durcheinander, und Engilradis freute sich an dem Anblick der munteren Schar und beobachtete die jungen Mädchen genau. Gerade betrachtete sie mit besonderer Liebe ihre zarte kleine Liveradis, die ihre beste Freundin Cristina abgeschlagen hatte und nun mit wehendem Blondhaar vor ihr davonlief.

»Was ist denn das für ein ohrenbetäubender Lärm«, sagte eine Stimme hinter der Hausfrau. Engilradis drehte sich um; ihre Söhne Constantin und Helperich schauten zur Hofpforte herein.

»Kommt nur und feiert mit«, lud ihre Mutter sie freundlich ein. »Ihr seht ja, wir haben Gäste zu Liveradis' Geburtstag eingeladen.«

»Nein, danke, ich habe keinen Bedarf an gackernden Hühnern«, sagte ihr älterer Sohn Constantin und verzog angewidert das Gesicht. Helperich, der schon im Begriff gewesen war, sich der fröhlichen Schar im Garten anzuschließen, machte daraufhin schleunigst einen Rückzieher und meinte auch, dieses Gekreisch sei seinem Wohlbefinden abträglich.

»Na hör mal, Constantin«, rief Engilradis und lachte. »Das sind keine Hühner, sondern ganz reizende Mädchen. Schau einmal, die Schwarzhaarige da ist Cristina, eine Enkelin von Herrn Anselm. Das hübsche Mädchen im weißen Kleid ist Petrissa, die Tochter von Alexander von der Rheingasse. Und die mit den langen blonden Zöpfen mußt du doch kennen, das ist Richmodis, die Tochter von Herrn Cuno. Und das kühne Wesen, das in den Apfelbaum geklettert ist, heißt Gertrud, sie ist die Tochter von Hartmann von San Albano.«

»Mutter, verschone mich bitte mit der Aufzählung dieses Grüngemüses«, brummte Constantin und wandte sich wieder zum Gehen, Helperich im Schlepptau.

»Ja, wenn du keine Zeit hast. Schade nur, wir haben so schönen Kuchen gebacken«, sagte die Mutter listig. Das hatte Erfolg. Auf der Stelle machten ihre Söhne kehrt.

»Was für Kuchen?« fragte Helperich gierig, während sein Bruder noch hochmütig und scheinbar gleichgültig die Augenbrauen hochzog.

»Apfelkuchen und Butterkuchen«, lockte Engilradis. Daraufhin wagte sich ihr jüngerer Sohn mutig in den Mädchenschwarm, um nach dem Kuchenbrett zu suchen.

»Einen kleinen Blick kannst du den Mädchen doch wohl gönnen, deine Schwester würde sich sicher freuen, wo sie doch so stolz auf dich ist«, meinte Engilradis beiläufig und strich sich eine Haarsträhne unter die Frauenhaube.

Constantin lachte, legte den Arm um ihre schlanke Taille und küßte sie auf die Augenbraue. »Ach, Mutter, ich kenne dich doch. Warum verlangst du von mir, daß ich mich mit diesen Kindern abgeben soll? Irgend etwas hast du vor«, neckte er sie.

Engilradis lächelte sanft. »Wenn man zwei Söhne hat, dann schaut man sich eben die heranwachsenden Mädchen an, solange sie noch sehr jung und unbefangen sind. Sie verstellen sich noch nicht.«

»Ach ja«, meinte Constantin gedehnt. »So ist das. Nun begreife ich, warum wir hier die Kinder der allerersten Familien Kölns versammelt sehen. Ich darf doch annehmen, daß auch diejenigen, die du mir noch nicht genannt hast, Töchter der reichsten Kaufleute sind?«

»Nein, nicht alle«, beteuerte seine Mutter. »Die Kleine zum Beispiel, die gerade den Ball fängt, ist Mechtildis, Tochter des Kämmerers Hermann von Bachem. Sie ist wirklich reizend.«

»So, so, natürlich, der alte Stadtadel ist auch vertreten. Das konnte ich mir ja denken. Aber weißt du, Mutter, es sind doch alles noch Kinder!«

»Ach, mein Constantin. Du ahnst eben nicht, wie rasch die Zeit vergeht. Noch zwei Jahre, und viele dieser Mädchen werden schon vor den Altar treten. Kannst du nicht verstehen, daß deine Mutter sich beizeiten unter ihnen für euch umschaut?« Sie hob das Gesicht zu ihrem hochgewachsenen Sohn und drückte ihn liebevoll an sich. »Im übrigen: Du bist einundzwanzig und dein Bruder achtzehn, es ist nicht zu früh, daß ich mir Gedanken über eure zukünftigen Ehefrauen mache«, fügte sie noch hinzu.

Constantin blickte mit einem Ausdruck auf sie herab, den sie nicht recht deuten konnte. Einen Augenblick lang hatte sie das Gefühl, daß er ihr etwas sagen wollte, aber da kam gerade Helperich zurück und hatte das mühsam eroberte Kuchenbrett in der Hand.

»Sie haben uns fast nichts übriggelassen, diese gierigen Bälger«, murrte er. Constantin und Engilradis brachen in Gelächter aus, denn auf dem Brett lagen immerhin noch zehn Stücke Kuchen.

»Die Frage ist, wer hier wohl der Gierigste ist, und ich fürchte sehr, der Preis kommt dir zu, mein Junge«, sagte Engilradis vergnügt und rief nach Berta, die für Nachschub sorgen sollte. Die beiden jungen Männer hockten sich auf die kleine Bank neben der Hofpforte, um sich an dem Kuchen zu stärken. Engilradis setzte sich ihnen gegenüber und betrachtete sie. Sie wunderte sich immer wieder, wie ähnlich und doch wie verschieden ihre beiden Söhne waren. Beide waren groß, blond und schlank; die Gesichtszüge sehr ähnlich, die Augen blau, die Nase war gerade und etwas lang, die Stirn breit und hoch. Auf den ersten Blick hätte man sie verwechseln können, auf den zweiten zeigten sie doch deutliche Unterschiede. Constantin wirkte, so jung er mit seinen einundzwanzig Jahren noch war, doch schon völlig erwachsen, bewegte sich mit gemessener Anmut, hatte eine höchst ausdrucksvolle Mimik und trug seine Ansichten bestimmt und überlegt, manchmal vielleicht etwas zu nachdrücklich, vor; Helperich dagegen wirkte noch sehr jungenhaft, schlaksig, seine Züge waren noch nicht ausgeprägt, und seine Meinungen übernahm er in der Regel vom älteren Bruder, der von klein auf sein Vorbild gewesen war.

Nun sprangen Constantin und Helperich höflich auf, denn das Tor öffnete sich erneut mit quietschenden Angeln, und ihr alter Großvater Eckebrecht betrat den Garten. Constantin beeilte sich, eins der Kissen zu holen, welche die Mädchen im Garten verstreut hatten, und es für den Großvater auf die Bank zu legen.

»Danke, danke, ganz so hinfällig bin ich ja noch gar nicht«, sagte der alte Herr heiter, ließ sich aber doch gern auf dem weichen Kissen nieder und betrachtete das Kuchenbrett, das Helperich ihm hinhielt. »Nur noch fünf Stücke!«, bemerkte er betrübt. »Da wage ich ja gar nicht, eins zu nehmen, weil ich genau weiß, daß es sonst für Helperich nicht mehr reicht!« Die anderen schauten erheitert drein, während Helperich ein beleidigtes Gesicht machte.

»Jetzt reicht es mir mit euren Neckereien. Was kann ich denn dafür, daß meine Mutter den besten Kuchen der Welt macht?« schmollte er, stellte den Kuchen neben dem Großvater ab und eilte der Magd Berta entgegen, die gerade ein weiteres hochbeladenes Brett mit dem köstlichen Gebäck brachte.

Die Zurückbleibenden lachten.

»Was für eine nette junge Gesellschaft«, sagte Eckebrecht, schaute hinüber zu den Mädchen, die unter dem Apfelbaum im Gras herumrollten, und strich sich behaglich einen Kuchenkrümel aus dem kurzen weißen Bart. »Wie schön, daß die Sonne heute so warm scheint und Liveradis ihren Geburtstag mit ihren Freundinnen hier im Garten feiern kann.«

»Nun ja, Mutter hat dabei so ihre Hintergedanken und Pläne«, bemerkte Constantin und setzte sich neben den Großvater.

»So, und darf man die auch erfahren?«, fragte Eckebrecht.

Engilradis lächelte, schüttelte aber den Kopf. Dann fiel ihr ein, daß Constantin vorhin ein so eigenartiges Gesicht gemacht hatte. »Du wolltest mir, glaube ich, etwas sagen, mein Sohn?« fragte sie ihn. Aber falls Constantin ihr etwas hatte mitteilen wollen, so hatte er es sich inzwischen anders überlegt.

»Mutter sucht nämlich schon nach Schwiegertöchtern unter den jungen Dingern da«, teilte er statt dessen dem Großvater mit. Als Engilradis errötete, küßte er sie lachend auf die Wange, verbeugte sich höflich vor Eckebrecht und schlenderte dann zu seiner Schwester hinüber, um ihr zum Geburtstag zu gratulieren. Er schloß sie in die Arme, hob sie dann hoch und warf sie in die Luft.

»Hör auf, Constantin, ich bin doch kein kleines Kind mehr«, rief Liveradis entzückt. Er schwenkte sie noch einmal herum, setzte sie dann ab, winkte den anderen Mädchen, die ihn sehr beeindruckt anstaunten, lässig zu und schlenderte zur Hofpforte hinaus. Helperich schnappte sich noch ein letztes Stück Kuchen und rannte seinem Bruder nach.

Engilradis sah etwas verlegen zu ihrem Schwiegervater hin, aber Eckebrecht nickte nur bedächtig und meinte freundlich: »Laß den Jungen nur spotten, du hast ganz recht, wenn du beizeiten schaust, wer einmal in unsere Familie kommen soll. Sicher möchtest du auch Schwiegertöchter, mit denen du dich so gut verstehst, wie ich mich mit dir.«

Engilradis lachte und drückte ihm die Hand.

»Und natürlich auch mit unserer lieben Hadewigis«, fügte Eckebrecht noch hinzu, denn eben öffnete sich die Hofpforte erneut, und seine zweite Schwiegertochter, die Frau seines jüngeren Sohnes Gunther, trat ein. Auf dem Arm trug sie ihre kleine Tochter Sophia, die noch kein Jahr alt war. »Und unsern Liebling hast du auch mitgebracht!« freute sich der Großvater und nahm das Kind zärtlich in seine Arme. Die Kleine lachte, dabei leuchteten zwei Zähnchen wie kleine Perlen in ihrem rosigen Mündchen auf.

Hadewigis, eine schöne Frau, der man nicht ansah, daß sie die vierzig bereits überschritten hatte, rief das Geburtstagskind herbei.

»Schau, mein liebes Kind, ich habe dir ein Geschenk mitgebracht«, sagte sie und umarmte das zarte blonde Mädchen. Sie griff in die Tasche, die an ihrem Gürtel hing, und zog eine kleine Kette mit einem Bernsteinanhänger hervor. Entzückt nahm ihre Nichte die Gabe entgegen und hielt den Bernstein gegen das Licht. Ein winziges Insekt war darin eingeschlossen. Die Freundinnen des Mädchens stießen Rufe der Bewunderung aus, und Engilradis meinte:

»Aber Hadewigis, das ist ein viel zu kostbares Geschenk für ein Kind!«

»Laß nur«, meinte ihre Schwägerin, »sie wird schnell genug älter. Diese Kette brachte mir vor über zwanzig Jahren mein erster Mann

Bertram mit, als er von einer Handelsfahrt an die Ostsee zurückkam.« Und sie legte Liveradis das Schmuckstück um den Hals.

Eckebrecht betrachtete das Kind, das vor Freude errötet war. Liveradis ähnelte ihrer gleichnamigen Großmutter sehr, der ersten Frau des alten Eckebrecht; diese war, nicht einmal siebzehn Jahre alt, im Rhein ertrunken. Das war nun schon weit über vierzig Jahre her. Auch sie war, wie die Enkelin, sehr zart gewesen, hochgewachsen und hellblond, und Liveradis hatte auch ihre grünen, rätselhaften Augen geerbt. Aber die verblüffende Ähnlichkeit beschränkte sich auf das Äußere. Das Kind hatte nichts von der verschlossenen, schweigsamen Weise, welche die ältere Liveradis ausgezeichnet hatte, sondern war sprudelnd fröhlich und mit ihrer herzlichen Art der Sonnenschein der Familie.

Eine Wolke zog vor die bisher so strahlende Sonne, ein leichter Wind erhob sich, und schlagartig wurde es frisch. Eckebrecht hüllte sofort das Kind auf seinem Arm in seinen Umhang, und Engilradis schaute zum Himmel empor.

»So spät schon? Dann wird es Zeit, daß wir unsere jungen Gäste nach Hause begleiten«, meinte sie. Sie klatschte in die Hände, um die jungen Mädchen zusammenzurufen, ließ aber gleich wieder erschrocken die Arme sinken, denn in diesem Moment hörte man dünn eine Sterbeglocke bimmeln und gleich darauf die Glocken des Doms. Kurz darauf stimmten die Glocken von Groß Sankt Martin, von Sankt Maria im Kapitol, von Sankt Cäcilien und Sankt Georg, Sankt Andreas und Sankt Ursula ein.

Die Erwachsenen und die jungen Mädchen standen wie erstarrt.

»Was hat das zu bedeuten?« fragte Liveradis und drängte sich ängstlich an die Mutter, die sich bekreuzigte.

»Jemand ist gestorben. Jemand von großer Bedeutung, sonst würden nicht alle Kirchen ihre Glocken läuten«, erklärte Eckebrecht und stemmte sich von der Bank hoch. Er reichte Hadewigis ihre kleine Tochter Sophia. »Ich muß sofort ins Bürgerhaus und erfahren, wer es ist.« Er eilte davon. Er war der führende Ratsherr in Köln, und seine Meinung galt viel in der Bürgerschaft.

Aber auch die anderen Hausgenossen erfuhren schnell genug, welcher Tote da von den Glocken betrauert wurde. In allen Gassen und Häusern verbreitete sich in Windeseile die Nachricht, daß der ehemalige Erzbischof Arnold von Köln ganz plötzlich vom Schlag gerührt worden und in der gleichen Stunde gestorben war.

Die Trauer der Bürger über den Verlust ihres einstigen Oberhirten und Stadtoberhauptes hielt sich indessen in Grenzen. Zu unverschämt hatte dieser ihnen immer wieder in die Taschen zu langen versucht, zu schlecht hatte er sein Erzbistum verwaltet. Erst vor drei Jahren war er vom Papst wegen lässiger Amtsführung und Simonie aus seinem Amt entfernt worden. Er hatte daraufhin alle Gelder zusammengescharrt, die er nur bekommen konnte, und war im vorigen Jahr nach Rom gereist, um dort durch Bestechung die Suspendierung rückgängig zu machen. Das Geld war rasch in fremde Taschen geflossen, aber genützt hatte es nicht, es blieb bei der päpstlichen Entscheidung. Erzbischof Arnold von Köln kehrte also mit langer Nase in seine Stadt zurück. Vorläufig sollte sein Namensvetter, der Dompropst Arnold von Wied, das Erzbistum verwalten. Das war besonders bitter für den suspendierten Arnold, denn als er vor nunmehr dreizehn Jahren zum Erzbischof gewählt worden war, hatte er nicht zugleich auch von König Konrad das Amt des Reichskanzlers erhalten, wie es der Brauch war; vielmehr hatte der Herrscher dafür besagten Arnold von Wied bestimmt.

Und von da an führte dieser andere Arnold auch noch die Geschäfte, und der abgesetzte Erzbischof hatte keinerlei Möglichkeit mehr, die Einkünfte des Erzbistums für seine persönlichen Bedürfnisse wie Kleidung, Pferde und andere schöne Dinge auszugeben.

Sehr rasch mußte er erkennen, daß er auch über keinen Kredit mehr verfügte. Kein reicher Kaufmann, sei es Christ oder Jude, klopfte mehr bei ihm an, um ihm Kostbarkeiten anzubieten, und wenn er sich herabließ, diese Leute selbst aufzusuchen, um bei ihnen einzukaufen, so bedeutete man ihm, es gebe Ware nur noch gegen Bares. Längst schon war er gezwungen, heimlich immer wieder etwas von seinen zusammengerafften Schätzen zu veräußern, um leben und den einzigen Diener bezahlen zu können, der noch bei ihm ausharrte. Erzbischof Arnold hatte keinen Freund mehr in Köln.

Es dauerte eine Weile, bis Eckebrecht aus dem Rat zurückkehrte, und dann zog er sich sogleich mit Fordolf in das kleine Kontor zurück.

»Damit wir die Lage in Ruhe besprechen können, ohne daß wir dauernd neugierige Fragen der Frauen beantworten müssen«, meinte Fordolf. Sein Vater sagte darauf nichts, denn Fordolfs Frau Engilradis neigte seiner Ansicht nach weder zur Neugier noch dazu, die Männer zu unterbrechen. Vielmehr hörte sie nur ernsthaft zu, und man mußte sie schon ermuntern, damit sie ihre eigene Meinung äußerte. Die war dann in der Regel sehr vernünftig.

Ja, als Sophia noch lebte, Eckebrechts Frau und Fordolfs Stiefmutter, da hatten die Männer auf tausend Fragen antworten müssen. Aber sie hatte im vergangenen Jahr bei dem schrecklichen Stadtbrand ihr Leben verloren.

»Ich habe im Rathaus gehört, daß der Erzbischof wohl Hoffnung geschöpft hat, als letzte Woche ein Kardinal bei Arnold von Wied einkehrte. Er scheint tatsächlich geglaubt zu haben, seine Wiedereinsetzung stehe bevor. Wie er wohl auf diesen Gedanken kam?« fragte sich Eckebrecht.

»Vielleicht hat ja gerade dieser Kardinal die Hand damals in Rom besonders bereitwillig Arnold gegenüber geöffnet ...«, spöttelte Fordolf.

»Das wird man wohl kaum erfahren. Jedenfalls hörte ich, daß der Kardinal sich weigerte, dem Erzbischof ein Gespräch unter vier Augen zu gönnen. Vor Arnold von Wied und dessen Schreibern und Dienern mußte er sein Anliegen vortragen, das ist ihm sicher nicht leicht gefallen. Und dann hat der Kardinal ihm sein Gesuch um Wiedereinsetzung nicht nur schlankweg abgeschlagen, sondern auch noch mit salbungsvollen Worten nahegelegt, er möge doch lieber seinem Amt freiwillig entsagen. Dann hat er sich gelassen abgewandt und Arnold einfach stehengelassen.«

»Tatsächlich? Nun ja, Herr Arnold hat wohl kaum etwas Besseres verdient. Und was tat der Erzbischof darauf?«

»Nichts mehr. Er wurde vom Schlag gerührt und fiel um. Nach wenigen Minuten war er tot.«

»Gott sei seiner Seele gnädig«, sagte Fordolf und schlug ein Kreuz. Er erhob sich und holte den Weinkrug von dem kleinen Tisch neben der Tür, goß Wein in einen schlichten irdenen Becher ein und fügte reichlich Wasser dazu. Er reichte ihn zuerst dem Vater und trank dann selbst.

»Man muß sich ja wohl nicht fragen, wer nun neuer Erzbischof wird«, bemerkte er dann.

Eckebrecht lächelte. »Nun, es würde ganz Köln in höchstem Maße erstaunen, wenn die Wahl nicht auf Arnold von Wied fiele«, sagte er und trank vergnügt noch einen Schluck. »Schließlich hat er in den drei Jahren als Verweser nichts ungetan gelassen, um alle Welt davon zu überzeugen, daß er genau der Richtige für dieses Amt ist.«

Fordolf runzelte die Stirn. »Ob er ein guter Erzbischof wird, kann ich noch nicht sagen. Aber besser als der Verstorbene – er ruhe in Frieden – ist er ganz sicher. Er ist fleißiger, gerechter, er verschwendet kein Geld für völlig überflüssigen Tand. Machthungrig, ja, das ist er wohl, aber solange es nicht gegen uns Bürger geht …«

Eckebrecht setzte den Becher auf den Tisch. »Da ist aber eine weitere schlimme Sache, von der ich vorhin im Rat erfuhr. Es ist noch ein Toter zu beklagen, und diesmal ist es einer von uns. Dietrich von Wile ist tot. Er wurde auf einer Reise nach Aachen von Räubern erschlagen.«

Fordolf sah den Vater entsetzt an. »Von Räubern, sagst du? Und gerade auf dem Weg nach Aachen? Ich weiß noch ganz genau, wie wir dort auch einmal von Räubern überfallen wurden. Ich war ein kleiner Junge damals.«

»Du warst neun Jahre. Und wie tapfer du mitgekämpft hast, werde ich nie vergessen«, sagte Eckebrecht.

»Dietrich von Wile hat also weniger Glück gehabt als wir damals. Ich kannte ihn gut, er war in meinem Alter. Ein tüchtiger Kaufmann und sehr wohlhabend. Wenn ich mich recht entsinne, hat er aber später geheiratet als ich, wohl vor etwa fünfzehn Jahren, eine sehr reiche Erbin.«

»In der Tat, sie ist die Tochter von Gerard Unmaze, und wer in Köln wäre reicher als dieser! Sind nicht auch Kinder da?«

»Ja, zwei Söhne, sie sind noch sehr jung. – Armer Dietrich, er ruhe in Frieden. Wo ist es geschehen?«

»Zwischen Kerpen und Efferen. Er und seine Männer haben tapfer gekämpft und die Räuber erschlagen, aber Dietrich hat dabei eine tödliche Wunde empfangen und starb kurz nach dem Überfall. Seine Leute wollen den Leichnam nach Köln holen und hier bestatten.«

Fordolf nahm noch einmal den Becher und trank. »Zu Ehren des tapferen Toten!«

Wenn die Kölner auch ihren Erzbischof Arnold durchaus nicht geliebt hatten, sein Begräbnis begingen sie dennoch mit allem Pomp. Es wurde ein dreitägiges Fasten angeordnet; danach sollte die feierliche Beisetzung erfolgen. Ein langer Trauerzug bildete sich vor dem Dom. Die gesamte Geistlichkeit aus dem »hilligen Kölle« hatte die feinsten Ornate aus der Truhe gezogen. Die kostbarsten Reliquien waren hervorgeholt worden, ihre vergoldeten Behälter auf Hochglanz poliert. Zu Ehren des verstorbenen Oberhirten begleiteten ihn drei seiner Vorgänger auf dem Weg zum Grab: Die Reliquien der heiligen Erzbischöfe Severin, Kunibert und Agilulf aus den Zeiten der Merowingerkönige wurden vor Arnolds Katafalk hergetragen. In endloser Folge wand sich der Zug durch die Stadt bis zur Kirche von Sankt Andreas. Dort waren schon die steinernen Platten vor dem Altar hochgehoben worden, muffiger Geruch drang aus dem Boden, der im Laufe der Zeit immer wieder Leichen aufgenommen hatte, die hier unter dem Schutz des Kreuzes auf ihre Auferstehung warteten. Dort sollte der verstorbene Erzbischof seine letzte Ruhestätte finden, weil er früher hier Propst gewesen war.

Zwar lag Sankt Andreas nur einen Steinwurf vom Dom und Bischofspalast entfernt, aber die Prozession machte weite Umwege, damit die Stadt auch etwas davon hatte. Sie führte den Leichnam zunächst über den Alter Markt, vorbei an Groß Sankt Martin, dann über den Heumarkt, durch den Malzbüchel und vorbei an Klein Sankt Martin, hielt kurz inne vor der ehrwürdigen Kirche Sankt Maria im Kapitol, kreuzte hier die Hohe Straße; weiter ging es durch die Sternengasse vorbei an Sankt Peter und Sankt Cäcilia zum Neumarkt. Linker Hand lag nun Sankt Aposteln, dann ging es vorbei am Römerturm durch die Zeughausstraße nach Sankt Andreas.

Gleich hinter dem Sarg des Verstorbenen, an der Seite des Kardinals, schritt Arnold von Wied. Er hatte sich in weiße goldbestickte Seide gekleidet, ging aber mit unbedecktem und gesenktem Haupt, damit man seine Demut erkennen konnte. Ihm folgten die Mönche des Domklosters. Ihr reiner Gesang schien nicht aus menschlichen, sondern aus Engelskehlen zu dringen und rührte die empfindsameren der Frauen am Straßenrand sehr. Die anderen Geistlichen, Priester, Mönche und Nonnen schlossen sich an; weiter hinten folgten die Bürger, voran die Ratsherrn und ihre Söhne, dann die übrigen Kaufleute, die Handwerker und schließlich noch aus dem Volk, was da eben Lust hatte mitzulaufen.

Auch der alte Eckebrecht war dabei. Obwohl er schon fünfundsechzig Jahre zählte und sich leicht altershalber hätte entschuldigen können, achtete er stets darauf, bei kirchlichen Veranstaltungen nicht zu fehlen. Es hätte jemand sagen können: »Seht, der getaufte Jude hat es nicht nötig, bei unseren Prozessionen mitzugehen!« Er hatte aber seinen Stock bei sich, dessen er sich in letzter Zeit bediente, wenn er längere Wege zu gehen hatte. Neben ihm gingen seine Söhne Fordolf, der gleichfalls im Rat saß, und Gunther. Der jüngste Sohn Johannes war in diesem Frühjahr mit seiner jungen Frau Richlinde nach Byzanz gezogen, um von dort den Handel der Kölner Kaufleute zu unterstützen.

Auch Fordolfs Söhne Constantin und Helperich waren dabei.

»Möchtest du dich vielleicht auf meinen Arm stützen, Großvater?« fragte Constantin. Eckebrecht lächelte seinen ältesten Enkel an, winkte aber ab.

»Noch geht es ganz gut, und mit dem Stock noch besser. Wenn ich müde werde, oder falls mir von dem vielen Weihrauch schlecht wird, komme ich aber gern auf dein Angebot zurück.«

Der Zug hatte jetzt den Neumarkt erreicht und schwenkte nach Sankt Aposteln ab. Da kam ihnen vom Marsilstein ein anderer Zug von Trauernden entgegen, ohne Reliquien, Gesang und Weihrauch, aber dafür mit bitteren Tränen, die man im Leichenzug des Stadtherrn vergeblich gesucht hätte. Nur ein paar Bürger in Trauergewändern, ein pferdebespannter Karren, auf dem ein Toter lag, noch ohne Sarg, nur mit einem großen Leichentuch bedeckt.

»Schau, Constantin, das muß Dietrich von Wile sein, den sie da heimbringen«, sagte Eckebrecht betrübt zu seinem Enkel. Der hörte nicht. »Constantin?« Der Großvater folgte dem Blick des Enkels, der gebannt an einem Hause hing. »Was gibt es denn an Birklins Haus zu sehen?« fragte der alte Ratsherr verwundert. »Constantin!«

Der junge Mann fuhr zusammen. »Ja, Großvater?« Er wandte sich Eckebrecht zu, der auf den zweiten Trauerzug wies. Constantin sah flüchtig hinter dem Karren eine kleine Frau stehen, der die Tränen über das Gesicht strömten; eine rötliche Haarsträhne lugte aus ihrem Witwenschleier. An den Händen hielt sie zwei Knaben, der eine vielleicht zehn, der andere etwa fünf Jahre alt. Auch sie weinten bitterlich, der Kleinere klammerte sich an den Rock der Mutter.

Natürlich mußte Dietrich von Wile auch im Tode noch dem hohen Herrn Erzbischof den Vortritt lassen. Der Mann, der das Karrenpferd führte, hielt es am Zügel fest, und die kleine Gruppe hatte lange zu warten, während die endlose Prozession sich vorbeiwälzte. Rasch war die kleine Trauergruppe dem Blick Constantins entschwunden.

Wir haben doch gerade erst drei Tage gefastet«, sagte Liveradis entsetzt zu ihrer Mutter. Sie starrte angewidert auf den Tisch, wo nur eine dünne Grütze und ein Wasserkrug standen.

Engilradis zuckte bedauernd mit den Schultern.

»Das war für den Tod des Erzbischofs Arnold«, erklärte sie ihren Kindern. »Die drei Fastentage jetzt sollen uns auf die Wahl des neuen Erzbischofs einstimmen.«

»Ich habe aber Hunger«, schmollte ihre Jüngste. »Gestern hat es endlich wieder etwas Anständiges zu essen gegeben, und nun schon wieder nur Grütze!«

»Jetzt sei aber still«, wies ihr Bruder Constantin sie zurecht. »Wir haben alle Hunger und möchten Fleisch und Gemüse. Aber es wurde nun einmal angeordnet, daß vor der Wahl noch einmal gefastet wird. Also machen wir das auch, und du brauchst nicht unsere Mutter deswegen anzumaulen. Von ihr stammt diese Bestimmung nämlich nicht.«

»Außerdem gibt es noch Fisch«, fügte Engilradis hinzu und teilte von der Grütze aus.

»Ich konnte Fisch doch noch nie leiden«, jammerte Liveradis.

Dietrich, der älteste Knecht, der schon über siebzig Jahre zählte und länger als ein halbes Jahrhundert in diesem Haus diente, brummelte etwas in seinen weißen Bart.

»Was hast du gesagt, Dietrich?« fragte Fordolf den Alten freundlich.

»Ich meine, unsere kleine Liveradis weiß gar nicht, wie gut es ihr geht. Du jammerst schon, Kind, wenn du ein paar Tage auf Fleisch verzichten mußt; aber im Hause meiner Eltern, die Bauern in Efferen gewesen sind, gab es nur ganz selten einmal einen Braten, und Fisch war für uns ein Leckerbissen, denn selber fischen dürfen Bauern nicht, und wir hatten kein Geld, um uns in Köln auf dem Markt welchen zu kaufen. Und darum kannst du jetzt still sein und deine Grütze löffeln, Liveradis!«

»Ich war heute morgen im Cäcilienkloster bei Urgroßmutter Liutgard«, meldete sich Gertrudis, die fünfzehnjährige Schwester von Liveradis, zu Wort. Liutgard von Bachem, die fast achtzigjährige Mutter von Eckebrechts zweiter Frau Sophia, war vor einigen Jahren nach dem Tod ihres Mannes Gunther von Dottindorp ins Kloster eingetreten, und mit ihr ihre vier unverheirateten Töchter. Die Nonnen fanden, daß dies ein großer Gewinn für das Klosterleben war, denn die fünf Frauen waren alle von besonders heiterer Natur, und ihr Lachen verstummte nur während der zahlreichen Gottesdienste.

»Ja, und?« wollte Liveradis wissen.

»Die Priorin war gerade in Liutgards Zelle, und als sie hörte, daß ich über das ewige Fasten jammerte, meinte sie, Alte, Kinder und Kranke bräuchten es nicht so streng einzuhalten.«

»Ja«, beendete die Hausfrau Engilradis die Erörterung, »und darum gibt es jetzt noch etwas Butter zur Grütze, die ist ja nicht verboten, und dann möchte ich nichts mehr dazu hören.«

Liveradis machte einen Schmollmund und wollte noch etwas sagen, aber da wandte sich ihr der Großvater Eckebrecht zu. Schweigend sah er das Kind mit hochgezogenen Augenbrauen an, und dieser milde Tadel des Familienoberhauptes bewirkte eine jähe Läuterung. Liveradis aß ihren Teller mit gesenkten Augen und ohne weitere Widerworte leer.

Auch diese drei lästigen Fastentage nahmen ein Ende, und erneut wurde eine große Bittprozession in Köln angesetzt. Inzwischen waren alle Suffragane des Erzbistums Köln in der Domstadt eingetroffen; die Bischöfe von Lüttich, Utrecht, Münster und Osnabrück wetteiferten darin, sich gegenseitig durch mehr Prunk auszustechen.

Sie gingen auch als erste in der Prozession, vor ihnen nur vier Mönche, die Weihrauchgefäße schwangen.

Hinter ihnen, wieder mit entsprechendem Chorgesang, folgte die riesige Schar der Kölner Geistlichkeit. Kein Propst, Abt, Priester, Mönch oder Nonne wollte sich dieses Ereignis entgehen lassen. Drei Stunden lang zog die Prozession durch die Straßen Kölns, um schließlich auf dem Domplatz ihr Ziel zu finden. Die Kirche selbst und auch der Vorplatz waren mit grünen Girlanden geschmückt, die Anwohner hatten bunte Tücher aus den Fenstern gehängt, und jedermann genoß das festliche Gepränge. Der Kardinal saß auf einem erhöhten Thron vor der Bischofskirche; zu seiner Rechten und Linken standen die vier Suffraganbischöfe, und feierlich paarweise gehend verteilten sich die übrigen Geistlichen auf dem Platz.

Natürlich nahmen auch die Ratsherrn ohne Ausnahme an diesem Ereignis teil. Wieder stand Eckebrecht an ihrer Spitze; er hatte seine Söhne Fordolf und Gunther bei sich und auch seine Enkel Constantin und Helperich.

Bevor sie sich auf den Weg machten, hatte Eckebrecht noch rasch etwas in den Bestandslisten seines Kontors nachsehen wollen. Leise war Constantin hinter ihm in den dämmrigen Raum geschlüpft und hatte zögernd gesagt: »Großvater, da ist etwas, das ich gern mit dir besprochen hätte.«

Eckebrecht, der gerade nach einer vermißten Liste suchte, hatte sich zu ihm gewandt; eben in diesem Moment hatten aber die Glocken zu läuten begonnen, um die Umzugsteilnehmer zusammenzurufen.

»Constantin, es ist höchste Zeit, daß wir gehen. Hat es nicht Zeit bis heute abend?« hatte der Großvater zerstreut gesagt. Der junge Mann hatte keine Gelegenheit zum Widerspruch gefunden, denn sein Bruder Helperich platzte herein.

»Vater sagt, ich soll euch suchen. Wir müssen jetzt wirklich gehen.«

Und so standen sie nun auf dem Domplatz, und Constantin war sein Anliegen nicht losgeworden.

Noch einmal erscholl ein Chorgesang, diesmal von den Nonnen des Cäcilienklosters. Dann erhob sich der Kardinal, hob die Arme zum Himmel und sprach ein langes und feierliches Gebet. Anschließend wandte er sich an den Bischof von Lüttich.

»Sage uns: Wen schlägst du, Bruder, als neuen Erzbischof von Köln vor?«

Der Lütticher, ein ehrwürdiger Greis mit langem Bart, trat vor und sagte mit zittriger Stimme: »Ich schlage Arnold von Wied vor.«

Hier und da erklang Beifall; Arnold aber erhob abwehrend die Arme und schüttelte den Kopf.

»Bischof von Utrecht: Wer soll der nächste Erzbischof von Köln sein?«

Der Bischof von Utrecht, ein dicker Mann mit einer spiegelblanken Tonsur, trat vor und antwortete: »Auch ich stimme für Arnold von Wied.«

Wieder schüttelte Arnold heftig den Kopf.

»Und du, Bischof von Münster, für wen hast du dich entschieden?«

Der Münsteraner hatte eine so leise Stimme, daß seine Antwort auf dem Platz nicht verstanden wurde. Darum wiederholte der Kardinal: »Auch du bist also für Arnold von Wied.«

Arnold krümmte sich und wehrte mit beiden Händen ab.

»Nun du noch, Bruder aus Osnabrück. Sage uns, wer deiner Ansicht nach der Oberhirte dieser Erzdiözese werden soll«, sagte der Kardinal und verschränkte die Arme.

»Ich finde keinen Würdigeren als Arnold von Wied«, schallte die tiefe Stimme des Bischofs von Osnabrück über den Platz.

Diese einstimmige Bekundung der wahlberechtigten Bischöfe löste Freude aus. Die Geistlichen hoben die Hände und riefen Dankesworte zum Himmel; auch die Bürger, die meinten, mit diesem Oberhirten könnten sie zurechtkommen, jubelten. Der Kardinal strahlte, weil seine Aufgabe so leicht erfüllt worden war. Nur Arnold jammerte und stöhnte und wollte nichts von dieser Wahl wissen. Die vier Bischöfe wechselten verstohlen belustigte Blicke, denn Arnold hatte in den letzten drei Tagen viel Zeit bei ihnen verbracht und sich als Kandidaten angepriesen, mit Worten und auch mit Werken zum Wohle der Suffragane. Auch die Ratsherrn unterdrückten ein Schmunzeln, denn ihnen allen war Arnolds Streben nach diesem hohen Amt bestens bekannt.

Als Arnold gar nicht aufhören wollte, sich zu sträuben, packten ihn die vier Amtsbrüder, wollten ihn in den Dom geleiten und zerrten ihn schließlich davon. Fast mit Gewalt schleppten sie ihn zu dem kühlen, dämmrigen Kirchenraum hin; vor dem Tor riß sich Arnold los, drehte sich zu den Kölnern um und rief mit lauter Stimme:

»Nie und nimmer kann ich diese Wahl annehmen!«

Der Kardinal war einer der Menschen auf dem Platz, die in Unkenntnis der Zusammenhänge dieses Spiel nicht durchschauten. Verwirrt fragte er den widerspenstigen Kandidaten:

»Könnte man denn Bedingungen schaffen, daß du dich dieser hohen Aufgabe doch stellen würdest?«

Arnold wand sich wie unter Qualen. Hatte er jetzt nicht sogar Tränen in den Augen? Mit lauter, klagender Stimme rief er über den Platz:

»Nein, ich bin nicht würdig. – Ich bin nicht fähig. – Ich bin nicht willens.«

Aber dann bemerkte er, daß der Kardinal sich schulterzuckend den Bischöfen zuwandte, vielleicht, um diese um eine erneute Wahl zu bitten. Da rief Arnold schnell:

»Ich bin unfähig, dieses zerrüttete Erzbistum zu leiten – es sei denn, vielleicht, unter Umständen, wenn König Konrad und seine Heiligkeit, Papst Eugen III., zustimmen und mich unterstützen würden – vielleicht könnte ich dann den Mut finden, es zu versuchen ...«

Daraufhin packten ihn die vier Bischöfe erneut bei den Armen und führten den noch immer, aber schon bedeutend schwächer Widerstrebenden in den Dom. Während drinnen schon jubelnd das Te Deum erklang, reihten sich die Geistlichen wieder paarweise auf, um in das Gotteshaus zu ziehen. Für die Bürger blieb kein Platz mehr im Dom übrig, sie mußten draußen bleiben und durch die geöffneten Kirchentüren den Dankgottesdienst anhören.

»Heute sind wir so richtig auf unsere Kosten gekommen, da brauchen wir kein Geld mehr für Possenreißer auszugeben«, sagte Eckebrecht zu seinem Sohn Fordolf.

Aber er sagte es nur ganz leise.

Am Abend dieses ereignisreichen Wahltages saß die Familie Eckebrechts schon am Abendbrottisch: am Kopfende das greise Oberhaupt der Familie, an seiner Seite die Hausfrau, seine Schwiegertochter Engilradis. Sie schnitt große Scheiben von einem Laib Brot ab und reichte sie den Tischgenossen, zuerst dem Hausherrn, dann ihrem Mann Fordolf, der als Mittvierziger schon grauhaarig war, ihrem Sohn Helperich, den Töchtern Gertrudis und Liveradis und dem Gesinde am Tischende, nämlich dem uralten Knecht Dietrich, der es sich nicht nehmen ließ, von früh bis spät die beiden Jungknechte Gerhard und Mathias zu beaufsichtigen und anzutreiben, sowie den Mägden Berta und Ida. Einer fehlte: Ihr Sohn Constantin war noch nicht nach Hause gekommen. Das war höchst ungewöhnlich, und die Mutter war beunruhigt, hatte jedoch mit der Mahlzeit schon begonnen, damit das Gesinde nicht ungebührlich lange warten und hungrig bleiben mußte.

Aber dann wurden draußen rasche Schritte hörbar, und der Vermißte kam eilig herein.

»Entschuldige bitte meine Verspätung, Großvater«, sagte er höflich und nahm seinen Platz neben Helperich ein. Eckebrecht schüttelte tadelnd den Kopf und schaute seinen großgewachsenen, blonden Enkel an.

»Wieso kommst du so spät?« wollte er wissen.

Constantin leerte gerade hastig einen Becher Wasser, verschluckte sich und konnte darum nur sehr undeutlich antworten.

»Ich habe einen Auftrag für dich«, fuhr der Großvater fort. »Du mußt morgen auf Fahrt gehen.«

Constantin blickte zu Eckebrecht hin. Engilradis hatte fast den Eindruck, er wollte ablehnen; aber dann schluckte Constantin seinen Widerspruch hinunter und fragte ergeben: »Wo soll ich hin, Großvater?«

»Nach Rheineck, als Begleiter unseres neuen Erzbischofs Arnold.«

»Was will der denn in Rheineck, wo er heute erst gewählt wurde?«

»Der König ist dort. Arnold möchte ihn aufsuchen.« Der Alte lachte leise. »Vielleicht kann ihn ja König Konrad überreden, die Wahl doch anzunehmen. Und du sollst des Königs Truchseß überreden, unsere Gewürze aufzukaufen.«

»Also morgen schon. Na gut. Sicher hast du schon die Warenliste zusammengestellt.«

»Nicht nur das, lieber Junge. Es ist auch schon alles gepackt, denn im Morgengrauen will Herr Arnold aufbrechen. Wenn du nicht so spät gekommen wärst, hättest du gern dabei helfen können. Übrigens, einige Ritter aus Arnolds Gefolge reisen mit auf unserem Schiff, ihre Fahrt ist schon bezahlt. Und Helperich wird dich begleiten.«

Constantin schluckte auch diesen milden Tadel hinunter, aß rasch zu Ende und beeilte sich, sein Lager auf dem Strohsack unter dem Dach aufzusuchen, um noch genügend Schlaf vor der Reise zu erwischen. Bald darauf kam sein Bruder Helperich und streckte sich neben ihm aus.

»Wo kamst du denn so spät her, Constantin? Und wieso warst du nicht begeistert, daß Großvater dich mit Herrn Arnold schickt? Ich jedenfalls freue mich so sehr auf diese Fahrt!« sagte er.

Aber anscheinend schlief Constantin schon fest, denn Helperich erhielt keine Antwort.

Es war noch dunkel, und der Hahn im benachbarten Hof hatte noch nicht gekräht, als Constantin und Helperich von ihrer Mutter geweckt wurden. Im Schein einer kleinen Unschlittkerze schlüpften sie in ihre Reisekleidung und kletterten dann über die steile Stiege vom Dachboden herab, wobei der schlaftrunkene Helperich ausglitt und um ein Haar die Treppe hinuntergefallen wäre. Das gab ein Gepolter, das sämtliche Hausbewohner aufweckte. Engilradis erwartete ihre Söhne in der Küche mitsamt der Magd Berta, die schon das Feuer im Küchenherd entzündet und einen Kräutertee bereitet hatte. Auch das Habermus kochte schon, und Berta hatte nicht vergessen, eine Prise Salz daranzugeben. Der grobschlächtige, aber freundliche Knecht Gerhard sollte sie begleiten. Er war immer hungrig und wartete schon ungeduldig auf den Morgenimbiß.

Engilradis schöpfte den drei jungen Männern von dem Brei in eine flache Schüssel, gab einen Löffel Honig und einen Löffel Butter hinzu, und die drei aßen sie gemeinsam leer. Wieder schien es der Mutter, als wäre ihr Ältester recht schweigsam und mit den Gedanken abwesend, aber sie schob es auf die allzu frühe Morgenstunde und nahm von den jungen Männern herzlichen Abschied.

»In einer Woche sind wir wieder da, Mutter«, sagte Constantin zu ihr.

Sie waren nicht nach einer Woche zurück, auch nicht nach zweien. Erst nach drei Wochen kehrte der neue Erzbischof Arnold in Begleitung von König Konrad über den Rhein zurück, wobei die Kölner ihnen einen glänzenden Empfang bereiteten. Engilradis war gerade mit der Magd Berta auf dem Fischmarkt, um etwas aus dem nächtlichen Fang der Rheinfischer und auch geräucherten Hering zu erstehen. Sie reckten die Hälse, als die Flotte stolz den Rhein heruntersegelte. Im größten Schiff, das an der Spitze fuhr, sah man Erzbischof Arnold und daneben die eindrucksvolle Gestalt des Königs, dessen einstmals rotes Haar jetzt weitgehend ergraut war.

Engilradis suchte mit den Augen den Strom ab, aber Eckebrechts Schiff konnte sie nicht entdecken. Sie wurde unruhig und drängte durch die jubelnde Menschenmenge näher zur Anlegestelle hin, so daß Berta mit dem schweren Korb ihr kaum folgen konnte. Aber das Schiff war nicht dabei, und auch nicht ihre Söhne Constantin und Helperich. Sie wartete, bis alle Schiffe und Boote angelegt hatten, und schaute den Strom hinauf nach Süden, aber sie konnte nichts entdecken.

Engilradis wurde sehr bange zumute. »Lauf rasch nach Hause und bitte Fordolf oder meinen Schwiegervater, sie möchten doch sofort zum Hafen kommen. Falls du keinen von beiden antriffst, geh zu meinem Schwager Gunther. Ich bleibe hier und versuche zu erfahren, wo die Unsrigen abgeblieben sind.«

Während die Magd mit dem schweren Einkaufskorb davonkeuchte, wand sich Engilradis auf der Suche nach bekannten Gesichtern durch die Menge. Der König und der Erzbischof waren schon längst in Richtung des Bischofspalastes entschwunden, ihre Diener kümmerten sich jetzt um das Entladen des Gepäcks. Mitten in der Arbeit waren auch die mitgereisten Kaufleute. Sie hatten ihre Waren großenteils am Königshof abgesetzt und kehrten mit leichter Last zurück.

Engilradis hoffte noch immer, ihre Söhne in der Menge zu entdecken, aber vergeblich. Schließlich fand sie den griechischen Kaufmann Apollonius, dessen Schwester mit Fordolfs Bruder Johannes verheiratet war.

»Apollonius, wie gut, daß ich dich sehe. Ich kann meine Söhne nirgends finden, und auch nicht unser Schiff, die Rheinmöwe. Ihr seid doch gemeinsam vor drei Wochen ausgelaufen. Kannst du mir sagen, warum sie jetzt nicht bei der Flotte waren?«

Apollonius schaute sie verblüfft an. »Nein, ich habe gar nicht gemerkt, daß ihr Schiff nicht dabei war. Wir waren in Rheineck in der gleichen Herberge untergebracht, und ich kann dir berichten, daß deine Söhne ihre Sache sehr ordentlich gemacht haben. Sie haben den ganzen Gewürzvorrat verkauft, Eckebrecht wird mit ihnen zufrieden sein.«

»Das ist ja sehr schön, aber wo sind sie denn nun?«

Apollonius kratzte sich am Kopf. »Wir sind dann dem Erzbischof nach Schwarzrheindorf gefolgt, er hat dort eine Doppelkirche erbaut, und der König erwies ihm die Ehre, deren Einweihungsfeier beizuwohnen. Constantin wurde schon sehr ungeduldig und wäre gern nach Köln vorausgefahren, aber er hatte noch ein paar Kisten mit Kerzen an Bord, und Helperich meinte, die könne man nirgends besser losschlagen als bei einer Kircheneinweihung. Du hast da wirklich zwei schlaue und geschickte Söhne, Engilradis.«

»Ja, das weiß ich, aber ich weiß noch immer nicht, wo diese schlauen und geschickten Söhne jetzt sind!«

»Ich habe sie bei der Kircheneinweihung noch gesehen, aber heute morgen beim Aufbruch habe ich nicht auf sie geachtet, denn ihr Schiff lag am anderen Ende des Hafens. Ich dachte, sie wären mit dabei. Es tut mir leid, mehr kann ich dir nicht sagen.«

Apollonius hob bedauernd die Schultern.

Engilradis wäre am liebsten in Tränen ausgebrochen, aber da drängte sich ihr Mann Fordolf durch die Menge zu ihr durch und nahm sie tröstend in den Arm. Sie befragten noch mehrere der Angekommenen, doch niemand wußte etwas über den Verbleib der jungen Männer und des Schiffes.

Engilradis zupfte ihren Mann bittend am Ärmel. »Ich habe vorhin gehört, daß Gerard Unmaze morgen früh nach Basel fahren will. Sicher wird er dich doch mit bis Schwarzrheindorf nehmen?«

Fordolf nahm seine Frau in den Arm. Er sah, daß sie nur mühsam die Tränen zurückhielt und in größter Sorge war.

»Nein, meine Liebste. Rheinauf dauert es mit dem Schiff länger als mit dem Pferd. Ich reite gleich morgen bei Tagesanbruch. Nun beruhige dich, ich werde dir unsere Söhne schon zurückbringen. Ich kann mir zwar nicht erklären, wo sie geblieben sind, aber was soll ihnen denn schon zugestoßen sein?«

Und so machte sich Fordolf am folgenden Tag bei Morgengrauen auf den Weg, begleitet von seinem Knecht Mathias. Sie waren beide in dicke Umhänge gehüllt, denn es war so früh noch sehr frisch. Als sie am Severinstor ankamen, öffneten die Wächter gerade, zuerst das kleine Törchen, durch das die Wanderer hinausgingen. Zwei Männer hatten erst nach Schließung der Tore die Stadt erreicht und daher draußen nächtigen müssen. Mißmutig und verfroren schlurften sie nun mit steifen Beinen in die Stadt.

Dann wurde das mächtige Holztor geöffnet und das Fallgitter hochgezogen. Zuerst verließen die Ausreisenden die Stadt. Die Bauern, die draußen schon mit ihren Karren standen, um Gemüse, Geflügel und Eier auf dem Markt zu verkaufen, mußten solange warten. Fordolf und Mathias sprengten rasch durch das Tor.

»Ungewohnt, so ohne Karren und Last zu reisen«, bemerkte Mathias.

Fordolf antwortete nicht. Seine Gedanken kreisten um den Verbleib seiner Söhne. Sie ritten am Rhein entlang. Die Wellen des Stroms glitzerten im Widerschein der aufgehenden Sonne. Am Ufer machten sich Angler bereit, dem Rhein seine Fischkinder zu entlocken. Als die Pferde müde wurden, hielten sie an. Mathias brachte die Tiere zum Ufer. Er krempelte sich die Hosen bis zum Knie hoch, führte sie ins Wasser und ließ sie saufen, während Fordolf den Imbiß auspackte, den seine Engilradis im Schein eines Kienspanes für ihn und den Knecht zubereitet hatte.

Sie erreichten Bonn um die Mittagszeit. Schwarzrheindorf lag auf der anderen Seite des Stroms, und sie ritten zum Anlegeplatz der Fähre. Das Floß war gerade am anderen Ufer.

»Da drüben, ist das nicht die Rheinmöwe?« fragte Mathias seinen Herrn und hob die Hand über die Augen, weil das Funkeln der Mittagssonne auf den Wellen des Stroms ihn blendete.

»Du meinst das Schiff ganz hinten? Du kannst recht haben, aber ich bin mir nicht sicher, weil dieser große Kahn die Sicht verdeckt«, antwortete Fordolf und spähte angestrengt auf das gegenüberliegende Ufer.

Es dauerte dem ungeduldigen Kaufmann viel zu lange, bis der Fährmann geruhsam das große Floß herübersteuerte. Fordolf und Mathias nahmen die beiden widerstrebenden Pferde fest am Zügel und führten sie auf die schwankenden Bohlen. Sie hielten sich am Mastbaum fest und redeten den beunruhigten Tieren sanft zu. Drüben legte das Floß an einem breiten Steg an, auf den die Pferde mühelos treten konnten. Fordolf warf dem Fährmann ein reichliches Fährgeld zu, schwang sich auf sein Roß und ritt so rasch davon, daß Mathias Mühe hatte, ihm zu folgen.

Als sie sich dem Anlegeplatz der Schiffe näherten, wurde klar, daß Mathias richtig gesehen hatte. Ganz am Ende lag ein Schiff vertäut, und es war ohne Zweifel die Rheinmöwe. Sie lag hoch im Wasser, war also nicht schwer beladen. Fordolf sprang vom Pferd, warf Mathias die Zügel hin und eilte zum Schiff. Er zog sich an der Bordwand hoch, blickte hinein und sprang wieder herunter.

»Es ist niemand darauf«, sagte er kopfschüttelnd zu Mathias. »Verstehst du das?«

Mathias zuckte mit den Schultern, deutete aber mit dem Daumen in Richtung des Ortes. Dort kam Gerhard angetrottet, der Knecht, den Eckebrecht mit seinen Enkeln auf die Fahrt geschickt hatte. Als er Fordolf erblickte, setzte er sich in Trab.

»Ach, Herr, Gott sei gedankt, daß Ihr kommt«, rief er schon von weitem.

Fordolf eilte ihm ungeduldig entgegen. »Sag mir rasch, Gerhard, wo sind meine Söhne? Wieso laßt ihr das Schiff ganz allein und ohne Aufsicht? Was geht hier vor?«

Das waren zu viele Fragen für Gerhard, er konnte sich immer nur auf eine Antwort besinnen und kratzte sich nun verwirrt den Kopf. Fordolf nahm sich zusammen und legte seine Hand auf Gerhards Arm. Schon Gerhards gleichnamiger Großvater hatte in den Diensten der Familie gestanden, das war noch zu Zeiten von Eckebrechts Adoptivvater Wolbero gewesen, und der ältere Gerhard hatte dessen Söhne auf dem Kreuzzug ins Heilige Land begleitet, auf dem beide den Tod gefunden hatten. Eckebrecht hatte darum dessen Enkel, den jüngeren Gerhard, als Knecht angenommen, obwohl er recht einfältig und langsam im Kopf war. Dafür war er aber groß und stark wie ein Bär und gutmütig dazu.

»Kannst du mir jetzt antworten?« fragte Fordolf darum freundlich. »Zuerst einmal: Wo sind Constantin und Helperich?«

»Ach, Herr, das ist ja das Unglück«, jammerte Gerhard. »Wir konnten doch nicht auf das Schiff aufpassen, weil Constantin sich um Helperich kümmern muß.«

Fordolf durchfuhr es eisig. War sein jüngerer Sohn verunglückt?

»Gerhard, du mußt mir jetzt genau sagen, was hier los ist. Wo – ist – Constantin?«

»Im Kerker«, antwortete Gerhard auf diese einfache Frage sofort.

Das verschlug Fordolf wahrhaftig die Sprache. Er rang nach Luft und fragte dann tonlos: »Und wo ist Helperich?«

»Im Kerker«, sagte Gerhard wieder. »Nein, Herr, ich habe es falsch gesagt. Helperich ist im Kerker, und Constantin ist bei ihm, um ihn wieder herauszuholen. Ja, so ist es richtig.«

Er strahlte seinen Brotgeber an und war stolz auf diese genaue Angabe.

Fordolf und Mathias wechselten einen ratlosen Blick.

»Warum ist Helperich im Kerker?« fragte Fordolf eindringlich.

»Wegen Hexerei. Ja, wegen Hexerei«, bestätigte Gerhard, froh, daß er gleich eine Antwort bereit hatte.

Fordolf verstand gar nichts mehr. Sein Sohn Helperich im Kerker? Wegen Hexerei? Helperich war dem Kindesalter noch nicht lange entwachsen, und seine Eltern hatten niemals bemerkt, daß er den Hexenkünsten zugeneigt wäre. Fordolf hätte lachen mögen, wenn er nicht genau gewußt hätte, daß es immer höchst gefährlich für denjenigen war, welcher der Hexerei bezichtigt wurde.

»Weißt du, wo er ist?«

»Ja, im Kerker, Herr.«

»Das sagtest du schon. Aber wo der Kerker ist, weißt du wohl auch.«

»Ja, Herr. Ich komme gerade von dort.«

»Und Constantin ist auch dort?«

»Ja, Herr.«

»Dann führe uns jetzt bitte dorthin, und zwar sofort.«

Gerhard war es immer recht, wenn man ihm einen klaren Befehl erteilte, den er dann ausführen konnte, ohne nachdenken zu müssen. Er trabte neben den beiden Reitern her und redete nicht weiter über die Angelegenheit, die er ohnedies nicht verstand. Nur einmal hob er den Blick zu seinem Herrn empor und rief ihm zu: »Ich meine, das wäre alles nicht geschehen ohne die Hübscherin.«

Hübscherin? Fordolf öffnete den Mund, schloß ihn dann aber wieder, ohne sich zu äußern. Er machte ein grimmiges Gesicht. Er hatte keine Ahnung, was hier vorgefallen war, aber er war fest entschlossen, es herauszufinden.

Schwarzrheindorf gehörte der Familie der Grafen von Wied, aus der auch der neue Erzbischof stammte. Sie hatten dort einen Vogt zur Wahrung ihrer Interessen eingesetzt. Er bewohnte einen gut befestigten, geräumigen Hof, in dem auch zweimal jährlich Gerichtstage abgehalten wurden. Darum war in den Kellerräumen des Hofs ein Verlies, in dem gelegentlich Gefangene gehalten wurden. Der Hof lag im Schatten der prächtigen Doppelkirche, die Arnold gerade hatte erbauen lassen und die König Konrad in den letzten Tagen eingeweiht hatte.

Als die drei Männer sich dem Vogtshof näherten, hörten sie schon die Stimme Constantins, der eindringlich zu jemandem sprach.

»Heinrich, du mußt mir glauben. Niemals ist mein Bruder Helperich ein Hexer. Ich verbürge mich für ihn. Mein Vater Fordolf und mein Großvater Eckebrecht, die beide Ratsherrn in Köln sind, werden sich auch für ihn verbürgen.«

»Bei Hexerei gibt es keine Bürgen«, sagte eine mürrische Stimme.

»Dann sag mir doch endlich, wieso Helperich ein Hexer sein soll!« rief Constantin laut. »Du kannst ihn doch nicht beschuldigen, ohne einen vernünftigen Grund zu nennen, damit nimmst du ihm ja jede Möglichkeit der Verteidigung!«

»Bei Hexerei gibt es auch keine Verteidigung«, klang es noch mürrischer, und ein hochgewachsener, gebeugter Mann mit Glatze und scharfer Hakennase trat aus dem Hof heraus. Er versuchte, Constantin abzuwehren, der ihn am Zipfel seines Umhanges gepackt hatte.

»Halt«, rief Fordolf mit strenger Stimme. Er war insgeheim erleichtert, wenigstens einen seiner Söhne wohlbehalten wiederzusehen, hatte aber sofort begriffen, daß man diesem Mann, wer auch immer er sein mochte, sehr entschieden begegnen mußte.

Er trat daher auf den Mann zu, neigte höflich den Kopf und sagte mit fester Stimme: »Ich grüße Euch. Mein Name ist Fordolf, ich bin Kaufmann und Ratsherr der Stadt Köln. Darf ich fragen, wer Ihr seid?«

»Ich bin Heinrich, der Vogt der Grafen von Wied hier in Schwarzrheindorf«, antwortete der Mann und verbeugte sich unwillkürlich etwas tiefer, als Fordolf es getan hatte.

»Dann sagt mir bitte, Vogt Heinrich, was Ihr hier für Händel mit meinem Sohn Constantin habt«, befahl Fordolf, und er nickte seinem Sohn zu, der offensichtlich hocherfreut und erleichtert war, seinen Vater zu sehen.

»Mit Eurem Sohn? Mit diesem da? Gar nichts, Herr. Aber dessen Bruder, der ja dann wohl auch Euer Sohn ist, den mußte ich einsperren, und zwar wegen Hexerei.«

Fordolf trat einen Schritt näher auf den Vogt zu. »Hexerei? Das ist eine völlig unglaubwürdige Beschuldigung. Wie soll er denn gehext haben?«

»Vater, das habe ich ihn seit gestern auch ständig gefragt, aber er will es nicht sagen«, murmelte Constantin mit unglücklicher Miene.

»Bei Hexerei brauche ich keine Auskünfte zu geben«, trumpfte der Vogt auf, aber Fordolf zog die Augenbrauen hoch und bemerkte kühl:

»Das, denke ich, müßt Ihr sehr wohl. Ihr seid nämlich Vogt der Grafen von Wied, also ein weltlicher Beamter, nicht etwa ein Vogt des Erzbischofs von Köln, der zufällig auch ein Graf von Wied ist, und habt folglich keine geistlichen Befugnisse. Ist es nicht so?«

Der Vogt machte ein verwirrtes Gesicht. Er kannte sich in diesen Dingen nicht so genau aus; wann hatte er jemals schon mit einem Fall von Hexerei zu tun gehabt? Ihm dämmerte es, daß er dem weltläufigen Kölner Handelsherrn nicht gewachsen war, mochte der nun recht haben oder nicht.

»Ich kann es Euch ja ebensogut sagen, Herr Fordolf«, meinte er, schon zugänglicher. »Euer Sohn Helperich hat Zauberzeichen auf eine Tafel gemalt und damit meinen Schwager Rudolf verhext, den darauf der Schlag getroffen hat.«

Nun war Fordolf nahezu sprachlos. Er nahm sich aber rasch zusammen, um vor dem Vogt nicht klein beigeben zu müssen, und verlangte: »So zeigt mir die Tafel mit den Zauberzeichen.«

»Das kann ich nicht. Er hat sie wieder ausgelöscht.«

»So, so«, meinte Fordolf gedehnt, »Ihr habt also leider keinerlei Beweise in der Hand. Vielleicht habt Ihr die Freundlichkeit, mir den Vorgang einmal ausführlich zu schildern, damit ich mir ein Bild machen kann. Im Moment verstehe ich nämlich die Zusammenhänge nicht.«

Der Vogt brachte es nicht fertig, sich dem Ansinnen des so sicher auftretenden Handelsherrn zu widersetzen.

»Eure beiden Söhne standen auf dem Marktplatz und handelten noch, als die Flotte des allergnädigsten Herrn Königs und des hochwürdigen Herrn Erzbischofs schon abfuhr. Helperich kritzelte irgendwelche Zauberzeichen auf seine Tafel, und kurz darauf erlitt mein Schwager, der in seiner Nähe gestanden hatte, einen Schlag und fiel zu Boden. Er kann seitdem kaum sprechen und ist teilweise gelähmt. Er ist noch keine vierzig Jahre alt, also ist er sicher durch Euren Sohn verhext worden. Und darum habe ich diesen von meinen Knechten ergreifen und in den Kerker werfen lassen.«

Fordolf pfiff durch die Zähne und überlegte einen Augenblick. Er warf Constantin einen langen, nachdenklichen Blick zu und wandte sich dann wieder an den Vogt.

»Und warum habt Ihr die Angelegenheit nicht dem Herrn Erzbischof zur Entscheidung vorgelegt?«

»Er war doch schon abgefahren.«

»Ja, das sagtet Ihr. Aber Ihr hättet wohl einen Boten nach Köln senden können, dieses seltsame Ereignis fand doch, wenn ich richtig verstehe, schon gestern statt.«

»Ich hatte aber gerade keinen Mann frei, den ich hätte schicken können. Hier gibt es nach der Abreise von so vielen Menschen sehr viel aufzuräumen ...«

»Ich verstehe«, sagte Fordolf höflich. »Ich möchte gern den bedauernswerten Kranken sehen, wenn es möglich ist.«

Der Vogt war froh, wenigstens diesen Beweis für die Hexerei Helperichs vorweisen zu können, und führte Fordolf in den Vogtshof hinein. Auf einem Strohsack lag in einer Kammer ein außerordentlich fetter Mann, dem die Frau des Vogts gerade einen Teller Brei einzulöffeln versuchte. Leider lief ein großer Teil der buttertriefenden Grütze dem Kranken wieder aus dem Mund, weil die Lähmung auch die Hälfte seines Gesichts betraf. Fordolf betrachtete dieses unerfreuliche Schauspiel eine Weile, dann wünschte er dem Kranken gute Besserung und wandte sich wieder hinaus.

»Ich will Euch etwas sagen, Vogt Heinrich, und hört mir gut zu. Wenn jemand so ungewöhnlich beleibt ist wie Euer Schwager, kann ihn der Schlag ganz leicht treffen, auch wenn er noch nicht allzualt ist. Reicht Eure Lebenserfahrung nicht so weit? Da ist keinerlei Zauberei vonnöten, deren Ihr meinen Sohn völlig zu Unrecht beschuldigt. Und was die angeblichen Zauberzeichen angeht: Wer soll diese Zeichen, die ja leider gelöscht sind, denn überhaupt gesehen haben?«

»Mein Knecht Heribert, er stand genau neben Eurem Sohn.« Und der Vogt winkte einen Mann herbei, der gerade vor dem Stall stand und ein Pferd striegelte.

Fordolf betrachtete den Mann mit Mißtrauen. »Heribert, kannst du überhaupt lesen?«

Der Knecht machte ein beleidigtes Gesicht. »Ich war in meiner Jugend Stallbursche in einem Kloster, und dort hat Bruder Adalbert mir die Buchstaben beigebracht.«

Fordolf zog seine kleine Tafel aus dem Beutel an seinem Gürtel und schrieb langsam und deutlich den Namen Heribert. »Was habe ich da geschrieben?«

Der Knecht starrte eine Weile darauf, bewegte stumm die Lippen und sagte dann: »Heribert, Herr.«

»Ausgezeichnet«, lobte ihn Fordolf. »Und nun?«

Er schrieb, bedeutend schneller, den Namen Heinrich auf die Tafel. Diesmal brauchte der Knecht wesentlich länger und mußte dreimal ansetzen, aber schließlich hatte er auch dieses Wort richtig entziffert.

»Das ist sehr gut«, meinte Fordolf. »Aber dies?« Und er warf sehr schnell zwei, drei Zeilen auf die Tafel, in flüchtiger Schrift.

Der arme Heribert glotzte lange auf die Tafel und sagte schließlich beschämt: »Das ist zu schwer für mich, Herr.«

»So viel zu den Lesekünsten Eures Knechtes, Vogt Heinrich«, bemerkte Fordolf sachlich und steckte die Tafel wieder ein. »Ich stelle fest, daß Ihr meinen Sohn grundlos eingesperrt und einer sündhaften Kunst wie der Hexerei bezichtigt habt, nur weil Euer tumber Knecht die rasche Schrift eines Kaufmanns nicht lesen kann. Ich gehe davon aus, daß Ihr ihn unverzüglich freigebt und mit mir abreisen laßt, andernfalls werde ich Euch beim Erzbischof verklagen.«

Der Vogt, der sich so abgekanzelt sah, machte zwar ein wütendes Gesicht, wagte aber nicht mehr zu widersprechen. Er ging selbst die Treppe hinab, die aus dem Vogtshof hinunter in den Keller führte, und sperrte das Schloß in der schweren hölzernen Tür auf. Constantin folgte ihm, während Fordolf und seine Knechte im Hof warteten. Kurz darauf kam der Vogt zurück, gefolgt von Constantin, der seinen sehr verschmutzten, mit Strohhalmen bedeckten Bruder Helperich am Arm führte. Der Junge humpelte mühsam, denn der Vogt hatte sein Bein im Verlies mit einer schweren Eisenkette an die Wand gefesselt, und das Blut floß noch nicht wieder gut. Er blinzelte und konnte das Tageslicht nicht ertragen, weil er seit dem Vortag in Finsternis gesessen hatte.

Fordolf musterte seinen jüngeren Sohn mit ausdrucksloser Miene. »Einen Karren«, forderte er dann. »In dem Zustand kann mein Sohn weder reiten noch laufen.«

Der Vogt, dem inzwischen vor den möglichen Folgen seiner vielleicht doch vorschnellen Entscheidung bange war, winkte dem Knecht Heribert, er möge das Verlangte beschaffen. Und so zog nach einer kurzen Weile der Kaufmann Fordolf auf seinem Pferd im Schritt davon, während der Gaul des Knechts Mathias den Karren zog, auf dem Helperich kauerte, und Constantin, Mathias und Gerhard hinterhermarschierten.

Im Tor drehte Fordolf sich noch einmal um. »Eure Frau sollte ihrem Bruder nicht so viel Butter auf die Grütze gießen«, rief er noch zurück. »Der nächste Schlag trifft ihn sonst mit Sicherheit.«

Weiter fiel auf dem Rückweg zum Schiff kein Wort. Rasch brachten sie die Pferde und den noch immer mühsam gehenden Helperich an Bord, ließen den Karren am Ufer stehen und machten die Leinen los. Erst als das Schiff in der Mitte des Stroms angelangt war und sich von der Strömung Richtung Köln treiben ließ, drehte sich Fordolf zu seinem jüngsten Sohn um.

»Laß mich raten, Helperich. Könnte es sein, daß dieser Heribert gesehen hat, daß du mit den Zahlen gerechnet hast, welche die Ungläubigen gebrauchen?«

Helperich nickte betreten. Vor einem halben Jahrhundert hatte ihr

Großvater Eckebrecht die Kunst, mit den Zahlen der Araber zu rechnen, von einem aus Palästina zurückkehrenden Mönch erlernt. Sie hatte ihm viele Vorteile verschafft, weil damit ungleich leichter zu rechnen war als mit den Zahlen, die noch aus den Zeiten der Römer stammten, und er hatte seine Söhne und Enkel darum auch in dieser Fähigkeit unterwiesen. Sie hatten ihm aber alle versprechen müssen, ihr Können zu verbergen, weil diese »Mathematik« nicht in den Klosterschulen bekannt war und darum für Teufelswerk gehalten würde. Nun war Helperich der erste, der dieses strenge Gebot vergessen und in aller Öffentlichkeit mit diesen Zahlen gerechnet hatte.

»Du siehst, was die Folge davon war. Genau das wollte dein Großvater vermeiden, darum sollt ihr diese Kunst geheimhalten.«

Fordolf grübelte noch eine Weile nach. »Ganz kann ich aber doch nicht verstehen, wie es bei diesem Vogt Heinrich zugegangen ist. Wieso wurde dieser Fettwanst denn vom Schlag getroffen?«

Ihm fiel etwas ein, und er wandte sich an Gerhard.

»Und du hattest da etwas von einer Hübscherin erzählt, wenn ich mich recht erinnere. Also, was genau ist vorgefallen? Ich will jetzt alles wissen.«

Constantin und Helperich wechselten einen Blick, und wie immer ergriff Constantin das Wort.

»Du siehst wohl ein«, sagte er zu seinem Bruder, »daß wir es Vater sagen müssen.«

Helperich wurde rot, nickte aber. Constantin setzte an:

»Also, Vater, es war so. Am Abend, bevor die Flotte zurück nach Köln fahren sollte, haben wir wirklich glänzende Geschäfte gemacht. Es waren so viele Geistliche bei der Einweihung von Erzbischof Arnolds Kirche, und sie kauften unser Schiff leer. Da meinten wir, es gäbe einen Grund zu feiern.«

Er zögerte ein wenig. »Na ja, weißt du, es waren so schöne Mädchen da. Sie kamen in unsere Herberge.«

»Hübscherinnen. So weit habe ich Gerhard schon verstanden«, sagte sein Vater mit undurchschaubarer Miene. »Und was weiter?«

»Ja, eine war wohl besonders lieblich anzusehen. Und sie hatte ein Auge auf Helperich geworfen und hielt sich dauernd in seiner Nähe auf. Sie streichelte seinen Arm und streifte mit ihren langen Haaren sein Gesicht, wenn sie sich über ihn beugte.«

»Ach, wirklich?« fragte Fordolf, und seiner Stimme war nicht anzumerken, was er davon hielt.

»Ja, und dann fragte sie ihn, ob er nicht mit ihr gehen wollte.«

Eilig warf Helperich ein: »Ich habe ihr aber gleich gesagt, mein Vater würde nicht wollen, daß ich sein Geld für ... also für so etwas ausgäbe.«

»Aber sie meinte, sie hätte schon genug an den Pfaffen verdient, und nun wolle sie selbst auch ein wenig Spaß haben, und Helperich bräuchte nichts zu bezahlen«, fügte Constantin hinzu.

»Und dann dachte ich, wenn es schon nichts kostet ...«, sagte Helperich hilflos.

Da warf Fordolf den Kopf in den Nacken und lachte los. Als er sich beruhigt hatte, wandte er sich wieder an Constantin. »Ich habe aber noch immer nicht gehört, was das mit dem Schlaganfall des Fettwanstes zu tun hat!«

»Na ja«, sagte Constantin, »der Fettwanst war doch den ganzen Abend hinter genau diesem schönen Mädchen her und bekam von ihr mehrere Abfuhren. Als sie mit Helperich hinausgehen wollte, packte der dicke Mensch sie am Arm und wollte sie auf seinen Schoß ziehen, da gab sie ihm eine Ohrfeige, vor allen Leuten, und dann verschwand sie mit Helperich. Am nächsten Morgen fuhr dann die Flotte ab, aber wir verhandelten eben noch um die allerletzte Kiste mit Wachskerzen. Helperich rechnete gerade auf seiner Tafel den Preis aus. Vater, er hat wirklich nur dieses einzige Mal vergessen, daß wir diese Zahlen nur im Geheimen benutzen sollen. Wir hatten es doch eilig, weil wir abfahren wollten. Und er hat so vorzüglich gehandelt ...«

»Das Ende der Geschichte, Constantin!«

»Nun stand aber der Fettwanst neben Helperich und machte schon die ganze Zeit gehässige Bemerkungen. Und genau in diesem Augenblick kam dieses schöne Mädchen wieder vorbei. Als sie Helperich sah, lief sie zu ihm, sagte etwas von einem Abschiedskuß und fiel ihm um den Hals. Dann streckte sie dem Fettwanst die Zunge heraus und lief davon. Und da traf diesen der Schlag. Du siehst, es hatte überhaupt nichts mit den Zahlen zu tun ...«

Fordolf lachte noch einmal. Dann aber wurde er ernst.

»Die Geschichte war gefährlicher, als ihr jungen Burschen denkt.

Ich erwarte, daß ihr euch in Zukunft genau an Großvaters und meine Anweisungen haltet.«

Er betrachtete seinen jüngeren Sohn nachdenklich und fügte hinzu:

»Vielleicht ist es besser, wenn du deiner Mutter nichts von der Hübscherin erzählst …«

Helperich schien geneigt, sich dieser Ansicht anzuschließen.

Die vielen Kirchtürme der Domstadt tauchten schon in der Ferne auf, da fiel Fordolf noch etwas ein.

»Sage mir, Constantin, wie war das denn mit dir? Hat dich etwa auch solch eine Hübscherin ins Auge gefaßt?«

Er wandte sich schmunzelnd seinem Sohn zu, aber Constantin erwiderte seinen Blick mit gelassener Miene.

»Nein, Vater. Und ich hätte auch keinen Sinn dafür gehabt«, sagte er ruhig. Weiter war ihm dazu nichts zu entlocken.

Obwohl es nun schon Ende April war, hätte die Besatzung der Rheinmöwe sich keinen unfreundlicheren Tag für die Rückkehr wählen können. Die Sonne war schon seit einer Weile hinter dicken dunklen Wolken verschwunden, ein scharfer Wind kam auf und blähte das Segel mit Macht, so daß sie das letzte Stück ihres Heimwegs sehr rasch zurücklegten; und nun, da Köln greifbar nahe vor ihnen lag, sahen sie Blitze über den Himmel zucken, denen unmittelbar darauf heftige, ohrenbetäubende Donnerschläge folgten. Dann öffneten sich die Wolken, und ein kalter Sturzbach von Regen peitschte ihnen in riesigen Tropfen ins Gesicht.

Fordolf mußte darauf achten, daß er das Steuer fest in der Hand behielt. Als sein Blick einmal zufällig auf seinen ältesten Sohn fiel, stellte er verblüfft fest, daß Constantins Miene durchaus nicht zu dem abscheulichen Wetter passen wollte. Das sonst so kühle, beherrschte Gesicht seines Sohnes zeigte ein erwartungsvolles, seliges Lächeln, während er den vertrauten Kirchtürmen entgegenblickte, und er zog mit aller Kraft an seinem Ruder, damit die Rheinmöwe um so schneller ihrem heimatlichen Hafen entgegenschoß.

Der Hafen war fast verwaist, denn die meisten Leute, die hier arbeiteten, hatten Schutz vor den Wassermassen gesucht, die nun vom Himmel strömten.

»Geht Ihr nur nach Hause, Herr«, rief Gerhard Fordolf zu, »ich kann das Schiff schon allein sichern.«

Das Angebot nahm Fordolf gern an, denn Gerhard war zwar einfältig, konnte aber hervorragend mit Schiffen umgehen. Eckebrechts Adoptivvater Wolbero hatte vor Jahrzehnten seinem Knecht Gerhard zum Dank für dessen treue Dienste das Geld für einen Fährkahn vorgestreckt, damit dieser heiraten und eine Familie gründen konnte, und dieser hatte es durch großen Fleiß schließlich zu drei Booten gebracht. Der Enkel Gerhard war auf dem Wasser geboren und aufgewachsen, und dieser täppische Bär bewegte sich auf den schwankenden Planken sicher und rasch.

So eilten Fordolf, seine Söhne und Mathias, so rasch sie konnten, nach Hause in ihr Heim Unter Goldschmied. Natürlich waren sie bei ihrer Ankunft triefend naß wie in den Brunnen gefallene Katzen, und Engilradis empfing sie mit besorgten, aber auch sehr erleichterten Rufen, holte trockene Kleidung und beeilte sich, ihnen etwas zu essen zu richten.

In der Küche wurde es eng, denn alle vier Männer drängten sich um den warmen Herd. Sie streiften die tropfnasse Kleidung ab, behielten nur aus Schamhaftigkeit gegenüber Engilradis, den Töchtern Gertrudis und Liveradis und den Mägden die Bruch an und rieben sich gegenseitig die Haut mit wollenen Laken trocken. Constantin genoß es, wie das Blut wieder prickelnd durch die Haut fuhr, und er schnupperte erwartungsvoll, was die Magd Berta da wohl gerade im Topf umrührte. Bald darauf steckten sie alle wieder in trockener Kleidung, setzten sich zu Tisch und ließen sich Grünkohl, Wurst und Grütze schmecken. Fordolf berichtete, wie er Helperich aus dem Kerker befreit hatte, und Engilradis faßte die Hand ihres jüngsten Sohnes ganz fest.

Schließlich fragte Constantin, scheinbar ganz nebenbei:

»Großvater, ich wüßte wohl gern, was es Neues in Köln gibt. Wir waren ja schließlich drei Wochen lang fort ...«

»Drei Wochen sind doch wohl keine Ewigkeit, sonst seid ihr auf viel weiteren Fahrten«, bemerkte der alte Herr. »Aber immerhin: Hier war heute ein überaus ereignisreicher Tag. Der König hat sicher geglaubt, mit ihrer gemeinsamen Ankunft hier in Köln sei die Lage klar, und er war offenbar ziemlich verblüfft, daß sich Herr Arnold noch immer heftig gegen die Annahme der Wahl sträubte.«

»Großvater, woher erfährst du denn immer diese Dinge? Hast du das wieder von einem Schreiber des Königs gehört?« fragte Helperich staunend.

Eckebrecht lachte leise. »Nein, lieber Junge, dieses Mal war es ganz einfach, und viele andere Kölner Ratsherrn wissen es so gut wie ich. Wir haben König Konrad und Erzbischof Arnold zum Festmahl im Bürgerhaus eingeladen, so konnten wir mit eigenen Ohren hören, was die beiden hohen Herrn sich zu sagen hatten.«

Diese Szene hatte sich vor den Augen der erstaunten Ratsherrn abgespielt: Arnold wehrte sich immer noch, die Wahl anzunehmen. Der König schaute verblüfft drein; er war davon ausgegangen, die Neubesetzung des Kölner Erzstuhls sei entschieden. Er versprach Arnold, er wolle sich beim Papst dafür verwenden, daß die alten Vorrechte der Kölner Kirche wieder erneuert werden sollten.

Arnold schüttelte den Kopf mit Bestimmtheit. Da lockte ihn der König: »Ich verleihe Euch herzogliche Rechte, damit könnt Ihr den Landfrieden wieder herstellen.«

Aber Arnold klagte und jammerte. »Ich kann und will die Verantwortung für ein völlig ruiniertes Erzbistum nicht übernehmen!«

Der König sah ihn unmutig an, und eine steile Falte der Unzufriedenheit war auf seiner Stirn zu sehen. Aber dann lächelte er plötzlich listig. »Sind nicht viele Tafelgüter des erzbischöflichen Stuhles von Euren Vorgängern verausgabt worden?« fragte er bedächtig und winkte dem Schenken, er möge sich mit der Kanne nähern.

»Ja, und ganz besonders von Herrn Friedrich von Schwarzenburg. Und es sind so wichtige Dinge dabei wie zum Beispiel der Zoll«, klagte Arnold.

»Ich könnte«, sagte der König langsam, »das Hofgericht diese Fälle prüfen lassen. Soweit diese Güter nicht rechtmäßig weggegeben wurden, könnte man sie zurückerstatten beziehungsweise einziehen.«

Bei diesen Worten war es, als schiene die Sonne von Arnolds Gesicht wider.

»Ich nehme die Wahl an«, rief er eilig.

Als Eckebrecht diese Begebenheit schilderte, brachen seine Zuhörer in Gelächter aus. »Was für ein Fuchs unser neuer Erzbischof doch ist«, rief Fordolf. »Trinkt mit mir darauf, daß er seine Fähigkeiten zum Nutzen von Köln einsetzen möge!«

»Großvater, haben wir die Einsetzungsfeier schon verpaßt?« wollte Helperich wissen.

»Verstehe, du fürchtest, dir könnte ein Festmahl entgehen«, erwiderte Eckebrecht trocken. Helperich wurde rot und machte einen Schmollmund, während eine neue Welle der Heiterkeit durch den Raum brandete.

»Ich kann dich aber beruhigen: Unser neuer Erzbischof soll morgen aus König Konrads Hand die Regalien empfangen. Wir werden alle zu diesem feierlichen Ereignis gehen und am allgemeinen Festschmaus teilnehmen, natürlich auch du, mein lieber und ewig hungriger Enkel!«

Als der Hahn im Nachbarhof krähte, erwachte Constantin. Durch die offene Luke im Dachboden fiel grau das erste Licht des Tages. Er reckte und dehnte sich genüßlich unter seiner schlafwarmen Decke. Nicht gleich aufstehen, dachte er, es ist noch Zeit. Heute. Heute sehe ich sie endlich wieder. Er lag einige Minuten still und träumte vor sich hin. Dann ging draußen die Sonne auf, und ein erster dünner Strahl fiel genau in die Luke und zeichnete Kringel auf den Boden; goldene Stäubchen tanzten im Licht. Constantin betrachtete sie müßig, und sein Herz war leicht wie der Sonnenstaub.

Er seufzte glücklich und schaute zur Seite, wo sein Bruder Helperich lag und sich eben im Schlaf umdrehte. Sein Kissen war ihm vom Strohsack gerutscht, und nun zeichneten sich die Spuren der Halme auf seiner Wange ab. Constantin nahm einen Strohhalm und kitzelte seinen Bruder damit, zuerst an der Stirn, wobei Helperich nur leise zuckte, und dann an der Nase. Das war zu viel! Helperich erwachte, rieb sich heftig die Nase und blickte den Bruder, der sich lachend über ihn beugte, schlaftrunken an.

»Aufwachen, du Langschläfer! Aufstehen! Heute ist ein wunderschöner Tag!« rief Constantin, schüttelte die blonden Haare aus dem Gesicht, sprang auf, packte einen der Dachsparren und zog sich ein paarmal daran hoch.

Helperich gähnte. »Was, bitte sehr, ist denn an diesem Tag so wunderschön?« fragte er verschlafen.

»Mach, daß du endlich von deinem Strohsack hochkommst und schau einmal aus der Luke, dann siehst du es. Gestern war der Himmel ganz schwarz in dem Sturzregen, und heute ist er strahlend blau.«

Helperich setzte sich auf, gähnte noch einmal und räkelte sich. »Findest du es ungewöhnlich, daß am Tag nach einem Gewitter die Sonne scheint? Ich dachte, das wäre immer so.«

Constantin schnitt ihm eine Grimasse und pfiff, während er in seine Kleidung fuhr.

»Paß bloß auf! Vögel, die am Morgen singen, holt am Abend die Katze«, spöttelte der Jüngere gutmütig. Auch er schlüpfte nun in seine Kleider und folgte dem Bruder, der, immer noch pfeifend, die steile Stiege hinunterkletterte.

»Ich weiß gar nicht, was das soll, die ganze Reise über warst du fahrig und abwesend, und nun bist du plötzlich in allerbester Stimmung. Was ist denn mit dir los, so kenne ich dich ja gar nicht?« fragte Helperich und legte dem Bruder die Hand auf die Schulter. Aber Constantin lachte nur und lief in den Saal, wo Engilradis schon die Festkleidung ihrer Kinder aus den Truhen herausgesucht hatte.

Die Mädchen waren gerade dabei, sich herauszuputzen. Liveradis kämmte bedachtsam und vorsichtig ihrer fünfzehnjährigen Schwester Gertrudis die hellbraunen Haare, flocht sie dann zu Zöpfen und steckte sie zu einem Kranz auf dem Kopf zusammen. Die Schwestern trugen schon ihre besten Kleider, Liveradis ein weißes und Gertrudis ein hellgrünes.

»Darf ich dich auch kämmen, Constantin?« bat die Jüngste ihren Bruder.

»Wenn es unbedingt sein muß. Aber laß dir nicht etwa einfallen, mir Zöpfe zu flechten«, meinte Constantin und überließ sich ihren zarten Fingern, die behutsam die Knoten aus seinem blonden Haar auskämmten. Heute, dachte er. Endlich. Endlich sehe ich sie wieder.

Die Familie Eckebrechts bot einen stattlichen Eindruck, als alle gemeinsam zur Domkirche schritten. Voran der alte Herr des Hauses, der mit seinem silberweißen Haar, dem kurz geschnittenen grauweißen Bart und seinem schwarzen Tuchmantel mit Pelzbesatz sehr vornehm aussah. Er erwiderte freundlich die zahlreichen Grüße, die ihm auf seinem Weg zugerufen wurden. An seiner Hand hüpfte seine Enkelin Liveradis und plapperte unentwegt auf ihn ein. Hinter ihnen ging Fordolf, der seine Frau Engilradis liebevoll am Arm gefaßt hielt. Darauf folgten die Brüder Constantin und Helperich, zwischen ihnen ihre Schwester Gertrudis. Es wäre an der Zeit gewesen, sich nach einem Bräutigam für sie umzuschauen; aber der junge Hardefust, mit dessen Eltern Eckebrecht schon wegen einer Ehe der Kinder verhandelt hatte, war bei dem großen Brand im letzten Jahr, der auch Eckebrechts Frau Sophia den Tod gebracht hatte, als Helfer ums Leben gekommen, und Gertrudis trauerte dem jungen Mann noch sehr nach, obwohl sie ihn nur flüchtig gekannt hatte. Gerade deshalb vielleicht lebte er in ihrer Erinnerung als ein strahlender, nun auf ewig verlorener Held weiter. Ihre Eltern hatten dies bemerkt und beschlossen, dem jungen Mädchen noch ein wenig Zeit zu geben, bevor sie sich nach einem neuen Ehekandidaten für sie umschauen wollten.

Auch Eckebrechts jüngerer Sohn Gunther, der an der Marspforte wohnte, hatte sich der Familie angeschlossen. Er ging neben seinem Halbbruder Fordolf und sprach mit ihm über seine Handelspläne für die kommenden Monate. Er hatte die kleine, so lange Zeit sehnsüchtig erwartete Tochter Sophia der Kindsmagd aus den Händen genommen und trug sie sorgsam in seinen Armen. Seine Frau Hadewigis entdeckte ihren Bruder Richolf von Lechenich und seine Frau Elisabeth unter den Menschen, die der Domkirche zustrebten, und winkte ihnen zu.

Constantin mit seiner hohen, schlanken Gestalt und dem langen blonden Haar zog viele Blicke auf sich. Er schien es nicht zu bemerken. Seine blauen Augen strahlten unternehmungslustig, seine Blicke schweiften immer wieder suchend über den dichter werdenden Menschenstrom. Er achtete nicht auf das Geplauder seiner Geschwister, bis ein Name fiel, der schlagartig seine Aufmerksamkeit erregte.

»... und dann hat Hermann Birklin ihn eben gezwungen.«

Constantin blieb so plötzlich stehen, daß die Kindsmagd der kleinen Sophia ihm auf die Hacken trat und sich, tödlich verlegen, ein ums andere Mal bei ihm entschuldigte.

»Was hast du da über Hermann Birklin gesagt?« fragte er Gertrudis schroff. Seine Schwester blickte ihn erstaunt an.

»Ich habe nur gesagt, daß Hermann Birklin ihn gezwungen hat«, sagte sie.

»Wen gezwungen? Und zu was?«

»Ach natürlich, das kannst du nicht wissen, es geschah ja erst, nachdem du abgereist warst«, meinte Gertrudis.

»Nun plappere nicht! Ich will wissen, um was es geht!«

Seine Schwester sah ihn gekränkt an.

»Wie sprichst du eigentlich mit mir? Was habe ich dir denn getan?«

Jetzt wurden die Eltern aufmerksam und wandten sich um. »Constantin, was schreist du denn so mit deiner Schwester?« fragte Engilradis erstaunt.

»Ich will von ihr wissen, was sie da über Hermann Birklin erzählt«, sagte er heftig.

Engilradis schüttelte den Kopf. »Was hast du denn mit Hermann Birklin zu schaffen, daß du dich so aufregst? Allerdings finde ich auch, daß er sehr übertrieben hat«, fügte sie nachdenklich hinzu und wiegte den Kopf.

Constantin drängte sich zwischen seine Eltern und faßte die Mutter am Arm. »Mutter, bitte sag mir, um was es geht!« flehte er.

»Um seine Tochter Beatrix. Kennst du Heidenrich, den jüngeren Sohn von Rudolf von Halla?«

»Nein, ich glaube nicht. Was hat er mit Hermann Birklin zu tun?« Er zögerte. »Oder mit dessen Tochter Beatrix?«

»Er ist heimlich in dessen Garten gestiegen, als das junge Mädchen sich dort allein aufhielt. Ihre Mutter Methildis kam zufällig dazu und hat Mordio geschrien. Dann hat Hermann Birklin Heidenrich gezwungen, seine Tochter zu heiraten. Ich finde das sehr übertrieben, denn es war doch eigentlich eine Kleinigkeit, dem Mädchen war offensichtlich nichts geschehen. Rudolf von Halla hatte allerdings wohl nichts dagegen, eine Schwiegertochter aus einem so reichen Haus zu bekommen. – Aber Constantin, was hast du denn?«

Ihr Sohn starrte sie fassungslos an. Sein Gesicht war fahl wie Asche geworden. Er stieß einen undeutlichen Laut zwischen Krächzen und Stöhnen aus, drehte sich um und rannte davon.

»Constantin, komm zurück! Bitte, komm doch zurück!« rief Engilradis bestürzt hinter ihm her. Aber er hörte nicht.

»Ich werde mich um ihn kümmern. Ihr anderen geht jetzt rasch, es ist höchste Zeit«, bestimmte Eckebrecht und lief mit langen Schritten hinter seinem Enkel her. Die Nachzügler zum Festgottesdienst schauten erstaunt auf den alten Ratsherrn, der trotz seines hohen Alters durch die Straße eilte.

Eckebrecht sah Constantin noch über den Heumarkt laufen und verlor ihn dann in den kleinen Gassen zum Rhein hin aus den Augen. Er mußte kurz stehenbleiben, um wieder zu Atem zu kommen. Aber er hatte schon eine Ahnung, wohin sein Enkel wollte; und richtig, er fand ihn auf der Rheinmöwe wieder. Constantin saß neben dem Mast, klammerte sich an dessen wettergegerbtes Holz und starrte auf die Fluten des Rheins, die ungerührt nach Norden flossen. Sein Gesicht war tränenüberströmt.

Mühsam kletterte Eckebrecht auf das Schiff und setzte sich neben Constantin auf den Boden.

Dieser schämte sich vor seinem Großvater, versuchte die Tränen zu unterdrücken und schneuzte sich in seinen Ärmel.

»Weine ruhig, Constantin, wenn du das mußt«, sagte Eckebrecht mit ruhiger Stimme und legte seine Hand tröstend auf den Unterarm seines Enkels. Schweigend saß er lange neben dem jungen Mann, bis dessen Schluchzen leiser wurde und die Tränen langsam versiegten.

»Ich wollte sie doch heiraten, Großvater«, sagte Constantin mit trostloser Miene. »Wie konnte sie nur einen anderen nehmen?«

Eckebrecht dachte eine Weile nach, ehe er bedächtig sagte: »Ich kenne die Familie Birklin gut. Ich denke, daß Hermanns Tochter zwar ein liebliches Mädchen ist, aber viel eigenen Willen scheint sie mir nicht zu haben. Und Hermann soll sehr getobt haben, nachdem dieser junge Mann sie heimlich im Garten besuchte. Ich glaube kaum, daß die kleine Beatrix ihrem Vater da etwas entgegenzusetzen hatte ...«

Constantin blickte auf. Seine Augen, dick verschwollen vom Weinen, blickten jetzt zornig.

»Und was hatte dieser Heidenrich überhaupt bei ihr im Garten zu suchen?«

»Ich war nicht dabei und kann es dir darum nicht sagen«, sagte sein Großvater trocken. »Ob es gegen den Willen des Mädchens geschah oder vielleicht doch nicht, hat Hermann nicht an die große Glocke gehängt. Es nützt aber auch nichts, wenn du dir darüber den Kopf zerbrichst. Es ist nun einmal so, daß sie kaum eine Woche darauf mit Heidenrich vor dem Traualtar stand, und so kann sie nicht mehr die deine werden.«

Sie blickten eine Weile auf die eiligen Wellen hinaus, dann fragte Eckebrecht: »Was ist denn zwischen dir und diesem Mädchen vorgefallen? Niemand von uns hatte ja eine Ahnung davon.«

»Vorgefallen? Eigentlich nichts«, sagte Constantin trotzig. »Aber beim letzten Fest im Bürgerhaus habe ich dreimal mit ihr den Reigen gesprungen, und sie hat mich so angesehen, daß mein Herz ganz groß und weit wurde. Großvater, ich dachte, es sei für sie so klar wie für mich, daß wir zueinander kommen sollten.«

»Warum in aller Welt hast du denn nichts gesagt?« fragte der Großvater. »Ich hätte wohl bei Hermann Birklin für dich sprechen können. Ich kann mir nicht vorstellen, daß er deinen Antrag abgelehnt hätte.«

Constantin senkte den Kopf. »Ja, es war dumm von mir. Aber ich dachte eben, wir hätten noch so viel Zeit, sie ist doch gerade erst vierzehn geworden.« Er atmete tief ein und stieß dann hervor: »Weißt du, Großvater, ich war so glücklich und wollte das Geheimnis noch eine Weile in meinem Herzen hüten. Kannst du das verstehen?«

Eckebrecht schwieg. Seine erste Ehe war zwischen den Eltern abgesprochen worden, und Liveradis hatte ihn nicht geliebt. Er hatte kein Glück bei ihr finden können, obwohl er sich sehr danach gesehnt hatte. Und seine zweite Frau, seine liebe unvergessene Sophia, hatte selbst ein Auge auf ihn geworfen und beschlossen, er habe ihr Mann zu werden.

Nein, er hatte nie so etwas erlebt wie Constantin.

»Ich verstehe, daß du jetzt sehr unglücklich bist, und das tut meinem Herzen weh, weil ich dich lieb habe«, sagte Eckebrecht sanft. »Es würde nichts nützen, wenn ich dir nun sagen wollte, daß Liebeskummer vorbeigeht, denn das kannst du mir jetzt in deinem Schmerz nicht glauben. Als damals deine Großmutter Liveradis gestorben ist ...« Er wollte sagen, daß der Schmerz groß gewesen war zu erkennen, daß sie sich ihm nicht zugewandt hatte und er nun niemals mehr die Möglichkeit bekommen konnte, ihr Herz doch noch zu gewinnen, wußte diesen Gedanken aber nicht recht in Worte zu fassen.

Constantin aber, der von den ehelichen Schwierigkeiten seines Großvaters nichts wissen konnte, glaubte, Eckebrecht habe seine große Liebe verloren, als Liveradis ertrank. Er griff nach der Hand des Großvaters und fühlte sich im Kummer mit diesem vereint. Und wenn er auch darin irrte, so tröstete es ihn doch ein wenig. So saßen sie noch eine Weile schweigend nebeneinander, und jeder hing seinen eigenen traurigen Gedanken nach.

8. Januar 1152

»Großvater hatte recht, als er sagte, daß Liebeskummer nachläßt«, sagte Constantin wie nebenbei zu seinem Vater und half ihm in die prächtigen, aber etwas schwer anzuziehenden Stiefel. »Obwohl es doch eine ganze Weile sehr weh getan hat. Willst du den Pelz oder den wollenen Umhang?«

Fordolf blickte seinen Sohn prüfend an. Dies war das erste Mal, daß Constantin über seinen Schmerz mit ihm sprach. Am Abend der Regalienübertragung war er zusammen mit seinem Großvater nach Hause gekommen, blaß, mit geschwollenen Augen, und sogleich und ohne an der gemeinsamen Mahlzeit teilzunehmen unter das Dach zu seiner Schlafstatt verschwunden. Am folgenden Morgen hatte er seine gewohnte Selbstbeherrschung wiedergefunden und seine Arbeit getan wie eh und je. Nur Helperich wußte, daß Constantin manchmal nachts schluchzte, aber über seine Lippen kam nicht eine Silbe.

Fordolf und Engilradis hatten von Eckebrecht erfahren, was ihren Sohn so verstört hatte, und sie besaßen so viel Taktgefühl, nicht in ihn zu dringen, solange er nicht von sich aus darüber sprechen wollte. Das war nun länger als ein halbes Jahr her, und jetzt hatte Constantin zum ersten Mal ein Wort darüber fallen lassen.

»Pelz oder Umhang?« fragte Constantin noch einmal.

»Ich nehme den Umhang«, entschied der Vater. »Hier in Segni ist es mild genug, wenn auch zu Hause jetzt noch die Eiszapfen von den Dächern hängen.« Zögernd fragte er dann: »Heißt das, daß du Beatrix Birklin inzwischen vergessen konntest?«

Constantin antwortete eine Weile nicht und ordnete dem Vater den Kragen sorgfältig über dem Umhang.

»Nein, ich habe sie nicht vergessen. Und es tut auch immer noch weh, aber nicht mehr so sehr, daß ich meine, das Herz bräche mir in Stücke.«

Er nahm ein scharfes Messer und schnitt den kurzen ergrauten Bart des Vaters bedächtig in Form. Erst als sein Sohn damit fertig und das gefährliche Werkzeug nicht mehr an seinem Hals war, wagte Fordolf wieder zu sprechen.

»Vielleicht ist das, was dir jetzt noch weh tut, auch eher verletzter Stolz, weil sie nicht, allem anderen zum Trotz, auf dich gewartet hat. Im Grunde hast du das Mädchen doch kaum gekannt und ein schönes Bild angebetet, ohne zu wissen, was sich dahinter verbirgt. Da kann man eigentlich nicht sagen, daß sie dich getäuscht hat. Du selbst hast dich getäuscht, und nun bist du enttäuscht, ist es nicht so?«

Constantin betrachtete den Vater aufmerksam von allen Seiten. »Deine goldene Kette mit dem heiligen Gereon fehlt noch«, sagte er. »Ja, Vater, du hast ganz recht. Aber dem schönen Bild trauere ich doch nach. Ich habe dir übrigens noch nie gesagt, daß es mir wohl getan hat, daß niemand von der Familie mich auf mein unbeherrschtes Betragen damals im April angesprochen hat. Ihr wart alle nur sehr liebevoll zu mir, und das hat mich in meinem Schmerz getröstet.«

Er holte einen winzigen Handspiegel und hielt ihn vor Fordolf, damit er sich darin bewundern sollte.

»Laß nur, mein Sohn, ich müßte schon Augen wie ein Adler haben, wenn ich meine Pracht in diesem Frauenspielzeug wiederfinden wollte«, spottete der Vater. »Sag mir einfach, ob ich so aussehe, daß Erzbischof Arnold an seinem feierlichen Tag mit mir zufrieden sein kann.«

Der Erzbischof sollte nämlich heute durch die Hand von Papst Eugen III. in Segni, einer kleinen Stadt südöstlich von Rom, zum Bischof geweiht und mit dem Pallium ausgestattet werden. Schon im November hatte er seine Ämter niedergelegt, hatte auf die Würde des Reichskanzlers und des Propstes von Sankt Servatius in Maastricht verzichtet und war mit gebührendem Gefolge zum Heiligen Vater gereist. Auch die vornehmsten Kaufleute seiner Stadt hatte er zu dieser Reise eingeladen, und da Eckebrecht sich zu alt für eine so weite Fahrt fühlte, war an dessen Stelle sein Sohn Fordolf mitgereist, begleitet von seinem älteren Sohn Constantin und zwei Knechten.

Als Fordolf am Abend von den Feierlichkeiten zurückkehrte, fragte Constantin ihn neugierig: »Hat unser Herr Erzbischof etwa wieder seine Künste als Schauspieler gezeigt?«

»Aber sicher, er ließ sich die Gelegenheit nicht entgehen«, freute sich Fordolf. »Du hättest ihn sehen sollen. Als der Papst seine Einsetzung erklären wollte, wehrte Herr Arnold mit beiden Händen ab und bedeckte dann seine Augen, als kämen ihm die Tränen. Das entgeisterte Gesicht des Papstes werde ich nie vergessen. Ich habe mich sehr zusammennehmen müssen, um nicht in Gelächter auszubrechen. Seine Heiligkeit hat ihm schließlich das Pallium geradezu aufgedrängt und erklärt, er nehme die Kölner Kirche in seinen Schutz und bestätige all ihre Besitzungen und Rechte. Und das war es ja auch, was Arnold hatte hören wollen.«

Fordolf holte nun das Lachen, das er sich bei der Zeremonie nicht hatte erlauben dürfen, nach, und Constantin tat es ihm gleich.

»Jetzt geht es aber ernsthaft an die Arbeit«, bemerkte Fordolf. »Da König Konrad im September auf Wunsch des Papstes einen Heerzug gegen den sizilischen Normannenkönig beschlossen hat und in Kürze nach Rom kommen will, muß Arnold die Vorbereitungen hierfür am päpstlichen Hof treffen. Da ist noch allerhand auszuhandeln, und ich glaube nicht, daß wir vor Februar die Rückreise antreten. Ich möchte gern, daß du deine Zeit dazu nutzt, dich weiter in der italienischen Sprache zu üben, nachdem Großvater dir ja schon die Grundlagen beigebracht hat. Ich habe auch Händler aus Byzanz getroffen, die mir eine Botschaft von meinem Bruder Johannes überbracht haben. Damit beschäftigen wir uns beide noch eingehend. Vielleicht reicht uns die Zeit hier sogar nicht einmal.«

In der Tat war die erste Februarwoche vorbei, als Erzbischof Arnolds Zug sich wieder Richtung Norden auf den Weg machte. Es hatte in den letzten Tagen viel geregnet, und die Pferde stapften mühsam durch aufgeweichte, schlammige Straßen. Sie brauchten viele Tage, um die Alpen zu überqueren. Völlig erschöpft von den Anstrengungen und ausgelaugt durch Kälte und Wind freuten sich alle, als sie am Fuß des Gebirges angelangt waren. Da erreichte sie ein Eilbote, auch er so erschöpft, daß er nicht sprechen konnte, als er von seinem schaumbedeckten Roß glitt. Er überreichte dem Erzbischof eine in Blei eingesiegelte Botschaft, die dieser auf der Stelle öffnete und überschlug. Herr Arnold stieg schwerfällig von seinem Tier, fiel auf dem pfützenübersäten Weg auf die Knie und schlug ein Kreuz.

»Der König ist tot«, ächzte er, senkte den Kopf und fing an zu beten.

Sein Schreiber, die Ritter seiner Gefolgschaft, selbst tief betroffen von der unerwarteten schlimmen Nachricht, blickten sich verstohlen an. War das wieder eine Kundgebung der Schauspielkunst ihres Erzbischofs?

Sie taten ihm Unrecht. Dieser Mann, der so gern und überzeugend Rollen spielte, hatte den König zutiefst geschätzt und geachtet. Sein Tod ging ihm sehr zu Herzen.

Nach einer langen Weile erhob der Erzbischof sich mühsam. Sein Reisegewand war völlig durchweicht und schlammbeschmiert. Er wischte sich die Tränen aus den Augen und winkte schweigend dem Boten, er möge sich nähern. Der Mann war inzwischen so weit zu Atem gekommen, daß er wieder reden konnte.

»Hier steht, daß unser geliebter König vor zwei Tagen zu Gott berufen wurde. Du weißt wohl nichts Näheres?«

»Doch, Herr«, antwortete der Reiter. »Ganz Bamberg weiß es. Es geschah ja mitten auf dem Reichstag, den der Herr König einberufen hatte.«

»Und wie geschah es?«

»Herr, der König sprach vor der Versammlung über seine Pläne. Er wollte nach Rom ziehen, sich dort zum Kaiser krönen lassen und dann gemeinsam mit dem Kaiser Manuel von Byzanz, der ja sein Schwager ist, gegen die Normannen ziehen und sie aus Sizilien vertreiben. So habe ich es gehört. Mitten in seiner Rede krümmte er sich plötzlich, wurde weiß wie die Wand, spie einen Schwall dunkles Blut aus und brach dann zusammen. Seine Leute wollten ihn wegtragen, aber er bat, sie sollten ihn liegenlassen und ihm nur ein Kissen unter den Kopf schieben. Er hat dann wohl seine letzten Kräfte gesammelt und so laut er noch konnte in den Saal gerufen: ›Ich fühle den Tod kommen. Hört zu, denn mir bleibt kaum mehr Zeit: Friedrich soll mein Nachfolger sein.‹ Der Fürstbischof Eberhard von Bamberg beugte sich über ihn und fragte: ›Euer Sohn, Herr?‹ Konrad würgte aufs neue einen Blutschwall hervor und keuchte dann etwas hervor. Der Bamberger nickte und rief in den Saal: ›Er hat gesagt: der Rotbart!‹ Vielleicht wollte der König noch mehr sagen, aber ein erneuter Blutsturz schnitt ihm das Wort ab. Er starb zur gleichen Stunde, Herr.«

Der Erzbischof atmete tief auf. Noch immer liefen Tränen über sein Gesicht, aber er rief mit lauter Stimme: »Vorwärts, wir müssen weiter!«

Ungläubig starrten seine Männer ihn an. Sein Beichtvater fragte zögernd: »Wollen wir jetzt nicht rasten, für den Verstorbenen beten, eine Messe für ihn feiern und um ihn trauern?«

Arnold schüttelte den Kopf und schwang sich wieder auf sein Pferd.

»Dazu ist in Köln noch Zeit genug. Los jetzt, wir müssen heim, so schnell wie möglich, damit ich dort unter den Meinen sicherer und freier für die Zukunft des Reiches sorgen kann.«

Und vorwärts ging es, bis die Dunkelheit sie zur Nachtrast zwang.

In dieser Nacht lag Constantin mit seinem Vater in einem Wagen, auf dessen Plane der Regen tropfte.

»Vater, schläfst du schon?«

»Nein, mir gehen zu viele Gedanken im Kopf herum.«

»Vater, es ist doch merkwürdig, daß er seinen Neffen zum Nachfolger bestimmt hat. Er hat doch Kinder, sollten die nicht an erster Stelle kommen?«

»Nach Prinz Heinrichs Tod vor zwei Jahren hat er nur noch den kleinen Friedrich, und der ist ein Kind von sechs Jahren. Konrad kennt die Kämpfe, die beim Tod eines Herrschers ausbrechen können, zur Genüge. Er weiß, daß nur ein Mann mit starker Hand sich durchsetzen kann. Und Herzog Friedrich von Schwaben ist etwa dreißig, klug, angesehen und tatkräftig. Er kann es schaffen, den Frieden im Reich zu erhalten. Gott gebe, daß es so sein wird.«

Im März wurde in Frankfurt der neue König gewählt. Dieses Mal reiste Eckebrecht selbst im Gefolge des Erzbischofs, und er nahm Constantin zu seiner Begleitung mit. Kurz nach der Heimkehr aus Italien hatte Constantin erfahren, daß Beatrix Birklin tot war. Sie war nach einer Fehlgeburt verblutet. Seitdem war er bleich und still. Eckebrecht wollte ihn auf andere Gedanken bringen und meinte im übrigen, nichts lenke so sehr von Seelenschmerz ab wie Arbeit.

Ihr Schiff war voll beladen mit seltenen und kostbaren Waren, die man nirgends so gut absetzen konnte wie bei einer Versammlung von vielen großen Herrn.

Merkwürdige Dinge hatten sich vor dieser Königswahl abgespielt. Von allen Seiten her waren die deutschen Standesherrn nach Köln geströmt, vor allem Bayern und Trierer; noch ehe sie jedoch dem Herrn Erzbischof im Palast ihre Aufwartung machten, sah man sie im Kloster der heiligen Ursula ein- und ausgehen. Hier herrschte Frau Gepa von Dassel als Äbtissin. Aber was hatte sie mit der Königswahl zu tun?

Sie hatte ihren Bruder zu Gast, Rainald von Dassel, einen jungen Propst aus Hildesheim. Rainald gehörte zu den engsten Freunden des Schwabenherzogs und war eisern entschlossen, diesen auf den Thron zu bringen. Aber was er auch unternehmen und verhandeln mochte, nichts davon wurde bekannt. Schon gar nicht in Mainz, dessen Erzbischof sich darauf vorbereitete, Reichsverweser anstelle des sechsjährigen Königssohns Friedrich zu werden.

Die Kölner Bürger hatten recht genaue Vorstellungen davon, warum der Mainzer einen kleinen Knaben bevorzugte. Schließlich war es noch keine hundert Jahre her, daß Anno von Köln den Großvater des verstorbenen Königs Konrad, den späteren Kaiser Heinrich IV., als Kind von der Seite seiner Mutter weg entführt hatte, um mit der kostbaren Geisel in der Hand selbst nach Belieben zu regieren. Dies hatte damals zu erheblichen Unruhen im Reich geführt, und viele fürchteten, daß dies auch jetzt geschehen könnte.

Aber nun war die Ladung an die deutschen Fürsten ergangen, sich in Frankfurt zur Wahl einzufinden. Der Mainzer atmete auf. Diese Stadt gehörte zu seinem Einflußbereich. Alles würde nach seinem Willen geschehen. Mit feierlichem Zeremoniell eröffnete er die Versammlung. Als erster meldete sich der Kölner Erzbischof zu Wort und schlug vor, um die Wahl zu vereinfachen, möge man eine Kommission einberufen; deren Mitglieder sollten die Wahlkandidaten selber sein. Mochten sie sich doch untereinander einigen, wer König werden solle. Das würde unheilvolle Fehden wie in der Vergangenheit verhindern und verhieß Ruhe und Ordnung.

Der Vorschlag fand allgemeinen Beifall, und die Kommission trat zusammen. Hinter verschlossenen Türen berieten sich Herzog Friedrich von Schwaben, sein Vetter Herzog Heinrich von Sachsen, den man schon »den Löwen« nannte, die Herzöge von Babenberg und Zähringen sowie einige weitere Herrn. Aber schon nach kürzester Zeit erscholl ein Heroldsruf und ertönten Fanfaren, und während sich die Außenstehenden noch fragten, was das zu bedeuten habe, klang lautes Geschrei und Getrommel aus dem schwäbischen Lager, und dann der Ruf: »Es lebe Friedrich, der König!«

Schon eilten die schwäbischen Ritter herbei, hoben ihren Herzog auf den Schild und trugen ihn im Kreis, damit jedermann den neuen König sehen konnte. Die übrigen Fürsten, die man mit der Wahl beauftragt hatte, schritten hinter ihm her und bestätigten, man habe sich auf Friedrich als neuen König geeinigt.

Der Mainzer Erzbischof stand fassungslos da. Wütend erhob er seine Stimme und schrie, diese Wahl sei offensichtlich vorher so abgesprochen worden und daher ein Betrug; aber kühl wies ihn die

Kommission darauf hin, daß sie den König kraft ihres Amtes gewählt hätte, rechtsgültig und unanfechtbar.

Der Mainzer wollte noch weiter protestieren, aber er ließ es lieber sein, als eine Überzahl bewaffneter Schwaben Friedrich auf dem Schild durch das Lager trugen und damit die Vorschriften für eine gültige Wahl erfüllten. Es war zu spät; der Mainzer war überrumpelt worden. Wer hatte sich diesen Schachzug ausgedacht? Der Name Rainald von Dassels wurde hinter vorgehaltener Hand geflüstert.

Eckebrecht nahm an diesen Vorgängen gespannt Anteil, hatte aber gleichzeitig alle Hände voll zu tun, seine Ware so günstig wie möglich abzusetzen. Constantin gelang es, eine Ladung Gewürze, die aus dem Morgenland nach Frankfurt gekommen war, preiswert aufzukaufen, so daß ihr Schiff die Rückfahrt nicht leer anzutreten brauchte.

Eckebrecht war daher sehr zufrieden mit seinem Enkel. Es verwunderte ihn aber, Constantin mehrmals in Gesellschaft von Gerard Unmaze anzutreffen, der ohne Zweifel einer der reichsten und mächtigsten, aber unbestreitbar auch der rücksichtsloseste unter den Kölner Händlern war.

Am Vorabend ihrer Rückreise hatten Constantin und die Knechte den Laderaum sorgfältig gereinigt und aufgeräumt und die neue Ware gut verpackt und verstaut. Als sie ihre Arbeit beendet hatten, war es nicht so spät wie an den vorhergehenden Tagen, und Eckebrecht wollte die seltene Muße nutzen, um sich in Ruhe mit Constantin zu unterhalten. Sie schliefen an diesem letzten Abend nicht mehr in der Herberge wie in den vorhergehenden Tagen, sondern schon an Bord, weil sie in der frühen Morgendämmerung aufbrechen wollten. Der Schiffsherr schickte die Knechte in die Stadt, damit sie sich von den Anstrengungen der letzten Tage erholen konnten.

»Geht, eßt und trinkt und prügelt euch, aber nicht mehr als nötig. Und wehe euch, wenn ihr nicht spätestens um Mitternacht wieder auf dem Schiff seid! Und trinkt nicht so viel, daß ihr mir morgen das Schiff auf Grund setzt«, rief er ihnen noch nach. Dann ließ er sich mit seinem Enkel unter der Plane nieder, die sie nachts vor Regen und Tau schützen sollte. Ein dicker Umhang, eine warme Decke und ein glühendes Kohlepfännchen sorgten für Behaglichkeit, ebenso ein Krug mit warmem, gewürztem Wein.

»Ich wüßte gern, was du in den letzten Tagen so viel mit Gerard Unmaze zu schaffen hattest«, begann Eckebrecht und schaute Constantin fragend an. »Er hat doch wohl nicht versucht, sich in unsere Geschäfte zu drängen?«

»Nein, hat er nicht«, sagte Constantin gleichmütig. »Er hatte nicht Stoffe und Schmuck, sondern Pelze und Wein geladen.«

»Aha. Und um was ging es also?«

»Um Geschäfte, Großvater.«

Eckebrecht wurde unruhig. »Mein lieber Junge, ich halte dich zwar für einen außerordentlich begabten Kaufmann, aber mit Gerard Unmaze solltest du dich besser nicht einlassen. Weißt du nicht, daß er dafür bekannt ist, sowohl Gegner wie Partner, aber auch Freunde über den Tisch zu ziehen?«

»Weiß ich. Aber mich wird er nicht ziehen. Er wird nämlich mein Schwiegervater.«

Eckebrecht sah seinen Enkel völlig verdutzt an. »Wie bitte? Ich dachte, seine Tochter sei mit Winnemar, dem Schenken des Erzbischofs, verlobt.«

Constantin schüttelte den Kopf. »Nein, es geht nicht um seine Tochter Hadewig. Ich werde seine ältere Tochter Durechin heiraten.«

Eckebrecht grübelte. »Durechin? Ich glaube nicht, daß ich sie kenne.«

»Doch, Großvater, du kennst sie. Die Witwe des Kaufmanns Dietrich von Wile.«

Eckebrecht, der sich gerade am Wein gütlich getan hatte, verschluckte sich vor Schreck und mußte arg husten. Constantin klopfte ihm freundlich den Rücken, bis er wieder Atem holen konnte.

Der alte Kaufmann sah seinen Enkel zweifelnd an, ob dieser im Ernst sprach. »Constantin, das kann ich nicht glauben. Sie muß zehn, fünfzehn Jahre älter sein als du.«

»Zehn«, bestätigte der Enkel freundlich. »Was macht das schon? Hat nicht auch dein Sohn Gunther eine wesentlich ältere Frau geheiratet?«

Eckebrecht regte sich auf. »Hadewigis ist nur fünf Jahre älter als Gunther. Es war eine günstige Verbindung, und sie führen eine ausgezeichnete Ehe.«

»Schon gut, Großvater«, sagte Constantin gelassen. »Aber auch Durechin stammt aus einer wirklich ausgezeichneten Familie.«

»Das will ich ja gar nicht abstreiten. Aber zehn Jahre älter als du! Hast du auch an Kinder gedacht?«

Constantin zog die Augenbrauen hoch. »Selbstverständlich. Eine Frau Anfang der Dreißig kann mir noch viele Kinder schenken. Bei einer jungfräulichen Braut weiß man nie, ob sie auch Kinder gebären kann, aber Durechin hat ihre Fruchtbarkeit schon bewiesen, denn sie hat zwei kleine Söhne.«

Eckebrecht knallte den Becher auf die Kiste, auf der er gesessen hatte.

»Du bist erst zweiundzwanzig! Wenn du dreißig bist, ist sie vierzig, und wenn du vierzig bist, ist sie schon fünfzig!«

Constantin nahm ihm sorgfältig den Becher aus der Faust.

»Ja, diese Rechenaufgabe kannst du jetzt gern noch weiterführen. Aber damit bringst du mich nicht von meinem Vorhaben ab. Warum sollte meine Ehe mit ihr denn nicht gut werden? Ich habe dich im Verdacht, daß dich an dieser Verbindung vor allem ärgert, daß du sie nicht selbst in die Wege geleitet hast.«

Eckebrecht schwieg betroffen. Sein scharfsichtiger Enkel hatte nicht unrecht, mußte er vor sich selbst zugeben. Aber er begriff die Situation noch immer nicht.

»Es war doch noch nie die Rede von ihr. Wo hast du sie denn näher kennengelernt?«

Constantin goß dem Großvater noch einmal einen Schluck ein.

»Ich habe sie einmal kurz gesehen, damals, beim Leichenzug von Erzbischof Arnold.«

Jetzt blieb Eckebrecht wahrhaftig die Sprache weg. Er erinnerte sich an eine kleingewachsene Frau, eher unscheinbar, im Witwenschleier und in bitteren Tränen, zwei Kinder an ihrer Seite. Sein Enkel hatte sie also ein einziges Mal flüchtig gesehen und wollte nun die Ehe mit ihr schließen.

»Jetzt will ich klipp und klar von dir wissen, wer auf diese Heirat verfallen ist«, verlangte er.

»Nun, Gerard Unmaze«, sagte Constantin. »Wir wollen gemeinsame Geschäfte machen, und da hat er mir die Hand seiner Tochter angetragen. Und weil mir Gerards Ruf bekannt ist, denke ich, es ist besser, wenn er mir dabei durch verwandtschaftliche Bindungen verpflichtet ist.«

»Wenn es aber so ist, kann dein Herz ja wohl nicht dabei sein?« rutschte es dem alten Herrn heraus, ehe er seine Worte recht bedachte.

Constantin sah seinen Großvater mit einem merkwürdigen Ausdruck an. Er schwieg eine Weile und brachte dann mühsam heraus: »Was einem widerfahren kann, wenn das Herz spricht, habe ich letztes Jahr gesehen.«

Ja, was hätte Eckebrecht darauf antworten sollen? Es war zwar durchaus üblich, daß die großen Kaufmannsfamilien Ehebündnisse untereinander aushandelten und die Betroffenen nicht groß um ihre Meinung gefragt wurden, aber eine derart kaltblütig ins Auge gefaßte Heirat verursachte ihm Unbehagen. Er kannte Constantin jedoch. Sein Enkel hatte sich die Angelegenheit offenbar genau überlegt.

Leise plätscherten die Wellen des Mains gegen die Rheinmöwe. Eine Wolke schob sich vor den Mond, und Eckebrecht konnte Constantins Züge nicht mehr erkennen.

»Nun wüßte ich aber doch gern, um was für großartige Geschäfte es geht, die du mit Gerard Unmaze vorhast, wo es als Draufgabe noch eine Ehefrau gibt«, brummte er.

Doch Constantin ging auf die Herausforderung nicht weiter ein. »Den Zoll«, sagte er freundlich.

Eckebrecht atmete tief auf. Das war sehr hoch gegriffen. Der Zoll mit seinen Rechten und Einnahmen stand dem Erzbischof zu, und Arnolds Amtsvorgänger, Herr Friedrich, hatte ihn verpfändet, als er dringend große Summen brauchte, um in der Reichspolitik eine wichtige Rolle spielen zu können. Jahrzehntelang war der Zoll in fremden Händen gewesen, nun hatte Arnold ihn vom König zurückerhalten und nicht einmal dafür bezahlen müssen.

»Verstehe ich recht, du willst den Zoll vom Erzbischof pachten?« fragte Eckebrecht.

»Ich will es versuchen. Das wird natürlich außerordentlich teuer, so viel Geld kann selbst unsere reiche Sippe nicht allein aufbringen. Aber mit Gerard Unmaze zusammen müßte es möglich sein«, bestätigte Constantin.

»Von wem stammt diese Idee?«

»Von mir, Großvater. Gerard Unmaze will sich jedoch gern anschließen.«

»Das kann ich mir vorstellen. Aber es wird teuer. Entsetzlich teuer«, meinte er zweifelnd.

»Ja, außerordentlich teuer. Aber die Gewinne, Großvater, die Gewinne, die wir damit machen können, werden atemberaubend sein.«

»Wenn ihr Gewinne macht. Die Kosten für die Pacht liegen fest, die Gewinne nicht.«

»Ganz richtig, Großvater. Wir können sehr viel verdienen, wenn wir den Zoll überhaupt in Pacht erhalten, wenn wir äußerst sorgfältig planen und gestalten, wenn es keinen Krieg gibt, wenn ... aber das weißt du ebensogut wie ich. Ohne Gefahr kein Gewinn.«

»Du hast recht, und du bist wirklich ein ungewöhnlich kühner und dabei kühl planender Kaufmann«, meinte Eckebrecht.

»Das habe ich von dir gelernt«, kam die Antwort.

Das freute den Großvater, aber in seinem Innern wußte er, der Enkel würde ihn überflügeln.

»Nur: Was deine Mutter zu deinen Heiratsplänen sagen wird, daran mag ich gar nicht denken«, fügte er noch, ein wenig boshaft, hinzu. Und in der Tat, auch Constantin wurde unbehaglich zumute, wenn er daran dachte.

Aber Engilradis stand, nachdem sie über das unerwartete Vorhaben ihres Sohnes nachgedacht hatte, der Heirat gar nicht ablehnend gegenüber.

»Ich kenne Durechin«, berichtete sie ihrem Mann. »Sie ist wohltätig und hat ein sanftes, freundliches Wesen. Sie ist eine liebevolle Mutter, und der allzu frühe Tod ihres Mannes hat sie tief getroffen.« Sie ist nicht wie ihr harter, raffgieriger Vater Gerard, dachte sie, sprach diesen Gedanken aber nicht aus.

»Ich möchte nur wissen, woher du deine Kenntnisse hast«, fragte Fordolf erstaunt.

»Nun, sie ist ein Patenkind meiner Mutter, darum habe ich sie gelegentlich in meinem Elternhaus gesehen«, erwiderte Engilradis.

»Hat sie Geld?« wollte Fordolf wissen.

»Mehr als genug. Sie ist das einzige Kind aus der zweiten Ehe von Gerard Unmaze und hat viel von ihrer verstorbenen Mutter geerbt. Außerdem hat ihr Dietrich, außer seinem Handel, acht Häuser in Köln hinterlassen. Sie wohnt mit ihren beiden Söhnen in einem sehr schönen, großen Haus in der Dwergasse.«

Fordolf pfiff durch die Zähne. »Nicht schlecht«, meinte er beifällig. »Hat sie eigentlich als Witwe den Handel weitergeführt?«

»Aber, Fordolf!« rief Engilradis erstaunt. »Da solltest du doch Gerard Unmaze besser kennen. Er hat sofort nach Dietrichs Tod dessen Handel an sich gerissen. Aber, so hart er auch ist, so ist er es doch nicht gegen seine Lieblingstochter. Er führt die Geschäfte für sie und verdient in ihrem Namen. Ich nehme an, er nimmt keinen Pfennig von ihrem Geld dafür.«

Fordolf schaute seine Frau nachdenklich an. Er nahm ihre Hand und fragte sanft: »Und nun, meine Herzliebste, sage mir bitte, was du wirklich über Constantins Heiratspläne denkst.«

Engilradis rückte näher an ihren Mann und legte den Kopf auf seine Schulter. Sie schwieg eine Weile und sagte dann: »Über Durechin denke ich genauso, wie ich es dir gesagt habe. Aber Constantin – seine Pläne sind ganz folgerichtig, und diese Ehe wird ihn geschäftlich sehr viel weiterbringen.« Sie schaute Fordolf traurig an und fügte hinzu: »Und dennoch bin ich ein wenig beklommen, daß dies für ihn nur eine Rechenaufgabe zu sein scheint. Ich hätte ihm gegönnt, daß er aus Liebe geheiratet hätte, so wie wir. Weißt du noch?«

Fordolf drückte sie an sich. »Wie könnte ich es je vergessen, du meine Einzige?«

Die Verbindung zwischen Fordolf und Engilradis hätte nicht passender sein können; aber als Fordolf sich in sie verliebt hatte, war sie dem Kloster bestimmt gewesen, und ihr Vater Helperich hatte Fordolfs Werbung höchst ungnädig zurückgewiesen. Die unbeirrbare Liebe und Treue der beiden jungen Leute und nicht zuletzt das kluge Eingreifen von Engilradis' Mutter Gertrudis hatte aber schließlich den Widerstand Helperichs besiegt, und nun waren sie schon fast ein Vierteljahrhundert in glücklicher Ehe vereint.

»Ich denke wie du«, sagte Fordolf. »Aber dennoch wird Constantin Durechin Unmaze heiraten. Gott gebe, daß sie beide doch ein wenig Glück zusammen finden.«

Gerard Unmaze teilte also bei seiner Rückkehr aus Frankfurt seiner Tochter Durechin mit, er habe einen zweiten Gatten für sie gefunden. Zwar hätte sie als Witwe allein bestimmen dürfen, ob und wen sie heiraten wollte, aber sie kam gar nicht auf den Gedanken, ihrem Vater zu widersprechen. Sie war von klein auf gewohnt, daß ihr Vater, der Ministeriale und große Handelsherr Gerard Unmaze, alles wußte, alles konnte und daher alles bestimmte. Er hatte stets angeordnet, was sie zu tun und zu lassen hatte, und er hatte sie gegen die Neckereien und Übergriffe ihrer Brüder aus der ersten und dritten Ehe in Schutz genommen. Natürlich hatte er auch ihren ersten Mann ausgesucht und Durechin nicht nach ihrer Meinung gefragt. Aber Dietrich von Wile war ein freundlicher Ehemann gewesen, und er hatte sehr bald ihr Herz gewonnen.

Darum wäre ihr auch nie etwas anderes in den Sinn gekommen, als ergeben der Anordnung ihres Vaters zuzustimmen.

Als nun Constantin ihr seinen ersten Besuch machte, wunderte sie sich doch, denn sie hatte nicht gewußt, daß er noch so jung war. Zögernd und schüchtern reichte sie ihm die Hand. Sie wußte, daß sie klein war und unscheinbar. Ihre blasse Haut war von Sommersprossen übersät. Daß ihre Haare ein prächtiges Kupferrot zeigten, war unter der Frauenhaube nicht auszumachen. Und da stand nun Constantin neben ihrem Vater: groß, schön, strahlend, das blonde Haar umgab sein ausdrucksvolles, kühles Gesicht wie ein Helm. Ich passe wohl schlecht zu ihm, dachte sie verzagt. Aber als er sie anlächelte, fand sie ihn unwiderstehlich. Wie habe ich sein Gesicht denn kühl finden können?, dachte sie flüchtig.

Sein Blick ruhte freundlich und aufmerksam auf ihr. Durechin wurde verlegen und klatschte in die Hände, damit die Magd kommen und die vorbereiteten Erfrischungen bringen sollte. Sie wollte ihm selbst die heißen Fladen mit Honig vorlegen und den verdünnten Würzwein einschenken, aber er nahm ihr lächelnd Schüssel und Krug aus der Hand und bediente sie. Ihr Vater wollte besonders taktvoll die beiden für ein paar Augenblicke allein lassen.

»Hat deine dumme Magd doch wieder etwas vergessen«, brummte er und polterte hinaus.

Jetzt wurde Durechin noch verlegener. Die Röte stieg ihr ins Gesicht. Sie sah, daß ihre Hände zitterten, und wollte sie im Ärmel verstecken. Aber Constantin war schneller als sie und nahm ihre Hand mit ruhigem Griff.

»Ich will doch nicht etwa annehmen, daß Ihr Euch vor mir fürchtet?« fragte er. Sie wurde noch röter und schüttelte den Kopf. »Oder vielleicht mißfalle ich Euch, und Ihr denkt darüber nach, wie Ihr mich so schnell wie möglich hinauswerfen könnt?« Erschrocken hob sie den Kopf, sah ihn an und bemerkte, daß er lachte.

»Nein, wie könntet Ihr mir mißfallen«, sagte sie schüchtern. »Ich kenne Euch ja nicht.«

»Ich hingegen habe Euch schon einmal gesehen. Ich sah Euch hinter der Bahre Eures erschlagenen Ehemannes. Ihr habt damals sehr geweint.«

Sie senkte den Kopf. »Ja, Dietrich war ein guter Mann. Sein Tod war schrecklich für mich und die Kinder.«

Constantin sah sie eindringlich an. »Ich verspreche Euch, auch ich werde Euch ein guter Mann sein, falls Ihr Euch entschließen solltet, meine Werbung anzunehmen. Und auch ein gerechter, freundlicher Vater für Eure Söhne. Ihr denkt hoffentlich nicht, ich sei zu jung dafür. Fragt nur meine Geschwister, ob ich es kann. Wenn Ihr gestattet, werde ich jetzt täglich bei Euch vorsprechen, damit Ihr mich kennenlernen und entscheiden könnt, ob Ihr mich heiraten wollt. – Oder hat Euer Vater das bereits entschieden?«

»Mein Vater – er meint es immer gut mit mir. Er setzt zwar gern seinen Willen durch, aber zwingen würde er mich nicht«, beteuerte sie hastig.

Constantin lachte. »Das beruhigt mich. Darf ich morgen wiederkommen? Vielleicht kann ich dann ja Eure Söhne sehen. Haben sie auch ein Wort mitzureden, wen ihre Mutter heiraten darf?«

Durechin lachte, aber da kam Gerard wieder herein, und sie verfiel wieder in ihre schüchterne Zurückhaltung. Constantin verabschiedete sich bald. Gerard rieb sich die Hände und führte vor seiner Tochter aus, was er alles mit seinem zukünftigen Schwiegersohn plante.

»Er gefällt mir sehr, dieser Constantin«, sagte er zufrieden. Er kam nicht auf den Gedanken, sie zu fragen, ob der junge Kaufmann auch ihr gefiele.

Wie er es angekündigt hatte, kam Constantin nun täglich. Durechin sah unsicher seinem Treffen mit ihren Söhnen entgegen, aber der sechsjährige Heinrich war von Constantin sofort begeistert, und bald wurde auch Theoderich, der elf Jahre zählte, so zutraulich mit ihm, daß Durechin sich mühte, Constantin etwas Ruhe vor ihnen zu verschaffen, weil sie fürchtete, sie könnten ihm lästig fallen.

Als Gerard ihr mitteilte, er habe als Hochzeitsdatum den 19. April vorgesehen, hatte sie darum keine Einwände.

Ihre Stiefmutter Irmgard, die kaum älter war als Durechin, schmückte sie zur Trauung. Da sie den ausgeprägten Willen ihres Gatten genau kannte, fragte sie die Braut: »Heiratest du eigentlich den jungen Constantin nur, weil dein Vater es befohlen hat, oder willst du es auch?«

Durechin dachte nach. Sie wagte nicht, den Kopf zu bewegen, auf dem Irmgard ihr gerade eine kleine Brautkrone befestigte, darum schielte sie zu der Stiefmutter empor und sagte zögernd: »Ich möchte schon gern seine Frau werden. Aber natürlich weiß ich genau, warum er mich heiratet. Es ist wegen meines Geldes, denn schön bin ich ja nicht.«

»Schön vielleicht nicht gerade«, sagte Irmgard herzlich, »aber hübsch bist du sehr wohl. Du hast so wunderschöne Haare.«

»Vielleicht. Nur verschwinden die morgen ja wieder unter der Frauenhaube.«

»Aber dein Mann, der sieht sie doch. Und ich finde, daß du sehr lieb aussiehst. Und ein herzliches Lächeln hast du, das mag ich so an dir. Ob Constantin das nicht gemerkt hat?«

»Du kannst ganz beruhigt sein. Constantin macht mir nicht vor, daß er leidenschaftlich für mich entflammt wäre. Aber er ist freundlich zu mir, er neckt mich auf eine herzliche Art. Ich glaube, er wird gut zu mir sein; vielleicht finde ich nach diesem traurigen Jahr jetzt doch wieder ein wenig Freude.«

Da war Irmgard zufrieden. Sie packte aus ihrem Beutel eine Menge an Schönheitsmitteln, puderte Durechin die Sommersprossen weg, strich ein ganz klein wenig Ruß auf ihre Augenbrauen und rieb etwas Rosenfarbe, die sie erst gestern für viel Geld erstanden hatte, auf deren blasse Lippen. Anerkennend betrachtete sie dann ihr Werk und half Durechin in das weiße linnene Hemd und das blaue Festkleid.

Der Brautlauf wurde mit all der Pracht gefeiert, welche die reichen Kölner Kaufleute so liebten. Zwar fand Durechin, es hätte etwas stiller zugehen können, da es doch ihre zweite Heirat war, aber ihr Vater bestand darauf, all seinen Reichtum zu zeigen. Er behängte seine Tochter eigenhändig mit Geschmeide, daß sie fast in die Knie ging. Er selbst führte Durechin stolz im Brautzug zur Kirche, gefolgt von seinen Söhnen Gerard dem Jüngeren, Theoderich, Wolbero, Hertwich, Hermann und Heinrich, und sie waren alle prächtig in bunte Seide gekleidet, auch Gerards Frau Irmgard und seine zweite Tochter Hadewig.

Es fehlte nicht an Spielleuten und Gauklern, die ihre Kunst auf dem Weg zur Kirche und zurück zur Geltung zu bringen suchten und, da eine Gruppe der anderen die Schau stehlen und sie übertrumpfen wollte, konnte man ihre Musik nicht von atemberaubendem Getöse unterscheiden.

Auch bei der Bewirtung mit Speisen und Getränken hatte sich Gerard nicht die allergeringsten Beschränkungen auferlegt. Zwar hatte der Rat aus Sorge, seine Bürger könnten sich mit ihrer Prunksucht auf Jahre hinaus verschulden, festgelegt, wie viele Gänge es bei Hochzeiten, Kindstaufen und Beerdigungen geben durfte, aber so mancher hielt sich nicht daran, und Gerard schon einmal gar nicht. Wer wollte ihn denn eines Verstoßes anklagen? Jeder, der in Köln etwas zu sagen hatte, saß doch mit am Tisch! Und so gab es gebratenes Ferkel, Ochsenzunge, allerlei Federvieh, darunter auch einen Schwan und einen Pfau, Lamm und Hasenpfeffer, dazu verschiedene Gemüse, Eier und Brotkuchen, zum Schluß Honigmandeln, getrocknete Früchte und was immer Gerards Koch auf dem Markt hatte auftreiben können. Würzwein und Bier flossen in Strömen. Was Wunder, daß die ersten Gäste schon am frühen Nachmittag sich im Hof erbrachen! Kurz und gut: Ganz Köln fand, es sei ein wundervolles Fest.

»Und was für ein schönes Paar! Auch eine unscheinbare Braut wird durch ihre Mitgift zur Schönheit«, tuschelte die gehässige Frau des Kaufmanns Anselm ihrer Nachbarin zu. Aber Durechin hatte tatsächlich noch nie so die Blicke auf sich gezogen wie jetzt, wo Constantin sie zum Brauttanz führte.

Als das Paar sich spät am Abend zurückzog, ließ er gar nicht erst zu, daß die Braut durch derbe Bemerkungen in Verlegenheit gebracht wurde. Die Gesellschaft wußte kaum, wie ihr geschah, als Constantin alle aus dem Brautgemach hinausbeförderte und mit fester Hand den Riegel vor die Türe schob.

Durechin, die mehr Wein getrunken hatte als sonst und darum fast ein wenig übermütig geworden war, fiel nun, da sie mit ihrem Bräutigam allein war, in ihre Schüchternheit zurück. Aber Constantin nahm sie bei der Hand, hob ihr Kinn an, daß sie ihm in die Augen sehen mußte, und lächelte freundlich. Dann holte er den Wasserkrug, befeuchtete ein linnenes Tuch und wischte ihr die ganze Pracht vom Gesicht, die Irmgard so sorgfältig aufgetragen hatte und die nun nach der Hitze des Festes und des Tanzes etwas verlief.

»Das brauchst du alles nicht«, sagte er. »Du gefällst mir auch so.«

»Ist das wahr?« fragte sie atemlos. Und mutig geworden: »Was gefällt dir denn an mir?«

Er tat so, als müsse er lange nachdenken, nahm eine ihrer herrlichen kupferfarbenen Locken in die Hand und betrachtete sie, wiegte den Kopf, ergriff ihre zierliche, sommersprossige Hand mit den mandelförmigen Fingernägeln und schien abzuwägen; dann neckte er sie: »Deine wunderschöne Seele natürlich, oder was dachtest du?«

Am folgenden Morgen wachte Durechin als erste auf. Sie mochte die Augen noch nicht gleich öffnen, denn sie hatte ein bißchen Kopfweh nach dem vielen Wein an ihrem Hochzeitstag. Aber davon abgesehen fühlte sie sich sehr wohl. Ihr Kopf ruhte in Constantins Armbeuge, und sie kuschelte sich ein wenig näher an ihn. Hoffentlich ist das jetzt nicht nur ein Traum, der sich in Luftgespinste auflöst, sobald ich die Augen aufmache, dachte sie. Dieser glänzende, gewandte, selbstsichere junge Mann – ist das jetzt wirklich mein Ehemann? Nun wagte sie doch, ein Auge zu öffnen, und stellte fest, daß Constantin sie lächelnd betrachtete.

»Aufstehen, du Langschläferin«, sagte er. »Oder willst du deinen ersten Ehetag im Bett verschlafen?«

Warum nicht, hätte sie gern geantwortet, aber ihre Schüchternheit hinderte sie daran. Sie wollte aus dem warmen Bett schlüpfen, aber seine Hand hielt sie zurück.

»Ganz so eilig ist es auch wieder nicht«, meinte er und betrachtete ihr Gesicht. Dann erhob er sich und ging zu seinen Kleidern hinüber, die er ordentlich über eine Truhe gebreitet hatte. Durechin sah verstohlen auf seinen nackten Körper, während er in seinem Beutel herumsuchte, und wurde rot, als er sich umwandte und auf sie zukam.

»Liebste Frau, macht mir die Freude und nehmt diese Morgengabe als Zeichen meiner tiefen Verehrung entgegen«, sagte er feierlich, legte die Hand auf sein Herz und machte eine höfische Verbeugung. Dies sah bei einem nackten Mann so komisch aus, daß Durechin kicherte. Er sah sie gespielt strafend an. »Etwas mehr Ernst, wenn ich bitten darf.«

Und er hielt ihr eine feingearbeitete Goldkette hin, an der ein schön gefaßter Smaragdstein hing.

Durechin stieß einen entzückten Ruf aus und betrachtete das Schmuckstück. »Es ist wunderschön«, sagte sie erfreut. »Ich danke dir sehr.«

Constantin setzte sich neben sie auf das Bett. »Darf ich dir die Kette umlegen?« fragte er.

Sie setzte sich auf und neigte den Nacken. Er hob ihre schimmernde Haarpracht in die Höhe und legte die Kette um ihren Hals.

»Wenn ich bedenke, wie dein Vater dich gestern mit Gold und Geschmeide behängt hat, dann wundere ich mich, daß du diese Kette nicht als elenden Plunder ablehnst«, bemerkte Constantin.

Durechin hob erschrocken den Kopf und sah ihn an. Nein, sie hatte sich noch ganz und gar nicht an Constantins gelegentlichen Spott gewöhnt.

»Ich wollte nicht ...«, begann sie.

Aber Constantin küßte ihr die Hand und sagte reuevoll: »Ich weiß inzwischen ganz gut, wie dein Vater ist. Verzeih, daß ich dich geneckt habe. Übrigens hätte auch ich dir einen weitaus teureren Schmuck als Morgengabe bringen können; aber diese Kette schenkte einst mein Großvater Eckebrecht seiner ersten Frau, Liveradis, am Hochzeitsmorgen. Man sagt, sie hatte so grüne Augen wie du, und darum meinte ich, daß dies genau das Richtige wäre. Ich freue mich, daß dir die

Kette gefällt. Aber nun mußt du doch wohl aufstehen, sonst kommen wir zu spät zu der Feier.«

Das trieb Durechin blitzschnell aus dem Bett, Hochzeitsmorgen hin oder her. Denn heute wurde wieder ein großes Fest in Köln gefeiert, zu dem sie keinesfalls zu spät kommen wollte: Im Dom sollten sich zahllose Geistliche und Fürsten versammeln und den neuen König, Friedrich Barbarossa, feierlich empfangen. Der Erzbischof würde dann seine kirchliche Belehnung erhalten. Und so kleidete sich die frisch gebackene Ehefrau rasch an und eilte in die Küche, um ihren Mägden noch vor der Feier alle nötigen Anweisungen für das Mittagsmahl zu geben.

Ärgerlich war für Durechin, daß sie von den aufregenden Ereignissen dieses Tages nicht viel mitbekam. Schuld daran war ihre geringe Körpergröße. Der Dom war an einem Tag wie diesem natürlich überfüllt, und bei den vielen hohen Herrn, Fürsten, Bischöfen und Äbten sowie den mehr als reichlich vorhandenen sonstigen Geistlichen blieb für die Bürger, obschon nur die bedeutendsten der Kölner Zutritt hatten, nur wenig Platz, und auch nur ganz hinten im Dom. Und obwohl Durechin hin und her trippelte, um an dem Kaufmann Anselm vorbeizuspähen, es half ihr nichts, denn vor diesem stand Vogelo Grin, der sich durch eine hünenhafte Gestalt auszeichnete. Sie sah also nicht, was sich vorn im Dom abspielte, und zu hören war so weit hinten auch nicht viel. Constantin sah, wie sie litt, konnte ihr aber auch nicht helfen. Immerhin konnte er bei seiner hohen Gestalt über die Menge hinwegschauen und sich so zusammenreimen, was im Altarraum geschah, und er hielt seine junge Frau mit leisem Flüstern auf dem Laufenden.

»Jetzt zieht der Erzbischof ein. Er spendet den Segen nach rechts und nach links und macht ein Gesicht, als wäre er ein Opferlamm. Sein Gewand ist von oben bis unten mit dicken Goldfäden bestickt, es muß etwa so schwer sein wie dein Schmuck gestern. – Der Erzbischof hat nun Platz genommen. Aha, jetzt kommt vermutlich König Friedrich, denn ich höre draußen Trompeten schmettern. Schau schnell einmal da an Albero Hardefust vorbei, dann kannst du ihn sehen. Es ist der mit den roten Haaren. Sie sind nicht ganz so schön wie deine, dafür hat er aber einen wunderbaren roten Bart, der fehlt bei dir doch sehr.«

Darüber mußte Durechin lachen, was ihr einen strafenden Blick der Umstehenden eintrug.

»Jetzt schreitet der König zu dem Thron vorn beim Altar. Wenn du wüßtest, was es für ein Gezänk gegeben hat, ob der König oder aber der Erzbischof höher zu sitzen hat als der andere. Das Ergebnis ist, daß der König seinen Thron links und der Erzbischof rechts hat, und es ist aus der Ferne nicht auszumachen, welcher höher ist. Ja, mir scheint, sie sind gleich hoch. – Der König nimmt nun auf dem Thron Platz, und Herr Arnold begibt sich zum Altar, um erst einmal ein Dankgebet zu sprechen. Herr Friedrich kann sitzen, aber du, meine arme Durechin, mußt die ganze Zeit stehen, dabei bist du sicher müde, noch von heute Nacht.«

Diese kecke Bemerkung trieb Durechin heftige Röte ins Gesicht, und sie faltete die Hände und neigte den Kopf, damit man es nicht sah.

»Jetzt hat der Erzbischof zu Ende gebetet und begibt sich zum König. Der hat einen Knappen neben sich, der ihm wohl alle Dinge zureichen soll, mit der er Herrn Arnold jetzt ausstattet. Und dann sehe ich noch einen Geistlichen hinter dem König, der ihm dauernd etwas ins Ohr flüstert. Das ist offenbar der Zeremonienmeister, der aufpaßt, daß der König nichts Verkehrtes tut. Der König steht jetzt auf und –«

In diesem Augenblick wurde es unruhig. Nahe bei Constantin und Durechin drängelte sich ein gut gekleideter Kaufmann durch die dichte Menschenmenge. Er hatte ein paar Knechte bei sich, die für ihn den Weg frei machten und dazu ziemlich rücksichtslos die Umstehenden beiseite schoben. Der Kaufmann führte einen Mönch an der Hand, man sah dessen Tonsur leuchten.

»Seltsam, das scheint mir doch Vortlief Mule zu sein. Wieso stört der denn die Feier, und was will er mit dem Mönch?«

Der Mönch tappte unsicher durch das Gotteshaus. Als er sein Gesicht zu Constantin drehte, hielt dieser entsetzt Durechin die Hand vor die Augen.

»Sieh nicht hin. Das ist ja grauenhaft. Der Mann hat keine Augen mehr, nur blutige Höhlen …«

Inzwischen hatten auch der König und der Erzbischof die Störung bemerkt. Herr Arnold wollte schon seinen Kirchenknechten einen

Wink geben, sie sollten für Ordnung sorgen; aber da war Vortlief Mule bereits mit seinem Begleiter so nahe gekommen, daß man selbst vom Altar aus erkennen konnte, welche Grausamkeit dem Mönch widerfahren war.

»Gerechtigkeit!« rief Vortlief mit lauter Stimme. »Wir fordern Gottes Gerechtigkeit. Wir fordern sie von Euch, Herr Arnold.«

Er war jetzt am Altar angekommen, warf sich auf die Knie und zog den Mönch mit sich. Auch dieser rief: »Gerechtigkeit! Ich flehe um Euren Schutz und um Genugtuung, hochwürdiger Herr Erzbischof!«

Es war nun so still im Gotteshaus, daß seine Stimme in jeden Winkel dringen konnte.

Der Erzbischof trat auf die beiden Männer zu. »Wer bist du?« wandte er sich zunächst an den Kaufmann.

»Mein Name ist Vortlief Mule, ich bin Bürger dieser Stadt. Dies ist mein Neffe, der ebenfalls den Namen Vortlief trägt.«

»Was ist dir widerfahren, Vortlief?« fragte der Erzbischof nun den Mönch. Dieser drehte das Gesicht in die Richtung, aus der Arnolds Stimme kam. »Das hat mir der Bischof Heinrich von Minden angetan, hochwürdigster Herr Erzbischof.«

»Der Bischof von Minden hat dich geblendet?« Erzbischof Arnold konnte es kaum glauben.

»Weswegen hat er dich so bestraft?«

Der Mönch neigte sich tief zur Erde. »Ich bin ein armer Sünder, Herr. Vielleicht bin ich auch meines geistlichen Standes nicht würdig. Armut, Keuschheit und Gehorsam habe ich gelobt. Die Armut macht mir nichts aus; die Keuschheit habe ich mir tapfer erkämpft, wenn es mir auch nicht leicht fiel. Aber die Sünde des Ungehorsams habe ich begangen, das bekenne ich voller Reue.«

Der Erzbischof zögerte. Er wandte sich dem König zu, der auf seinem Thron geblieben war, aber dem Ganzen mit großer Aufmerksamkeit und Anteilnahme folgte.

»Ich könnte das Verhör auch später fortsetzen, in der Sakristei ...«

Aber Friedrich winkte ab. »Wenn Bischöfe in meinem Reich solch grausame Bestrafungen vornehmen, dann will auch ich genau wissen, welchen Grund es dafür gibt. Fahrt fort.«

Arnold wandte sich wieder dem Geblendeten zu.

»Berichte mir genau, was du getan hast.«

Der Mönch faltete die Hände und betete leise. Dann begann er: »Herr, ich gestehe, ich armer Sünder habe mich gegen die Regeln der christlichen Gemeinschaft vergangen. Ich bin ein Kind dieser Stadt und Brudersohn von Vortlief Mule hier, der auch mein Pate ist. Schon früh fühlte ich mich berufen, in den geistlichen Stand einzutreten. Ich wurde Mönch in Knechtsteden. Weil mein Abt fand, daß ich besonders kunstvoll Pergamente mit heiligen Worten beschreiben konnte, sandte er mich nach Minden in ein anderes Kloster. Ich war dort vier Jahre und freute mich daran, die Heilige Schrift abzuschreiben. Aber dann erwies der Bischof von Minden mir die Gnade, mich aus dem Kloster zu holen. Er brauchte einen Schreiber. Ich wäre viel lieber bei meiner früheren Aufgabe geblieben, aber ich gehorchte. Ich war zwei Jahre in den Diensten des Bischofs. Dieser ist leider ein jähzorniger, auch wohl ein grausamer Mann. Vor einer Woche war ich in seinem Schlafgemach anwesend, als ein Diener, der ihm die Tonsur rasieren sollte, mit dem schweren Wasserbecken stolperte. Die heiße Flüssigkeit spritzte auf den Arm des Bischofs. Dieser brach in zorniges Gebrüll aus und schlug nach dem Diener. Der Mann fiel zu Boden und winselte um Verzeihung, aber der Bischof schlug wie ein Rasender auf ihn ein. Ich konnte das nicht mit ansehen und flehte ihn an, es genug sein zu lassen. Da schlug er mir mit der Faust ins Gesicht. Ich nahm das hin und bemühte mich um die erforderliche Demut; aber als er dann dem unglücklichen Diener mit seinem Stiefel ins Gesicht trat, daß diesem zwei Zähne blutend aus dem Kiefer brachen, verlor ich die Beherrschung und packte ihn am Arm, um ihn von dem Unglückseligen fortzuzerren. Da verfiel der Bischof in Raserei, rief seine Wachen und sagte, ich hätte ihn angegriffen. Zur Strafe solle ich geblendet werden, und das sofort. Unter seinen Wachen ist ein großer, grober Kerl, der jeden Befehl des Bischofs auf der Stelle ausführt. Er zog sein Messer, packte mich am Arm, so daß ich nicht ausweichen konnte, und stieß mir das Messer zuerst in das eine und dann in das andere Auge. Ich schrie vor Entsetzen und Schmerz und versuchte verzweifelt, mich zu wehren, aber er riß mir die Kutte auf und versetzte mir noch ein paar Schnitte auf der Brust, obwohl ihm das nicht befohlen worden war.« Der Mönch öffnete sein Gewand und zeigte die frischen Wunden. »Herr, als ich fast besinnungslos vor Schmerz am Boden lag, hörte ich noch, wie der Bischof ausrief: ›Wie dumm, nun kann er mir nicht mehr als Schreiber dienen. Hätte ich ihm doch lieber statt dessen einen Fuß abhacken lassen, dann könnte ich doch weiter Nutzen von ihm ziehen.‹ Dann verlor ich die Besinnung. Die Brüder in meinem Kloster hörten von dieser Untat und holten mich noch am gleichen Tag ab. Früh am nächsten Tag schafften sie mich dann aus Minden heraus, falls der Bischof sich noch auf mich besänne. Auf einem Karren lag ich dann, vom Fieber und von Qualen geschüttelt, und wurde hierhergefahren. Herr, der Bischof von Minden untersteht Euch. Ich flehe Euch an, laßt mir Gerechtigkeit widerfahren.«

Der Erzbischof wandte sich zum Altar um, kniete nieder und faltete die Hände. Er schien um Hilfe vom Himmel zu bitten und verharrte eine ganze Weile so. Er hatte keine Lust, gegen einen seiner Bischöfe vorzugehen, mochte der nun gefehlt haben oder nicht. Aber dann hörte er, wie sich ungläubiges und empörtes Murmeln im Dom ausbreitete. Er hob die Augen zum Himmel, als erwarte er von dort Erleuchtung, warf dabei aber blitzschnell einen Seitenblick auf König Friedrich, der ein zorniges Gesicht machte und aufgesprungen war.

Rasch wandte sich der Erzbischof wieder um und hob die Arme. Mit salbungsvoller Miene rief er: »Mönch Vortlief, du hast nicht vergebens Zuflucht bei mir gesucht. Kommt zu mir, die ihr mühselig und beladen seid, spricht der Herr. Bischof Heinrich von Minden mag sich binnen vierzig Tagen vor meinem erzbischöflichen Stuhl einfinden, um sich für diese Tat zu verantworten.«

»So, jetzt setzt der König sich wieder hin«, flüsterte Constantin seiner Frau zu. »Und der Mönch verneigt sich dankbar in Richtung des Erzbischofs. Sein Onkel führt ihn wieder hinaus. Erzbischof Arnold wird offensichtlich nun die Belehnung vom König erhalten.«

»Mir ist schlecht«, sagte Durechin leise. »Können wir bitte gehen?«

Constantin bahnte ihr mühsam einen Weg nach draußen.

»Verzeih bitte«, sagte sie zu ihm, als sie wieder an der frischen Luft waren. »Aber mir sind solche Grausamkeiten verhaßt.«

»Mir auch«, antwortete ihr Mann, nahm ihren Arm und führte sie heim.

Der Bischof von Minden kam nicht nach Köln. Er entschuldigte sich mit Krankheit. Einige Wochen später lud Herr Arnold seinen Amtsbruder abermals vor, und wieder hinderte Unpäßlichkeit den Mindener, dem Ruf Folge zu leisten. Mehrere Monate später wiederholte sich das noch ein drittes Mal. Inzwischen hatten die Zeugen von Vortliefs Auftritt die Geschichte vergessen, und niemand kümmerte sich mehr um den geblendeten Mönch.

4. Juli 1152

Engilradis behielt recht: Die Ehe ihres ältesten Sohnes ließ sich gut an. Die unscheinbare Durechin erwies sich als ein lieber, freundlicher Mensch. Sie, die als neugeborenes Kind die Mutter verloren hatte, hielt engen Kontakt zu ihrer Stiefmutter Irmgard und auch zu der Mutter ihres verstorbenen Mannes Dietrich, Mechtildis von Wile.

An einem heißen Julitag saßen die Frauen bei Durechin im Garten des Hauses in der Dwergasse. Die alte Mechtildis von Wile fächelte sich Luft zu, ihr Gesicht war rot von der Hitze. Durechin rief nach ihrer Magd, sie sollte ein kaltes Getränk bringen. Irmgard hatte eine Handarbeit mitgebracht und nähte eifrig. Vor Durechin lag ein Kittel, den sie für ihren jüngeren Sohn Heinrich zugeschnitten hatte. Sie hörten es an der Haustür klopfen, und gleich darauf trat Engilradis ein.

Durechin sprang auf und eilte ihr entgegen. Sie empfand große Zuneigung für ihre neue Schwiegermutter und war glücklich, daß diese ihr viel Zeit widmete und ihr herzlich begegnete. Sie verschaffte Engilradis einen Platz im Schatten des alten Nußbaumes und versorgte die Frauen mit dem Kräuteraufguß, den die Magd inzwischen bereit gestellt hatte. Engilradis kostete.

»Das schmeckt sehr gut«, sagte sie. »Was ist darin?«

»Ein wenig Kirschsaft«, sagte Durechin.

»Und so herrlich kalt«, seufzte Mechtildis.

»Ja, wir hatten noch ein bißchen Schnee aus dem kalten Winter unten im Eiskeller«, meinte die Hausfrau.

Mechtildis und Irmgard begannen eine Unterhaltung, wie man einen Aufguß möglichst erfrischend zubereiten kann. Engilradis nippte an ihrem Becher und musterte ihre Schwiegertochter genau.

»Du siehst ein wenig blaß aus, liebes Kind«, sagte sie freundlich. »Geht es dir auch gut?«

Durechin ließ ihre Näharbeit sinken und wurde rot. »Ja, es geht mir sehr gut. Wenn ich blaß bin, dann …«

Sofort wandten sich ihr die Blicke der drei Frauen zu.

»Ist es, weil …«, begann Engilradis und lächelte Durechin aufmunternd an.

»Ja, ich glaube schon.«

»Ein Kind! Oh, Durechin, ich freue mich so sehr, für dich und für uns alle.«

Und Engilradis erhob sich, eilte zur Schwiegertochter und nahm sie in die Arme. Mechtildis und Irmgard schlossen sich den Glückwünschen an. Durechin strahlte.

»Es wäre schön, wenn ich dieses Mal eine kleine Tochter bekäme«, sagte sie.

»Aber Constantin wünscht sich doch sicher einen Sohn, wie alle Männer«, sagte Irmgard.

Sie wußte, wovon sie redete. Sie war die vierte Frau ihres Mannes und hatte ihm nur die Tochter Hadewig geboren, die im kommenden Jahr den Schenken Winnemar heiraten sollte. Und obwohl ihr Mann aus seiner ersten und dritten Ehe sechs Söhne hatte, ließ er sie doch gelegentlich merken, daß seine Frau als Mutter von männlichen Kindern in seinen Augen an Wert gewonnen hätte.

»Nein, Constantin sagt, ihm ist ein Mädchen genauso lieb wie ein Junge.«

Irmgard ließ ihre Handarbeit fallen, die sie gerade säumte.

»Durechin, das glaube ich dir nicht. Die meisten Männer …«

Engilradis schüttelte den Kopf.

»Du kennst eben meinen Sohn nicht, Irmgard. Er ist nicht wie die meisten Männer, er ist nur wie Constantin.«

Die alte Mechtildis von Wile sagte versonnen:

»Von meinen drei Söhnen habe ich bisher nur männliche Enkel. Ich fände es auch schön, einmal ein kleines Mädchen im Arm zu haben. Wenn wir uns das nächste Mal treffen, können wir schon damit beginnen, Windeln zu nähen.« Sie zögerte und blickte auf Durechin. »Das heißt, eigentlich ist es ja nicht mein Enkel ...«

»Oh, ich brauche dich unbedingt als dritte Großmutter«, rief Durechin übermütig. »Laß mich nur nicht im Stich, ich verlasse mich fest auf dich.«

»Ich habe noch eine gute Nachricht«, teilte Engilradis mit und strahlte die anderen Frauen an. »Wir feiern im Herbst wieder einen Kirchgang. Unsere Tochter Gertrudis wird Marcmann heiraten, den Sohn des Kaufmanns Meginzo.«

»Herzlichen Glückwunsch! Schon das zweite Kind, das du in diesem Jahr verheiratest«, rief Irmgard.

»Ja, und das zweite Kind, das mein Haus verläßt«, meinte Engilradis wehmütig.

»So geht es allen Müttern!« meinte die alte Mechtildis streng. »Willst du, daß sie ein Leben lang bei dir hocken und alte Jungfern werden?«

Nein, das wollte Engilradis natürlich nicht.

»Wenigstens kannst du dich unbesorgt auf die Hochzeit freuen«, bemerkte Mechtildis noch. »Es sieht ja so aus, als hätten wir nun für lange Zeit Frieden im Reich. Wie gefällt euch unser neuer König?«

»Oh, ich finde ihn höchst anziehend!« schwärmte Irmgard. »Er ist so nobel wie sein Onkel, der verstorbene König Konrad, und hat auch die gleichen rötlichen Haare. Wie gut doch diese Staufer aussehen, und wie liebenswürdig sie sind!«

»Nur ist er ziemlich zierlich«, brummte die alte Mechtildis. »Ich kann mich noch genau erinnern, wie hochgewachsen die salischen Könige alle waren; davon hat König Friedrich nichts geerbt, wenn auch seine Großmutter eine Salierin war.«

»Constantin meint, es sei ein Glück für das Reich, daß Herr Friedrich das Blut der Hohenstaufen und der Welfen in sich vereinigt«, bemerkte Durechin. »Er hofft, er würde endlich den Streit beilegen, seit König Konrad dem Herzog Heinrich dem Stolzen das Herzogtum Bayern genommen hat. Constantin sagt, dann sei das Reich wieder geeint und stark nach außen.«

Die drei älteren Frauen starrten Durechin an.

»So, meint und hofft und sagt Constantin das?« bemerkte Mechtildis ein wenig spöttisch.

»Ja, er erklärt es mir immer genau, weil ich nicht so klug bin wie er«, verteidigte sich Durechin und wurde rot.

»Durechin, du bist ganz und gar nicht dumm«, sagte Engilradis herzlich und drückte der Schwiegertochter die Hand. »Auch wenn du es von Constantin gehört hast: Du hast eben ganz genau auf den Punkt gebracht, was die große Wunde im Reich während der letzten vierzehn Jahre war. Die Kämpfe zwischen Staufern und Welfen haben viel Blut gekostet und die Kräfte der wichtigsten Fürsten gebunden. Sind sie jetzt beigelegt, so können wir alle in Frieden leben und müssen nicht so viele Sorgen um unsere Männer haben, wenn sie ihre gefahrvollen Reisen machen. Ich bin froh, daß König Konrad so klug war, den erwachsenen Neffen zum Nachfolger zu bestimmen und nicht seinen erst sechsjährigen Sohn. Er hat uns damit den Frieden geschenkt. Möge es so bleiben. Möge meine Gertrudis unbesorgt ihren Kirchgang antreten, möge dein Kindchen in eine friedliche Zeit hineingeboren werden.«

Dem hatten die anderen nichts hinzuzufügen.

Die stille Beschaulichkeit des gemeinsamen Nähnachmittags fand ein Ende, als die Hoftür sich öffnete und der Hausherr in den sonnenwarmen Garten trat. Die Augen Durechins strahlten auf, als sie ihren Mann erblickte, Engilradis sah ihn liebevoll an, Irmgard blickte voller Anerkennung auf den gut aussehenden Kaufmann, und selbst die alte Mechtildis zupfte ihre Haube rasch zurecht.

Hinter ihm schoben sich Durechins Söhne schüchtern herein. Nachdem Constantin die Frauen freundlich begrüßt und sich im Schatten niedergelassen hatte, kauerten die Knaben sich links und rechts von ihm nieder, denn nun mußte der müßige Nachmittag doch noch kurzweiliger werden. Theoderich betrachtete seinen Stiefvater genau und zupfte ihn behutsam am Ärmel.

»Was ist, mein Junge?« fragte Constantin freundlich.

Theoderich deutete auf Constantins Wams, das einen deutlichen Riß aufwies.

Constantin lachte auf. »Ich habe mich gerauft«, sagte er.

Die Frauen schauten ihn befremdet an, die beiden Jungen hingegen begeistert.

»Erzähle, Constantin!«

»Nun ja, Raufen ist eigentlich nicht der richtige Ausdruck. Folgendes ist geschehen: Ich ging gerade auf Sankt Ursula zu, da sah ich dort einen Geistlichen herauskommen. Er fiel mir auf, weil er sehr groß war und ganz hellblonde Haare hatte, und sein linkes Auge war verbunden. Dann sah ich den roten Willi, ihr wißt schon, Willibald, der kleine Dieb, der immer wieder mal etwas auf dem Markt maust und dafür schon so manche Prügel bezogen hat. Er schlich sich auf der linken Seite an den Geistlichen heran, der ihn wegen seines Verbandes nicht sehen konnte. Ein rascher Schnitt, und schon rannte er mit dessen Beutel weg, aber dummerweise gerade auf mich zu. Der Bestohlene hatte noch gar keine Zeit gehabt, ›Haltet den Dieb‹ zu schreien, da hatte ich Willi schon gepackt und hielt ihn eisern fest, obwohl er aus Leibeskräften zappelte und sich wand. Dabei ist wohl mein Wams zerrissen. Inzwischen war der Geistliche herangekommen und riß Willi seinen Beutel wieder aus den Händen. ›Wo ist der Büttel?‹ fragte er mich zornig, aber ich winkte beschwichtigend ab, gab Willi, der inzwischen nach dem Verlust seiner Beute seinen Widerstand aufgegeben hatte und mich aus weitaufgerissenen Augen voller Furcht anstarrte, eine mittlere Kopfnuß und fuhr ihn an: ›Mausen, na gut, aber Beutelschneiderei, das geht zu weit, Willi! Hast du eine Hand zuviel, die der Scharfrichter dir abschlagen soll?‹ Willi zog den Kopf ein und wimmerte. ›Seid Ihr damit einverstanden, wenn ich ihn noch einmal laufen lasse?‹ fragte ich den Geistlichen. Der schnaubte noch einmal, winkte mir dann aber, den Jungen loszulassen. Willi sauste blitzschnell davon, drehte sich jedoch an der nächsten Ecke noch um und streckte uns die Zunge heraus, bevor er verschwand.«

Die Frauen lachten bei dieser Schilderung, und Engilradis bemerkte: »Gegen die geschwinden Beutelschneider ist wohl jeder machtlos, es sei denn, er ließe seinen Beutel zu Hause.«

Durechin reichte ihrem Mann eine Schale mit dem kühlen Aufguß und fragte: »Und was war dann?«

Constantin nahm die Schale mit einem freundlichen Kopfnicken entgegen. »Der Geistliche lud mich zum Dank in die nächste Schenke auf einen Trunk ein, da haben wir lange gesessen und miteinander geredet, uns wohl auch ein wenig angefreundet. Er dankte mir sehr, denn er hatte viel Geld bei sich, weil er ein großer Liebhaber von Büchern ist und sich in Köln nach Manuskripten umschauen will. Natürlich habe ich ihm zu diesem Zweck gleich das Lager meines Vaters empfohlen.«

Theoderich zupfte wieder an Constantins Arm. »Warum hatte er denn das Auge verbunden?«

»Es war entzündet, und er hat es sich in der Krankenabteilung von Sankt Ursula behandeln lassen.«

Constantin streckte die Beine behaglich aus und lächelte die Frauen der Reihe nach an.

»Er ist ein bemerkenswerter Mann, hochgewachsen, blond, etwa so alt wie der König und Propst in Hildesheim. Er hat an der Universität in Paris studiert und war dort Schüler des berühmten Abälard.«

Das erregte schlagartig die Aufmerksamkeit der Damen; denn das tragische Schicksal von Abälard, der sich in die schöne Heloise verliebt und sie verführt hatte und zur Strafe von deren Angehörigen entmannt wurde, war allgemein bekannt. Aber leider äußerte Constantin sich nicht zu diesem anrüchigen und äußerst spannenden Thema, sondern sprach eine Weile über Abälards Auffassung über Papst und Kirche, und das fesselte die Frauen weit weniger.

»Der Propst spricht Latein und Französisch wie seine Muttersprache und ist gebildeter als irgendein Mensch, den ich je getroffen habe«, meinte Constantin.

»Was macht er denn hier in Köln?« wollte Irmgard wissen.

»Er gehört zum Gefolge von König Friedrich. Er hat zwar recht bescheiden über sich selbst gesprochen, aber ich könnte mir denken, daß er am Hof großen Einfluß hat. Die Spatzen pfeifen ja schon von den Dächern, wie er bei der Königswahl im Verborgenen die Fäden gezogen hat. Unser König umgibt sich eben mit lauter neuen jungen Leuten von besonderer Begabung. Er ist ein jüngerer Sohn des Grafen von Dassel, das liegt, glaube ich, im Bistum Hildesheim, und seine Schwester Gepa ist Äbtissin von Sankt Ursula. Von ihr kam er, als der rote Willi ihn als Beute auswählte.«

»Wie heißt denn dieser Propst, der dich so tief beeindruckt hat?« fragte die alte Mechtildis.

»Rainald«, antwortete Constantin. »Rainald von Dassel.«

Er blickte hinunter zu seinen Füßen, von wo ein deutliches Schniefen zu hören war.

»Du weinst, Heinrich?« fragte er erstaunt. »Was hast du denn für Kummer?«

Der Junge zog die Nase hoch und wischte sich mit dem Ärmel über die Wange. Traurig blickte er seinen Stiefvater an.

»Der arme Beutelschneider hat heute nichts verdient. Was wird er dann zum Abendbrot bekommen?«

1153

Es sah ganz so aus, als sollten Engilradis Wünsche in Erfüllung gehen. König Friedrich bemühte sich um Verständigung mit seinem Vetter, Herzog Heinrich von Sachsen, der »der Löwe« genannt wurde, und mit dessen Oheim Welf. Gertrudis hielt freudig Kirchgang mit dem jungen Kaufmann Marcmann. Die Männer der Familie, Fordolf, Gunther, Constantin und der junge Helperich, machten erfolgreiche Handelsfahrten. Das Weihnachtsfest verbrachten sie alle heil und gesund zu Hause. Und im Februar, einer eisigen Nacht, in der ein böser Schneesturm durch die Straßen Kölns tobte, brachte Durechin Constantins Kind zur Welt.

Es war ein Mädchen, wie die Mutter es sich gewünscht hatte, kräftig und gesund. Die Geburt war leicht und rasch geschehen, und Constantin nahm das kleine Wesen hocherfreut aus den Armen seiner Mutter entgegen.

»Sie soll Margarete heißen«, sagte er und kitzelte das Kind am Näschen.

»Was kommt dir denn in den Sinn?« fragte Engilradis entrüstet. »Natürlich wird sie Richmodis heißen, nach Durechins verstorbener Mutter. So ist es bei uns in Köln Sitte und nicht anders: Die älteste Tochter bekommt den Namen der Großmutter mütterlicherseits. Wie kommst du denn bloß auf Margarete?«

»Weil sie wie eine kleine Perle aussieht«, meinte Constantin. Er beschenkte Durechin folglich mit einer kostbaren Perlenkette, und obwohl das Kind in der Taufe den Namen Richmodis erhielt, nannte der Vater es Gretchen.

Constantin arbeitete sehr angespannt in dieser Zeit, um den Zoll einzurichten und zu leiten, und war deshalb oft fort, aber wenn er nach Hause kam, führte sein erster Weg zu der kostbaren bemalten Wiege – natürlich ein Geschenk des Großvaters Gerard Unmaze.

Durechin hatte alle Hände voll zu tun mit den drei Kindern. Zu ihrer Freude nahm Constantin sich bei aller Arbeit immer wieder Zeit für ihre Söhne. Er ging mit Theoderich und Heinrich zum Rhein und zeigte ihnen, wie man Angeln macht und damit Fische fängt. Auch das Schwimmen brachte er ihnen bei. »Denn ich weiß nicht, was eure Mutter mit mir anstellt, wenn einer von euch ertrinken würde«, meinte er munter, und die Knaben fanden das sehr komisch.

Dieses Jahr ging also rasch und friedlich vorbei. Im nächsten Frühling merkte Durechin, daß sie wieder ein Kind erwartete. »Ich hoffe, daß es dieses Mal ein Sohn wird«, sagte sie und schaute Constantin etwas ängstlich an.

»Ich hingegen wünsche mir noch eine so schöne Tochter wie Gretchen«, meinte ihr Mann prompt. Er küßte sie freundlich auf die Stirn. »Schau, Durechin, ich möchte nicht, daß du dir über irgend etwas Sorgen machen mußt, jetzt, wo du dich wieder auf ein Kindchen freust. Und schon gar nicht darüber, welches Geschlecht das Kind haben wird. Wir werden noch mehr Kinder bekommen, früher oder später ist wohl auch ein Knabe dabei. Und wenn nicht – haben wir nicht schon zwei Söhne?«

Für solche Bemerkungen liebte sie ihn von ganzem Herzen.

Dieses Kind kam im Herbst zur Welt, und es war wieder eine Tochter.

»Können wir diese nun Margarete nennen?« fragte Constantin seine Mutter scheinheilig, als sie ihm die Kleine in die Arme legte. Aber Engilradis lachte nur vergnügt.

»Die zweite Tochter muß nach der Mutter des Vaters benannt werden, so war es in Köln schon immer. Ich denke gar nicht daran, auf das Recht zu verzichten, diesem wunderschönen Mädchen meinen Namen zu geben. – Übrigens nennst du Richmodis ja sowieso meistens Gretchen, also hast du deinen Kopf schon durchgesetzt.«

Kurz nach der Geburt dieses Kindes begleiteten Fordolf und Constantin den Erzbischof nach Italien. König Friedrich hatte einen Vertrag mit dem Papst geschlossen: Friedrich sollte zum Kaiser gekrönt werden, dafür sollte er die Römer unterwerfen, keinen Frieden mit dem Normannenkönig schließen ohne Zustimmung des Papstes, die weltlichen Rechte der Kirche verteidigen und dem »König der Griechen«, so nannten sie den Kaiser von Byzanz abfällig, keinen Besitz in Italien zugestehen.

Friedrich hatte vom Papst auch die Scheidung seiner Ehe erreicht: Die kinderlose Adela von Vohburg mußte gehen. Sie war allzu nahe mit ihrem Gatten verwandt: Friedrichs Ururgroßvater war nämlich ein Bruder von Adelas Urururgroßmutter gewesen. Friedrichs Berater hatten viel Mühe und Zeit damit verbracht, diese Verwandtschaft herauszufinden, die sie nun als unüberwindliches kanonisches Ehehindernis darstellten.

Erzbischof Arnold spielte dabei als Erzkanzler für Italien eine wichtige Rolle. Er legte Wert auf ein angemessenes Gefolge und nahm daher nicht nur viele seiner Ritter und geistlichen Untergebenen, sondern auch eine Anzahl der Kölner Kaufleute mit. Wie stets stand Eckebrecht als oberster auf seiner Liste, aber diese weite Reise mochte der alte Kaufmann sich nicht mehr zumuten und schickte statt seiner Sohn und Enkel mit auf die Fahrt.

»Paß mir gut auf die Kinder auf«, sagte Constantin zu Durechin bei der Abreise. Er küßte alle vier und dann die Mutter. »Ich werde dieses Mal Monate lang fort sein. Um die Betreuung deiner Geschäfte habe ich meinen Großvater Eckebrecht gebeten – oder willst du lieber, daß dein Vater sich darum kümmert?«

»Nein, Vater kümmert sich ja schon um euren Zoll. Es braucht nicht alles in seinen Händen zu liegen.«

»Und falls sonst irgend etwas Unvorhersehbares geschieht – du kannst dich immer an Eckebrecht wenden, er wird dir in jeder Lage beistehen.«

Er umarmte sie noch einmal und flüsterte ihr ins Ohr: »Leb wohl, mein Herz. Gott gebe, daß wir uns gesund wiedersehen.«

Sie schaute ihm voller Glück nach, als er aus dem Hof ritt. So hatte er sie noch nie genannt.

Der Zug des Kaisers war seit zwei Monaten unterwegs auf seinem Weg nach Süden, da erreichte sie die Nachricht, daß der hochbetagte Papst Anastasius am 3. Dezember das Zeitliche gesegnet hatte. Am folgenden Tag war ein Engländer zum Papst erwählt worden. Er hatte den Thron unter dem Namen Hadrian bestiegen. Hadrian ließ Friedrich wissen, daß alle Vereinbarungen, die dieser mit Anastasius getroffen hatte, weiter Geltung haben sollten. Also setzte Friedrich seinen Zug fort. Er kam zu Beginn des Jahres 1155 jenseits der Alpen an und lagerte mit seinem Heer auf den Ronkalischen Feldern östlich von Piacenza, wo die Kaiser stets ihre Truppen zu versammeln pflegten. Zu seinem Befremden beeilten sich zwar die Städte Pavia, Cremona und Lodi, ihm dort zu huldigen, aber Mailand und die mit ihm verbündeten Städte blieben fern und nahmen Friedrichs Boten, die sie luden, ihrem Herrscher die gebührende Ehre zu erweisen, nicht zur Kenntnis.

»Ich werde ihnen auf der Stelle beibringen, wer hier der Herr ist«, sagte König Friedrich ingrimmig zu seinen Beratern. Er stürmte im April die Stadt Tortona in der Provinz Alessandria und machte sie dem Erdboden gleich.

Fordolf und Constantin waren im Gefolge des Erzbischofs Arnold Zeugen dieser unbarmherzigen Strafmaßnahme.

»Ob das klug war von unserem König?« meinte Fordolf besorgt zu seinem Sohn.

»Ich kann mir nicht vorstellen, daß dieser grausame Akt die Liebe der Italiener zu uns vergrößert haben sollte«, stimmte Constantin ihm zu. Sie verließen mit Erzbischof Arnold das Heer des Königs und zogen voraus nach Nepi, wo der Papst sich gerade aufhielt.

Der Erzbischof mußte seinen Marschall zurücklassen, denn dieser war mit einigen weiteren Gefolgsleuten an einem heftigen Durchfall erkrankt. Er bat darum Fordolf, bis zu der Rückkehr des Erkrankten dessen Amt zu übernehmen. So mußte Constantin sich allein um die Handelsgeschäfte kümmern, weil sein Vater von früh bis spät Sorge um den erzbischöflichen Haushalt zu tragen hatte.

Am ersten Abend in Nepi war Fordolf daher rechtschaffen müde. Er ließ sich in einen Lehnstuhl fallen und streckte die Beine von sich. Als Constantin ihm das Geschäftsbuch zur Überprüfung reichte, sah er gar nicht erst hinein, sondern fächelte sich damit Kühlung zu. Ein kleines Schläfchen vor dem Abendessen wäre nicht schlecht gewesen, aber Constantin hatte noch etwas auf dem Herzen.

»Vater, ich habe gehört, daß dieser Papst ziemlich schwierig sein soll«, meinte er und goß dem Vater ein Glas Wein zur Stärkung ein.

»So? Inwiefern?« fragte Fordolf und zog die Augenbrauen hoch.

»Er soll kühl und zurückhaltend sein und sehr auf die Würde seines neuen Amtes bedacht. Ich hörte, daß es erhebliche Unstimmigkeiten wegen des Protokolls gibt.«

»Woher hast du das?« wollte Fordolf wissen und hielt seinem Sohn das geleerte Glas hin.

»Einer der Schreiber des Herrn Erzbischofs stammt aus der Familie Scherfgin. Er liebt teure alte Manuskripte und ist darum stets dankbar für ein kleines Trinkgeld ...«

»Gut angelegt. Es ist sehr wichtig für uns, möglichst heute schon zu wissen, was morgen geschehen wird. Du kannst das Trinkgeld bei unseren Ausgaben abrechnen.«

»Vater, es steht schon dort ...«

In der Tat gab es erhebliche Schwierigkeiten, als König Friedrich im Juni eintraf. Papst und König sollten sich in Sutri treffen und gemeinsam nach Rom ziehen. Hadrian saß im vollen Ornat, die Tiara auf dem Kopf, den Petrusring am Finger, auf seinem weißen Zelter und erwartete den König. Friedrich ritt an der Spitze seiner Leute heran, schwang sich von seinem prächtigen Roß und trat mit freundlichem Lächeln auf den Papst zu. Aber dieser dachte gar nicht daran, gleichfalls von seinem Pferd zu steigen, und rührte sich nicht. Friedrich zögerte. Unwillig runzelte er die Stirn. Der Zeremonienmeister trat zu ihm hin und flüsterte ihm leise etwas ins Ohr. Friedrich wurde blaß. Sein Gesicht war jetzt zornverzerrt, und er machte eine Bewegung, als wolle er sich spornstreichs wieder auf sein Roß schwingen und davonreiten. Da trat Erzbischof Arnold, der sich bisher zurückgehalten hatte, auf den König zu.

»Es ist doch nur eine Frage der Form, Majestät«, flüsterte er eindringlich. »Der Papst erwartet nun einmal, daß Ihr sein Pferd am Zügel führt. Und auch, daß Ihr ihm den Steigbügel zum Absteigen haltet.«

»Er vergißt wohl, wer ich bin«, zischte der König zwischen den Zähnen hervor.

»So bedenkt auch, wer er ist: nicht nur der oberste Priester der

Christenheit, sondern auch ein alter Mann ... Majestät, es wäre eine reine Geste der Höflichkeit und würde Euch gar nichts von Eurer Würde nehmen.«

Friedrich schwankte noch kurz und bedachte, welche Wahl ihm noch blieb. Dann wandte er sich wieder dem Papst zu. Er zeigte ein spärliches, höfisches Lächeln, das die Augen des Herrschers nicht erreichte; betont lässig, gerade eben noch nicht beleidigend, ergriff er die Zügel und führte das Pferd ein kleines Stück. Dann hielt er es jäh an, daß es scheute, ergriff den Steigbügel und streckte dem Papst mit herrischer Gebärde die Hand entgegen. Sein Blick war dabei so drohend, daß Hadrian das Spiel lieber nicht noch weiter trieb, sondern sich vom Pferd helfen ließ. Unten angekommen, lächelte er huldvoll und hob die Hand zum Segen. Der König beugte dabei das Haupt äußerst knapp. Der Papst hielt nun eine längere Ansprache an den König. Sein Latein hatte einen starken Akzent und war darum schwer verständlich. Es war um so quälender, als die Junisonne heiß herunterbrannte. Den Rittern in ihren Rüstungen lief der Schweiß in Strömen.

Kaum war der Papst mit seiner Rede fertig, schwang der König sich wieder auf sein Roß, und es blieb den Dienern des Papstes vorbehalten, ihren Herrn wieder auf sein Tier zu bringen. Die beiden Fürsten zogen Seite an Seite auf die Heilige Stadt zu, jeder lächelte in die Menge, aber sie wechselten dabei keinen Blick.

Als sie der Stadt nahe gekommen waren, hielt Friedrich sein Tier so plötzlich an, daß der nachfolgende Erzbischof Arnold sein Roß hart zügeln mußte. Das Tier scheute und stieg, und Fordolf, der nur einen Schritt hinter ihm ritt, ergriff rasch dessen Zaum und zog es wieder herunter, wobei der Erzbischof sich mit Mühe im Sattel hielt.

Der Papst sah nicht mehr sehr gut und hatte es noch nicht bemerkt, aber der König hatte gesehen, daß das Stadttor geschlossen war.

»Die Römer wollen Eure Majestät anscheinend nicht einlassen«, sagte Erzbischof Arnold entsetzt.

»Er ist also nicht einmal Herr über seine Stadt«, bemerkte Friedrich und dachte kurz nach. Als glänzender Feldherr hatte er sich am Vorabend genau die Karten der heiligen Stadt angesehen und eingeprägt. Jetzt winkte er seine Hauptleute herbei und gab kurz einige

Befehle. Diese preschten davon. Fordolf bemerkte, wie rasch und sicher der König neue, unerwartete Umstände zu meistern verstand. Das Heer besetzte nun die Leostadt und den Petersdom und schien sich nicht weiter um die unbotmäßige Stadt Rom zu kümmern.

In Rom wartete wieder viel Arbeit auf Fordolf: Im Palast, den der Papst dem Erzbischof von Köln zugewiesen hatte, mußte das gesamte Gepäck ausgepackt werden, der Küchenmeister jammerte und beschwerte sich, weil der Herd anders war als in Köln, Lebensmittel, Kerzen, Futter für die Reit- und Lastpferde und hundert andere Dinge waren in großen Mengen zu beschaffen.

Es blieb darum Constantin wieder allein überlassen, sich im deutschen Handelshof einzurichten, die restlichen noch nicht abgesetzten Waren zu verstauen und erste Geschäfte anzubahnen.

Am Nachmittag traf Fordolf endlich auch dort ein. Während er Verhandlungen mit zwei venezianischen Kaufleuten führte, verließ Constantin den Hof, um sich in Rom etwas umzuschauen. Es gab so viele beunruhigende Nachrichten, daß er sich große Sorgen machte. An allen Ecken und Enden gab es Zusammenstöße zwischen den Deutschen und den Römern, die nicht bereit schienen, dem zukünftigen Kaiser die ihm gebührenden Ehren zu erweisen. Darum nahm Constantin zwei Knechte mit, und alle drei waren gut bewaffnet, anders konnte man sich nicht auf die Straße wagen.

Constantin hatte seine Augen und Ohren überall. Er war auf dem Weg zum königlichen Lager, dort hoffte er, wichtige Neuigkeiten zu erfahren. Schon konnte er in der Ferne die Straßenkreuzung sehen, die von den Wachen des Königs gesperrt war, da bemerkte er, daß ein Stück vor ihm einige Römer einen hochgewachsenen Geistlichen anrempelten, dessen hellblondes Haar ihnen offenbar unrömisch erschien. Der versuchte zunächst, ihnen auszuweichen, aber als er einen heftigen Stoß in den Magen erhielt, nahm er das hölzerne Kreuz, das an seinem Gürtel hing, und war bemüht, sich die Angreifer damit vom Leibe zu halten. Die drangen nun mit vereinten Kräften und zu viert auf ihn ein und stießen ihn zu Boden.

»Los, kommt!« rief Constantin und eilte mit den beiden Knechten hinüber. Im Laufen zogen sie ihre Kurzschwerter und fuchtelten drohend damit; dem einen Römer, der gerade ein Messer gegen den unbewaffneten Geistlichen schwang, schlug Constantin mit der flachen Klinge auf den Arm, und seine Waffe fiel zu Boden. Die anderen ergriffen beim Anblick der Schwerter die Flucht.

Der Mann am Boden rappelte sich auf.

»Besten Dank, Constantin«, sagte er und wandte Constantin sein Gesicht zu.

»Herr Rainald!« rief der Kaufmann erstaunt und erfreut. »Schön, Euch zu sehen, aber laßt uns lieber verschwinden, so schnell wir können.«

Und gemeinsam eilten sie dem königlichen Lager zu. Der Geistliche wußte die Losung, und die Wachen ließen sie durch.

»Das hätte übel ausgehen können«, meinte der Propst von Hildesheim zu Constantin, klopfte sich den Staub vom Habit und betrachtete einen blutigen Kratzer am Arm. »Welch ein Glück für mich, daß Ihr gerade meinen Weg gekreuzt habt. Allein hätte ich mich wohl nicht gegen vier dieser Burschen durchsetzen können. Ich kam gerade vom Papst, dem ich eine Botschaft von König Friedrich überbracht habe, und hätte doch gedacht, daß mein geistliches Gewand mir Schutz genug bietet.« Und ärgerlich setzte er hinzu: »Das nächste Mal nehme ich mir eine Abteilung Soldaten mit.« Aber dann glätteten seine Züge sich wieder, und er lächelte den Kaufmann auf seine ganz besondere, bestrickende Art an. »Ich danke Euch sehr, Constantin, daß Ihr mich gerettet habt. Ich stehe tief in Eurer Schuld, denn dies ist nun schon das zweite Mal.«

Constantin lachte. »Wenn Ihr den Kölner Beutelschneider meint, den roten Willi, der war wohl nicht gerade ein gefährlicher Gegner.«

»Nein, da mögt Ihr recht haben. Aber nun rechne ich fest damit, daß Ihr auch in Zukunft immer auftaucht, wenn ich in Gefahr komme, Constantin. Ich hoffe, daß wir erst einmal die Krönung des Herrn Königs ohne allzu großen Aufruhr hinter uns bringen; mir gefällt das gellende Geschrei des angriffslustigen Pöbels hier gar nicht.«

»Mir auch nicht, und darum werde ich meinem Vater vorschlagen, noch heute abzureisen. Ich befürchte, daß diese Krönung nicht in Frieden vor sich gehen wird.«

Auch Fordolf fand die Nachrichten, die sein Sohn ihm brachte, so beunruhigend, daß er ihm zustimmte, die Stadt schon am Vorabend des großen Ereignisses zu verlassen.

»Es brodelt überall«, sagte Constantin zu Fordolf. »Es würde mich sehr wundern, wenn es nicht zu Gewalttätigkeiten käme.«

»Dabei möchte ich nicht gern anwesend sein«, erwiderte Fordolf. »Da wir alle mitgebrachten Dinge längst verkauft und inzwischen genügend neue Ware erstanden haben, wollen wir diese lieber in Sicherheit bringen, ehe es hier brennt.«

Sie wollten nicht einmal mehr die Nacht in der Stadt verbringen, sondern ließen eilig ihre Wagen und Pferde bepacken, um noch vor Schließung der Stadttore aus Rom abzureisen.

Constantin prüfte gerade die Riemen der Traglasten, als ein Hauptmann den Hof betrat, gefolgt von sechs Soldaten, die Helme, Schilder, Kurzschwerter und Lanzen trugen.

»Wer ist hier der Kaufmann Constantin?« rief der Hauptmann.

Erstaunt wandte sich Constantin um und musterte den Mann. Er erkannte die königlichen Farben. »Ich heiße Constantin. Was wollt Ihr von mir?«

Der Hauptmann salutierte schneidig.

»Seine Majestät, König Friedrich, bittet Euch, Eure Abreise eine Weile zu verschieben, da er eine Aufgabe für Euch hat. Ich habe den Auftrag, Euch zu Seiner Majestät zu geleiten.«

Fordolf war nun auch aufmerksam geworden und trat hinzu.

»Ich bin Kaufmann Fordolf aus Köln, der Vater Constantins. Was will Seine Majestät von meinem Sohn? Wir sind gerade im Begriff, in die Heimat aufzubrechen, und zwar auf schnellstem Wege. Ein Aufenthalt käme uns sehr ungelegen.«

Der Hauptmann wandte sich dem älteren Kaufherrn zu und grüßte höflich. »Ich weiß nicht, welche Aufgabe der König für Euren Sohn hat, ich habe nur den Auftrag, ihn hier abzuholen. Eurer Abreise, mein Herr, steht übrigens durchaus nichts im Wege. Nur Euren Sohn wünscht der König zu seiner Verfügung.«

Empört hob Fordolf die Hände. »Das ist ausgeschlossen. Wir wollen Italien so schnell wie möglich verlassen, weil wir uns in erheblicher Gefahr sehen. Ich bin nicht mehr jung; ich muß mich auf den starken Arm meines Sohnes verlassen.«

Der Hauptmann dachte kurz nach und nickte dann. »In diesem Fall werde ich Euch statt Eures Sohnes zwei meiner Männer mitgeben, sie sollen Euch drei Tagesreisen weit geleiten, auch länger, wenn Ihr es von ihnen verlangt. Es sind gut ausgebildete Soldaten.«

Constantin hatte inzwischen eingesehen, daß es zwecklos war, sich dem Wunsch des Königs zu widersetzen.

»Ich komme mit, aber dafür sollen vier Eurer Leute den Handelszug meines Vaters beschützen.«

Der Hauptmann wunderte sich.

»Glaubt Ihr, daß vier ausgebildete Soldaten nötig sind, um Euch im Notfall zu ersetzen?« entfuhr es ihm.

Constantin lächelte. »Nicht unbedingt. Aber wir sind Kaufleute. Wir nehmen grundsätzlich nicht das erste Angebot an.«

Nun schaute der Hauptmann verdutzt drein. Aber dann zuckte er die Achseln und lächelte.

»Gut, wenn ich nur so meinen Auftrag erfüllen kann ...«, und er bestimmte vier der Gewappneten, die sich Fordolf anzuschließen hatten. »Ihr holt euch vier Pferde und Proviant für mehrere Tage aus der Kaserne und seid in einer Stunde abmarschbereit hier.«

»Wir müssen in einer Stunde aber schon am Stadttor sein, denn dann wird es geschlossen«, widersprach Fordolf. Der Hauptmann seufzte.

»Ihr habt es gehört«, wandte er sich an seine Leute. »Also in spätestens einer Stunde an dem Tor, das Herr Fordolf euch bezeichnen wird. Oder noch besser: Zwei von euch holen die Marschausrüstung aus der Kaserne, die beiden anderen helfen hier inzwischen bei der Abfahrt und sichern den Weg durch die Straßen. Und nun marsch.«

Und dann zu Constantin: »Wenn ich nun bitten dürfte?«

Constantin umarmte seinen Vater. »Mach dir keine Sorgen um mich. Ich folge euch, sobald ich kann. Und schau selbst zu, daß du heil nach Hause kommst.« Er nahm seine Waffen vom Wagen und band den Lederhelm um den Kopf.

Auf Befehl Fordolfs schloß sich der Knecht Gerhard der Gruppe an. Er freute sich sichtlich darüber und war stolz, Constantin begleiten zu dürfen. Er nahm das Gepäck vom Wagen, das Constantins persönliche Gegenstände und seine eigenen Habseligkeiten enthielt, und warf sie sich mühelos über die Schulter. Verblüfft starrten die königlichen Soldaten auf den starken Riesen, der mit den Bündeln hinter seinem Herrn hertrabte, als seien nur Federn darin.

»Nimm den Schild auf den Rücken, Gerhard!« mahnte Fordolf noch, und dann waren sie zum Tor hinaus.

Den Weg bis zum Lager des Königs legten sie diesmal ohne Zwischenfälle zurück; der Hauptmann und die ihm verbliebenen zwei Bewaffneten genügten, um jede Angriffslust der Römer zu ersticken. Aber die gärende Aufregung, die über der Stadt lag, war nicht zu übersehen. Alle Kaufleute hatten die Läden geschlossen, die Handwerksburschen lungerten auf den Straßen herum, statt zu arbeiten. Constantin war froh, als sie das Lager erreichten, ohne in eine Schlägerei zu geraten.

»Ich habe den Befehl, Euch unverzüglich zum König zu geleiten«, bemerkte der Hauptmann. Er führte Constantin zu einem alten Palast. Eine große, unverglaste Fensterreihe im Oberstock zeigte an, daß sich dort ein geräumiger Saal befinden mußte. Überall wimmelte es von Soldaten, und der Hauptmann mußte mehrere Male die Losung nennen, damit sie durchgelassen wurden.

Sie ließen Gerhard, das Gepäck, die Waffen und die beiden Soldaten in der großen Halle im Erdgeschoß zurück, und der Hauptmann führte Constantin die Treppe hinauf. Der Türsteher meldete sie beim Sekretär des Königs an, und dieser, ein Mönch mittleren Alters, geleitete Constantin in den Saal. Der Hauptmann salutierte zum Abschied, zufrieden, seinen Auftrag ohne größere Schwierigkeiten erfüllt zu haben, wenn auch um den Preis von vier Männern.

Constantin folgte dem Sekretär durch die große Doppeltür. Der Mönch winkte ihm, an der Tür zu warten, bis der König ihn rufen würde.

Am Fenster, im roten Schein der Abendsonne, stand König Friedrich. Er sprach schnell und aufmerksam mit einem hochgewachsenen Geistlichen, dessen Tonsur von einem dichten, weißblonden Haarkranz umgeben war. Constantin konnte sein Gesicht nicht sehen, vermutete aber, daß es sich um Rainald von Dassel handelte. Zwischendurch diktierte Friedrich einem der wartenden Schreiber immer wieder rasch einen Befehl, und dieser eilte dann damit davon, damit des Herrschers Wille ohne jeden Verzug zur Ausführung kam.

So hatte Constantin Muße, von seinem Platz an der Tür aus den

König zu beobachten: Er war ein zierlicher Mann, der aber durch seine aufrechte Haltung nicht klein wirkte. Die rotblonden Haare trug er sehr kurz, der Bart zog sich nur als schmale rötliche Linie um das Kinn. Er strahlte ein hohes Maß an Sicherheit und Autorität aus.

Constantin bemerkte, daß des Königs Miene sich jedesmal, wenn er sich seinem Gesprächspartner zuwandte, aufhellte. Der gespannte, leicht verbissene Zug, der sich auf seinem Gesicht zeigte, wenn er zwischendurch diktierte, verschwand dann und machte einem Ausdruck herzlicher, ja bewundernder Zuneigung Platz. Wenn auch Constantin von seinem Platz aus nur Wortfetzen auffangen konnte, so schien es ihm doch, daß König Friedrich über seine Vorstellungen sprach, wie Italien zu regieren sei, und dazu die Meinung des Geistlichen hören wollte. Wenn dieser sprach, neigte Friedrich ihm den Kopf etwas entgegen und hörte gespannt zu.

Zu seiner Verwunderung bemerkte Constantin, daß er so etwas wie Eifersucht verspürte. Herr Rainald hatte auf ihn schon bei der ersten Begegnung einen tiefen Eindruck gemacht. Er hatte nichts von Herablassung an sich. Er brauchte nur einen Raum zu betreten, und jeder wußte: Da kommt der geborene Führer, der denkt, erkennt, durchschaut, eine oft kühne Lösung findet und dann die Kraft hat, diese durchzusetzen. Seine ungewöhnliche Persönlichkeit ließ Constantin wünschen, dieser mitreißende Mann möge sich ihm in Freundschaft zuwenden; nun war dieser Platz offenbar schon durch den König besetzt. Mit diesem wollte Constantin nicht wetteifern.

Als Herr Friedrich wieder diktieren wollte, bemerkte er, daß er schon den letzten seiner Schreiber losgeschickt hatte, und lachte.

»Also dann Schluß für heute mit der Arbeit«, sagte er.

Da fiel sein Blick auf den wartenden Constantin. Dieser verbeugte sich tief und respektvoll vor dem Herrscher. Auch der Geistliche wandte sich nun um, und es war tatsächlich Rainald von Dassel. Constantin verbeugte sich auch vor ihm, nicht ganz so tief und mit einem herzlichen Lächeln. Das wurde sofort erwidert. Statt ihn heranzuwinken, machte Rainald ein paar rasche Schritte auf den Kölner zu, packte ihn an der Schulter und schüttelte ihn freundschaftlich.

»Dies, Friedrich, ist der Kölner Kaufmann Constantin, mein Lebensretter. Schon zweimal stand er mir in höchst gefährlichen Lagen bei.«

Constantin wäre fast in Gelächter ausgebrochen, als er sich an den höchst gefährlichen Willi erinnerte, aber das schien ihm in Gegenwart des Herrschers nicht schicklich.

»Dann bin auch ich tief in Eurer Schuld«, sagte der König und lächelte mit seinem bestrickenden Stauferlächeln, das Feinde in Freunde verwandeln und Frauen hinschmelzen lassen konnte. »Herr Rainald ist nicht nur mein Freund, sondern auch mein wichtigster Ratgeber. In beiden Eigenschaften ist er absolut unersetzlich. Ich danke Euch sehr, Constantin, daß Ihr ihm beigestanden habt.«

Constantin verneigte sich abermals tief vor dem König.

»Und nun, mein Freund Rainald, wirst du alles Nötige mit diesem ebenso tüchtigen wie tapferen Kaufmann besprechen. Ich werde dabei wohl nicht gebraucht und wünsche einen guten Abend.«

Und mit freundlichem Lächeln verließ der König den Saal. Mit ihm gingen die Wachen an der Tür, und Constantin blieb allein mit Rainald von Dassel zurück.

»Seine Majestät hat eine Bitte an Euch. Ich sagte ihm, daß Euer Onkel schon lange in Byzanz lebt und Ihr Euch darum recht gut in den dortigen Verhältnissen auskennt. König Friedrich als zukünftiger Kaiser erwartet in Kürze einen geheimen Boten vom Kaiser von Byzanz. Die Sicht eines Kaufmanns ist eine andere als die des Staatsmanns. Sie kann uns helfen, die richtigen Entscheidungen zu treffen.«

Constantin wollte seinen Ohren nicht trauen. Deshalb hatte man ihn von der Abreise zurückgehalten? Gab es nicht genügend Menschen am Hof, die ebensolche oder bessere Kenntnis von den byzantinischen Verhältnissen hatten als er?

Herr Rainald bemerkte seine ungläubige Miene sofort. Er hob die Hand, um etwaigen Widerspruch sogleich abzuwehren. Nachdem er Constantin eine Weile sehr gründlich gemustert hatte, fuhr er fort:

»Das wäre das erste. Das zweite: Ich selbst brauche Euch eine Weile als Berater, und zwar ebenfalls in Eurer Eigenschaft als Kaufmann.«

Er begann jetzt im Raum auf und ab zu gehen. Constantin blieb stehen und folgte ihm mit den Augen.

»Es geht um folgendes. Erst auf diesem Italienzug ist es uns – ich spreche von Seiner Majestät und mir – klar geworden, wie entwickelt das Geldwesen in diesem Land ist und wie sehr die italienischen Handelsstädte uns darin überlegen sind. König Friedrich ist Neuerungen gegenüber aufgeschlossen; schon sein Vater hat in Schwaben eine äußerst wirksame fortschrittliche Verwaltung eingeführt und seinem Land damit eine Blüte beschert. Es ist daher seine Absicht, ein entsprechendes Geldwesen auch in den deutschen Landen einzuführen.

Seine Majestät hat mich beauftragt, diese gewaltige Reform in die Wege zu leiten. Wir könnten zu diesem Zweck natürlich Italiener nach Norden schicken; aber der König zieht es vor, diese außerordentlich wichtige Aufgabe von Kaufleuten unseres eigenen Landes wahrnehmen zu lassen. Es versteht sich von selbst, daß hierfür nur außerordentlich begabte und tatkräftige Männer in Frage kommen. Ihr seid der erste, den ich ins Auge gefaßt habe. Wir werden in den nächsten Tagen ausführlich über die Pläne des Königs sprechen, und dann werdet Ihr Euch entscheiden, ob Ihr für eine solche Aufgabe bereit seid.«

Er blieb vor Constantin stehen und blickte ihm strahlend ins Gesicht. »Ich will Eurer Entscheidung in keiner Weise vorgreifen, aber ich müßte mich schon sehr täuschen, wenn Ihr diese Aufgabe ausschlagen würdet. Darum erlaube ich es mir, mich schon einmal im voraus auf die Zusammenarbeit mit Euch zu freuen.«

Er schlug Constantin wieder freundschaftlich auf die Schulter. »Und nun kommt, sonst verpassen wir die Abendtafel des Königs noch völlig, und ich muß gestehen, ich bin hungrig wie ein Wolf. Ihr auch?«

Constantin folgte ihm, noch ganz betäubt. Eine solche überwältigende Gelegenheit ausschlagen? Niemals! Eine ungeheure Aufgabe. Aber er würde sie bewältigen. Und schon begannen die Gedanken in seinem Kopf zu kreisen, wie er sie anpacken würde.

Seinen Vater Fordolf, der sich ohne seinen Sohn durch feindliches Land schlagen mußte, hatte er in diesem Augenblick völlig vergessen.

18. Juni 1155

Die Nacht lag noch über der Stadt Rom. Samtweich drang die Luft zu der weiten Fensteröffnung herein. Constantin war erwacht, weil sein Diener Gerhard so erbärmlich laut schnarchte. Er streckte den Arm aus und stieß Gerhard an die Schulter, aber dieser schnaufte nur kurz, drehte sich auf die andere Seite und schnarchte noch lauter als zuvor.

Constantin stand auf. In der winzigen Kammer, die er mit Gerhard teilte, lastete noch immer ein Rest der Hitze des vergangenen Tages, aber am Fenster war die Luft fast frisch. Constantin atmete in tiefen Zügen und dachte wieder über die Aufgabe nach, die Herr Rainald ihm in Aussicht gestellt hatte.

Er nahm eine Bewegung im Hof wahr und schaute genauer hin. Der Hauptmann der Wache sammelte seine Leute, mit äußerster Vorsicht vermieden sie jedes Geräusch. Jetzt war Constantin hellwach. Die Hähne hatten noch nicht einmal gekräht. Was ging dort unten vor? Er hörte ein leises Knarren und fuhr herum. Jemand öffnete die Kammertür behutsam. Mit einem Satz war Constantin dort, was bei der Enge des Kämmerchens keine Schwierigkeiten bot, und riß die Tür auf. Aber draußen stand nur ein alter Diener mit einer Unschlittkerze, deren Schein er sorgsam mit der Hand abschirmte.

»Leise, Herr«, flüsterte er. »Steht auf und kleidet Euch an. Vermeidet möglichst jedes Geräusch. Mehr Licht als diese Kerze darf ich Euch nicht bringen, man soll draußen kein Licht sehen. Wenn Ihr angekleidet seid, begebt Euch in die Halle, mit allen Euren Waffen, und Euer Diener ebenso.«

Constantin hätte viele Fragen gehabt, aber der Mann legte den Finger auf die Lippen und entschwand lautlos, denn er trug keine Schuhe.

Es war mühsam, Gerhard aus seinem tiefen Schlaf zu holen, aber in doch sehr kurzer Zeit waren beide in ihren Kleidern und schlichen leise, die Schuhe in der Hand, das Kerzenflämmchen sorgfältig abgeschirmt, nach unten. Gerhard trug die Waffen und gab gut acht, daß sie nicht klirrten. Sie waren keineswegs die ersten: Eine große Anzahl Männer wartete schweigend in der Halle. Dann öffnete sich eine Seitentür, und ein hochgewachsener Mann trat ein. Constantin meinte, das Rauschen einer langen Seidenrobe zu vernehmen. Er strengte seine Augen an und erkannte einen Kardinalshut. Wie zur Bestätigung hob der Mann die Rechte und segnete die Anwesenden, was bei der Dunkelheit aber nur wenige wahrnahmen. Dann winkte er ihnen schweigend, ihm zu folgen.

Constantin schob sich in der Menge der Männer vorwärts. Sie bemühten sich, durch die kleine Seitentür zu gelangen, ohne zu drängen. Draußen nahm Constantin von Gerhard seine Waffen entgegen und hielt sie eng an den Körper gepreßt, damit kein Laut hörbar wurde. Trotz der Dunkelheit erkannte er bald, wohin der Kardinal sie führte: Der Weg ging geradewegs in die päpstliche Leostadt. Dicht gedrängt strömten sie in die Peterskirche. Es war dort kühl, das war den Männern angenehm, die ungewaschen in die Kleider gefahren waren und vor Angst und Ungewißheit geschwitzt hatten.

Das allererste Tageslicht drang durch die östlichen Fenster.

»Ex oriente lux«, sagte eine Stimme halblaut hinter Constantin. Er fuhr herum: Rainald von Dassel lächelte ihm verschwörerisch zu.

»Sind wir hier zu dem Zweck, den ich vermute, oder wollen wir das Jüngste Gericht erwarten?« murmelte Constantin leise.

»Damit eilt es noch nicht allzusehr, will ich doch hoffen. Vorher wollen wir unseren König in aller Heimlichkeit krönen, ehe die geldgierigen Römer versuchen, uns daran zu hindern«, flüsterte Herr Rainald und ging dann an ihm vorbei mit anderen hohen Geistlichen nach vorn zum Altar.

Constantin blickte zurück zur Domtür, die jetzt offenstand. Draußen waren Männer damit beschäftigt, den Raum um den Petersdom in weitem Umkreis abzusperren. Nun konnte niemand mehr nahe genug an die Kirche herankommen, um zu sehen oder auch zu hören, was darin geschah.

Ein baumlanger, massiger bayrischer Ritter schob sich jetzt vor Constantin, so daß selbst er eine Weile lang nicht mehr sehen konnte, was vor sich ging. Bis er sich in der Menge von diesem wieder weit genug entfernt hatte, waren schon der Papst mitsamt der höchsten Geistlichkeit und der König mit seinen Fürsten am Altar angelangt. Die ersten Strahlen der Sonne fielen durch die Fensteröffnungen, als das althergebrachte Zeremoniell der Kaiserkrönung begann. In der Peterskirche herrschte Stille, bis König Friedrich sich zum Altar wandte und die Hand hob.

»Ich schwöre, nach besten Kräften der römischen Kirche Schutz und Hilfe zu gewähren!« rief er laut, und es klang von den Gewölben wider. Als er darauf vom Papst die Abzeichen der Kaiserwürde empfing, brachen die Deutschen in lautes Freudengeschrei aus; die Heimlichkeit war vorbei, denn nun, da die feierliche Handlung vollzogen war, konnte sie nicht mehr rückgängig gemacht werden. Aber inzwischen hatten die Bediensteten die Absperrung draußen so weit gezogen, daß nicht einmal dieser Jubel die Römer aus ihrem Schlaf holte.

»Daß diese feierlichen Gottesdienste immer so endlos dauern müssen«, murrte Gerhard, der sich bemühte, seinen Herrn nicht im Gedränge der aus dem Dom strömenden Männer zu verlieren. »Ich habe entsetzlichen Hunger. Und müde bin ich auch, stundenlang haben wir jetzt seit aller Herrgottsfrühe gestanden.«

»Wäre es dir lieber gewesen, in der Kammer zu bleiben und dich auszuschlafen?« fragte Constantin und lachte über seinen verdrießlich dreinblickenden Knecht.

Ach nein, das denn doch nicht, dachte Gerhard. So viele Kaiserkrönungen bekam man ja wohl nicht zu sehen, und als Knecht schon einmal gar nicht. Aber aus Trotz sprach er es nicht aus.

Es war inzwischen Mittag geworden. Die Deutschen hatten schon ihr Lager erreicht und wollten sich, von der gleißenden Hitze und den Anstrengungen erschöpft, zum Festmahl begeben. Wieder hatte Herr Rainald sich suchend umgeschaut und Constantin in der Menge entdeckt; er winkte ihn zu sich.

»Ich möchte, daß Ihr an meinem Tisch sitzt, und Euer Diener mag uns aufwarten, dann wird er auch nicht hungrig bleiben«, sagte er und strahlte über das ganze Gesicht. »Von diesem Tag habe ich lange geträumt. Nun wollen wir ihn gemeinsam genießen.«

Und er zwängte sich, gefolgt von Constantin und dem verlegenen Gerhard, gewandt durch die Menge.

Die Wächter am Eingang des Saales begrüßten den Freund und Ratgeber des Kaisers respektvoll und ließen ihn unter Verbeugungen durch; auch Constantin kam ohne Schwierigkeiten hinein, aber bei Gerhard war Schluß. Sie kreuzten ihre Spieße und gaben ihm einen derben Puff.

»Du hast hier nichts zu suchen, scher dich weg. Und auch noch mit Waffen; so kommt hier keiner hinein. Im Hof gibt es nachher die

Reste der Mahlzeit, da kannst du dich bedienen, falls es dir gelingt, etwas zu ergattern«, sagte der Wachhabende.

Herr Rainald wandte sich um und wollte einschreiten, aber sein Blick blieb nicht an Gerhard hängen, der unglücklich dreinblickte, Constantins Waffen an sich gepreßt hielt und laut nach seinem Herrn rief, denn hinter ihm bemerkte Rainald eine große Schar Männer mit Kurzschwertern, Keulen und langen Messern bewaffnet, die zum Tor des deutschen Lagers stürmten und sich gegen die dort postierten Wächter warfen. Die Römer hatten also doch endlich gemerkt, daß die Krönung des Kaisers, die sie verhindern wollten, schon im Morgengrauen und einen Tag früher als gedacht stattgefunden hatte.

»Überfall! Zu den Waffen!« brüllte Herr Rainald. Seine im Kirchendienst geschulte Stimme übertönte den Lärm im Saal, und die Männer, die sich gerade einen Platz an den Tafeln erobert hatten, strömten nun wieder hinaus in den Hof und suchten nach ihren Waffen, die sie dort für die Dauer des Festmahls abgelegt hatten.

Inzwischen waren die Wächter am Tor von der Flut der Angreifer fortgespült worden, und diese zwängten sich mit zornigem Gebrüll in den Hof. Der neu gekrönte Kaiser trat ihnen mutig entgegen und versuchte, sie zu beschwichtigen. Aber die Römer waren zu aufgebracht, um jetzt aufzugeben. Mit lautem Geschrei drangen sie auf den Kaiser ein. Er war in großer Gefahr, niedergemacht zu werden; aber schon hatte Rainald von Dassel einem der Wächter seinen Spieß entrissen und schlug dem ersten Angreifer des Kaisers mit einem mächtigen Schlag das Schwert aus der Hand. Constantin, der gleich hinter Herrn Friedrich stand, hatte blitzschnell sein Schwert aus Gerhards Hand entgegengenommen und stieß es dem nächsten Römer, der seine Waffe gerade auf das Haupt des zierlichen Kaisers niedersausen lassen wollte, mit Wucht in den Leib, so daß der Mann sich zusammenkrümmte, mit einem Gurgeln einen Schwall Blut vor die Füße des Kaisers spie und sterbend zusammenbrach.

Im nächsten Atemzug war Heinrich der Löwe mit seinen Sachsen heran. Zwei, drei kurze Befehle, und seine ausgezeichnet gedrillten Männer hatten die Schar der Römer von drei Seiten umstellt und mähten sie nieder, mit gleichmäßigen Bewegungen, als seien sie Schnitter, die mit ruhig wiegenden Schritten die Garben auf dem Felde umlegten.

Auch Otto von Wittelsbach, der Bannerträger und Vetter des Kaisers, kämpfte mit seinen bayrischen Rittern erbittert gegen die Eindringlinge.

Nach kurzer Zeit war der Hof mit sterbenden und toten Männern bedeckt; dicke Blutrinnsale züngelten über den staubigen Boden wie Schlangen des Todes. Schließlich wandten sich die überlebenden Römer zu der einzigen Seite, welche die Sachsen offengelassen hatten, nämlich dem Lagertor, und entflohen, fluchend, voller Todesangst und mit Haß in den Zügen.

Kaiser Friedrich wischte sich schweratmend mit dem Arm den Schweiß aus dem Gesicht und schaute den Fliehenden nach; dann reichte er sein Schwert seinem Waffenträger und wandte sich um.

»Vetter Heinrich, ich bin dir zu größtem Dank verpflichtet. Deine Männer haben völlig recht, wenn sie dich ›den Löwen‹ nennen. Und Dank auch an Euch, Rainald.« Er schaute sich suchend um. »Und wo ist der Kölner Kaufmann?«

Herr Rainald schob den widerstrebenden Constantin aufmunternd nach vorn. Constantin kniete vor dem Kaiser nieder.

»Euch, Constantin aus Köln, ebenfalls meinen Dank. Auch Ihr habt Eurem Kaiser heute das Leben gerettet. Gott hat offenbar nicht gewollt, daß ich die Krone schon am ersten Tag wieder verliere.«

Er blickte sich im Hof um. Die Feldscher hatten sich inzwischen an die Arbeit gemacht und verbanden die Verwundeten. Auch bei den Deutschen hatte es einige Tote gegeben, die wurden jetzt zur Seite getragen.

Der Kaiser seufzte. »Ich hatte mir den Beginn meines Kaisertums fröhlicher vorgestellt. Aber sei es drum. Alle, die unverletzt und hungrig sind, mögen mit mir zur Tafel gehen. Falls nicht alles Essen kalt geworden oder verbrannt ist ...«

In der Zwischenzeit hatte sich Fordolf auf die gefahrvolle Reise nach Köln gemacht.

Mehrere Kaufleute aus verschiedenen deutschen Landen waren rasch entschlossen mit ihm aufgebrochen, darunter auch der Kölner Kaufmann Albero Hardefust, denn jeder war froh, den Hexenkessel Rom unter dem Schutz von ausgebildeten Soldaten verlassen zu können, und so zählten sie viele Männer und konnten auf ihre Schlagkraft vertrauen, als sie noch in der Abenddämmerung die aufgeregte Stadt verließen. Die Torhüter riefen ihnen Schimpfworte nach und schüttelten drohend die Fäuste. »Haut bloß ab! Und wagt nicht wiederzukommen, ihr Deutschen!«

Bis tief in die Nacht trieben sie ihre Tiere vorwärts. Jeder Mann marschierte zu Fuß, führte die Pferde an gefährlichen Stellen am Zügel, stützte die Wagen ab. Die helle Mondnacht gab gerade so viel Licht, daß sie ihren Weg finden konnten. Da sie mit Überfällen rechnen mußten, trugen sie Helme und hatten die Waffen griffbereit auf den Wagen liegen.

»Was ist denn bloß in diese Römer gefahren?« murrte Albero. »Unser Kaiser ist doch bei seiner Ankunft in Italien so begeistert empfangen worden ...«

Fordolf packte das Pferd fester und führte es behutsam um ein Schlagloch herum. »Du hast nur die Gegner Mailands jubeln hören, weil der Kaiser sie gegen die übermächtige lombardische Stadt in Schutz nahm. Vermutlich hat dich auch der Sohn des venezianischen Dogen beeindruckt.«

»Natürlich, Fordolf. Schließlich hat er Herrn Friedrich einen Vertrag angeboten und sich den fünfzig Pfund Gold, fünfzig Ladungen Pfeffer und ein Prachtgewand kosten lassen – und das Jahr für Jahr. So ein Angebot gibt es nicht alle Tage.«

Fordolf wiegte den Kopf. »Laß dich nicht blenden; denn des Kaisers Gegner, die hast du nicht gesehen, weil sie gar nicht erst bei ihm erschienen sind. Die Mailänder wollen durchaus keinen starken Kaiser. Die Deutschen sollen ihrer Ansicht nach jenseits der Alpen bleiben und nur erscheinen, wenn sie zu Hilfe gerufen werden, ihre Arbeit tun und anschließend wieder verschwinden.«

Albero zog seine Lederflasche, bot sie Fordolf an und trank dann selbst einen Schluck. »Das ist sicher richtig; aber Mailand ist doch nur eine einzelne Stadt. Wie wollen sie gegen den Kaiser bestehen?«

»Oh, Albero, du irrst dich. Die Mailänder haben eins im Überfluß, und das ist Geld. Das hat der Kaiser nicht. Hast du die Truppen gezählt, die Herr Friedrich auf den Ronkalischen Feldern versammelt hat? Kaum tausend Ritter waren es. Und davon hat ihm sein Vetter, Heinrich der Löwe, mehr als die Hälfte zugebracht. Laß die Mailänder ihren Beutel großzügig öffnen, und Tausende von Kämpfern werden ihnen zuströmen, aus ganz Italien, auch aus Frankreich und England. Der Kaiser hingegen muß um Soldaten betteln bei seinen Fürsten.«

Albero schwieg. Fordolf hatte recht.

»Aber weswegen das wütende Geschrei der Römer? Sind die mit Mailand verbündet?«

»Ich denke, eher nicht. Wenn die Mailänder ihrer Zeit voraus sind durch ihre zeitgemäße Verwaltung und ihr mächtiges Geldwesen, dann hinken die Römer hinterher. Sie sehen sich, wie vor tausend Jahren, als die Herrn der Welt an. Ich habe gehört, sie sollen vom Kaiser fünftausend Pfund verlangt haben, dafür sollte er die Kaiserkrone von ihnen bekommen und nicht vom Papst, der sich gefälligst auf seine geistlichen Belange zu beschränken habe.«

Albero prustete los. »Was für eine Dreistigkeit! Herr Friedrich hat sie wohl hinausgeworfen.«

»Darauf kannst du dich verlassen. Wo ihm doch seine Kaiserwürde so wichtig ist ... Übrigens, da fällt mir etwas ein. Weißt du, wem diese Würde fast noch wichtiger ist als dem Kaiser selbst? Dem Herrn Rainald von Dassel. Der Mann ist ein großer Planer und Seher. Seine Gedanken sind messerscharf, und dann peitscht er ihre Durchsetzung durch. Ein Scharfmacher. Ein gefährlicher Mann für seine Gegner. Und, soweit ich das beurteilen kann, ein absolut zuverlässiger Freund des Kaisers. Und solche fähigen Helfer braucht er auch, wenn er hier in Italien nicht untergehen will ...«

»Du redest, als ob du ihn persönlich kennst?«

»Mein Sohn Constantin kennt ihn. Und ich hatte Gelegenheit, ihm einige Manuskripte zu verkaufen. Zu einem Freundschaftspreis. Es kann nichts schaden, diesem Mann gefällig zu sein ...«

Die Reisegesellschaft machte nun eine kurze Rast von wenigen Stunden, dabei kreisten drei Wächter aufmerksam um das Lager und horchten auf verdächtige Geräusche. Beim ersten Tageslicht ging die Reise weiter Richtung Norden. An diesem Tag hielten sie nur inne, wenn die Pferde erschöpft waren und saufen mußten. Sie gönnten sich auch nur kaltes Essen, um so rasch wie möglich das italienische Gebiet zu durchqueren. Sie mußten feststellen, daß die Bevölkerung ihnen gar nicht freundlich gesinnt war. Sonst waren durchreisende Kaufleute überall gern gesehen, denn sie zahlten ordentlich und brachten Neuigkeiten mit, ihre Herkunft spielte dabei keine Rolle. Aber nun sahen sie finstere Gesichter und drohend geschüttelte Fäuste, und die Bauern weigerten sich, ihnen Proviant zu verkaufen. Die mitgeführten Vorräte würden nicht mehr weit reichen, und dann hieß es, den Gürtel enger zu schnallen oder vielleicht heimlich ein Wild zu erjagen.

Es war ein heißer Tag, der Schweiß lief ihnen in Strömen über Gesicht und Körper. Die durchgeschwitzte Kleidung wies dunkle Flecken auf, und ganze Heerscharen von Mücken und Bremsen quälten Mensch und Tier ohne Unterlaß.

Die Reisenden atmeten daher auf, als am späten Nachmittag Wolken aufzogen und die sengende Sonne verhüllten.

Bei Einbruch der Dunkelheit schlugen sie ihr Lager auf und saßen bei ihrer Abendmahlzeit. Albero hatte schon den ganzen Tag vor sich hin gegrübelt und war offenbar zu keinem Ergebnis gekommen.

Er wandte sich an Fordolf: »Ich meine, man müßte es mit Händen greifen können, daß zwischen Papst und Kaiser etwas vorgeht. Aber so sehr ich auch darüber nachdenke, ich sehe die Zusammenhänge nicht. Wie denkst du darüber?«

Fordolf schob mit dem Fuß ein neues Scheit ins Feuer und versuchte, es sich mit einem Baumstamm als Rückenlehne etwas behaglicher zu machen.

»Sieh dir die Veränderungen an«, meinte er dann bedächtig. »König Konrad kam mit Hilfe der Kurie auf seinen Thron und glaubte wohl, dafür ewig dankbar sein zu müssen. Vielleicht fühlte er sich aber auch zu schwach, um ohne deren Hilfe gegen die Kräfte im Reich bestehen zu können. Außer seinem Königtum hatte er ja nichts, das schwäbische Herzogtum gehörte seinem Bruder. Das hatte zur Folge, daß der Papst begann, sich in viele deutsche Belange einzumischen; die römischen Legaten wichen nicht mehr aus dem Reich. Sie traten großspurig auf, waren nur mit kostspieliger Bewirtung zufrieden und verlangten zusätzlich große Geschenke aus den Kirchenschätzen. Du würdest es nicht glauben, was sie alles aus unseren Ländern weggeschleppt haben. Sie achteten auch darauf, daß nur päpstlich gesinnte Männer bei Bischofs- oder Abtwahlen eingesetzt wurden. Du kannst dir sicher denken, daß es im Reich wachsenden Unmut hervorrief, als die Kurie ständig ihr Primat über die Krone betonte und durch Gesetze, Visitationen und Steuererhebungen sich bei uns breitmachte. Ich nehme doch an, daß dies König Konrad nicht verborgen blieb, aber bei all den Kämpfen im Reich, unter anderem mit den Welfen, konnte er sich gar nicht gegen die kirchlichen Übergriffe wehren. Sein Neffe, Herr Friedrich, ist da aus anderem Holz geschnitzt, aber er hat auch mit gewaltigen Schwierigkeiten zu kämpfen. Ich bin gespannt, wie er es anfangen wird, gleichzeitig die Fürsten des Reiches und die Kirche in Schach zu halten.«

»Zutrauen würde ich es ihm«, sagte Albero nachdenklich. »Die neuen Männer, mit denen er sich umgibt, scheinen mir auch äußerst tatkräftig zu sein.«

»Du meinst seinen Vetter Heinrich, den Herzog von Sachsen, der auch Bayern verlangt? Und vielleicht seinen Vetter Otto von Wittelsbach, den Bannerträger?«

»Ja, diese beiden und, wie du es sagst, wohl auch den Propst von Hildesheim, Rainald von Dassel.«

»Der dürfte seine stärkste Stütze sein. Aber noch ist nicht abzusehen, was in Rom und was in Italien geschehen wird. Die Zeiten sind unsicher wie lange nicht mehr. Ich denke, es war ganz richtig, schleunigst dieses Land zu verlassen.«

Albero nickte. »Gott gebe, daß es uns gelingt, uns und auch unsere Ware in Sicherheit zu bringen.«

»Und daß auch mein Sohn Constantin heil nach Hause kommt. Gute Nacht, Albero«, sagte Fordolf, streckte sich auf dem harten Boden aus, schob sich den Mantel unter den Kopf und war im Nu eingeschlafen.

Dem Papst war der Angriff der erbitterten Römer in die Glieder gefahren. Ihm war klar, daß das blutige Strafgericht keineswegs die Niederwerfung des Aufstandes bedeutete. Am liebsten wäre er Hals über Kopf davongeritten; daß die Deutschen nach dem Kampf mit grimmiger Miene ihre Festmahlzeit verzehrten, statt unverzüglich mit ihm aufzubrechen, nahm er ihnen übel.

Er bestand aber hartnäckig darauf, in der Morgenfrühe des nächsten Tages die bedrohte Engelsburg zu verlassen. Mit ihm gingen seine Kardinäle; und da sie als Gäste des Papstes galten, blieb auch den Deutschen nichts anderes übrig, als Rom den Rücken zu kehren und vor den Römern und auch der sommerlichen Hitze Zuflucht in den Albaner Bergen zu suchen.

»Da sieht man einmal, wieviel wert des Kaisers Schutz nach besten Kräften ist, den er doch erst gestern bei der Krönung versprochen hat«, dachte Gerhard, der ein Maultier aufgetrieben hatte, das an seiner Stelle die Bündel und auch die Waffen trug. Er hielt das Tier am Zaum und stapfte im staubaufwirbelnden Troß einher; seinen Herrn sah er nicht, der hatte eins von Herrn Rainalds Pferden erhalten und ritt neben diesem.

»Wir haben keine Zeit zu verschwenden«, sagte der Propst. »Wir können auf dem Weg besprechen, wie wir bei uns zuhause eine Geldwirtschaft wie in Italien aufbauen wollen. Ich würde gern mit nach Köln reiten, aber da der Papst pausenlos auf den Kaiser einredet, gegen den Normannenkönig zu ziehen, bin ich hier augenblicklich unabkömmlich.«

»Ihr seid also nicht für den Zug gegen den Normannen?« fragte Constantin.

Rainald hob die Schultern und zögerte mit der Antwort.

»Wenn es denn sein müßte, dann wären die Voraussetzungen jetzt so günstig wie nie. König Roger ist vor kurzem gestorben, und es hat schwere Unruhen in Sizilien gegeben. Aufständische normannische Barone haben das Festland besetzt und den Kaiser zu Hilfe gerufen. Das gäbe dem Zug Rechtmäßigkeit, die kann man immer brauchen. Außerdem stehen die Flotten von Genua und Pisa zu unserer Unterstützung bereit.«

Aber trotz dieser günstigen Ausgangslage runzelte er die Stirn.

»Ihr seid gleichwohl nicht für diesen Krieg?« fragte Constantin noch einmal.

»Alle deutschen Herrscher haben nach der Oberhoheit über das gesamte italienische Festland gestrebt. Soweit ich sehe, war die Möglichkeit, dies zu erreichen, noch nie so gegeben wie jetzt.«

Constantin verzichtete darauf, die gleiche Frage ein drittes Mal zu stellen. Das schien Herrn Rainald herauszufordern. Er schnaubte ärgerlich und faßte unwillkürlich sein Roß so hart am Zügel, daß es den Kopf unwillig hochwarf.

»Ich sollte alles dafür tun, damit dieser Kriegszug zustande kommt. Aber wenn ich abwäge, dann scheint mir das Wagnis zu hoch. Wißt Ihr, wie viele deutsche Heere in Italiens Glutsommern schon am Fieber zugrunde gegangen sind?«

Constantin nickte.

»Ja, mein Lehrer war ein Mönch, der sein ganzes Leben lang die Geschichte studiert und sie uns Schülern eingetrichtert hat. Außerdem frage ich mich, ob wir damit nur dem Papst die Kastanien aus dem Feuer holen sollen?«

Rainald machte eine wegwerfende Bewegung. »Das glaubt Papst Hadrian wohl. Er möchte gern ernten, was andere säen; ich meine aber, unser Herr, der Kaiser, würde schon mit ihm fertig. Nein, was mir wirklich Sorgen macht, sind die Unruhen in Italien selbst. Nicht nur Rom, auch Mailand. Ja, vor allem Mailand. Eine mächtige Stadt. Geschickte Unterhändler hat sie. Und Geld. Geld. Geld im Überfluß. Habt Ihr schon gehört: Die Mailänder hatten ihre Nachbarstädte übervorteilt, und die beklagten sich darüber beim Kaiser. Da haben die Mailänder, ohne mit der Wimper zu zucken, viertausend Pfund Silber als Buße angeboten. So viel Geld hat unser Kaiser noch nie auf einem Haufen gesehen ... Ich sage Euch, Constantin, und merkt es Euch wohl: Geld ist Macht! Ich sehe den Verlauf so: Wenn wir in Sizilien kämpfen, ist es gleich, ob wir siegen oder verlieren; wir würden auf jeden Fall viele Männer verlieren und müßten dann geschwächt durch Italien zurück nach Hause marschieren. Vorbei an Mailand ... damit ist Eure Frage wohl beantwortet!«

Da kam ein Bote geritten und teilte Herrn Rainald mit, der Kaiser wünsche ihn zu sprechen, er möchte ihn bitte sofort begleiten. Rainald galoppierte davon, und Constantin hatte Muße, über ihr Gespräch nachzudenken. Von dem Zug nach Sizilien konnte das Schicksal des Reiches abhängen. Aber dann schob er dieses Problem, mit dessen Lösung er ohnedies nichts zu tun hatte, beiseite und dachte darüber nach, wie er sein Amt als Münzmeister von Köln ausführen wollte. Um einen Fluß des Geldes auch nur annähernd so wie in Italien in Gang zu setzen, mußte die Menge des umlaufenden Geldes ganz erheblich gesteigert werden. Auch kleine Bürger und Bauern mußten davon abkommen, ihre überschüssigen Erzeugnisse oder ihre Arbeit gegeneinander auszutauschen.

Aber zuerst einmal mußte das benötigte Geld hergestellt werden. Große Mengen an Gold und Silber würde er brauchen, und geübte Handwerker, um die erforderlichen Münzen herzustellen. Constantin war vor Jahren einmal mit seinem Vater in der Kölner Münze gewesen und erinnerte sich, wie genau das Edelmetall gewogen und zugemessen wurde, dann wurden die Münzen mit einem Prägestock geformt und anschließend nachgefeilt und geglänzt.

Die Gold- und Silbervorräte mußten völlig sicher aufgehoben werden. Täglich war das zu verbrauchende Edelmetall zu wiegen; eine peinlich genaue Buchführung mußte sicherstellen, daß niemand auf den Gedanken kam, sich an den Schätzen zu vergreifen.

Constantin ging davon aus, daß er alle diese Aufgaben meistern und viel Geld in seinem neuen Amt verdienen würde. Fröhlich pfiff er vor sich hin, zog sein Pferd auf die Seite und wartete den Troß ab, um nach Gerhard zu sehen. Die Reiter und Fahrzeuge schoben sich an ihm vorbei. Eine dichte Staubwolke lag über dem Weg und reizte abwechselnd zum Husten und zum Niesen. Es dauerte eine Weile, bis Gerhards mächtige Gestalt hinter dem Maultier sichtbar wurde. Er machte ein griesgrämiges Gesicht.

»Ich bin so durstig, Constantin!« sagte er kläglich. »Und so hungrig dazu …«

In den folgenden Tagen drängte der Papst immer entschiedener zum Aufbruch nach Sizilien, aber Friedrich konnte seinem Wunsch nicht entsprechen. Er versammelte seine Fürsten und versuchte, ihnen den Zug nach Süden schmackhaft zu machen. Er hatte fest mit ihrer Unterstützung gerechnet, aber zu seinem Erstaunen weigerten sich die meisten. Sie hätten sich nur zur Krönungsfahrt verpflichtet, nicht aber dazu, in südlicher Sommerhitze nach Sizilien zu marschieren. Ihre Pflicht hätten sie erfüllt, und damit wäre es genug. Sie wollten nach Hause. Und dabei blieb es.

»Unser Kaiser braucht nicht unzufrieden zu sein«, bemerkte Rainald zu Constantin.

Sie standen am Fenster einer prächtigen Villa in den Albaner Bergen. Hinter ihnen packten Rainalds Diener geschäftig sein Gepäck zusammen, unten im Hof wimmelte es von Pferdeknechten, die alle gleichzeitig ihre Tiere reisefertig machen wollten, Troßbuben bepackten die Wagen, der Stallmeister fluchte gewaltig, weil keiner auf seine Anordnungen hören wollte.

»Er hat seine Herrschaft in Oberitalien bekräftigt; er hat tiefe Einblicke in die dortigen Verhältnisse gewonnen, das wird bei der Ausrichtung der künftigen Regierung helfen. Er weiß jetzt, welche der lombardischen Städte seine Freunde sind und welche seine Gegner. Ich sage noch einmal: Mailand! Und er kommt mit der Krone in die deutschen Lande zurück. So unrecht ist ihm der Widerstand der Fürsten vielleicht gar nicht gewesen, denn so kommt das Heer doch unvermindert nach Hause.«

»Ob aber der Papst auch zufrieden ist?« fragte Constantin.

Rainald lachte und schüttelte den Kopf. »Wie könnte er? Er wollte doch die Oberhoheit über den Kaiser, aber außer der leeren Geste des Stallmeisterdienstes, die unseren Kaiser so verärgert hat, hat er nichts bekommen. Als die Römer dem Kaiser die Krone ohne päpstliche Mitwirkung anboten, hätte er sich vermutlich fast vor Angst in die Hosen gemacht – wenn er welche trüge. Nun ziehen die Deutschen, die er so gern für seine Zwecke nutzbar gemacht hätte, über die Alpen davon, und er bleibt mit den aufsässigen Römern und den bedrohlichen Normannen zurück. – Ist Euer Gepäck schon fertig?«

Constantin zuckte mit den Schultern. »Ich habe ja so gut wie nichts bei mir. Ich werde mich jetzt, Eurem Wunsch entsprechend, noch eine Weile in Italien umsehen. Dank Euch bin ich ja gut unterrichtet, welche Städte kaisertreu sind und welche ich besser meide. Es gibt dort Geldleiher genug, bei denen ich mir Auskünfte über das Geldwesen holen kann. Und dann geht es nach Köln.«

»Da fällt mir ein, hier habe ich einen vom Kaiser unterschriebenen und gesiegelten Befehl an den Erzbischof von Köln, Herrn Arnold von Wied. Er hat Euch als Münzmeister einzusetzen. Ihr habt so die Verantwortung für die Herstellung des Geldes und auch, wie es in Umlauf zu bringen ist.«

»Die Pacht für dieses Amt dürfte aber nicht billig sein«, bemerkte Constantin.

»Mag sein. Aber das braucht Euch in diesem Fall nicht zu kümmern, sie wird für drei Jahre von der kaiserlichen Schatulle übernommen.«

Das freute Constantin.

Herr Rainald lächelte listig.

»Welche natürlich auch die angemessene Summe dafür festsetzt, und die wird wohl nicht ganz in der Höhe liegen, die Erzbischof Arnold vorschwebt …«

5. August 1155

Constantin stand am Fenster in der großen Stube seines Hauses, die Hände hinter dem Rücken verschränkt. Sein Blick war auf seine Kinder gerichtet: Die kleine Engilradis versuchte die ersten Schritte an der Hand ihrer Mutter, und die zweijährige Richmodis rollte einen Ball aus Wolle auf dem Boden hin und her und lockte damit ein junges Kätzchen, das sich in wilden Sprüngen verrenkte, um das Wollknäuel zu erhaschen.

In der Stube marschierte Gerard Unmaze hin und her und polterte. Mit dröhnender Stimme verfluchte er die Kölner Bürger, den Erzbischof und den Abt von Kornelimünster.

»Es ist doch wohl nicht zu glauben. Gegen uns, gegen ihre eigenen Mitbürger, haben sie entschieden. Dem Abt von Kornelimünster die Zollfreiheit zuzugestehen! Ich kann es nicht fassen. Weißt du, was uns das kostet?«

»Ich weiß es«, antwortete Constantin. »Ich habe mir angesehen, wieviel der Abt von Kornelimünster in unserem Hafen verkauft.«

»Dann hast du ja sicher auch berechnet, wieviel an Zollgebühren uns dabei entgehen. Es ist unglaublich. Sechshundert Mark haben wir dem Erzbischof als Pacht für den Zoll bezahlt. Weißt du, wieviel sechshundert Mark sind?« fragte er und zeigte mit einem Zeigefinger durchbohrend auf seine Tochter, die die Kleine herumtappen ließ.

Durechin fuhr zusammen. »Nun, lieber Vater, das ist eine sehr, sehr große Summe«, sagte sie zögernd.

»Zum Vergleich: Seinen Rittern zahlt er fünf Mark im Jahr. Fünf

Mark! Und dafür müssen sie Hofdienst bei ihm leisten, ihn auf seinen Reisen begleiten, wenn er es wünscht, und davon auch noch die Kosten für ihr Hofgewand bestreiten. Kannst du dir jetzt vorstellen, was für eine riesige Summe er uns für die Pacht des Zolls abgeknöpft hat?«

»Ja, Vater, jetzt kann ich es mir vorstellen«, sagte Durechin gehorsam. Sie hatte, während ihr Vater mit ihr sprach, den Blick von ihrer kleinen Tochter gewandt, die sie im kurzen Hemdchen herumführte. Diesen Moment nutzte das Kind ganz listig und ließ ein kleines Bächlein rieseln, genau auf den Stiefel des Großvaters.

Gerard fuhr zusammen und starrte auf seinen nassen rechten Fuß, während Constantin sich das Lachen verbiß.

»Verzeih, Vater, das tut mir leid«, stammelte Durechin. Aber ihr Vater war weit davon entfernt, seiner Enkeltochter ob der Ausübung ihrer natürlichen Bedürfnisse zu grollen. War er auch eisenhart, was seine Geschäfte anging, trat er auch noch so laut und polternd auf – seinen Kindern und Enkeln gegenüber hatte er ein weites Herz. Darum zeigten die beiden kleinen Mädchen auch nicht die geringste Furcht vor ihrem herumtobenden Großvater.

»Und diese sechshundert Mark müssen wir wieder hereinwirtschaften, dein Mann und ich«, brüllte er nun weiter und stapfte aufs neue fäusteschüttelnd in der Stube herum, wobei sein rechter Fuß feuchte Spuren hinterließ.

»Und natürlich auch noch einen satten Gewinn dazu, sonst bräuchten wir uns nicht damit zu plagen«, stimmte ihm Constantin zu. »Willst du mir nun bitte genau sagen, wie es zu diesem Entscheid kommt, der den Abt von Kornelimünster begünstigt und damit Geld aus unseren Taschen lenkt?«

»Ja, ich hatte die Zollfreiheit beanstandet, die der Abt beansprucht. Der Vertreter von Erzbischof Arnold war zu feige, mir recht zu geben, und ließ die Kölner Bürger entscheiden. Und die haben doch tatsächlich für den Abt entschieden!«

»Einstimmig?«

»Nein. Fünf von acht«, brummte Gerard und zählte die Bürger auf, die gegen ihn gestimmt hatten.

»Fünf von acht. Schade. Hätte man nicht durch Bestechung zwei umdrehen können?«

»Ich habe schon drei bestochen«, erklärte Gerard und nannte ihre Namen.

»Ach so.« Constantin überlegte. »Kein Wunder. Die fünf, die gegen uns gestimmt haben, haben alle Brüder oder Vettern in der Abtei. Dagegen, verehrter Schwiegervater, kann man nichts machen. So ist nun einmal der kölsche Klüngel.«

Nun wandte sich Constantin seiner Frau zu, die mit besorgt gerunzelter Stirn dem Disput der beiden Männer zugehört hatte.

»Du mußt dir keine Sorgen machen, Durechin. Ich habe mir die Zahlen erst gestern abend angeschaut: Trotz der Ausfälle aus Kornelimünster machen wir einen satten Gewinn mit dem Zoll. Und der Erlös aus meiner Italienfahrt kann sich durchaus sehen lassen. Wir werden also auch in diesem Jahr nicht hungern müssen. Zumal ich ja nun auch das Amt des Münzmeisters vom Kaiser erhalten habe. Und dazu noch ohne Kosten für uns! Das wird uns eine schöne Stange Geld einbringen.«

Er wandte sich wieder an Gerard.

»Ich habe dir zu danken, du hast unsere Geschäfte sehr gut geführt während meiner Abwesenheit. Es wäre darum angemessen, wenn ich jetzt den größten Teil der Arbeit wegen des Zolls übernähme, damit du dich wieder deinen anderen Geschäften zuwenden kannst; aber zur Zeit habe ich alle Hände voll zu tun mit dem Aufbau des Geldwesens, wie der Kaiser es wünscht. Wir sollten daher eine neue Aufteilung unserer Einnahmen aus dem Zoll zu deinen Gunsten treffen.«

Aber Gerard winkte ab. »Für dieses Jahr mag es laufen wie bisher. Und wenn du nächstes Jahr noch immer keine Zeit hast, schreibe ich einen Teil der Einnahmen meiner Tochter Durechin gut. Immerhin fallen ja wohl bis auf weiteres keine Handelsfahrten nach Italien für dich an.«

So hart Gerard Unmaze im Handeln auch war – niemand konnte behaupten, daß er zu seinen Kindern nicht großzügig wäre.

Unmaze schätzte die Lage ganz richtig ein, der Handel mit den italienischen Städten lag für lange Zeit brach. Kaiser Friedrich hatte die Ankunft der Truppen aus Norditalien nicht abwarten können. Es war ihm nicht möglich gewesen, Rom zu erstürmen. Den Feldzug gegen die Normannen, den er dem Papst versprochen hatte, konnte er auch nicht führen, weil die deutschen Fürsten dagegen sprachen und nicht bereit waren, ihre Truppen in Süditalien aufzureiben, während Mittel- und Norditalien sich mehr als feindselig zeigten. So war Barbarossa zwar mit der Kaiserkrone, aber sonst erfolglos Richtung Norden aufgebrochen und hatte den Papst der Willkür des Normannenkönigs überlassen. Hadrian hatte seinerseits sofort den Vertrag mit dem Kaiser gebrochen und dem Normannenkönig Wilhelm Unteritalien und Sizilien gegen Zinszahlung verliehen.

Eckebrecht hatte seine Söhne und Enkel einbestellt, um die Handelsfahrten der folgenden Monate miteinander abzustimmen.

Es war ein warmer Herbstabend, und Constantin hätte lieber im Garten gesessen; aber Eckebrecht meinte, ihre geschäftlichen Pläne hätten innerhalb des Hauses ihren Platz, wo sie nicht belauscht werden konnten.

Constantin erzählte, daß sein Jugendfreund Richolf Scherfgin ihn besucht hatte. Er war gerade vom Königshof zurückgekommen und hatte miterlebt, wie Barbarossa für den Zug nach Sizilien geworben, aber eine Absage nach der anderen erhalten hatte.

»Ein Glück noch, daß es so gekommen ist«, bemerkte Eckebrecht dazu. »Wenn ich mich erinnere, wie viele große deutsche Heere schon in Süditalien nicht dem Feind, sondern dem Fieber erlegen sind ...«

»Dafür kann ich euch das neueste aus dem Ratshaus berichten«, sagte Fordolf. »Unser Erzbischof Arnold legt Wert darauf, das schmähliche Ende des Italienfeldzuges, an dem er als Kanzler an wichtiger Stelle beteiligt gewesen ist, durch Erfolge vergessen zu machen. Da sind ihm die Gebeine der elftausend Jungfrauen in den Sinn gekommen, die vor Hunderten von Jahren im Angesicht der Stadt Köln den Hunnen zum Opfer gefallen sein sollen. Arnold hat daher den Abt Gerlach von Deutz beauftragt, diese Gebeine zu suchen und zu bergen.«

Darüber mußte Eckebrecht, der gerade trinken wollte, so lachen, daß er sich verschluckte und Fordolf ihm gründlich auf den Rücken klopfen mußte. Als er wieder zu Atem gekommen war, sagte er erheitert:

»Ich frage mich, was Gerlach eigentlich finden soll. Ich war noch ein junger Mann, da entdeckten wir eine Menge Knochen, als wir den

Boden für die neuen Stadtwälle aufgruben. Ich habe damals vom Morgengrauen bis in die Nacht dabei mitgearbeitet, wie alle anderen Kaufmannssöhne auch, denn wir hatten es sehr eilig, die Stadtbefestigung instand zu setzen, ehe der spätere Kaiser Heinrich V. sein Mütchen an uns kühlen konnte.«

Eckebrecht setzte mit Behagen den Becher nochmals an den Mund, um einen Schluck des verdünnten Moselweins zu genießen. Er verzog das Gesicht. »Ein wenig sauer, nicht? Ein Löffel Honig würde ihm nicht schaden. – Ja, die Gebeine der Jungfrauen. Die haben wir doch damals schon alle verkauft.«

»Was habt ihr gemacht?« fragte Helperich fassungslos.

»Ja, mein lieber Adoptivvater Wolbero war ein ganz gerissener Mann. Er hatte die Idee, die Knöchelchen einzeln in kostbaren Brokat zu verpacken und diese wertvollen Reliquien teuer im ganzen Land zu verkaufen, damit haben wir dann einen Teil der Kosten für die neue Stadtbefestigung bestritten. So hat die heilige Ursula, unsere Stadtpatronin, uns beschützt.«

»Das muß jemand dem Erzbischof Arnold erzählt haben. Schade, diesmal wird er den Gewinn wohl selbst einsacken«, meinte Fordolf.

Er sah das ganz richtig. Aber diese Geldquelle sprudelte beileibe nicht schnell. Abt Gerlach sollte neun Jahre für seine Arbeit brauchen.

Ich weiß eine Neuigkeit, worüber ich mich sehr freue«, sagte Engilradis geheimnisvoll zu ihrer Schwiegertochter Durechin. Sie nahm den Umhang ab, in den sie sich für den Weg gehüllt hatte, denn es war ein trüber, kühler Frühlingstag. Dann eilte sie in die Kinderstube, um ihre Enkeltöchter zu begrüßen, fand sie aber nicht.

»Sie sind in der Küche und helfen, Plätzchen für Ostern zu backen«, sagte Durechin. »Das heißt, sie essen so viel vom Teig, wie sie nur erwischen können, und heute abend werden sie beide Bauchweh haben. Nun bin ich aber neugierig, was du mir erzählen willst.«

»Sag mir noch schnell zuerst, wie es dir geht«, verlangte Engilradis und strich zärtlich über den hochschwangeren Leib ihrer Schwiegertochter.

»Ausgezeichnet, so gut ging es mir noch bei keinem Kind«, lachte Durechin. »Also, was gibt es?«

»Folgendes: Außer diesem Kindchen, das du in Kürze zur Welt bringen wirst – die Muttergottes gebe dir eine glückliche und rasche Geburt«, Engilradis bekreuzigte sich, »außer diesem wird auch Liveradis uns ein Enkelkind schenken.«

Durechin verriet nicht, daß sie diese Nachricht schon vor einigen Tagen von Constantin erfahren hatte. Sie zeigte sich überrascht und erfreut und beglückwünschte ihre liebe Schwiegermutter von Herzen. Liveradis war jetzt siebzehn Jahre alt. Sie hatte kurz vor dem erfolglosen Italienzug des Kaisers den Kaufmann Erinfried Crop geheiratet, der sich ein nobles Haus in dem neuen Viertel bei Maria Lyskirchen erbaut hatte.

»Und das ist immer noch nicht alles«, sagte Engilradis strahlend, »auch unsere Gertrudis ist endlich schwanger! Heute früh hat sie es mir gesagt.«

Das war allerdings eine überraschende Neuigkeit. Fast vier Jahre lang war Gertrudis mit Marcmann verheiratet, und ihr Kinderwunsch war bisher nicht erfüllt worden.

»Ich freue mich ja so!« rief Durechin und umarmte Engilradis stürmisch. »Das wird ein gesegnetes Jahr für uns alle. Constantin hat übrigens nachdrücklich eine dritte Tochter von mir verlangt, es wird sich zeigen, ob ich ihm diesen Wunsch erfüllen kann.«

»Aha, er will doch unbedingt eine Margarete. Aber daraus wird nichts«, sagte Engilradis schadenfroh. »Eine dritte Tochter erhält nun einmal den Namen ihrer Mutter, so ist es bei uns in Köln schon seit ewigen Zeiten. Also eine kleine Durechin, falls es ein Mädchen wird. Und daß du ihm bloß nicht nachgibst! Es gehört sich eben so.«

Aber es wurde weder eine Margarete noch eine Durechin. Am folgenden Tag gebar Constantins Frau ihm einen Sohn, der schon einen Zahn im Mund hatte.

Der kühle Constantin neigte von Natur aus nicht zum Überschwang, aber nun lud er alles, was in Köln Rang und Namen hatte, zum Kindbier seines neugeborenen Sohnes Fordolf ein.

Er ging auch in die Dachstube, wo die beiden Jungen Durechins ihr Reich hatten, und nahm Theoderich und Heinrich in den Arm.

»Meine lieben Söhne«, sagte er zu ihnen und sah zuerst dem großen, dann dem jüngeren Buben in die Augen, »denkt nur nicht, daß ihr beiden jetzt in die zweite Reihe rückt. Ihr glaubt ja gar nicht, wie froh ich bin, daß unser kleiner Fordolf schon zwei große Brüder hat, die sich um seine Erziehung kümmern können, wenn ich, wie so oft, unterwegs sein muß. Oder wollt ihr, daß euer kleiner Bruder nur von Frauen erzogen wird, nämlich von Durechin, den drei Großmüttern und den beiden Schwestern?«

»Ich finde eigentlich, daß meine Mutter auch einen Sohn recht gut erziehen kann«, meinte Theoderich ernsthaft, »aber wenn es dir eine Beruhigung ist, sind wir natürlich beide bereit, ihr dabei zu helfen und auf ihn zu achten.«

»Ja, und ich bringe ihm gern bei, was ein Kaufmann alles wissen muß«, sagte der zehnjährige Heinrich eifrig. »Willst du einmal hören, Stiefvater, was ich heute gelernt habe?«

Und er schnurrte herunter, welche Waren man wo einkaufen mußte.

»Das hast du sehr gut gelernt, Heinrich. Zur Belohnung nehme ich dich übermorgen mit, wenn ich mit dem Erzbischof nach Xanten fahre. Und du, Theoderich, vertrittst mich und deine Mutter, die ja im Kindbett liegt, hier im Haus. Ich weiß, daß ich mich auf dich verlassen kann.«

Ostern 1156

Erzbischof Arnold hatte sich beim Propst von Xanten angesagt, um dort das Osterfest zu begehen. Wie üblich reiste er mit großem Gefolge. Das war den Kölner Kaufleuten gerade recht, denn so konnten sie gefahrlos an Orte gelangen, wo günstige Geschäfte winkten.

Constantin hatte besonderen Wert darauf gelegt, an dieser Reise teilzunehmen. Er rechnete, wie die übrigen Kaufleute auch, auf gute Gewinne; aber wichtiger noch war es ihm, einen genauen Eindruck vom Verhältnis des Propstes zum Erzbischof zu gewinnen. Er hatte nämlich Gerüchte gehört, daß dem Propst die schöne Hauptkirche Xantens nicht mehr genügte und ihm der Bau eines großartigen Domes vorschwebte. Zwar war Xanten eine reiche Propstei, aber man wußte in Kaufmannskreisen, daß dem Propst das Geld wie Wasser durch die Finger rann. Constantin hatte Hinweise erhalten, daß der Propst vom Erzbischof vom Zoll befreit werden wollte; dies aber hätte Constantin und Gerard Unmaze, die sehr viel Geld für die Pacht hingelegt hatten, empfindlich geschädigt.

Constantin hörte sich in Xanten also an vielen Stellen um, und sein kleiner Stiefsohn Heinrich folgte ihm wie ein Schatten und prägte sich genau ein, was Constantin tat. Der Kaufmann war sich nicht zu schade, ein kleines Bestechungsgeld auszugeben, um eine Einladung zum Ostermahl zu erhalten, das der Propst zu Ehren seines Erzbischofs gab.

Ein weiterer geldbeschwerter Händedruck an den ersten der Diener, und Constantin fand seinen Platz weit oben an der Tafel, wo eigentlich nur höhere Geistliche zu sitzen hatten. Dort saß er in Hörweite des Gastgebers. Constantin verstand sich vorzüglich auf die Kunst, gelassen und weltläufig mit seinen Nachbarn zu plaudern und gleichzeitig jedes Wort zu hören, das wichtig für ihn sein konnte.

Aber dieses Mal, so schien es, hatte er sein Geld vergebens eingesetzt. Der Erzbischof widmete sich seinem Mahl so hingebungsvoll, daß er weder über Politik noch über Geschäfte sprach, sondern nur ab und an eine Anmerkung zur Güte der gereichten Gerichte und deren Zubereitung machte. Drei Stunden lang waren Kommentare über die beste Zubereitung von Rheinfischen und Wildbret alles, was Constantin vom Kopf der Tafel erlauschen konnte, und er langweilte sich redlich und konnte nur darüber staunen, welch unglaubliche Mengen der schlanke Erzbischof, der schon nahe den Sechzig war, vertilgen konnte.

Endlich lehnte sich Herr Arnold von Wied zurück, spülte noch einmal mit einem reichlichen Trunk guten Rheinweins nach und wischte sich behaglich mit dem Ärmel den Mund ab. Constantin spitzte die Ohren und hoffte, nun kämen endlich Dinge zur Sprache, die für ihn wichtig sein könnten. Er hörte aber nur, wie der Propst seiner Verwunderung Ausdruck gab, daß der hohe Herr Erzbischof seine schlanke Gestalt bewahrt hatte.

»Das macht die viele Unruhe in meinem Leben«, sagte Herr Arnold wohlgelaunt. »Und dann das viele Reiten. Ich schwimme im Sommer auch gern. Als ich noch ein junger Mönch im Kloster war, haben wir gelegentlich Wettläufe gemacht, das machte mir immer viel Vergnügen.«

»Oh, das kenne ich auch«, sagte der Propst eifrig. »Ich lief als Knabe oft mit meinen Brüdern um die Wette, und mein Abt erlaubte uns im Kloster, diesen Brauch fortzusetzen.«

Constantin stöhnte leise. Essen, trinken, wettlaufen. Er hatte den Nachmittag und die Bestechungsgelder glatt verschwendet.

Der Erzbischof schlug dem Propst auf die Schulter. »Dann laßt uns um die Wette laufen, wer von uns der Schnellere ist.«

»Aber, Herr Erzbischof!« wehrte der Propst ab. »Ich bin ja leider viel dicker als Ihr. Ich würde wohl kaum Ehre einlegen.«

»Dicker vielleicht«, rief Herr Arnold vergnügt und strahlte über sein vom Wein reichlich gerötetes Gesicht. »Aber jünger als ich seid Ihr auch, das gleicht sich aus. Los, kommt, ich habe Lust zu sehen, wie schnell ich noch auf den Beinen bin.«

Vergeblich sträubte sich der Propst, wies zaghaft auf die Heiligkeit des Tages hin und fragte, ob ein Wettlauf sich denn für zwei hohe Geistliche schicke. Aber sein Widerspruch stieß auf taube Ohren.

»Los, kommt schon, Propst«, bestand Herr Arnold auf seinem Willen, packte den Widerstrebenden am Arm und zog ihn hoch. Unwillig folgte der Xantener seinem Herrn nach draußen und wünschte, er hätte den Wein stärker verdünnen lassen oder gar nicht, in beiden Fällen wäre ihm dies vermutlich erspart geblieben.

Die übrigen Teilnehmer des Gastmahls drängten nun auch aus dem Saal. Wer wollte sich schon das einmalige Schauspiel entgehen lassen, daß ein Erzbischof und ein Propst um die Wette liefen?

Als sie an die frische, kühle Luft kamen, schien es Herrn Arnold, daß seine Beine vielleicht doch nach dem reichlichen Bier- und Weingenuß nicht mehr ganz so standhaft waren, wie er gemeint hatte. Aber mit dem Eigensinn des Angeheiterten mußte er sein Vorhaben umsetzen. Er bestimmte die Rennstrecke, von der Hofpforte der Propstei über eine Wiese mit Obstbäumen bis zur Klostermauer, die sollte mit der Hand berührt werden, und dann wieder zurück. Den fortgesetzten Widerspruch seines unfreiwilligen Gegners nahm der Erzbischof einfach nicht zur Kenntnis.

»Hört auf mit dem Geblöke, Bruder, und spart Euren Atem für den Wettlauf!« rief er fröhlich.

Seufzend ergab sich der Propst in sein Schicksal. Er raffte seine Kutte ein Stück und betrachtete wehmütig seine feinen weißen, goldbestickten Stoffschuhe, die er sich eigens zum Osterfest hatte anfertigen lassen und die bei dem Galopp über die Wiese nun ganz sicher ruiniert würden.

Auch Herr Arnold hob sein langes Gewand ein Stück an, setzte einen Fuß nach vorn und streckte den Kopf vor, begierig nach dem Sieg.

»Du, Heribert, gibst uns den Befehl!« rief er seinem Schreiber zu.

Der junge Geistliche trat gehorsam vor und dachte kurz darüber nach, wie denn der Befehl zu einem Wettlauf zwischen zwei hohen Geistlichen zu heißen habe. Dann hatte er die Lösung gefunden, klatschte in die Hände und rief: »Auf, Ihr Herrn – lauft – in Gottes Namen – Amen!«

Die beiden Prälaten rannten los. Es zeigte sich, daß der wendige Herr Arnold tatsächlich der Geschwindere war. Er setzte sich vom Propst ab und hatte bis zur Klostermauer schon einen Vorsprung von drei, vier Mannslängen. Aber auf dem Rückweg machten sich sein höheres Alter und der mit Speisen und Getränken überfüllte Magen bemerkbar. Er schnappte nach Luft und verlor an Boden. Schon war der Propst wieder neben ihm und dann an ihm vorbei. Aber der Ehrgeiz ließ nicht zu, daß Herr Arnold aufgab, nie und nimmer. Obwohl ihm schon schwindlig wurde, nahm er noch einmal alle Kräfte zusammen und erhöhte seine Geschwindigkeit. Fast hätte er den Propst eingeholt. Er versuchte, sich zwischen diesem und dem letzten Obstbaum durchzudrängen, um doch noch als erster anzukommen, da stolperte er über eine Baumwurzel und stürzte. Das Unglück wollte es, daß er dabei mit dem Kopf gegen den Baum prallte.

Der Propst hatte bemerkt, daß sein Gegner im Begriff war, ihn einzuholen und hatte auch noch einmal alle Kräfte aufgeboten. Atemlos kam er ins Ziel und drehte sich um, da sah er Herrn Arnold wenige Meter hinter sich auf dem Boden liegen. Der erzbischöfliche Sekretär und seine Diener rannten am Propst vorbei, um ihrem Herrn wieder auf die Beine zu helfen.

Herr Arnold lag da, die Augen geschlossen. Besorgt ergriff der Sekretär seine Hand und rief: »Hochwürdiger Herr, könnt Ihr mich hören?«

Benommen öffnete der Erzbischof die Augen und setzte sich auf. Er griff an seinen Kopf und zuckte zusammen. Eine dicke Beule begann sich neben der Tonsur zu bilden, die Haut war geplatzt, und ein Blutfaden lief aus dem Haarkranz über sein feines Gewand. Mühsam erhob er sich, auf den Arm seines Sekretärs gestützt. Er schwankte noch ein wenig, als er auf den Füßen war, nahm sich dann aber zusammen und ging mit geradem Rücken zum Saal zurück, wo die Zuschauer ihm entgegenstarrten. Der Propst versuchte betreten, sich zu entschuldigen, aber Herr Arnold winkte ab.

»Offenbar war der Wettlauf der Heiligkeit des Tages tatsächlich nicht angemessen«, versuchte er noch einen Scherz und zog sich dann in seine Gemächer zurück.

Der Erzbischof, der sich stets einer guten Gesundheit erfreute, pflegte nicht mit einem Arzt im Gefolge zu reisen. Der Propst rief darum eilig Bruder Andreas herbei, den Kräuterkundigsten unter den Mönchen. Dieser befühlte vorsichtig den Schädel des hohen Herrn.

»Glücklicherweise ist nichts gebrochen, Herr Erzbischof«, sagte er ehrerbietig. Was er insgeheim über den Wettlauf zwischen seinem Herrn und dessen Gebieter dachte, behielt er lieber für sich. »Ich werde die Platzwunde mit einem Umschlag versorgen.« Behutsam rasierte er die Haare um die Wunde herum, legte Kräuter auf und machte einen Verband.

»Nun schlaft, hoher Herr«, meinte er dann. »Mit einem Schlag gegen den Kopf ist nie zu spaßen. Das Beste wäre, wenn Ihr die nächsten drei Tage das Bett hüten wolltet.« Für diesen Rat erntete er aber keinen Dank, sondern nur einen ungnädigen Blick.

Der Erzbischof blieb keineswegs drei Tage im Bett, aber er fühlte sich auch nicht wohl genug, um die Heimreise anzutreten. Er litt zunehmend unter Anfällen von Übelkeit und Kopfschmerzen. Wenn es ihm besser ging, arbeitete er mit seinem Sekretär; doch es war nicht zu verkennen, daß die Abstände zwischen den Anfällen kürzer und die Schmerzen heftiger wurden.

Die Tage vergingen. Anfang Mai war Erzbischof Arnold stark abgemagert und sah elend aus. Am 13. Mai hatte er das Gefühl, es ginge ihm besser. Er äußerte den Wunsch, nach draußen in den Maisonnenschein zu kommen.

»Geht mit mir in den Garten, heute aber ohne Wettlauf«, befahl er dem Propst, der kaum von seiner Seite wich.

Er stützte sich auf dessen Arm und ging hinaus in die Frühlingssonne. Die Obstbäume hatten schon den größten Teil ihrer Blüten abgeworfen, und die Wiese war weiß von Blütenblättern.

»Es hat geschneit«, sagte Herr Arnold.

Der Propst hielt dies für einen Scherz und lachte pflichtschuldigst. Aber als er in Arnolds Gesicht blickte, erschrak er. Der Blick des Erzbischofs war ganz trübe. Er öffnete den Mund und wollte etwas sagen, aber es ging nicht. Er machte einen Schritt mit dem linken Fuß und wollte dann das rechte Bein vorwärts bewegen, aber es war ihm nicht möglich. Er fiel schwer zu Boden, nicht weit von der Stelle, wo er auch beim Rennen gestürzt war. Der Propst schrie entsetzt nach seinen Mönchen, und die kamen herbeigelaufen und trugen den Erzbischof in sein Zimmer zurück. Da lag der mächtigste Mann des Erzbistums Köln, halb gelähmt und sprachlos. Er litt offensichtlich, konnte sich aber nicht mehr verständlich machen.

Erzbischof Arnold starb am folgenden Tag. Seine Leiche wurde von einem langen Trauerzug zum Rhein begleitet und dort auf ein Schiff verladen. Er wurde in der Kirche in Schwarzrheindorf beigesetzt, deren Einweihung Constantin und Helperich vor fünf Jahren beigewohnt hatten.

Die Kölner wurden vom Tod ihres Oberhirten überrascht. Seine Krankheit war nicht so schwer erschienen, daß er sie nicht hätte überstehen können. Als die Nachricht von seinem Ende Köln erreichte, traten die Domherrn eilig zusammen und wählten als seinen Nachfolger Friedrich von Berg, den Sohn des Grafen Adolf IV. Sein Onkel war Erzbischof Bruno II. von Köln gewesen, und über seine Mutter Irmgard von Wasserburg war er auch ein Großneffe und Patensohn von Erzbischof Friedrich I., der vor nunmehr fünfundzwanzig Jahren das Zeitliche mit dem Ewigen vertauscht hatte. Mit nur fünfzehn Jahren war der Grafensohn von Berg im Jahr 1135 schon

Propst von Sankt Georg in Köln und vor sechs Jahren in zwiespältiger Wahl Elekt von Utrecht geworden, da aber sein Gegenspieler, Propst Hermann von Sankt Gereon, von König Konrad unterstützt wurde, war Friedrich nicht zum Zuge gekommen.

Nun sah er sein Ziel näherrücken; aber die Pröpste und Äbte waren nicht der gleichen Meinung wie die Domherrn. Sie wollten Propst Gerhard von Bonn auf dem Kölner Erzstuhl sehen. Beide Parteien wandten sich an Kaiser Friedrich Barbarossa, der im Juli einen Hoftag in Regensburg abhielt.

Der Kaiser hütete sich, durch eine vorschnelle Entscheidung vielleicht den aus seiner Sicht falschen Kandidaten auszuwählen. Erst auf dem Reichstag zu Regensburg gab er im September seine Entscheidung bekannt: Sie fiel zugunsten des Friedrich von Berg aus.

Herbst 1156

Anfang September kam Liveradis ins Wochenbett, und sie brachte einen Sohn zur Welt, der nach Erinfrieds Vater Ludwig genannt wurde. Die ganze Familie wunderte sich, wie mühelos Liveradis, die doch so überaus zart wirkte, dieses große, kräftige Kind geboren hatte, und wie reichlich ihre Milch floss.

Helperichs Hochzeit sollte im gleichen Jahr gefeiert werden. Gutmütig, wie er nun einmal war, hatte er nichts dagegen gehabt, seinen Kirchgang erst dann zu halten, wenn seine Schwester wieder auf den Beinen und ausgesegnet war. Seine Braut war Petrissa, eine Tochter des Kaufmanns Alexander von der Rheingasse. Sie war bei Liveradis' zwölftem Geburtstag eines der Mädchen gewesen, unter denen Engilradis sich damals nach einer Braut für ihre Söhne umgeschaut hatte.

»Aber im Oktober wird geheiratet«, bemerkte Helperich zu seiner Mutter. »Länger will ich nicht warten, sonst kommt Gertrudis ins Wochenbett, und wenn die es hinter sich hat, ist vielleicht Durechin schon wieder in der Hoffnung. Da kann es schwierig werden, überhaupt einmal einen passenden Zeitpunkt zu finden, und dann wird aus mir noch ein alter Hagestolz.«

Nun, niemand in der Familie wollte, daß aus Helperich ein alter

Hagestolz würde, wenn auch bei einem Dreiundzwanzigjährigen dieses düstere Schicksal noch in weiter Ferne liegen mochte.

Also feierte Helperich Kirchgang an einem Oktobertag, der für die Jahreszeit ungewöhnlich freundlich, wenn auch kühl war. Engilradis war in wehmütiger Stimmung, denn dies war nun ihr letztes Kind, das in den Hafen der Ehe einsegelte. Zum Glück war ausgemacht, daß das junge Paar zunächst in Fordolfs Haus leben sollte, so mußte sie ihren Sohn nicht sofort hergeben. Petrissas Vater Alexander dachte insgeheim, daß dies eine hervorragende Lösung sei, denn seine blutjunge Tochter konnte von Engilradis als Hausfrau sehr viel lernen, was ihre träge und nicht besonders tüchtige Mutter Cristine ihr nicht hatte zeigen können.

Die Protzerei, die Gerard bei Durechins Kirchgang an den Tag gelegt hatte, durfte man bei Hochzeiten im Hause Eckebrechts getrost vermissen. Dennoch fehlte es an nichts. Die Familie war vollständig versammelt: Gunther war mit seiner Frau Hadewigis und ihrer Tochter Sophia sowie Hadewigis' Sohn Hildebrand gekommen, und selbst Johannes war nach sieben Jahren in Byzanz zum ersten Mal wieder in seiner Heimatstadt, allerdings ohne Richlinde, seine Frau. Sie wäre gern nach Köln gekommen, um ihren Bruder Apollonius zu sehen, aber sie war schwanger mit ihrem vierten Kind, und da wäre die weite Reise für sie zu gefährlich gewesen.

In einer Ecke des Saales saßen die Frauen der Familie zusammen. Hadewigis, die Frau Gunthers, plauderte mit ihrer Schwägerin Engilradis, und die jungen Mütter Durechin und Liveradis hatten ihre Säuglinge bei sich. Gertrudis, schon recht unbeholfen, saß bei ihnen und betrachtete die Kleinsten sehnsuchtsvoll. Alle zusammen hatten sie ein wachsames Auge auf die Kinder, Hadewigis sechsjährige Tochter Sophia und Durechins Töchter Richmodis und Engilradis, denn die Gäste hatten schon tüchtig getrunken und tanzten nun, und da hätten die Kleinen verletzt werden können.

Engilradis erhob sich und ging zu der Familie der Braut hinüber. Alexander von der Rheingasse war ein magerer, nüchterner Mann, selbst hier bei der Hochzeit hatte er nur mäßig getrunken. Seine Frau Cristine hingegen war schon nach einem kleinen Becher Wein sehr fröhlich und kicherte ständig über irgend etwas. Ihre älteste Tochter

Ida, die mit Mathias von der Lintgasse verheiratet war, hatte ihren kleinen Sohn dabei, der auch Mathias hieß. Sie stand nun auf und ging mit dem Kind zu Engilradis' Enkeln hinüber, damit die Kinder miteinander spielen konnten.

Der Brautvater Alexander unterhielt sich mit Eckebrecht gerade über den Besuch, den Kaiser Friedrich Anfang November Köln abstatten wollte. Sie beratschlagten, mit welchen Geschenken die Bürger sich den Kaiser wohl besonders gewogen machen könnten.

Bei Alexander saßen seine fünf Söhne Alexander, Bruno, Daniel, Johannes und Heinrich. Die ältesten vier waren dem Vater recht ähnlich, nüchterne, aber freundliche Burschen, und alle noch ledig; der jüngste, Heinrich, schien etwas aus der Art geschlagen. Er hatte fuchsrote Haare, eine rötliche Gesichtsfarbe und war gleichzeitig empfindlich und jähzornig, einer, der gern austeilte, aber gar nicht gern einstecken mochte.

»Was sitzt ihr junges Volk denn hier herum«, sagte Engilradis freundlich. »Los, zum Tanz mit euch! Darum seid ihr doch wohl hergekommen, oder etwa nicht?«

Gehorsam entschwanden die vier älteren Brüder und suchten sich zum Tanzen eines der Mädchen, die kichernd und eng aneinander gedrückt auf den Bänken neben der Tanzfläche saßen. Da fehlte keine Familie von Rang und Namen: die Hardefusts, die Scherfgins, die Birklins, die Grins und wie sie alle hießen.

»Und du?« wandte sich Engilradis munter an Heinrich. »Willst du nicht auch tanzen?«

»Tanzen? Kinderkram. Dazu habe ich keine Lust«, sagte er großspurig. Aber er erhob sich nun auch, um weiterem Ansinnen der Gastgeberin zu entgehen, und trollte sich.

»Sei nicht böse, Engilradis«, entschuldigte sein Vater sich. »Er ist nun einmal so.«

»Er wird schon noch werden«, meinte Engilradis freundlich und ging weiter, um sich davon zu überzeugen, daß es auch allen Gästen gut ging. Sie wich der Magd Berta aus, die mit zwei schweren Kannen daherkeuchte, blieb kurz bei dem alten Ratsherrn Anselm stehen und sagte ihm ein paar freundliche Worte. Gemeinsam schauten sie dem Brautpaar zu, das sich eben im Reigen schwang, und freuten sich über die beiden glückstrahlenden jungen Menschen.

Aber mitten in diese ausgelassene Freude hinein drangen plötzlich Schreie aus dem Hof. Engilradis hörte, wie ihr Schwager Johannes beschwörend ausrief: »Nicht, Marcmann, hör auf!«

Und kurz darauf ertönte der Ruf: »Mordio, Mordio!«

Engilradis wurde blaß. Bei einer Hochzeit mußte man immer damit rechnen, daß der eine oder andere Gast nach zuviel Wein oder Bier laut und unfriedlich wurde! Aber dieser Ruf bedeutete das Allerschlimmste. Alle Hochzeitsgäste drängelten nach draußen, um zu sehen, was geschehen war. Ein dichter Kreis von Menschen beugte sich über eine am Boden liegende Gestalt, und Engilradis konnte nicht gleich sehen, wer da lag. Aber dann ertönte ein entsetzlicher, lang gezogener Schrei. Es dauerte einen Augenblick, bis Engilradis klar wurde, daß es ihre Tochter Gertrudis war, die da schrie.

Verzweifelt schob sich Engilradis rücksichtslos durch ihre Gäste hindurch, bis sie die Gestalt am Boden erkennen konnte. Einen Moment hoffte sie, daß ihre Augen sie trogen, es war ja schon fast dunkel. Aber sie irrte sich nicht: Es war ihr Schwiegersohn Marcmann. Ein Messer stak in seiner Brust, und das Blut drang in heftigen Stößen heraus. Seine Augen irrten mit glasigem Blick über die Menschen um ihn und blieben an Gertrudis haften. Er versuchte, etwas zu sagen, aber auch aus seinem Mund quoll ein Blutschwall. Dann brachen seine Augen.

Gertrudis hatte sich inzwischen zu ihrem Mann durchgekämpft. Voller Entsetzen brach sie neben ihm in die Knie, faßte seine Hände, zerrte das Messer aus seinem Körper und preßte die Hand auf seine Wunde, als könnte sie das Blut wieder zurückdrängen. Dabei schrie sie immer wieder seinen Namen. Engilradis legte die Arme um ihr Kind, aber Gertrudis nahm sie gar nicht wahr und schrie immer weiter.

Inzwischen waren auch Fordolf und Eckebrecht in den Hof gelangt. Eckebrecht kniete nieder und nahm Marcmanns Handgelenk zwischen seine Finger. Dann schüttelte er den Kopf und stand mühsam wieder auf.

»Komm, mein Kind, es ist vorbei«, sagte er tief betrübt zu Gertrudis.

Aber Gertrudis schüttelte wild den Kopf und fuhr sich mit den blutbeschmierten Händen in die Haare.

»Nein, nein, nein!« heulte sie und schrie weiter Marcmanns Namen.

Ein paar Männer hatten inzwischen drinnen eine der Tafeln geholt, die nach dem Essen senkrecht an die Wände gestellt worden waren. Sie hoben den Toten darauf und trugen ihn ins Haus. Gertrudis sah mit weitaufgerissenen Augen hinterher.

»Marcmann, Marcmann!« Ihre Stimme war schon ganz heiser.

Dann krümmte sie sich plötzlich, als habe sie ein weiterer, schwerer Schlag getroffen. Engilradis faßte rasch zu und hielt die Tochter mit festem Griff. Ein Blick auf die Pfütze, die sich unter Gertrudis seidenem Rock bildete, und sie wußte Bescheid.

»Komm mit mir. Du mußt jetzt an das Kind denken. An sein Kind!« sagte sie beschwörend, und Gertrudis ließ sich von ihr ins Haus führen, während die Tränen über ihr trostloses Gesicht strömten.

Eckebrecht wandte sich den bestürzten Gästen zu. Sein Gesicht sah alt und faltig aus.

Müde sagte er: »Nun müssen wir wissen, wie Marcmann zu Tode gekommen ist. Wer hat das getan?«

»Es war Heinrich von der Rheingasse«, sagte sein Sohn Johannes. »Ich kam vom Abtritt und hörte ihn mit Marcmann streiten.«

Entsetzt rief Alexander aus: »Mein Sohn soll das getan haben? Sag, Johannes, es ist ja schon fast kein Tageslicht mehr, hast du das auch wirklich gesehen?«

Johannes wandte sich ihm zu. »Alexander, ich weiß, daß du ein ehrenwerter und angesehener Mann bist«, sagte er traurig. »Aber es war so, wie ich es sage. Ich habe ganz genau deinen Sohn mit den roten Haaren gesehen.«

»Sag bitte genau, was geschehen ist, Johannes«, beschwor ihn Alexander.

»Ich sah, wie sie sich mit den Fäusten schlugen. Marcmann war kräftiger und zwang Heinrich in die Ecke. Heinrich blutete aus der Nase, und da fiel mir ein, wie ich damals in Aachen Vogelo aus wilder Eifersucht mit einer Kanne geschlagen habe und schon glaubte, ich hätte ihn getötet; deshalb rief ich Marcmann zu, er solle aufhören. Marcmann drehte den Kopf zu mir, und diesen Augenblick nutzte Heinrich, zog plötzlich das Messer und stieß zu.«

»Sie haben sich drinnen schon gestritten«, ließ sich da Kaufmann Albero Hardefust vernehmen.

»Hast du auch mitbekommen, um was es dabei ging?« fragte Eckebrecht weiter.

»Ja, das habe ich. Sie stritten wegen des kranken Jungen.«

»Des kranken Jungen? Meinst du Hildebrand, den Sohn meiner Schwiegertochter Hadewigis?«

»Denselben. Hildebrand kroch über den Boden, und Heinrich hatte doch so schöne neue Stiefel an, sehr auffällig, mit langen Spitzen, der junge Geck.«

»Und was dann?«

»Hildebrand sah die langen Spitzen und biß hinein. Heinrich sah hinunter und gab ihm einen Fußtritt. Da kam gerade Marcmann vorbei und packte ihn am Arm. Er fragte Heinrich zornig, was ihm denn einfiele, den Jungen zu treten. Und Heinrich sagte, er möge sich um seinen eigenen Kram kümmern, dies sei doch nur ein dummer Narr. Da wurde Marcmann noch zorniger und rief, Hildebrand gehöre zu seiner Sippe, Heinrich solle nicht wagen, ihn zu beleidigen, und es sei ja wohl die Frage, wer hier der Narr sei. Heinrich schaute ihn giftig an und fragte: Willst du etwas von mir? Dann komm mit nach draußen. Und beide verließen den Saal. Mehr sah ich nicht ...«

»Wie?« rief da Hadewigis voller Entsetzen. »Wegen meines Sohnes haben sie sich gestritten? Und darum mußte der junge Marcmann sein Leben verlieren?« Sie brach in Tränen aus.

»Hildebrand kann doch nichts dafür«, sagte ihr Mann Gunther tröstend zu ihr und nahm sie zart am Arm. Hadewigis Sohn aus erster Ehe war seit einer Erkrankung im frühesten Alter wie ein Kind geblieben, konnte nicht sprechen und nicht gehen, hatte aber immer viel Freude daran, wenn er unter Menschen sein konnte.

»Ach, hätte ich ihn doch zu Hause gelassen«, jammerte Hadewigis.

»Nein, meine liebe Frau«, sagte Gunther bestimmt, »er soll auch bei unseren Festen dabei sein. Es ehrt Marcmann, daß er für Hildebrand eingetreten ist. Hätten sie sich nur ein wenig geprügelt, es wäre ja nicht so schlimm ... aber wer hätte ahnen können, daß Heinrich das Messer zieht?«

»Ich habe es nicht geahnt«, sagte Alexander dumpf und trostlos. »Eckebrecht, ich kann dich nur um Verzeihung bitten. Heute erst wurden die verwandtschaftlichen Bande zwischen deinem Haus und meinem geknüpft, und nun steht schon eine Blutschuld zwischen uns. Ich weiß nicht, ob du mir das je vergeben wirst.«

Er wandte sich an die Umstehenden und rief mit lauter Stimme: »Hiermit sage ich mich von meinem jüngsten Sohn Heinrich los, denn er ist ein Mörder.«

»Nein, Alexander, nein«, wimmerte seine Frau Cristine und klammerte sich an seinen Arm. Aber ihr Mann schien sie nicht zu hören. Er winkte seinen anderen Söhnen und verließ mit den Seinen Eckebrechts Haus.

Gertrudis brachte in dieser Nacht, sechs Wochen zu früh und nach schrecklichen Qualen, einen Sohn zur Welt. Sie wäre fast verblutet, und der Sensenmann stand tagelang an ihrem Lager, aber sie klammerte sich eisern an das Leben. Sie wollte nicht sterben, ihr vaterloses Kind sollte nicht auch noch ohne Mutter aufwachsen. Und so blieb sie am Leben, für ihren winzigen Sohn Meginzo. Sie wohnte mit ihm im Haus ihrer Eltern und verkaufte das Heim, in dem sie mit Marcmann glücklich gewesen war.

In den nächsten Tagen durchsuchten die Büttel des Erzbischofs die ganze Stadt nach Heinrich. Aber sie fanden ihn nicht, er war verschwunden.

13. Mai 1158

Nachdem es im April noch strenge Fröste gegeben hatte, bei denen die Blüten an den Obstbäumen erfroren, wurde der Mai ungewöhnlich heiß und drückend. Die Sonne stach vom Himmel wie sonst nur im Hochsommer.

Durechin wischte sich den Schweiß mit dem Ärmel von der Stirn, als sie am Hause Eckebrechts Unter Goldschmied ankam. Sie trug den kleinen Fordolf im Arm und führte die dreijährige Engilradis an der Hand. Richmodis war mit ihren fünf Jahren schon verständig genug, allein zu gehen. Mit ernsthafter Miene trippelte sie neben ihrer Mutter her und trug ein welkendes Sträußchen von Gartenblumen in der feuchten Kinderhand.

Durechin öffnete die kleine Hofpforte und trat ein. Ihre Schwiegermutter Engilradis eilte ihr erfreut entgegen und nahm ihr den kleinen Knaben aus den Armen. Richmodis zog am Rock der Großmutter, um deren Aufmerksamkeit auf sich zu ziehen, und reichte ihr dann die angewelkten Blumen.

»Was für ein schöner Strauß! Danke, mein liebes Herzchen. Kommt unter den Apfelbaum, da ist es kühler. Ich lasse gleich etwas zu trinken bringen.«

Sie streichelte der kleinen Engilradis über den Kopf und eilte dann in die Küche.

Durechin ließ sich aufseufzend auf der kleinen Bank unter dem Apfelbaum nieder. Da niemand sonst im Garten war, löste sie die Frauenhaube und freute sich an dem leisen Windhauch, der ihr durch die kupferroten Haare strich. Die beiden kleinen Mädchen faßten sich an der Hand und liefen zusammen im Garten herum. Durechin genoß die kurze Frist der Ruhe und entspannte sich.

Engilradis kehrte mit Fordolf aus der Küche zurück. Die Magd Berta folgte ihr mit einem Teller Gebäck, einem Krug und einem Becher. Sie ging zum Brunnen, den Eckebrechts Adoptivvater Wolbero vor beinahe hundert Jahren in seinem Hof hatte graben lassen, ließ den Eimer rasselnd in die Tiefe sausen und schöpfte das köstliche, kühle Naß. Die kleinen Mädchen rannten zu ihr, und die Magd ließ ihnen ein paar Handvoll Wasser über die erhitzten Köpfe laufen.

»Wo ist Meginzo?« fragte die kleine Engilradis.

»Er schläft noch und kommt später«, meinte ihre Großmutter.

Die beiden Mädchen griffen sich ein Stück Gebäck und zogen sich dann mit ihrer Beute zum Stall zurück.

»Laß uns schauen, ob kleine Kätzchen da sind«, sagte Richmodis zu ihrer Schwester, und die beiden verschwanden.

»Constantin muß jetzt bald aus England zurückkommen«, bemerkte Durechin. Sie nahm die Fibel vom Brusttuch und lockerte ihre Kleidung. »Herrlich ist es hier. Ich könnte den ganzen Tag bei dir sitzen.«

»Tu es doch«, sagte Engilradis herzlich. »Ich freue mich immer so sehr, wenn du zu mir kommst.« Sie ließ den Knaben auf den Boden nieder und schaute ihm nach, wie er eilig hinter seinen Schwestern herlief.

»Ich bin gespannt, was Constantin diesmal alles aus London mitbringt«, sagte Durechin. »Meine Söhne waren außer sich vor Freude, daß sie diesmal beide nach England mitfahren durften. Das ganze Schiff war voller Weinfässer, die Engländer sind offenbar nicht besonders enthaltsam. – Ich wäre auch gern mitgefahren und hätte die Gildehalle gesehen, die unsere Kaufleute dort eingerichtet haben. Vielleicht später einmal, wenn die Kinder größer sind.«

»Ich fürchte, das dauert noch eine Weile«, meinte Engilradis. »Aber du könntest sie einmal in meiner Obhut lassen, wenn du Constantin begleiten möchtest.«

»Wirklich? Alle drei auf einmal? Wäre dir das nicht zu viel?« fragte Durechin erfreut. »Ich komme gern auf dein Angebot zurück. Ich bin schon so lange nicht mehr aus Köln herausgekommen, und ich sollte wohl die Gelegenheit nutzen, daß ich im Augenblick weder ein Kind stille noch schwanger bin. Nur will Constantin als nächstes nach Italien, und die Reise ist viel zu weit. – Warten wir auf das nächste Frühjahr, vielleicht wird dann etwas daraus. Das heißt, falls ich dann nicht schon wieder ein Kind erwarte.«

Geschrei aus dem Stall ließ die beiden Frauen aufhorchen, und sie liefen rasch, um nachzusehen, was da vorgefallen war. Fordolf stand brüllend in einer Ecke des Stalles und hielt ein schwarzes, verzweifelt zappelndes junges Kätzchen an sich gedrückt, während Richmodis zeternd an seinem Arm zerrte.

»Na, na, na!« meinte Engilradis tadelnd und befreite das wild kratzende Tierchen, während Durechin ihre Tochter von dem Bruder zurückzog.

»Ich habe sie zuerst gehabt, und er hat sie mir weggenommen!« schrie Richmodis zornig. Ihr Gesicht war hochrot, und die Tränen liefen ihr über die schmutzigen Bäckchen.

»Aber Kind«, rief ihre Mutter erstaunt, »das ist doch kein Grund zum Streiten! Hier sind doch noch drei andere Jungkätzchen, mit denen du spielen kannst. Was ist denn nur in dich gefahren?«

»Warte ein wenig«, meinte Engilradis besorgt, zog ihre Enkelin zur Seite, strich ihr das wirre Haar aus der verschwitzen Stirn und betrachtete sie genau. »Mir scheint, sie wird uns krank. So führt unsere vernünftige Richmodis sich doch niemals auf.«

Sie schien recht zu haben, denn in diesem Augenblick erbrach die

Kleine sich. Engilradis hielt ihr geschickt den Kopf und tröstete dann das heulende Kind.

»Tut dir etwas weh, mein Herzchen?« fragte sie.

Richmodis jammerte: »Mein Kopf!« Die Großmutter hob das Mädchen auf und trug sie hinaus ins Tageslicht, um sie genauer anschauen zu können. Richmodis versteckte den Kopf unter dem Arm.

»Zu hell!« wimmerte sie. Engilradis deckte ihr die Hand über die Augen.

»Mach mal bitte deinen Mund auf«, bat sie dann. Sie betrachtete den Rachen des Kindes. »Siehst du, Durechin, der Gaumen und der ganze Hals sind rot«, bemerkte sie dann. »Unsere Kleine ist krank. Das kam aber plötzlich! Ich lasse sie dir von Mathias heimtragen. Willst du Engilradis und Fordolf hierlassen, damit sie sich nicht anstecken?«

»Machen sie dir auch nicht zu viel Mühe? Dann hätte ich mehr Zeit, um mich um Richmodis zu kümmern. Ich danke dir sehr.«

So trug Mathias das kleine Mädchen in das Haus in der Dwergasse, sorgsam in seinen Mantel gehüllt, denn das Kind bebte trotz der Sonnenglut im Schüttelfrost.

Am folgenden Morgen klopfte Engilradis am Haus ihrer Schwiegertochter. Durechin sah blaß und übernächtigt aus.

»Wie geht es meinen Kleinen?« fragte sie.

»Sie sind wohlauf und spielen mit Meginzo«, antwortete ihr die Schwiegermutter. »Mach dir keine Sorgen, Gertrudis und ich kümmern uns um sie. Aber wie steht es heute mit Richmodis?«

»Es geht ihr nicht gut«, sagte Durechin besorgt und ging die Stiege zu der Schlafkammer hinauf. »Das Fieber ist die ganze Nacht angestiegen, wir haben beide kaum geschlafen.«

Engilradis trat in die stickige Kammer. Obwohl die Kalbshaut vor dem Fenster um diese Jahreszeit entfernt war, stand ein muffiger Krankengeruch im Raum. Richmodis atmete kurz und rasch, ihr Gesicht glühte. Die Großmutter wollte das kranke Kind tröstend in die Arme nehmen, bemerkte aber etwas, was sie stutzen ließ.

»Schau, Durechin, ihr Hals ist ja ganz steif«, sagte sie besorgt.

Tatsächlich: Das Genick der Kleinen war etwas nach hinten gebogen und ließ sich nicht bewegen. Engilradis zog die Decke beiseite.

Brust und Bauch des Kindes waren von einem roten Ausschlag bedeckt.

Engilradis stand eine Weile schweigend und traurig da.

»Das Kind ist ernsthaft erkrankt. Ich kenne diese Krankheit aber nicht. Laß ins Kloster schicken und Schwester Constantia holen, vielleicht weiß sie, wie wir Richmodis helfen können«, sagte sie dann müde.

Durechin preßte die Hand vor den Mund und drängte die Tränen zurück. »Ich laufe selbst zum Kloster«, sagte sie dann entschlossen. »Bleibst du in der Zwischenzeit bei ihr?«

Nach kurzer Zeit kam sie mit Schwester Constantia zurück. Die alte Nonne betrachtete das Kind lange, zog das Augenlid hoch, wobei Richmodis jammerte, weil das Licht ihr weh tat, betrachtete den Ausschlag, prüfte den starren Nacken. Jede Berührung war der Kleinen sichtlich unangenehm, und sie wimmerte die meiste Zeit vor sich hin.

»Ich habe diese Krankheit vor längerer Zeit schon einmal gesehen«, sagte die Nonne dann besorgt. »Ich kann Euch nicht verhehlen, daß sie sehr gefährlich ist und auch ansteckend. Ich kann Euch nur etwas gegen das Fieber dalassen. Gebt dem Kind genug zu trinken und betet.«

»Kannst du sie retten?« schrie Durechin auf.

»Gott kann sie retten, wenn er will«, sagte die Nonne still.

Sie übergab Durechin ein Säckchen mit verschiedenen Kräutern, aus denen sie einen Sud für das kranke Kind bereiten sollte, und ging.

Constantin kehrte wenige Tage darauf zurück, froh und zufrieden, weil seine Fahrt erfolgreich verlaufen war, und gefolgt von seinen beiden Stiefsöhnen. Weil er Eckebrecht und Fordolf darüber berichten wollte, kehrte er zunächst in seinem Elternhaus Unter Goldschmied ein. Theoderich und Heinrich liefen vorweg in den Hof.

Als sie dort eintraten, sahen sie Engilradis, Fordolf und Meginzo im Garten spielen. Constantin schaute sich nach seiner Frau um.

»Wo ist eure Mutter?« fragte er.

»Zu Hause. Sie kümmert sich um Richmodis, weil sie krank ist. Wir dürfen solange bei Großmutter wohnen«, berichtete ihm die kleine Engilradis.

Constantin war sehr besorgt. Rasch umarmte er die Kinder und eilte dann ins Haus auf der Suche nach seinen Eltern. In der Stube stieß er auf seine Mutter, die ihn kummervoll ansah.

»Was ist los bei uns?« stieß er hervor.

»Richmodis ist sehr krank, und Durechin kümmert sich Tag und Nacht um sie. Ich habe darum eure Kleinen bei mir aufgenommen. Laß deinen Bericht jetzt sein, dafür ist später auch noch Zeit. Geh zu Durechin, sie kann deinen Beistand dringend brauchen. Ich komme am Abend auch noch herüber, vielleicht kann ich sie eine Weile am Krankenbett ablösen, damit sie auch einmal zur Ruhe kommt. Und laß Theoderich und Heinrich auch hier, damit sie sich nicht bei ihrer Schwester anstecken.«

In größter Sorge eilte Constantin nach Hause. Er fand seine Frau am Bett des Kindes. Sie versuchte abwechselnd, der Kleinen etwas von dem fiebersenkenden Trunk einzuflößen und ihr das heiße Gesicht zart mit einem feuchten Tuch zu kühlen.

Er erschrak, als er Richmodis ansah. Fast hätte er seine eigene Tochter nicht erkannt, so abgemagert und durchscheinend sah sie aus.

»Gretchen?« flüsterte er. »Wie geht es dir, mein Herzenskind?«

Aber die Kleine sah aus eingesunkenen Augen an ihm vorbei und erkannte den Vater nicht.

Entsetzt wandte er den Blick seiner Frau zu. Durechin blickte ihn untröstlich an. Ihr Gesicht war eingefallen, die Augen lagen tief in den Höhlen. Ihr Haar war wirr und stumpf. Sie wirkte alt und grau in diesem Moment.

Er nahm ihre Hand ganz fest in seine. »Höre, Durechin, ich werde etwas unternehmen, und zwar auf der Stelle. Ich will mich sofort auf die Suche nach dem besten Arzt machen, den ich finden kann.«

Sie schwieg einen Moment. Sie wußte, er wollte ihr Mut machen, aber das war es nicht, was sie von ihm erhofft hatte. Hätte er sie nicht ganz einfach in den Arm nehmen können, damit sie sich an seiner Schulter die Angst und den Kummer von der Seele weinen konnte?

»Laß nur, Constantin«, sagte sie müde und wandte die Augen wieder dem kranken Kind zu, das den Kopf nach hinten in das Kissen bohrte. »Was glaubst du denn, was mein Vater gemacht hat? Vier Ärzte hat er schon zu Richmodis geschickt, einen davon hat er sogar aus dem Kloster bei Bonn geholt. Nichts wäre ihm zu viel für seine erste Enkelin, weder Geld noch Mühe. Die Herrn Medici wußten aber alle nicht mehr als die alte Nonne Constantia, die jeden Tag nach unserem Kind sieht. Mein Vater meint es gut, jedoch all seine Macht hilft hier nichts. Und deine Klugheit auch nicht, so fürchte ich, mein armer Constantin. Vielleicht hilft ja mein Gebet, und wenn Gott auf mich nicht hört, dann hört er vielleicht auf das Gebet der alten Constantia.«

Aber Gott achtete weder auf das Flehen der unglücklichen Mutter noch auf die Bitten der alten Nonne. In der Nacht stieg das Fieber noch einmal so hoch, daß das kleine Mädchen zu verglühen schien. Sie erkannte niemanden mehr, litt jedoch offenbar unsäglich. Engilradis war gekommen, um Durechin am Krankenbett abzulösen, aber es gelang ihr nicht, ihre Schwiegertochter für eine Weile zur Ruhe zu schicken.

Durechin erkannte den Augenblick nicht, in dem ihr Kind dahinging. Sie wechselte noch immer in fieberhafter Eile die kühlenden Tücher auf Stirn und Körper der Kleinen, als Engilradis ihre Hand mit sanftem Griff festhielt.

»Laß es genug sein, Durechin. Es ist vorbei.«

Fassungslos starrte Durechin auf das qualvoll verzogene, stille Gesichtchen ihrer Tochter. Sie wollte schreien, aber kein Ton kam aus ihrer Kehle. Sie wollte sich dem tränenüberströmten Constantin in die Arme werfen, aber die Sinne schwanden ihr, und sie brach neben dem Strohsack zusammen.

Am Morgen war es nicht mehr zu übersehen: Auch Durechin war der heimtückischen Krankheit anheimgefallen. Sie fieberte stark. Geschwächt von der tagelangen aufreibenden Pflege ohne Nachtruhe und zutiefst erschüttert vom Schmerz um ihr Kind, hielt sie nur wenige Tage stand. Sie starb, ohne daß sie noch einmal zu klarem Bewußtsein gekommen wäre. So erfuhr sie nicht mehr, daß auch ihr kleines Söhnchen Fordolf mit starrem Genick, fiebernd und weinend im Hause Unter Goldschmied lag.

14. Dezember 1158

Für die Jahreszeit war die Nacht nicht allzukalt. Constantin hatte mit seinem Handelszug Pavia nicht mehr vor Einbruch der Nacht erreichen können und lagerte nun wenige Meilen vor der lombardischen Stadt. Der Himmel war klar, sanft leuchtete der Mond. Constantin saß am Lagerfeuer und betrachtete die Sterne. Die Knechte hatten sich unter den Wagen zum Schlafen gelegt. Ab und zu hörte man ein leises Schnauben von der Stelle, wo die Pferde ruhten.

Helperich erwachte. Er schlüpfte aus dem Zelt, das sie am Abend aus einer Wagenplane und drei Pfählen errichtet hatten, ging ein wenig beiseite und erleichterte sich. Dann kam er zum Feuer und setzte sich neben seinen Bruder. Er schauderte kurz zusammen, nachdem er frisch aus der Bettwärme gekommen war, und rückte näher ans Feuer.

»Du hast doch gar nicht Wache heute nacht«, sagte er zu Constantin.

»Ich konnte sowieso nicht schlafen, da habe ich Meginfred gesagt, er könne sich ebensogut aufs Ohr legen«, gab der Ältere zurück.

Helperich stocherte ein wenig in der Glut und legte ein paar Äste nach.

»Das Grübeln hat dich wohl wieder wach gehalten«, sagte er dann behutsam.

Constantin seufzte. »Ich sehe immer noch mein Gretchen vor mir, wie sie so voller Schmerzen auf ihrem Strohsack lag. Wenn ich bedenke, daß sie sich über eine Woche gequält hat, und ich war auf Reisen und habe es gar nicht gewußt ...«

»Aber Constantin, was hättest du denn für sie tun können, wenn du bei ihr gewesen wärst?«

Constantin schwieg. Nichts hätte er tun können, er wußte es. Aber er war so daran gewöhnt, für alle Schwierigkeiten eine Lösung zu finden, daß ihn seine Hilflosigkeit sehr hart ankam.

»Und Durechin ...«, fing er wieder an. »Weißt du, daß ich ein eigenartiges Gespräch zwischen Gerard Unmaze und Theoderich belauscht habe?«

»Nein, du hast mir nichts davon gesagt«, sagte Helperich, holte den Wasserschlauch, trank einen Schluck, reichte ihn dann seinem Bruder und hörte sich dessen Bericht an.

»Eine Woche nach Durechins Begräbnis saß ich in meinem Kontor und hörte Gerards Stimme in der großen Stube.«

»Ja, Gerard ist nie zu überhören«, fügte Helperich spitz hinzu.

»In der Tat. Ich stand auf und ging hinüber, um ihn zu begrüßen. Als ich die Tür öffnen wollte, hörte ich, wie er zu Theoderich sagte: ›Ich werde also dein Vermögen und das deines Bruders in Verwahr nehmen.‹ Ich war völlig verblüfft und blieb stehen, ohne mich zu rühren. Theoderich aber sagte zu seinem Großvater: ›Das wird nicht nötig sein. Es ist bei Constantin in guten Händen.‹ Da sprang Gerard offenbar zornig auf, denn ich hörte einen Stuhl umfallen, und er brüllte los: ›Ich bin euer Großvater! Constantin ist nicht mit euch verwandt. Ihr könnt, wenn ihr wollt, nun in mein Haus kommen. Ihr könnt aber auch Constantin auffordern, hier auszuziehen, denn das Haus hat schließlich eurem Vater, Gott habe ihn selig, gehört!‹«

Ich stand ganz starr und wollte es nicht glauben. Auch mein Stiefsohn schien verblüfft und auch empört zu sein, denn es dauerte eine Weile, bis er antwortete. ›Großvater, bei aller Ehrerbietung dir gegenüber, aber was kommt dir denn nur in den Sinn? Ist es nicht schlimm genug, daß wir unsere liebe Mutter verloren haben und unsere kleine Schwester Richmodis dazu? Und daß auch noch unser kleines Brüderchen so krank ist? Willst du unser Heim jetzt ganz zerschlagen und uns auch noch den Vater nehmen?‹ Ich hörte, wie Gerard mit der Faust auf den Tisch schlug, daß es krachte. ›Er ist nicht euer Vater! Und er hat eure Mutter nur genommen, weil wir gemeinsame Geschäfte machen wollten. Er hat nichts dabei für sie empfunden. Jetzt ist sie tot, was haben wir noch mit ihm zu schaffen?‹ Da hörte ich, du wirst es kaum glauben, daß auch mein Stiefsohn mit der Faust auf den Tisch schlug. Er muß es gewesen sein, denn es war doch bei weitem nicht so laut wie bei Gerard. Aber er nahm sich dann offenbar wieder zusammen, und seine Stimme klang gerade noch eben beherrscht, als er sagte: ›Ich weiß nichts darüber, warum Constantin sich mit unserer Mutter vermählte. Aber eins weiß ich genau: Daß er sie nie anders als freundlich und aufmerksam behandelte. Er schrie sie niemals an, wie ich es bei dir oft genug hörte, und er befahl ihr auch nie, so wie du es zu tun pflegtest, sondern fragte sie stets nach ihrer Meinung. Mir scheint, Großvater, daß du auf Constantin eifersüchtig bist, und dies sogar über den Tod unserer Mutter hinaus.‹ Hättest du gedacht, Helperich, daß Theoderich sich trauen könnte, so mit Gerard Unmaze zu sprechen?«

»Niemals. Der Junge hat wirklich Mut. Im übrigen hat er aber auch völlig recht mit dem, was er sagte. Und was war dann?« fragte Helperich.

»Nun hatte ich Sorge, daß Gerard seinen Enkel für diese Worte prügeln würde, und öffnete leise die Tür einen kleinen Spalt. Aber als ich sah, daß mein Schwiegervater sich nur fassungslos in den Lehnstuhl warf und Theoderich stumm anstarrte, blieb ich hinter der Tür stehen. Theoderich ging dieses Gespräch offenbar sehr zu Herzen, denn ich sah Tränen über sein Gesicht laufen. ›Und, Großvater: Hast du denn wirklich nie bemerkt, daß er meinen Bruder Heinrich und mich in den sechs Jahren so gut und fürsorglich behandelte, wie unser Vater es früher getan hat? Nichts, gar nichts haben wir bei ihm entbehren müssen. Eine hervorragende Ausbildung hat er uns beiden zukommen lassen, und wir haben uns immer wieder darüber gefreut, wieviel Zeit er mit uns verbracht hat, wo er doch ein so beschäftigter Mann ist. Wir hängen beide von Herzen an ihm, und da unser Vater nun einmal tot ist, sehen wir ihn jetzt als unseren Vater an.‹ Da stand ich und war ebenso fassungslos wie der verstummte Gerard. So also dachten meine Stiefsöhne über mich! Aber Theoderich war noch immer nicht fertig und fügte laut schluchzend hinzu: ›Und dann, Großvater: Noch ist ja unsere kleine Schwester Engilradis da, mit der wollen wir auch zusammenleben. Und unser armer kleiner Bruder Fordolf – der braucht uns doch jetzt erst recht. Darum solltest du uns allen helfen und uns nicht in den Rücken fallen und einen Keil in unsere Familie zu treiben versuchen!‹ Da stand Gerard Unmaze mühsam auf, klopfte Theoderich auf die Schulter und ging, ohne ein weiteres Wort zu sagen. Das habe ich noch nie bei ihm erlebt.«

Helperich schüttelte erstaunt den Kopf. Dann fragte er: »Und was hast du dann gemacht?«

»Ich wartete noch eine Weile, damit Theoderich sich fassen konnte, und dann ging ich hinein und nahm ihn nur wortlos in die Arme.«

Constantin zog eine Pferdedecke über seine Beine, um sich zu wärmen. Dann brachte er mühsam heraus: »Sag einmal, Helperich – hast du auch geglaubt, daß ich mir nichts aus Durechin gemacht hätte?«

Helperich sagte nichts dazu und schüttelte nur den Kopf. Viele hatten gedacht, Constantin hätte die reiche Erbin aus Berechnung geheiratet; und sie hatten damit gar nicht so unrecht gehabt. Aber Constantin war kein oberflächlicher Mensch. Da er sich entschlossen hatte, Durechin zum Weib zu nehmen, wollte er ihr unbedingt ein guter Mann sein. Und wenn es auch nicht Leidenschaft gewesen war, die ihn an sie gebunden hatte, so doch Verantwortungsgefühl, Achtung und schließlich stetig wachsende, freundschaftliche Zuneigung. Helperich, der von klein auf gewohnt war, seinen großen, bedeutenden Bruder genau zu beobachten, hatte das klar erkannt und nie daran gezweifelt, daß Durechin durchaus keinen Grund zur Klage hatte.

»Das ist aber noch nicht alles«, fuhr Constantin fort und stopfte sich ein Sattelkissen in den Rücken. »Ich bin dann am nächsten Tag zu Gerard Unmaze gegangen. Er sah grau und alt aus und sehr traurig. Als er vernahm, daß ich sein Gespräch mit Theoderich belauscht hatte, nickte er nur und nahm einen tiefen Zug aus dem Krug, der neben ihm stand. Ohne mich anzuschauen, murmelte er dann: ›Nie habe ich Erfolg bei den Weibern gehabt, niemals. Keine meiner Ehefrauen hat mich geliebt. Pflichttreue, das ja. Aber Zuneigung, nein. Und dann meine Tochter Durechin, meine erste Tochter. Sie fing an zu schreien, wenn sie mich sah, da war sie noch ganz klein. Später schrie sie nicht mehr, aber immer nur brave Verneigungen. Ja, Vater. Gewiß, Vater. Wie du willst, Vater. Ganz wie du meinst, Vater. Artig und dienstbar, ja, das schon. Aber Zuneigung? Sie hatte Angst vor mir. Dabei habe ich sie angebetet. Und nun ist sie tot. Ich weiß, ich bin laut. Und ruppig. Und jähzornig. Da mußte sie wohl Angst vor mir haben. Dabei hätte ich alles gegeben, wenn sie mich einmal angelächelt hätte. So wie Richmodis, mein kleiner Sonnenschein. Die war nicht so zaghaft wie ihre Mutter. Die fürchtete sich nicht ein bißchen vor mir. Aber Richmodis ist auch tot … Natürlich habe ich Durechins Männer ausgesucht. Ich wußte besser, was für sie gut war. Und ich hatte ja recht. Dietrich von Wile hielt, was ich mir von ihm versprochen hatte. Und dann dieser Constantin … Ein Geschäft, ein reines Geschäft. Was wußte er von meiner Durechin? Gar nichts. Aber er war bereit, sie zu heiraten. Ein Geschäft eben.‹

Mir wurde klar, daß er ein Selbstgespräch führte und meine Anwesenheit offenbar vergessen hatte. Ich überlegte schon, ob ich nicht stillschweigend gehen sollte. Aber Gerard war noch nicht fertig und fuhr fort: ›Und was tut sie, meine sanfte, einfältige Tochter? Sie hängt ihr Herz an ihn. Sie betet den Boden an, über den er geht. Er ist schön, er ist blond und blauäugig, er ist ihr Held. Sie strahlt, wenn er den Raum betritt. Wenn ich zur Tür hereinkam, zog sie immer den Kopf ein. Sie hätte doch auch einmal strahlen können, wenn sie mich sah, ein einziges Mal nur … und nun ist sie tot.‹

Ich begriff: Das war also Gerards Art, sich zu entschuldigen.

Gerard nahm noch einmal einen tiefen Zug aus dem Krug. Ich hatte den Verdacht, daß er ihm schon geraume Zeit zugesprochen hatte, denn sonst hätte ich das alles wohl nicht zu hören bekommen. Mir hat er übrigens nichts angeboten. Ich stand auf. ›Ich gehe dann wieder. Und wenn du wünschst, daß ich irgendeine Sicherheit für den Besitz deiner Enkelsöhne leiste …‹ Aber Gerard Unmaze winkte ab. ›Nicht nötig‹, brummte er und sah mich noch immer nicht an. ›Theoderich hatte ja recht. Es war nur Eifersucht von mir.‹ Da machte ich, daß ich hinauskam.«

Constantin streckte sich und versuchte, auf dem harten Boden einen gemütlicheren Sitz zu finden. Er seufzte tief auf.

»Ja, und dann unser armer kleiner Fordolf. Wie scharf Theoderich doch beobachtet, daß er den Zustand des Kleinen so rasch erkannt hat. Ich hatte damals die Hoffnung für ihn noch nicht aufgegeben, wenn ich inzwischen auch leider befürchten muß, daß er ein kranker Mensch bleiben wird.«

Constantins kleiner Sohn, der so schnell wie eine kleine Maus gerannt war, der so drollig alles nachgesprochen hatte, was er von seinen älteren Geschwistern hörte – Fordolf hatte die Genickstarre zwar überlebt, aber sein Kopf hatte dabei Schaden genommen. Jetzt, Monate später, war nicht zu verkennen, daß das arme Kind blöde geworden war. Constantin wußte Bescheid; er hatte an Hildebrand, dem Sohn seiner Tante Hadewigis, gesehen, wie das Leben eines solch bedauernswerten Menschen verlief.

Insgeheim dachte Helperich, es wäre besser für Fordolf gewesen, wenn er an der Krankheit gestorben wäre. Aber das hätte er nie ausgesprochen, schon einmal gar nicht in Gegenwart seines Bruders.

»Glaubst du, daß du jetzt noch ein wenig schlafen kannst?« fragte er. »Ich denke, es ist nicht mehr lang bis zum Morgen. Die letzte Wache kann ich gern übernehmen.«

Dankbar nahm Constantin das Angebot an. Das Gespräch mit seinem Bruder hatte ihm Erleichterung gebracht, und so kroch er in das Zelt und rollte sich in seinen Mantel.

Beim ersten Morgengrauen waren sie alle auf den Beinen. Die Knechte versorgten die Tiere, Helperich hatte schon Wasser auf dem Feuer erhitzt und einen wärmenden Morgentrunk zubereitet. Sie gehörten zu den Ersten, die an diesem Morgen das große Tor der alten Langobardenstadt Pavia durchquerten.

Sie kamen aus Roncalia, wo Kaiser Friedrich im November einen Reichstag abgehalten hatte, nachdem er im Sommer Mailand so lange belagert hatte, bis die Mailänder um Frieden bitten mußten. Erzbischof Friedrich hatte ihm dabei als Kanzler für Italien beigestanden und war dann nach Pavia geritten, um hier ein Treffen der Vertreter der lombardischen Städte mit dem Kaiser vorzubereiten. Constantin hatte in Roncalia Bernsteinschmuck und vergoldete Kirchengeräte verkauft und alte Handschriften erstanden und folgte nun seinem Erzbischof, um in dessen Gefolge die Heimreise sicher anzutreten.

Da sie selbst in Pavia nicht zu handeln gedachten, überließen Constantin und Helperich es den Knechten, ihre für Köln bestimmte Ware sicher zu verwahren, und begaben sich zum Markt. Vielleicht konnten sie ja Neuigkeiten aufschnappen, die für einen Kaufmann so gut wie Geld waren.

Gemächlich schlenderten sie über den Platz, wechselten ein paar Worte mit einem Kaufmann, der eben aus Sizilien angekommen war, begutachteten die Waren eines genuesischen Händlers und trafen schließlich auf einen Byzantiner, der orientalische Gewürze feilhielt. Constantin sprach ihn an und fragte ihn nach seinem Namen. Der Grieche hieß Marinos. Als er hörte, daß die beiden Brüder aus Köln kamen, freute er sich. Es stellte sich heraus, daß er deren Onkel Johannes in Byzanz gut kannte, denn dessen Frau Richlinde war über ihre byzantinische Mutter mit Marinos' Frau verwandt.

Die drei Kaufleute beschlossen, diese neu festgestellte Verwandtschaft zu begießen. Marinos überließ seinen Stand einem Gehilfen und lud die beiden Kölner in die nächste Schenke ein. Dort saßen sie und tauschten Erfahrungen aus. Schließlich sagte Marinos zögernd:

»Ich würde mich sonst ja lieber heraushalten, aber da ihr doch aus

Köln kommt und wir verwandt sind, ist es doch besser, wenn ich es euch sage.«

Constantin zog die Augenbrauen hoch. »Was denn, handelt es sich um ein Geheimnis?«

»Wie man es nimmt«, meinte der Byzantiner. »Aber ihr könnt vielleicht Schaden von euch abwenden, wenn ihr es wißt.«

»Nun machst du uns aber wahrhaftig neugierig, Marinos. Um was geht es? Heraus mit der Sprache.«

Marinos senkte die Stimme, damit niemand außer Constantin und Helperich seine Worte vernehmen konnte. »Es ist nur ein Gerücht. Aber mein Diener behauptet, er habe gestern in eben dieser Schenke hier belauscht, wie einige Männer sich zu einem Attentat auf euren Erzbischof verabredet haben. Mich geht das ja nichts an, aber ich möchte nicht, daß es euch auch trifft ...«

Die beiden jungen Kölner waren schon aufgesprungen.

»Dank für deine Hilfe, Marinos, und leb wohl!« rief Constantin noch und stürzte aus der Schenke, dicht gefolgt von seinem Bruder.

»Aber wie sollen wir den Herrn Erzbischof denn finden?« keuchte Helperich ratlos, während er sich bemühte, seinem Bruder auf den Fersen zu bleiben.

»Was weiß ich. Wir versuchen es zunächst in der Signoria.« Und die beiden rannten, daß ihnen fast die Lunge zu platzen drohte.

Sie hatten Glück: Zwar war der Erzbischof nicht in der Signoria, aber als Constantin und Helperich auf den Marktplatz zuliefen, kam er ihnen mit seinem Gefolge von der anderen Seite her entgegengeritten. Eine dichte Menschenmenge versperrte den beiden jungen Kölnern den Weg. Sie versuchten, sich gewaltsam durchzudrängeln, und waren nur noch wenige Mannslängen von ihrem Fürsten entfernt, als Constantin in dem Gewühl den lauten Ruf hörte: »Es lebe Mailand! Tod dem kaiserlichen Schergen!« Er fuhr herum und sah einen Steinwurf weit weg einen Mann mit dem Bogen zielen.

»Mordio!« schrie Constantin, so laut er konnte.

Der Erzbischof hatte den Schrei vernommen und blickte sich um, doch der Pfeil flog bereits. Er war zu tief gezielt und traf den Erzbischof nicht, drang aber in die Brust von dessen Pferd. Das verletzte Tier wieherte schrill und stieg hoch. Der Erzbischof, kein schlechter Reiter und ein kräftiger Mann Mitte der Dreißig, hielt sich zunächst noch im Sattel, wenn auch mit Mühe; aber als das Tier in seinem Schmerz wieder und wieder in die Höhe stieg und auskeilte, konnte er sich nicht mehr halten und flog aus dem Sattel. Er versuchte noch, sich mit einer Hand an den Zügeln zu klammern, im nächsten Augenblick krachte sein Körper schwer auf den Boden.

Im Nu war Platz. Die Menschen, die eben noch so dicht gedrängt gestanden hatten, rannten fort, was die Beine hergaben. Das Gefolge stand ratlos um den Erzbischof herum, der beim Aufprall auf den Boden das Bewußtsein verloren hatte. Sein Sekretär wollte den Kopf des Gestürzten anheben und seinen Umhang darunterschieben. In diesem Moment kam der Erzbischof wieder zu sich und brüllte laut vor Schmerz. Jeder Versuch, ihn zu bewegen, ließ ihn aufs neue schreien. Da ließen sie ihn liegen und deckten ihn nur mit Mänteln zu.

Nach einer Weile hatten sie einen Arzt gefunden. Dieser untersuchte den Verletzten, aber obwohl er sich große Mühe gab, dies vorsichtig zu tun, schrie der Erzbischof immer wieder laut vor Schmerz auf. Schließlich stand der Arzt auf, klopfte den Staub von seinem Gewand und sagte mit ernster Stimme:

»Niemand kann ihm mehr helfen. Sein Rücken ist gebrochen. Er wird in den nächsten Stunden sterben.«

Im Kölner Gefolge erhob sich lauter Jammer. Auch Constantin und Helperich blickten fassungslos auf den Erzbischof, der vor so kurzer Zeit noch dem Leben angehört hatte und nun eine Beute des Todes war.

»Schlagt ein Zelt auf über ihm«, rief Constantin. »Es ziemt sich nicht, daß er hier vor aller Augen liegen muß, wenn es schon nicht möglich ist, ihn in ein Haus zu schaffen.«

Dies geschah. Die Männer besorgten drei Stangen auf dem Markt, stellten sie über dem Erzbischof auf und hängten ihre Mäntel darüber. Sein Beichtvater kroch auf allen vieren in das Zelt zu seinem Herrn hinein, aber dieser war nicht mehr imstande, die Beichte abzulegen.

Keiner der Kölner rührte sich von dem Platz, bis eine Stunde darauf der Erzbischof nicht mehr atmen konnte. Er rang nach Luft, verlor aber gnädigerweise rasch das Bewußtsein und merkte nicht mehr, wie er in den Tod hinüberglitt.

Niemand hatte darauf geachtet, wie die Stunden verflossen waren. Die Sonne ging schon unter. Sie trugen den toten Erzbischof Friedrich nun, da es ihm keine Schmerzen mehr bereiten konnte, in seine Unterkunft zurück. Nach kurzer Beratung beschlossen seine Ritter, daß es nicht ratsam wäre, nach dem Meuchelmörder zu suchen. Zu groß war die Gefahr eines allgemeinen Aufstands. Sie nahmen dem Verstorbenen das Herz heraus und legten es zur Konservierung in einen Eimer Honig, damit es in Köln beigesetzt würde. Den Leichnam bestatteten sie eilig im Dom von Pavia. Man sah nur sehr wenige der Einwohner von Pavia auf dieser Beisetzung.

»Mir scheint, unsere Erzbischöfe sind vom Unglück verfolgt. Wer von ihnen stirbt schon eines natürlichen Todes?« fragte Helperich seinen Bruder. Constantin dachte nach.

»Ich habe gehört, daß Erzbischof Anno an einer grauenhaften Krankheit zugrunde ging, die sein Fleisch bei lebendigem Leib verfaulen ließ. Das ist schon lange her, ich glaube, unser Großvater Eckebrecht war damals noch gar nicht geboren.«

»Und Erzbischof Bruno? Der starb auf einem Heerzug am Fieber, damals war ich noch klein«, bemerkte Helperich. »Und sein Nachfolger Hugo ebenso, nur wenige Wochen darauf.«

Constantin wunderte sich.

»Wie du das alles weißt! Da hast du im Unterricht von Pater Everhard schon sehr genau zugehört. Aber du hast recht. Und dann kam Erzbischof Arnold, der starb am Schlag. Und Arnold II. starb nach diesem dummen Wettlauf. Und nun Herr Friedrich nach einem Sturz vom Pferd, und er war nicht einmal vierzig Jahre alt. Gerade auf ihn hatten wir so viele Hoffnungen gesetzt. Gott lasse ihn in Frieden ruhen.«

Frühjahr 1159

Constantin saß im Kontor und berechnete die Einnahmen und Kosten aus dem Münzwesen. Aber er konnte sich nicht auf seine Aufgabe konzentrieren. Nebenan in der großen Stube hörte er Theoderich unermüdlich sprechen. Schließlich erhob sich

Constantin und ging hinüber, um zu sehen, was Theoderich eigentlich machte. Da kniete sein Stiefsohn auf dem Boden vor dem kleinen Fordolf und sprach ihm immer wieder die gleichen Worte vor.

»Schau, Fordolf, das ist eine Hand. Meine Hand. Theoderichs Hand. Und das ist auch eine Hand. Deine Hand. Fordolfs Hand.«

Und damit zeigte er zuerst auf seine Hand und dann auf die des Kindes.

Dann faßte er nach dem nackten Füßchen und spielte zärtlich mit den Zehen.

»Das ist ein Fuß, Fordolf. Das ist Fordolfs Fuß. Hörst du, das ist Fordolfs Fuß.«

Aber der Kleine lohnte ihm die Mühe nicht. Er sah den Bruder mit leerem Blick an, drehte dann den Kopf zur Seite und betrachtete die Wand.

Theoderich ließ sich dadurch nicht verdrießen. Wieder ergriff er das Händchen des Kindes, fuhr mit dem Daumennagel zart in der Innenfläche herum.

»Siehst du, Fordolf, deine Hand. Sag einmal: Hand. Hand.«

Nun gab Fordolf immerhin einen undeutlichen Laut von sich, den man als Antwort nehmen konnte. Constantin tat das Herz weh beim Anblick seines Kindes, aber Theoderich hob das Gesicht und strahlte ihn an.

»Hast du gehört, Vater? Er hat mir ganz klar geantwortet. Wir müssen nur ein wenig Geduld mit ihm haben, dann wird er schon wieder sprechen lernen.«

Constantin lächelte dem Jungen, der sich solche vergebliche Mühe gab, traurig zu. Er gab die Absicht auf, seine Rechnung heute noch fertigzustellen, ließ sich in den Lehnstuhl am Fenster fallen und sah Theoderichs Bemühungen zu. Der hatte den kleinen Bruder jetzt hochgehoben und unter beiden Achseln gefaßt.

»Komm, mach einen Schritt, Fordolf. Erinnere dich: Du konntest doch schon so gut laufen. Mach einen Schritt. Jetzt den Fuß nach vorne – so.« Und er packte den Fuß des Kindes und setzte ihn vor.

»Vater, hilf uns, sonst fällt er mir noch hin. Nimmst du seine andere Hand? Schau, Fordolf, hier kommt dein Vater. Der zeigt dir, wie du wieder laufen lernst. Und jetzt den anderen Fuß!«

Und er ergriff mit der freien Hand das Füßchen des Kleinen und setzte es vorwärts. Aber Fordolf knickte mit dem Bein ein und sank schlaff zu Boden.

»Er ist heute eben müde«, erklärte Theoderich zuversichtlich. »Jetzt muß er ausruhen. Mach dir keine Sorgen, Vater. Er wird es lernen.«

Constantin sah den Jungen nachdenklich an. Seit der Auseinandersetzung mit seinem Großvater Gerard Unmaze, die Constantin belauscht hatte, nannte Theoderich ihn Vater statt Stiefvater, und Heinrich hatte begonnen, es ihm nachzumachen.

»Du bist ein sehr guter Junge, Theoderich«, sagte er freundlich. »Und der beste Bruder dazu. Aber du kannst hier nicht immer als Fordolfs Kindsmagd herumsitzen, du mußt wieder auf Reisen gehen, wie jeder Kaufmann.«

»Du hast ja recht, Vater. Aber wer soll sich sonst um Fordolf kümmern?«

Constantin dachte nach. Bei seiner Abreise hatte seine Mutter Engilradis ihm versprochen, täglich nach dem Kind zu sehen, und das hatte sie auch einige Monate lang treu getan. Nun aber hatte sie sich nach einem unglücklichen Fall auf der Kellerstiege vor zwei Wochen den Knöchel so schwer verstaucht, daß sie das Haus noch nicht verlassen konnte. Sie hatte angeboten, das Kind bei sich aufzunehmen, um es zu versorgen, und Constantin hatte ihr den Kleinen in das Haus Unter Goldschmied gebracht. Aber der Junge hatte sich ganz verstört aufgeführt und ständig geweint und das Gesicht in den Händen versteckt.

»Er vermißt unsere Mutter«, hatte Theoderich erklärt, der anscheinend die Gedanken seines Brüderchens lesen konnte. »Hier bei uns zu Hause glaubt er, sie käme gleich. Aber in einem anderen Haus hat er Angst.«

Constantin war aufgefallen, daß die Kindsmagd Agnes sich nur um Engilradis kümmerte und Fordolf ständig seinen Brüdern überließ. Wieder befragte er Theoderich, und dieser sagte:

»Agnes fürchtet sich vor Fordolf, weil er jetzt nicht mehr so ist wie früher.«

Constantin war darüber entgeistert und auch entrüstet, denn Agnes kannte Fordolf seit seiner Geburt, und man hätte erwarten können, daß sie das vom Unglück getroffene und von seiner Krankheit schwer gezeichnete Kind um so liebevoller umsorgt hätte. Immerhin ließ sie es Engilradis an nichts fehlen, sonst hätte Constantin Agnes nicht länger in seinen Diensten behalten.

Am nächsten Tag ging er zu seiner Mutter und schüttete ihr sein Herz über seine häuslichen Schwierigkeiten aus.

Engilradis saß in der großen Stube, ihr noch immer geschwollener Knöchel ruhte auf einem Polster. Sie hatte einen Korb mit Flicksachen neben sich stehen und war fleißig bei der Arbeit.

Sie sah ihn eindringlich an. »Mein Sohn, ich habe mir längst Gedanken darüber gemacht. Ich würde dir gern helfen, kann aber wohl eine Weile noch nicht. Deine Schwestern sind alle selbst verheiratet und haben Familie. Du willst, daß die Kleinen, Engilradis und Fordolf, in ihrem eigenen Heim bleiben? Dann gibt es nur eine vernünftige Lösung: Du mußt wieder heiraten.«

»Das kommt nicht in Frage, Mutter. Wer sollte auch Durechin bei ihren Kindern ersetzen?«

Engilradis griff nach der Hand ihres Sohnes und zog ihn an ihre Seite.

»Das ist leider immer so, wenn die Mutter gehen muß«, sagte sie still. »Aber wenn du willst, daß deine Kinder ordentlich versorgt sind, wenn du auf Reisen bist, bleibt dir keine Wahl.«

Der alte Eckebrecht, der im Hintergrund des Raumes saß und an einer Liste arbeitete, blickte auf und mischte sich in das Gespräch.

»Ich erinnere mich noch gut daran, wie meine erste Frau, deine Großmutter Liveradis, starb. Um nichts in der Welt hätte ich damals an eine neue Ehe denken mögen. Aber mein kleiner Sohn Fordolf war auch in den allerbesten Händen, nämlich denen meiner Adoptivmutter Blithildis. So konnte ich es mir leisten, meinen Geschäften nachzugehen, ohne mir um ihn Sorgen machen zu müssen. Du, mein Enkel Constantin, bist in einer anderen Lage. Deine Mutter hat ganz recht: Du mußt wieder heiraten. Oder sollen deine kleinen Kinder von einer Magd aufgezogen werden?«

Constantin sah die beiden unwillig an, eine steile Falte stand zwischen seinen Augen.

»Wie sollten Theoderich und Heinrich damit klarkommen, daß eine fremde Frau auf dem Stuhl ihrer Mutter sitzt?«

»Es wird sie schmerzen, keine Frage«, sagte der alte Eckebrecht unerbittlich. »Aber gerade Theoderich macht sich große Sorgen um Fordolf, deswegen wird er sich nicht dagegen wehren. Und Heinrich tut, was sein Bruder will. Und beide vertrauen sie dir ...«

Das war wohl wahr. Constantin dachte noch eine Weile nach, aber ihm wollte keine andere Lösung einfallen.

»Nun gut, wenn es unbedingt sein muß. Liebe Mutter, könntest du dich wohl ein wenig umschauen?«

Engilradis zog die Augenbrauen hoch. »Ich hätte nicht gedacht, Constantin, daß du Hilfe brauchst, um dir eine Frau zu wählen.«

Constantin schüttelte den Kopf. »Wenn ich nur eine neue Frau wollte, würde ich mir sicher noch sehr viel Zeit lassen. Aber ich brauche rasch Hilfe für meine kleinen Kinder. Also, Mutter: kein junges Mädchen, sondern eine Frau, die schon Mutter ist und weiß, wie man mit Kindern umgeht. Eine Witwe also.«

»Und wie stellst du dir sie sonst vor? Ihr Äußeres, ihr Wesen?«

Constantin winkte ab. »Ich suche eine Mutter für Engilradis und Fordolf. Sonst ist mir nichts wichtig. Du wirst mir schon keine Frau vorschlagen, die unpassend wäre.«

Engilradis schwieg und betrachtete ihren großen, schönen Sohn. Wohl jede Witwe in Köln wäre ihm mit Freuden gefolgt, wenn er nur mit dem kleinen Finger winken wollte. Aber seine Einstellung bereitete ihr Unbehagen. Sie hätte gern zu ihm gesagt: ›Constantin, du kannst nicht nur daran denken, was du von einer Ehefrau willst. Du mußt auch berücksichtigen, was sie von dir will. Was also willst du ihr geben? Nichts als Stiefkinder? Das kann nicht gut gehen.‹

Aber sie sagte es nicht. Sie erinnerte sich an die Unkenrufe, als ihr Sohn aus Berechnung die zehn Jahre ältere Durechin zum Weib genommen hatte. Und doch war diese Ehe gesegnet gewesen. Es mochte sein, daß dies ihrem Sohn ein zweites Mal gelingen würde.

»Ich werde darüber nachdenken und Erkundigungen einziehen«, sagte sie darum nur. »Wenn du von deiner nächsten Reise zurückkommst, sprechen wir wieder darüber.«

Ich weiß, daß es eine Zumutung ist«, hatte Constantin zu Theoderich gesagt. »Und ich könnte dich in England auch wahrhaftig gut brauchen. Aber wenn du nun noch ein letztes Mal hier bleiben könntest, um auf die Kleinen zu achten, wäre ich dir sehr dankbar.« Da Theoderich sich nur zu gern dazu bereit erklärte, war Constantin mit Heinrich und Helperich nach England gesegelt. Er kam im Juni 1159 zurück, und er eilte, so schnell er konnte, in sein Haus in der Dwergasse.

Als Theoderich die Stimme seines Stiefvaters vernahm, rief er: »Warte, Vater. Bleibe einen Augenblick vor der Tür stehen.« Es dauerte eine kleine Weile, und dann hörte Constantin: »So, jetzt kannst du hereinkommen.«

Constantin öffnete die Tür der großen Stube, da stand Theoderich strahlend in der Mitte des Raumes, und an seiner Hand der kleine Fordolf. Ja, er stand aufrecht; seine Augen schielten ein wenig vor Anstrengung, aber er hielt sich auf seinen Füßen und machte an Theoderichs Hand vier, fünf Schritte, bis er wegknickte und sich zu Boden fallen ließ.

»Siehst du, Vater, ich habe es dir ja gesagt, er kann es wieder lernen!« rief Theoderich stolz. Er hob den Kleinen hoch und schwenkte ihn durch die Luft. »Braver Junge! Kluger Junge! Du bist doch mein Allerallerbester.«

Engilradis, die in der Ecke gesessen hatte, kam nun hervorgetrippelt und zeigte dem Vater einen schmutziggrauen Lappen.

»Ich kann aber auch lernen!« piepste sie. »Ich habe das hier genäht!«

Und tatsächlich, jetzt erkannte Constantin, daß quer durch den Lappen eine schiefe Naht aus großen Stichen lief.

»Das hat dir aber wohl nicht Theoderich beigebracht?« fragte der Vater und hob die Kleine in seine Arme.

»Nein, Agnes hat mich gestern zu Großmutter Engilradis gebracht, die hat es mir gezeigt«, berichtete das Kind stolz. »Theoderich mußte doch jeden Tag mit Fordolf üben, da hat er nicht viel Zeit für mich. Übrigens glaube ich auch nicht, daß er nähen kann!«

Constantin wandte sich an den Ältesten. »Ja, Theoderich, ich kann dir gar nicht sagen, wie erstaunt und wie dankbar ich dir bin. Ich muß dir gestehen, daß ich die Hoffnung schon aufgegeben hatte, unser kleiner Fordolf könne aus der schrecklichen Krankheit wieder auftauchen. Es kommt mir vor wie ein Wunder, daß ich ihn nun gehen sehe, und das verdankt er ganz allein dir und deiner grenzenlosen Fürsorge. Hast du irgendeinen Wunsch, Theoderich? Sag es mir, und ich erfülle ihn dir sofort, wenn ich nur kann.«

Theoderich war bei den Lobesworten Constantins ganz rot vor Freude geworden. Aber er schüttelte den Kopf.

»Man könnte vielleicht sagen, daß ich dir nur zurückgebe, was du Heinrich und mir auch gegeben hast. Aber tatsächlich liebe ich meinen Bruder Fordolf wohl nicht weniger als du, und ich bin selbst sehr glücklich, daß es langsam mit ihm bergauf geht. Nur, Vater: Ich denke, man muß sich schon jeden Tag viel mit ihm abgeben, damit er sich weiter erholen kann. Willst du mich noch eine Weile von unseren Reisen freistellen, damit ich mich um ihn kümmere?«

Da wich die Freude aus Constantins Gesicht, und er wirkte plötzlich bedrückt.

»Wir werden sehen, ob ich eine Lösung finde«, murmelte er und ging hinaus.

Constantin wollte den Besuch bei seiner Mutter mit der lästigen Erörterung über eine zukünftige Ehefrau noch einen Tag hinausschieben, aber ein Bote kam aus dem Haus Unter Goldschmied und rief ihn dringend zu seinem Großvater. Constantin eilte dorthin und traf den alten Kaufherrn in seinem Kontor an.

Eckebrecht schenkte dem Enkel selbst einen Krug Bier ein und fragte ihn dann: »Hast du nicht einmal etwas von einem Hildesheimer Propst erzählt, den du hier kennengelernt hast?«

Constantin wunderte sich sehr, daß der Großvater ihn so eilig gerufen hatte, um dann nur mit ihm zu plaudern.

»Ja, ich konnte ihm helfen, als ein Beutelschneider ihn gerade bestohlen hatte. Vor der Krönung in Rom konnte ich ihm dann noch einmal beistehen, als er von aufgebrachten Römern niedergeschlagen wurde; und ich habe es ganz sicher ihm zu verdanken, daß der Kaiser mich zum Münzmeister gemacht hat.«

»Was kannst du mir über ihn erzählen?«

Constantin fragte sich, was Eckebrechts Neugier zu bedeuten hatte, bemühte sich aber, den Wissensdurst des Familienoberhauptes zu stillen.

»So, so, Domschule Augsburg und Studium in Paris; seit drei Jahren in der Reichskanzlei, bemerkenswert; ein großer Geist, gut zu wissen. Auch ein Visionär?«

»Schon, soweit ich das beurteilen kann. In der Schenke hier in Köln hat er zwar nicht über seine Gedanken über den Staat und das Verhältnis zwischen Kaiser und Papst gesprochen, wohl aber in Rom, nachdem ich ihn dort aus der pöbelnden Menschenmenge herausgeholt hatte.«

Eckebrecht freute sich. »Du hast ihm also schon mehrfach Dienste erwiesen. Das ist gut. Das ist sehr gut.«

Nun konnte Constantin seine Neugierde aber nicht mehr bezähmen.

»Großvater, nun sag mir doch bitte endlich, warum du mich gerufen hast und warum du mich über Ereignisse befragst, die schon eine Weile zurückliegen«, bat er.

»Ich habe dich gerufen, weil ich große Neuigkeiten erfahren habe und weil dein Vater auf Reisen ist.«

Der Alte wanderte zum Fenster, blickte hinaus und ließ den Enkel genüßlich noch ein Weilchen zappeln.

»Ich hörte im Domkapitel, daß unser gnädiger Herr, Kaiser Friedrich, einen Wunsch geäußert hat, wen er gern als nächsten Erzbischof sehen möchte. Das Domkapitel hat diesem Wunsch selbstverständlich entsprochen. Unser neuer Erzbischof heißt Rainald von Dassel.«

Das verschlug Constantin die Sprache. »Aber hat man nicht gehört, daß ihm die Würde des Bischofs von Hildesheim angetragen wurde und daß er sie abgelehnt hat?« rief er erstaunt.

Der Alte winkte ab. »Das war wohl kaum Bescheidenheit, sondern kühle Berechnung. Er hat nach Höherem getrachtet.«

»Ich erinnere mich«, sagte Constantin, »daß Herr Rainald, als wir damals die Manuskripte meines Vaters sichteten, schon eine Bemerkung fallen ließ, die Zukunft des Reiches läge in Italien. Und ist nicht der Kölner Erzbischof gleichzeitig auch der Kanzler für Italien?«

Eckebrecht wandte sich zu seinem Enkel um und stach triumphierend mit dem Zeigefinger nach ihm. »Siehst du, so etwas hatte ich vermutet. Das wollte er also. Das ist gut für uns, sehr gut! Ein Erzbischof, der ständig in Italien beschäftigt ist – und nach Lage der Dinge wird er das wohl noch für Jahre sein –, macht uns hier keinen Ärger, und wir Bürger sind unbeaufsichtigt und können eher schalten und walten, wie es uns beliebt. Und daß du ihn persönlich kennst und ihm schon einmal einen Gefallen erweisen konntest, kann unserem Haus nur nützen. In der Vergangenheit haben wir Kölner uns sehr oft gegen die eigenen Erzbischöfe zur Wehr setzen müssen. Von einer persönlichen Freundschaft zwischen beiden Seiten ist mir noch nie etwas zu Ohren gekommen. Das ist ausgezeichnet. Und deshalb sollst du auch die nächste Handelsfahrt nach Italien machen.«

»Ja«, sagte Constantin erfreut, »das würde ich sehr gern.«

Der Alte drehte sich um und sah ihn streng an.

»Aber vorher wird noch geheiratet. Glaub nur nicht, daß du dich drücken kannst. Du gehst jetzt zu deiner Mutter und hörst, was sie dir zu berichten hat.«

Engilradis saß wieder in der großen Stube und nähte, aber bei Constantins Anblick leuchteten ihre Augen auf, sie erhob sich und kam ihm, noch ein wenig schwerfällig, entgegen.

»Mein Fuß ist bald wieder ganz gut, siehst du«, sagte sie fröhlich. »Wie gut, dich heil und wohlbehalten hier zu sehen. Gott sei gelobt, mein Junge.«

Und sie schloß ihn liebevoll in die Arme. »Hast du gute Geschäfte in England gemacht?«

»Ja, ja, Mutter. Aber das ist nicht ungewöhnlich. Laß uns bitte gleich auf unsere Angelegenheit kommen, sie macht mich unruhig genug.«

Engilradis nahm wieder auf ihrem Sitz Platz und klopfte einladend mit der Hand auf die Bank neben sich. Constantin setzte sich, und sie musterte ihn. Gut sah ihr Sohn aus: Das blonde Haar wie ein Helm, der etwas dunklere Bart kurz geschnitten, die Haut vom Seewind gebräunt.

»Ich habe selbst gestaunt, wie wenige Witwen es zur Zeit in Köln gibt, die deinen Wünschen entsprechen«, sagte sie nachdenklich. »Zum Teil haben sie das Alter überschritten, um noch Kinder zu bekommen; zum Teil haben sie selbst keine Kinder, und du wolltest ja eine erfahrene Mutter. Eine paßt vom Alter her und hat drei Kinder, aber sie hat sich, wie man hört, nach dem Tod ihres Mannes dem Trost des Weinkrugs ergeben.«

Constantin schüttelte sich. Sein kleiner Fordolf in der Obhut einer Trinkerin? Niemals.

»Da ich ja selbst noch nicht gut zu Fuß bin, habe ich meinen Bruder Philipp gebeten, sich ein wenig umzuhören. Wir sind uns doch sicher einig, daß nur Frauen aus den besten Familien der Stadt in Frage kommen?«

»Gewiß, Mutter.«

»Gut. Also, du wirst dich sicher wundern, aber wir haben nur drei passende Witwen entdeckt. Du kennst den Kämmerer des Herrn Erzbischofs, Hermann von Bachem? Und seine älteste Tochter Gisela?«

»Mutter, die Kinder des Kämmerers sind doch alle noch sehr jung, fast noch Kinder.«

»Nicht so Frau Gisela. Sie ist sechzehn. Vor gut einem Jahr hat sie einen Kaufmann aus Basel geheiratet, der aber schon ein paar Monate später am Fieber starb. Sie kehrte darauf ins Haus ihrer Eltern zurück und hat dort einen kleinen Sohn geboren, der jetzt einige Wochen alt ist. – Eine der ersten Familien Kölns, ohne Zweifel. Und dein Onkel Philipp meint, sie sei hübsch und angenehm.«

Constantin dachte nach und schüttelte dann den Kopf.

»Nein, Mutter. Ein halbes Kind, verstört durch den raschen Tod des Ehemanns – das ist wohl kaum die Richtige, um sich um meinen Fordolf zu kümmern. Übrigens ist ihr eigenes Kind noch so klein, daß es die Mutter voll und ganz in Anspruch nehmen wird. Sie kommt nicht in Frage, ich brauche sie mir gar nicht erst anzusehen.«

»Ach, wie schade. Aber, nun gut.« Engilradis legte ihre Näharbeit zur Seite, um sich dem Gespräch besser widmen zu können.

»Dann möchte ich dir Frau Friederun vorschlagen.«

»Ich glaube nicht, daß ich schon einmal von ihr gehört habe. Wer ist das?« fragte Constantin.

»Du erinnerst dich an den Ritter Godefried?«

»Nur flüchtig. Ein recht alter Herr, nicht wahr?«

Engilradis zuckte mit den Schultern. »Alt vielleicht. Aber sehr, sehr reich. Übrigens spielt das jetzt keine Rolle mehr, denn er starb vor einigen Monaten am Schlag.«

Constantin schaute erschreckt auf seine Mutter. »Und die Witwe eines so alten Herrn willst du mir empfehlen?«

»Nun ja«, meinte Engilradis, »die Witwe, nämlich die hochgeborene Frau Friederun, ist ja gut dreißig Jahre jünger als ihr verstorbener Gemahl und so etwa fünf Jahre älter als du. Eine ausgesprochen schöne Frau soll sie sein, so sagt jedenfalls mein Bruder Philipp. Du schuldest ihm übrigens einen Gefallen, denn seit deiner Abreise habe ich ihn ständig auf Witwensuche herumgeschickt.«

»Und hat diese Frau Friederun denn auch Kinder?«

»Ja, eine kleine Tochter, so alt wie deine Engilradis.«

»Aha.« Constantin überlegte. »Ich kann sie mir ja einmal ansehen«, meinte er dann beiläufig. »Und die dritte?«

»Die dritte heißt Edeltrud. Sie ist die Witwe von Bruno, dem jüngeren Bruder von Herrn Wolbero von San Laurentio. Er kam vor vier Jahren um, bei dem Aufruhr, als der Kaiser in Rom gekrönt wurde. Sie ist die ältere Schwester von Hermann Cleingedank, also aus bester Kölner Familie.«

»Und hat sie Kinder?«

»Sie hat einen halbwüchsigen Sohn, der bei seinem Onkel Wolbero zum Kaufmann ausgebildet wird, und eine Tochter, die Nonne ist.«

»Nicht schlecht«, befand Constantin. »Sie hat also Erfahrung mit Kindern, ist aber nicht mehr durch kleine Kinder gebunden und hat Zeit.«

»Sie führt allerdings die Geschäfte ihres verstorbenen Mannes«, warf Engilradis ein.

»Das stört ja nicht weiter«, meinte Constantin. »Das kann ich ihr abnehmen, dann hat sie Zeit für meine Kinder.«

Engilradis kam der Gedanke, man könne eigentlich nicht wissen, ob das auch Edeltruds Vorstellungen entspräche. Aber sie behielt es für sich. Sollte Constantin selbst sehen, wie er die Dinge regeln konnte.

»Sie wohnt gegenüber von Groß Sankt Martin«, fügte sie hinzu. »Vater wird sicher ein Geschäft einfallen, das dir als Vorwand dienen kann, sie aufzusuchen.«

Schon wenige Tage später sandte Fordolf seinen Sohn Constantin zu der Witwe Edeltrud, um mit ihr über eine Lieferung Gewürze zu verhandeln, die diese aus Genua erhalten hatte. Ihr Gehilfe hatte den Laden geöffnet und Proben der Gewürze in kleinen Häufchen bereitgelegt; er wollte unbedingt selbst mit Constantin verhandeln und gab beleidigt zu verstehen, Frau Edeltrud habe volles Vertrauen in ihn und ließe ihm bei den Geschäften freie Hand. Damit war aber Constantin nicht gedient; er bot all seine Überredungskunst und Liebenswürdigkeit auf, um doch Zutritt zu der Kauffrau selbst zu erhalten. Mürrisch gab der Gehilfe schließlich nach und führte Constantin beleidigt ins Kontor zu seiner Herrin.

Dort saß Frau Edeltrud über ihre Listen gebeugt. Flink schob sie die Steine auf dem Rechenbrett hin und her und machte zwischendurch Notizen auf einer Schiefertafel.

»Laßt mich bitte dies zuerst beenden. In Kürze stehe ich Euch zur Verfügung«, sagte sie zu dem Gast und lud ihn mit einer knappen Handbewegung zum Sitzen ein.

Constantin machte eine höfliche Verbeugung, von der Frau Edeltrud keine Notiz nahm, und setzte sich. So hatte er Muße, die Kauffrau unauffällig zu beobachten. Sie war offenbar einige Jahre älter als er. Ihr Gesicht war ebenmäßig und streng, ihr Mund schmal, ihre Nase lang. Soeben beendete sie ihre Rechenarbeit und wandte sich Constantin zu. Ihre Augen waren von einem hellen Blau, ihr Blick kühl.

»Ihr wünscht?« fragte sie knapp. Constantin trug ihr vor, sein Vater Fordolf brauche einen größeren Posten indischen Pfeffer, auch Muskat, ob sie davon verkaufen wolle und zu welchem Preis.

»Gewiß, warum nicht. Wartet ein wenig.« Und wieder blätterte sie in ihren Listen und warf rasch einige Zahlen auf ihre Tafel. Dann hob sie eine kleine Schelle und läutete damit. Der Gehilfe erschien und zog seine Mütze.

»Wieviel Pfeffer haben wir noch?« fragte sie. Der Gehilfe dachte nach. »Schneller, wenn ich bitten darf«, meinte sie ungnädig. »Ich habe heute noch anderes vor, als auf deine Antwort zu warten.«

»Wir haben gestern und heute schon mehrfach verkauft, aber Herr Anselm hat seine Bestellung widerrufen. Ich habe darum die Zahl nicht genau im Kopf, kann aber rasch nachsehen.«

»Tölpel. Nachsehen kann ich selber. Geh nur wieder in den Laden, zu mehr bist du nicht nütze«, meinte sie abfällig.

Constantin sah dem jungen Mann nach, der wie ein begossener Pudel hinausschlich. Dabei hatte er wohl überhört, was Frau Edeltrud zu ihm gesagt hatte. Er fuhr zusammen, als sie mit dem Zeigefinger dreimal hart auf den Tisch klopfte und streng zu ihm sagte: »Ich habe Euch etwas gefragt!«

Er erhob sich hastig. »Ich muß über die Bestellung noch einmal mit meinem Vater sprechen. Lebt wohl.« Und er machte, daß er hinauskam.

»Vermutlich hat sie, nachdem ich draußen war, auch mich einen Tölpel genannt«, vertraute er seiner Mutter später an. »Und ich habe mich auch nicht sehr geschickt benommen. Aber weißt du, Mutter, dieses Klopfen mit dem Zeigefinger auf den Tisch, das war zuviel. Gott behüte meine armen kleinen Kinder vor einer solchen Frau.«

Engilradis war betroffen. »Nein, bei einem so strengen Menschen wären deine Kleinen sicher nicht gut aufgehoben.«

Constantin schüttelte den Kopf. »Diese Frau, liebe Mutter, hätte nie im Leben ihre Geschäfte aufgegeben, um Stiefkinder aufzuziehen«, kam ihm plötzlich die Erleuchtung. »Ich hätte mir ja denken können, daß es einen Grund hat, wenn sie schon vier Jahre lang Witwe geblieben ist.«

Nun blieb nur noch Frau Friederun übrig. Engilradis meinte, es sei zu erwarten, daß um eine solche Frau längst eine große Schar von Bewerbern kreisen würde. Sie beratschlagte mit ihrem Schwiegervater Eckebrecht, unter welchem Vorwand Constantin wohl bei ihr vorsprechen könnte. Frau Friederuns Gatte war ja kein Kaufmann gewesen, sondern hatte von den Erträgen seines reichen Grundbesitzes innerhalb und außerhalb der Stadtmauern gelebt. Einen Handel konnte man also nicht vorschützen.

»Wie wäre es, wenn du bei ihr anfragst, ob sie dir irgendeins ihrer zahlreichen Grundstücke verkaufen will?« fragte Engilradis.

Aber Constantin schüttelte abwehrend den Kopf. »Nein, Mutter. Ich habe von vorgeblichen Besuchen genug. Und ich sage es dir gleich: Wenn ich nicht genau wüßte, daß du recht hast und ich mich rasch nach einer Frau umsehen muß – ich fürchte, ich würde mich schleunigst auf die nächste Handelsfahrt davonmachen, so lästig ist mir das Ganze.«

»Wenn das so ist«, sagte da der alte Eckebrecht entschlossen, »dann werde ich selbst zu Frau Friederun gehen und sie ganz einfach fragen, ob sie dich einmal anschauen möchte. Natürlich vorausgesetzt, du bist damit einverstanden.«

Constantin machte ein Gesicht, als sei ihm eine plötzliche Abreise weitaus lieber, aber Engilradis stimmte Eckebrecht zu, und ihr Sohn fügte sich.

Sommer 1159

Und so schickte der alte Kaufherr Eckebrecht einen Boten zu Frau Friederun und ließ höflich anfragen, ob sie bereit sei, ihm ein Gespräch zu gewähren. Er kam zurück mit der Antwort, es sei ihr eine Ehre, den führenden Ratsherrn der Stadt bei sich zu empfangen. Falls es ihm genehm sei, so würde sie sich am folgenden Sonntag freuen, ihn nach der Messe in ihrem Hause zu sehen.

»Wie sehe ich aus?« fragte Eckebrecht seine Schwiegertochter, bevor er am bewußten Tag zur Messe ging. Er hatte seine weißen Haare und den kurzen weißen Bart lange gebürstet und sich mit ganz besonderer Sorgfalt gekleidet, während Constantin stumm an der Tür stand und auf ihn wartete.

»Sehr eindrucksvoll«, meinte Engilradis und zog den Schulterkragen auf seinem Umhang zurecht. »Man könnte meinen, du suchst eine Braut für dich selbst.«

»Nun, wenn sie Constantin nicht will, nimmt sie ja vielleicht lieber mich«, scherzte der Alte und machte sich auf den Weg.

Constantin fand diese Bemerkung gar nicht lustig.

Das Haus der Frau Friederun lag gegenüber der Domkirche, so hatte Eckebrecht nach der Messe nur wenige Schritte zu gehen. Es war prächtig, ein großes, gutgepflegtes Gebäude, das sogar zwei bunte Glasfenster im oberen Stockwerk hatte. Eckebrechts Knecht Matthias schlug den wuchtigen Messingklopfer an die Tür, und sogleich wurde geöffnet. Ein Diener empfing sie und teilte Eckebrecht mit, daß Frau Friederun ihn schon erwarte. Matthias wurde in die Küche geführt, schäkerte dort mit den Mägden und bekam Leckerbissen von ihnen zugesteckt, denn er war ein hübscher junger Kerl.

Eckebrecht folgte dem Diener über die Stiege, die weitaus breiter war als in seinem eigenen Haus, in das obere Stockwerk. Frau Friederun kam ihm entgegen und verneigte sich anmutig.

»Es ist mir eine Ehre, den führenden Ratsherrn Eckebrecht empfangen zu dürfen«, sagte sie liebenswürdig.

Sie war wirklich eine bemerkenswert schöne Frau, wie Eckebrecht auf den ersten Blick feststellen konnte: Groß und schlank, aber doch mit sehr weiblichen Formen. Ihre dunklen Augenbrauen waren stark geschwungen, die Nase ganz leicht gebogen, das herzförmige Gesicht wurde von großen blauen Augen überstrahlt. Sie trug ein grünes Seidenkleid mit einem blauen Überwurf, ihre Füße steckten in feinen weichen Lederschuhen.

Eckebrecht nahm auf dem Ehrensitz Platz, den sie ihm mit einer zierlichen Handbewegung anwies, kostete von den Erfrischungen, die schon bereitstanden und die sie ihm selbst vorlegte, und nippte an dem hervorragenden Wein, den sie ihm in einem kostbaren Römerglas kredenzte. Sein Blick ruhte voller Wohlgefallen auf seiner Gastgeberin.

»Ich habe Euren Gemahl gut gekannt«, begann Eckebrecht. »Der Ritter Godefried war ein kluger Mann und ein wichtiger Ratgeber unseres Herrn Erzbischofs. Sein Tod ist ein bedauerlicher Verlust für die Stadt Köln.«

Frau Friederun nickte nur dazu und wartete, was Eckebrecht sonst noch zu sagen hatte.

»Ich bin ein alter Mann und darum ungeduldig«, bemerkte Eckebrecht, den seine Angehörigen nur als Muster an Geduld kannten. »Darum wage ich es, mit meiner Frage an Euch einfach herauszuplatzen. Habt Ihr, verehrte Frau Friederun, schon in Betracht gezogen, Euch abermals zu vermählen?«

»Oh«, sagte Frau Friederun, und eine Röte überzog ihr Gesicht. Sie schaute Eckebrecht zweifelnd an. Dann sagte sie zögernd:

»Herr Eckebrecht, Ihr seid ganz ohne Frage auch ein wichtiger Mann hier in Köln. Und ich vermute, daß Ihr auch sehr liebenswert und klug seid. Aber …«, sie stockte und wußte nicht so recht, wie sie sich ausdrücken sollte, ohne ihn zu kränken.

Aber Eckebrecht lachte nur leise. »Frau Friederun, habt die Güte und verzeiht einem alten Mann, der sich recht ungeschickt ausgedrückt hat. Nein, ich frage nicht für mich selbst, denn wie könnte ich hoffen, daß eine so schöne und junge Frau wie Ihr mich beachten könnte?«

Nun wurde sie noch verlegener und wollte ihm schon halbherzig widersprechen, aber er hob nur abwehrend die Hand.

»Frau Friederun, Ihr seid lange genug mit einem Mann verheiratet gewesen, der Euer Vater, ja fast schon Euer Großvater hätte sein können. Nein, Ihr verdient jetzt einen schönen und jungen Ehemann, das liegt klar auf der Hand.«

Dem wollte Frau Friederun nicht widersprechen. »So werbt Ihr denn für Euren Sohn, nehme ich an«, sagte sie.

»Nein, meine drei Söhne sind alle verheiratet. Ich frage für meinen Enkel«, erwiderte Eckebrecht trocken.

Jetzt blieb Frau Friederun doch der Mund offenstehen vor Staunen.

»Ein Enkel? Aber Herr Eckebrecht, das kann nicht Euer Ernst sein. Ihr könnt wohl kaum einen Enkel haben, der eine Witwe heiraten sollte, oder ich müßte mich doch sehr in Eurem Alter täuschen.«

Eckebrecht lächelte liebenswürdig. »Schöne Frau, für diese Worte meinen herzlichen Dank. Aber ich habe dreiundsiebzig Sommer gesehen, und ebensoviele Winter auch. Und mein Enkel Constantin ist fast dreißig Jahre und verwitwet, so wie Ihr.«

»Constantin?« fragte sie rasch. »Ist der Zollmeister Euer Enkel?«

»Ja, er war einige Jahre lang Zollmeister, jetzt ist er es nicht mehr, sondern widmet sich wieder seinen Geschäften als Kaufmann und ist zudem Münzmeister. Ich gehe davon aus, daß er Euch ein Leben bieten kann, wie Ihr es gewohnt seid. Er ist ein kluger und liebenswerter Mann, und ich kann Euch versichern, daß Euch sein Äußeres nicht unangenehm sein wird.«

»Oh! Ich habe ihn gelegentlich gesehen, am Hofe des Erzbischofs. Er ist in der Tat ein eindrucksvoller Mann«, meinte Frau Friederun und schien sich für die Angelegenheit zu erwärmen. »Hat er Kinder?«

»Ja, zwei halbwüchsige Stiefsöhne von seiner verstorbenen Frau, die eine Tochter von Gerard Unmaze war. Außerdem einen dreijährigen Sohn und eine Tochter, die wird diesen Herbst fünf«, berichtete Eckebrecht.

»Oh, dann ist sie so alt wie meine einzige Tochter Druda«, sagte Frau Friederun.

Sie wollte Eckebrecht noch einmal einschenken, aber sie bemerkte, daß er den Pokal kaum angetrunken hatte.

»Mögt Ihr meinen Wein nicht?« fragte sie.

»Ich mag Euren Wein. Ich mag Euer Haus. Und ganz besonders mag ich die Hausfrau«, schmunzelte Eckebrecht. »Vielleicht hätte ich doch für mich selbst werben sollen.«

Nun lachte Friederun. Dann sagte sie entschlossen: »Herr Eckebrecht, ich will ehrlich zu Euch sein. Ich will Euren Enkel gern kennenlernen, aber ich verspreche gar nichts. Versteht Ihr, ich hatte seit dem Tod meines Mannes schon so manche Anfrage, aber ich hatte keine Lust, an eine weitere Ehe zu denken ...«

Eckebrecht wunderte das nicht. Sie war, kaum fünfzehn Jahre alt, mit einem Mann verheiratet worden, der die Fünfzig schon überschritten hatte. Was Wunder, daß ihr die Ehe nicht als der Quell aller Glückseligkeit erschien.

»Lernt Constantin nur kennen«, sagte er entschlossen. »Ich bin vermutlich voreingenommen, denn ich liebe und schätze meinen Enkel sehr, aber ich kann mir gar nicht vorstellen, daß er Euch nicht zusagen sollte.«

Und so lud Frau Friederun Constantin ein paar Tage später in ihr Haus ein. Er kam in Begleitung seines Großvaters, und es war nicht zu übersehen, daß er ihr gefiel. Er plauderte mit ihr mit aller Liebenswürdigkeit, die er aufbieten konnte, wenn er wollte. Er fragte sie auch nach ihrem Töchterlein und bat, die Kleine sehen zu dürfen. Das freute Frau Friederun, denn sie war eine gute und fürsorgliche Mutter, die ihr Kind zärtlich liebte. Sie ließ also die Kindsmagd mit der Kleinen hereinrufen, und Constantin schaute genau hin, wie Frau Friederun mit ihrem Kind umging.

»Hast du bemerkt«, fragte Frau Friederun später ihre alte Magd Wigberta, die ihre eigene Kindsmagd gewesen war und Friederun ihr Leben lang kannte, »er hat gar nicht versucht, mir schöne Augen zu machen und mir dadurch vielleicht lästig zu fallen.«

Wigberta, welche die ganze Zeit still im Hintergrund des Saales gesessen hatte, um die Tugend ihrer Herrin zu bewachen, hatte es bemerkt und sich darüber ein wenig gewundert, denn sie wußte genau, wie schön und anziehend Frau Friederun war.

»Und daß er nach meiner Tochter gefragt hat, hat mich auch angenehm berührt. So mancher Mann kümmert sich nicht groß um kleine Kinder«, bemerkte Frau Friederun, deren dahingeschiedener Gatte seine eigene Tochter als lästig und ruhestörend empfunden hatte.

Wigberta stimmte ihrer Herrin zu. Sie hatte allerdings das Gefühl, daß der Gast eher die Mutter als das Kind beobachtet hatte.

Als Eckebrecht mit seinem Enkel nach Hause ging, schwärmte er von der Gastgeberin. »Was für eine schöne Frau, und wie liebenswürdig sie ist! Und wie anmutig sie sich bewegt! Und wie herrlich ihre weißen Hände sind!«

»Ich hatte den Eindruck, daß sie gut mit Kindern umgehen kann«, bemerkte Constantin.

Sein Großvater blieb stehen und sah ihn empört an. »Ist das alles, was du zu ihrem Lob sagen kannst?« fragte er streng. »Eine solche Frau kann jeden haben, ich sage dir, jeden hier in der Stadt oder sonstwo. Jeder Mann würde sich die Finger nach ihr schlecken, und alles, was du sagst, ist: Sie kann gut mit Kindern umgehen!«

»Ja, Großvater, du hast ja recht. Sie ist wirklich schön und anziehend. Aber wenn sie kein Herz für Kinder hätte, käme sie dennoch nicht für mich in Frage. Ich brauche eine gute Mutter für Fordolf und für Engilradis.«

Eckebrecht schnaufte ärgerlich. »Also weißt du, mein Junge, manchmal frage ich mich, ob du Fischblut in deinen Adern hast. Da führt man dich zu der reichsten Erbin in ganz Köln, die noch dazu die schönste Frau ist, die ich seit langem gesehen habe, und du schätzt sie nicht hoch genug. Eigentlich verdienst du eine solche Frau nicht, das muß ich doch feststellen!«

Diese Meinung teilte Frau Friederun allerdings nicht. Schon bei Constantins nächstem Besuch ließ sie ihn wissen, daß sie gern sein Haus und seine Kinder sehen würde. Er bat also seine Mutter, sie möge doch darauf schauen, daß die Mägde das Haus von oben bis unten blitzblank scheuerten, damit man nicht merken konnte, daß hier die

Hausfrau seit geraumer Zeit fehlte; und dann sollte sie als Gastgeberin bei Friederuns Besuch anwesend sein.

So geschah es. Frau Friederun kam mit ihrer alten Magd Wigberta.

»Meine Brüder sind ja alle Ritter auf dem Lande, ich kann sie kaum bitten, sich auf den weiten Weg zu machen, nur um mich als Tugendwache in das Haus eines Mannes zu begleiten. Meine alte Magd muß eben genügen«, sagte sie scherzhaft zu Engilradis.

»Und wenn sie nicht genügen sollte, dann bin ich ja auch noch da«, erwiderte Engilradis und sah den Gast neugierig an. Ihr gefiel, was sie da sah, und sie lächelte die andere an.

Nachdem Frau Friederun durch das Haus geführt worden war, bat Engilradis sie in den Garten. Es hatte am Morgen geregnet, aber nun schien die Sonne und lud zum Sitzen im Freien ein. An einem starken Ast des alten Nußbaums war ein dickes Seil befestigt, daran klammerte sich die kleine Engilradis. Am unteren Ende des Seils waren dicke Knoten, die ihren Füßen Halt gaben. Heinrich stand bei ihr und stieß die Schwester an, daß sie wild durch die Luft schaukelte und dabei vor Freude quietschte.

»Nun ist Schluß, Engilradis«, sagte der Bruder. »Komm jetzt herunter und sag schön guten Tag.«

Das kleine Mädchen schüttelte den Kopf. »Ich will noch schaukeln, mehr, mehr, Heinrich!« Aber Heinrich stieß sie nicht mehr an. Das Kind schaute hinunter, und der Boden schien ihr nun doch zu weit, um zu springen. Da trat Frau Friederun hinzu, öffnete die Arme einladend und lächelte das Mädchen an.

»Spring, ich fange dich auf!« rief sie, und das Kind ließ sich in ihre Hände fallen und lachte.

Constantin hatte dies aufmerksam und beifällig beobachtet.

»Wo sind denn eure Geschwister?« fragte er Heinrich. Aber der machte ein geheimnisvolles Gesicht.

»Ich glaube, Theoderich hat eine Überraschung vor, ich soll aber nichts verraten«, sagte er.

Die Erwachsenen nahmen nun an dem kleinen Tisch unter dem Baum Platz, den Engilradis hatte decken lassen. Eine Magd schenkte gerade Getränke ein, als die Gartentür sich öffnete und ein junger Mann mit einem Kind auf dem Arm hereintrat.

»Ah, da ist ja mein ältester Sohn Theoderich«, stellte Constantin vor. »Und Fordolf, mein Jüngster.«

Theoderich hatte Fordolf seinen schönsten Kittel angezogen und ihm Gesicht und Hände trotz seines heftigen Widerstands sorgfältig geschrubbt, auch die Haare ordentlich gekämmt, was Fordolf gar nicht liebte.

Er setzte den Kleinen nun auf den Boden und befahl: »Und jetzt, Fordolf, verbeuge dich vor Frau Friederun.«

Das Kind stapfte zwei Schritte vorwärts und verneigte sich mit Anstrengung, mühsam sein Gleichgewicht haltend. Das war eine ungeheure Leistung für ihn, und Theoderich jubelte, schnappte sich den Kleinen und warf ihn in die Luft. Friederun, die nichts von der Erkrankung des Kindes wußte, blickte sehr erstaunt drein und begriff die Ursache für die Freude nicht, die sich auf den Gesichtern der anderen zeigte.

Nachdem Theoderich seinen kleinen Bruder ausgiebig geherzt und gelobt hatte, setzte er ihn dem Vater auf das Knie.

»Fordolf, und jetzt sage: Vater!« trug er ihm auf. Fordolf drehte den Kopf weg und rollte mit den Augen, aber auf Theoderichs inständige Bitte holte er Luft, konzentrierte sich und brachte ein undeutliches: »... vvv – vvvata!« heraus.

Noch immer war Frau Friederun nicht klar, was so Besonderes daran war, wenn ein dreijähriges Kind ein Wort zu sagen vermochte; aber als sie sah, daß die Augen des kühlen, beherrschten Constantins feucht wurden, begriff sie, daß offenbar etwas Außergewöhnliches geschehen war. Sie machte nun nicht den Fehler, das scheue Kind anzufassen; doch sie legte flüchtig die Hand auf Constantins Arm und sagte nur ruhig: »Ich freue mich für Euch.«

An diesem Abend bat Constantin Frau Friederun um ihre Hand.

Eine großartige Frau«, sagte Eckebrecht anerkennend, als er seinen ältesten Enkel den Hochzeitstanz mit seiner zweiten Gattin schreiten sah. »So schön, so lebensvoll, so herausragend in jeder Beziehung!« Sein Sohn Fordolf nickte beifällig dazu und strich sich den grauen Bart.

»Und so reich!« sagte Engilradis herb.

Eckebrecht drehte sich überrascht zu ihr um. Diesen Ton hatte er noch nie von ihr vernommen.

»Aber, Schwiegertochter! Ich weiß doch ganz genau, daß Geld dich nicht beeindruckt«, sagte er, unangenehm berührt. »Gefällt dir etwa Frau Friederun nicht?«

Engilradis sah den beiden Tanzenden zu, wie Constantin gemessen und zierlich die Schritte setzte, wie er sich höflich mit der Hand auf dem Herzen vor der Dame verbeugte, und wie Frau Friederun mit Feuer und Schwung sich an seiner Hand drehte und drehte. Dann wandte sie sich ihrem Schwiegervater zu.

Schon in milderem Ton, aber mit verzagter Miene antwortete sie ihm: »Doch, sie gefällt mir gut. Und du hast ganz recht mit deinem Lob, denn sie hat die Eigenschaften, die du hervorhebst. Es ist wirklich nicht so, daß ich sie nicht leiden könnte. Sie ist freundlich, sie ist gut zu den Kindern und warmherzig. Sie hat noch weitere Züge, die du loben könntest: Sie hat Feuer und Leidenschaft.«

»Und warum sagst du das mit so unglücklichem Gesicht?«

Engilradis seufzte. »Weil ich Constantin kenne«, sagte sie still. »Was wird er wohl mit einer feurigen Frau anfangen?«

Eckebrecht und Fordolf wechselten ratlose Blicke. War das die Eifersucht einer älteren Frau auf die Jüngere? Die der Mutter auf die Frau des Sohnes? Nein, sie hatten gesehen, daß Engilradis durchaus freundlich mit Frau Friederun umgegangen war.

Was also meinte Engilradis? Constantin hatte doch wohl allen Grund, mit seiner neuen Ehe hoch zufrieden zu sein und sich an seiner Frau zu freuen.

»Ich verstehe dich nicht, Engilradis«, sagte Eckebrecht unwillig. »Als Constantin damals Durechin heiratete, die zehn Jahre älter war und die bei weitem nicht so gut zu ihm paßte, da hast du keine Einwände erhoben, was mich damals sehr gewundert hat. Und nun, wo er eine in jeder Hinsicht passende Frau gefunden hat, hast du Bedenken.«

Engilradis zupfte ihre Haube zurecht. »Ja, aber die Ehe von Constantin und Durechin war doch gut, oder?«

»Und diese Ehe wird auch gut werden, so Gott will«, brummte der Alte ungnädig. »Sei nun still, Engilradis, und male keine schwarzen Bilder. Dies ist doch ein Freudentag.«

Es war auch ein Freudentag. Der halbe Landadel war bei dieser Hochzeit anwesend, denn Frau Friederun hatte fünf Brüder, die als Ritter ihre Sitze im Kölner Umland hatten.

»Schau nur, wie unsere Schwester strahlt«, sagte Ritter Kuno zu seinem Bruder Egino.

»Das hat sie wahrhaftig auch verdient«, meinte Egino. »Ich erinnere mich noch gut: Bei ihrer ersten Hochzeit hat sie geweint ...«

»Vater hätte sie auch nicht mit einem so alten Mann verheiraten sollen, und wenn er auch noch so viel Geld hatte!« rief Franco, der jüngste der Brüder, der besonders an der Schwester hing.

»Vater brauchte damals Geld, um die Burg instand setzen zu lassen«, verteidigte Kuno seinen Erzeuger.

Aber Egino schüttelte den Kopf. »Unsinn, Kuno. Vater brauchte Geld, weil er bei der Krönung von Königin Gertrud unbedingt mit einem teuren Roß und einer Prachtrüstung glänzen mußte. Was das gekostet hat ...«

»Und dann hat er Roß, Rüstung und Leben auf dem Kreuzzug verloren. Aber den Preis dafür hat unsere Schwester noch jahrzehntelang bezahlt«, grollte Franco. »Und darum bin ich sehr froh, daß sie jetzt einen so schönen und glänzenden Mann bekommt. Nun kann sie endlich glücklich werden.«

»Mir gefällt der neue Schwager auch«, stimmte Egino zu. »Und nun laßt uns noch einen Becher Wein auf das Wohl unserer Schwester und ihres Mannes trinken, oder auch zwei oder drei. Unser neuer Schwager bezahlt ja.«

Und das taten sie ausgiebig.

Die Hochzeit endete so, wie sich das gehörte: Viele der feinen Gäste benahmen sich nicht mehr ganz fein. Die, welche zu viel gegessen oder getrunken hatten, erbrachen sich, wenn es gutging, im Hof, wenn es weniger gutging, im Saal; andere konnten das, was sie genossen hatten, zwar bei sich behalten, grölten aber mißtönende Lieder oder, schlimmer noch, fingen an, sich zu prügeln. Die Ehefrau eines bedeutenden Handelsherrn, ihr Name sei hier verschwiegen, wollte auch die Freuden genießen, die auf die Braut warteten. Sie schmachtete also ihren Nachbarn bei Tisch an. Nachdem ihr Ehemann neben einer Weinlache friedlich entschlummert war, stahl sie sich mit dem Nachbarn, der gleichfalls ein wohlhabender Händler war, in den Stall und suchte mit ihm den Heuboden auf, vermutlich, um sich zu überzeugen, ob noch genügend Futter für die Tiere vorhanden war. Leider erwachte ihr Mann viel schneller, als sie gedacht hatte, und machte sich auf die Suche nach seinem Eheweib. Weiß der Teufel, warum er mit der Suche ausgerechnet im Stall begann! Er fand die Vermißte jedenfalls ganz rasch auf dem Heuboden und fing ein schreckliches Gezeter an, als er den anderen Mann dort vorfand. Aber sein zartes Weibchen rang die Hände und beschwor ihre Unschuld und brachte ein halbes Dutzend Gründe dafür vor, was sie gerade jetzt auf dem Heuboden zu suchen hatte. Schließlich sah ihr Mann ein, wie dumm und grundlos seine Verdächtigungen waren. Er entschuldigte sich knapp bei dem anderen Mann und sehr innig, fast mit Kniefall, bei seinem Weibe. Darauf blickte er den überflüssigen Nebenbuhler so durchbohrend an, daß dieser schleunigst das Weite suchte, und zog sodann seine Liebste ins Heu. »Nein, auf was für Gedanken du nur kommst! Wer hätte das gedacht!« rief sie staunend und tat ihm den Willen.

Auch Constantin hatte seiner Frau die ihr gebührenden Ehren erwiesen. Zweimal, denn das durfte sie in der Hochzeitsnacht erwarten. Zufrieden schlief er ein, und zufrieden wachte er im Morgengrauen wieder auf.

Einer der Gäste, die nicht mehr nach Hause gefunden hatten, war erwacht und brauchte einen Morgentrunk. Rasselnd fiel der Eimer an der Eisenkette in den Brunnen im Hof, der Galgen quietschte laut, als er den Eimer wieder emporzog, und sein wohliges Schnaufen, nachdem er lange und durstig getrunken hatte, war ebensowenig zu überhören wie das laute Prusten, als er sich den Rest aus dem Eimer über den benebelten Kopf schüttete.

Wie gut ist jetzt doch alles geregelt, dachte Constantin im Halbschlaf. Die Kinder sind versorgt, ich kann beruhigt in meinen Geschäften verreisen, und Theoderich kann endlich seiner Ausbildung nachgehen. Es ist wieder eine Frau im Hause. So soll es sein.

In diesem Augenblick zuckte er zusammen. Eine Hand stahl sich unter der Bettdecke zu seinem Körper, lange, schlanke Finger suchten nach seinem geheimsten Körperteil. Das hatte Durechin niemals getan, und einen Augenblick lang war er in Versuchung, die Hand abzuwehren. Er öffnete die Augen und sah Friederun, die ihn fröhlich und mit eindeutig lüsternem Ausdruck anlächelte.

»Komm, komm, mein liebstes Vögelein, wir wollen nicht die Fäulsten sein!« sagte sie, schmiegte sich näher an ihn und verstärkte den sanften Druck ihrer Finger.

Constantin war ein Mann in den besten Jahren, und sein Körper antwortete auf ihre Herausforderung; aber in seinem Innern war er unwillig, daß sie die Initiative ergriffen hatte. War das nicht seine Angelegenheit? Durechin war immer willig und dankbar auf seine Annäherungen eingegangen, aber niemals hatte sie ihn selbst herausgefordert. Er nahm Friederun darum etwas härter, als er es sonst zu tun pflegte; aber sein Weib, weit davon entfernt, sich in ihre Schranken gewiesen zu fühlen, empfand dies durchaus nicht als Zurechtweisung, sondern warf den Kopf in den Nacken und stöhnte lustvoll. Als er sich dem Höhepunkt näherte, krallte sie ihre Finger in seinen Rücken und stieß laute Schreie aus. Dies verunsicherte Constantin in einem solchen Maße, daß er fast sein Ziel nicht mehr erreicht hätte.

Er stand dann gleich auf und fuhr rasch in die Kleider, dabei murmelte er etwas von einer dringenden Aufgabe, die auf ihn wartete. Friederun blieb träge und glücklich lächelnd im Bett liegen und schaute ihm zu. Sie ersparte sich die Feststellung, daß an seinem Hochzeitsmorgen ganz gewiß keine unaufschiebbare Arbeit seiner harrte.

Friederun war glücklich wie noch nie in ihrem Leben, die Geburt ihrer Tochter vielleicht ausgenommen. Zwanzig Jahre hatte sie an der Seite eines Mannes verbracht, der viel zu alt für sie war. Sie wußte genau, wie es zu dieser Heirat gekommen war, und hatte stets das bittere Gefühl gehabt, daß ihr Vater sie verkauft hatte. Aber auch ihrem Mann, dem edlen Ritter Godefried, hatte sie in ihrem Herzen stets verübelt, daß er sie erworben hatte. Ihr schien, sie war nur ein weiteres Besitztum für ihn. Stolz hatte er die wunderschöne Braut in Köln präsentiert, so wie er seine edlen Steine als Schmuck trug. Er hatte seine Freude an ihrem jungen Körper gefunden, aber ihr waren seine welke Haut, seine schütteren Haare, sein unfrischer Atem und sein Geruch immer unangenehm gewesen. Sie hatte sich ihm niemals versagt, wie könnte sie ihre Pflichten als Ehefrau denn verletzen? Aber sie war jedesmal froh gewesen, wenn er sich schnaufend von ihr herunterwälzte und sie ihre Ruhe vor ihm hatte – bis zum nächsten Mal.

Sie hatte ihren alten Gatten auch niemals betrogen. Zum einen war sie zu stolz, um sich ein heimliches Verhältnis zu suchen; und dann wußte sie auch genau, welche Strafen eine untreue Ehefrau zu erwarten hatte. Und schließlich paßte Godefried auch recht gut auf seine schöne junge Frau auf.

Nur eins hatte er an ihr auszusetzen gehabt: Sie war lange, lange Zeit mit ihm verheiratet gewesen, ohne daß ein Kind gekommen wäre. Er hatte sie für unfruchtbar gehalten; aber sie dachte im geheimen, daß sie nicht empfing, weil sie stets Ekel im Ehebett empfand. Aber dann wurde sie schließlich doch schwanger. Sie war heilfroh, denn nun mußte ihr Mann sich der ehelichen Freuden enthalten, und sie brauchte ihn eine Weile nicht zu ertragen.

Godefried hatte viel Wesens um sie gemacht; er näherte sich schon den Siebzig und hatte nicht mehr mit einem Erben gerechnet. Aber mit dem wurde es nichts, denn Friederun brachte eine Tochter auf die Welt. Ihre Druda, ihr Kleinod, ihr Entzücken. Godefried machte sich nicht viel aus dem Kind, meinte jedoch, nun stünde auch der Geburt eines Sohnes nichts mehr im Wege. Aber siehe da: Nachdem die Kleine auf der Welt war und Frau Friederun aus dem Kindbett aufgestanden war, zeigte sich, daß Herr Godefried nicht mehr imstande war, ihr beizuwohnen. Sie zeigte sich besorgt und williger, als sie im Herzen war, aber es half nichts. Nun konnte er wenigstens nicht ihr die Schuld geben, wenn die kleine Druda keinen Bruder mehr bekam.

Godefried hatte dann, um sich über die nicht mehr stattfindenden Ehewonnen hinwegzutrösten, sich den Freuden der Tafel zugewandt. Er hatte viel zu üppig gegessen, jedenfalls viel mehr, als sein alter Körper gebraucht hätte. Fett war er geworden und schwammig. Und krank dazu. Plötzlich mußte er dauernd Wasser lassen. Seine Kräfte ließen sehr deutlich nach. Eines Morgens bat er Friederun, sie möge ihm doch die Fußlappen anziehen, weil er sich nicht hinunterbeugen konnte. Sie zeigte ihren Ekel nicht und kniete nieder. Als sie seinen Fuß sah, zuckte sie zurück. Eine der Zehen war ganz schwarz und abgestorben.

Sie holte eilig den Bader. Der wiegte bedenklich den Kopf und meinte, die Zehe müsse unbedingt entfernt werden, sonst stürbe Herr Godefried an einer Blutvergiftung. Mürrisch stimmte der alte Ritter zu, denn die tote Zehe quälte und schmerzte ihn sehr. Der Bader tat sein Bestes, aber es genügte nicht. Die Wunde, wo die Zehe gesessen hatte, entzündete sich stark. Das ganze Bein schwoll an, und das Wundfieber schüttelte Herrn Godefried. Er verlor sein Fett, die Haut hing in Falten an ihm herab. Friederun trug ein Dutzend Mal am Tag seinen Nachttopf hinaus, sein Wasser stank süßlich. Er starb eine Woche darauf, obwohl Friederun sich Tag und Nacht um seine Pflege bemüht hatte.

Er war tot, und ihr Gewissen war rein. Sie hatte sich gezwungen, zwanzig Jahre lang. Sie war ihm zu Willen gewesen, sie hatte ihm ein Kind geschenkt, und sie hatte in seiner Krankheit unermüdlich und nach besten Kräften für ihn gesorgt. Und nun war er tot und begraben, und sie hatte einen jungen, schönen Mann, der sie für all die jämmerlichen Jahre entschädigen würde.

Frau Friederun lächelte selig und drehte sich auf die Seite, um noch einmal einzuschlafen.

Inzwischen war Constantin die Treppe hinab und durch die Diele geeilt. Jede Magd, jeder Knecht schien ihm dabei über den Weg zu laufen, und sie lachten dem Hochzeiter zu und wünschten Glück. Er gab sich stolz und fröhlich und antwortete lachend auf die guten Wünsche, aber in seinem Innern blieb das Unbehagen. Rasch machte er, daß er aus dem Haus kam, und schlug, ohne groß zu überlegen, den Weg zum Haus seiner Eltern ein.

Er traf beide aber nicht an. Engilradis war, wie so oft, wieder einmal zu Besuch bei einer armen kranken Frau, um bei der Kinderschar nach dem Rechten zu sehen. Und Fordolf war längst zum Hafen gegangen, um die Ladung eines englischen Schiffes zu überprüfen.

Aber im Garten, in den milden Strahlen der Herbstsonne, saß sein alter Großvater Eckebrecht. Er hatte die langen Beine von sich gestreckt, die Arme hinter dem Kopf verschränkt und ließ die Sonne auf sein Gesicht scheinen.

»Nun, mein Junge, so früh schon auf aus dem neuen Ehebett?« neckte er den Enkel und klopfte einladend auf den freien Platz an seiner Seite auf der kleinen Holzbank.

Constantin ließ sich neben den Großvater fallen und hielt gleichfalls sein Gesicht der Sonne entgegen.

»Ja, ja«, sagte er nur, denn er hatte das Gefühl, seinem Großvater gegenüber brauche er kein Schauspiel zu liefern.

Eckebrecht warf ihm einen scharfen Blick zu, sagte aber nichts weiter. Sie saßen eine Weile schweigend, während Engilradis' Katze sich zu ihren Füßen im Gras räkelte und dabei ihre drei spielenden Jungen genau im Blick behielt.

Zweimal setzte Constantin zum Sprechen an und schluckte seine Worte wieder herunter, weil er nicht wußte, wie er anfangen sollte. Schließlich brummte der Alte:

»Wenn du mit mir reden willst, dann fang an. Ich habe alle Zeit der Welt, um dir zuzuhören.«

»Ich finde mich aber selber lächerlich und tue mich darum schwer«, begann Constantin.

»Ich bin alt, vor mir brauchst du dich nicht zu schämen«, sagte sein Großvater liebevoll.

Und so berichtete Constantin über seine Erlebnisse an diesem Morgen. »Es macht mir als Mann nicht gerade Ehre, daß ich nicht unbedenklich genommen habe, was sie mir so freudig anbot. Aber, Großvater, du wirst es nicht für möglich halten – ich hätte fast versagt, wenn du verstehst, was ich meine.«

Und ratlos starrte er auf die Katzenkinder, die sich munter im Gras balgten und mit wirbelnden Pfötchen aufeinander einschlugen.

Eckebrecht schwieg so lange, daß Constantin den Kopf wandte, um zu sehen, ob der Großvater etwa eingeschlafen sei.

»Es ist über ein halbes Jahrhundert her, daß ich deine Großmutter zur Frau nahm«, begann der alte Kaufmann dann leise. »Und ich habe lange nicht mehr daran gedacht, aber jetzt erinnere ich mich genau, wie unsicher ich in der ersten Nacht war, auf die ich mich doch so gefreut hatte. Freilich, es war eine ganz andere Geschichte. Sehr jung war ich noch und ganz unerfahren, und du bist ein Mann, der schon eine Ehe hinter sich hat. Aber mir scheint, du tust dich genauso schwer wie ich damals, deine Frau zu verstehen.«

Constantin schaute seinen Großvater verblüfft an. »Willst du damit sagen, daß meine Großmutter Liveradis sich dir auch so – na, sagen wir mal: aufgedrängt hat?«

»Aber nein!« Eckebrecht schüttelte den Kopf und lächelte ein wenig, aber es war ein trauriges Lächeln. »Ganz im Gegenteil. Sie wollte mich nicht und hat sich mir nur höchst widerwillig hingegeben.«

»Oh!« Constantin schwieg eine Weile und mußte über diese Mitteilung erst einmal nachdenken. Daß irgend jemand auf der Welt den großen, weisen Eckebrecht ablehnen könnte – dieser Gedanke wäre ihm nie gekommen.

»Das ist sehr bedauerlich. Aber dann war das ja eine ganz andere Geschichte als meine jetzt.«

Eckebrecht schüttelte den Kopf und schob behutsam mit dem Fuß das kleine Katzenkind fort, das sich gerade anschickte, seinen Schuh zu benagen.

»Eben nicht. Ich verstand nicht, warum sich Liveradis so verhielt, und als ich es erfuhr, war es schon zu spät. Sie war tot.« Er schien nicht geneigt, diese rätselhaften Ausführungen weiter zu erläutern. »Und du verstehst offenbar auch nicht, was in Friederun vorgeht. Sie war zwanzig Jahre lang mit einem alten Mann verheiratet, eine so schöne, blühende Frau! Und nun ist sie glücklich, daß sie einen gutaussehenden, angenehmen jungen Mann hat, und möchte das gern auskosten. Wen könnte das wundern? Ich liebte Liveradis damals, und meine Gefühle wurden nicht erwidert. Ich will doch nicht hoffen, daß Friederun, die sich ganz offenbar in dich heftig verliebt hat, keine Gegenliebe bei dir findet?«

Constantin fand dieses Gespräch schwierig und fühlte sich unbehaglich. Er erhob sich von der Bank und ging auf und ab, bemüht, nicht auf eins der quirligen kleinen Geschöpfe zu seinen Füßen zu treten.

»Aber Großvater – es ist doch für Friederun und für mich schon die zweite Ehe, und es gab vernünftige Überlegungen, die zu unserer Heirat geführt haben. Was redest du da also von Liebe? Ich war auch nicht verliebt in Durechin, als ich um sie gefreit habe, aber wir haben sehr gut zusammen gelebt.«

»Vielleicht doch nicht ganz so gut, wie du glaubst, mein Sohn«, sagte da eine Stimme hinter ihnen. Engilradis war von ihrem Krankenbesuch heimgekehrt und hatte von der Gartenpforte aus die letzten Sätze der Unterhaltung zwischen ihrem Sohn und ihrem Schwiegervater gehört.

Constantin fuhr herum. Sein Gesicht leuchtete auf, als er seine Mutter erblickte, und er drückte sie zur Begrüßung zärtlich an sich. Aber dann fragte er gleich: »Was meinst du damit? Hat sie sich etwa bei dir über mich beklagt?« Es klang ziemlich fassungslos.

Beruhigend drückte Engilradis seine Hand. »Natürlich nicht. Sie hätte das auch nicht getan, wenn sie wirklich Grund dazu gehabt hätte. Und sie war ja sehr dankbar, daß sie dich als Mann und als Vater für ihre verwaisten Söhne bekam, und hat niemals anders als liebevoll und mit viel Achtung über dich gesprochen. Aber wenn sie gelegentlich einmal ein Wort über ihren ersten Mann fallen ließ, dann meinte ich einen wehmütigen Anklang zu hören, denn dieser hat Durechin offenbar von ganzem Herzen geliebt. Würdest du das von dir ebenso sagen?«

Constantin schwieg. Von ganzem Herzen geliebt ... Wie das schon klang! Er hätte eine solche Ausdrucksweise als Weibergewäsch von sich gewiesen, hätte ihn nicht die Achtung vor seiner Mutter daran gehindert. Flüchtig ging ihm durch den Sinn, mit welch innigen Blicken sein Vater Fordolf seine Mutter häufig anzuschauen pflegte, obwohl in ihrem hager gewordenen Gesicht nur noch wenig von dem Liebreiz des jungen Mädchens zu erkennen war. Aber dann schob er diese Gedanken weg und sagte, ein wenig trotzig: »Ich habe keine Ahnung, wovon du eigentlich redest, Mutter.«

Engilradis seufzte und sagte leise: »Ja, mein Junge, das scheint mir auch so. Und dennoch ist die Liebe keineswegs so unbedeutend, wie du zu glauben scheinst. Aber wenn du das nicht aus dir selber weißt, könnte es geschehen, daß das Leben es dich noch einmal lehren wird.«

Und damit wandte sie sich ab und ging ins Haus zurück.

Frau Friederun gab sich die größte Mühe, alles recht zu machen. Nach zwanzig trostlosen Jahren hatte sie endlich, endlich das große Glück gefunden! Der Rausch der Hochzeitsnacht hatte nicht nachgelassen, war eher fiebriger und heftiger geworden. Sie hatte sich von ganzem Herzen in diesen schönen, klugen, hoch angesehenen Mann verliebt, der sie zum Altar geführt hatte. Tief in ihrem Innern war zwar eine leise Stimme, die ihr zuflüstern wollte, er liebe sie nicht so wie sie ihn: nicht so stark, nicht so innig. Aber sie wollte durchaus nicht auf diese Stimme hören. War sie denn nicht schöner als viele andere Frauen? Stammte sie nicht aus einer angesehenen Adelsfamilie? War ihre Tugend nicht über jeden Zweifel erhaben? Und war sie nicht reich, wie in Silber getaucht?

Wenn die böse Stimme sich meldete, hielt sie dagegen: Er ist ja so beschäftigt. Er hat bedeutendere Dinge im Kopf als seine verliebte Ehefrau. In Wirklichkeit liebt er mich ja doch so wie ich ihn, er kann es nur nicht zeigen. Ich muß mir Mühe mit ihm geben, noch mehr Mühe, noch viel mehr Mühe, und unser Leben wird eine einzige Freude sein.

Und so umwarb sie ihren Gatten von früh bis spät, in der Stube und im Bett, und wenn er wieder mit ihr geschlafen hatte, gab sie ein wenig Ruhe.

Frau Friederun war eine kluge Frau, wenn die Liebe sie nicht gerade verblendete. Sie hatte deutlich erkannt, wie wichtig für Constantin sein kleiner, langsam genesender Sohn Fordolf war. Das Kind sollte der Schlüssel werden, der ihr das Herz des Gatten voll und ganz aufschloß. Sie wandte dem Kind also ihre ganze Aufmerksamkeit und Fürsorge zu, schaute Theoderich ab, wie er den Kleinen zu fördern versuchte, und dachte sich selbst unermüdlich Übungen aus, die dem Kind seine frühere Geschicklichkeit wiedergeben sollten. Sie kümmerte sich auch sehr gut um die kleine Engilradis, was keinerlei Schwierigkeiten barg, denn Engilradis und Frau Friederuns Tochter Druda waren etwa gleich alt und beide froh, eine Schwester gefunden zu haben. Die Mägde Agnes und Wigberta wetteiferten darum, wer sich um die beiden Mädchen kümmern durfte, so blieb ihr viel Zeit für den kleinen Fordolf. Es fiel ihr keineswegs schwer, die beiden Stiefkinder an ihr Herz zu nehmen, denn sie war eine großzügige und herzliche Frau und hatte in ihren Armen ausreichend Platz.

An diesem Januartag des Jahres 1160 war es sonnig, aber kalt. Der Schnee lag kniehoch im Garten. Frau Friederun hatte Fordolf viele Kleidungsstücke übereinandergezogen und besonders seine Beine so umhüllt, daß er wie ein kleines Weinfaß aussah. Sie setzte ihn in eine kleine Bütte und zog ihn durch den Schnee, der hoch aufstäubte, bis sie außer Atem war. Fordolf saß still, hielt sich am Rand fest, wie sie es ihm gezeigt hatte, und lachte.

Dann zeigte sie ihm eine Handvoll Schnee und ließ dessen Kristalle in der Sonne auffunkeln. Das gefiel Fordolf, der inzwischen wieder besser sehen konnte. Sie nahm sein Händchen und patschte damit in den Schnee.

»Kalt«, sagte sie. »Kalt, Fordolf. Huhuhu, kalt!« Dann nahm sie seine Hand und wärmte sie wieder in ihrer eigenen. »Warm!« murmelte sie in sein Ohr. »Schön warm, merkst du es?« Das Kind drehte ihr das Gesicht zu und blickte sie aufmerksam an. »Warm, Fordolf! Sag: warm!«

Der Kleine schien heftig nachzudenken. Dann sagte er plötzlich: »Kalt, huhuhu!« und lachte spitzbübisch.

Frau Friederuns Herz stockte einen Augenblick vor Überraschung. Dies war das erste Mal, seit sie Fordolf kannte, daß er sie zu necken versuchte. Sie wußte inzwischen, was dies für ein gewaltiger Fortschritt für das Kind war. Im Überschwang ihrer Freude nahm sie den Knaben, warf ihn hoch in die Luft und jubelte: »Ja, ja, ja, Fordolf, das war aber schlau von dir!«

»Was hat er denn gemacht?« fragte Constantin, der gerade mit Theoderich in den verschneiten Garten trat. Frau Friederun berichtete und strahlte dabei vor Freude. Sie sah schöner aus denn je, lachend, das Gesicht von der Kälte gerötet. Ihr Atem stand wie eine weiße Wolke in der kalten Winterluft.

Theoderich schnappte sich den kleinen Bruder und setzte ihn auf seine Schultern. Er trabte durch den Schnee und wieherte dabei laut wie ein Pferd, warf die Füße übermütig wie Hufe, und das Kind lachte laut.

Constantin legte den Arm um seine Frau.

»Ich kann dir gar nicht sagen, wie froh ich bin, mein Sorgenkind in so guten Händen zu lassen«, sagte er freundlich zu ihr.

»Du mußt fort?« fragte sie bedauernd.

»Ja, so schnell es geht. Mein Großvater hat heute Nachricht erhalten, daß in Pavia ein Konzil gehalten wird. Noch immer haben wir ja zwei Päpste, und das nun schon seit einem Jahr. Vielleicht gelingt es diesmal, einen davon loszuwerden.«

»Und diese schwierige Aufgabe kann niemand anders lösen als mein Mann«, spöttelte sie und lachte.

»Das vielleicht nicht gerade«, entgegnete er und lachte auch. »Aber die Gelegenheit wollen wir uns nicht entgehen lassen. Kaiser, Papst, so viele Fürsten, daß man über sie stolpert – wo kann ich sonst meine teuersten Waren absetzen?«

Theoderich, Fordolfs Pferd, kehrte wiehernd mit dem Kleinen aus der hintersten Ecke des Gartens zurück, dicke Fußstapfen in der weichen Schneedecke hinterlassend. Er schnaubte und warf den Kopf, daß sein Bruder in entzücktes Kreischen ausbrach, dann galoppierte er ins Haus und begab sich in die Küche auf der Suche nach einem Becher warmer Milch mit Honig für sie beide.

Auch Constantin und Frau Friederun gingen ins Haus zurück, um sich aufzuwärmen.

»Was mir auch sehr wichtig ist«, fuhr Constantin fort, »ich werde unserem neuen Herrn Erzbischof Rainald von Dassel meine Aufwartung machen. Ich freue mich sehr darauf, ihn wiederzusehen; er ist eine Persönlichkeit, die jeden in den Bann schlägt.«

In dieser Nacht schlief Constantin mit seiner Frau, und sie war zufrieden und glücklich, als sie ihm am nächsten Tag nachwinkte.

Es war eine größere Reisegesellschaft, die sich in der Morgendämmerung des kalten Januartages auf den Weg machte, denn viele geistliche Herrn hatten sich mit mehreren Kaufleuten zusammengeschlossen. Das minderte zwar die Reisegeschwindigkeit etwas, erhöhte aber die Sicherheit in entscheidendem Maße. Auch fielen weniger anstrengende Nachtwachen auf den einzelnen Reisenden.

Constantin freute sich, daß auch sein Jugendfreund Richolf Scherfgin sich auf den Weg gemacht hatte. Dieser Abkömmling und Erbe eines bedeutenden Kölner Handelshauses hatte sich vor acht Jahren zur Überraschung seiner Familie entschlossen, ins Kloster Brauweiler zu gehen. Er war in kurzer Zeit zur rechten Hand des Abts geworden und oft in dessen Diensten unterwegs.

»Ganz Köln hat sich sehr gewundert, wie plötzlich du deine Berufung entdeckt hast«, meinte Constantin, als sie gemeinsam zum Wachdienst eingeteilt am Feuer saßen. Rings um sie schliefen die übrigen Reisenden, teils in Zelten, teils unter ihren Wagen, und einige hatten sich auch nur in Mantel und Decke gewickelt und schliefen auf der blanken Erde, von der sie notdürftig den Schnee weggekratzt hatten. Aus der Ecke, wo die Pferde untergebracht waren, drang von Zeit zu Zeit ein Schnauben herüber. Der dritte Wächter, ein Knecht der Äbtissin von Sankt Ursula, umkreiste mit einem Wachhund das Lager und hielt sich so warm.

»Man erzählt sich, daß dein Vater gerade eine höchst vorteilhafte Heirat für dich ausgehandelt hatte«, fuhr Constantin fort, »mit der Tochter des reichen Baselers, der sich bei uns niedergelassen hat. Es hieß, sie sei bildschön und hätte eine Mitgift, die einem die Augen übergehen ließe, und darum hat niemand deinen Entschluß verstanden. Ich habe das Mädchen nie gesehen, vielleicht war es nur ein Gerücht, und sie schielte in Wirklichkeit?«

Richolf beugte sich zum Feuer vor, um sich die Hände zu wärmen, und drückte die Fellmütze dichter auf seine Tonsur.

»Nein, nein, die Gerüchte trafen schon zu. Sie war wirklich sehr schön, ein reines, zartes junges Ding. Mich ins Kloster davonzumachen, war da das einzig Anständige, was ich tun konnte.«

Constantin schaute seinen Freund verblüfft an, konnte aber bei der geringen Helligkeit, die das Feuerchen spendete, seinen Gesichtsausdruck nicht deuten.

»Das verstehe ich nun nicht. Was meinst du denn?«

Richolf kratzte sich an der Nase. »Mein Gott, Constantin, du kennst mich doch fast mein ganzes Leben. Du mußt es doch bemerkt haben.«

Aber dem war offenbar nicht so. Constantin schaute erstaunt und zuckte mit der Achsel.

»Verstehst du nicht, ich habe mir noch nie etwas aus Frauen gemacht. Mein Vater wußte natürlich nichts davon, ihn hätte wohl der

Schlag getroffen. Das einzige, was für mich in Frage gekommen wäre: ein gegenseitiges Abkommen, sozusagen. Eine Frau, die froh ist, den Fesseln ihrer Familie und der Munt ihres Vaters zu entkommen, ihre Freiheit hat und mir meine läßt. Und wenn dann keine Kinder kommen, ist das eben Schicksal. Aber diese zarte kleine Elfe ... nein, das wäre nicht gegangen. Nie hätte sie das verstanden. Und so entdeckte ich eben meine Berufung und hatte ein für alle mal Ruhe vor den Bemühungen meines Vaters, der seinem Erben eine großartige Heirat sichern wollte. Er hat sich damit abgefunden, bei uns sind ja noch mehr Söhne im Haus. Und mir geht es durchaus nicht schlecht. Der Abt sieht in mir offenbar seinen Ziehsohn, ich reise kaum weniger als früher im Handel, denn er schickt mich ständig in der Welt herum mit seinen Aufträgen. Und dieses Konzil ist doch eine herrliche Aufgabe. Mal sehen, wie viele Päpste es hinterher gibt.«

Constantin waren diese vertraulichen Eröffnungen seines Freundes nicht angenehm. Ihm war nie der Gedanke gekommen, daß Richolfs Gefühle nicht wie die anderer Männer waren. Allerdings nahmen auch bei Constantin seit den Tagen der Beatrix Birklin die Frauen durchaus nicht den größten Teil seiner Gedanken ein. Er war daher erleichtert, sich einem weniger heiklen Thema zuwenden zu können.

»Man hört ja ganz widersprüchliche Gerüchte. Angeblich sollen sich bei der Papstwahl die beiden Bewerber gegenseitig laut angeschrien und ihre Anhänger sich sogar geprügelt haben?«

»Das ist wohl unstrittig«, schmunzelte Richolf. »Und um den Krönungsmantel haben sie sich gebalgt und ihn dabei zerrissen. Kein sehr würdiges Schauspiel der allerhöchsten Geistlichkeit. Papst Viktor und seine Anhänger waren eine Kleinigkeit schneller, und der Kaiser steht hinter ihm. Also wurde er als gültig gewählter Papst anerkannt. Aber der andere, der sich Papst Alexander nennt, weiß die Städte des lombardischen Bundes hinter sich, und die Könige von Frankreich und England dazu. Die stehen nämlich aus Prinzip gegen den Kaiser, seitdem unser hochwürdiger Erzbischof sie als Kleinkönige bezeichnet hat. Vermutlich ist ihm diese Bezeichnung nur so herausgerutscht, aber sie scheinen jedenfalls tief beleidigt zu sein.«

»Nein«, sagte Constantin nachdenklich und schob mit dem Fuß ein neues Scheit in die Flammen, »das glaube ich nicht. Herr Rainald tut nichts aus Versehen. Wenn er das wirklich gesagt hat, dann hat er ganz kühl etwas damit bezweckt.«

»Schau an«, meinte Richolf verblüfft, »wie kannst du das denn behaupten? Bis jetzt war er ja noch gar nicht in seinem Erzbistum, und es kennt ihn doch niemand von uns – außer dir, muß ich annehmen?«

»Nun ja, kennen wäre wohl auch zu viel gesagt, denn unser Herr Rainald läßt sich durchaus nicht ohne weiteres in die Karten gucken. Aber ich hatte schon mehrfach die Gelegenheit, mit ihm zusammenzutreffen, und er hat mich zutiefst durch seinen großartigen Scharfsinn, seine Durchsetzungskraft und seine überwältigende Beredsamkeit überzeugt. Er kann aber auch bestrickend liebenswürdig sein, wenn er will. Er beeindruckt mich außerordentlich. Fast so sehr wie mein Großvater Eckebrecht.«

Richolf lachte und rückte näher ans Feuer.

»Wenn das so ist – mal sehen, wie mein guter, behäbiger Abt mit einem Erzbischof zurechtkommt, der wie Moses in einer kalten Flamme steht.«

»Ein schönes Bild«, meinte Constantin beifällig. »Aber falls du den brennenden Dornbusch meinen solltest, in dem hat sich nicht Moses aufgehalten, sondern Gott selbst, wenn ich mich richtig an den Unterricht von Pater Everhard erinnere.«

»Mag ja sein«, brummte Richolf. »Ich habe eben andere Aufgaben als ständiges Bibelstudium.«

Aber nun kamen die Männer, die sie in der Wache ablösen sollten, und sie konnten sich noch für ein paar Stunden schlafen legen.

Am 1. Februar trafen die Reisenden in Pavia ein, und es stellte sich heraus, daß das Konzil noch gar nicht begonnen hatte. Der Kaiser hatte es kurzerhand verschoben mit der Begründung, er wolle erst noch den Fall Cremas, das er belagerte, abwarten. Manche, die seit drei Wochen vergebens hier ausharrten, murrten über die überflüssigen Kosten, die ihnen durch die teuren Unterkünfte in Pavia entstünden. Was denn des Kaisers Feldzüge mit dem Konzil zu tun hätten? Aber siehe da: Als die ausgelaugte Stadt sich schließlich doch ergeben mußte, strömten plötzlich die italienischen Bischöfe herbei, die sich bisher vornehm zurückgehalten hatten; und als das Strafgericht des Kaisers auf das unglückliche Crema niederging, brach vielen heimlichen Gegnern Friedrichs der Angstschweiß aus. Sie sahen ein ähnliches Schicksal für Mailand voraus. War Gott nicht offensichtlich auf seiten des Kaisers und seines Günstlings, Papst Viktor?

Constantin kam der hinausgeschobene Beginn des Konzils gerade recht. Fast alle deutschen Kirchenfürsten waren da, viele italienische, aber wenige aus den anderen Ländern. Die hatten nur Beobachter geschickt, um auf dem laufenden zu bleiben. Die Anwesenden hatten nichts zu tun, außer zu warten und sich zu langweilen, da hatte Constantin mit seinen ausgesuchten Kostbarkeiten leichtes Spiel. In wenigen Tagen hatte er alles verkauft, unter anderem einen wunderschönen weißen Seidenstoff und roten Samt sowie mehrere kostbare Manuskripte an Papst Viktor, der eine prächtige Erscheinung war und mit einem riesigen Gefolge reiste. Sein Kämmerer bezahlte Constantins unverschämten Preis, ohne auch nur mit der Wimper zu zucken.

Am 3. Februar reiste endlich der Kaiser mit seinem Gefolge an. Constantin stand in einer dichten Menschenmenge, die den Herrscher mit Jubelgeschrei begrüßte und als Besieger Cremas feiern wollte. Aber Friedrich, der selten tat, was die Menge von ihm erwartete, wies alle Festlichkeiten zurück. Ein allgemeiner Buß- und Bettag sei das richtige, um das heilige Konzil gebührend einzuleiten, ließ er der enttäuschten Bevölkerung mitteilen.

Constantin gelang es, zum kaiserlichen Kämmerer vorzudringen, er hatte seine kostbarsten Edelsteine für den Herrscher aufbewahrt. Aber Herr Friedrich hielt mit schwäbischer Sparsamkeit seine Hand auf dem Beutel. Zwei kleine Amethyste wurde Constantin los, mehr nicht, und die auch erst nach langem Feilschen. Flugs meldete er sich noch einmal bei Papst Viktor, und der erwarb die Rubine, die dem Kaiser zu teuer gewesen waren, mit leichter Hand.

Am Abend sollte sich Constantin bei seinem Erzbischof einfinden. Wegen des Bußtages gab es keine Abendtafel beim Kaiser. Constantin wurde daher in die Privatgemächer des Kirchenfürsten geführt. Der Diener öffnete die Tür und meldete ihn an. Constantin verneigte sich tief vor Herrn Rainald, aber der lachte nur und zog ihn in die Höhe.

»Aber Constantin, wollt Ihr mich etwa mit dem Entzug Eurer Freundschaft bestrafen, nur weil ich jetzt Erzbischof von Köln bin?«

spottete er. »Ein Glück, daß wir heute abend nicht beim Kaiser sein müssen, da können wir in aller Ruhe über viele Dinge sprechen, die mir am Herzen liegen. Zunächst: Erzählt mir möglichst genau, was sich im Augenblick in meinem Erzbistum abspielt, denn ich werde wohl noch längere Zeit nicht dorthin kommen können. Meine Pflichten als Erzkanzler für Italien schlagen mir über dem Kopf zusammen. Trotzdem möchte ich Köln nicht vernachlässigen, Euer Bericht kann mir da sehr helfen.«

Sie setzten sich an einen kleinen Tisch am Kamin, damit sie sich an den Flammen wärmen konnten. Es war ziemlich dunkel im Raum, der nur von wenigen Kerzen erleuchtet war. Von überflüssigem Prunk und Verschwendung hielt der Erzbischof nicht viel. Aber die wenigen Speisen, die sein Leibdiener brachte, und der Wein waren ausgezeichnet.

Constantin berichtete, was sich in den letzten Monaten in Köln zugetragen hatte, und ließ dabei unauffällig Lob über die tüchtige Verwaltung des Rats einfließen, zu deren führenden Köpfen ja sein Großvater und sein Vater zählten. Bürgermeister, Schöffen und die gesamte Bürgerschaft hatten im letzten Jahr beschlossen, daß die Meister und Amtleute in den nächsten zehn Jahren nicht wechseln sollten.

»Und was hat mein Herr Münzmeister mir über das Geldwesen zu berichten?« wollte der Erzbischof wissen.

»Nachdem wir erst einmal eine ausreichende Menge an Münzen geschlagen hatten, war die Einführung leichter als gedacht. Auf dem platten Land besaß bisher fast niemand bares Geld, aber die Städter gehen begeistert von der Tauschwirtschaft ab. Die großen Kaufleute sind zwar seit langem an den Umgang mit Geld gewöhnt; nur war einfach bisher zu wenig da. Unsere Münzen sind jedenfalls sehr rasch in Umlauf gekommen.«

»Das ist gut«, sagte Herr Rainald zufrieden und winkte dem Schenken. »Du kannst jetzt schlafen gehen, wir versorgen uns selbst. – Für eine Verwaltung ist es unzweckmäßig, wenn überwiegend Naturalien getauscht werden. Was hilft es mir, daß in Köln Lebensmittel und Waffen gelagert sind, wenn ich in Italien Söldner anwerben will? Verglichen mit Mailand sind wir immer noch arme Kirchenmäuse.«

»Ja, der Kaiser hat fast nichts von meinen Edelsteinen gekauft«, bemerkte Constantin mißbilligend.

Rainald nickte. »Der Kaiser braucht sein Geld für andere Dinge. Müßt Ihr viel Ware wieder nach Hause nehmen?«

Jetzt lachte Constantin. »Nein, ich bin ausverkauft. Nachdem der Kaiser sie nicht wollte, hat Papst Viktor mit Begeisterung die teuersten Stücke erworben.«

Auch Rainald lachte nun. »Ihr seid doch der geschickteste Kaufmann, den ich kenne.« Er klopfte Constantin freundlich auf den Arm. Die Hand blieb auf dem Arm liegen. Constantin hob verwundert den Kopf. Herr Rainald blickte ihn mit einem eigenartigen Ausdruck an. Auf dem Silberkranz seiner weißblonden Tonsur lag der rötliche Schein des Kaminfeuers, und seine blauen Augen schimmerten im Kerzenlicht. Constantin erinnerte sich an seinen Freund Richolf Scherfgin und begriff. Er zuckte unwillkürlich zurück und schüttelte den Kopf.

Sofort zog Herr Rainald seine Hand zurück. Er stand auf und legte ein neues Scheit auf die Glut.

»Verzeih mir, Constantin«, sagte er und wandte ihm dabei den Rücken zu. »Du mußt wissen, ich nehme es mit dem Zölibat sehr genau und rühre keine Frau an, und manchmal macht mir das zu schaffen.«

Er drehte sich um und streckte Constantin die Hand entgegen. »Wirst du mir einen Moment der Unbeherrschtheit verzeihen und mir deine Freundschaft dennoch erhalten?«

Verwirrt erhob sich Constantin und ergriff die Hand des Kirchenfürsten. »Ich weiß jetzt nicht, was ich sagen soll, Herr Rainald.«

»Wenn wir unter uns sind, dann nenne mich bitte nicht Herr Rainald. Rede mich mit Du an. Ich brauche dich als Freund, Constantin. Es lastet so vieles auf mir. Ich möchte wissen, daß ich bei einem Menschen, dem ich vertrauen kann, nicht jedes Wort auf die Goldwaage legen muß, wie ich es sonst von früh bis spät tue. Ich möchte mit dir meine neuen Gedanken und Pläne erörtern können, solange sie noch unausgereift sind; denn ich habe das Gefühl, in dir einen Menschen gefunden zu haben, der mir geistig ebenbürtig ist. Und was das Übrige angeht – ich kann dir versprechen, daß es nie wieder vorkommen wird.«

Als Constantin an diesem Abend zu seiner Unterkunft zurückging, war er noch ganz verwirrt von dem unerwarteten Angebot Rainalds. Er gestand sich ein, daß er sich sehr wünschte, der Freund dieses ganz besonderen Mannes zu sein. Aber er und der Erzbischof – von gleich zu gleich? Flüchtig kam ihm der Gedanke, ob dies nicht eigentlich ein Platz sei, der dem Kaiser gebührte. Auch zwischen Friedrich und Rainald bestand Freundschaft, aber von ganz anderer Art. Und gleich zu gleich waren auch sie nicht.

Auf Rainalds Bitten hin blieb Constantin noch eine Weile. Er war bei der Eröffnung des Konzils dabei, zu welchem der andere Papst Alexander allerdings trotz dringender Einladung nicht erschienen war. Er hörte, wie sorgfältig und scharfsinnig die Beweisführung ausgearbeitet war, daß nur Viktor der rechtmäßige Papst sei, und erkannte darin deutlich Herrn Rainalds Handschrift, der den Vorsitz führte. Und jeden Abend saß er bei ihm am Kamin und hörte genau zu, wie Rainald mit glänzenden Augen von seiner Vision eines großen Kaiserreichs sprach und dem Weg, der dorthin führen sollte.

Wie nicht anders zu erwarten, stellte sich das Konzil von Pavia hinter Papst Viktor. Der Kaiser hatte die ganze Autorität des Reiches für ihn eingesetzt. Sendschreiben gingen in alle Welt hinaus. Sie trugen die zustimmende Unterschrift von hundertdreiundfünfzig Bischöfen, obwohl man nur vierundvierzig Teilnehmer in Pavia gezählt hatte; aber Rainald ließ die Namen von allen hinzufügen, die sich hatten vertreten lassen, sowie die der Bischöfe, die zum Sprengel der Erzbischöfe gehörten. Eine feierliche Wahlanzeige Viktors wurde der kaiserlichen Botschaft beigegeben.

Alexanders Reaktion ließ nicht auf sich warten: Er verkündete den Bann über den Kaiser. Im Reich zuckte man darüber nur mit den Schultern, aber in Frankreich und England stimmte man Alexander zu. Zwar ging es König Heinrich und König Ludwig weniger um die Person von Alexander III., aber sie waren eifersüchtig auf die überragende Stellung des Kaisers. Die Bezeichnung »Kleinkönige«, die Rainald in die Welt gesetzt hatte, war von ihnen als sehr kränkend empfunden worden. Da sie begriffen, daß Kaiser Friedrich den Papst als Primas seiner eigenen Reichskirche auffaßte, sahen sie sich gezwungen, den Gegenpapst zu unterstützen, um so den universalen Bestrebungen des Deutschen das Wasser abzugraben. Darum reiste Rainald selbst nach Paris und versuchte, König Ludwig für seine Sache zu gewinnen. Constantin reiste in seinem Gefolge und konnte beobachten, wie geschickt der Kanzler die Sache des Reiches vertrat. Es kamen plötzlich schwere Verstimmungen zwischen dem englischen und dem französischen König auf, die doch bisher wie ein Herz und eine Seele gegen den Kaiser aufgemuckt hatten. Constantin hatte keinen Zweifel daran, daß Rainald hier seine Hand im Spiel gehabt hatte.

Als Constantin sich auf den Heimweg machte, hatte er ungeahnte Einblicke in die große Politik bekommen. Und Herr Rainald hatte sich ihm niemals wieder anders als in Freundschaft genähert.

April 1160

Für einen Apriltag war es ungewöhnlich warm, fast schon schwül. Es war nicht mehr weit bis Köln, einige Wegstunden nur. Constantin freute sich darauf, wieder nach Hause zu kommen. Mit ein wenig Glück könnten sie heute ihre Heimatstadt erreichen. Aber Gerhard war anderer Ansicht.

»Ich habe Hunger«, teilte er seinem Herrn mit. Constantin seufzte. Gerhard hatte immer Hunger. Sein mächtiger Leib verlangte eben häufigen Nachschub.

»Wenn wir uns die Rast verkneifen, könnten wir es gerade noch vor Schließung der Stadttore nach Köln schaffen«, lockte Constantin. Aber Gerhard schüttelte eigensinnig den Kopf.

»Die Pferde müssen auch rasten«, erklärte er.

Damit hatte er nicht unrecht. Sie hatten ein Darlehen aufgenommen, um französischen Wein zu erstehen und Pferde und Wagen dazu. Und diese Tiere ermüdeten eben rascher als die kräftigen Rösser, die sie sonst im Westfälischen einkauften. Sie hatten auch einen weiten Weg hinter sich, von Paris über Aachen nach Hause. Die beiden Braunen ließen tatsächlich die Köpfe hängen, und ihr Fell war feucht.

»Nun gut«, entschied Constantin. »Jetzt sind wir viele Wochen unterwegs, da kommt es auf die eine Nacht nicht mehr an. Obwohl ich heute lieber schon in meinem Bett geschlafen hätte als im Zelt.«

»Und in den Armen deiner schönen Frau, hoho«, feixte Gerhard. Das brachte ihm einen strengen Blick seines Herrn ein.

Und so richtete Constantin ihr Lager, sammelte Holz, machte Feuer, holte Wasser und setzte es für eine Suppe auf, während Gerhard sorgfältig die Pferde abrieb, dann zum Wasser führte, damit auch sie saufen konnten, und ihnen schließlich den Futtersack vorhängte. Sie verzehrten die allerletzten Vorräte, und Gerhard schaute betrübt in den geleerten Suppentopf, obwohl er entschieden mehr als die Hälfte erhalten hatte.

Constantin erbot sich, die erste Nachtwache zu übernehmen, und Gerhard kroch in das Zelt, das sie aus drei jungen Baumstämmen und einer darüber gelegten Plane aufgerichtet hatten. Sein Schlaf blieb aber nicht lange ungestört, denn es zog ein Gewitter auf. Ein Blitz fuhr zischend in den höchsten Baum, kaum zwanzig Schritte entfernt, und unmittelbar darauf krachte ein so gewaltiger Donnerschlag, daß Gerhard senkrecht in die Höhe fuhr und sich dabei den Kopf an einer der Stangen stieß, daß ihm im Nu eine dicke Beule wuchs. Fluchend kroch er aus dem Zelt, und schon ging ein wahrer Höllenguß hernieder. Die beiden Männer packten sich ihre griffbereiten Waffen vom Wagen und flüchteten unter die dichten Zweige einer mächtigen Eiche, aber das junge Grün bot noch nicht sehr viel Schutz, und sie waren im Nu durchnäßt bis auf die Haut, trotz ihrer dicken Wämser und Mäntel.

»Ich muß schon sagen, Constantin, wir hätten besser auf die Mahlzeit verzichten und versuchen sollen, noch nach Köln zu gelangen«, sagte Gerhard vorwurfsvoll. Constantin blieb die Sprache weg. Aber da ein erneuter Blitz ihm einen Blick in die arglosen Kinderaugen Gerhards und seine bekümmerte Miene erlaubte, mußte er lachen.

»Wer könnte bestreiten, daß du recht hast?« murmelte er, wrang seine triefend nasse Kappe aus und setzte sie, noch immer naß und kalt, aber nicht mehr tropfend, auf seinen Kopf zurück.

Das Gewitter verzog sich, aber der Regen rauschte noch eine lange Weile nieder. Gerhard konnte selbst unter solch widrigen Umständen einschlafen, und nach einer Weile rutschte sein Kopf auf Constantins Schulter, und er atmete tief und ruhig. Constantin versuchte gottergeben, trotz der schweren Last einigermaßen bequem zu sitzen, sah aber ein, daß dies ein vergebliches Unterfangen war. Immerhin hatte er es so etwas wärmer.

Es war noch nicht hell, aber die Dunkelheit war nicht mehr so undurchdringlich, als Constantin den friedlichen Schläfer schüttelte. Bis sie gepackt und die Pferde angeschirrt hatten, war so viel Licht da, daß sie ihren Weg finden konnten. Ein paar Stunden hatten sie noch bis Köln, und sie trafen dort am späten Morgen ein.

Das übliche Gedränge am Tor hatte sich um diese Stunde bereits verlaufen, die Bauern und Händler saßen längst an ihren gewohnten Plätzen in der Stadt und boten ihre Waren feil. Ein Hund balgte sich mit einem kleinen schwarzen Schwein um einen Knochen, und eine Katze trug stolz die fette Ratte, die sie gefangen hatte, als Geschenk für ihre Herrin nach Hause. Constantins schwerbeladener Wagen rumpelte über die Straßen. In Köln hatte es nicht geregnet, sonst wären sie vielleicht im Schlamm steckengeblieben.

Constantin brachte zuerst seine kostbare Fracht zum Lagerkeller Unter Goldschmied, wo Eckebrecht, Fordolf und Engilradis ihn hocherfreut begrüßten.

»Ist das gut, wieder zu Hause zu sein!« seufzte Constantin zufrieden. »Ich habe euch sehr, sehr viel zu berichten. Hast du genug Essen im Topf, Mutter? So viel, daß es nicht nur für den ausgehungerten Gerhard, sondern auch für mich reicht? Oder soll ich lieber am Abend kommen?«

Engilradis zauste ihren Ältesten. »Du weißt genau, daß ich jetzt nicht mehr warten kann, alles von dir zu erfahren. Hol deine Familie her, in einer Stunde wird aufgetragen.«

Und so eilte Constantin nach Hause in die Dwergasse. Er fand Friederun im Garten; sie baute eine Sandburg mit Fordolf.

»Vater!« rief das Kind und rannte auf Constantin zu, tapsig und ungelenk noch immer, aber um so vieles geschickter als bei seiner Abreise vor einem Vierteljahr. Es setzte sich auf den Fuß des Vaters, umklammerte sein Bein und lächelte selig zu ihm empor. Constantin herzte und küßte sein Sorgenkind und wandte sich dann seiner Frau zu, die lächelnd zusah. Die Haare hingen ihr wirr ins Gesicht, und sie strich sie verlegen unter die Haube zurück.

»Laß nur, du siehst wunderschön aus«, sagte er und schloß sie herzlich in die Arme.

»Du siehst, Fordolf«, sagte er dann liebevoll zu dem Kleinen, »dein Vater ist rechtzeitig zu deinem Geburtstag zurückgekommen. Wir werden morgen mit dir feiern, und ich habe dir auch ein schönes Geschenk mitgebracht.«

Dann wandte er sich seiner Frau zu: »Ich kann dir nicht genug danken. Fordolf hat großartige Fortschritte gemacht, das ist nicht zu übersehen.«

Sie lächelte ihn an. »Der Dank gebührt aber nicht mir allein. Theoderich hat sich jeden Tag mit ihm beschäftigt. Er ist allerdings letzte Woche mit seinem Großvater Gerard nach Frankfurt aufgebrochen, und Heinrich ist mit ihnen gefahren. Aber auch Engilradis und Druda üben mit ihm, Theoderich hat ihnen gezeigt, wie sie es machen sollen, und sie finden, daß dies ein lustiges Spiel ist. Sie werfen Strohhalme auf den Boden und lassen ihn sie aufheben; sie bringen Steine herbei, und er soll sie zu einem Berg auftürmen; sie machen Wettläufe mit ihm und lassen ihn absichtlich gewinnen, damit er nicht die Lust daran verliert. Sie fangen Geschichten an, und Fordolf soll sie dann zu Ende erzählen. Er macht das alles nach, und immer besser und besser. Gerard Unmaze war vor seiner Abreise hier und hat nach seinen Enkeln gesehen. Er brachte einen spanischen Arzt mit, weiß der Himmel, wo er ihn aufgetrieben hat. Der hat mir genau erklärt, was Fordolf essen soll, um kräftiger zu werden. Er hat mir auch gezeigt, wie ich seine Ärmchen und Beinchen kneten soll, damit sie geschmeidiger werden, und ich tue das jeden Tag.«

Constantin drückte sie an sich. Er war ihr zutiefst dankbar für die große Fürsorge, die sie seinem kleinen Sohn angedeihen ließ.

Friederun strahlte ihn glücklich an. Dann lief sie ins Haus und holte die beiden kleinen Mädchen, und alle machten sich auf ins Haus Unter Goldschmied. Engilradis hatte gezaubert. In Windeseile hatte sie mit ihren Mägden ein großes Mahl zustandegebracht.

»So habe ich es gern, so viele Kinder, Enkel und Urenkel auf einmal«, bemerkte der alte Eckebrecht und sah sich zufrieden an der Tafel um. Gertrudis putzte ihrem kleinen Meginzo die Nase, was dieser durchaus nicht schätzte und mit Gebrüll beantwortete; Gunther und Hadewigis waren mit ihrer Tochter Sophia gekommen, die sich zu einem besonders liebreizenden Mädchen entwickelt hatte, auch Liveradis mit ihrem Mann Erinfried und dem Sohn Ludwig war erschienen. Helperich war auf Handelsfahrt nach England, aber seine Frau Petrissa ging Engilradis eifrig zur Hand. Sie verehrte ihre freundliche Schwiegermutter von Herzen und ahnte, was sie bei ihrer untüchtigen Mutter alles verpaßt hatte zu lernen. Aber nun war schon eine recht anstellige Hausfrau aus ihr geworden, nur der ersehnte Kindersegen hatte sich bisher noch nicht angekündigt.

Constantin berichtete ausführlich vom Kaiser, vom Erzbischof Rainald, von den Römern und den wetteifernden Päpsten. Es wurde spät, und Fordolf gab ihnen Fackeln mit auf den Heimweg durch das Dunkel.

Friederun hatte die ganze Zeit ihren so lang entbehrten Mann mit Blicken verschlungen. Sie hatte vielleicht ein wenig zu rasch getrunken oder dem Wein nicht genug Wasser beimischen lassen, jedenfalls war sie etwas beschwipst und ausgelassen, als sie in ihr Schlafgemach kam. Frau Friederun war nämlich nicht bereit, im gleichen großen Raum zu schlafen wie die anderen Hausangehörigen, so wie es in fast jedem Haus gehalten wurde, sondern sie bestand darauf, eine Kammer mit ihrem Mann allein zu haben.

Nun löste sie ihr Gewand und ließ es achtlos zu Boden fallen. Dann streifte sie Schuhe und Strümpfe ab und sank auf ihr Bett. Mit gieriger Vorfreude beobachtete sie ihren Mann, wie er sein Gewand ablegte, ordentlich faltete und auf die Truhe legte. Er schüttelte mißbilligend den Kopf, hob auch ihr Kleid auf und legte es sorgsam daneben. Friederun kicherte und zog ihr Hemd bis zum Bauchnabel empor. Constantin drehte sich gerade um und hob erstaunt die Augenbrauen. »Komm schon!« lockte sie, klopfte mit der Hand einladend auf das Bett und wackelte mit den Hüften. Er kam, aber der freundliche Ausdruck, mit dem er sie den ganzen Tag bedacht hatte, war etwas kühler geworden.

Sie schliefen zweimal miteinander. Später in der Nacht weckte sie ihn auf, und sie taten es noch ein drittes Mal. Am Morgen schlief er länger als sonst, und es war schon hell in der Stube, als ihre Hand versuchte, ihn aufs neue zu erregen. Constantin erwachte, schaute sie schlaftrunken an und schob ihre Hand dann fort.

»Ich bin müde nach dieser Nacht. Außerdem habe ich die Nacht zuvor nicht geschlafen, sondern im Gewitterregen gesessen. Ich muß mich etwas erholen. Jetzt nicht!«

»Schade«, maulte sie wie ein enttäuschtes Kind. Dann lächelte sie spitzbübisch.

»Du bist nicht der einzige, der mit Neuigkeiten aufwarten kann. Ich habe auch eine.«

Constantin hatte gerade wieder einschlafen wollen. Träge öffnete er die Augen und sah sie an.

»Und das wäre?«

»Wir bekommen ein Kind«, teilte sie ihm mit und strahlte.

Jetzt war er wach. »Oh, das ist schön«, sagte er erfreut. Aber dann sah er sie erschrocken an und fügte hinzu: »Dann hätten wir aber heute Nacht nicht mehr miteinander schlafen dürfen, das weißt du doch. Du hättest es mir gleich sagen müssen.«

Sie schwieg. Sie strahlte nicht mehr. Sie erinnerte sich, wie erleichtert sie bei ihrer ersten Schwangerschaft gewesen war, daß Herr Godefried sich ihr nun nicht mehr nähern durfte. Aber das war etwas anderes gewesen. Er hatte sie angeekelt, während sie sich nach Constantins Nähe verzehrte und nicht genug davon bekommen konnte. Es stimmte, die Kirche verbot Beischlaf während der Schwangerschaft. Nur um Kinder zu zeugen, war eheliche Hingabe erlaubt und geboten; war dieser Zweck bereits erfüllt, dann hatte sie zu unterbleiben. Pure Wollust, Freude an der Hingabe? Das war schwere Sünde und kam nach Ansicht der Kirche überhaupt nicht in Frage.

Genau aus diesem Grund hatte sie die Neuigkeit auch erst jetzt verraten, denn sie hatte diese Nacht so sehr herbeigesehnt.

Trotzig sagte sie: »Muß ich mir denn von Pfaffen vorschreiben lassen, wann ich mit dir schlafen darf?«

Constantin war schon aus dem Bett und tauchte das Gesicht in die Waschschüssel auf der Kommode.

»Es ist nun einmal so. Du mußt das jetzt beichten, und ich auch.« Und damit war er zur Tür hinaus.

Friederun blieb zurück, gedemütigt und niedergeschlagen. Ihr fiel ein, wie sie als kleines Mädchen im Hof ihrer Burg gespielt hatte. Wenn sie lange genug zugeschaut hatte, wie ihre fünf Brüder sich im Reiten und im Waffenspiel übten, war sie in den Kräutergarten gegangen und hatte sich in ihr Versteck hinter dem Holunderbusch zurückgezogen. Dort hatte sie gesessen und geträumt. Sie erinnerte sich, daß König Konrad III. einmal zwei Nächte auf ihrer Burg verbracht hatte, um mit ihrem Vater zu jagen. Der schöne, ritterliche Mann hatte auf die kleine Friederun einen ebenso tiefen Eindruck gemacht wie auf so viele Frauen. Seitdem träumte sie davon, es werde eines Tages ein kühner Held daherkommen, ritterlich wie ihre Brüder, schön und stark und wohlerzogen zu den Frauen wie der König, und er würde sich nichts sehnlicher wünschen, als sie zur Frau zu bekommen. Er würde bei ihrem Vater um sie werben, und sie würde Brautlauf mit ihm halten und ewig glücklich sein. Wie dieses Glück genau aussehen sollte, davon hatte sie keine genaue Vorstellung. Aber irgend etwas spielte sich im Ehebett ab, was unbeschreiblich glücklich machte. Bei dem verschwommenen Versuch, es sich vorzustellen, war ihr die Röte ins Gesicht geschossen.

Statt dessen hatte sie aber dann Herrn Godefried bekommen. Und hatte zwanzig Jahre auf das Glück im Ehebett warten müssen.

Constantin ging noch am gleichen Tag zu seinem Beichtvater, um die Geschichte hinter sich zu haben. Dieser, ein freudloser, enthaltsamer Geistlicher, von dem man niemals gehört hatte, daß er etwa gegen das Zölibat verstoßen hätte, machte ein strenges Gesicht.

»Der Beischlaf dient dazu, in christlicher Ehe Kinder zu zeugen, sonst nichts. Du hättest das nicht tun dürfen«, bemerkte er tadelnd.

»Ich weiß«, bekannte Constantin. »Aber ich habe es nicht gewußt. Meine Frau hat mir erst am nächsten Morgen mitgeteilt, daß sie schwanger ist.«

»Ja, hast du sie denn nicht vorher danach gefragt?« wollte Vater Augustin wissen. »Wenn nicht, hast du auch keine Entschuldigung.«

Das Kind war in der Nacht vor seiner Abreise nach Pavia gezeugt worden, sollte also in etwa einem halben Jahr geboren werden. Constantin hatte nun genug Grund, die einsame Schlafkammer zu bedauern; denn Friederun verfolgte ihn mit ihren Gelüsten. Immer wieder bettelte und flehte sie ihn an, doch mit ihr zu schlafen. Das wäre ihm in einem Raum mit allen Kindern und einem Teil des Gesindes wohl erspart geblieben. Nach Wochen gab er ihrem Flehen nach und schlief mit ihr; aber sein Beichtvater, dem er es wohl oder übel mitteilen mußte, machte ihm die Hölle heiß und drohte ihm mit schrecklichen Strafen.

»Schämst du dich nicht, daß du so unbeherrscht bist?« fragte er mit großer Strenge. »Deine arme Frau muß eine Schwangerschaft ertragen, dabei ist sie ja nicht mehr die Jüngste, und du kannst dich nicht einmal bis zur Geburt des Kindes zusammennehmen. Das gehört sich nicht, für einen Münzmeister schon einmal gar nicht. Frau Friederun hat ein paar Monate der Schonung doch verdient, meinst du nicht? Wenn mir noch einmal zu Ohren kommt, daß du dich wieder nicht beherrscht hast, dann muß ich dies dem Erzbischof melden.«

Constantin knirschte bei diesen Worten mit den Zähnen, aber dem Priester jetzt noch auf die Nase zu binden, daß nicht er, sondern seine Frau die Unbeherrschte und Gierige war, das ging denn doch gegen seinen Stolz. Er murmelte also nur etwas von »der Herr Erzbischof hat Wichtigeres zu bedenken«, ging und leistete die gewaltige auferlegte Buße, nämlich zehn Frühmetten und eine dicke Spende in die Armenkasse.

Andererseits schämte er sich, daß er sich nicht einfach über die Vorhaltungen des Beichtvaters hinwegsetzte und Friederun den Willen tat, wenn sie es doch so sehr brauchte, denn er war ihr zutiefst dankbar für ihre nicht nachlassende Fürsorge für Fordolf und fühlte sich in ihrer Schuld. Er brachte es nicht über sich, ihr zu bedeuten, daß ihre unverhohlene offene Begierde ihn eher abstieß. Aber jedesmal, wenn sie ihn so verfolgte, wurde er kühler ihr gegenüber. Er war erleichtert, als die Geburt näherrückte und Friederun ruhiger wurde.

Er wußte nicht, daß seine Frau, wenn er es nicht sah, verstört ihr Gesicht in dem kleinen Spiegel betrachtete, den ihr Herr Godefried einmal aus Italien mitgebracht hatte. War sie nicht mehr schön genug, um ihrem Mann zu gefallen?

Sie fragte ihre alte Magd, welche die Wäsche zählte, ganz beiläufig: »Hast du nicht auch das Gefühl, mein Hals wird faltig?«

»Blödsinn«, murmelte Wigberta.

»Und da um die Augen sind auch Fältchen, die waren letztes Jahr noch nicht da.«

Jetzt wurde Wigberta aufmerksam. Sie trat näher und betrachtete ihre Herrin genau.

»Frau Friederun, du redest Unsinn. Du siehst sehr schön aus. Und ich kann auch keine Falten sehen, die neu wären.«

»Es muß die Schwangerschaft sein, die mich entstellt«, murmelte Friederun. »Ich sehe ja aus wie eine dicke Kuh.«

Jetzt war Wigberta empört. »Du hast nur ein Kind im Bauch, sonst ist dein ganzer Körper schlank. Du hast nicht einmal geschwollene Beine, womit sich doch so viele Frauen quälen, wenn sie ein Kind bekommen. Und ich finde schwangere Frauen überhaupt schön. Sie haben so etwas – Heiliges«, sagte Wigberta andächtig, denn sie hatte nie ein Kind geboren, aber den Wunsch danach jahrzehntelang im Herzen getragen.

Heilig? Da hatte sie das falsche Wort gewählt. Friederun wurde plötzlich wütend. »Von heilig kann ja keine Rede sein. Wer möchte denn schon heilig sein? Ich jedenfalls nicht.«

»So, so.« Wigberta betrachtete ihre Herrin prüfend. Sie war alt, aber diese Töne erkannte sie. Was stimmte denn nicht zwischen Friederun und Constantin? Merkwürdig. Sie selbst fand immer, daß Constantin seine Frau sehr freundlich behandelte. Aber freilich war Wigberta nicht nachts in deren Schlafkammer.

»Ich könnte dir die Haare waschen«, bot sie freundlich an. »Und mit Kamille spülen.«

Ja, damit hatte sie das Richtige getroffen.

»Danke, du gute Seele«, sagte Friederun reumütig. »Sei mir nicht böse, wenn ich unfreundlich mit dir gesprochen haben sollte. Ich habe es nicht so gemeint.«

»Ist schon gut«, sagte Wigberta großzügig und ging, um warmes Wasser für die Haarwäsche zu bereiten.

Die Geburt ließ nicht mehr lange auf sich warten, in wenigen Wochen sollte das Kind geboren werden. Frau Friederun sah mit wachsender Verzweiflung, wie sich ihr Äußeres gegen Ende der Schwangerschaft doch noch veränderte: Ihr Gesicht wirkte aufgequollen, die Haare strähnig. An diesem Septembertag war Constantin zu Hause gewesen und hatte die Pläne für das kommende Jahr ausgearbeitet. Wie eine streunende Katze war sie um ihn herumgestrichen und hatte ihn hungrig betrachtet. Er merkte es, tat aber, als nähme er es nicht wahr. Aber seine Hoffnung, sie werde Ruhe geben, erfüllte sich nicht. Am Abend in der Kammer stürzte sie sich geradezu auf ihn, zerrte an seinem Gürtel und versuchte, zu seinem Körper vorzudringen.

»Aber Friederun, das geht doch nun wirklich nicht mehr«, sagte er ärgerlich und wehrte sie ab. »Kannst du dich nicht die kurze Zeit zusammennehmen, bis du aus dem Kindbett wieder aufgestanden bist?«

Sie warf sich auf das Bett und heulte los. »Und weiß ich denn, ob ich aus dem Kindbett wieder aufstehen werde?« jammerte sie. »So viele Frauen verlieren ihr Leben bei einer Geburt. Komm doch bitte zu mir, Constantin, vielleicht ist es ja das letzte Mal in meinem Leben.«

Er schaute ihr in das verquollene Gesicht, und es rührte ihn weitaus mehr, als die Anforderungen der schönen Frau es früher vermocht hatten. Er setzte sich neben sie, nahm ihre Hand und streichelte sie sanft.

»Meine Liebe, natürlich wirst du wieder aufstehen, und du wirst dein Kind im Arm halten und stolz und glücklich sein. Und alles wird so sein wie früher. Keine Schwangerschaft dauert ewig ...«

Es half nichts. Sie weinte weiter. »Natürlich gefalle ich dir nicht mehr, so häßlich wie ich jetzt aussehe ...«

Er schämte sich für sie, daß sie so wenig Würde zeigte. Aber ihr Elend drang bis zu seinem Herzen vor. Er zog sich aus, schloß sie in die Arme und nahm sie so vorsichtig und behutsam, wie er konnte, dabei murmelte er ihr beruhigende und freundliche Worte ins Ohr, und sie hörte auf zu weinen und war getröstet.

Dieses Mal wagte er nicht, den erneuten Fehltritt seinem Beichtvater zu gestehen. Diese ungebeichtete Sünde würde er mit ins Grab nehmen müssen.

Friederuns Kind wurde am letzten Oktobertag geboren, und es war ein schöner, gesunder Knabe. Constantin hatte darauf geachtet, daß er sich nicht gerade auf einer Fahrt befand. Er hatte das Gefühl, seine Anwesenheit sei das Mindeste, was er Friederun schuldig war. So nahm er erfreut das Kind aus den Händen seiner Mutter entgegen und drückte es liebevoll an sein Herz.

»Wie geht es Friederun?« fragte er.

Engilradis strich sich müde eine Haarsträhne aus der Stirn, die Geburt hatte lange gedauert.

»Ganz gut«, sagte sie dann lächelnd. »Du darfst schon einmal kurz hinein zu ihr.«

Constantin betrat mit dem Neugeborenen im Arm die Schlafkammer, die ihm in dieser Nacht verwehrt gewesen war. Er ging zum Bett und nahm Friederuns Hand.

»Ich danke dir tausendmal für dieses schöne Kind«, sagte er und sah zärtlich auf den Kleinen. »Nur fällt mir gerade ein, hast du nicht immer von einer Tochter gesprochen?«

»Ich dachte, es würde ein Mädchen. Aber man kann sich irren. Wollen wir ihn Helperich nennen, nach deinem Bruder?«

Constantin zog die Augenbrauen hoch. »Du willst ihm nicht den Namen deines Vaters Egino geben?«

»Nein«, sagte Frau Friederun kurz und warf den dicken Zopf zurück, in den Wigberta ihr Haar geflochten hatte. »Ich bin meinem Vater nicht besonders zu Dank verpflichtet. Darum will ich nicht, daß mein Sohn seinen Namen trägt. Also Helperich.«

»Und deine fünf Brüder, sollen die nicht zum Zug kommen?«

Friederun schmiegte ihre Wange in seine Hand. »Nein, die leben auf dem Land, und ich sehe sie so selten. Aber dein Bruder lebt hier und hat dich sehr gern. Er wäre unserem Sohn ein guter Pate. Besonders jetzt, wo seine Frau auch endlich schwanger ist.«

»Dann soll es sein, wie du möchtest«, willigte Constantin ein. Er küßte Friederun sanft auf die Stirn und den Kleinen auf das Händchen und blieb bei ihnen sitzen, bis sie beide eingeschlafen waren.

Frühjahr 1161

Der erste März des Jahres 1161 war ein unangenehmer Tag. Mitten in den knospenden Frühling hinein war der Winter mit Schärfe zurückgekehrt. Eine dünne Schicht Schnee bedeckte erneut die Erde, der graue Himmel drohte mit unzähligen weiteren Flocken, und ein eisiger Wind kroch unter die Kleidung und biß in die Hände.

Eckebrecht stand im Garten seines Hauses Unter Goldschmied und betrachtete betrübt die erfrorenen Knospen an dem alten Apfelbaum, als sein Enkel Constantin die Hofpforte öffnete. Die Angeln quietschten, und das Holz klemmte.

»Schön, daß du kommst, Constantin. Ich habe mir gerade den Schaden angeschaut, den der Frost an unserem Apfelbaum angerichtet hat. Wußtest du, daß mein Adoptivvater Wolbero diesen Baum zur Geburt seines ältesten Sohnes gepflanzt hat? Der hieß Eckebrecht, und ich darf nun schon jahrzehntelang seinen Namen tragen. Ich dachte gerade daran, wie ich als Kind jedes Jahr in den Baum geklettert bin und mir Äpfel geholt habe und wie meine geliebte, unvergessene Adoptivmutter Blithildis oft Angst hatte, ich könnte herunterstürzen. In diesem Jahr wird es sich wohl kaum lohnen hinaufzusteigen. Ob dieser alte Baum überhaupt noch einmal Früchte tragen wird? Da kommt mir dann schon der Gedanke, daß die Lebensspanne, die mir noch bleibt, auch kürzer sein mag, als ich jetzt denke. In der Bibel steht: Des Menschen Leben währet siebzig Jahre, und wenn es köstlich war, dann war es Mühe und Qual. Ich bin schon einige Jahre darüber.«

»Und du wirst hoffentlich noch viele weitere Jahre sehen, Großvater«, sagte Constantin herzlich. »Kannst du jetzt von diesen trüben Gedanken ablassen, die sicher nur daher kommen, daß dieser häßliche scharfe Westwind deine alten Knochen auskühlt? Wir sollten ins Warme gehen, und ich könnte dir berichten, was in der Stadt los ist.«

Eckebrecht, zu dessen gesundem Gesicht die trüben Todesahnungen schlecht passen wollten, vergaß diese auch sogleich, denn er war immer neugierig.

»Aber viel Ruhe werden wir im Haus auch nicht finden, denn bei Petrissa ist es heute soweit«, bemerkte er.

»Ist denn das Kontor jetzt zur Gebärstube eingerichtet?« fragte Constantin unschuldig.

Da dies offenbar nicht der Fall war, begaben sich beide nun ins Haus, und Constantin schälte den Großvater aus seinem dicken Winterumhang, der Filzmütze und den schweren, schneeverkrusteten Lederstiefeln. Dann begab er sich in die Küche, traf aber seine Mutter dort nicht an, denn sie stand der Erstgebärenden bei. Nur die Magd Berta kam gerade mit einem Wassereimer vom Brunnen herein, um ihn auf dem Herd zu erhitzen.

»Ich will auch gar nicht stören«, sagte Constantin. »Darf ich nur etwas Wein für Großvater warm machen?«

Berta strahlte ihn an. Auch sie, wie so viele Frauen, hatte eine

Schwäche für Constantin. Sie reichte ihm den Weinkrug und hängte den Kessel in den Dreifuß über dem Herd. Constantin goß Wein in das Gefäß und mischte etwas Wasser dazu, außerdem einen Löffel Honig und einige Kräuter, die seine Mutter in einem kleinen Kasten aufbewahrte.

»Aber gleich anschließend das Wasser aufsetzen, das brauchen wir für Petrissa. Und den Herd wieder abdecken«, mahnte Berta noch, ehe sie wieder nach oben entschwand. Der Münzmeister Constantin nickte gehorsam.

Er ging mit dem Wein in das Kontor, wo Eckebrecht inzwischen seine Hände an dem kleinen Glutbecken aufgewärmt hatte und ihm ungeduldig entgegensah.

»Ich komme nämlich gerade vom Erzbischof«, berichtete Constantin. »Die Stadt ist wie ein Tollhaus. Herr Rainald versammelt fünfhundert Ritter, um mit ihnen nach Mailand zu ziehen.«

»Fünfhundert? Donnerwetter«, sagte sein Großvater und zog die Augenbrauen empor. »Das Erzbistum wird ganz schön leer werden. Aber für uns Kaufleute ist das nicht schlecht. Wir wollen hoffen, daß alle unruhigen Geister, die so gern Händel mit ihren Nachbarn anfangen, ihre Burgen und Dörfer überfallen und sich auch nicht zu schade sind, einmal einen Kaufmannszug auszurauben, für eine ganze Weile beschäftigt sind. – Und hast du auch gehört, wie es um Mailand steht?«

Constantin wurde sehr ernst. »Ja, Großvater. Ich durfte zugegen sein, als Herr Rainald einen Boten des Kaisers empfing, der ihn über den derzeitigen Stand der Dinge in Kenntnis setzte. Ich habe dabei erstaunliche Dinge vernommen. Sie haben einen Festungsbaumeister, der sich eine überaus kluge Verteidigung der Stadt ausgedacht hat. Ein gewaltiger Graben zieht sich um die ganze Stadt mit einer listig ausgedachten Anordnung von Bollwerken, auch im weiteren Umfeld finden sich vielerlei Befestigungen, Burgen, Brückenköpfe, Türme. Ich hörte, es sollen zweitausend solcher befestigten Plätze sein.«

»Das ist gewaltig«, sagte Eckebrecht und nickte besorgt. »Aber mir scheint, du hast noch etwas anderes im Kopf.«

Constantin erhob sich und lief ein paar Schritte auf und ab.

»Ich weiß nicht recht, wie ich es erklären soll. Auf Herrn Rainalds

Tisch lag ein dicker Stoß Pergamente mit Nachrichten, die er über Mailand zusammengetragen hat. Ich sollte ihn mir anschauen. ›Wenn du einen Gegner vernichten willst, mußt du ihn genau kennen‹, hat er zu mir gesagt.«

Eckebrecht zog die Augenbrauen in die Höhe.

»Der Herr Erzbischof duzt dich?«

Constantin gab seine Wanderung wieder auf und ließ sich auf den Schemel neben seinem Großvater fallen.

»Ja, natürlich nur, wenn wir allein sind. Und er besteht darauf, daß auch ich ihn dann duze. Er sagt, er braucht einen Freund.«

»So, so.« Eckebrecht nickte nachdenklich. »Und was waren das für Pergamente?«

»Mehrere Pläne von Mailand, der Stadt und der Umgebung, außerdem eine genaue Straßenkarte, dazu eine Liste der einflußreichsten Männer in Mailand, ihre Familienverhältnisse, ihre Vorlieben, wer mit wem kann und wer nicht und warum. Weiß der Himmel, woher Herr Rainald all diese Einzelheiten erfahren hat. Aber am meisten beeindruckte mich ein sehr langes Pergament, in dem Mailands Geschichte, seine Besonderheiten und seine Regierungsform aufgeführt waren. Hast du gewußt, Großvater, daß Mailands Geschichte bis sechshundert Jahre vor die Geburt Christi zurückreicht? Die stolzen Mailänder sagen darum, sie seien schon längst eine blühende Stadt gewesen, ehe die Deutschen zum ersten Mal einen Fuß über die Alpen gesetzt hätten, und darum seien sie unserem Herrn, dem Kaiser, keinen Gehorsam schuldig.«

»Das wird Seine Majestät nicht gern hören«, bemerkte der Alte trocken.

»Nein, ganz gewiß nicht. Auch Herr Rainald hört es nicht gern. Für ihn geht die kaiserliche Würde über alles, auch weit über seine persönlichen Pläne. – Aber noch einmal zurück zur Geschichte Mailands: Sie war mehrfach Wohn- und Regierungssitz von römischen Kaisern, zum Beispiel von Kaiser Konstantin dem Großen. Zu seiner Zeit lebte in Mailand der heilige Ambrosius, der als Priester, Lehrer und Dichter den besten Ruf genoß; die Mailänder haben ihn zu ihrem Schutzpatron erkoren und sind fest davon überzeugt, daß seine Fürsprache im Himmel sie vor allen Gefahren schützt.«

»Dann hätten sie ja eigentlich die riesigen Befestigungswerke, von denen du gesprochen hast, gar nicht bauen müssen«, bemerkte Eckebrecht trocken.

Constantin lachte. »Sie haben noch eine ungewöhnlich kostbare Reliquie, nämlich die Gebeine der Heiligen Drei Könige, Anziehungspunkt für Gläubige aus aller Welt, die dorthin Pilgerfahrten unternehmen. Es heißt, ein Mailänder habe sie in Byzanz zum Geschenk erhalten unter der Bedingung, daß er sie samt Verpackung mitnehmen müsse.«

»Wie bitte? Samt Verpackung?« wunderte sich Eckebrecht.

»Ja, die Gebeine liegen in großen steinernen Sarkophagen. Und natürlich dachten die Byzantiner, diese Sarkophage könne er nie und nimmer wegschaffen. Aber angeblich wurden sie leicht wie Federn, als er sie fortschaffen ließ. Ich weiß nicht, was ich davon halten soll, aber jedenfalls kamen sie in seine Heimatstadt Mailand. Und nun feiern die Mailänder jedes Jahr das Dreikönigsfest: Die Könige kommen auf hohem Roß mit viel Gefolge. Sie folgen einem goldenen Stern, der vor ihnen her getragen wird. Sie ziehen durch die Stadt bis zu den Säulen von San Lorenzo, dort wartet König Herodes auf sie. Sie fragen ihn nach dem neugeborenen König der Juden, und Herodes läßt seine Schriftgelehrten in dicken Büchern suchen. Sie finden den Ort: fünf Meilen vor Jerusalem. Nun zieht die ganze Schar nach San Eustargio, dort finden sie eine Krippe mit Jesuskind und Heiliger Jungfrau. Sie bringen ihm ihre Gaben dar, und dann erscheint ein Engel und sagt ihnen, sie sollen ihren Heimweg nicht wieder über San Lorenzo, sondern durch die Porta Romana nehmen.«

»Eine hübsche Geschichte«, nickte Eckebrecht beifällig. »Dieses Schauspiel würde mir in unserer Stadt auch gefallen. Und was ist nun so ungewöhnlich an der Verwaltung der Mailänder?«

»Die ist in der Tat sehr eigenartig. Stell dir vor: Die Mailänder haben ein freies Bürgerregiment.«

Eckebrecht runzelte die Stirn. »Darunter kann ich mir allerdings nichts vorstellen.«

»Ich habe das so verstanden: Es gibt dort drei Kasten. Die eine setzt sich aus den Nachkommen der adeligen Langobarden zusammen. Sie heißen ›Capitani‹; aber außer der Tradition haben sie keine Vorrechte mehr vor den anderen beiden Kasten. Die zweite sind die wohlhabenden Bürger und Handwerker. Sie heißen ›Valvassores‹.«

»Und was heißt das?«

»Wenn ich mich recht erinnere: Vasallen, denn das sind sie früher gewesen. Aber da die ›Capitani‹ keine Vorrechte mehr haben, stehen die ›Valvassores‹ ihnen heute nicht mehr an Bedeutung und Einfluß nach.«

»Was soll denn dann die dritte Kaste sein?« wollte Eckebrecht noch wissen.

»Die dritte Kaste sind die ›Plebejer‹.«

»Wie bitte?«

»Du hast richtig gehört. Das niedere Volk hat genau die gleichen Rechte wie die anderen beiden Kasten. Alle drei entsenden Vertreter in die Regierung der Stadt. Und damit niemand sich zum Herrn aufschwingen kann, wählen sie jedes Jahr ihre Konsuln neu, so wie es früher in Rom war.«

Jetzt war Eckebrecht erschüttert.

»Gieß mir bitte noch einmal meinen Becher voll. Ich muß in Ruhe darüber nachdenken. Aber ich glaube nicht, daß ich mich an eine Verwaltung gewöhnen könnte, in der das niedere Volk mitzubestimmen hat. Stell dir doch nur einmal vor, der Schustergeselle säße bei uns im Rat und wollte mit uns Ratsherrn über die Geschicke der Stadt abstimmen. Gefiele dir das denn?«

Constantin zögerte und wiegte den Kopf.

»Lieber Großvater, ich muß dir gestehen, auch mir sind diese Ideen bis jetzt noch ganz fremd. Aber ich finde sie bemerkenswert und möchte mich gern damit auseinandersetzen. Du möchtest nicht neben dem Schustergesellen im Rat sitzen? In Mailand kann auch ein Handwerker zum Ritter geschlagen werden, und der Weg zum Konsul steht jedem offen, wenn er nur tüchtig ist.«

»Unglaublich.«

»Ja, das scheint uns so. Aber wer könnte bestreiten, daß Mailand auf diese Art und Weise groß und mächtig geworden ist? So groß und mächtig, daß es wagt, dem Kaiser zu trotzen! Vielleicht können wir uns in den nächsten Tagen noch einmal darüber unterhalten. Allerdings habe ich nicht mehr allzuviel Zeit, denn ich soll mit Herrn Rainald reisen.« Constantin erhob sich. »Ich will jetzt einmal nach dem werdenden Vater suchen. Vielleicht braucht er meinen Beistand.«

Dem war in der Tat so. Er fand Helperich, blaß und mit gequälter

Miene, in der eiskalten großen Stube sitzen. Jedesmal, wenn ein Schrei durch die Mauern zu hören war, zuckte er zusammen.

Constantin nahm neben ihm Platz und klopfte ihm tröstend auf den Arm. »Ich weiß, daß du jetzt leidest und Angst hast, denn ich habe das ja auch schon viermal erlebt. Aber du weißt, deine Frau kann in keinen besseren Händen als denen unserer Mutter sein. Warum sitzt du eigentlich hier im Kalten? Wollen wir nicht in die warme Küche gehen?«

»Nein, da kommen alle paar Minuten die Mägde und machen Wasser heiß und tun sich wichtig. Und sie schauen mich alle so an, als sei ich schuld daran.«

»Ich will doch sehr hoffen, daß du in der Tat schuld daran bist«, fügte Constantin trocken hinzu. »Komm, Bruder, dann laß uns zu Großvater hinübergehen. Da ist es nicht nur wärmer als hier, es gibt dort Würzwein, und ganz sicher hat er auch gute Worte für dich.«

Und so saß Helperich nun mit tausend Ängsten im Kontor, verstand nicht, was Eckebrecht und Constantin zu ihm sagten, trank den Wein, den sie ihm aufdrängten, ohne ihn zu schmecken, und litt jedesmal, wenn er Petrissas Stimme hörte.

Es dauerte eine lange Weile, dann steigerten sich die gequälten Schreie, und plötzlich war Ruhe. Helperich fuhr entsetzt in die Höhe, aber Eckebrecht und Constantin atmeten auf.

»Sie hat es geschafft. Gleich wird Engilradis kommen und dir sagen, ob du einen Sohn oder eine Tochter bekommen hast.«

Aber Engilradis kam nicht. Sie warteten eine lange Weile, eine Ewigkeit, wie es Helperich schien, und dann begannen die Schreie von neuem.

»Ich halte es nicht mehr aus, ich gehe jetzt hinauf«, rief Helperich verzweifelt. Aber sein Bruder packte ihn rasch am Ärmel und hielt ihn fest.

»Das würde ich an deiner Stelle nicht wagen, du würdest schneller hinausfliegen, als du für möglich hältst. Bei dieser wichtigen Sache wollen die Frauen nicht gestört werden. Es bleibt dir nichts anderes übrig, als dich noch zu gedulden.«

Helperich kamen die Schreie entsetzlich vor, aber da sein Großvater und sein Bruder ruhig blieben, nahm er sich zusammen. Und wieder plötzliche Ruhe. Das war fast noch schlimmer. Helperich preßte die Augen zu und hielt sich die Fäuste auf die Ohren, bis sein Bruder ihn unsanft rüttelte.

»Los, mach die Augen auf. Hier steht unsere Mutter.«

Helperich riß die Augen auf. Engilradis stand vor ihm und lächelte. Sie hielt in jedem Arm ein kleines Bündel.

»Zwei Mädchen, du Glückspilz. Deine Töchter Cristine und Engilradis. Meinen herzlichen Glückwunsch. Und Petrissa geht es gut.«

Helperich starrte verstört auf die beiden Kinder. »Sind sie nicht sehr klein?«

Engilradis zögerte. »Zwillinge sind oft kleiner als Einzelkinder. Sie haben eben schon früh teilen müssen. Aber sie werden wachsen, da kannst du sicher sein.«

Helperich nahm behutsam erst das eine und dann das andere Kindchen in den Arm. Er schämte sich nicht, daß ihm Tränen über das Gesicht liefen.

Eckebrecht und Constantin wechselten verstohlen einen Blick. Die Kinder waren wirklich klein und schwach. Hoffentlich hatten sie genug Lebenskraft.

Leider waren ihre Befürchtungen nicht unbegründet. Am siebten Tag starb das eine der Neugeborenen, und zwar gerade die größere und scheinbar kräftigere Cristine, die Erstgeborene. Die winzige Engilradis aber klammerte sich eisern an das Leben. Sie preßte die kleinen Fäuste an die Brust ihrer Mutter und kämpfte sich an die spärlich fließende Milch heran. Und sie blieb am Leben.

Mit fünfhundert Rittern war Erzbischof Rainald von Dassel aus Köln aufgebrochen und am Rhein entlang nach Süden gezogen. Auf ihrem Weg nach Basel hatten sich noch zahlreiche Ritter und Herrn mit ihrem Gefolge angeschlossen, um Kaiser Friedrich, der nun schon seit zwei Jahren versuchte, die störrische Stadt Mailand zu bezwingen, die dringend benötigte Verstärkung zu bringen. Scharen von Marketendern und Marketenderinnen freuten sich über das gute Geschäft, das ihnen winkte. Insgesamt mochten es etwa dreitausend Menschen sein, die nach Süden ritten oder marschierten.

Nachdem sie Basel hinter sich gelassen hatten, erhoben sich bald hoheitsvoll die schneebedeckten Berge der Alpen vor ihnen. Herr Rainald sandte ab nun Späher und Vortrupps aus, die den Weg der Hauptmacht sorgfältig zu sichern hatten. Proviant, Reisegepäck und Waffen wurden auf Schlitten verladen, denn auch in den Tälern lag noch Schnee, und die schwerfälligen Wagen mit ihren großen Rädern wären ständig steckengeblieben. Es rieselten und strömten aber überall schon Schmelzwässer in kleinen Rinnsalen und armdicken Bächen von den steilen Abhängen herab.

Sie erreichten den Berg des heiligen Gotthard so früh, daß sie die Überquerung wagen konnten. Die Vorhut des Heeres hatte hervorragende Arbeit geleistet und die Pässe so vorbereitet, daß kein Schlitten in die Tiefe stürzte. Aber es dauerte doch lange, bis die vielen Menschen über den Berg gezogen waren. Als die Nachzügler wieder ins Tal hinabstiegen, war es schon fast finster, und sie ließen sich erschöpft zum Schlaf auf den Boden fallen.

In der ersten Morgendämmerung brach der Zug wieder auf. Auf der südlichen Seite des gewaltigen Berges war vom Winter kaum mehr etwas zu sehen; dünne Reste von verkrustetem Schnee vergingen unter tausenden von Fußstapfen von Mensch und Tier.

So früh am Morgen war es noch frisch. Der Tau band den Staub auf den Wegen. Später am Tag, wenn die Sonne an Kraft gewonnen hatte, würde eine gewaltige Staubwolke schon von weitem den Heereszug ankündigen und den Rittern, Knappen und Knechten das Atmen erschweren. Aber jetzt war die Luft noch angenehm kühl.

Herr Rainald schaute sich zufrieden um, entdeckte Constantin, der sich wie immer bescheiden im Gefolge hielt, und winkte ihn an seine Seite.

Constantin lenkte sein Pferd zum Erzbischof. An dessen Seite ritt ein Bote, ein Hauptmann, der gerade vom Kaiser eingetroffen war.

»Hör dir mit an, was es Neues gibt«, sagte Herr Rainald gutgelaunt.

Der Hauptmann war ihnen rasch entgegengeritten; sein Pferd war nun müde und ließ den Kopf hängen.

»Der Kaiser entbietet Euch seinen Gruß. Er freut sich sehr, seinen treuesten Ratgeber und Helfer wiederzusehen und dankt Euch für die Zuführung der Truppen, die Seine Majestät sehnlichst erwartet.«

»Dank für diese Nachricht, aber nun kommt bitte zur Sache. Wie ist die Stimmung in Mailand und vor Mailands Toren?«

Dem Hauptmann lief die Nase, und er schneuzte sich in seinen Ärmel.

»Bis jetzt war die Stimmung in Mailand übermütig, wie unsere Kundschafter dem Kaiser melden; als dem Mailänder Rat berichtet wurde, der Kaiser habe geschworen, seine Krone nicht wieder aufs Haupt zu setzen, solange nicht Mailand besiegt sei, sollen sie gelacht und gegrölt haben.«

Der Hauptmann zog noch einmal die Nase hoch und fletschte drohend die Zähne. Sein Schnauzbart sträubte sich vor Zorn.

»Auch über Euch, Herr Erzbischof, sollen sie sehr gespottet haben, mit Verlaub.«

Rainald machte ein grimmiges Gesicht. Nur zu genau erinnerte er sich, wie er als des Kaisers Unterhändler in der stolzen Stadt gewesen war und wie der Pöbel seine Unterkunft belagert hatte. Die Deutschen hatten die Fensterläden verrammeln müssen, und die ganze Nacht waren Steine dagegengeprasselt und der Kaiser und sein Kanzler mit bösen Worten geschmäht worden. Noch vor Morgengrauen war Herr Rainald durch einen geheimen Gang entwichen und aus Mailand geflohen. Nichts hatte der Mailänder Rat getan, um den Unterhändler des Kaisers gegen die Schmähungen zu verteidigen. Das hatte Rainald der Stadt nie verziehen.

»So, sie spotten also über uns. Fühlen sich stark, unangreifbar, bestens verteidigt, nicht wahr?«

»Es ist so, wie Ihr sagt, hochwürdigster Herr Erzbischof.«

»So, so. Bewaffnet bis an die Zähne. Jeder Bürger verteidigungsbereit bis zum letzten, ist es nicht so?«

»Es ist so. Bei ihrem klug ersonnenen Verteidigungswerk können wir uns der Stadt nicht nähern, können die Mauern nicht beschießen.«

Herr Rainald wechselte einen Blick mit Constantin. Sie hatten den ganzen vorigen Abend mit den erfahrensten Kriegern in ihrem Heer beraten und dann bei Fackellicht die Mailänder Pläne studiert, bis sie sie auswendig kannten.

»Ich bin sicher, der Kaiser, der ein hervorragender Feldherr ist, hat schon längst den Schwachpunkt im Plan der Mailänder erkannt.«

Der Hauptmann warf den Kopf hoch und lachte heiser.

»In der Tat, hochwürdigster Herr Erzbischof. Seine Majestät versucht gar nicht erst, Mailand zu stürmen. Er weiß noch genau, wie viele Truppen ihn das vor Crema gekostet hat.«

Der Hauptmann neigte sich Herrn Rainald zu und zischte leise zwischen den Zähnen hervor: »Er hat einen starken Bundesgenossen, unser Kaiser. Es ist der Hunger. Die hochmütigen Mailänder haben sich verrechnet. Sie haben geglaubt, wir würden so lange gegen ihre Bollwerke anrennen, bis wir mit blutigem Kopf aufgeben. Aber Herr Friedrich läßt nicht stürmen. Unsere Leute in Mailand haben ihm genaue Auskunft darüber geben können, wieviel Korn und Öl in den Mailänder Vorratsspeichern eingelagert wurde, wieviel Vieh sie in ihren Mauern haben und wieviel Wein. Es war reichlich bemessen – bis zur nächsten Ernte.«

»Bis zur nächsten Ernte«, nickte Herr Rainald. »Nur muß die zuerst eingefahren werden.«

»Das können die Mailänder aber nicht. Unser Kaiser hat ihre Felder zerstampfen, ihre Reben und Olivenbäume abhacken und verbrennen lassen. Aber nicht durch unsere eigenen Truppen, oh nein. Wir haben genügend Männer aus den Städten bei uns, die sich Mailand in seinem Hochmut auf den Tod verfeindet hat.«

»Cremona, Pavia, Lodi«, bemerkte Constantin.

»Genau. Sie haben sich mit Begeisterung auf die Felder Mailands gestürzt und die Ernte niedergetrampelt, ehe die Bauern irgend etwas davon einfahren konnten. Die haben sich in panischer Angst mit ihren Familien hinter Mailands Mauern geflüchtet. Wir ließen sie ganz unbehelligt durch unsere Reihen. Zwar sind jetzt noch ein paar Männer mehr in der Stadt, die kämpfen könnten, aber es sind auch viele Esser mehr, die von den Vorräten zehren wollen.«

»Weiß man, wie lange ihre Lebensmittel noch reichen?« erkundigte sich Herr Rainald.

Der Hauptmann zuckte mit den Schultern. »Ein paar Monate vielleicht.«

»So, so.« Rainald dankte dem Hauptmann und entließ ihn.

Er trabte eine Weile schweigend neben Constantin her.

»Ein paar Monate, das ist zu lang. So lange hält der Kaiser nicht mehr durch«, sagte er schließlich.

Den Rest des Weges schwieg Herr Rainald, in tiefe Gedanken versunken.

Am folgenden Tag kamen sie im kaiserlichen Lager vor Mailand an.

Nur einen Tag später brannten in Mailand die Hauptmagazine ab: Zuerst brannte das Öllager, mit einer so riesigen Flammenwand und unter so entsetzlichem Qualm, daß jedes Löschen unmöglich war. Das Feuer griff gierig auf die Kornspeicher über und dann auf die Ställe. Das verzweifelte Brüllen des Viehs war bis ins kaiserliche Feldlager zu hören. Noch lauter war das Jammern der vielen tausend Menschen, die ohnmächtig zusehen mußten, wie ihre Nahrung verbrannte.

Herr Rainald stand am Rand des Feldlagers und starrte düster auf die Stadt und den Widerschein der Flammen, die hoch über die Stadtmauer hinwegzuckten.

»Kannst du dir vorstellen, was dort drüben jetzt vor sich geht?« sagte er zu Constantin, ohne ihn anzuschauen.

»Die Leute fürchten, daß sie verhungern müssen.«

»Und was tun sie wohl als nächstes?« fragte Rainald.

»Sie versuchen, Nahrungsmittel zu ergattern. Sie würden die Märkte leer kaufen, aber es gibt vermutlich keinen Markt mehr. Wenn sie noch etwas zu essen haben, dann verstecken sie es, damit man es ihnen nicht wegnimmt.«

»So wird es wohl sein. Und was tätest du, wenn du dort Ratsherr wärst?«

Constantin überlegte. »Ich würde Büttel in alle Häuser schicken und alle Nahrungsmittel beschlagnahmen, die zu finden sind. Ich würde sie strengstens bewachen und genau einteilen und jedem nur so viel ausgeben, daß er gerade noch am Leben bleibt, damit es länger für alle reicht.«

»Und genau das tut auch der Mailänder Rat. Ich kann es durch die Mauern hindurch sehen«, meinte Herr Rainald düster.

Da begriff Constantin: Dieser Brand war kein Unglücksfall. Die Feuersglut, die dort drüben mit unverminderter Wut loderte, war absichtlich gelegt worden, um die Stadt zur Aufgabe zu zwingen. Wer den Brand gelegt haben mochte, konnte er zwar nicht wissen; aber wer es sich ausgedacht hatte, war ihm ganz klar. Er wandte sich zu Herrn Rainald und schaute ihm entsetzt ins Gesicht.

»Sie werden hungern«, flüsterte er. »Sie werden sich um den letzten Krümel Brot prügeln. Sie werden Ratten auflauern und sie braten. Sie werden ihre Alten und ihre Kinder Hungers sterben sehen.«

»Dies alles braucht nicht notwendig zu geschehen. Sie brauchen nur aufzugeben und sich ihrem Herrn zu unterwerfen, dann erhalten sie Nahrung und können überleben«, sagte Herr Rainald unerbittlich.

Constantin fühlte sich elend. Er wandte sich um und wollte gehen, da hielt ihn die Stimme des Erzbischofs zurück.

»Es kann nur einer in Norditalien herrschen: Der Kaiser als rechtmäßiger Herr – oder die anmaßende Stadt Mailand und ihr falscher Papst Alexander. Ich diene Kaiser Friedrich. Nur seine Interessen vertrete ich, bis zum Tod.«

»Bis zum Tod der hunderttausend Mailänder?« entfuhr es Constantin. Nun wandte Rainald sich ihm zu und sah ihm in die Augen.

»Wenn es sein muß, auch bis zu meinem Tod«, sagte er einfach. Sein Gesicht war ehrlich, und seine Augen so klar, wie es bei Menschen der Fall ist, die ihren Weg genau kennen und ihn gehen, ohne zu zweifeln und mit reinstem Gewissen.

Auch noch am nächsten Tag brannte es in Mailand und am Tage darauf. Dann senkte sich Stille über die Stadt. Bei jedem Windstoß wirbelte schwarze Asche hinter den Mauern auf und wurde über das Land geblasen.

Kaiser Friedrich schickte einen Herold vor die Stadt, dessen Stimme weiter trug, als ein Pfeil zu fliegen vermochte. Er forderte im Namen des Kaisers die Übergabe der Stadt, auf Gedeih und Verderb. Es kam keine Antwort.

In den nächsten Wochen griffen des Kaisers Soldaten immer wieder Leute auf, die auf geheimen Wegen aus der Stadt gekommen waren und auf den verwüsteten Feldern nach irgend etwas Eßbarem suchten. Jeder, den sie faßten, wurde verstümmelt und in die Stadt zurückgejagt. Einmal griffen die Feldwachen sechs Männer auf. Als sie vernommen wurden, zeigte es sich, daß sie alle der vornehmen Kaste der Capitani angehörten. Es war ein alter Mann darunter, die anderen waren Männer im besten Alter, aber so bleich, schwach und ausgehungert, daß sie wie Greise wirkten. Der kaiserliche Hauptmann, der als Bote zu Rainald geschickt worden war, hielt Vorsitz in dem Feldgericht, vor das sie geführt wurden. Er verurteilte sie zur Blendung.

Constantin kam im Auftrag des Erzbischofs vorbei und hörte das unmenschliche Gebrüll, als den Gefangenen das glühende Eisen nacheinander in beide Augen gestoßen wurde. Das Herz klopfte ihm bis zum Hals, und er rannte, so schnell er konnte.

»Halt!«, schrie er verzweifelt. »So haltet doch ein!«

Der Hauptmann blickte sich um und erkannte den Vertrauten von Erzbischof Rainald.

»Habt Ihr einen Befehl für mich?« fragte er.

Constantin konnte kaum sprechen. Schließlich brachte er heraus: »Nein, keinen Befehl für Euch, ich bin in einem anderen Auftrag des Erzbischofs unterwegs.«

Er schaute die gefangenen Männer an und bemerkte, daß das Urteil bei einem von ihnen noch nicht vollzogen war. Hastig fuhr er fort:

»Aber als Mensch flehe ich Euch an: Habt doch Mitleid wenigstens mit dem letzten Mann hier und verschont ihn!«

Der Gefangene begriff, daß er einen Fürsprecher gefunden hatte. Er warf sich auf die Knie und sprudelte rasch etwas in Italienisch hervor. Constantin verstand seine Sprache gut.

»Er hat vier Kinder, die ihm verhungern. Er wollte nur etwas zu essen suchen, denn in der Stadt gibt es nichts mehr«, bettelte Constantin. »So laßt ihn doch laufen, nur diesen einen!«

Der Hauptmann überlegte. Er hatte keine Freude an überflüssigen Grausamkeiten; aber Befehl war Befehl, dem konnte man sich ohne eigene Gefahr nicht entziehen.

»Der Befehl lautet: Gefangene sind zu blenden und in die Stadt zurückzuschicken, daran gibt es nichts zu deuteln«, meinte er unschlüssig.

»So laßt ihm doch wenigstens ein Auge!« rief Constantin flehend. »Damit er den Weg zurück in die Stadt überhaupt finden kann!«

Der Hauptmann nickte kurz entschlossen. »Der Mann wird geblendet!« brüllte er noch einmal, und dann, leise, zu dem Feldscher: »Aber nur auf einem Auge. Macht rasch, damit er bald fort ist.«

Der Mann schrie nicht, als ihm das glühende Eisen in das linke Auge gestoßen wurde, nur ein unmenschliches Stöhnen entfuhr ihm. Er legte eine Hand über die blutende Augenhöhle und griff mit der anderen nach einem der geblendeten Männer, die auf dem Boden lagen. Er zerrte ihn in die Höhe, dann die anderen und legte ihre Hände ineinander. Dann führte er die fünf Unglücklichen, denen das Blut über Gesicht und Kleidung strömte, in die Stadt zurück.

Constantin schaute ihnen nach, wie sie mühsam tappend ihrem Führer folgten. Dann wandte er sich dem Hauptmann zu.

»Ich danke Euch. Ihr habt so viel Menschlichkeit bewiesen, wie es Euch unter den gegebenen Umständen möglich war. Ihr habt einen großen Gefallen bei mir gut.«

Der Hauptmann winkte unwillig ab. »Warum solltet Ihr mir etwas schulden? Glaubt nur nicht, daß es mir etwa Vergnügen macht, diese armen Teufel zu foltern. Auch den Kaiser freut das nicht und sicher auch nicht Euren Erzbischof. Aber ohne Gewalt wird sich Mailand nie ergeben, nie! So ist nun einmal der Krieg.«

Constantin ging langsam davon. Er hatte den Auftrag des Erzbischofs vergessen. Ihm war übel bis zum Erbrechen. Magen und Darm streikten gleichzeitig, und er ging hinter ein Gebüsch, weil der Weg zur Latrine zu weit war.

Er erbrach sich ingrimmig, und ihm war, als könne er niemals den Ekel ausspeien, den er bei der Blendung der Mailänder empfunden hatte; auch sein Darm verlangte drängend nach Entleerung. Hinterher schaute er sich nach einem Grasbüschel zur Reinigung um, aber an dieser Stelle lagen zu viele Piniennadeln. Er blickte hoch, ob sich ein geeigneter Zweig mit Blättern fände, und hörte Schritte. Ein Mann näherte sich, in einen schlichten Reitermantel gehüllt, das Gesicht von einer Kapuze halb verborgen. Er schaute sich suchend um, ohne Constantin zu bemerken, und stellte sich dann hinter die hohe Pinie, die hier einsam aufragte. Constantin sah kurz sein Gesicht und erkannte Konrad, den Pfalzgrafen bei Rhein und Halbbruder des Kaisers.

Gerade von diesem wollte Constantin in seiner peinlichen Lage nicht bemerkt werden. Der Pfalzgraf war durchaus kein Freund des Erzbischofs Rainald und hatte gelegentlich spöttische Bemerkungen an Constantin gerichtet. Also blieb Constantin hinter das Gebüsch geduckt und fragte sich, warum zum Teufel der Pfalzgraf denn gerade an dieser einsamen Stelle verweilen mußte. Es dauerte aber gar nicht lange, und ein weiterer Mann kam von der anderen Seite herbeigeschlichen. Constantin duckte sich noch ein wenig tiefer und verwünschte die beiden Störenfriede im stillen. Der zuletzt Angekommene sprach den Pfalzgrafen an, in einem sehr langsamen, holprigen Deutsch. Constantin verstand fast jedes Wort, glaubte aber seinen Ohren nicht zu trauen. Der zweite Mann war offensichtlich ein mailändischer Bote; er bat den Pfalzgrafen um Unterstützung.

»Wir Mailänder bitten Euch, beim Kaiser für uns milde Bedingungen zu erwirken. Ihr würdet dann als Friedensstifter dastehen, das könnte Euer Ansehen stärken.«

»Mein Bruder, der Kaiser, wird kaum darauf eingehen. Er ist sehr ergrimmt über den Widerstand der Stadt und verlangt, daß sie sich ohne jede Bedingung ergibt.«

»Ist das wirklich Seine Majestät, der Kaiser, der darauf besteht? Ist es nicht Rainald von Dassel, der verfluchte Erzbischof von Köln, der es ihm vorschreibt?«

»Was fällt Euch ein? Mein Bruder läßt sich von niemandem sein Verhalten oder seine Meinung vorschreiben«, widersprach der Pfalzgraf. Aber seine Entrüstung klang ein wenig lahm. Insgeheim haßte er Rainald und war auf den mächtigen Ratgeber seines kaiserlichen Halbbruders bitter eifersüchtig. »Da mir daran liegt, daß dieser Krieg ein rasches Ende findet, will ich eine Vermittlung versuchen. Eure Konsuln mögen sich hier im Lager einfinden, damit wir die Einzelheiten besprechen können. Ich sage ihnen freies Geleit zu. Morgen um die gleiche Stunde. Den Herzog von Böhmen und den Landgrafen von Thüringen will ich gleichfalls bitten, ihre Stimme zugunsten von Mailand in die Waagschale zu werfen.«

Der mailändische Bote war hoch erfreut, kniete nieder und küßte dem Pfalzgrafen die Hand und entschwand so leise, wie er gekommen war. Herr Konrad blickte ihm nach, er sah sehr zufrieden aus. Dann ging auch er ins Lager zurück.

Constantin wartete noch eine Weile, bis er sicher vor Entdeckung sein konnte. Dann richtete er sich steifbeinig aus der geduckten Haltung auf, in der er so unerwartet lange hatte verharren müssen, und ging schnurstracks zum Erzbischof.

Herr Rainald hörte sich Constantins Bericht mit ernster Miene an.

»Da habe ich nun so viele Spitzel im Lager, aber dieses geheime Treffen hat keiner von ihnen bemerkt. Was für ein Glück für mich, daß du es zufällig belauschen konntest! Hier geht es nämlich um keine kleine Sache. Der Herr Pfalzgraf bei Rhein ist schon lange eifersüchtig auf mich und meinen Einfluß auf seinen kaiserlichen Bruder, und er möchte mir zu gern ein Bein stellen. Die beiden anderen Herrn aus Böhmen und Thüringen denken da sicher ähnlich. Sie wollen mich loswerden. Nur: Welche andere Möglichkeit gibt es denn? Wenn der Kaiser Herrscher in Italien sein will, muß er Mailand zu Boden werfen.«

Constantin erinnerte sich an die Geblendeten und schauderte.

Herr Rainald sah ihn scharf an. »Ja, ich habe längst gehört, was im Lager vorgefallen ist. Mein Freund aus Köln hat sich in ein Verfahren eingemischt, das ihn nichts anging. Der Hauptmann hat einen Weg gefunden, deinem Wunsch zu entsprechen, wobei er sehr hart an die Grenze seines Befehls kam. Sei es drum. Ich nehme es nicht zur Kenntnis.«

Aber als er Constantins bittere Miene sah, legte er ihm abbittend die Hand auf den Arm.

»Es geht wirklich nicht anders. Wir müssen die Mailänder so in Angst und Schrecken versetzen, daß sie nachgeben, Constantin. Und das sollte im Interesse der Mailänder selbst geschehen, ehe die halbe Bevölkerung der Stadt verhungert ist.«

»Ob du nicht doch eher unser eigenes Interesse dabei im Auge hast?« fragte Constantin grimmig.

»Ich habe es dir schon früher gesagt, ich bin vor allem anderen eins: der Diener des Kaisers. Und dem hast du heute einen größeren Dienst erwiesen, als du glaubst. Ich werde dem Herrn Pfalzgrafen die Suppe schon versalzen.«

Am folgenden Tag hatte niemand von Rainalds Rittern dienstfrei. Kein einziges Pferd war in den Ställen zurückgeblieben. Alle überwachten ganz unauffällig und nicht nur in dem Kölner Abschnitt das Lager.

Darum gelangten die Mailänder Konsuln auch nicht an ihr Ziel. Sie wurden von den überall herumschwärmenden Kölnern angehalten, überprüft, als Feinde erkannt und gefangengenommen. Dies fand auf dem Gebiet statt, für das der Pfalzgraf bei Rhein zuständig war, und die Kölner hatten dort eigentlich nichts verloren.

Nun waren die Mailänder Konsuln vorsichtige Leute, darum folgte ihnen auch in einigem Abstand eine starke Bedeckung. Als die aus der Ferne den Eindruck gewannen, daß es nicht die Männer des Pfalzgrafen waren, die da die Konsuln in ihre Mitte genommen hatten, griffen sie an. Sie waren viel zahlreicher als die Handvoll Kölner Ritter, und es gab im Handumdrehen ein erbittertes Gefecht.

Als der Kampflärm aufbrandete, war im Nu das ganze Lager auf den Beinen, und das Alarmzeichen der Trompeter drang gellend in den letzten Winkel. Der Pfalzgraf, der die Mailänder später entdeckt hatte als die Kölner, schäumte vor Wut, weil diese seine Geleitszusage gebrochen hatten. Er rührte keinen Finger, um die Männer Rainalds bei den Mailändern herauszuhauen; aber schon war Kaiser Friedrich selbst da und stürmte mit seinen Kämpfern in das Getümmel.

In der Stadt hatten die Belagerten den Tumult auch bemerkt und machten einen Ausfall, so daß es zu einer Schlacht kam. Diese wogte lange unentschieden hin und her, bis ein kühner Flankenangriff, vom Kaiser selbst geführt, die Sache entschied und die verzweifelten Mailänder zum Rückzug zwang.

Der Pfalzgraf hatte sich nicht in den Kampf eingemischt. Er stürmte in das kaiserliche Zelt, wo Friedrich sich gerade einen blutigen Kratzer vom Feldscher versorgen ließ.

»Ich verlange eine strenge Bestrafung des Erzbischofs von Köln«, schrie Konrad wütend. »Er hat meine Ehre aufs unerträglichste gekränkt. Freies Geleit hatte ich den Mailändern zugesagt, auf mein Ritterwort.«

Der Kaiser musterte seinen Halbbruder mit kalter Miene.

»So, hattest du das? Und sicher hast du Herrn Rainald auch davon in Kenntnis gesetzt?«

»Wie käme ich dazu? Ich bin ihm keine Rechenschaft schuldig.«

Friedrich schickte den Feldscher und seinen Diener mit einer Handbewegung hinaus. Mit halblauter Stimme, damit nicht das ganze Lager ihrer Unterhaltung zuhörte, sagte er zu Konrad:

»Aber mir, Bruder, mir bist du sehr wohl Rechenschaft schuldig.

Was fällt dir ein, dich auf diese Art und Weise einzumischen? Du bist völlig unverantwortlich und hast keinen Schimmer von den politischen Zusammenhängen. Ist dir noch immer nicht aufgegangen, daß du das ganze Heer in schwerste Gefahr gebracht hast durch eine Schlacht, auf die wir nicht vorbereitet waren? Und an der ich dich auch nicht habe teilnehmen sehen. Wie kannst du es wagen, geheime Verabredungen hinter meinem Rücken zu treffen? Wärst du nicht mein Bruder, ich würde dich unverzüglich als Hochverräter vor Gericht stellen! Und was Herrn Rainald betrifft: Da er nicht über deine Machenschaften unterrichtet war, konnte er ja wohl auch nichts von der Geleitszusage wissen. Die Kölner haben nichts weiter als ihre Pflicht getan und verdienen mein höchstes Lob.«

Konrad schnappte nach Luft. Dreimal öffnete er den Mund zur Widerrede, und jedesmal riet eine dringende innere Stimme ihm, kein Wort zu sagen. Schließlich wandte er sich um und ging ohne ein Wort hinaus. Die Wut kochte in ihm. Der verhaßte Erzbischof glänzte in des Kaisers Gunst, und er, dessen eigener Bruder, war wie ein Schuljunge abgekanzelt worden.

Constantin war des Krieges nun mehr als überdrüssig, und er wäre gern nach Köln zurückgekehrt, aber der Erzbischof bat ihn dringend, noch bis zum Fall Mailands, der jetzt unausweichlich sei, zu bleiben.

»Ich weiß, Constantin, daß du mir ein großes Opfer bringst. Du hast Frau und Kind zu Hause, du hast ein Geschäft, um das du dich kümmern mußt; und daß der Krieg dir in tiefster Seele mißfällt, weiß ich genau. Aber bleib bitte dennoch, ich bin sicher, daß ich dich noch dringend brauchen werde.«

Es war nun klar, daß der Krieg in diesem Jahr nicht mehr beendet werden konnte. Kaiser Friedrich wies seinem Heer die Winterlager zu, und das so geschickt, daß jeder Zufahrtsweg nach Mailand gesperrt war. Es gab keine Brücke oder Straße, die nicht sorgfältig von seinen Leuten beobachtet wurde. Den Bewohnern der umliegenden Ortschaften wurde bekanntgegeben, daß es auf das strengste verboten war, Lebensmittel in die belagerte Stadt zu führen, andernfalls würden sie schrecklich bestraft werden. Die Einwohner von Piacenza versuchten es dennoch bei Nacht und Nebel: Sie wurden aber von den Deutschen ergriffen. Der Henker hieb fünfundzwanzig Männern die rechte Hand ab. Danach wagte niemand mehr, den Mailändern zu Hilfe zu kommen.

Ein letztes Mal bäumten die verzweifelten Mailänder sich auf. Sie brachten noch einmal fünfhundert Ritter zusammen, die einen Ausfall wagten und bis Lodi gelangten. Dort wurden sie von den wachsamen Deutschen gestellt und zusammengehauen.

Nun war jede Hoffnung der Mailänder dahin. An einem kalten Wintermorgen standen ihre Unterhändler vor dem kaiserlichen Lager. Kaiser Friedrich empfing sie nicht, sondern ließ sie vor Rainald von Dassel führen. Dieser hörte sie mit kalter Miene an und erklärte ihnen:

»Ich sehe keinerlei Möglichkeit für Verhandlungen. Ergebt euch auf Gnade oder Ungnade. Bedingungen habt ihr keine zu stellen.«

Die Mailänder erblaßten.

Einige von ihnen hatten noch immer die Hoffnung gehegt, ihre Stadt könne vor der Zerstörung bewahrt bleiben.

»Aber wir haben doch schon so viel angeboten: den Graben um unsere Stadt zuzuschütten! Die Mauern einzureißen! Einen kaiserlichen Statthalter in Mailand aufzunehmen! Und nicht zu vergessen: Riesige Tribute wollen wir in Zukunft zahlen – aber dazu müßt ihr uns die Möglichkeit lassen, diese erst einmal zu verdienen!« rief der Wortführer der Unterhändler verzweifelt.

Rainald schien ihn nicht zu hören. Er stand auf und verließ das Zelt, ohne die Mailänder noch eines Blickes zu würdigen.

Die blieben stehen, mit hängenden Köpfen. Wozu sollten sie in ihre Stadt zurückkehren? Einige der Fürsten gingen zum Kaiser und wünschten, er möge das Angebot der Mailänder annehmen. Friedrich wehrte sie ab und blieb eisern.

Es wurde Abend. Die Unterhändler setzten sich auf den Boden. Sie würden hier bleiben, bis sie eine Antwort erhalten hatten, die ihrer Stadt irgendeine Zukunft verhieß. Andernfalls konnten sie gleich sitzen bleiben, bis sie starben. Diener des Kaisers brachten schweigend eine Platte mit Brot und Fleisch, dazu zwei Krüge Wein und Wasser, stellten alles ab und gingen, ohne ein Wort zu verlieren. Die ausgehungerten Männer rührten nichts davon an.

Kaiser Friedrich war müde und verdrossen. Zu viele seiner Fürsten hatten ihn bedrängt, Gnade walten zu lassen. Sie hatten seine

Gründe, warum die bedingungslose Übergabe so wichtig war, nicht verstanden. Er hatte es satt, das gleiche immer wieder zu erklären.

Gerade wollte er sich auf sein schmales Feldbett legen, da meldete sich ein letzter Besucher.

»Komm herein, Rainald«, sagte der Kaiser. »Du kommst wohl auch, um Gnade für Mailand zu erbitten.« Und er lachte bitter.

»So ist es, Majestät«, antwortete Rainald gelassen. Friedrich fuhr hoch wie von der Viper gestochen.

»Ich höre wohl nicht richtig?« setzte er an. Dann sah er den Gesichtsausdruck seines Kanzlers und stutzte.

»Kein Anlaß zum Scherzen«, meinte er abwehrend.

»Sehr richtig, Majestät!« pflichtete Rainald ihm bei.

Friedrich zog seinen linken Stiefel vom Fuß und warf ihn zornig in die Ecke.

»Sag nicht immer Majestät zu mir! Und was genau willst du eigentlich?«

Der zweite Stiefel flog hinterher.

»Ich möchte, wenn Majestät gestatten, den Rat geben, das Angebot anzunehmen.«

»Wir sind, vor längerer Zeit schon, gemeinsam zu dem Schluß gekommen, daß Mailand vernichtet werden muß, anders kann ich nicht über Oberitalien herrschen. Und daran hat sich nichts geändert.«

»Wenn Ihr auf die Übergabebedingungen der Mailänder nicht eingeht, könnte man Euch als bösartigen Tyrannen ansehen. Das wäre der schlechteste Auftakt für Eure Herrschaft in diesem Land. Nehmt die Mailänder doch beim Wort: Sie werden ihre eigenen Bedingungen gar nicht erfüllen können, denn die Menschen in der Stadt sind halb wahnsinnig vor Hunger und im Aufruhr. Sie haben gar nicht die Kraft, Graben und Mauern zu vernichten. Ob sie die versprochenen Tribute werden zahlen können, weiß ich nicht, aber einen Statthalter werden sie nicht lange friedlich in ihren Mauern dulden. Sie werden ihr Wort immer wieder brechen; und dann – dann kann Majestät mit völliger Berechtigung die Stadt von Grund auf zerstören, während es jetzt als Mutwille angesehen werden könnte.«

Der Kaiser atmete tief auf und betrachtete seinen Kanzler, als sähe er ihn zum ersten Mal.

»Rainald, manchmal könnte man Angst vor dir haben.«

»Nicht Ihr, Majestät. Ich werde bis zum Tod Euer treuester Diener sein. Keinen Tag werdet Ihr an mir zweifeln müssen.«

Der Kaiser seufzte. So vieles lastete auf ihm; aber hier war ein Mann, der immer und immer wieder einen schweren Packen von ihm abnahm und auf sein eigenes Kreuz lud.

»Die Majestät ist jetzt fort, und hier sitzt nur dein müder und erschöpfter Freund Friedrich und möchte sich noch mit dir betrinken.«

»Du weißt doch, daß ich mich niemals betrinke, Majestät.«

»Dann mach heute einmal eine Ausnahme. Und wenn du nicht endlich aufhörst, mich Majestät zu nennen, rede ich dich nur noch mit hochwürdigste erzbischöfliche Gnaden an!«

So kam es, daß Rainald selbst die Mailänder Unterhändler am folgenden Morgen aufsuchte. Sie lagen noch an der gleichen Stelle, wo sie gestern zu Boden gesunken waren. Brot, Fleisch und Wein waren unberührt. Um sie herum hatte der wachhabende Feldhauptmann zehn Männer aufgestellt. Sie standen im Kreis um die Mailänder, stützten sich auf ihre Spieße und taten so, als sähen sie die Unterhändler nicht. Sie grollten ihnen gewaltig, weil sie um ihretwillen die ganze Nacht hatten stehen und auf ihre Nachtruhe hatten verzichten müssen.

»Achtung!« rief der Hauptmann, und seine Männer nahmen Haltung an. Die Mailänder fuhren aus dem Schlaf hoch. Rainald trat in ihre Mitte, während sie sich müde aufrappelten.

»Gesandte Mailands«, begann Rainald, »eure Stadt hat sich immer wieder gegen ihren Herrn, den Kaiser Friedrich, aufgelehnt. Sie hat darum strengste Strafe verdient. Aber unser Kaiser in seiner Güte will nicht den Tod so vieler Menschen. Er geht davon aus, daß die Aufrührer zur Einsicht gekommen sind, und gibt euch zum allerletzten Mal die Möglichkeit zur Bewährung. Er nimmt daher euer Angebot zur Unterwerfung an und wird dabei Leben und Eigentum der Bürger schonen, ja sogar die Stadt selbst nicht anrühren. Die von euch selbst genannten Bedingungen sind allerdings dafür bis ins Kleinste einzuhalten. Sobald wir über die Einzelheiten dazu übereingekommen sind, wird der Kaiser euch Lebensmittel liefern.«

Damit wandte er sich um und ging.

Die Mailänder schauten sich ungläubig an. Sie hatten nicht mehr mit der Zustimmung des Kaisers gerechnet. Langsam breitete sich die Erkenntnis auf ihren Gesichtern aus, daß die Stadt gerettet war. Sie fingen an zu lachen, schlugen sich gegenseitig auf die Schulter, lachten immer lauter, bis Tränen über ihr Gesicht liefen. Dann wandten sie sich um und liefen Richtung Mailand davon.

Der Letzte kehrte noch einmal zurück, schnappte sich den Braten vom Boden, wischte die Ameisen, die sich inzwischen daran gütlich taten, ab und verbarg ihn in seinem Mantel, ehe er den anderen folgte.

In der Stadt gab es große Aufregung, als die Unterhändler mit der erlösenden Nachricht zurückkehrten. In der Meinung, daß nun zu jeder Stunde Karren mit den ersehnten Lebensmitteln ankommen würden, stellten sich die Leute mit Töpfen und Säcken an den Stadttoren auf. Sie konnten nicht hinaus, denn Kaiser Friedrich hatte jedes Tor, jedes Pförtchen besetzen und bewachen lassen. Doch die Stunden verrannen, und kein Korn, kein Schlachtvieh, keine Ölfässer waren zu sehen. Die Leute wurden immer unruhiger.

Inzwischen waren die Konsuln voller Hoffnung in das kaiserliche Lager zurückgekehrt, um möglichst rasch die Einzelheiten der Übergabe zu klären. Sie hofften, in kürzester Zeit mit den versprochenen Lebensmitteln in die Stadt einziehen zu können, aber diese Erwartungen wurden auf das grausamste enttäuscht. Der kaiserliche Notar, ein Schreiber des Erzbischofs Rainald von Dassel, nahm sich alle Zeit der Welt. Er feilschte um jede Kleinigkeit, ließ vom Italienischen ins Lateinische und dann wieder ins Deutsche übersetzen, damit auch keine Zweideutigkeiten sich einschleichen konnten, brachte rechtliche Bedenken aller Art vor.

Voll Verzweiflung rief schließlich der älteste Konsul: »So schreibt doch, was immer Euch beliebt, wenn es nur irgendwie den Sinn unserer Übereinkunft trifft; aber gebt uns zu essen, zu essen, zu essen!«

Der Notar schaute ihn tadelnd an. »Es muß alles seine Ordnung haben«, sagte er trocken und erhob sich. »Wir haben jetzt elf Paragraphen erledigt, und siebzehn weitere stehen noch aus. Wir werden morgen weiterverhandeln.«

Und ehe die blaß gewordenen Mailänder sich fassen konnten, war er zum Zelt hinaus.

Sie wollten hinter ihm her, ihn packen und zurückschleppen, ihm drohen, er möge sich nicht von der Stelle rühren, ehe sie nicht fertig waren – aber kaum waren sie zum Zelt heraus, kreuzten sich die Spieße der Wächter wieder vor und hinter ihnen, und sie mußten, ob sie wollten oder nicht, unverrichteter Dinge in ihre Stadt zurückkehren.

Als die Konsuln mit hängenden Schultern die Stadt betraten, ohne daß hochbeladene Wagen hinter ihnen herrollten, gab es großes Jammergeschrei unter den Leuten, die seit Stunden dagestanden und gewartet hatten. Sie gaben den Konsuln die Schuld an dem Mißerfolg.

»Es ist doch klar gesagt worden, was wir alles tun wollen; und mehr kann man nicht aus uns herauspressen«, rief ein alter, langbärtiger Schneidermeister. »Was gibt es also zu verhandeln? Paßt auf, die Konsuln wollen ihr eigenes Schäfchen ins Trockene bringen, die haben noch Besitztümer, die der Kaiser nicht bekommen soll. Aber wir haben alle unsere Ersparnisse für die irrwitzig teuren Lebensmittel ausgegeben. Wir kleinen Leute haben gar nichts mehr zu verlieren, nur noch unser Leben.«

Und zutiefst niedergeschlagen und hungrig wie zuvor gingen sie nach Hause.

Am nächsten Morgen in aller Frühe standen die Konsuln vor dem kaiserlichen Lager. Es dauerte lange, bis sie eingelassen wurden. Sie suchten das Schreiberzelt auf, aber der Notar war nicht da. Es war schon nach Mittag, als er endlich ankam, und er hatte eine entmutigend große Anzahl von Tafeln mit Schriftsätzen mitgebracht.

Wie am Vortag war er auch jetzt übergenau, drehte jeden Paragraphen hin und her, kam von einem Standpunkt zum nächsten. Es wurde Abend, sie waren noch lange nicht am Ende.

»Wir werden dann morgen weiterarbeiten«, bemerkte er und war wieder so flink hinausgeschlüpft, daß sie keine Möglichkeit hatten, ihn zurückzuhalten.

Die Mailänder Konsuln konnten es nicht fassen. Sie begriffen auch nicht, was für eine Taktik hinter dieser Verschleppung steckte. Aber als sie sich, gebeugt vom Hunger und den fortwährenden Enttäuschungen, zum Stadttor hereinschleppten, brüllte die Menge drinnen vor Wut auf.

»Ihr Idioten!« schrie ein Metzgermeister, der nun schon lange keine Wurst mehr gemacht hatte, »ihr seid zu nichts zu gebrauchen. Wir haben euch satt. Ihr seid alle abgesetzt. Uns reicht es. Los, Leute, wir holen uns selbst, was wir brauchen.«

Und während einige aufgebrachte Bürger die unglücklichen Konsuln packten und im nächsten Keller einschlossen, griffen die anderen zu Prügeln, Steinen und ihren Messern und stürmten unter lautem Geschrei zum Stadttor hinaus.

Weit kamen sie nicht. Die Reiter warteten schon auf sie. Ruhig und sachlich, ohne unnötiges Blutvergießen, trieben sie die ausgemergelten Gestalten in ihre Stadt zurück und rückten hinter ihnen ein. Auf dem Marktplatz riegelten sie ein Viereck ab und umstellten es mit Bewaffneten. Dann ritt Rainald von Dassel in die Mitte und sprach in flüssigem Italienisch zu den Mailändern.

»So also sieht eure Unterwerfung aus? Ihr gehorcht den von euch selbst gewählten Konsuln nicht und wagt es zudem noch, unser Heer anzugreifen. Alle Verhandlungen sind daher null und nichtig.«

Er machte eine Pause, damit die Mailänder Zeit hatten, zu begreifen, was sie da angerichtet hatten. Die Männer jammerten, die Frauen weinten und baten um Gnade. Aber Rainald blieb hart.

»Es ist jetzt nicht die Zeit für Gnade. Jetzt gibt es nur noch eins: Völlig bedingungslose Übergabe. Eine Nacht geben wir euch noch, um nachzudenken. Morgen, eine Stunde nach Sonnenaufgang, könnt ihr euch auf Gnade oder Ungnade ergeben. Ist diese Frist verstrichen, bleibt ihr in euren Mauern eingesperrt, von mir aus bis zum jüngsten Tag.«

Damit gab er seinem Roß die Sporen und ritt davon, gefolgt von den Kölner Rittern. Sie umstellten die Stadt, so daß nicht einmal ein Mäuslein hätte entschlüpfen können. Die Mailänder hielten es nicht mehr für nötig, ihre Stadttore zu verriegeln. Wozu auch? Den Hungertod konnten sie nicht ausschließen, der kam und ging von Haus zu Haus.

Der folgende Tag war der 6. März im Jahre des Herrn 1162. Die Sonne schien lieblich und warm; sie schien auf die von zahllosen Füßen und Hufen zerstampfte Erde wie auch auf die vom Hunger zermürbten Menschen, die sich soeben aus der Stadt schleppten. Vorweg die

Konsuln, die ihren Keller bald wieder hatten verlassen dürfen, dann die Ritter und Priester, dahinter das gesamte Mailänder Volk, das noch lebte. Sie trugen die schlichteste Kleidung und gingen barfuß. Wer ein Schwert besaß, hatte es sich zum Zeichen der Unterwerfung um den Hals gebunden. In ihrer Mitte führten sie ihren Carrocio, einen Wagen, auf dem sie bei der Schlacht die Fahnen der einzelnen Stadtviertel zu führen pflegten.

Der Kaiser erwartete sie, hoch auf einem Thron sitzend. Er saß dort wie die ehernen Standbilder der alten römischen Kaiser, neben ihm seine Fürsten, auf den Seiten das Heer, soweit Platz zu finden war. Die Morgensonne beschien ihn von hinten und umgab ihn mit einem Lichtkranz, der im Laufe des Morgens immer leuchtender wurde.

Die Besiegten kamen mit schleppenden Schritten daher. Sie warfen sich zu Boden. Aus jedem Viertel trat ein Mann vor, bekannte im Namen seiner Mitbürger ihre Schuld, und legte dann das Banner seines Viertels vor dem Kaiser auf den Boden.

Dann fuhren sie den Carrocio vor den Kaiser, und während ihre Trompeter ein Lied bliesen, senkten sie langsam die Fahnenstange, bis auch ihr Stadtbanner zu Füßen des Kaisers lag. Zum Schluß traten die Konsuln vor, legten die Stadtschlüssel vor den Kaiser und knieten nieder.

Es herrschte eine Weile völlige Stille. Der Kaiser regte sich eine lange Zeit nicht und blickte schweigend auf die Menschen hinab. Endlich gab er seinem Kanzler ein Zeichen. Rainald trat vor und las die Unterwerfungsurkunde vor. Als er fertig war, fragte er:

»Ist dies so euer Wille?«

»Ja«, seufzten die Mailänder.

»So sprecht mir den Treueid nach. Dann wird der Kaiser entscheiden.«

So geschah es. Der Kaiser erhob sich und blickte auf seine gedemütigten, besiegten Gegner herab.

»Ihr seid alle Hochverräter und hättet den Tod viele Male verdient. Aber auf Bitten meines Kanzlers, Herrn Rainald von Dassel, will ich ein allerletztes Mal Gnade walten lassen und euch euer verwirktes Leben schenken. Aber da ihr mein Vertrauen schon mehrere Male enttäuscht habt, werde ich mich diesmal sichern. Ich behalte eure Konsuln und die wichtigsten Männer Mailands als Geiseln zurück. Eine Liste mit den Namen ist schon erstellt, sie wird euch anschließend bekanntgegeben.«

Der Kaiser machte eine Pause. Die Mailänder schauten sich gegenseitig an und überlegten angstvoll, wessen Name auf dieser Liste stehen mochte. Doch nicht gar der eigene? Der Herrscher fuhr fort:

»Die Mauern eurer Stadt habt ihr an vier Stellen niederzulegen, und zwar jeweils ein so breites Stück, daß das Heer Platz genug zum Einrücken hat. Anschließend wird euch Essen aus der Feldküche gereicht.«

»Wie sollen unsere Mauern uns noch schützen, wenn an jeder Seite jeder Feind hineinkann?« fragte ein alter Ratsherr halblaut.

Der Kaiser hatte es gehört.

»Über das Schicksal der Stadt entscheide ich demnächst«, befand er kühl und ging.

Die Liste mit den Namen der Geiseln wurde verlesen. Es war schlimmer, als die Mailänder befürchtet hatten. Vierhundert Männer nahm der Kaiser in Gewahrsam: alle, die an der Regierung der Stadt beteiligt gewesen waren, alle Ritter, alle Rechtsgelehrten.

»Warum müssen denn keine Geistlichen in kaiserliche Haft?« fragte eine Frau heftig, deren Vater, Ehemann und Brüder alle auf der Liste standen.

»Weil der Kaiser gnädig ist«, beschied sie der Notar. »Deren Aufgabe ist es, euch geistlichen Beistand zu leisten. Den will euch Seine Majestät nicht nehmen, ihr solltet ihm dafür danken.«

Die Mailänder begaben sich zu ihrer Stadt zurück. Sie holten Hacken und Schaufeln. Da sie längst auch die letzte Mähre der Stadt verzehrt hatten, stellte der kaiserliche Hauptmann ihnen großzügig Pferde zur Verfügung, mit deren Hilfe sie Steine aus der Mauer brachen. Währenddessen wurde in der Feldküche schon gekocht.

»Wieso bekommen wir die Lebensmittel nicht selbst und bereiten sie nach unserm Geschmack zu?« maulte eine alte Frau.

»Weil der Kaiser gnädig ist«, erwiderte abermals der Notar, der die Arbeiten zu beaufsichtigen hatte. »Ihr würdet vermutlich so viel Essen hineinstopfen, daß viele unter Qualen sterben würden. Und ob ihr es wirklich gerecht verteilen würdet? So hat der Kaiser befohlen, daß euch heute nach Beendigung der Arbeit eine Mehlsuppe ohne

Fett gereicht wird, das haben die Feldärzte empfohlen, und morgen früh gleich wieder eine. Anschließend könnt ihr langsam wieder an eure übliche Kost gewöhnt werden.«

So geschah es. Als die Arbeit beendet war und die Stadtmauer vier riesige Löcher aufwies, wurden die Leute in die vor der Stadt errichtete Küche geführt. Über mehreren Feuern dampften gewaltige Kessel. Die Leute stellten sich in langen Schlangen an. Der erste hielt seine Holzschüssel hin und erhielt eine sehr kleine Portion.

»Was soll das, wollt Ihr uns verspotten?« schrie er zornig auf.

»Nein, dein Leben retten. Dein entwöhnter Bauch kann keine großen Mengen vertragen, jedenfalls nicht auf einmal. Iß dies wenige in aller Ruhe und stell dich dann wieder an; dann hat dein Magen Zeit genug, seine Arbeit zu tun.«

Die vorausschauende Fürsorge des Kaisers war richtig gewesen: Niemand mußte sich nach dem Genuß in Koliken am Boden wälzen. Zum ersten Mal nach langer Zeit schliefen die Mailänder in dieser Nacht nicht hungrig ein. Beim ersten Dämmerlicht standen sie schon wieder vor der Feldküche, um abermals ihre Suppe zu empfangen.

Aber als dies geschehen war, riefen die Trompeten sie wieder zusammen. Stumpf und niedergeschlagen hörten sie sich den Befehl an: Sie hätten am folgenden Morgen ihre Stadt zu verlassen. Unter der Aufsicht kaiserlicher Beamter würden sie an vier verschiedenen Stellen neu angesiedelt. Ein jeder dürfe mitnehmen, was er tragen könne.

Es war vorbei. Die Stadt war preisgegeben, die Heimat verloren, die gewachsene Gemeinschaft, der Broterwerb. Was blieb ihnen noch? Immerhin das nackte Leben.

Die ganze Nacht wurde fieberhaft eingepackt und ausgepackt. Was brauchten sie am dringendsten? Wer noch Geld und Schmuck hatte, nähte es in seine Kleider ein. Die Handwerker sammelten ihre Werkzeuge ein; Schuster und Schneider trugen nicht schwer daran, aber der Bäcker konnte keinen Backofen mitnehmen, der Schmied den Amboß nicht fortschleppen. So mancher Bürger packte viele Dinge zusammen, die er glaubte nicht entbehren zu können, nur um dann festzustellen, daß er die Last nicht fortschaffen konnte. Kleine Leiterwagen, die ein Mensch ziehen konnte, wurden zu unglaublichen Summen gehandelt.

Constantin war seit dem ersten Hahnenschrei auf. Er hatte kaum geschlafen in dieser Nacht. Der Anblick der halbverhungerten Menschen bei der Essensausgabe hatte ihn erschüttert, und noch mehr der anschließende Befehl zur Räumung der Stadt.

»Ein Mensch befiehlt, und das Elend von Tausenden von Menschen ist besiegelt. Ist es in Ordnung, daß jemand so viel Macht hat, mit einem Wort über das Schicksal von unzähligen Familien zu bestimmen?« fragte er sich insgeheim. Er sah, wie Rainald von Dassel aus seinem Zelt trat, und stellte ihm die gleiche Frage.

»Ich will dich jetzt nicht noch einmal mit meinen Vorstellungen von der Herrschaft langweilen«, meinte Rainald bedächtig. »Aber denke nur nicht, daß die Leute, die du da jetzt aus der Stadt hervorkommen siehst, vorher frei in ihren Entscheidungen waren. Vorher waren es eben ihre Konsuln und ihre Stadtoberen, die ihnen sagten, was sie zu tun und zu lassen hatten. Die haben sicher gegen den Willen von vielen den Widerstand gegen den Kaiser bis zum bitteren Ende geführt. Und diejenigen, die sich längst gern ergeben hätten, müssen jetzt die Suppe auslöffeln.«

Sie schauten zu, wie die Mailänder auszogen. Dick und stämmig sahen die ausgehungerten Menschen aus der Ferne aus, denn sie trugen möglichst viel Kleidung übereinander am Körper. Unter den Lasten auf ihrem Rücken wankten sie davon. Als sie zum letzten Mal durch die Tore ihrer Heimatstadt schritten, erblickten sie schon die Soldaten, die darauf warteten, die Stadt zu plündern.

Constantin musterte im heller werdenden Morgenlicht die gierig lauernden Männer und stutzte.

»Wieso sehe ich nur Italiener? Da sind die Fähnlein aus Pavia und Como, und das dort drüben scheint mir Cremona zu sein. Den großen, dicken Hauptmann da kenne ich, er ist aus Lodi; aber ich sehe keinen deutschen Ritter.«

»Ich habe unserem Kaiser geraten, seinen Männern die Teilnahme an der Plünderung nicht zu gestatten«, bemerkte Rainald. Er war gealtert, und sein gutgeschnittenes Gesicht hatte mehr Falten als im Jahr zuvor.

»Ach so.« Constantin kannte inzwischen die Gedankengänge seines Freundes. »Du willst, daß die Mailänder ihren Haß nicht auf uns richten, sondern auf die verfeindeten Nachbarn.«

»So ist es.«

»Aber unsere Männer werden zornig sein, daß sie leer ausgehen«, bemerkte Constantin.

»Ich weiß«, stimmte Rainald zu. »Wir zahlen sie aus. Es gibt einen Doppelsold für jeden, das wird sie beruhigen.«

»Woher nehmen?«

»Aus den Steuern, die wir in Italien erheben.«

Ein Trompetenstoß, und die Stadt war freigegeben. Johlend stürmten die Soldaten hinein. Sie fanden noch immer genug Beute.

Constantin nahm die feste Lederkappe und ging aus Neugier hinterher. Kurzschwert und Schild nahm er zur Vorsicht mit.

Es mußte ein fürchterlicher Haß in den Plünderern stecken. Lange Zeit hatten sie sich von Mailand unterdrückt gefühlt, hatten der großen Lombardenstadt ihren Reichtum und Einfluß geneidet. Jetzt schleppten sie nicht nur alles fort, was noch irgendeinen Wert hatte; sie hausten wie die Vandalen, schlugen die wenigen, teuren Glasfenster ein, warfen Bettzeug auf die Gassen in den Kot, rissen die Türen aus den Angeln. So, wie sie vor den Augen der Mailänder deren Felder niedergestampft, ihre Reben und Olivenbäume abgehackt hatten, so machten sie jetzt alles erbarmungslos nieder, was an Mailands ehemalige Größe erinnerte.

Constantin kam zur Kathedrale San Ambroggio. Hier war eine starke deutsche Truppe, aber nur, um die Kirche vor Plünderung zu schützen. Die Soldaten schienen die entfesselten Plünderer nicht wahrzunehmen und blickten grimmig an ihnen vorbei.

»Schlecht hast du deine Stadt beschützt, heiliger Ambrosius, vergeblich war das Vertrauen der Mailänder«, murmelte Constantin und ging weiter.

Schon loderten in der Stadt die ersten Brände auf. Sie konnten sich ungehindert ausbreiten, denn niemand hatte ein Interesse daran, die Feuer zu löschen. Die Luft wurde qualmig und bitter, und Constantin entschloß sich, ins kaiserliche Lager zurückzukehren. Er hatte genug gesehen.

Er war schon fast an einem schlimm zugerichteten Haus vorbei, da nahm er eine Bewegung in einem halbdunklen Winkel wahr. Er fuhr herum und griff nach seinem Schwert, aber da war kein Plünderer, sondern nur ein kleiner Junge, der sich dort zu verbergen suchte.

»Was tust du hier? Wo sind deine Eltern?« fragte Constantin ihn. Der Junge schüttelte den Kopf.

»Du mußt hier fort. Siehst du nicht, daß sie die Stadt anzünden? Willst du hier bleiben und verbrennen?« fragte Constantin drängend.

Furchtsam hob der Junge den Kopf und schaute in sämtliche Richtungen. Überall begann es zu lodern, schon stürzten Mauern krachend zusammen, wobei Funkenregen weitere Gebäude in Brand setzten.

»Geh schon«, drängte Constantin. Aber der Junge schaute in seinen Schlupfwinkel zurück und rührte sich nicht vom Fleck. Constantin trat näher und warf einen Blick hinein. Dort lag ein kleines Mädchen auf dem Boden, vielleicht zwei Jahre alt, und schon sehr schwach. Die Augen standen riesig in dem kleinen Gesicht, der Bauch war vor Hunger geschwollen und stach gegen die steckendürren Ärmchen und Beinchen ab.

Constantin fluchte. Wieso waren diese Kinder hier?

»Deine Schwester?« fragte er. Der Junge nickte. »Also komm. Es gibt noch immer eine Suppe in der Küche«, beschied Constantin, griff in den Winkel und hob das federleichte Kind auf. Der Gedanke an seine rundliche, fröhliche Engilradis zu Hause ging ihm schmerzlich durch den Kopf. Mit großen Schritten eilte er aus der Stadt, in der dichter Rauch sich inzwischen ausbreitete. Der Junge hatte Mühe mitzuhalten.

Als sie im Lager ankamen, konnte der Junge kaum noch laufen vor Schwäche. Constantin besorgte ihm eine Schale Suppe und versuchte, auch dem kleinen Mädchen etwas davon einzuflößen, aber das Kind nahm nichts an.

Als er einen Feldscher vorbeigehen sah, rief er ihn an.

»Was kann ich für dieses Kind tun?« fragte er. Der Arzt schaute das Kind an, fühlte seinen Puls, betrachtete die skelettartigen Gliedmaßen.

»Nichts mehr«, befand er dann. »Das Kind wird noch heute sterben.«

Der Junge ließ seine Suppenschale fallen und brach in lautes Weinen aus. Dann tunkte er seinen Finger in die Suppe und versuchte, ihn dem sterbenden Kind in den Mund zu schieben.

»Es ist zu spät«, sagte der Feldscher traurig. Er wandte sich dem

Jungen zu: »Du kannst nur noch für sie beten. Deine kleine Schwester wird sehr bald in den Himmel gehen.«

In diesem Augenblick streckte sich das Kind, seufzte und gab sein Leben auf. Der Junge starrte verstört auf die kleine Leiche und verstummte. Er war kreideweiß. Als aber Constantin die Hände faltete und ein Gebet für das tote Kind sprach, betete er mit.

»Wir müssen sie begraben«, sagte Constantin. »Hilfst du mir?«

Der Junge nickte mit todtraurigem Gesicht. Sie trugen das Kind aus dem Lager hinaus und suchten nach einer geeigneten Stelle. Der Junge zeigte auf eine Stelle unter einer hohen Pinie, und Constantin hob die paar Schaufeln Erde aus, die für ein so kleines Grab nötig waren. Sie legten gemeinsam Zweige als Bett in die Grube, und Constantin wollte den Leichnam gerade in seinen Umhang wickeln; aber nach einem Blick auf den zerlumpten Bruder teilte er das Tuch mit seinem Kurzschwert in zwei Hälften, legte eine dem Jungen um die Schultern und wickelte den kleinen Körper in die andere. Sie betteten das Kind in sein Grab. Der Junge kniete nieder und streichelte noch einmal über das verlorene kleine Bündel und weinte bitterlich, dann schaufelte Constantin die Erde wieder darüber.

»Laß uns noch ein paar Äste darüber legen, damit keine wilden Tiere sie ausgraben können«, bat der Junge.

Constantin hätte ihm sagen können, daß aus dieser Gegend, wo seit Monaten Soldaten herumstreiften, schon lange alle Tiere fortgezogen waren, aber er hieb Äste vom Baum und tat, worum der Junge ihn gebeten hatte. Noch einmal ein Gebet, und sie gingen fort. Der Junge schaute tieftraurig zu Constantin hoch und legte seine Hand vertrauensvoll in dessen Faust.

»Da bin ich ja augenscheinlich adoptiert worden«, murmelte Constantin und sah den Jungen etwas zweifelnd an.

»Willst du mir deinen Namen sagen?«

»Ambrosio«, sagte der Junge.

Aha, heiliger Ambrosio, du legst mir also sofort eine Buße auf, weil ich dich heute früh getadelt habe, dachte Constantin. Er ging mit dem Jungen zum Bach hinunter. »Wenn du bei mir bleiben möchtest, mußt du dich zuerst einmal waschen«, befand er. »Ich habe keine Vorliebe für italienische Läuse, weil ich nur an deutsche Läuse gewöhnt bin.«

Das war für Ambrosio ohne weiteres verständlich, und ohne sich zu sträuben entkleidete er sich, stieg zitternd in den kalten Bach und schrubbte sich gründlich. Zum Schluß wusch er sich noch die Haare und stieg dann zähneklappernd wieder heraus. Constantin rieb ihn fest mit dem halben Umhang ab.

»Ich fürchte, deine Kleider mußt du hierlassen, sie wimmeln nur so von Ungeziefer«, sagte er dann, nahm das schlotternde Kind in den Arm und kehrte rasch ins Lager zurück. Eine heiße Suppe für beide weckte ihre Lebensgeister wieder.

»Wieso wart ihr Kinder allein in der Stadt?« wollte Constantin wissen. »Leben eure Eltern nicht mehr?«

Aber der Junge schüttelte den Kopf. Was er Constantin dann berichtete, konnte dieser kaum glauben.

Am Abend suchte Constantin nach dem Erzbischof und fand ihn schließlich, als er gerade aus der verbrannten Stadt zurückkam.

»Alles in Schutt und Asche«, sagte Rainald düster. »Die Paläste der Reichen, die behaglichen Häuser der gutgestellten Bürger, die Katen, die Diebeswinkel – alles. Einige der Kirchen haben wir bewahrt, vor allem die Kathedrale, denn dort will der Kaiser morgen seinen Sieg feiern.«

»Mit einem Gottesdienst, versteht sich«, sagte Constantin heftig. »Ein Glück, daß Gott auf der richtigen Seite war. Nicht auszudenken, wenn er statt dessen den Mailändern geholfen hätte.«

Rainald, der sich gerade erschöpft in seinen Stuhl hatte fallen, hob den Kopf und sah seinen Freund aufmerksam an.

»Was ist geschehen? Laß mich hören«, sagte er dann sachlich.

»Ich habe in der Stadt ein Kind aufgelesen. Nein, zwei Kinder. Einen Jungen von sieben Jahren und seine kleine Schwester. Ich dachte, die Eltern wären vielleicht gestorben, und darum hätte sich niemand um sie gekümmert, als die Mailänder abzogen, aber nein, die Eltern leben beide. Ein Schreiner und seine Frau. Fünf Kinder, ein weiteres, ein Säugling, hat den Hungerwinter nicht überlebt. Die Eltern haben beschlossen, daß sie nur die Kinder mitnehmen, die selber laufen können, damit sie statt der Kinder ihren Besitz davontragen konnten. Darum mußte das kleine Mädchen zurückbleiben. Den jüngsten Sohn Ambrosio hätten sie ja mitgenommen, aber der versteckte sich, nachdem sein Weinen und Betteln für die kleine Schwester nichts genützt hatte, und blieb hier, weil er das Kind nicht allein lassen wollte. Daran, Rainald, daran kannst du klar erkennen, daß Gott nicht mit den Mailändern war. Wie hätte er sonst zulassen können, daß Menschen lieber ihr Hab und Gut retten als ein Kind?«

»Du brauchst mir nicht mit der Bibel zu kommen. Da steht nämlich auch: Wenn ich nur einen Gerechten in ihren Mauern finde, will ich die Stadt verschonen; und dein kleiner Findling ist ja ohne Zweifel ein Gerechter. Die Stadt ist dennoch nicht verschont worden.«

»Ich habe es satt, bis zum Überdruß satt. Nie mehr in meinem Leben will ich Krieg sehen«, rief Constantin. »Ich gehe heim, gleich morgen, du brauchst mich gar nicht erst zu bitten, noch hier zu bleiben.«

»Das will ich gar nicht. Du darfst ruhig nach Köln zu ziehen und deine Kriegsbeute in Sicherheit bringen«, erwiderte Rainald gelassen.

»Wie bitte?« rief Constantin empört. »Ich gehöre nicht zu den italienischen Plünderern. Nichts habe ich erbeutet.«

»Nein? Und wo ist denn dieser Ambrosio jetzt?«

»Er schläft in meinem Zelt, er ist völlig am Ende.«

»Dann kannst du ihn ja wohl kaum hier zurücklassen, oder? Aber so, wie du mir die Begegnung geschildert hast, muß ich dir recht geben. Er ist nicht deine Kriegsbeute.«

»Na, also«, brummte Constantin.

Herr Rainald lächelte schadenfroh. »Sondern du bist seine.«

Darüber konnte Constantin gar nicht lachen. Mürrisch und bedrückt schaute er drein.

»Könnte ich von dir ein Darlehen bekommen? Ich würde davon bei den italienischen Soldaten Beutestücke aufkaufen ... Ich habe kein Geld mehr, ich bin schon zu lange von zu Hause fort.«

Bedauernd schüttelte der Erzbischof den Kopf.

»Ich gäbe es dir gern, aber ich muß zugeben, ich habe zur Zeit auch nicht mehr als du. Meine letzten Mittel habe ich zur Auszahlung meiner Krieger verwandt, damit sie auf die Plünderung verzichten. Aber das ist eine Investition in die Zukunft des Kaiserreiches, von der ich als vorausplanender Mann nicht abstehen konnte ...«

Constantin schaute ihn zuerst ungläubig an, dann ging ihm die Komik der Situation auf, und er brach in lautes Gelächter aus.

»Der Erzbischof von Köln und sein reichster Kaufmann sind also eben gerade nicht flüssig ... wenn das nicht komisch ist!«

Auch Rainald lachte, aber dann sagte er: »Constantin, ich weiß, du hast mir ein großes Opfer gebracht. Seit rund einem Jahr stehst du mir hier in Italien zur Seite und hast mir unzählige Dienste erwiesen. Dabei hast du zu Hause eine schöne Frau und Kinder, die du sicher sehr entbehrst. Du hast auch ein großes Handelsgeschäft, das dir nun ein Jahr lang nichts eingebracht hat. Irgendeinen Lohn dafür hast du bis jetzt nicht erhalten. Aber ich verspreche dir, ich vergesse dir das nie. Und der Tag wird kommen, an dem ich dich mehr als reichlich entschädigen werde.«

»Hab ich diese Zeit bei dir denn für Lohn verbracht?« brummte Constantin grollend.

»Nein, sondern weil du mein Freund bist«, sagte Rainald herzlich. Und dem war nichts hinzuzufügen.

Juni 1162

Am Palmsonntag des Jahres 1162 feierte der Kaiser mit den Seinen mit allem Pomp die Messe in der unzerstörten Kirche San Ambroggio, zum Dank, daß Gott ihre Waffen gesegnet und die Feinde hatte unterliegen lassen. Mit ihm feierten seine Fürsten, weltliche und geistliche.

Keinem fiel auf, daß der Kölner Kaufmann Constantin an dieser Feier nicht teilnahm. Er hatte sich früh am Morgen auf den weiten Weg nach Hause gemacht, mit einem Knecht und dem kleinen Ambrosio.

Frau Friederun war überglücklich, als Constantin endlich wieder bei ihr war. Zwar waren Kaufleute häufig und lange auf Reisen, aber ihr Mann war nun ein ganzes Jahr lang fortgewesen, und das war doch ungewöhnlich, und sie hatte ihn schmerzlich vermißt und sich sehr nach ihm gesehnt. Nun hoffte sie, daß er sie für das lange Warten entschädigen würde.

Nachdem der Bote ihn angekündigt hatte, wühlte sie fieberhaft in ihren Kleidern und überlegte, welches ihr wohl am besten stand. Sie ließ die Badestube heizen und badete lange, wusch auch ihre Haare und spülte sie mit einem Kamillenaufguß, damit sie schön glänzten. Dann stand sie ängstlich lange Zeit vor dem Spiegel. Sie war noch immer schön, aber die ersten Spuren der verrinnenden Zeit zeigten sich unbarmherzig. Ihre Haut war nicht mehr so straff wie einst, die Spuren der zweiten Schwangerschaft waren nicht zu übersehen, um die Augen bildeten sich kleine Fältchen, und das Kinn war nicht mehr so glatt und schön, wie es früher gewesen war. Sie band die Frauenhaube so, daß dieser Makel nicht zu sehen war.

Hätte sie Constantin besser gekannt, so hätte sie gewußt, daß solche Zeichen ihn nicht im mindesten störten. Er war durchaus kein oberflächlicher Mensch, und das Vorbild seiner Mutter Engilradis hatte ihm eingeprägt, daß Güte und Verständnis wichtige Eigenschaften bei einer Frau waren und ein schönes Gesicht nur eine angenehme, aber weniger wichtige Zugabe.

Aber das konnte Friederun nicht wissen. Sie war ein besonders schönes Mädchen gewesen, und ihr Vater und ihr erster Ehemann hatten sie darum als wertvollen Besitz angesehen, ohne sie als Mensch überhaupt wahrzunehmen. Das hatte für alle Zeit Narben in ihrer Seele hinterlassen. Sie hatte Herz, sie hatte auch Verstand, aber sie glaubte, nur makellose Schönheit mache ihren Wert in den Augen des angebeteten Gatten aus.

Und so stand sie dann zitternd und unsicher in der Tür, als er heimkam. Aber kein abschätzender Blick erschreckte sie; Constantin nahm sie herzlich in die Arme und sagte ihr, daß er sich sehr freue, sie endlich wiederzusehen.

Sie hatte auch die Kinder herausgeputzt, und die Töchter Engilradis und Druda hatten sich lange Zeit gegenseitig die Haare gekämmt und Schleifen hineingebunden. Die Kindsmagd trat vor und zeigte den kleinen Helperich, er war ein strammer, vergnügter blonder Knabe, der schon flink laufen konnte, aber das Gesicht vor dem fremden Mann versteckte. Da schob sich ein schmaler Junge an seine Seite.

»Du brauchst dich doch nicht zu fürchten, dummer kleiner Helperich. Weißt du denn nicht, daß dies unser lieber Vater ist?« sagte er tröstend zu dem Kleinen.

Constantin stockte der Atem. Ungläubig kniete er nieder und sah seinem älteren Sohn ins Gesicht.

»Du kannst ja sprechen, Fordolf«, sagte er fassungslos.

Fordolf lächelte verlegen und schlang die Arme um den Hals des Vaters. »Natürlich, ich bin doch schließlich schon sechs«, meinte er schlicht.

Sein Vater hob ihn hoch und drückte ihn an sich. Seine Augen waren naß, als er sich an Friederun wandte.

»Ich habe mir so oft Sorgen, gerade um Fordolf, gemacht, aber ich sehe, das war ganz überflüssig, da er doch bei dir in den besten Händen war. – Und wie groß ihr beiden geworden seid«, wandte er sich dann an Engilradis und Druda. »So hübsche große Mädchen seid ihr geworden; da habt ihr sicher schon Verehrer, und der alte Vater darf euch wohl nicht mehr küssen?«

Die beiden brachen in schallendes Gelächter aus und drückten sich an ihn.

»Vater, was du auch immer für Sachen sagst«, quietschte Engilradis. »Wir sind ja erst acht, da hat man doch noch gar keine Verehrer!«

»Ach so, dann bin ich ja beruhigt und muß nicht eifersüchtig sein«, lachte Constantin. Aber er erinnerte sich an den zwölften Geburtstag seiner Schwester Liveradis: Da hatte seine Mutter sich unter deren Freundinnen schon nach zukünftigen Ehefrauen für ihre Söhne umgeschaut.

»Und hast du uns auch etwas Schönes mitgebracht?« fragte Engilradis mutig.

Constantin nickte. »Oh ja, etwas sehr Schönes: einen Spielkameraden.« Und er winkte Ambrosio vor, der sich bisher schüchtern wie ein Mäuschen im Hintergrund gehalten hatte. »Das ist Ambrosio. Er kommt aus Mailand und gehört jetzt zu uns. Er hat unsere Sprache schon ganz gut erlernt, und er wird euch allen Italienisch beibringen. Seid nett zu ihm, er ist ein liebevoller Bruder für kleine Schwestern.«

Constantins Haus wurde voll an diesem Tag. Seine Eltern kamen und natürlich auch der alte Großvater Eckebrecht, alle seine Geschwister mit ihren Familien und dazu Constantins Onkel Gunther. Seine Frau Hadewigis war in tiefer Trauer, denn ihr Sohn Hildebrand war ganz plötzlich gestorben. Mit einer leichten Erkältung war er zu Bett gegangen und am Morgen nicht mehr aufgewacht. Er hatte so friedlich dagelegen, mit einem leichten Lächeln auf den Lippen. Seine Schwester, die zwölfjährige Sophia, hatte ihn gefunden. Sie war, wie jeden Morgen, zuerst zu ihrem Bruder gelaufen, um ihm beim Anziehen zu helfen, denn Hildebrand war mit fast dreißig Jahren noch immer wie ein kleines Kind.

»Ich weiß ja, daß er nur im Himmel sein kann«, sagte Hadewigis betrübt, »denn wie hätte er irgendeine Sünde auf sich laden können? Und ich muß wohl auch dankbar sein, daß ich länger lebe als er, wo er doch auf mich angewiesen war. Aber diese Gedanken helfen mir alle nicht. Ich vermisse ihn so sehr!«

Ihr Mann Gunther legte tröstend den Arm um sie. Hadewigis war mit über fünfzig noch immer eine alterslos schöne Frau, und Friederun betrachtete mit leichtem Neid die glatte Haut der Älteren.

Es wurde spät an diesem Abend, denn Constantin hatte viel zu berichten. Seine Familie konnte nicht wissen, daß er noch mehr verschwieg: die Härten des Krieges, wie er ihn kennengelernt hatte, mit all seinem Verrat und den Grausamkeiten. Wie hätte er von den abgehackten Gliedmaßen, den ausgestochenen Augen berichten können? Von den Hungertoten? Wie von Eltern, die ihren Hausrat retteten und dafür ihre kleinen Kinder zurückließen?

Statt dessen berichtete er, daß er in höchster Gnade bei dem Erzbischof stehe. Daß ihm die teure Pacht für das Münzmeisteramt auf fünf Jahre erlassen sei. Daß der Erzbischof ihn zu seinem ganz persönlichen Freund erkoren hatte, erzählte er hingegen nicht.

Es war schon tiefe Nacht, als er mit seinem Bericht zum Ende kam. Die kleinen Kinder seiner Geschwister waren schon längst in die Kinderstube zum Schlafen gelegt worden, als ihre Eltern im Schein blakender Fackeln und unter Obhut eines Nachtwächters das Haus verließen. Constantin selbst verriegelte die Haustür, denn das Gesinde schlief schon lange.

Friederun erwartete ihn in der Schlafstube. Die Unsicherheit war nun wieder da, und sie zitterte vor Erwartung und vor Sorge, sie könne vielleicht kein Wohlgefallen bei ihm finden. Aber Constantin nahm sie in die Arme und drückte sie liebevoll an sich.

»Du bist nicht nur schön und klug, du bist auch eine sehr gute Mutter und eine tadellose Hausfrau. Wie gut du hier für alles gesorgt hast während meiner langen Abwesenheit! Aber nun werde ich eine lange Zeit zu Hause bleiben.«

Und er führte sie zum Bett und tat alles mit ihr, wonach sie solche Sehnsucht hatte, und sie war glücklich.

Sie wachte auch voller Glück am Morgen wieder auf und gedachte, die Spiele der Nacht noch etwas fortzusetzen; aber als ihre Hand auf seinem Körper lag, erwachte Constantin und schob sie abwehrend fort.

»So möchte ich das nicht«, sagte er nicht unfreundlich, aber bestimmt, »du sollst bekommen, was einer Ehefrau zusteht, aber es soll von mir ausgehen. Bitte denke in Zukunft daran.«

Und damit erhob er sich und zog sich an. Er kam noch einmal zurück und drückte ihr einen Kuß auf die Stirn, dann war er fort.

Sie blieb liegen, verwirrt und beschämt über die Zurechtweisung, aber doch noch in der Erinnerung an die erfüllte Nacht. Sie wußte nicht recht, ob sie glücklich war oder nicht.

Constantin hielt sein Versprechen und unternahm nur gelegentlich kleinere Handelsreisen. In seiner Abwesenheit hatte Theoderich das Handelshaus geführt, unter der Anleitung von Constantins Vater Fordolf. Auch der alte Eckebrecht, der jetzt nur noch im Kontor arbeitete, aber nicht mehr auf Reisen ging, hatte Theoderich mit so manchen Ratschlägen versorgt.

»Eigentlich brauchst du meinen Rat nicht, denn du hast ja bei Constantin gelernt, und der ist der beste Lehrmeister, den man sich wünschen kann«, hatte er gelegentlich zu Theoderich gesagt. »Aber falls du dennoch hören willst, was ich dazu zu sagen hätte ...« Und Theoderich hatte noch so manchen Kniff von dem Alten gelernt.

Theoderich war in Begleitung seines Bruders Heinrich bei Constantins Rückkehr in London gewesen. Er kam erst zwei Wochen später zurück und freute sich sehr, seinen Stiefvater wohlbehalten anzutreffen.

Nach einem Jahr der Trennung fiel Constantin nun auf, daß aus dem schlaksigen Jungen inzwischen ein Mann geworden war.

»Mir scheint, du bist erwachsen geworden«, sagte er freundlich zu ihm. »Denkst du vielleicht auch schon ans Heiraten?«

Theoderich sah ihn erstaunt an und schüttelte den Kopf.

»Oder möchtest du vielleicht lieber, daß dein Großvater sich mit dieser Angelegenheit beschäftigt?« fragte Constantin behutsam.

Theoderich hob abwehrend die Hände und sagte entsetzt: »Bloß nicht! Gerard Unmaze würde auf der Stelle ein glänzendes Geschäft abschließen, mit mir als ausgelobtem Preis. Das willst du mir doch wohl nicht antun?«

»Aber nein. Dann soll vielleicht meine Mutter sich einmal für dich auf dem Kölner Mädchenmarkt umsehen?« fragte Constantin weiter. »Falls sie das nicht schon aus eigenem Antrieb gemacht hat. Du könntest natürlich dieses Haus hier für dich haben, es ist schließlich dein Elternhaus. Ich würde dann in Friederuns Haus ziehen.«

Aber Theoderich wollte davon nichts wissen. »Laß mich doch bitte mit Heiraten in Ruhe. Das hat noch sehr viel Zeit. Übrigens wurde dieses Haus aus der Mitgift meiner Mutter bezahlt, also sind außer mir und Heinrich auch Fordolf und Engilradis Erben. Ich bin heilfroh, daß wir hier alle zusammenleben.«

»Mit Friederun kommst du wohl gut aus?«

»Oh, ja«, sagte Theoderich begeistert. »Das ist eine wirklich fabelhafte Frau, mit der man über alles reden kann. Und wie großartig sie sich um Fordolf gekümmert hat! Ich konnte ganz unbesorgt auf Reisen gehen, obwohl du nicht da warst.«

»Ja, Fordolf hat sich ganz erstaunlich entwickelt«, gab Constantin zu und ließ das Thema Heirat fallen. »Er spricht sehr gut, und er hinkt nur noch ein ganz klein wenig. Wer hätte das gedacht?«

»Ich«, sagte Theoderich fest. »Ich habe nie daran gezweifelt. Und ein kluger Junge ist er.«

Damit hatte er recht. Fordolf besuchte seit einiger Zeit den Unterricht von Pater Everhard. Er konnte schon gut lesen und schreiben. Er hatte ein glänzendes Gedächtnis und behielt Texte, die er nur ein- oder zweimal gehört hatte. Er war kein Sorgenkind mehr. Nur sein Körper wies noch Spuren der schweren Krankheit auf: Er war nicht sehr kräftig, und sein rechtes Bein war schwach. Es war abzusehen, daß er den körperlichen Strapazen eines Kaufmannslebens mit ständigen Reisen nicht gewachsen wäre. Wie hätte er die tagelangen Ritte, die Nächte ohne schützendes Dach und die Alpenüberquerungen überstehen können? Aber das bekümmerte

Constantin wenig. Er hatte lange Zeit befürchtet, sein ältester Sohn müsse ein Leben so wie der verstorbene Hildebrand führen, und nun war er heilfroh über die gewaltigen Fortschritte, die er gemacht hatte.

Constantin wußte, daß Friederun an dieser Besserung einen großen Anteil hatte. Er war ihr dafür zutiefst dankbar. Darum schämte er sich, daß er immer wieder so gereizt auf ihre Annäherungsversuche reagierte. Er war sich nicht im klaren, warum das so war, denn er hatte doch mit Durechin so einträchtig zusammengelebt und war mit ihrem ehelichen Zusammensein stets zufrieden gewesen.

Er wußte nur einen Menschen, mit dem er über ein so heikles Thema sprechen konnte. Also besuchte er seinen Großvater Eckebrecht, um sich nach dessen Befinden zu erkundigen.

Der alte Kaufmann saß wie fast immer in seinem Kontor und rechnete. Als aber sein Lieblingsenkel hereinschaute, schob er Griffel und Tafel beiseite.

»Laß uns ein wenig hinausgehen. Ich habe Lust, ein bißchen Trubel um mich zu haben.«

Er stützte sich auf den Arm, den Constantin ihm anbot, obwohl er noch gut zu Fuß war, und sie gingen Richtung Altermarkt, warfen im Vorbeigehen einen Blick auf die Auslagen der Tuchhändler, kauften sich einen Wecken auf dem Markt und schlugen dann die Richtung zum Hafen ein.

»Ich habe den Verdacht, daß du nicht nur gekommen bist, um zu hören, wie es dem alten Eckebrecht geht«, sagte dieser zu seinem Enkel. »Also: Wo drückt der Schuh?«

Constantin sprach nicht gern über Gefühlsdinge und druckste eine Weile herum, ehe er sein Anliegen vorbringen konnte. Der alte Herr wurde ernst und nachdenklich.

»Ihr seid also noch immer nicht in Einklang miteinander«, meinte er traurig. »Und ich hatte mir so viel von dieser Ehe für dich erhofft.«

»Ich doch auch«, meinte Constantin bedrückt. »Ich fürchte, ich stehe als Mann etwas lächerlich da, daß ich mich von meiner eigenen Frau so verfolgt fühle, nach der jeder andere Mann sich alle zehn Finger lecken würde. Jeden Tag nehme ich mir vor, sie gut zu behandeln, aber wenn ich zur Stube hereinkomme und sie sieht mich schon so verschlingend an …«

»Ja«, meinte Eckebrecht, »aber du hast, soweit ich weiß, doch nie Unwillen gegen Durechin gehabt?«

»Nein, niemals, ich hatte sie sehr gern. Aber sie war auch zurückhaltend, das gefiel mir gut.«

Eckebrecht dachte eine Weile nach, während sie am Rhein entlang nach Süden wanderten.

Schließlich seufzte er. »Ich fürchte, es liegt daran, daß du Friederun einfach nicht liebst. Oft kommen diese Gefühle ja im Laufe der Zeit, und sie hätte es auch wirklich verdient. Deine Mutter hatte recht, als sie dieser Ehe mit Sorge entgegensah.«

Constantin schaute seinen Großvater verblüfft an. »Tat sie das?«

»Ja. Sie äußerte sich bei deiner Hochzeit in dieser Art, und dein Vater und ich haben sie auch noch dafür getadelt. Aber sie sah es wohl ganz richtig. Sie kennt dich eben wie niemand sonst.«

Constantin scharrte mit dem Fuß einen Stein aus dem Boden, hob ihn dann auf und schleuderte ihn weit auf das Wasser hinaus. Er versank mit einem lauten Plumps und hinterließ Kreise, die sich rasch in den Wellen auflösten.

»Ich habe sie doch geheiratet, damit meine Kinder versorgt sind«, murrte er. »Warum kann sie mich nicht in Ruhe leben lassen?«

Eckebrecht sagte ernst: »Und diese Erwartung erfüllt sie dir ja mit aller Sorgfalt und Liebe, oder nicht? Aber sie – sie hat dich keineswegs deiner Kinder wegen geheiratet, sondern weil sie sich endlich nach etwas Liebe sehnte. Das hätte dir klar sein müssen.« Er sann noch eine Weile nach. »So sehr ich mir auch den Kopf zerbreche, ich habe keinen Rat für dich außer diesem: Vergiß nicht, daß du Friederun bei der Trauung versprochen hast, sie ein Leben lang zu ehren – auch mit deinem Leibe. Wenn es schon nicht dein dringendes Verlangen ist, so ist es doch deine eheliche Pflicht. Denke daran.«

Constantin schaute auf den Strom hinaus. Die Sonne spiegelte sich in den Wellen. Es hatte gestern heftig geregnet, und der Rhein war heute gelb und lehmig. Drei Schiffe trieben von Bonn herunter und steuerten den Hafen an, um dem Stapelrecht der Kölner genüge zu tun. Eine Möwe segelte mit geschmeidigem Flügelschwung über die Wasseroberfläche, tauchte unter und kam mit einem Fisch im Schnabel wieder herauf.

»Danke, Großvater. Ich werde an deine Worte denken und mir

Mühe geben. Aber es ist nicht schön, wenn einem in der Gegenwart der Ehefrau immer unbehaglich zumute ist.«

»Nein. Aber ich kann es nicht für dich ändern, Constantin«, meinte der alte Herr streng. Schweigend machten sie sich wieder auf den Heimweg.

Constantin wußte: Sein Großvater hatte ihn nicht »mein lieber Junge« genannt, sondern bei seinem Namen. Er war also unzufrieden mit ihm. Das traf ihn tief.

Eckebrecht aber wünschte, er wäre damals nicht zu Frau Friederun gegangen, um ihr seinen Enkel in den Kopf zu setzen.

Constantin kehrte mit den besten Vorsätzen in sein Haus zurück. Er wollte wirklich viel freundlicher zu seiner Frau sein, weil er sich selbst eingestand, daß sie es verdiente und auch jedes Recht dazu hatte. Aber obwohl er sich ehrliche Mühe gab, wurde sein Widerwille immer stärker. Sie brauchte ihm nur einen schmachtenden Blick zuzuwerfen, dann hätte er am liebsten die Flucht ergriffen.

Er überlegte, ob er nicht doch eine schöne, weite Handelsfahrt unternehmen sollte, die ihn weit weg von ihr führte. Aber in dem Jahr, das er an der Seite von Erzbischof Rainald verbracht hatte, war sein kleinster Sohn Helperich von einem Säugling zu einem Kleinkind aufgewachsen, welches das Gesicht des Vaters nicht kannte, und sein älterer Sohn Fordolf hatte sich von einem stammelnden, stolpernden kranken Kind in einen feingeistigen Jungen verwandelt, und er hatte nichts davon mitbekommen. Nein, er konnte nicht schon wieder auf lange Zeit verschwinden, wenn er nicht ein Fremder für seine Kinder werden wollte.

Außerdem hielten ihn auch seine Geschäfte in Köln fest. Die gezielte Einsetzung des Geldwesens nach italienischem Brauch erforderte viel Arbeit. Herr Rainald war sehr rasch wieder nach Italien entschwunden, denn dort gab es für ihn viel zu tun, und er wollte auch nicht durch Abwesenheit seinen Einfluß auf den Kaiser verlieren. Er sah es als selbstverständlich an, daß Constantin als sein Vertrauter in Köln in seinem Sinne handeln würde.

Frau Friederun fühlte, daß ihr Mann ihr keineswegs die Verehrung und zärtliche Neigung entgegenbrachte, auf die sie gehofft hatte. Sie verdoppelte ihre Bemühungen um ihn, und er zog sich noch weiter zurück. Langsam breitete sich eine immer tiefere Verzweiflung in ihr aus. Durfte sie denn nicht auch einmal in ihrem Leben mit einem Mann von Herzen glücklich sein?

»Steck mir die Haube auf die neue italienische Art fest, und laß eine Locke heraushängen«, befahl sie ihrer Magd Wigberta. »Nein, wasch mir bitte noch rasch vorher die Haare und spüle sie mit dem Duftwasser, das ich gestern gekauft habe.«

Die alte Magd holte warmes Wasser aus der Küche und schüttete es in eine Schüssel. Sorgsam prüfte sie die Temperatur und gab noch etwas kaltes Wasser dazu. Dann bürstete sie Friederuns Haar und wollte es waschen.

»Halt, Wigberta. Schau erst noch nach, ob etwa graue Haare da sind, und wenn du welche finden solltest, zupfe sie mir aus.«

Wigberta suchte Schläfen und Scheitel sorgfältig ab und brummelte dabei halblaut etwas vor sich hin.

»Was hast du gesagt?« wollte Frau Friederun wissen.

»Also, wenn du mich schon fragst: Ich habe gesagt, daß es keinem Mann guttut, wenn man ihm nachläuft.«

»Was fällt dir ein?« fragte ihre Herrin empört.

»Es ist, wie ich es sage«, gab Wigberta unerbittlich zurück. »Du verschlingst ihn ja mit Blicken, kaum daß er ins Zimmer kommt.« Vorsichtig goß sie das warme Wasser über den Kopf Friederuns. »Kein Wunder, daß er sich immer rarer macht. Warum läßt du ihn nicht auch einmal zappeln und warten? Dann würde er dich eher zu schätzen wissen.«

Unter dem fließenden Wasser wütete Friederun: »Also, wenn du nicht schon so lange bei mir wärst, würde ich dich für diese Worte ...«

»Gar nichts würdest du«, befand Wigberta. »Weil du genau weißt, daß ich recht habe. Und auch, daß niemand dir treuer ergeben sein kann als ich. Und nur weil es mir das Herz abdrückt, wenn ich sehen muß, wie du dich nach ihm verzehrst, traue ich mich, so mit dir zu sprechen. Ich wünsche doch so sehr, daß du glücklich mit ihm bist. Er ist ja auch wirklich ein wunderbarer Mann ...«

Siehe da: Auch die alte Wigberta war also keineswegs gegen Constantins Charme gefeit. Freilich vergaß er auch nie, ihr von seinen Reisen ein kleines Geschenk mitzubringen, und er fragte sie oft, wie es ihr ginge. Auch hatte er ihr eine Salbe besorgt, die sie gegen das Reißen verwenden sollte, und die hatte ihren alten Knochen gut getan. Wigberta hielt große Stücke auf Constantin.

Wigberta war jetzt mit der Haarwäsche fertig und legte ihrer Herrin ein Leintuch um den Kopf, um das Haar zu trocknen. Unter dem Tuch klang es dumpf hervor:

»Es ist schon in Ordnung, Wigberta. Sei mir nicht böse, ich weiß wohl, daß du es gut mit mir meinst. Vielleicht gelingt es mir ja, deinem Rat zu folgen.«

Aber Wigberta konnte natürlich nichts von der brennenden Sehnsucht wissen, die Friederuns Tage ausfüllte, und die Nächte noch mehr.

Friederun gab sich Mühe. Sie versuchte, ihre Begierde nach ihrem Mann zu zähmen oder ihn doch nicht so viel davon merken zu lassen.

Constantin gab sich ebenfalls Mühe. Er sprach freundlich mit Friederun. Er erzählte ihr, was sich im Rat der Stadt und im Geschäft abspielte und berichtete ihr von seinen Plänen, er setzte ihr auch seine Gedanken über die große Politik auseinander. Friederun war eine kluge Frau, sie konnte ihm mühelos folgen und brachte eigene Ideen und Vorschläge zur weiteren Gestaltung des Handelsgeschäfts mit ein. Auch für Constantins politische Ansichten interessierte sie sich sehr und fragte unermüdlich nach den Hintergründen. Da ihr Mann viel Zeit ganz nahe beim Erzbischof und beim Kaiser verbracht hatte, sah er viele Zusammenhänge, die Nichteingeweihten verborgen blieben; darum nahm er im Rat der Stadt eine wichtige Stellung ein. Er saß dort zusammen mit seinem Großvater Eckebrecht, der nun weit über siebzig Jahre zählte und der älteste der Ratsherrn war. Fordolf hingegen hatte im vergangenen Jahr, als er Constantins Geschäfte während dessen Aufenthalt vor Mailand mit leitete, wegen Überlastung um Entlassung aus dem Rat gebeten.

Constantin versäumte nie, sich liebevoll um die kleine Druda zu kümmern, die mit seiner Tochter Engilradis ein Herz und eine Seele war, so wie er es früher mit seinen Stiefsöhnen Theoderich und Heinrich gehalten hatte. Aber während Durechin ihm dafür zutiefst dankbar gewesen war, schien Frau Friederun eher ein klein wenig eifersüchtig zu sein, weil Druda Constantin anbetete, wie die meisten Frauen, große und kleine. Ob ihre Eifersucht dabei eher dem Mann oder eher dem Kind galt, wußte sie selber nicht so recht.

Constantin achtete auch darauf, daß seine Frau zu ihrem ehelichen Recht kam. Er schlief oft genug mit ihr, ging auf ihre Wünsche ein und meinte, sie müsse nun wohl zufrieden sein.

Sie war es nicht. Eines Tages faßte sie Mut und ging zu Constantins Mutter. Sie hatte den kleinen Helperich bei sich, ein fröhliches, ungebärdiges Kind, das sich begeistert im Stall auf den neuesten Wurf junger Kätzchen stürzte und sie so innig und fest an sein Herz drückte, bis es der Katzenmutter zu viel wurde und sie würdevoll eins nach dem anderen ihrer Kleinen im Genick packte und in ein Versteck davontrug.

Die beiden Frauen schauten erheitert dem kleinen Jungen zu, wie er die Tierchen herzte und plötzlich verblüfft feststellen mußte, daß die Katze ihm das letzte ihrer Kinder aus der Hand nahm und wegschaffte.

»Mutter, darf ich dich etwas fragen?« faßte sich Friederun schließlich ein Herz. »Niemand kennt ja Constantin so gut wie du, da dachte ich …«

Engilradis hatte es geahnt. Sie sah viel und sprach wenig. Nun nahm sie die Hand der Schwiegertochter und sah ihr liebevoll in das vor Verlegenheit gerötete Gesicht.

»Sprich nur, Friederun. Wenn du meinst, die Meinung einer alten Frau könnte dir nutzen, so will ich dir raten, so gut ich kann.«

Friederun hob einen Strohhalm vom Boden auf und knickte ihn zu einem Spielzeug für Helperich, aber der hatte dafür jetzt keinen Sinn, sondern suchte den Stall nach dem Versteck der Katzenkinder ab.

Friederun holte tief Luft. »Warum liebt Constantin mich nicht?« fragte sie dann geradeheraus.

Engilradis wurde blaß. »Aber Friederun«, sagte sie bestürzt, »wie kommst du denn darauf? Ist er etwa unfreundlich zu dir? Oder gleichgültig?«

»Nein, nein«, wehrte Friederun ab. »Ich kann ihm nichts vorwerfen, gar nichts. Er gibt sich Mühe, er achtet mich, er ist lieb zu meiner Tochter, wie zu den übrigen Kindern auch.«

Engilradis sah sie mitfühlend an. »Du verdienst seine Zuwendung aber auch«, sagte sie behutsam. »Wenn ich bedenke, wie du dir von früh bis spät Mühe mit unserm kleinen Fordolf gegeben hast ... Constantin muß dir wirklich dankbar sein.«

»Ja, so dankbar wie einer guten, treuen Magd«, sagte Friederun herb. »Aber ...«, sie wandte ihr Gesicht ab, weil die Tränen ihr in die Augen stiegen, »wo ist der Platz in seinem Herzen, den ich für mich so dringend brauche? Mutter, verrate mir doch bitte, wie du es machst, daß dein Mann dich nach so vielen Jahren noch immer liebt.«

Engilradis schwieg lange. Sie erinnerte sich, wie groß und unerschütterlich Fordolfs und ihre Liebe gewesen war, so daß sie ihrem Vater schließlich die Erlaubnis zur Heirat abgetrotzt hatten. Sie wußte, daß noch heute Fordolfs Blicke ihr mit inniger Zuneigung folgten, wenn sie nur den Raum durchquerte, in dem er sich aufhielt. Sie dachte – und dabei lief ihr ein freudiger Schauer den Rücken hinunter –, wie noch jetzt, nach Jahrzehnten des Zusammenlebens, ihre Körper sich mit großer Freude zusammenfanden. Sie konnte sehen, daß Constantin nicht so zu Friederun stand wie Fordolf zu ihr.

Dann sah sie die Augen der Schwiegertochter, die noch feucht von Tränen waren und sich erwartungsvoll auf sie richteten, weil sie von Engilradis das Allheilmittel erwartete.

Da verließ sie der Mut. Wie gern hätte sie zu Friederun gesagt: Du redest Unsinn, dein Mann liebt dich. Aber sie wußte, daß eine Lüge sinnlos war.

»Liebe ist ein Geschenk«, sagte sie behutsam. »Sie ist da, oder sie ist nicht da. Man kann sie nicht erzwingen. Man kann sie auch nicht verdienen. Mein Sohn ist kein harter Mann. Ich glaube, daß er sich wirklich Mühe gibt, gut mit dir zu leben. Ich weiß auch, daß er dich sehr schätzt. Nimm, was er dir geben kann, und versuche, dich daran zu freuen, auch wenn du eigentlich mehr von ihm möchtest.«

Die Hoffnung in Friederuns Augen erlosch. »Mein Vater hat mich nicht geliebt. Ich war für ihn ein wertvoller Posten, den er meistbietend verschacherte, obwohl er doch ein Ritter und kein Kaufmann war. Mein erster Mann hat mich auch nicht geliebt. Ich war sein Vorzeigestück, wertvoll, weil teuer eingekauft. Ich weiß nicht, wie es ist, wenn man um seiner selbst willen geliebt wird. Hätte ich eine Mutter gehabt, dann wüßte ich es vielleicht, aber sie starb ja bei meiner Geburt ...«

Engilradis dachte betrübt darüber nach, wie sie der traurigen Schwiegertochter helfen konnte.

»Aber Druda gehört dir ganz allein, und sie liebt dich sehr, ebenso wie dieser muntere kleine Kerl«, und sie schaute auf Helperich, der schließlich das Versteck der Katzenkinder entdeckt hatte und freudig mit einem maunzenden kleinen Bündel in den Händen herantrabte, gefolgt von der genervten Katzenmutter, die es ihm wieder abzunehmen wünschte.

»Und Fordolf, der sich an Durechin nicht mehr erinnern kann, liebt dich auch wie eine eigene Mutter.«

Friederun hatte verstanden. Sie saß noch einen Augenblick schweigend da, dann erhob sie sich, nahm Helperich das Kätzchen aus den ungeschickt liebkosenden Händchen und gab es der Katzenmutter, die es beleidigt forttrug. Wohlerzogen verabschiedete sie sich von Engilradis.

»Ich danke dir. Du hast es gut gemeint«, sagte sie noch im Fortgehen.

Bedrückt sah Engilradis der Schwiegertochter nach, als sie mit hängenden Schultern mit ihrem kleinen Sohn davonging. Sie hatte ihr die Hilfe nicht geben können, die diese so dringend brauchte. Aber es gibt nun einmal kein allgemeingültiges Rezept, wie man Liebe hervorruft.

Constantin war am Morgen nach Neuss gefahren und sollte erst am folgenden Tag zurückkommen. Nachdem Friederun alle Kinder zu Bett gebracht und ihnen noch eine Einschlafgeschichte erzählt hatte, saß sie in der Küche und stocherte lustlos in ihrem Abendbrei. Schließlich schob sie ihn fast unberührt von sich und ging in den Keller hinab. Sie holte sich einen kleinen Krug Wein.

Nur einen Schluck, damit ich besser schlafen kann, dachte sie. Aber der Krug war in Windeseile leer. Mit einem leicht benommenen Kopf ging Friederun zu Bett. Sie schlief wirklich tief und fest, als sie jedoch am Morgen aufwachte, war der Kummer wieder da.

Gegen Abend kehrte Constantin zurück. Er selbst stand am Steuer und sah zu, wie die Ruder sich im Takt wiegten und das Rheinwasser beiseite schaufelten. Es war das letzte Schiff, das heute anlegte, und es waren nicht mehr viele Stauer am Hafen.

Constantin winkte drei Männern, sie sollten beim Ausladen helfen. Während sie sich mit den Ballen beluden, um vom Schiff über den Anlegesteg an Land zu trotten, faßte der Kaufherr einen von ihnen ins Auge, der ihm bekannt vorkam.

»He, du, warte einmal; ich kenne dich doch …«, grübelte er. Dann hellte sein Gesicht sich auf. »Ach ja, der rote Willi! Stimmt's?«

Der Mann grinste. »Nur noch Willibald, wenn ich bitten darf. Die Zeiten des roten Willi sind vorbei.«

»Es dürfte auch bald zehn Jahre her sein, daß du unserem Herrn Erzbischof den Beutel gestohlen hast. Aber wie ich sehe, hast du dich jetzt einem anderen Broterwerb zugewandt.«

Der Mann grinste noch breiter. »Es blieb mir nichts anderes übrig. Ich habe ein herziges Mädchen gefunden, die wollte es nicht leiden, daß ich gemaust habe. Einen Galgenvogel wolle sie nicht nehmen, hat sie gesagt. Was konnte ich da anderes machen, als ehrlich zu werden? Nun ist sie mein Weib und schenkt mir jedes Jahr einen kräftigen Sohn, jede Woche Schelte, aber dafür auch jeden Tag Liebe.«

»Schade«, schmunzelte Constantin. »Ich wollte mir schon einbilden, deine Läuterung sei auf den wundersamen Einfluß des hochwürdigen Herrn Erzbischofs zurückzuführen, der dich damals verschont hat, statt dich dem Büttel zu überantworten. Aber mit einem herzigen Weibchen kann er wohl nicht wetteifern …« Und er warf Willibald eine Münze als Trinkgeld zu.

Wie immer bei Heimkehr des Hausherrn wurde viel Wesens gemacht. Alle Kinder drängten sich um ihn; auch Theoderich und Heinrich kamen an diesem Tag aus England zurück und nahmen den Stiefvater in Beschlag. Friederun fühlte sich vernachlässigt. Still und gedrückt saß sie im Hintergrund und beobachtete ihren Mann, wie er die Kleinen herzte und mit den jungen Männern ernsthafte Gespräche darüber führte, welche Waren sie demnächst in England verkaufen wollten.

Constantin bemerkte es nicht. Er freute sich daran, den Stiefsöhnen zu berichten, welche beträchtlichen Einkünfte das Münzmeisteramt bereits jetzt brachte und noch erheblich mehr in der Zukunft bringen würde.

»Bist du jetzt der Stellvertreter des Erzbischofs in Köln?« fragte Heinrich etwas naiv.

»Natürlich nicht. Herr Rainald hätte dazu schon einen hohen Geistlichen wählen müssen; aber er hat gar keinen Vertreter ernannt, sondern läßt sich durch häufige Boten berichten, was sich in seinem Erzbistum abspielt, und trifft alle wichtigen Entscheidungen selbst.«

Freilich hatte Herr Rainald seinem Freund, dem er vertraute, auf verschiedenen Gebieten weitreichende Vollmachten erteilt; aber Constantin hielt es nicht für klug, sich damit hervorzutun, nicht einmal im engsten Familienkreis. Es war nicht nötig, Neider in der Stadt zu wecken, die ihm seinen Einfluß mißgönnen könnten.

Es wurde spät an diesem Abend. Schon lange hatte die Kindsmagd die Kleinen ins Bett befördert, und die jungen Männer fingen an, herzhaft zu gähnen. Constantin fiel seine Frau wieder ein, die still und ohne sich in die Gespräche einzumischen dagesessen hatte. Er nahm sie freundlich bei der Hand, führte sie in die Schlafkammer und schlief mit ihr. Am Morgen stand er früh auf, nahm hastig einen Bissen in der Küche ein und begab sich an seine zahlreichen Geschäfte. Seine Frau hatte er in dem Moment vergessen, als er das Haus verließ.

Friederun blieb zurück. Sie war an diesem Morgen nicht so von Seligkeit durchglüht wie sonst, wenn sie sich vereinigt hatten. Warum? Er hatte mit ihr geschlafen, war das nicht, was sie sich am meisten wünschte? Sie lag, die Decke bis zum Kinn hochgezogen, und ihr war doch nicht warm. Sie dachte nach. Was stimmte denn nicht? Er war freundlich zu ihr gewesen, er hatte ihr Beifall für ihre neue Haube gezollt. Er hatte sie gestreichelt und sich bemüht, daß sie genießen konnte. Aber es war ihr nicht möglich gewesen, sie war zu niedergedrückt.

Sie hatte unruhig geschlafen und war in der ersten Morgendämmerung erwacht. Sie hatte ihren schlafenden Mann beobachtet. Sein

Gesicht war auch im Schlaf so schön. Er hatte ganz kurze, glänzende, blonde Bartstoppeln. Wenn er zu Hause war, ließ er sich jeden Morgen vom Barbier rasieren; auf Reisen ließ er sich einen Bart stehen, der dann gleich nach der Heimkehr zu verschwinden hatte. Der kleine Helperich, der Constantin nach seiner langen Italienreise neu kennenlernen mußte, war schließlich zutraulich geworden und hatte den Vater an seinem Bart gezupft. Am nächsten Tag war der Bart verschwunden, und Helperich war verwirrt und fragte, wo denn der andere Vater geblieben sei.

Constantin hatte anscheinend gefühlt, daß er beobachtet wurde. Er war aus dem Schlaf aufgetaucht und hatte die Augen mit diesem Blick zwischen Traum und Tag geöffnet. Als er seine Frau erkannte, die ihn mit verzweifelter Sehnsucht anblickte, hatte er sie freundlich angelächelt, sanft auf die Stirn geküßt und sich beeilt, daß er aus dem Bett kam.

Sie hörte kleine Füßchen trappeln, und dann kam Helperich, welcher der Kindsmagd entwischt war, verschlafen in die Kammer und schlüpfte zu seiner Mutter ins Bett. Sie herzte und drückte den Kleinen, und sein warmer kleiner Körper fühlte sich so gut an; aber die Traurigkeit in ihrem Herzen blieb.

Am nächsten Abend, den Constantin nicht zu Hause verbrachte, holte sie sich wieder einen kleinen Krug Wein. Sie trank ihn in der Schlafkammer aus, damit niemand es merkte. Dann fuhr Constantin für eine Woche nach London, und der kleine Krug wurde ihr abendlicher Begleiter. Sie glaubte, niemand würde es bemerken. Sie hatte indes nicht mit Wigberta gerechnet.

»Hast du dir etwa das Trinken angewöhnt, Herrin?« fragte sie gerade heraus, während sie Friederun die Haare bürstete.

Friederun erstarrte. »Natürlich nicht, wie kommst du denn darauf?« fragte sie betont harmlos.

»Weil ich so oft morgens einen kleinen Krug aus deiner Schlafkammer räume, der noch nach Wein riecht«, bemerkte Wigberta.

»Ach ja, das war, glaube ich, vorgestern. Nur weil ich so Kopfschmerzen hatte.«

Wigberta bemühte sich, einen Knoten behutsam aufzulösen. »Wenn du Kopfschmerzen hast, mache ich dir gerne einen Tee. Wein hilft da nicht«, sagte sie beiläufig.

Friederun fühlte sich ertappt und wollte schon wütend werden; aber ein Blick auf die alten, faltigen Hände, die sich da mit ihren langen Haaren mühten, genügte. Sie drehte den Kopf und sah der alten Magd beschämt in die wasserhellen Augen.

»Ich sollte es wirklich bleiben lassen. Wigberta, du hast ja recht, und du meinst es auch gut mit mir. Aber weißt du, ich bin so traurig. Ich dachte, nach der trostlosen Ehe mit meinem ersten Mann käme jetzt endlich das große Glück; es ist jedoch nicht gekommen.«

Wigberta hatte das Haar jetzt ausgekämmt und flocht es sorgsam in Flechten, die sie dann am Hinterkopf aufsteckte. Dann befestigte sie die Haube darauf. Dies schien ihre ganze Aufmerksamkeit zu benötigen, denn erst als sie ihr Werk vollendet hatte, sprach sie wieder.

»Herrin, meinst du nicht, daß du es jetzt um sehr vieles besser hast als mit Godefried? Constantin ist ein schöner Mann, und freundlich dazu. Ich habe mich so für dich gefreut, als du ihn bekommen hast. Warum kannst du denn nicht zufrieden und glücklich sein?«

Friederun sah sie an. Ihre schönen braunen Augen standen voller Tränen.

»Weil ich ihn liebe. Und weil er mich nicht liebt. Und es ist sehr schwer, sich damit abzufinden.«

Wigberta sah sie traurig an. »Das kann ich verstehen, Herrin. Aber wenn es wirklich so sein sollte, was ich nicht beurteilen kann, warum freust du dich dann nicht einfach daran, daß er bei dir ist?«

Das war der gleiche Rat, den sie von Engilradis gehört hatte. Die beiden meinten es gut, das wußte Friederun genau. Aber es half ihr nicht.

Und darum hielten ihre guten Vorsätze sie auch nur für eine Weile vom Wein fern. War Constantin da, rührte sie den Krug nicht an. Aber wenn er fort war, wurden die einsamen Abende zu quälend für sie, und sie holte sich einen kleinen Schluck, oder auch einen größeren.

Freilich wurde sie listiger. Sie gewöhnte sich an, den geleerten Krug in die Küche zurückzutragen und zu reinigen, falls Wigberta daran schnuppern sollte. Sie bewahrte in einem kleinen Kästchen Salbeiblätter auf, die kaute sie, um den Weindunst aus ihrem Atem zu vertreiben.

Sie hätte sich denken können, daß Wigberta nicht darauf hereinfiel. Die alte Magd betrachtete ihre Herrin immer sorgenvoller. Sie fand schließlich auch heraus, daß Friederun immer nur dann trank, wenn Constantin abwesend war.

Als dieser für einige Tage ins Westfälische geritten war, dachte Friederun den ganzen Nachmittag gierig an ihren Abendschluck. Endlich waren die Kinder zu Bett gegangen, und auch das Gesinde hatte sich schlafen gelegt. Nur Wigberta ging nicht.

»Willst du nicht auch schlafen gehen?« fragte Friederun sie mit liebevoller Stimme. Aber Wigberta schüttelte den Kopf, murmelte etwas von »zuerst noch fertig machen« und stichelte weiter an Helperichs zerrissener Hose herum, obwohl ihre alten Augen schon bei Tag Mühe mit Näharbeiten hatten, geschweige denn im blakenden Licht der Funzel. Friederun wurde ungeduldig. Der Weg in den Keller und zum Weinfaß ging an Wigberta vorbei.

»Nun geh schon schlafen, du hast heute genug gearbeitet«, sagte sie, und ihre Stimme klang bereits weniger freundlich. Die alte Magd ließ die Hose sinken, mit dem Riß war sie bei dem schwachen Licht sowieso nicht gut zurechtgekommen.

»Herrin«, sagte sie mit erstickter Stimme, »Herrin, ich bitte dich, ich flehe dich an!«

Friederun tat so, als verstände sie nicht. »Was ist denn?« fragte sie harmlos.

»Herrin, du bist geradewegs dabei, eine Säuferin zu werden. Tu es nicht! Dieser Weg führt nicht mehr zurück. Ich weiß, wovon ich rede.«

Wigberta wußte es tatsächlich. In ihren jungen Jahren war sie mit einem Bäcker verheiratet gewesen, der sich in kurzer Zeit dem Bier ergeben hatte. Wein in größeren Mengen hatte er sich nicht leisten können. Jedesmal, wenn er betrunken nach Hause torkelte, hatte er anschließend seine Frau verprügelt. Zweimal hatte sie ein Kind erwartet, zweimal hatte sie es verloren, nachdem seine Fäuste zu hart zugeschlagen hatten. Schließlich hatte er im Suff einen Wirtshauskumpanen niedergestochen und war dafür gehängt worden.

Wigberta hatte daraufhin seine Backstube verkauft und war zu Friederuns Mutter in den Dienst gegangen.

Friederun war gerührt über den Kummer, den die treue Alte empfand, und sie schämte sich insgeheim wegen ihrer Trinkerei. Andererseits ärgerte sie sich, daß Wigberta sie von ihrem Tröster fernhielt. Sie wollte jedoch an diesem Abend nicht mit ihrer Magd streiten. So schnaufte sie nur ärgerlich und trat den Rückzug in ihre Schlafkammer an – ohne Weinkrug. Aber nur für dieses eine Mal. Bei der nächsten Gelegenheit trank sie um so mehr.

Schließlich merkte es auch Constantin. Er war zu einer Besprechung mit Eckebrecht und Fordolf gegangen, in der sie die Pläne für den Handel der nächsten Monate abstimmen wollten. Bei solch einer Gelegenheit kam er sonst immer recht spät nach Hause, und das wußte Friederun. Die alte Wigberta war stark erkältet und zeitig zu Bett gegangen, und niemand hatte Friederun vom Weinkeller abgehalten. So saß sie nun mit ihrem Krug in der Küche, ein kleines Unschlittlicht auf dem Tisch, und trank leise und versonnen vor sich hin.

Sie konnte nicht wissen, daß auch Fordolf sich arg erkältet hatte und schon nach kurzer Zeit gemeint hatte, man solle die Besprechung ein paar Tage verschieben, er wolle mit einem heißen Ziegelstein zu Bett gehen. So kam Constantin viel früher nach Hause, als Friederun vermutet hatte. Er sah einen schwachen Lichtschein durch die halbgeschlossene Küchentür fallen und meinte, die Mägde hätten womöglich die Glut im Herd nicht gut abgedeckt. Als er die Tür aufstieß, wunderte er sich, seine Frau bei schummeriger Beleuchtung am Küchentisch vorzufinden. Auf den zweiten Blick entdeckte er auch den Weinkrug und wunderte sich noch mehr.

»Was machst du hier, Friederun?« fragte er. »Du brauchst doch nicht auf mich zu warten, wenn ich mich mit Vater und Großvater bespreche.«

»Tu ich auch nicht«, beschied sie ihn mit schwerer Zunge. »Ich sitze hier nur, weil es mir so gefällt.«

Er trat näher und setzte sich ihr gegenüber. Seine Augen hatten sich inzwischen an das schwach flackernde Licht gewöhnt, und er bemerkte, daß ihre Augen glasig wirkten. Sie war betrunken, ohne Zweifel. Er konnte es nicht glauben. Seine Mutter, Durechin – nie hatte er eine von ihnen betrunken gesehen. Nur die fröhliche Sophia, Eckebrechts zweite Frau, hatte bei besonderen Festen schon einmal etwas tiefer ins Glas geguckt und war dann sehr lustig geworden. Das war aber selten vorgekommen, und betrunken hätte man sie nicht nennen können.

»Was schaust du mich so an?« wollte Friederun mürrisch wissen.

»Ich frage mich, ob es dir gut geht«, sagte er behutsam.

»Mir geht es – großartig. Einfach großartig«, trumpfte Friederun auf. Sie hob ihren Becher zum Mund, aber er war leer. Sie goß aus dem Krug nach, ihre Hand zitterte, und sie schüttete etwas Wein daneben.

»Darf ich dir auch etwas anbieten?« besann sie sich plötzlich auf die gebotene Höflichkeit. Er schüttelte dankend den Kopf, aber sie stand auf, ein wenig schwankend, und ging zum Bord hinüber, um ihm auch einen Becher zu bringen. Sie goß ihm ein, und wieder schwappte Wein neben den Becher.

»Mosel«, erklärte sie sachverständig. »Nicht so lieblich wie Rheinwein. Herb. Aber mir schmeckt er.«

»So, so«, machte Constantin. »Du bist eine Kennerin, nicht wahr?«

»Weiß nicht«, nuschelte Friederun und tat einen tiefen Schluck. »Ist mir auch egal. Ich trinke eben, was mir schmeckt.« Sie rülpste. »Verzeihung«, sagte sie dann und hielt sich die Hand vor den Mund.

»Wollen wir jetzt nicht zu Bett gehen?« fragte Constantin, noch immer in freundlichem Ton, obwohl er sich allmählich gereizt fühlte.

»Wieso denn? Hier ist es doch gerade so gemütlich«, lallte Friederun. Sie wollte abermals trinken, aber der Becher war schon wieder leer. Sie tastete mit der Hand nach dem Krug, fand ihn aber nicht. Constantin hatte ihn blitzschnell unter dem Tisch verschwinden lassen.

»Kommst du nun, Friederun?« fragte er und reichte ihr die Hand. »Laß uns schlafen gehen, es ist schon spät.«

Sie schaute noch einmal in ihren Becher, fand ihn aber leer und erhob sich gehorsam, nahm seine Hand mit einer anmutigen kleinen Verneigung und ging dann schwankend mit ihm in die Schlafkammer.

Am nächsten Morgen mochte Friederun nicht aufstehen. »Ich habe Kopfschmerzen«, brummte sie und drehte sich im Bett um.

Constantin fragte sich im stillen, ob sie sich vielleicht wegen ihrer Trunkenheit schäme. Aber als sie spät und mürrisch in der Küche auftauchte, wo ihr Söhnchen Helperich gerade von Wigberta einen Brei bekam, schien sie sich an nichts mehr zu erinnern.

Constantin sagte nichts weiter dazu. Friederun lehnte ihr Frühstück ab.

»Ich gehe heute selbst auf den Markt und kaufe das Gemüse für heute Mittag ein«, teilte sie Wigberta mit. »Ich brauche frische Luft. Der Kopf tut mir weh, vielleicht werde ich krank.«

Sie griff sich den Marktkorb und entschwand. Constantin sah schweigend zu, wie sein jüngster Sohn fröhlich das Mäulchen aufsperrte, wenn Wigberta mit dem Löffel kam. Als er satt war, rutschte er von der Bank und lief lachend weg, ehe Wigberta ihm die Breispuren vom Kinn wischen konnte. Die alte Magd wollte hinter ihm her, aber Constantin hielt sie zurück.

»Laß nur, seine Schwestern werden sich um ihn kümmern. Hast du etwas Zeit für mich? Ich möchte dich gern etwas fragen.«

Wigberta hätte immer Zeit für Constantin gehabt, aber sie hatte eine unbehagliche Ahnung, was er sie wohl fragen mochte.

Constantin ging im Zimmer auf und ab. Seine Stirn war gerunzelt, und er dachte offensichtlich nach. Dann blieb er vor Wigberta stehen.

»Wie lange geht das schon so mit meiner Frau?« fragte er. Wigberta zögerte, hin und her gerissen zwischen der Anhänglichkeit an ihren Herrn und der jahrzehntelangen Treue zu der Herrin. Aber Constantin legte ihr die Hand auf den Arm und sagte sehr freundlich:

»Wigberta, ich weiß genau, daß du es gut mit uns allen meinst. Mit den Kindern, mit mir, und ganz besonders und in allererster Linie mit Friederun. Glaub nicht, daß du sie verraten würdest! Ich will ihr helfen, genauso wie du. Aber ohne deine Hilfe werde ich das nicht schaffen.«

Die alte Magd schaute ihn traurig aus ihren wäßrigblauen Augen an. »Es geht schon eine ganze Weile. Ich habe versucht, sie daran zu hindern. Es ist auch nicht so, als würde sie gar nicht auf mich hören. Aber sie trinkt immer wieder hinter meinem Rücken. Ich kann ja nicht Tag und Nacht neben ihr stehen.«

»Tag und Nacht?« fragte Constantin erschrocken. »Ist es so schlimm?«

»Nein, Herr Constantin, verzeih einer dummen alten Frau, die sich nicht gut ausdrücken kann. Sie trinkt nur dann, wenn du nicht da bist. Aber dann trinkt sie in letzter Zeit ständig. Ich habe sie immer wieder gewarnt; ich weiß ja, wohin das führen kann.«

Constantin kannte Wigbertas unglückselige Ehegeschichte.

»Aber warum denn nur?« fragte er ratlos. »Es geht ihr doch gut; sie hat alles, was sie sich wünschen kann, und zwei gesunde Kinder dazu.«

Zu dieser Frage wollte sich Wigberta durchaus nicht äußern. Wie hätte sie Constantin denn erklären können, daß Friederun eben nicht alles besaß, was sie sich wünschen konnte, sondern genau das eine nicht hatte und es doch nicht entbehren konnte. So murmelte sie nur etwas Undeutliches.

»Nur wenn ich nicht da bin?« fragte Constantin noch einmal. Die Alte nickte.

»Dann werde ich in der nächsten Zeit eben immer da sein«, befand Constantin. Er sah das Problem damit als gelöst an und ging an sein Tagewerk.

Tatsächlich vermied er in den nächsten Wochen, sich aus Köln zu entfernen. Er verließ das Haus nur tagsüber, wenn zu viele Menschen im Haus waren, als daß Friederun sich zum Weinfaß hätte stehlen können. Jeden Abend verbrachte er zu Hause bei seiner Frau. Er sprach mit ihr über alle Tagesereignisse und brachte ihr viel Aufmerksamkeit entgegen.

Friederun freute sich darüber, und es ging ihr besser. Dennoch war sie voller Unruhe. Gelegentlich zitterten ihr die Hände. Es war ihr nicht bewußt, daß sie unter dem Entzug des Weines litt.

Aber eines Abends mußte er sie doch allein lassen. Es war eine Sitzung des Rats angesetzt, und es ging um Anweisungen, die der noch immer in Italien beschäftigte Erzbischof Rainald durch einen Boten geschickt hatte. Constantins Anwesenheit bei der Beratung darüber war unerläßlich.

Theoderich und Heinrich waren nach Gotland gesegelt, und Wigberta lag mit einer schweren Erkältung zu Bett. Constantin dachte darüber nach, wen er bitten könnte, seiner Frau Gesellschaft zu leisten, damit sie nicht wieder ihrem Laster verfallen könnte. Seine Mutter? Seine Schwestern? Nein, die Sitzung würde sicher bis in die

Nacht dauern, und Frauen sollten dann besser nicht mehr durch die Straßen gehen. So entschloß er sich, seinen Bruder Helperich zu bitten, unter einem Vorwand im Haus in der Dwergasse vorzusprechen.

Helperich war gern bereit, seinem Bruder diesen Gefallen zu tun. Er sollte kurz nach Constantins Aufbruch bei Friederun vorsprechen. Constantin ging beruhigt zum Bürgerhaus.

Er konnte nicht wissen, daß Helperich sich gehörig verspätete. Als er gerade das Haus verlassen wollte, hatte Eckebrecht ihn gerufen und gebeten, zum Hafen zu gehen und das Entladen ihres Schiffes zu überwachen, das unerwartet früh angekommen war. Helperich hatte sich beeilt, war aber dennoch eine Stunde später bei Constantins Haus angekommen als vorgesehen.

Diese Stunde hatte Friederun genügt. Sie hatte seit Wochen keinen Tropfen getrunken, das hatte ihr gut getan. Ihre Hände zitterten nicht mehr, ein Anflug von Aufgedunsenheit in ihren schönen Gesichtszügen war wieder verschwunden. Eigentlich brauchte sie den Tröster nicht mehr. Aber die Erinnerung, wie schön alles verschwommen war, wenn sie sich einen kleinen Abendtrunk gegönnt hatte, lebte verklärt in ihr. Als Constantin nach langer Zeit sich zu der Ratssitzung auf den Weg gemacht hatte, fiel ihr plötzlich ein, daß nun kein Aufpasser mehr da war. Sie schlich auf den Dachboden und spähte nach Wigbertas Lager. Die alte Frau, noch immer nicht fieberfrei, schnarchte.

Dann hatte sie eine ganze Weile im Keller gestanden und das Weinfaß betrachtet. Eine innere Stimme sagte zu ihr: Tu es nicht! und eine zweite: Gönn es dir doch, es wird dir guttun. Und endlich hatte die zweite Stimme die erste übertönt. Sie hatte den kleinsten Krug gefüllt, den sie in der Küche gefunden hatte. Aber er war viel zu schnell geleert, und da war sie abermals in den Keller gegangen und hatte einen größeren Krug mitgenommen. Und der war nun auch schon fast leer, als es an die Haustür pochte.

Erschreckt ging sie hin und fragte mit zaghafter Stimme:

»Wer ist da?«

»Ich bin es, Helperich«, ertönte draußen die Stimme ihres Schwagers.

Sie brauchte eine Weile, um die Tür zu öffnen. »Komm herein«, lud sie dann Helperich ein und trat zur Seite.

Er betrat das Haus und neigte sich über sie, um ihr brüderlich die Wange zu küssen. Sie hielt den Atem an, aber er bemerkte doch den Weindunst.

»Ist Constantin nicht da?« fragte er gespielt harmlos.

»Nein, er ist zur Ratssitzung.«

»Zu dumm«, sagte Helperich und schüttelte den Kopf, »die Sitzung hatte ich ganz vergessen. Ich muß aber noch dringend etwas für den Handelszug mit ihm besprechen, der morgen Köln verlassen soll. Darf ich hier auf ihn warten?«

Das war Friederun eigentlich nicht recht. Sie hatte noch einen Rest Wein im Krug, der auf sie wartete. Aber dann fielen ihr die Erfordernisse der Gastfreundschaft ein, und sie sagte listig:

»Gewiß darfst du auf ihn warten. Ich werde dir etwas von seinem neuen Moselwein anbieten.«

»Nicht nötig«, wehrte Helperich hastig ab, aber sie war schon, ein wenig schwankend, zum Keller unterwegs. Sehr rasch war sie mit einem gut gefüllten großen Krug zurück, zwei Becher in der anderen Hand. Nun standen zwar drei Becher und zwei Krüge auf dem Tisch, aber Friederun störte das nicht. Sie goß Helperich ein und sich dazu, und nicht zu knapp.

»Auf dein Wohl, lieber Schwager«, sagte sie mit einer zierlichen Kopfneigung.

Dann schüttete sie den Becher mit einem einzigen Zug hinunter und setzte ihn mit einem Knall auf den Tisch. Ihre Augen glänzten. Sie griff erneut nach dem Krug und goß sich nach, während Helperich an seinem Becher noch kaum genippt hatte.

Er sah sie entgeistert und auch etwas angewidert an. »Warum tust du das, Friederun?« konnte er sich nicht enthalten zu fragen.

Sie beanstandete die Frage nicht, mußte aber über die Antwort nachdenken.

»Wegen Constantin«, erklärte sie schließlich. »Zuerst. Weil er mich unglücklich macht. Aber jetzt, weil Trinken so schön ist.«

Helperich war empört. »Mein Bruder macht dich unglücklich? Was redest du da? Ich sehe nur, daß er dich sehr freundlich und achtungsvoll behandelt.«

Sie hatte ihren Becher schon wieder geleert. Ihre Sprache klang nun ziemlich verschliffen und undeutlich, ihre Augen wurden glasig.

»So, tut er das? Tagsüber. Ja, am Tag behandelt er mich nicht schlecht.« Darüber mußte sie jetzt ein paar Augenblicke nachdenken. Ihr Kopf schwankte. »Aber in der Nacht, da ist es anders. Da will er mich nicht haben.«

Das war Helperich nun mehr als unangenehm. Über solche Dinge sollte seine Schwägerin wirklich nicht mit ihm sprechen. In seiner Verlegenheit griff er nun selbst nach dem Krug und goß sich nach.

»Mir auch«, verlangte Friederun.

»Meinst du nicht, daß du genug Wein getrunken hast?« fragte Helperich unvorsichtigerweise. Da wurde sie böse.

»Dies ist mein Haus. Mein Haus. Oder meinetwegen Constantins Haus. Und da sollst du mir nicht sagen, ob ich genug getrunken habe oder nicht«, wies sie ihn würdevoll, aber mit stolpernder Zunge zurecht. Sie griff nach dem Krug, und als er ihn ihr nicht gleich geben wollte, schlug sie mit der Faust auf den Tisch.

»Her damit!« rief sie zornig, riß ihn aus seiner Hand, daß der Wein auf den Tisch schwappte und goß sich wieder ein, wobei eine Menge auf den Tisch floß. Dann schüttete sie den Wein, nun gänzlich hemmungslos, hinunter.

Helperich wußte nicht, was er tun sollte. Sie mit Gewalt hindern, das ging nicht an. Er verwünschte die Ratssitzung, die ihn in diese äußerst unangenehme Situation gebracht hatte. Er überlegte, wie er seinem Bruder erklären sollte, wieso Friederun in seiner Gegenwart sich derart hatte betrinken können.

Friederun hob die Augen von ihrem Becher, in dessen Grund sie tiefsinnig gestarrt hatte. Sie hatte vergessen, daß Helperich zu Besuch gekommen war, sah einen gutaussehenden, blonden Mann und glaubte, Constantin säße ihr gegenüber.

»Bist du schon da?« fragte sie und schielte ein wenig. »Das ist gut. Ja, das ist gut. Komm, ich habe schon auf dich gewartet«, und sie öffnete ihr Gewand und zeigte ihm ihre Brüste.

Empört sprang Helperich auf. »Was fällt dir denn nur ein? Jetzt ist es aber mehr als genug, ich gehe! Daß du dich nicht schämst!« und er stürmte aus dem Haus und vergaß in der Aufregung sogar seinen Umhang.

Er hörte noch, wie sie »Aber Constantin!« wimmerte, und dann schlug die Haustür zu.

Erregt und aufgebracht rannte Helperich los, nachdem er jedoch, ohne eine Fackel, zweimal in den dunklen Gassen gestolpert und gestürzt war, verlangsamte er seine Geschwindigkeit. Er hatte keinen weiten Weg bis zum Bürgerhaus, aber dort dauerte die Beratung noch an, und er mußte draußen auf Constantin warten. Dies kühlte ihn sehr bald ab, zumal sein Umhang bei Friederun zurückgeblieben war. Als die Ratsherrn nach einer guten Viertelstunde das Haus verließen, zitterte Helperich schon vor Kälte.

Mürrisch trat er auf seinen Bruder zu. »Da hast du mir etwas Schönes zugemutet, Constantin. Ich bin ja gern bereit, dir einen Gefallen zu tun, aber das ging entschieden zu weit. Wie hieß noch gleich der Ägypter, dessen Frau hinter Joseph her war?«

Constantin hob die Fackel, die er sich für den Heimweg mitgenommen hatte, und erschrak. »Hast du Fieber, Helperich? Du zitterst ja. Ich weiß von keinem Ägypter, der gerade in Köln wäre. Und von welchem Joseph sprichst du überhaupt?«

»Nicht in Köln. Joseph aus der Bibel. Hast du denn alles aus dem Unterricht von Pater Everhard vergessen?«

Constantin griff sich an den Kopf. »Helperich, ich habe nicht die leiseste Ahnung, wovon du eigentlich redest. Und warum bist du nicht bei Friederun und paßt auf sie auf, wie du es mir versprochen hast?«

Helperich seufzte tief. »Ich dachte, sie wäre hinter mir her, wie dieses Weib hinter Joseph. Übrigens fällt mir jetzt wieder ein, daß ihr Mann Potiphar hieß. Oder so ähnlich.«

Constantin faßte ihn beim Arm und schüttelte ihn. »Helperich, besinne dich doch. Erzähle mir nicht, daß Friederun hinter anderen Männern her ist, und dazu noch meinem eigenen Bruder, denn das glaube ich nicht.«

»Nein, während ich hier auf dich gewartet habe, ist mir auch klar geworden, daß sie mich mit dir verwechselt hat. Sie war nämlich, mit Verlaub zu sagen, sturzbetrunken. Und das war sie schon, als ich bei ihr ankam, also mach mich bitte nicht dafür verantwortlich. Und noch etwas, Constantin: Du kannst mich bitten, um was du willst, aber nicht wieder darum, daß ich auf deine Frau aufpassen soll. Dies war das erste und das letzte Mal. Und nun habe die Güte, mich noch nach Hause zu begleiten, weil ich nämlich keine Fackel habe.«

Constantin ging nicht weiter auf den Vorfall ein. Nachdem er seinen Bruder in seinem Heim abgeliefert hatte, ging er mit bösen Ahnungen nach Hause. Er fand Friederun schnarchend in der Küche, eine Weinpfütze auf dem Tisch verbreitete einen unangenehmen Dunst. Er schleppte seine Frau in die Schlafkammer, und das war keine leichte Arbeit. Kaum hatte er sie im Bett, erwachte sie und erbrach sich, und Constantin war die nächste halbe Stunde damit beschäftigt, Friederun und das Bett zu reinigen, was seine Laune keineswegs verbesserte.

Am nächsten Morgen fing er sie auch gleich ab, nachdem sie aufgestanden war, und bat sie höflich in sein Kontor. Dort hielt er ihr eine Standpauke, denn die letzte Nacht hatte ihn sehr verärgert.

Friederun hörte beschämt, aber trotzig zu. Sie warf den Kopf in den Nacken und antwortete ihm nicht auf seine Vorhaltungen.

»Ich möchte, daß du mir versprichst, mit dieser Trinkerei auf der Stelle aufzuhören«, verlangte Constantin. Sie blickte ihn nur böse an und sagte nichts dazu.

Constantin sah sie ratlos an. Er war gewohnt, daß seinen Anordnungen zugestimmt und gehorcht wurde. Friederun hatte dies offensichtlich nicht vor. Viele Männer hätten sie, wären sie an seiner Stelle gewesen, geschlagen, um ihren Gehorsam zu erzwingen. Aber so etwas kam für Constantin überhaupt nicht in Frage. Er schlug niemals eins seiner Kinder, obwohl die Kirche lehrte: Wer seinen Sohn liebt, der züchtigt ihn. Aber er meinte, es sei gegen die Würde eines Kindes, dieses durch Schläge zu beugen; und unter seiner eigenen Würde, so etwas zu tun. Und vor seiner Ehefrau hatte er ohnedies viel zu viel Achtung, um die Hand gegen sie zu heben.

So sagte er ganz ruhig: »Friederun, bedenke bitte, daß du dich selbst auf diese Weise zerstörst. Du hast aber doch Verantwortung deinen Kindern gegenüber. Und bedenke bitte weiter, wie sie erschrecken würden, könnten sie dich in einem solch unheilvollen Zustand sehen. Darum bitte ich dich noch einmal sehr, nicht mehr zu trinken.«

Damit verließ er den Raum. Noch am gleichen Tag ließ er das Weinfaß aus seinem Keller in den Lagerraum im Hause seiner Eltern schaffen. Dafür lagerte er ein sehr kleines Fäßchen mit sehr dünnem, saurem Bier ein. Die Dienstboten murrten, außer Wigberta, denn sie wußte, warum Constantin das tat.

Es half aber nichts. Friederun hatte Geld genug. Sie kaufte Wein in kleinen, teuren, verschlossenen Krügen und versteckte diese so listig, daß sie stets einen Vorrat hatte, obwohl Constantin und auch Wigberta immer wieder das Haus absuchten und alle Krüge, die sie entdeckten, stillschweigend entfernten.

Das maßlose Trinken zerstörte langsam ihre Schönheit, die Haut wurde teigig, die Gesichtszüge gedunsen, rote Äderchen zeigten sich um Augen und Nase. Sie bemerkte es nicht.

Eines Nachts, als Constantin wieder viele Abende hintereinander zu Hause verbracht und sie damit am Trinken gehindert hatte, lauerte sie darauf, daß er eingeschlafen war. Sie erhob sich vorsichtig aus dem Bett, schlüpfte in ihr Hemd und schlug sich ein Tuch um. Dann ging sie behutsam auf Zehenspitzen aus der Schlafkammer, die Schuhe in der Hand. Leise schlich sie durch das dunkle Haus in die Küche, wo die Glut sorgsam abgedeckt war, und entzündete einen Kienspan. Damit leuchtete sie in einen Winkel unter der Stiege, die zum Dach hinaufführte, und zog triumphierend eins ihrer Krüglein hervor. Sie hielt es für eine gute Idee, sich damit in Constantins Kontor zurückzuziehen, weil sie meinte, dort fände sie so schnell niemand.

Sie kauerte sich auf einen Schemel und zog das Umschlagtuch über die Füße, weil sie fror. Ungeduldig riß sie das Siegel vom Krug und trank gierig daraus; sie hatte sich nicht die Mühe gemacht, einen Becher zu holen.

Der Wein rann wunderbar durch ihre Kehle und wärmte sie vom Schlund bis zum Magen. Sie seufzte zufrieden und genoß die lang entbehrte Wirkung des Alkohols. Viel zu schnell war der Krug leer, und sie hätte gern noch mehr getrunken. Leider wußte sie, daß kein Wein mehr da war, sie brauchte gar nicht erst ihre Verstecke abzugehen.

Das Wohlbehagen schwand, und Mißmut breitete sich in ihr aus wie eine Tintenpfütze.

»Constantin ist schuld. Ich wollte ihn lieben, und er hat mich um meine Hoffnungen betrogen. Er hat mich auch um meinen harmlosen, schönen Rausch betrogen«, sagte sie laut. Und weil es ihr so gefiel, wiederholte sie noch einmal mit weinerlicher Stimme: »Er hat mich betrogen. Betrogen hat er mich.«

Auf einmal fiel es ihr wie Schuppen von den Augen. Natürlich, das war es. Warum war sie denn nicht früher darauf gekommen? Er betrog sie. Mit einer anderen Frau. Deshalb mußte sie die Liebe entbehren, weil er einer anderen hinterherlief. Oh, dieser Hund! Anstatt seine Ehefrau mit der ihr zustehenden Liebe und Verehrung zu beschenken, hatte er eine Geliebte. Oder mehrere, wer konnte das wissen?

Sie rappelte sich auf, hatte noch so viel Umsicht, das Unschlittlicht auszudrücken, und schwankte dann in die Schlafkammer zurück. Sie würde es ihm zeigen, diesem Ehebrecher. Er war an allem schuld.

Sie kam nicht gerade leise in die Schlafkammer zurück, aber Constantin schlief fest. Sie packte ihn an der Schulter und rüttelte ihn, daß er aus dem Schlaf auffuhr.

»Du elender Kerl«, sagte sie zornig, »was fällt dir ein, mich zu betrügen?«

Constantin wußte nicht, wie ihm geschah. Ganz friedlich hatte er geschlafen, und plötzlich stand eine Furie vor dem Bett und schrie ihn an.

»Was willst du?« fragte er schlafbefangen. Er roch den Weindunst; sie hatte also seinen Schlaf ausgenutzt, um sich wieder einmal zu betrinken, trotz seiner Vorsichtsmaßnahmen.

»Du betrügst mich mit einer anderen Frau«, kreischte Friederun.

»Unsinn«, brummte Constantin. »Laß mich in Ruhe schlafen.«

Friederun ließ sich schluchzend auf das Bett fallen.

»Du betrügst mich. Du hast eine andere Frau, und deswegen liebst du mich nicht.«

»Ich habe dich noch nie betrogen«, verteidigte sich Constantin. »Ich habe keine Ahnung, wie du auf so etwas kommst.«

»Nein, hast du nicht? Beweise mir das.«

Constantin wurde wütend. »Das kann ich nicht beweisen. Niemand kann seine Unschuld beweisen, das müßtest du doch verstehen.«

Aber Friederun hörte ihm gar nicht zu. »... betrügst mich«, murmelte sie noch und war auch schon eingeschlafen.

Mit Constantins Schlaf aber war es vorbei. Er wälzte sich im Bett hin und her und horchte auf das betrunkene Schnarchen seiner Ehefrau. Er war bisher immer freundlich und behutsam mit ihr umgegangen, auch wenn sie sich betrank; aber er merkte, wie sein Widerwille gegen sie wuchs, je mehr ihre Trunksucht ihm Schwierigkeiten machte. Gleichzeitig hatte er ein schlechtes Gewissen. Sie war ihm als sein Weib anvertraut, er trug Verantwortung für sie. Er hatte nicht das Gefühl, daß er diese Aufgabe erfüllt hätte. Aber er wußte auch nicht, was er tun sollte.

Als Friederun am Morgen erwachte, hatte Constantin noch nicht geschlafen. Er sah sie aus umränderten Augen traurig an.

»Friederun, laß mich dir doch helfen. Hör bitte mit dieser Trinkerei auf, du bringst dich ja noch um. Was hast du heute nacht denn nur dahergeredet? Ich habe dir niemals Anlaß gegeben, an meiner ehelichen Treue zu zweifeln.«

Aber Friederun wollte nicht auf ihn hören. Sie drehte sich heftig zur Seite, stöhnte, weil der Kopf ihr dabei weh tat, und preßte die Augen eigensinnig zu. Constantin seufzte und ging seinem Tagwerk nach. Er gab sich in den nächsten Tagen ganz besondere Mühe um sie, und für eine Weile lief es besser.

5. August 1163

Schon am Morgen war es giftig heiß, von dieser Hitze, die sich wie heiße Watte einatmet. Das schien Frau Friederun nichts auszumachen. Sie saß im Schatten des alten Nußbaumes und fütterte heiter ihren kleinen nackten Sohn Helperich mit seinem Morgenbrei. Eine sanfte Brise ließ die Blätter rascheln, das interessierte den Kleinen weitaus mehr als der Holzlöffel mit dem Brei. Der Knabe war rundlich und gesund, und auch seine Mutter war, nachdem sie wochenlang keinen Tropfen Wein bekommen hatte, wieder frisch. Ihre Haut war straff, und das Gesicht ließ keine Spur von Aufgedunsenheit mehr erkennen. Sie hatte, der Hitze wegen, die Haare zu einem lockeren Knoten am Hinterkopf geschlungen und nur einen winzigen Schleier darum gewunden. Sie sah sehr schön und anziehend aus.

Constantin saß nahe dabei und rechnete blitzschnell mit seinem Abakus. Er war niedergedrückt, und die Hitze machte ihm im Gegensatz zu seiner Frau zu schaffen. Mißmutig dachte er, daß ein Mann seines Alters nicht zu Hause sitzen und Geschäfte leiten sollte; das war etwas für seinen Großvater Eckebrecht, oder vielleicht auch schon für seinen Vater Fordolf. Aber was konnte er machen, wenn er ständig auf Friederun aufpassen mußte? Er überlegte, ob er seine Dienste beim Erzbischof aufkündigen sollte. Er konnte ihm ja schlecht sagen, daß er seine Ehefrau vom Alkohol abhalten mußte und deshalb auf unbestimmte Zeit nicht imstande war zu reisen.

»Achtung«, rief Constantin. Aber es war schon zu spät. Helperich hatte sich mehrere Löffel in den Mund schieben lassen, ohne zu schlucken, und nun prustete er, und der angesammelte Brei spritzte auf seine Mutter und bekleckerte sie von oben bis unten.

Aber Friederun lachte nur. »Kleiner Schlingel«, sagte sie zärtlich, »du hast wohl keinen Hunger bei der Hitze? Macht nichts.«

Und sie erhob sich, nahm das Kind und setzte es in eine kleine Holzbütte, die mit Wasser gefüllt war. Dort konnte es plantschen und sich vergnügen. Dann feuchtete sie ihren langzipfligen Ärmel mit Wasser an und reinigte damit ihr beschmutztes Kleid.

Die Tür zum Wohnhaus öffnete sich, und Fordolf kam in den Garten. Er lächelte verlegen und versuchte, sich ungesehen an Vater und Stiefmutter vorbeizudrücken.

»Guten Morgen, Fordolf«, sagte Friederun liebevoll. »Was hast du denn da hinter deinem Rücken?«

Fordolf wurde noch verlegener. »Ein Buch«, hauchte er.

»So früh am Morgen willst du schon lesen? Laß doch einmal sehen«, und sie versuchte, hinter Fordolfs Rücken zu greifen. Der Junge lachte und wollte das Buch nicht hergeben, und Friederun rangelte ein wenig mit ihm und küßte ihn dabei ab. Schließlich reichte Fordolf ihr das Büchlein.

»Sieh an«, sagte Friederun erstaunt, »eine Heiligenvita. Das hätte ich bei einem Kind von sieben Jahren nicht erwartet. Woher hast du das Buch?«

»Von Pater Everhard.«

Der greise Lehrer, der auch schon Constantin und seinen Bruder Helperich unterrichtet hatte, lebte noch immer. Er lehrte sonst nicht mehr, nur bei Fordolf machte er eine Ausnahme.

»Gib bitte sorgfältig darauf acht, so ein Buch ist sehr wertvoll. Ich staune, daß Pater Everhard es dir mitgegeben hat«, meinte Constantin.

»Er weiß genau, daß ich vorsichtig mit Büchern umgehe. Ich liebe Bücher«, sagte Fordolf beleidigt und zog sich mit seiner Lektüre in das Baumhaus zurück, das sein Vater ihm – wegen Fordolfs schwachem Bein in nur geringer Höhe – im Nußbaum gebaut hatte.

Constantin schaute seinem Sohn hinterher, wie er es sich bequem machte und sich sofort in das Buch vertiefte.

Ihm war schon lange klar, daß Fordolf für den harten Beruf eines Kaufmanns nach seiner schweren Erkrankung nicht mehr in Frage kam. Aber niemand, der das Kind vor drei, vier Jahren gesehen hatte, hätte geglaubt, daß Fordolf jemals wieder seinen Körper vernünftig gebrauchen könnte und sein Geist sich vollständig erholen würde, und all diese großartigen, völlig unerwarteten Erfolge waren zunächst Theoderich und dann Friederun zu danken.

Aber wie sollte Fordolf sein Leben verbringen? Es kam wohl nur das Kloster in Frage.

Constantin seufzte und wandte sich wieder seinem Abakus zu.

Er fand jedoch noch immer keine Ruhe für seine Arbeit. Jetzt stürmte Druda heulend aus dem Haus und warf sich ihrer Mutter in die Arme.

»Engilradis will mir nicht ihre Puppe geben«, schluchzte sie.

Friederun nahm das Mädchen in die Arme. »Ist das denn ein Grund zum Weinen? Du hast doch deine eigene Puppe in der Hand«, meinte sie erstaunt.

»Ja, aber Engilradis' Puppe hat Bauchweh und muß gepflegt werden. Und ich will auch pflegen.«

»Ach so. Das wird sich einrichten lassen.«

Und Friederun bückte sich, nahm ein dünnes Zweiglein vom Boden auf und schiente mittels eines Grashalmes damit den Arm der Puppe.

»Jetzt hat deine Puppe einen Arm gebrochen und muß auch gepflegt werden. Ist es jetzt wieder in Ordnung?«

Getröstet trollte Druda sich. Aber wenn Constantin geglaubt hatte, er könne sich endlich in Ruhe seinen Rechnungen widmen, so hatte er sich geirrt. Von der Dwergasse tönte schallender Gesang, und dann tauchten Theoderich und Heinrich auf mit einem jungen Mönch im Schlepptau.

»Dies ist Bruder Nikolaus«, stellte Theoderich vor. »Wir haben ihn unten am Hafen getroffen. Letztes Jahr haben wir ihn in Pavia kennengelernt.«

Der Mönch verbeugte sich tief und mit elegantem Schwung. Er war makellos rasiert und seine Tonsur war so klein, daß sie gerade noch als solche durchgehen konnte. In der Hand trug er eine Laute, die mit seidenen Bändern geschmückt war.

»Schöne Dame, verehrter Herr, es ist mir eine Ehre, Eure Bekanntschaft zu machen.«

Erheitert blickte Constantin von seiner Arbeit auf.

»Seid uns gegrüßt, Bruder Nikolaus. Stammten diese wohllautenden Töne etwa von Euch?«

Wenn er gedacht hatte, den Mönch damit in Verlegenheit zu setzen, so hatte er sich geirrt. Nikolaus strahlte ihn an.

»Ja, das sind meine Gesänge. Carmina burana nenne ich sie. Der Herr Erzbischof von Köln hat mich beauftragt, sie zum Lobpreis von Kaiser Friedrich zu verfassen.«

Es kam nicht oft vor, daß jemand Constantin verblüffen konnte, aber diesem Mönch war es jetzt gelungen.

»Tatsächlich? Und dürfen wir einfachen Sterblichen diese Gesänge bitte auch vernehmen?«

Der Mönch ließ sich keineswegs lange bitten. Er setzte sich mit Theoderich und Heinrich in den Schatten des Nußbaums, lehnte auch einen Trunk zur Ölung seiner Kehle nicht ab und begann zu singen.

»O fortuna	O Fortuna!*
velut luna	Wie der Mond
statu variabilis,	So veränderlich,
semper crescis	Wächst du immer
aut decrescis;	Oder schwindest! –
vita detestabilis	Schmähliches Leben!
nunc obdurat	Erst mißhandelt,
et tunc curat	Dann verwöhnt es
ludo mentis aciem,	Spielerisch den wachen Sinn.
egestatem,	Dürftigkeit,
potestatem	Großmächtigkeit
dissolvit ut glaciem.«	Sie zergehn vor ihm wie Eis.

*Übersetzung: zitiert nach www.akkordeon-orchester-baltmannsweiler.de/Noten/carminatext.htm

Constantin und seine Familie lauschten der wohltönenden Stimme des Mönches hingerissen. Die Erwachsenen verstanden genügend Latein, um das geschmeidige Lied zu Ehren der Glücksgöttin zu würdigen. Der Mönch stimmte kurz die Saiten seines Instrumentes nach und begann erneut.

	Übersetzung:
»Floret silva nobilis	Es grünt der Wald, der edle,
floribus et foliis.	Mit Blüten und mit Blättern.
Ubi est antiquus	Wo ist mein Vertrauter,
meus amicus?	Mein Geselle? –
Hinc equitavit,	Er ist hinweggeritten!
eia, quis me amabit?«	Eia! wer wird mich lieben?

Das zarte, wunderschöne Liebeslied beeindruckte sie nicht weniger.

Der Mönch wandte sich an die Kinder; auch Druda und Engilradis waren, die erkrankten Puppen im Arm, aus dem Haus gekommen, um den Sänger zu hören und zu sehen. Hinter ihnen war Ambrosio aus dem Haus geschlüpft.

»Kinder, diesen Text könnt auch ihr verstehen«, sagte Nikolaus:

	Übersetzung:
Chramer, gip die varwe mir,	Kramer! Gib die Farbe mir,
die min wengel roete,	Meine Wangen rot zu malen,
damit ich die jungen man	Daß ich so die jungen Männer,
an ihr dank der minnenliebe	Ob sie wollen oder nicht, zur
noete.	Liebe zwinge.
Seht mich an,	Seht mich an.
jungen man!	Junge Männer!
lat mich iu gevallen!«	Laßt mich euch gefallen!

Nikolaus machte wieder seine tiefe Verbeugung zu Frau Friederun hin.

»Ihr, verehrte Dame, braucht Euch von diesem Lied natürlich nicht angesprochen zu fühlen. Eure Schönheit hat es durchaus nicht nötig, beim Krämer Unterstützung zu suchen.«

Friederun lachte und errötete, was ihr ausnehmend gut stand.

Nikolaus legte die Laute fort, aber alle baten stürmisch um eine Zugabe. Die erbrachte er gern, nachdem er sich ein Weilchen hatte bitten lassen.

»Were diu werlt alle min
von deme mere unze an den Rin,
des wolt ich mih darben,
daz diu chunegin von Engellant
lege an minen armen.

Übersetzung:
Wäre auch die Welt ganz mein
Von dem Meer bis an den Rhein,
Gern ließe ich sie fahren,
Wenn die Königin von Engelland
Läge in meinen Armen.

Ich sah sie letztes Jahr, die Königin von England. Sie ist wirklich eine ganz wunderschöne Frau, und so klug und gebildet dazu. Und sie liebt die Musik und die Sänger.«

»War sie nicht zuvor Königin von Frankreich?« fragte Frau Friederun.

»Ja, Madame Alienor war die Gemahlin von König Ludwig von Frankreich und teilt nun den Thron mit König Heinrich von England.«

»Wie kann das sein?« fragte der junge Heinrich. »König Ludwig lebt doch noch.«

»Ja«, sagte Nikolaus listig, »er lebt schon noch. Aber er war so dumm, diese fabelhafte Frau, die dazu noch die reichste Erbin seines Königreichs war, gehen zu lassen. Angeblich in ein Kloster. Damit er, der mit Alienor nur zwei Töchter bekommen hatte, endlich eine Frau nehmen konnte, die ihm den ersehnten Thronfolger gebären sollte. Aber Alienor hatte wohl nicht das Kloster im Sinn. Zwei Wochen nach Scheidung ihrer ersten Ehe stand sie mit dem Grafen von Anjou erneut vor dem Traualtar, und mit Hilfe ihres Geldes hat dieser sich England erobert. Und jedes Jahr hat sie ihm einen kleinen Prinzen geboren, während Herr Ludwig von seiner zweiten Gemahlin auch nur eine Tochter bekam. Mittlerweile hat er schon die dritte Ehefrau, aber noch immer keinen Sohn.«

Diese Geschichte erheiterte die Anwesenden sehr. Mutig geworden, zupfte Engilradis den Gast am Ärmel und bat ihn schüchtern um ein weiteres Lied.

Nikolaus sah das zarte Kind an, dessen Frauentum noch in der

Zukunft lag, griff sich dann sein Instrument und sang mit leiser, einschmeichelnder Stimme:

»Chume, chum, geselle min,
ich enbite harte din.
Suzer rosenvarwer munt,
chum und mache mich gesunt.«

Übersetzung:
Komme, komme, Geselle mein!
Ich erwarte dich so sehr,
Süßer, rosenfarbener Mund!
Komm und mache mich gesund!

Als er fertig war, beugte sich Engilradis zu ihm hin, drückte ihm einen Kuß auf die Wange und verschwand im Haus, so rasch sie konnte.

»Ihr seid offenbar ein großer Verführer, Bruder Nikolaus«, bemerkte Constantin belustigt. »Wenn unsere Töchter ein wenig älter sind, werde ich Euch scharf im Auge behalten, merkt Euch das. Aber für Eure herrlichen Lieder trotzdem unseren begeisterten Dank. Nur eins möchte ich Euch noch fragen: Wie kam es denn, daß unser Herr Erzbischof den Auftrag gab, solche Lieder zu ersinnen, und dazu noch zum Lobpreis Seiner Majestät des Kaisers?«

Der Mönch lachte. »Ganz einfach: Ich war sonst zu nichts zu gebrauchen. Mein Abt hat mich schon aus dem Kloster fortgelobt, weil er mit mir nichts anzufangen wußte, und hat mich ganz listig dem Herrn Erzbischof geschenkt. Nachdem dieser mich eine Weile ohne sichtlichen Nutzen in seinem Kanzleidienst zu beschäftigen suchte, wollte er mich schon mit Dank zurücksenden; aber dann hörte er, wie ich nach Beendigung eines langen, staubtrockenen Arbeitstages mein Instrument und meine Stimme gebrauchte. Das hat ihm wohl besser gefallen als alles andere, was sonst von mir kam. Als er dann noch hörte, daß ich Worte und Melodien selber verfaßt hatte, schnalzte er mit den Fingern und erklärte, da sein ganzes Lebenswerk auf die Erhöhung der kaiserlichen Ehre gerichtet sei, wolle er mich dort auch nutzbar machen. Und so denke ich mir nun viele verschiedene Lieder aus; und wenn ich meine, daß deren Anzahl und Güte den hohen Ansprüchen des Herrn Erzbischofs genügen, werde ich mich wieder zu ihm begeben.«

Er schwenkte einen abgegriffenen Packen teurer Pergamente.

»Hier stehen die Worte. Die Melodien habe ich in meinem Kopf ...«

In diesem Augenblick klopfte es an der Tür, die zur Dwergasse führte, und Eckebrecht und der ältere Fordolf traten ein. Ihre Mienen waren so ernst und mürrisch, daß die Fröhlichkeit sofort aus dem sonnenwarmen Garten schwand. Die jungen Männer fanden darum auch sehr bald eine Ausrede, um zu verschwinden.

Eckebrecht ließ sich seufzend auf dem besten Platz im Schatten nieder und wischte sich den Schweiß von der Stirn. Sein Gesicht war hochrot.

»Ich merke mein Alter«, bemerkte er mürrisch. »Schließlich gehe ich auf die achtzig zu. So etwas wie heute tue ich mir in Zukunft nicht mehr an, geistlicher Befehl hin oder her.««

Sein Sohn Fordolf machte sich Sorgen um den Vater.

»Liebste Schwiegertochter, könntest du …«

Aber Friederun war schon auf den Füßen und eilte ins Haus. Sehr rasch kam sie zurück mit einem Holzbottich ähnlich dem, in dem der kleine Helperich noch immer herumplantschte, und einem Tuch. Sie tauchte es ins Wasser und wischte damit dem Alten zart und liebevoll über das Gesicht, um es zu kühlen.

»Lieber Herr Eckebrecht, hättet Ihr die Güte, Euch von mir das Schuhwerk ausziehen zu lassen? Stehen Eure Füße erst einmal im Kühlen, dann erholt Ihr Euch schnell. Meine gute alte Wigberta richtet schon einen kalten Trunk für Euch, sie wird jeden Augenblick hier sein.«

Eckebrechts Miene wurde sichtlich heiterer. »Meine liebe Frau Friederun, Ihr seid eine viel zu edle Dame, als daß ich Euch als Bademagd gebrauchen könnte. Meine Schuhe bekomme ich schon noch selbst herunter, aber die Idee eines kalten Fußbads ist ausgezeichnet. Ihr seid wahrhaftig nicht nur eine Augenweide, sondern auch eine Frau, die einem alten Mann das Leben angenehmer und schöner machen kann.«

»Ihr seid ein Schmeichler, Herr Eckebrecht«, sagte sie respektlos, aber fröhlich, denn sie und Eckebrecht mochten sich sehr.

Bald darauf waren Eckebrecht und Fordolf mit allem versorgt, was zu ihrem Wohlbefinden beitragen mochte. Der kleine Fordolf war aus seinem Baumhaus herabgestiegen, das Buch sorgsam unter die Achsel geklemmt, und hatte es sich im Arm seines Großvaters gemütlich gemacht.

Constantin meldete sich jetzt auch zu Wort.

»So ist die Sache also schlecht ausgegangen«, meinte er trocken. »Ich hätte es mir denken können.«

Vorgestern waren drei Katharerbischöfe aus Flandern nach Köln gekommen. Bereits am folgenden Tag waren sie festgenommen worden, ehe sie Gelegenheit gehabt hatten zu predigen, und heute schon war ihnen der Prozess gemacht worden.

»Ja«, sagte Fordolf grimmig. »Sie sind alle drei zum Tode durch Verbrennen verurteilt worden. Dabei haben sie zu ihrer Verteidigung geredet wie die Engel selbst, so unschuldig und gläubig.«

In Abwesenheit des Herrn Erzbischofs, der sich noch immer in Italien für seinen Kaiser aufrieb, hatte der Domdekan blitzschnell zugeschlagen. Zum Prozess gegen die Katharer waren als Zeugen die Ratsherrn befohlen worden, also auch Eckebrecht und Constantin. Da aber letzterer – aus bekannter Ursache – zur Zeit seine Pflichten im Rat nicht wahrnehmen konnte, hatte er seinen Vater Fordolf gebeten, an seiner Stelle hinzugehen.

Eckebrecht nahm noch einen tiefen Zug aus dem Krug, den Wigberta ihm kredenzt hatte. Sein Gesicht hatte nun wieder seine gewohnte Färbung angenommen.

»Sie hätten auch reden können wie Christus selbst, es hätte ihnen nichts genützt«, erklärte er. »Als wir aus dem Dom herauskamen, standen die drei Scheiterhaufen schon fertig da, und das Urteil wurde sofort vollstreckt. Wir mußten bleiben, bis alles vorbei war. Sie müssen mit dem Aufbau sofort nach dem Beginn des Prozesses begonnen haben, denn einen guten Scheiterhaufen zu bauen braucht schon seine Zeit. Also stand das Urteil von vornherein fest. Nicht daß ich etwas anderes erwartet hätte. Warum müssen diese Katharer denn immer wieder so dumm sein, gerade nach Köln zu kommen? Hier sind zuvor schon zweimal Angehörige dieses Glaubens verbrannt worden. Das erste Mal im Jahre 1112, da waren es drei, die aus Utrecht gekommen waren. Und das andere Mal 1143, daran werdet ihr euch wohl noch erinnern, Fordolf und Constantin. Das war eine ganze Gruppe. Sie hätten abschwören können, aber dazu waren sie nicht bereit. Es waren sehr fromme, gottesfürchtige Leute.«

»Und nun schon wieder drei arme Seelen«, sagte Friederun bekümmert und schlug ein Kreuz.

»Schlimmer, Frau Friederun«, sagte Eckebrecht traurig. »Es waren vier. Als die Scheiterhaufen anfingen zu brennen, drängte sich ein junges Mädchen, fast noch ein Kind, kaum älter als unsere Mädchen hier, durch die Menge. Sie rief: ›Vater, hab keine Angst, ich bleibe bei dir‹, und dann kletterte sie auf den brennenden Holzstoß und umarmte einen der drei Männer und ging mit ihm zusammen in den Tod.«

Nun weinte Frau Friederun, und der kleine Fordolf versteckte den Kopf an der Brust seines Großvaters.

»Das wäre nie geschehen, wenn Herr Rainald hier gewesen wäre«, meinte Constantin düster. »Er ist ein großer Geist und kann Leute mit abweichender Meinung gut nach ihrem eigenen Glauben leben lassen. Freilich legt er auch auf Reichtum keinen Wert und hat immer nur so viele Kostbarkeiten in seinem Besitz, wie er braucht, um als Stellvertreter des Kaisers dessen Ansehen hochzuhalten. Im täglichen Leben ist er bescheiden und anspruchslos. Darum hat er auch keinerlei Feindschaft gegen die Katharer, die Teilen vor Besitzen setzen, im Gegensatz zu den meisten anderen Geistlichen.«

»Der Herr Erzbischof ist dem Kaiser treu bis in den Tod, und du, Constantin, bist ein ebenso getreuer Anhänger von Herrn Rainald«, bemerkte Eckebrecht gütig.

»Aber so traurig diese Geschichte auch wieder ist: Es ändert nichts daran, daß heute der Geburtstag von Engilradis ist und sie ein Essen für die ganze Familie vorbereitet hat. Dort wollen wir nicht von den Katharern sprechen, damit ihr das Fest nicht verdorben wird. Wir wollten euch abholen kommen, seid ihr bereit zum Aufbruch?«

Natürlich, der Geburtstag von Frau Engilradis. Über den betörenden Gesängen von Bruder Nikolaus hatten sie die Zeit vergessen. Es dauerte darum noch eine Weile, bis allen Kindern die verschwitzten Gesichter und Hände gewaschen und die besten Kleider angezogen waren, ehe sie losgehen konnten.

Sie waren nur noch ein kurzes Stück vom Hause Eckebrechts entfernt, als sie einen Taufzug einholten. Stolz trug die Patin den Säugling auf einem Samtkissen, das mit Bändern und Schleiern so verziert war, daß das Kindchen fast darunter verschwand.

»Oh, Friederun«, rief sie und winkte heftig mit einer Hand, wobei der Säugling ihr fast mitsamt seinem Prachtkissen aus dem Arm geglitten wäre, »schau doch einmal mein Patenkind an.«

Es war Elisabeth, die Frau von Herrn Wolbero vom Spiegel. Sie hatte vor vielen Jahren gemeinsam mit Frau Friederun ein Jahr im Kloster verbracht – das war der einzige Beitrag gewesen, den Friederuns Vater jemals für die Erziehung seiner Tochter aufgewendet hatte.

Friederun beugte sich über das friedlich schlafende Neugeborene, das auch durch seine ungestüme Trägerin nicht aus der Ruhe zu bringen war, und bewunderte es gebührend.

»Es ist das Kind von Sapientia«, fuhr Elisabeth fort. Sapientia, die Gattin von Herrn Marcmann Vetscholder, war zur gleichen Zeit mit ihnen in der Klosterschule gewesen.

»Es ist schon ihr zehntes, denk nur an! Und der Mutter geht es so gut, als wäre das alles gar nichts. Du mußt rasch mit hereinkommen und ihr Glück wünschen.«

Friederun sträubte sich und wies darauf hin, daß sie zum Geburtstag ihrer Schwiegermutter eingeladen sei, aber gegen Elisabeth war nicht anzukommen.

»Herr Eckebrecht, gebt doch meiner Freundin ein klein wenig Urlaub, ich bitte Euch sehr, nur so lange, wie man für einen Rosenkranz braucht, dann lassen wir sie wieder weg.«

Und schon zog sie Friederun mit sich in das Vetscholdersche Haus. Friederun lachte und rief Constantin zu: »Entschuldige mich bei deiner Mutter, ich komme gleich nach.« Dann entschwand sie.

Es mußte wohl ein sehr langer Rosenkranz gewesen sein, denn Engilradis' Gäste saßen schon lange bei Tisch, als Friederun wieder auftauchte. Sie hatte glänzende Augen und gerötete Wangen, und Constantin dachte zuerst, sie müsse sich wohl sehr gefreut haben, die alte Schulfreundin wiederzusehen. Aber als sie sich neben ihm niederließ und begeistert von der zehnfachen Mutter erzählte, nahm er den Weingeruch in ihrem Atem wahr.

»Hast du etwa getrunken, Friederun?« fragte er.

»Nur einen winzigen Schluck auf das Wohl von Sapientia und ihrer kleinen Mathildis«, berichtete Friederun harmlos. Sie blickte empört auf ihren Becher, den Constantin ihr mit Wasser gefüllt hatte. »Was soll das? Ich kann doch nicht zu Ehren der Hausfrau Wasser trinken!« beschwerte sie sich. »Ein klein wenig muß es schon mit Wein verdünnt werden, sonst beleidige ich ja meine liebe Schwiegermutter.«

Aber Constantin blieb auf diesem Ohr ganz taub und winkte die Magd, die mit dem Weinkrug herumging, nachdrücklich weg. Lieber verzichtete er selbst auf Wein und trank nur Wasser.

Engilradis mit ihren feinen Ohren hatte alles mitbekommen.

»Liebe Friederun, laß dir doch bitte ein wenig von diesem Hühnchen auflegen, es ist besonders gut geraten«, rief sie und reichte eine Platte über den Tisch. »Und zum Nachtisch habe ich Spätkirschen, das ist doch dein Lieblingsobst, nicht wahr?« Sie lächelte Friederun besonders herzlich zu, um sie wegen des vorenthaltenen Weins zu versöhnen.

Friederun hielt sich zurück. Zierlich aß sie mit Constantin aus der gleichen Schüssel, ließ sich von ihm die Bissen schneiden und trank dazu pures Wasser, aber im Laufe der langen Mahlzeit stand sie einmal auf, ging auf die andere Seite des Tisches, um mit ihrer Schwägerin Gertrudis zu plaudern, griff sich dort beherzt einen fremden Becher, in dem sie zu Recht besseren Inhalt vermutete, und trank ganz harmlos daraus. Als Constantin ihr auf die Schliche kam, war der Becher schon leer.

Das Fest war von nun an weder für Constantin noch für Friederun eine Freude: Constantin ärgerte sich, daß er auf sie aufpassen mußte wie ein Jagdhund, statt die Zusammenkunft mit seinen Angehörigen zu genießen. Besonders auf Helperich hatte er sich gefreut. Dieser war gerade aus Gotland zurückgekehrt, und Constantin hätte gern etwas über die Fahrt vernommen. Aber er konnte ja nicht von der Seite seiner Frau weichen, und Helperich hütete sich wohl, auch nur in deren Nähe zu kommen.

Friederun hingegen kränkte sich sehr über die Bevormundung ihres Gatten. Was war denn schon so schlimm daran, wenn sie ein einziges Mal, nur wegen des Festes, ein wenig Wein trank? Wochenlang hatte sie keinen Tropfen bekommen, da hätte er es ihr heute doch gönnen sollen. Sie fühlte sich eingeschränkt und unglücklich und schmollte und grollte mit ihm.

Als sie mit unschuldiger Miene den Kniff mit dem fremden Becher ein zweites Mal versuchte, packte er von hinten mit fester Faust ihr

Handgelenk und zwang sie, den Becher wieder abzustellen. Dann sagte er ruhig:

»Wollen wir jetzt nach Hause gehen, Friederun? Die Kinder sind müde von der Hitze heute.«

Aber Friederun wollte nicht. Sie hatte keine Lust, sich unter vier Ohren Vorwürfe anzuhören, und außerdem hatte sie die Hoffnung nicht aufgegeben, ihn doch wieder zu überlisten und noch einen kleinen Tropfen zu ergattern.

Leider mußte sie feststellen, daß jetzt nicht nur Constantin, sondern auch Engilradis und Fordolf ihren Becher genau im Auge behielten. Und selbst der alte Eckebrecht lächelte sie freundlich an und bat sie:

»Hättet Ihr wohl Lust, hochverehrte Frau Friederun, einem alten Mann ein wenig von Eurer kostbaren Zeit zu opfern und mir von dem Unfug zu berichten, den meine Urenkel sich so ausdenken, wenn der Tag lang ist?«

Sie setzte sich gehorsam neben ihn und entsprach seinem Wunsch; aber wenn sie auch wußte, daß Eckebrecht sie sehr verehrte, so war ihr doch klar, daß er jetzt seinen Teil dazu beitrug, sie zu überwachen, und das machte sie noch verdrossener.

Die müden Kinder hatten sich längst gemeinsam mit Gertrudis' Sohn Meginzo, Helperichs Tochter Engilradis sowie Liveradis' beiden Söhnen Ludwig und Constantin in den Stall zurückgezogen, wo es immer so viel Aufregendes zu sehen gab. Außer dem Wurf Jungkätzchen, ohne den man Eckebrechts Haus kaum ein Jahr einmal antraf, war auch noch ein wenige Wochen altes Fohlen dort zu finden, das man bestaunen und streicheln konnte. Irgendwann waren die Kinder dort alle zusammen auf einem dicken Strohbündel eingeschlafen.

»Laßt sie doch hier«, meinte Engilradis, als die Gäste schließlich an Aufbruch dachten. »Was wollt ihr sie denn aus dem Schlaf reißen?« Sie holte ein paar Laken und breitete sie über die schlafende Schar, das war genug bei der Sommerhitze.

So machten Constantin und Friederun sich allein auf den Heimweg. Die letzten Spuren des Tageslichts erlaubten ihnen, ihren Weg ohne Fackel zu finden. Friederun wartete auf Vorwürfe, aber die kamen nicht. Constantin fühlte sich zu ausgebrannt nach dem anstrengenden Tag; und was hätten auch Vorwürfe geholfen? Wenn sie angetrunken war, sah sie sowieso nichts ein. Aber er fühlte sich verzweifelt und überdrüssig. So viel Mühe hatte er sich gegeben, wochenlang, und nun war alles vergebens.

Sie kamen im Haus in der Dwergasse an. Die alte Wigberta öffnete die Haustür und reichte ihnen ein Unschlittlicht, dann ging sie wieder zu Bett. Constantin geleitete seine Frau höflich in die Schlafkammer, machte aber keine Anstalten, sich zu entkleiden.

»Willst du nicht schlafen gehen?« fragte Friederun, während sie die Kämme aus ihrem Haar zog.

»Nein, ich habe noch Dienst. Ich warte, bis du eingeschlafen bist, dann gehe ich«, meinte ihr Mann.

Sie fuhr hoch.

»Dienst? Was für Dienst?«

»Wachdienst auf der Stadtmauer. Ich habe es dir gestern gesagt.«

Friederun erinnerte sich nicht, ob er etwas davon gesagt hatte oder nicht. Aber die Kränkungen des Tages kamen hoch, schwallartig wie Erbrochenes.

»Nichts hast du mir gesagt. Ich glaube nicht, daß du Dienst hast. Du gehst noch zu einer anderen Frau. Du betrügst mich, ich weiß es schon lange«, schrie sie.

»Ach, Friederun, nicht schon wieder. Ich habe wirklich keinen Bedarf an deinen ganz und gar unberechtigten Vorwürfen«, sagte er müde. »Und wenn du jetzt streiten willst, dann gehe ich sofort. Ich mag mir jetzt nichts mehr anhören.«

Und damit ging er hinaus. Sie stolperte hinterher. Jetzt erst merkte sie, daß sie nicht mehr sicher auf den Beinen war.

»Du wirst nicht gehen, sondern dir alles von mir anhören, was ich will«, rief sie.

Er war schon auf der Stiege.

»Du sollst hier bleiben und mir zuhören«, keifte sie noch einmal und wollte hinterher. Aber sie hatte den Gürtel schon abgelegt, und nun stolperte sie über ihr Gewand, griff um sich, fand keinen Halt. Mit einem Schrei fiel sie die enge Stiege herab, überschlug sich, kam unten an und lag still.

Constantin war schon in der Haustür gewesen. Nun kam er eilig zurück. Wigberta, der das Geschrei auch nicht verborgen geblieben war, war noch vor ihm da. Im schwachen Schein ihres Unschlittlichts kniete sie neben der am Boden liegenden Gestalt und fühlte nach Friederuns Herzschlag.

Constantin trat näher. Friederuns Augen standen offen. Ihr Hals sah merkwürdig verrenkt aus, und ihr Gesicht war eine einzige Anklage.

Erst als Wigberta ihr mit knochigen Fingern die Augenlider behutsam zudrückte, begriff Constantin, was geschehen war. Wigberta hob den Kopf und sah ihn an.

»Dich, lieber Herr Constantin, trifft keine Schuld. Gar keine. Du hast wahrhaftig alles für sie getan, was du konntest. Meine arme Friederun, mein geliebtes Mädchen. Von der Wiege an habe ich sie betreut. Damals hätte ich mir nicht träumen lassen, welcher Weg ihr vorbestimmt war.«

Und Wigberta begann unter Tränen, Gebete für die Verstorbene zu sprechen.

Constantin stand sprachlos und zutiefst erschüttert daneben. Wigberta hatte ihn soeben freigesprochen, Friederun aber nicht.

Frühjahr 1164

Die Stadt Nürnberg platzte aus allen Nähten. Der Kaiser und die Kaiserin hielten Hof, und ihr Gefolge sowie die Würdenträger des Reiches hatten alle verfügbaren Unterkünfte in der Stadt besetzt.

Constantin hatte dies vorausgesehen und sich darauf eingerichtet, trotz der kühlen Vorfrühlingstemperaturen im Freien zu nächtigen. Aber dann hatte er das Glück, einen guten Bekannten zu treffen, Lorenz Holzschuher, mit dessen Vater schon der alte Eckebrecht seit Jahrzehnten Handel getrieben hatte.

»Du hast kein Dach über dem Kopf, richtig?« grinste Holzschuher. »Bei bescheidenen Ansprüchen kann ich dich bei mir aufnehmen, und deine Knechte würden auch noch einen Platz im Stall finden. Allemal besser, als im Zelt zu schlafen.«

Das fand Constantin auch. »Wie kommt es, daß du nicht zwanzig Leute in deinem Haus beherbergen mußt?« fragte er neugierig.

»Ich habe mein Haus dem Oberhofmeister sogar angeboten, habe aber durchblicken lassen, daß meine Frau Geuda mit hohem Fieber zu Bett liegt, und da hat der Oberhofmeister lieber auf eine solch ungesunde Schlafstatt verzichtet.«

»Und was fehlt deiner Frau?«

Holzschuher schmunzelte. »Gar nichts. Aber nun darf sie das Haus nicht verlassen, solange die hohen Gäste hier zu weilen belieben. Zuerst hat sie gezetert, doch nun gibt sie sich fröhlich dem Müßiggang hin und scheucht mich für jede Besorgung, die ihr einfällt. Ich sei ja auch daran schuld, daß sie selbst nicht gehen könne, meint sie schadenfroh.«

Constantin nahm Holzschuhers Angebot gern an. Er hatte feines englisches Tuch und Bernstein von der Ostsee mitgebracht und dazu wunderbar gearbeiteten Schmuck aus Byzanz, den sein Onkel Johannes nach Köln geschickt hatte. Am nächsten Tag ging er mit dem kleinen Ambrosio los und bat darum, der Kaiserin seine Pretiosen vorführen zu dürfen.

Beatrix von Burgund war die schönste, anmutigste und gebildetste Fürstin, die man sich denken konnte. Ihre Freude an den herrlichen Schmuckstücken war so ungekünstelt, daß Constantin sich sehr zusammennehmen mußte, um nicht aus Begeisterung für sie seine Goldwaren etwa zu preiswert anzubieten.

Einmal schaute auch der Kaiser kurz bei seiner Frau Beatrix vorbei. Seine kurzen roten Locken zeigten das erste Grau, aber sonst sah er frisch aus und wirkte voller Spannkraft.

Er hatte ein vorzügliches Gedächtnis für Menschen.

»Sieh da, Unser Kölner Kaufmann und Freund Unseres Erzkanzlers«, sagte er und nickte Constantin huldvoll zu. »Ihr bietet Unserer Gemahlin Schmuck an? Da sollte ich den Kämmerer rasch auf eine weite Reise schicken, sonst ist nachher Unsere Schatulle leer. Allerdings verdient eine solch schöne Frau auch das prächtigste Geschmeide.«

Und er neigte sich über den Kasten, den die Kaiserin gerade untersuchte.

»Diesen Ring da, meine Liebe, den mit dem Opal, den mußt du auf jeden Fall nehmen. Und kaufe dir ruhig auch sonst, was dir gefällt. Ich habe nur gescherzt«, sagte er und küßte ihr liebevoll die Hand, ehe er wieder ging.

Constantin hatte damit gerechnet, Erzbischof Rainald bei Hofe anzutreffen, aber der unermüdliche Kanzler war schon wieder in Italien, um des Kaisers Interessen zu vertreten. Constantin bedauerte das. Er hatte sich sehr gewünscht, den Freund wiederzusehen. Daher beschloß er, nach Köln zurückzukehren, sobald er seine Waren abgesetzt hatte.

Aber dann vernahm er Gerüchte, die ihn die Ohren spitzen ließen. Holzschuher deutete ihm an, daß man täglich Kirchenfürsten bei Hof sah.

»Der alte Eberhard von Salzburg ist ständig bei dem Kaiser anzutreffen, und der eben erst ernannte Konrad von Mainz.«

»Ein Bruder von Otto von Wittelsbach, dem Bannerträger des Kaisers?«

»So ist es. Und auch des Kaisers Beichtvater, der Bischof von Brixen, liegt ihm ständig in den Ohren.«

Constantin runzelte die Stirn. »Diese hohen Herrn sind alle nicht gerade Freunde meines Erzbischofs«, stellte er fest.

»Deswegen erzähle ich es dir«, stimmte Holzschuher zu.

»Hast du auch gehört, was sie vom Kaiser wollen?« fragte Constantin besorgt.

»Aber sicher. Er soll von Papst Viktor abstehen und sich für Papst Alexander entscheiden.«

»Das ist aber mit Rainald nicht zu machen«, erklärte Constantin.

»Nein, Rainald soll er fallen lassen.«

»Aber Lorenz, der Kaiser verdankt Rainald doch so viel. Er hat seine herausragende Intelligenz und all seine Kraft Tag für Tag für den Kaiser eingesetzt. Ohne Rainald hätte Kaiser Friedrich Italien nie erobert.«

»Ja, das sehe ich genauso. Aber die Bischöfe sind hier, und Rainald ist fern. Sie hetzen gegen ihn.«

Constantin schüttelte den Kopf. »Ich kann mir nicht denken, daß der Kaiser nicht wissen sollte, was er an Rainald hat. Und auch nicht, daß er so undankbar sein könnte.«

»Weiß man das?« Holzschuher erhob sich. »Ich muß fort. Meiner Geuda sind wieder wichtige Dinge eingefallen, die sie sonst selbst erledigt hätte und die ich jetzt für sie tun soll. Wir sehen uns heute abend.«

Constantin blieb mit schweren Sorgen zurück. Fürstengunst, dachte er. Wie weit konnte man sich darauf verlassen? Er beschloß, seine Pläne zu ändern und nach Italien weiterzureisen.

Die Gewürze, die er für Köln eingekauft hatte, waren in Italien zwar nicht ganz so gut abzusetzen, aber er mußte jetzt unbedingt seinen Freund Rainald aufsuchen.

Als er in Italien ankam, war er froh, daß er sich nur mit leicht zu befördernder Ware eingedeckt hatte. Er mußte nämlich kreuz und quer ziehen, bis er auf Herrn Rainald traf.

Der Erzbischof reiste in erstaunlicher Geschwindigkeit durch die Lombardei und die Toskana. Er hielt anstelle des Kaisers Gericht, erließ Gesetze und baute die Verwaltung neu auf. Er errichtete neue Bezirke mit deutschen Beamten an der Spitze, hatte auch keinerlei Bedenken, sich in kirchliche Dinge einzumischen. Er entfernte die Anhänger von Papst Alexander und ernannte statt dessen Bischöfe und Äbte, die gut kaiserlich gesinnt waren.

Großen Wert legte Rainald auch darauf, Geld in die Tasche des Kaisers zu leiten. Ein dichtes Netz von Burgen an allen Straßen sorgte dafür, daß die Steuern zugunsten der kaiserlichen Schatulle eingetrieben wurden. In den Städten achteten kaisertreue Podestas darauf, daß kein Bürger sich seiner finanziellen Verpflichtung entzog.

Wohin der Erzkanzler auch kam, überall eilten die Landesherrn herbei, um ihm zu huldigen, als sei er der Kaiser selbst. Florenz, Pisa und Lucca beteuerten ihre Reichstreue. Sie wußten, daß die bedingungslose Anerkennung von Papst Viktor die Voraussetzung war, daß sie ihre Ämter behalten konnten. Wer auf Papst Alexanders Seite stand, konnte sofort sein Bündel packen und in die Verbannung gehen.

Constantin holte ihn schließlich doch noch ein: Herr Rainald hatte in der Reichsabtei San Miniato zwischen Pisa und Florenz die kaiserliche Hauptverwaltung eingerichtet. Als Constantin dort eintraf, fand er den Erzkanzler bei einer Gerichtsverhandlung. Er schlichtete gerade einen Streitfall zwischen den Städten Pisa und Lucca und tat dies so weise und gerecht, daß beide Kontrahenten sich als Sieger fühlten und Herrn Rainald ihren ergebenen Dank aussprachen.

Als der Gerichtssaal sich leerte, näherte sich Constantin, der tief beeindruckt von dem überlegenen Auftreten des Erzbischofs war, Herrn Rainald und wollte diesem den Ring küssen. Aber Rainald zog rasch die Hand fort und schloß statt dessen Constantin in die Arme.

»Geht mir ein so strenger Ruf voraus, daß du mich nicht wie deinen alten Freund begrüßen magst?« fragte er, und seine Augen leuchteten vor Freude über das unverhoffte Wiedersehen.

»Du hast mich so beeindruckt, daß ich mich nicht getraut habe«, gab Constantin zurück und musterte den Freund.

Rainalds Plackerei tagein, tagaus war nicht spurlos an ihm vorübergegangen. Die Falten in seinem Gesicht waren tiefer geworden, die Augen waren umschattet, blitzten aber wie eh und je. Ob sich schon Grau in das hellblonde Haar mischte, war nicht auszumachen. Er war noch hagerer geworden.

»Tut das gut, daß du da bist«, sagte Rainald erfreut. »Ich wollte zwar noch einen widerspenstigen Abt zur Vernunft rufen, aber der mag nun bis morgen warten. Laß uns ein wenig spazierenreiten, bis das Essen fertig ist, ich bin den ganzen Tag noch nicht aus diesem Gerichtssaal herausgekommen.«

Constantin hingegen hatte seit vielen Tagen im Sattel gesessen; trotzdem ging er sofort mit Rainald zum Stall. »Bitte gib mir ein frisches Pferd, meine sind müde«, bat er.

Sofort wandte Rainald sich um. »Wie gedankenlos von mir. Sicher sind nicht nur deine Pferde müde, sondern ihr Herr auch. Wollen wir den Ausritt auf morgen verschieben?«

Aber Constantin schüttelte den Kopf. »Nein, ich reite gern mit dir. Laß deinen Reitknecht ein Stück zurückbleiben, ich habe wichtige Neuigkeiten für dich.«

Und so machten sie sich auf den Weg. In Italien war um diese Zeit, wo in Köln noch die Kalbshäute vor die Fenster gespannt waren, schon lange Frühling. Sie ritten über grüne Wiesen, auf denen die Frühlingsblumen leuchteten.

»Es sind vermutlich schlechte Nachrichten, wenn du dir dafür die Mühe des weiten Wegs aufgeladen hast«, bemerkte Rainald.

Constantin nickte. »Ja. In aller Kürze: Der deutsche Klerus hetzt gegen dich beim Kaiser. Sie wollen ihn überreden, daß er dich fallen läßt, weil sie Anhänger von Papst Alexander sind.«

»Der Salzburger. Der Mainzer, richtig?«

Constantin nickte.

»Wer noch?«

»Ich weiß nur noch vom Bischof von Brixen.«

»Sieh an.« Rainald schwieg eine Weile, und eine steile Falte stand über seiner Nase.

»Es ist nicht nur wegen Alexander. Sie neiden mir alles. Meine Stellung, meinen Einfluß auf den Kaiser. Falls der noch besteht. Aber der Brixener ist mir eigentlich zu Dank verpflichtet. Ich hätte nicht gedacht, daß gerade er mein Gegner ist. Nun ja, viel Feind, viel Ehr. Ich sehe keinen Grund, meinem Herrn, dem Kaiser, zu mißtrauen. Er ist zu nobel, um sich etwas einflüstern zu lassen. Und auch zu klug.«

Sie ritten eine Weile schweigend dahin. Dann fing Constantin wieder an:

»Ich habe schon gehört, daß du mit fester Hand italienisches Gebiet unter die Majestät des Kaisers bringt. Italienisches Geld fließt in seine Kassen und ermöglicht ihm so manches, was er sonst nicht hätte anpacken können. Ohne deine großartig angelegte Verwaltung wäre das nie möglich geworden. Nur eins wundert mich: Ich dachte, nur der Westen von Mittelitalien könnte vom Kaiser beansprucht werden, das ehemalige Erbe der Gräfin Mathilde. Aber du hast ja die gleichen Maßnahmen im östlichen Teil um Ancona vorgenommen. Ist dies denn nicht päpstliches Gebiet?«

Sie waren auf einem Hügel angelangt. Rainald zog die Zügel an und sprang von seinem Pferd. Er setzte sich in das weiche, junge Gras und schaute in das weite Tal und den kleinen Fluß, der um diese Jahreszeit noch reichlich Wasser führte. Sein Gesicht war entspannt und heiter.

»Jetzt, wo du es sagst, Constantin: So ganz falsch ist das eigentlich nicht. Bisher war dies wohl tatsächlich päpstliches Gebiet. Aber das ist nun vorbei, und es wäre grundverkehrt, wenn ich darauf Rücksicht nehmen wollte. Ich sehe die Zukunft Italiens so: Ich bin gerade dabei, in harter Arbeit das kaiserliche Italien zu schaffen, von den Alpen bis nach Rom; ein einheitliches Gebiet, da darf niemand ausscheren. Kein neues Mailand. Gleichzeitig bereite ich mit der allergrößten Sorgfalt den Krieg gegen Sizilien vor. Haben wir erst die ganze Halbinsel unter dem Zepter des Kaisers vereinigt, dann können die Kleinkönige von Frankreich und England ruhig ihrem Alexander anhängen, uns macht das dann nichts mehr aus. Wir werden Rom und das Grab von Sankt Petri besitzen, und der Kaiser wird bestimmen, wer auf den Heiligen Stuhl steigt. So ist es früher gewesen, und so wird es wieder sein, für alle Zeiten. Verstehst du, Constantin: der Kaiser, Friedrich Barbarossa als der Herr der Welt. Als der Herrscher eines unüberwindlichen, großen Reiches. Das ist mein Traum. Dafür arbeite ich Tag und Nacht. Diesem Ziel gelten all meine Gedanken, dafür lebe ich.«

Der Erzkanzler wandte sich Constantin zu. Seine Augen glühten. »Mein Freund, du siehst, wie sehr ich dir vertraue. Diese Gedanken habe ich noch niemals zuvor einem Menschen gegenüber geäußert.«

»Auch nicht dem Kaiser gegenüber?« fragte Constantin verblüfft.

Rainald lachte leise.

»Ich darf ihn doch nicht zu sehr erschrecken. Meine Vision bedeutet auch für den Kaiser härteste Arbeit und lange Jahre des Kampfes. Friedrich ist ein hochbegabter Mensch, ein großartiger Politiker. Ich möchte, daß er glaubt, diese Ideen kämen aus ihm selbst, nicht aus mir.«

Constantin legte sich flach ins Gras und betrachtete die kleinen weißen Wolken, die gemächlich über sie hinwegzogen. Er atmete tief ein.

»Und wenn du es erreichen kannst, dieses Ziel – das große Reich mit Kaiser Friedrich an der Spitze – dann wird Frieden in Europa sein. Die Könige werden nicht mehr ihre Völker in menschenfressende Kriege gegeneinander führen; die Fürsten können sich nicht mehr gegen ihren Herrscher auflehnen und damit Bürgerkriege entfesseln; die Ritter werden nicht mehr die Dörfer ihrer Nachbarn, über die sie sich geärgert haben, überfallen und deren Bauern totschlagen. All das kann nicht mehr geschehen, weil die starke Hand des Kaisers sie daran hindert. Wenn es dir gelingt, dein Ziel durchzusetzen, werden meine Kinder und Enkel in Frieden und ohne Angst leben können.«

Wer in ganz Europa kam diesem Rainald von Dassel gleich? Wer hätte sich mit ihm messen können, was politischen Weitblick, Intelligenz, Erfindungsgabe, Kraft und Fleiß anbetraf?

Und dabei war er völlig frei von Habgier oder Eigennutz.

Constantin hatte den Prunk gesehen, mit dem der Kanzler in der

Öffentlichkeit auftrat. Aber dies geschah nur, damit in seinem Stellvertreter der Kaiser geehrt wurde. Seine privaten Räume waren spärlich ausgestattet, seine Tafel nur dann üppig, wenn er Gäste beeindrucken wollte. Aß er allein, so war seine Mahlzeit spartanisch einfach.

»Und was bringt das dann für dich ein?« fragte er schließlich.

Rainald sah ihn erstaunt an. »Die Erfüllung meiner Vision.«

Constantin machte eine spöttische Miene.

»Ich sage jetzt besser nicht: Ist das alles, was du davon hast? Denn sonst könnte es geschehen, daß du mir vorwirfst, ein Krämer zu sein.«

Rainald wandte sich Constantin zu, auf seinem Gesicht zeigte sich das unwiderstehlich liebenswürdige Lächeln, das er für ganz seltene Gelegenheiten aufsparte.

»Ich werde dir niemals vorwerfen, daß du irgend etwas bist. Ich bin froh, daß ich dich als Freund gefunden habe, als jemanden, der meine Gedanken versteht und dem ich mich anvertrauen kann. Und so ehrenrührig ist es ja auch nicht, ein Kaufmann zu sein … Übrigens haben wir bis jetzt ausschließlich über meine Arbeit, meine Pläne, meine Aufgaben gesprochen. Möchtest du mir jetzt nicht etwas über dich erzählen? Du hast Falten bekommen, mein lieber Constantin. Wie ist es dir seit unserem letzten Treffen ergangen? Hast du etwa Sorgen?«

Constantin mußte sich mühen, einen Anfang zu finden; aber schließlich berichtete er seinem Freund von der wachsenden Entfremdung zu seiner Frau, von ihrer Trunksucht, an der er sich die Schuld gab, von den Schwierigkeiten, die ihm das gebracht hatte, und letztlich von ihrem tödlichen Sturz.

»Ich habe alles falsch gemacht und weiß doch auch heute nicht, was ich anderes hätte tun sollen. Sie war eine gute Frau, schön, voller Herz und Klugheit; sie hat sich unendliche Mühe mit meinem kranken kleinen Sohn gegeben, und daß er wieder gesund geworden ist, habe ich zu einem großen Teil ihr zu verdanken. Und doch war es mir nie möglich, sie so in meine Nähe zu lassen, wie sie das gewünscht hat. Und auch, wie sie es verdiente. Aber weißt du, Rainald, sie drängte so sehr in meinen innersten Bereich, viel mehr, als es mir recht war; da bekam ich immer Fluchtgedanken. Sie hätte ein glückliches Leben verdient und hat statt dessen einen elenden Tod gefunden. Und nun, wo sie tot ist, fühle ich mich wie ein herzloses Ungeheuer. Kannst du mich verstehen?«

Rainald schüttelte traurig den Kopf. »Leider nein. Ich kann mich nicht in deine Lage versetzen, weil der Lebensbereich der Ehe mir verschlossen ist. Aber ich sehe, daß du dich sehr unglücklich fühlst, und darüber bin ich traurig. Nur – warum solltest du schuldig sein?«

»Ich habe sie geheiratet, weil ich eine Versorgung für meine Kinder, ganz besonders für Fordolf, brauchte. Ich habe nicht darüber nachgedacht, was sie sich von dieser Ehe erwünscht hat, nämlich Liebe. Sie hat mir vorgeworfen, ich hätte sie betrogen. Das war richtig und falsch. Falsch, weil ich nie eine andere Frau angefaßt habe; richtig, weil ich sie um ihre Hoffnungen betrogen habe. Daran ist sie zerbrochen, und diese Schuld trage ich nun.«

Rainald seufzte. »Ich muß erst darüber nachdenken und beten, vielleicht zeigt Gott mir dann, wie ich dir helfen kann. Übrigens: Wer versorgt denn jetzt deine Kinder?«

»Die alte Magd, Wigberta. Ich habe zwei weitere tüchtige Mägde ins Haus genommen, die auf jeden Wink von ihr fliegen. Meine Mutter schaut während meiner Abwesenheit auch alle Tage bei uns vorbei. Und Fordolf geht täglich zu meinem alten Lehrer, Bruder Everhard, und ist vollauf damit beschäftigt, alles in seinen jungen Kopf zu pferchen, was darin Platz findet.«

»Gut«, sagte Rainald. Er sprang auf. »Los, auf geht's!« sagte er.

»Wohin?« fragte Constantin verblüfft.

»Zum Abendessen. Wir müssen noch packen.«

Das ging Constantin zu schnell. »Packen? Wohin wollen wir denn?«

Rainald sah ihn verständnislos an. »Da fragst du noch? Zum Kaiser natürlich. Ich muß selbst feststellen, ob er sich von diesen Bischöfen hat beeinflussen lassen. Morgen in aller Frühe reiten wir.«

»Ich denke, du hast so großes Vertrauen in die Klugheit und politische Überlegenheit des Kaisers?« rief Constantin hinter ihm her, während Rainald zu seinem Pferd ging, das friedlich graste.

»Sehr großes Vertrauen. Aber ich halte es doch für besser, mich selbst zu überzeugen. Was soll meine Arbeit hier in Italien, falls der Kaiser nicht an unseren Plänen festhalten sollte?«

Und er schwang sich in den Sattel. Dann wandte er sich zurück und sah Constantin besorgt an. »Das heißt, wenn du nicht zu erschöpft bist.«

Constantin wußte, daß Rainald selbst sich niemals schonte, sich nie Müdigkeit gönnte.

»Es geht schon«, sagte er mürrisch. »Aber ich habe keine große Lust, meine Handelsware jetzt wieder mit zurückzuschleppen.«

»Was ist es?«

»Gewürze.«

»Gekauft. Gib sie beim Küchenkämmerer ab, der Haushofmeister wird dir die Ware bezahlen. Ich möchte auf meinem Weg nicht durch beladene Wagen aufgehalten werden. Wir reiten morgen in aller Frühe, deine Knechte können wohl mit dem leeren Wagen folgen?«

Constantin unterdrückte einen Seufzer. »Ganz wie du wünschst. Ich hätte nicht gedacht, so rasch nach Nürnberg zurückzukehren.«

»Das brauchst du auch nicht. Der Hof ist schon wieder in der Lombardei. Du siehst also, wir haben keine allzu weite Reise. Übrigens, du hast doch damals diesen kleinen Knaben aus Mailand mitgenommen. Hieß er nicht Ambrosio? Ich habe nachforschen lassen und herausgefunden, wo seine Eltern jetzt leben. Ich dachte, du wärst vielleicht froh, ihn dort wieder abzuliefern.«

Constantin mußte immer wieder staunen, an was Rainald alles dachte. Da war kein Punkt zu unwichtig, um seine kostbare Zeit in Anspruch zu nehmen. Aber daß er sich um das Schicksal eines einzelnen Mailänder Kindes kümmerte, war ein klarer Freundschaftsdienst für Constantin, und dieser fühlte sich wieder einmal stolz und froh, daß dieser großartige Mann gerade ihn als Freund erwählt hatte.

Allerdings sah Ambrosio die Sache ganz anders. Weit davon entfernt, sich über die Nachricht zu freuen oder gar dem Kanzler dankbar zu sein, brach er in einen Strom von Tränen aus und klammerte sich an Constantin.

»Bitte, schick mich doch nicht weg«, flehte er. »Laß mich bei dir bleiben. Ich will nicht zu meinen Eltern zurück. Der Vater hat uns Kinder fast jeden Tag geprügelt. Bei dir geht es mir so viel besser, du schlägst mich nie. Und daß sie unsere kleine Maddalena damals nicht mitnehmen wollten, das kann ich ihnen niemals verzeihen.«

Constantin sah ihn nachdenklich an. Ambrosio war nun neun Jahre alt, etwa so alt wie Engilradis, aber kleiner und schmächtiger als diese. Er hatte wilde schwarze Ringellocken, nachdenkliche braune Augen und eine olivfarbene Haut. Er sprach inzwischen Deutsch so gut wie seine Muttersprache, und seit einem Jahr hatte Constantin ihn in die Schule geschickt, die die Kaufmannssöhne besuchten. Zwischendurch nahm er ihn auch auf seine Reisen mit, und Ambrosio bemühte sich ohne Unterlaß, sich nützlich zu machen. So jung er noch war, er konnte doch schon sehr geschickt kleine Ausbesserungen an den Fahrzeugen ausführen, wenn dies unterwegs nötig wurde; denn sein Vater hatte ihn schon allzufrüh in seiner Schreinerwerkstatt arbeiten lassen.

»Wenn du wirklich lieber bei uns bleiben willst, behalte ich dich gern«, beschied Constantin den Jungen freundlich. »Aber du kannst noch darüber nachdenken. Wenn du es dir anders überlegst, brauchst du es nur zu sagen.«

Doch Ambrosio schüttelte wild den Kopf, und alles blieb beim Alten.

Am nächsten Morgen brachen sie im Morgengrauen auf; der Kanzler mit Papst Viktor im Schlepptau und mit großem Gefolge, darunter auch Constantin mit seinen Leuten. Bevor sie bei Hof eintrafen, legte Rainald seinen vollen Ornat an. »Ich will die unfreundlichen Bischöfe gleich so einschüchtern, daß sie den Mut verlieren«, bemerkte er zu Constantin. Und so erregte er nicht geringes Aufsehen, als er an der Spitze seiner Leute einzog. Seine ohnedies hochgewachsene Gestalt wirkte mit der Mitra auf dem Kopf noch größer. Mit strenger Miene ritt er in die Stadt, da gab es kein leutseliges Winken nach links und rechts.

Ernst trat er auch vor den Kaiser. Er warf den Bischöfen, die gegen ihn gehetzt hatten, so drohende Blicke zu, daß die sich unwillkürlich in den Hintergrund des Saals verkrochen.

Rainald bat um ein Gespräch unter vier Augen mit dem Herrscher; ehrerbietig wies er ihn darauf hin, wie glänzend seine Maßnahmen in Italien sich bewährten.

»Majestät, Mailand liegt am Boden. In Eure Schatulle strömt der Reichtum der Lombardei.«

Der Kaiser nickte. Rainald hatte recht.

»Ich darf Euch vermelden, daß auch die Toskana sich unter Euer Szepter beugt. Und zu Hause, im Reich, herrscht Frieden.«

»Bis auf meinen Vetter, den Löwen, der herrscht gar zu despotisch.«

»Mag sein. Aber wie ich höre, ist es der Diplomatie Eurer Majestät gelungen, hier ausgleichend zu wirken.«

Das wollte der Kaiser nicht bestreiten. »Aber mehrere Kirchenfürsten setzen mir zu, weil das doppelte Papsttum ihnen Gewissensbisse macht«, bemerkte er.

»Ihr Gewissen ist ihre Privatsache, darum brauchen wir uns nicht zu scheren, Majestät«, erwiderte Rainald kalt.

»Ach, Rainald, laß jetzt einmal die Majestät weg, da uns ja niemand zuhört. Ich sage dir ganz klar: So sehr ich deine Leistungen in Italien schätze, so unbedingt ich dir in der politischen Richtung zustimme – ich kann jetzt nicht gegen Sizilien ziehen. Es war mir nicht möglich, die Reichsfürsten zur Teilnahme zu bewegen. Und ohne ein starkes deutsches Heer ist mir das Wagnis zu groß. Wir müssen diesen Plan noch aufschieben.«

So waren Rainalds Sorgen also nicht unberechtigt gewesen. Die unendliche Mühe, die er auf die Vorbereitung des Krieges verwendet hatte – alles vergeblich. Rainald ahnte, daß hinter den Begründungen des Kaisers die Unsicherheit steckte, die diesem von den »feindlichen Bischöfen« eingeblasen worden war – war Gott doch mit Papst Alexander und daher womöglich gegen den staufischen Herrscher?

Rainald versuchte es auf andere Weise. Er suchte die drei widerspenstigen Bischöfe der Reihe nach auf. Sein Blick war heiter, keine Drohung war mehr zu vermerken. Er sprach mit ihnen in der überzeugenden, liebenswürdigen Art, die ihm eigen war, wenn er das wollte.

Aber dieses Mal hatte er keinen Erfolg. Die drei Kirchenfürsten blieben stur. Ihnen ging es um die Kirche und deren Macht und Einfluß. Sie ahnten mehr, als daß sie gewußt hätten, welche völlig anderen Beweggründe Rainald hatte. Jedenfalls waren sie nicht dazu zu bewegen, Papst Viktor, der folgsam mit dem Kölner gereist war, ihre Ehrerbietung zu erweisen.

Noch schlimmer kam er bei dem Kaiser an. Dieser ließ den armen schuldlosen Papst Viktor deutlich die allerhöchste Ungnade fühlen.

»Ich hätte den Kaiser nicht so lange ohne meinen Einfluß lassen sollen«, meinte Rainald müde zu Constantin, als sie bei einem kargen Abendimbiß in den Räumen des Erzbischofs saßen. »Aber auch ich kann nicht überall zugleich sein. Stell dir vor: Jetzt hat Friedrich ein Schiedsgericht vorgeschlagen, das darüber befinden soll, welcher Papst zu Recht auf dem Thron sitzen darf und welcher nicht. Das kann ich nicht brauchen, und dagegen muß mir etwas einfallen.«

Und er goß sich mit gerunzelter Stirn einen Becher Wasser ein und schüttelte den Kopf, als sein Diener Wein hinzufügen wollte.

Aber schließlich fiel Rainald immer eine Lösung ein. Aus Susa wollte der Bischof von Pavia dem Kaiser die Antwort Alexanders auf das Schiedsangebot überbringen; aber im Nu war Rainald nach Susa geeilt und bedeutete dort dem Paveser, er werde nicht am Hof zugelassen, es sei denn, er handele in Rainalds Sinn. Daraufhin reisten Alexanders Bevollmächtigte wieder ab, ohne den Kaiser gesehen zu haben, und der beleidigte Bischof von Pavia zog sich in ein Kloster zurück.

Aber Rainald hatte sein Ziel damit noch lange nicht erreicht. Er drang so energisch in den Kaiser, er möge nach Pavia reisen und dort sein Heer für den Feldzug gegen Sizilien sammeln, daß es eine große Aufregung am Hof gab. Die Kaiserin erlitt eine Fehlgeburt, und Kaiser Friedrich erkrankte am Wechselfieber. Die frommen Bischöfe, Rainalds Gegner, waren nicht von seinem Krankenlager zu vertreiben.

»Ich kann jetzt nicht anders, ich muß selbst nach Pisa und verkünden, daß der Feldzug wieder einmal verschoben wird«, sagte Rainald verdrossen zu Constantin. »Kommst du mit? Ich brauche dich. Und den Papst muß ich auch noch mitschleppen. Er ist inzwischen so mürbe, daß ich fürchte, er könnte freiwillig zurücktreten, sobald ich nicht mehr auf ihn aufpasse.«

Und so schickte Constantin die Knechte mit den Wagen nach Köln zurück und behielt nur den kleinen Ambrosio bei sich, der sich als Constantins Diener aufspielte und wichtig machte. Im Gefolge des Erzbischofs reisten sie Richtung Pisa, aber kaum hatten sie Lucca erreicht, wurde der alternde Viktor ernsthaft krank. Die Übersteigung des Apennin war zuviel für ihn gewesen.

Rainald konnte sich nicht aufhalten. Er ließ den besten Arzt weit und breit holen und befahl ihm, den Kranken zu heilen.

»Heiligkeit, Gott gebe, daß wir uns in Gesundheit wiedersehen«, sagte er zu Viktor. Dann reiste er nach Pisa weiter. Die Bürger der Stadt feierten den Statthalter des Kaisers mit festlichen Empfängen; aber vom Klerus der Stadt ließ sich niemand blicken.

»Sie wollen mich vor den Kopf stoßen«, sagte Rainald zu Constantin, als sie abends beim Schachspiel saßen. »Aber darum kümmere ich mich nicht.«

Constantin zog die Augenbrauen hoch. »Was war denn das für ein Zug? Sieh mal, jetzt ziehe ich hierher mit meiner Dame, und du bist schachmatt.«

Rainald blickte auf das Spielbrett.

»In der Tat. Ich habe nicht aufgepaßt. Gratuliere zum Sieg, lieber Freund.«

Constantin schüttete die Spielsteine in ihr Kästchen. »Du hast wohl Wichtigeres zu bedenken und warst nicht bei der Sache. Mach dir nichts daraus.«

Die Wache klopfte an die Tür und meldete, daß ein Bote gekommen war. Der Mann trat ein, staubbedeckt und erschöpft, und küßte den Ring auf Rainalds Hand.

»Hochwürdigster Herr Erzbischof, ich habe eine höchst eilige Botschaft«, sagte er und überreichte eine versiegelte Rolle.

Rainald erbrach das Siegel, zog die Rolle aus ihrem Behälter, öffnete sie und überflog den Inhalt. Dann sah er dem Boten in die Augen.

»Du kennst die Nachricht«, meinte er. Der Bote nickte. »Gut. Du wirst zu niemandem, ich wiederhole, zu niemandem auch nur ein Wort davon preisgeben. Geh jetzt zu meinem Kämmerer, er soll dir etwas Anständiges zu essen vorsetzen. Kein Wort davon, daß die Küche schon kalt ist. Zur Not wird der Koch auch geweckt, falls er schon schlafen sollte. Du ißt und trinkst und legst dich dann auf den Strohsack. Morgen meldest du dich wieder bei mir, und bis dahin kommt kein Wort über deine Lippen.«

Der Bote nickte gehorsam, beugte das Knie und verschwand.

Rainald wandte sich seinem Freund zu. Er war blaß und blickte düster.

»Constantin, Seine Heiligkeit, Papst Viktor, ist nach einem schweren Todeskampf seiner Krankheit erlegen. Du weißt, was das bedeutet. Ich muß heute Nacht sehr gründlich nachdenken, was jetzt zu tun ist.«

Constantin nickte und räumte den Weinkrug fort. »Dann trinken wir ab jetzt lieber Wasser, das benebelt den Kopf nicht. Ich bleibe natürlich bei dir. Vielleicht brauchst du ja jemanden, dem du deine Ideen vortragen möchtest.«

Sie kamen in dieser Nacht nicht mehr zum Schlafen. Zu grundlegend hatte sich die Lage geändert.

»Wer stirbt, hat unrecht, und wer überlebt, hat recht«, überlegte Constantin. »Die feindlichen Bischöfe werden zum Kaiser sagen, nun habe Gott es so gefügt, daß er Alexander anerkennen könne, ohne sich etwas zu vergeben. Wird er das tun?«

»Ich weiß nicht, ob er das will. Aber ich kann es nicht darauf ankommen lassen. Es wäre das Ende meiner Politik.«

Rainald ging im Saal auf und ab. Seine Schritte hallten auf dem Marmorboden wieder. Die spärlichen Lichter machten seinen Schatten riesengroß.

Der Schatten Rainalds fällt auf ganz Italien. Er ist ein wahrhaft großer Mann, dachte Constantin.

Da blieb Rainald plötzlich stehen. »Sei es drum. Ich habe mich entschieden. Ich lasse einen neuen Papst wählen.«

Constantin zuckte zusammen. »Wird der Kaiser dem zustimmen?« fragte er atemlos.

»Ich bin kaiserlicher Statthalter. Du glaubst gar nicht, welche umfassenden Vollmachten unser Herrscher in meine Hände gelegt hat. Ich soll und muß wichtige Dinge rasch entscheiden, ohne jedesmal beim Kaiser nachzufragen.«

»Ja, aber fällt etwas so Außerordentliches wie die Wahl eines Papstes auch darunter?«

»Constantin, erstens habe ich keine Zeit zu warten, bis ein Eilbote nach Pavia und wieder hierher nach Lucca geritten ist. Und zweitens könnte er ja Anweisungen mitbringen, die mir unerwünscht sind.«

Constantin begriff sofort. Es war nicht Überheblichkeit oder Selbstüberschätzung, die Rainald antrieb. Er mußte befürchten, daß der Mainzer, der Salzburger, der Brixener gemeinsam auf Friedrich einreden würden.

»Ich werde den Anhängern dieses Alexander ein für alle Mal die Hoffnung nehmen. Nur ein Mann des Kaisers gehört auf den Stuhl Petri. Morgen trifft die Leiche von Papst Viktor hier ein. Wir werden ihn am gleichen Tag bestatten und einen Nachfolger wählen. Ich habe den Bischof Heinrich von Lüttich im Sinn.«

Eilig ließ Rainald noch in der gleichen Nacht die Kardinäle und Bischöfe herbeirufen, die er als getreue Anhänger des Kaisers kannte. Allerdings lehnte der Bischof von Lüttich das ihm angetragene Amt mit aller Entschiedenheit ab. Kurz entschlossen entschied sich Rainald daraufhin für Guido von Crema, einen Vetter des verstorbenen Viktor. Dieser wurde am 20. April 1164 als Paschalis III. ausgerufen.

Anschließend sandte Rainald einen Boten nach Pavia, versicherte den Kaiser seiner unerschütterlichen Ergebenheit und teilte ihm die Neuwahl mit.

Friedrich Barbarossa mußte zu seiner großen Erbitterung feststellen, daß das schnelle Handeln seines Kanzlers ihm selbst die Freiheit genommen hatte, seine eigenen Entschlüsse zu fassen.

Constantin saß am Fenster in Rainalds Palast in Pisa und überprüfte die Steuerlisten der Toskana. Milde Frühlingsluft, fast schon sommerlich warm, strömte herein. Er hob den Kopf, als einige Reiter in den Hof einritten. Der Pferdeknecht eilte herbei und nahm als erstes das Tier des Kanzlers in Empfang. Kurz darauf betrat Rainald den Saal.

»Immer fleißig? Dafür danke ich dir sehr. Wir werden übrigens den neuen Papst in Pisa in sein Amt führen«, teilte Rainald Constantin mit.

Constantin hob den Kopf von seinen Listen und pfiff leise durch die Zähne.

»Ich habe den Eindruck, du hast es nicht besonders eilig, nach Pavia zum Kaiser zu reiten?« fragte er.

Rainald schüttelte den Kopf. »Nein, vorerst einmal lieber nicht. Ich habe dem Hofmeister aufgetragen, eine umständliche, zeitraubende Zeremonie zu planen. Und dann versammeln wir die Standesherrn der Toskana zu einem Landtag. Wir müssen auch noch festlegen, welche Beamten in der Verwaltung dieses neuen Gebietes, das ich unserm Herrscher zu Füßen legen will, eingesetzt werden sollen.«

»Das kann aber gut einen Monat dauern«, befand Constantin.

»Das dürfte eine vernünftige Zeitplanung sein.«

»Und inzwischen könnte es sein, daß unser Herr Kaiser sich etwas beruhigt hat«, freute sich Constantin.

»Wir wollen es hoffen. Wo bleibt denn dein kleiner Ambrosio, ich habe Durst!«

Aber der Junge stand bereits mit einer Wasserkaraffe und zwei Bechern hinter ihm.

Rainald wandte sich an Constantin. »Lieber Freund, ich habe noch eine schlechte Nachricht, diesmal kommt sie aus deiner Heimat. Pfalzgraf Konrad ist dabei, mein Erzstift zu überfallen.«

Constantin schrak zusammen. Konrad, des Kaisers Halbbruder, grollte Rainald seit den Tagen der Belagerung Mailands. Er hatte die Demütigung, die er durch den Erzkanzler erfahren hatte, nicht vergessen. Aber ein Kriegszug mitten im befriedeten Reich?

»Welchen Grund gibt er denn dafür an?«

»Einen lächerlichen. Ich habe die verwüstete Burg Rheineck wieder aufbauen lassen, und Konrad meint, die habe früher einmal zur Pfalzgrafschaft gehört und sei darum sein rechtmäßiger Besitz. Wenn jemand Ärger machen will, ist ihm auch der fadenscheinigste Vorwand recht. Nun, du wirst mir sicher zustimmen, daß es im Augenblick nicht geraten scheint, den Kaiser als Ordnungsstifter anzurufen. Zum Glück ist Konrad so dumm, daß er seine Pläne schon herumposaunt hat, ehe er überhaupt seine Männer zu Waffen rief, und ich habe sehr schnell davon erfahren. Gerade macht sich der Bote fertig, den ich nach Köln zu meinem Domdechanten Philipp von Heinsberg schicke, damit er mir mein Fürstentum verteidigt. Wenn du ihm eine Botschaft an deine Familie mitgeben willst, dann beeile dich bitte.«

Und so ruhte Viktor schon einen Monat lang im Grabe, als Rainald von Dassel sich endlich beim Kaiser in Pavia einfand.

»Constantin, komm bitte als mein Schreiber mit zur Audienz beim Kaiser«, bat Rainald. »Er wird mich vermutlich anschreien, und es wäre meiner Würde abträglich, wenn einer meiner Untergebenen das anhören dürfte. Du als mein Freund dagegen – das könnte ich gerade noch ertragen.«

Constantin war neugierig auf die bevorstehende Begegnung; aber er machte sich auch große Sorgen um die Zukunft des Freundes. In welcher Stimmung mochte der Kaiser nun sein?

Sie trafen überpünktlich zur befohlenen Stunde bei dem Herrscher ein. Herr Rainald trug ein schlichtes, unbesticktes Gewand, und auf die Mitra hatte er auch verzichtet. Einerseits war er sich bewußt, daß er auch ohne diese hohe Kopfbedeckung einen guten Kopf größer war als der zierliche Kaiser. Andererseits wollte er ja als dessen Kanzler, nicht als Kirchenmann auftreten.

Constantin seinerseits hatte sich so schlicht gekleidet, daß er sich schon fast unsichtbar fühlte. In der Tat übersah der Kaiser ihn und fuhr gleich zornig auf seinen Kanzler los.

»Bist du denn ein Verräter und ein Betrüger?« schrie er. »Nun hat Gott mich aus der Zwickmühle mit den beiden Päpsten befreit, und du hast nichts Eiligeres zu tun, als mir einen weiteren unerwünschten Papst aufzuzwingen. Hast du den Verstand verloren? Was ist dir denn nur dabei eingefallen? Du mußtest doch damit rechnen, daß ich damit ganz und gar nicht einverstanden bin. Ich kann dich schneller von deinem Amt entbinden, als du dir träumen läßt!«

Und so ging es noch eine ganze Weile weiter.

Rainald blieb völlig gelassen. Er blickte nicht hochmütig nach oben, nicht demütig zu Boden, sondern Friedrich geradewegs in die Augen. Er ließ den Kaiser toben. Als dieser schließlich erschöpft innehielt, sagte er ganz ruhig:

»Majestät – Ihr macht mich glücklich, wenn Ihr endlich die äußerst undankbare Last des Erzkanzleramtes von meinen Schultern nehmt. Ich wollte Euch sowieso um Urlaub bitten, denn ich sollte mich endlich um die Bedürfnisse meines Erzbistums kümmern.«

Friedrich fuhr herum und blickte Rainald mit offenem Mund an.

Das hatte er nicht erwartet, und ihm ging auf, daß dies im Grunde auch gar nicht seinen Wünschen entsprach.

»Natürlich wird mein Rücktritt zu diesem Zeitpunkt die Errungenschaften des letzten Jahrzehnts zunichte machen«, fuhr Rainald fort. »Aber wenn dies den Wünschen meines Herrschers entspricht, würde ich mich keineswegs widersetzen.«

Friedrich blickte ihn mißtrauisch an. Sein geübter Verstand sagte ihm, daß Rainald mit dieser Einschätzung recht hatte; zu sehr war die gesamte Neuordnung Italiens auf dessen Person zugeschnitten.

Mit ruhiger Stimme fuhr Rainald fort: »Allerdings möchte ich in aller Ergebenheit bemerken: Niemals habe ich gegen Eure kaiserlichen Interessen verstoßen. Diese sind für mich die Richtschnur meiner Maßnahmen, und das wird auch so bleiben. Wie hätte ich denn anders handeln können? Es ist und bleibt doch so, daß wir unbedingt einen kaiserlich gesinnten Papst brauchen, der sich nicht gegen die Interessen des Römischen Reiches stellt. Also wird sowohl Alexander wie auch jeder andere Papst, der das Prinzip einer vom Kaiser unabhängigen Kirche vertritt, ein Feind des Reiches sein.«

Friedrich setzte sich langsam hin. Sein scharfer Verstand hatte sich noch nie logischen Schlüssen entzogen.

»Ich war mir völlig sicher: Wärt Ihr nicht durch Eure Krankheit verhindert gewesen, Ihr hättet genauso gehandelt. So habe ich es an Eurer Stelle getan.«

Der Kaiser sah nun sehr nachdenklich aus. Constantin, der sich hinter dem Kanzler so unsichtbar wie möglich machte, sah, wie er an seinem kurzen roten Bart zupfte.

»Und England? Und Frankreich? Sie werden Schwierigkeiten machen«, sagte er, und es lag nur noch ein leises Grollen in seiner Stimme.

Rainald zuckte mit den Schultern. »Wie wichtig ist denn schon ihre Meinung? Übrigens: Mag auch Ludwig von Frankreich starrsinnig sein, aber mit dem König von England könnte man wohl handelseinig werden. Ich denke da an ein Bündnisangebot, an Eheverträge ... das würde seine Position gegenüber dem Franzosen, der ja sein Lehnsherr für seine riesigen französischen Besitzungen wie auch sein Ehevorgänger ist, gewaltig stärken ... Übrigens ist Heinrich Plantagenet ein kluger Herrscher. Wir können ihn ganz nebenbei darauf aufmerksam machen, daß er sehr viel besser fährt, wenn er selbständig über seine Kirchenlehen verfügen könnte, ohne daß ihm dieser Alexander ständig mit dem Bann droht.«

Rainald wandte sich nun dem Tisch zu, auf dem zwei Kannen mit Wein und Wasser standen.

»Darf ich?« fragte er höflich, nahm dann zwei Becher, füllte sie und brachte zuerst einen davon dem Kaiser.

»Selbstverständlich bedeutet mein Handeln nicht, daß Ihr irgendwie in Euren Entschlüssen eingeschränkt wärt, Majestät. Es steht Euch natürlich völlig frei, Paschalis nicht anzuerkennen. Nur würde dies die Kapitulation vor Alexander bedeuten.«

Der Kaiser erhob sich langsam. Er trat dicht vor Rainald hin und sah ihm eine lange Zeit gerade in die Augen. Dann sagte er mit sanfter Stimme:

»Ich sehe, ich habe nicht den mindesten Grund, meinen Erzkanzler zu tadeln. Mit Recht habe ich dir vertraut und dich mit so weitreichenden Vollmachten ausgestattet. Hätte ich mich nicht von meinem Ärger blind machen lassen, dann hätte ich erkennen müssen, daß deine Entschlossenheit schlimmsten Schaden vom Reich abgewendet hat. Ich habe dich zu Unrecht beschimpft, lieber Freund, während du doch meinen allerhöchsten Dank verdient hast. Aber du kannst gewiß sein, ich werde das wiedergutmachen.«

»Ich wünsche mir nichts weiter als das Vertrauen meines Kaisers«, bemerkte Rainald. »Wenn ich weiterhin deine Politik vertreten darf, so ist mir das Dank genug.«

»Schön gesagt, Rainald«, befand der Kaiser. »Aber Freigebigkeit ist nun einmal eine der höchsten Tugenden eines Herrschers. Du willst in deinem Erzbistum nach dem Rechten sehen? Tu es, lieber Freund. Aber komm bald zurück. Und geh nicht mit leeren Händen. Du erhältst als Zeichen meiner Gnade und zum Dank für deine unvergleichlichen Dienste eine Herrschaft im Tessin und eine Herrschaft am Rhein, ich lasse dir eine von meinem Kämmerer auswählen.«

Dann fiel ihm noch etwas ein.

»Und dazu schenke ich dir die Gebeine der Heiligen Drei Könige, die wir in Mailand erbeutet haben! – Und noch einmal: Komm bald zurück. Du weißt, ich brauche dich. Als Kanzler, als unermüdlichen

Helfer und ganz besonders als Freund. Ich brauche dich auch als jemanden, der mir gelegentlich die Wahrheit sagt. – Übrigens würde die Kaiserin sich sehr freuen, wenn du ihr noch deine Aufwartung machen möchtest.«

Dann trat er einen Schritt auf Rainald zu, nahm ihn kurz und freundschaftlich in die Arme – Rainald ging dazu rasch ein Stück in die Knie, damit er auf einer Höhe mit dem Herrscher war, dann verließ Friedrich den Saal.

Rainald stand ganz still. Er horchte auf die Schritte des Kaisers, die sich entfernten, und das Klirren der Waffen der Wachen, die draußen gewartet hatten und nun dem Herrscher folgten. Dann holte er tief Luft, drehte sich um und schaute, wo Constantin geblieben war.

Dieser hatte sich atemlos in den Schatten eines Schrankes zurückgezogen. Ihm war bewußt, daß er Zeuge einer Stunde von höchster Bedeutung gewesen war.

Nun tauchte er aus seinem Winkel auf und umarmte den Freund.

»Rainald, das war großartig. Ich habe dich sehr bewundert.«

»Nicht nötig, lieber Freund«, sagte Rainald gelassen. »Der Kaiser ist ein großer Geist. Es genügt völlig, mit einem Finger auf Tatsachen zu deuten, und er erkennt sie auch mit einem Blick. Ich wußte, daß er sich nicht vor Notwendigkeiten verschließen würde.«

»Ich habe jemanden am Hof sagen hören, du seiest nicht nur die Ehre und der Ruhm, sondern auch das Entsetzen des Kaisers«, bemerkte Constantin. Rainald hatte nichts dagegen.

»Nun habe ich als Zeichen der allerhöchsten Gnade auch noch diese Drei Könige am Hals«, stellte er fest. »In drei Marmorsarkophagen, die nur von einer ganzen Schar Pferde zu bewegen sind. Die kann ich beim besten Willen nicht lange mit mir herumschleppen. Ich denke, ich schenke sie den Kölnern, glaubst du, daß mich das bei Ihnen beliebt machen könnte?«

Da breitete sich ein seliges Strahlen über Constantins Gesicht aus.

»Beliebt? Sie werden dir die Füße küssen und dich für alle Zeit als ihren Wohltäter und den größten Erzbischof preisen, den sie je hatten«, rief er begeistert. »Ich sehe da ganz große Möglichkeiten. Diese Sarkophage müssen weg, wir lassen einen Schrein für die Gebeine machen, ganz aus Gold, wie ihn die Welt noch nicht gesehen hat. Wir könnten Festspiele zu Ehren der Könige aufführen, wie die Mailänder es getan haben. Die Stadt Köln wird durch sie zum wichtigsten Wallfahrtsort nördlich der Alpen, so wie Jerusalem, Rom und Sankt Jakob von Compostela. Sünder aus ganz Europa werden nach Köln strömen, um durch die Könige Vergebung zu finden. Und Sünder gibt es ja immer. Viele tausend, in jedem Jahr. Weihegeschenke für die Domkirche. Übernachtungen, Essen, Erinnerungsstücke – die Gastwirte, Holzschnitzer und Maler werden sich dick und fett verdienen. Die Pilger werden uns reich und berühmt machen. Köln, meine liebe Stadt Köln wird mit einem Schlag zur ersten Stadt des Reiches werden.«

Jetzt war es Rainald, dem es die Sprache verschlug. Er betrachtete Constantin, auf dessen Gesicht der Abglanz seiner Vision lag.

»Lieber Freund, du bist wahrhaftig der weitblickendste Kaufmann, dem ich je begegnet bin. Ich habe immer gewußt, daß du ungewöhnlich begabt bist. Aber wie blitzschnell du die geschäftlichen Möglichkeiten aus dem Ärmel schüttelst, läßt mich doch sehr staunen. Daran habe ich noch gar nicht gedacht. Als frommer Mann sah ich nur den Segen, den solch heilige Reliquien nach Köln bringen könnten.«

»Segen ist gut, Geldsegen ist auch nicht zu verachten. Oder: Gottes Segen macht reich ohne Mühe; kopperne Penninge helpt auch wat dabye, so hörte ich einen Kaufmann aus dem Norden sagen«, bemerkte Constantin.

»Und weil du damit ohne Zweifel recht hast, übertrage ich dir die große Aufgabe, Köln auf diese Pilgerströme vorzubereiten. Du wirst die Goldschmiede auswählen und beaufsichtigen, die den herrlichen Schrein schaffen sollen, der offenbar schon vor deinem geistigen Auge steht. Du läßt ein großes Hospiz für die zu erwartenden Pilger bauen, suchst einen tüchtigen Wirt dafür und setzt alle Preise fest. Und so weiter und so weiter. Die Hälfte des Gewinns ist für die Domkirche, die andere für dich. Sagen wir, zunächst einmal auf zehn Jahre.«

Constantin blieb der Atem weg. Das war ein gewaltiges Geschäft.

»Wie kann ich dir danken?« fragte er.

»Danken? Ich war dir noch eine Menge schuldig. Und ich darf mich glücklich schätzen, daß du mich mit deiner Freundschaft beehrst«, spöttelte Rainald, und lachend gingen die beiden aus dem Saal.

Kurz darauf kam ein Bote von Philipp von Heinsberg, der berichtete, daß Pfalzgraf Konrad die Kölner großspurig für den 18. Mai zu einer Schlacht geladen habe, die bei Andernach stattfinden sollte. Da Philipp aber schon von Rainald seine Anweisungen erhalten hatte, war bereits das gesamte Kölner Aufgebot ausnahmslos unter Waffen. Dazu hatte er Verstärkung von den benachbarten Fürsten erbeten, überwiegend vom Erzbischof von Trier, der den pfalzgräflichen Nachbarn mit scheelen Augen betrachtete. Als Konrad das bis an die Zähne bewaffnete Kölner Heer sah, verließ ihn der Mut, und er kehrte um, ohne eine Schlacht zu wagen. Die Kölner hatten zwar einige Kosten gehabt, aber weiter keinen Schaden.

Constantin war sehr erleichtert, das zu hören. Sein Vater, sein Onkel Gunther, sein Bruder Helperich, auch seine Stiefsöhne Theoderich und Heinrich, sie alle hatten ja beim Kölner Aufgebot gestanden, und er hatte Angst um ihr Leben gehabt.

Aber das unendlich kostbare Geschenk des Kaisers mußte erst einmal Köln erreichen. Es gab so manchen, der darauf versessen war, Rainald auf dem weiten Weg nach Hause diese Beute abzujagen.

Und dann hatte er auch unversöhnliche Feinde: den Pfalzgrafen bei Rhein und den Landgrafen von Thüringen zum Beispiel, natürlich auch Papst Alexander, der in Rainald das große Hindernis sah, das ihn vom päpstlichen Thron fernhielt; und wer konnte wissen, wer sonst noch Groll gegen den Hochbegabten, den Erfolgreichen, den Visionär, den Zweiten hinter dem Kaiser hegte?

Es war klar, sie mußten sehr rasch aufbrechen. Die halbe Nacht brüteten Rainald und Constantin über Plänen und Landkarten, alle Möglichkeiten waren zu bedenken. Schlaf bekamen sie in dieser Nacht keinen, denn lange vor dem ersten Hahnenschrei ließen sie in völliger Stille packen. »Wer auch nur einen Laut von sich gibt, der muß hierbleiben«, verkündete Rainald seinen Dienern. Sie gaben daher ihr Bestes, und im Morgengrauen war Rainald schon verschwunden.

Sein Weg führte ihn zunächst nach Burgund. Er sei gekommen, um die Grenzbefestigungen zu besichtigen, ließ er wissen. Er prüfte gewissenhaft die Befestigungswerke und erteilte allen verfügbaren Baumeistern genaue Anweisungen, wie diese zu verstärken seien. Er rechne mit einem wochenlangen Aufenthalt und werde die Ausführungen genauestens persönlich überwachen, ließ er sie wissen. Die Kunde verbreitete sich bei seinen Feinden, und sie rüsteten sich in aller Ruhe, um ihn dort zu überfallen, aber blitzschnell war er schon wieder fort. Vorzugsweise nachts hetzte er seine Leute mitsamt den schweren Marmorsarkophagen in Gewaltmärschen Richtung Norden. Wenn er doch einmal tagsüber reiste und gesehen wurde, gab er sich für einen Grafen aus Sachsen aus, der seine vor Mailand gefallenen Verwandten nach Hause bringen wollte.

Schließlich ging aber doch das Gerücht durch das Land, es sei der Erzbischof von Köln, der da reise, und es seien keine jüngst Verstorbenen, sondern die schon ziemlich lange toten Heiligen Drei Könige, die er nach Köln schaffen wolle. Verschiedene französische Herrn, aufgestachelt durch den Gegenpapst Alexander, versuchten, ihm den Weg abzuschneiden, aber er war nicht aufzufinden. Die Spuren seiner Zugtiere zeigten plötzlich wieder Richtung Süden, und die Verfolger machten sich eilig dorthin auf, in der Annahme, er wolle sich beim Kaiser vor ihnen in Sicherheit bringen. Sie fanden ihn nicht: Wie hätten sie auch wissen können, daß Rainald auf Anraten Constantins die Hufe seiner Tiere verkehrt herum hatte beschlagen lassen?

Was niemand für möglich gehalten hätte: In weniger als sechs Wochen legte Rainald den langen, gefahrvollen Weg zurück. Noch von Italien aus hatte er einen Boten in seine Stadt geschickt und den Kölnern geschrieben, er käme nicht mit leeren Händen zu ihnen, sondern mit so großen Gaben, daß sie mit nichts auf der Welt verglichen werden könnten.

Bei seinem triumphalen Einzug am 23. Juli des Jahres 1164 in Köln begrüßten ihn die Bürger so begeistert, wie noch kein Erzbischof je von ihnen empfangen worden war. Er kam mit einer Flotte den Rhein herab; die Sonne strahlte machtvoll auf den Strom, die Wellen glitzerten so im tausendfach gebrochenen Licht, daß es die Augen blendete. Ganz Köln war an das Ufer geströmt und schrie und winkte den Schiffen entgegen.

Jetzt legte Rainalds Schiff an der Insel Werthchen an, dort hatten die Kölner einen festen Steg bis zum nahen Ufer gebaut. Stürmischer Jubel brandete auf, als zuerst die drei schweren Marmorsarkophage ausgeladen wurden. Eine schräge Rampe war mit Seife rutschig gemacht worden, darauf glitten die Särge langsam herab. Über den ebenfalls eingeseiften Weg wurden sie dann wie Schlitten von Pferden über den Steg ans Ufer befördert. Der Baumeister hatte dort einen Kran aufgebaut, mit dem die steinernen Kolosse auf festlich geschmückte Wagen mit besonders starken Rädern gehoben wurden. Über jeden der Sarkophage wurden seidene Tücher gebreitet, und die begeisterten Kölner warfen so viele Blumen darauf, daß nur hie und da noch ein Stück Stoff hindurchschimmerte. Dann wurden noch weitere Reliquien an Land getragen, es waren die Märtyrer Nabor, Felix und Martin der Bekenner; aber die begeisterten Bürger hatten nur Augen für die Wagen, auf denen die Särge der Heiligen Drei Könige thronten.

Erst dann verließ Rainald sein Schiff. Das jubelnde Geschrei der Menge wurde ohrenbetäubend. Er stand einen Augenblick oben an der Laufplanke still. Seine hochgewachsene Gestalt, gekleidet in weiße, goldbestickte Seide, mit der prunkvollen Mitra auf dem Kopf und dem Krummstab in der Hand war für die meisten gut sichtbar, und die Kölner vergaßen diesen eindrucksvollen Anblick nie. Er neigte den Kopf, lächelte zum Dank für den Enthusiasmus, der ihm da entgegenschlug, und hob die Hand zum Segen.

»Meine lieben Kölner«, rief er dann, »ich bringe euch hier starke Helfer, die diese schöne Stadt, die wir alle lieben, stets behüten sollen. Von nun an steht Köln unter dem Schutz der Heiligen Drei Könige.«

Er wandte sich um, sein Blick suchte nach Constantin, der sich bescheiden im Hintergrund gehalten hatte, und er winkte ihn an seine Seite. Dann stieg er vom Schiff und setzte seinen Weg auf einem mächtigen Apfelschimmel fort. Ihm folgte Constantin, zu Fuß wie alle anderen Bürger auch, aber alle hatten gesehen, wie sehr er in der Gnade des Erzbischofs stand. Seine Mutter Engilradis, die in der ersten Reihe der Wartenden gestanden hatte, mußte sich Tränen der Rührung aus den Augen wischen.

Der Weg ging am Rheinufer entlang. Links neben ihnen ragten noch die Reste der alten Stadtmauer empor. Durch das Afrator zog die Prozession, und da diese Pforte eng war, hatte der Baumeister vorsorglich einige Steine entfernen lassen, damit die Wagen mit den Sarkophagen nicht etwa steckenblieben. Aber er hatte gut gerechnet, haarscharf paßten die Fahrzeuge durch die schmale Pforte. Über das Gebiet von Sankt Maria ad Gradus führte der Weg dann zum Dom, wo die Ankunft der Heiligen mit einem jubelnden Te Deum gefeiert wurde.

Als Rainald bald nach seiner Ankunft das Spiel der Heiligen Drei Könige, so wie die Mailänder es aufgeführt hatten, den Kölnern darbot und einen großen Festzug mit den Weisen durch die Stadt ziehen ließ, waren die Leute völlig aus dem Häuschen. Nie zuvor, bei keiner Krönung, bei keinem Kaiserbesuch, hatte man jemals einen solchen Andrang von Menschen erlebt – der Adel von nah und fern, Geistliche und Volk, alles zwängte sich in die Stadt, um das große Schauspiel zu erleben.

Willibald, ehemals der rote Willi, hätte gar zu gern die Gelegenheit genutzt, rückfällig zu werden. Die Gelegenheit schien ihm so günstig wie nie. Aber sein Weib sah ihm fest in die Augen und erklärte, wenn sie auch nur einen einzigen gestohlenen Gegenstand im Hause finden sollte, könne er sein Lager für die nächsten Wochen im Stall bei der Ziege aufschlagen statt an ihrer Seite. Da seufzte er und blieb notgedrungen ehrlich.

Der Rat der Stadt griff Constantins Idee begeistert auf und erteilte den Goldschmieden den Auftrag, einen Schrein zu entwerfen, wie die Welt ihn noch nie gesehen hatte. Die drei Weisen, ein Jüngling, ein Mann und ein Greis, deren einbalsamierte Leiber unversehrt waren, fanden darin später ihre Ruhestätte.

Den Rest des Jahres verbrachte Constantin in Köln. Er ließ das Pilgerhospiz erbauen, wie der Erzbischof es ihm aufgetragen hatte, und kümmerte sich um alles, was Köln zum größten Wallfahrtsziel nördlich der Alpen machen sollte. Rainald, von den Kölner Bürgern begeistert gefeiert, wann immer er sich blicken ließ, erbaute inzwischen einen neuen erzbischöflichen Palast. Er ließ auch zwei Türme am Dom errichten und zehn Turmknäufe vergolden.

Die Kölner stellten fest, daß er den allergrößten Teil der Baukosten selbst bestritt und nur wenig Geld aus der Domkasse entnahm. Da sie aber schon die Geldströme ahnten, die das überaus großzügige Geschenk Rainalds an die Stadt in nächster Zukunft in ihre Taschen lenken sollte, sandten sie als Abgeordnete drei Ratsherrn zu ihm, an ihrer Spitze stand der alte Eckebrecht.

»Hochwürdigster Herr Erzbischof«, sagte der alte Kaufherr und verneigte sich vor dem Erzbischof, »die Bürger dieser Stadt sind Euch in sehr vieler Hinsicht zu allergrößtem Dank verpflichtet. Gott hat es gut mit uns gemeint, als er uns einen solchen Fürsten gab. Es ist an der Zeit, daß wir dieser Dankbarkeit auch Ausdruck verleihen. Wir möchten Euch daher wissen lassen, daß auch die Bürgerschaft zu dem neuen Palast freiwillig ihren Beitrag leisten will. Jeder Ratsherr hat eine angemessene Summe gezeichnet, wie auf diesem Papier vermerkt ist.«

Er reichte dem Erzbischof eine Liste.

Rainald überflog sie und pfiff anerkennend durch die Zähne.

»Da habt ihr Kölner euch aber wirklich nicht lumpen lassen«, sagte er freundlich. »Ihr als Großvater meines lieben Freundes und Beraters Constantin seid mir ohnedies ganz besonders willkommen. Ich wollte bewußt die Bürgerschaft schonen und habe darum die Bestreitung der Kosten des Palastes schon aus anderen Quellen geplant. Aber wenn wir nun eine solch hohe Summe zur Verfügung haben, hätte ich eine Idee, wie wir sie zum Wohle der Kölner anlegen können. Wie denkt Ihr darüber, wenn wir eine Brücke über den Rhein bauen würden? Eine steinerne Brücke, für die Ewigkeit gebaut. Ihr könntet unvergleichlich viel schneller von einem Ufer zum anderen gelangen, der Handel mit dem westfälischen Raum würde dadurch sehr gewinnen. Was meint Ihr zu diesem Plan?«

Eckebrecht verneigte sich tief. »Herr Erzbischof, ich bin ein alter Mann und muß mich an neue Gedanken erst gewöhnen«, sagte er bescheiden. »Immerhin handelt es sich hier um einen mächtigen Strom, der zur Überschwemmungszeit gewaltige Wassermassen zum Meer trägt. Eine solche Brücke würde riesige Anstrengungen erfordern.«

»Ihr habt recht. Als ich Dompropst von Hildesheim war, habe ich eine solche Brücke über die Innerste schlagen lassen. Die ist natürlich nicht mit dem Rhein zu vergleichen, aber ich bin inzwischen ja auch schon Erzbischof, da wäre ein geringerer Fluß als der Rhein unter meiner Würde.«

Eckebrecht lachte und sah dem Erzbischof freimütig ins Gesicht. Ich kann gut verstehen, warum Constantin so viel an diesem Mann liegt, dachte er.

»Ein kleines Problem müßte ich dann noch lösen. Einer unserer früheren Diener und seine Familie haben einen Fährbetrieb, die würden dann ihr Brot verlieren. Ich muß mir etwas Neues für sie ausdenken.«

»Lieber Eckebrecht, ein solches Vorhaben dauert viele Jahre. Wer weiß, wer von uns die Einweihung dieser Brücke noch erleben kann. Euer Schutzbefohlener hat Zeit genug, seine Pläne darauf abzustellen.«

Ehe der Erzbischof sich jedoch diesem Plan zuwenden konnte, rief der Kaiser seinen ersten Ratgeber wieder zu sich. Er sollte in Rouen mit König Heinrich von England zusammentreffen und mit ihm über zwei Verlobungen verhandeln: Die älteste der englischen Prinzessinnen, die neunjährige Mathilde, sollte Heinrich den Löwen heiraten und ihre jüngere Schwester Eleonore, die gerade drei Jahre zählte, den kleinen Friedrich, Barbarossas erstgeborenen Sohn, den die Kaiserin im vergangenen Jahr zur Welt gebracht hatte.

Wieder bat der Erzbischof Constantin, sich seinem Zug anzuschließen, und dieser rüstete seine kostbarsten Waren und nahm mit seinen beiden Stiefsöhnen und seinem Bruder Helperich gern an dieser Fahrt teil.

»Nun können wir überprüfen, ob Bruder Nikolaus recht hat, wenn er so von der englischen Königin schwärmt«, meinte Theoderich.

Die Gesandtschaft des Kaisers wurde an Heinrichs Hof gut aufgenommen. Der englische König, ein kluger, tatkräftiger Mann, hatte ein offenes Ohr für Rainald. Zwar hetzte die Königinmutter Mathilde gegen ihn und auch der englische Klerus, unter dem viele Anhänger von Alexander waren; aber König Heinrich ließ sich nicht von ihnen beeinflussen, und auch seine Königin Alienor sprach zu Rainalds Gunsten. Sie war dem Gedanken, ihre kleine Tochter dereinst auf dem Kaiserthron zu sehen, durchaus nicht abgeneigt. So wurde schon nach drei Tagen der Verhandlungen das Verlöbnis der beiden Prinzessinnen abgemacht und unterschrieben. Darüber hinaus beschwor König Heinrich noch ein Freundschaftsbündnis mit dem Kaiser und versprach, statt Alexander nunmehr Paschalis als rechtmäßigen Papst anzuerkennen.

»Ein gewaltiger Erfolg von Herrn Rainalds Verhandlungsgeschick«, befand Helperich.

Und Theoderich sagte andächtig: »Nikolaus hat die Wahrheit gesagt. Eine schönere, sprühendere Königin als Frau Alienor kann ich mir nicht träumen ...«

Eine Woche später waren sie wieder in Köln. Als Constantin müde in seinem Haus einkehrte, fand er seine Mutter vor, die sich mit Wigberta über die Kinder beriet. Sie umarmte ihren ältesten Sohn herzlich.

»Hoffentlich kannst du diesmal etwas länger hier sein«, meinte sie.

Aber Constantin schüttelte bedauernd den Kopf. »Leider werde ich nur ganz kurz bleiben. Zu Pfingsten findet ein Reichstag in Würzburg statt, da müssen wir hin.«

Engilradis betrachtete ihren Sohn prüfend. »Wir – das heißt vermutlich, Herr Rainald und du?«

»Ja, sicher«, antwortete ihr Sohn verwundert.

»So, so.« Seine Mutter war offensichtlich mit diesem Thema noch nicht fertig.

»Mir ist aufgefallen, daß du schon ziemlich lange im Schlepptau unseres Fürsten herumziehst. Nur ist mir nicht so ganz klar, warum das so ist. Wenn ich dir richtig zugehört habe, schreibst du für ihn Briefe, stellst Berechnungen an und dergleichen. Hat Herr Rainald denn keine Schreiber und sonstige Beamte für seine Bedürfnisse?«

Constantin sah sie nachdenklich an.

»Doch, Mutter, er hat genügend Beamte. Und ich habe auch nicht vergessen, daß ich ein Handelshaus leite und kein Schreiber bin. Die Arbeiten, die ich für ihn mache, sind stets die ganz geheimen, die nicht einmal sein Sekretär oder sein Hofmeister kennen soll.«

»Trotzdem!« sagte seine Mutter unzufrieden.

Constantin hob die Hand. »Ich verstehe dich ja. Aber glaub mir, Mutter, ich habe nicht vergessen, daß ich ein Handelsherr bin. Ich habe meistens gute Ware mit und handele hin und her, das kannst du nicht abstreiten.«

»Das gebe ich ja zu. Nur: Ein Kaufmann ist doch ein freier Mann, er kommt und geht, wie er will, auf sein eigenes Wagnis. Er ist etwas anderes als ein Fürstendiener.«

»Ach, jetzt verstehe ich.« Constantin lachte und nahm seine Mutter in den Arm. »Der Bürgerstolz ist bei dir sonst gut verborgen, aber offensichtlich doch vorhanden. Nein, Mutter. Nicht als seinen Diener nimmt der Erzbischof mich mit, sondern als seinen Freund und Berater.«

Er hätte noch hinzufügen können, daß diese Freundschaft auch ihm sehr wichtig war. Ja, genau betrachtet war Rainald seit geraumer Zeit der wichtigste Mensch in seinem Leben. Er bewunderte den Fürsten aus tiefstem Herzen, und daß dieser ihn als geistig Ebenbürtigen ansah, freute ihn über alles. Aber das konnte er seiner Mutter nicht sagen, es hätte sie, für welche die Familie immer an erster Stelle kam, gekränkt.

»Mutter, wie sonst hätte ich je Gelegenheit gehabt, so dicht an der großen Politik zu sein? Entwicklungen zu sehen, die es noch gar nicht gibt, ausgenommen im Kopf von Herrn Rainald? Und unsere Geschäfte leiden ja wahrhaftig nicht darunter«, schloß er.

Das war richtig. Schon vor Constantins Zeit zählte seine Familie zu den führenden Händlern in Köln, aber nun, nachdem er Münzmeister war und die Pilger täglich in die Domstadt strömten und ihr Geld hier ließen, konnte kein anderes Haus ihnen das Wasser reichen.

»Und wie soll es hier denn weitergehen?« fragte Engilradis. »Die Kinder ...«

»Mutter, ich ahne es. Du willst mich wieder verheiraten«, sagte Constantin erschrocken. »Nein, daraus wird nichts. Schlag es dir gleich aus dem Kopf. Nach den Erfahrungen, die ich gemacht habe, will ich nie wieder heiraten.«

Aber Engilradis blieb unerbittlich. »Du willst keine neue Frau, ich habe es gehört. Trotzdem frage ich dich, was mit den Kindern geschehen soll. Druda und Engilradis wollen gemeinsam für ein Jahr oder zwei zu den Nonnen in Sankt Ursula gehen, da sind sie ausgezeichnet versorgt. Fordolf teilt seine Zeit zwischen Pater Everhard und seinem Großvater, damit ist er bestens beschäftigt. Aber was wird aus unserem kleinen Helperich?«

»Mutter, nur um seinetwillen kann ich nicht erneut heiraten. Ich wüßte ihn in keinen besseren Händen als den deinen. Bitte kümmere dich weiterhin um ihn. Bitte tu es mir zuliebe.«

Engilradis hätte es lieber gesehen, wenn Constantin wieder eine Frau im Haus gehabt hätte. Aber sie merkte, daß sie ihn nicht überreden konnte. Sie liebte ihn, und sie liebte auch ihren jüngsten Enkel. Und so blieb alles beim alten.

Pfingsten 1165

Das Pfingstfest war gekommen. Der Kaiser war mit seiner Gemahlin, der Prinzessin Beatrix und dem kleinen Prinzen Friedrich nach Würzburg gereist. Auf einem großen Reichstag sollte über die Anerkennung von Papst Paschalis III. beschlossen werden. Da durfte kein Fürst fehlen, sei er weltlich oder geistlich. Nur Rainald war noch nicht von seiner Reise zu König Heinrich aus Rouen zurückgekehrt.

So mußte der Kaiser die Versammlung ohne seinen Erzkanzler eröffnen. Als er die Begrüßungsworte sprach, sah er, daß einer der Stühle in der ersten Reihe leer geblieben war, und das in einem Saal, der fast vor Menschen barst.

»Wo ist der Erzbischof von Mainz?« fragte er leise seinen Zeremonienmeister. Dieser wand sich.

»Majestät, er ist abgereist«, mußte er zugeben.

»Was heißt das? Ich habe ihn gestern noch gesehen«, zischte der Kaiser.

»Ja«, flüsterte der Zeremonienmeister kaum vernehmbar, »aber er hat sich heute nacht in aller Stille davongemacht. Zu seinem Herbergswirt hat er beim Abschied gesagt, er wolle auf sein Bistum freiwillig verzichten, um zu Alexander überzugehen.«

Das traf den Kaiser zutiefst. Im Saal breitete sich Unruhe aus, denn auch andere hatten das Fehlen von Konrad von Mainz inzwischen bemerkt.

»Macht endlich einen Ausgleich in Ehren!« rief einer der Bischöfe. Friedrich zögerte. Würde er damit dem Reich besser dienen?

Da trat ein Herold ein und verkündete die Ankunft des Erzkanzlers. Rainald trat ein. Gemessen schritt er durch den Saal nach vorn, gefolgt von Constantin und einem Sekretär.

»Darf ich dazu sprechen, Majestät?« fragte er höflich, und Friedrich erteilte ihm sofort das Wort.

»Die Ehre des Reiches steht hier auf dem Spiel«, begann er. »Das muß für uns alle an erster Stelle stehen, nicht die Meinung der deutschen Bischöfe, die sich inzwischen für diesen Roland, der sich den Namen Papst Alexander anmaßt, entschieden haben.«

»Es ist aber bereits die Mehrheit der deutschen Bischöfe«, erklang ein Zwischenruf. Rainald blickte kühl über die Menge.

»Ich habe sie nicht gezählt; aber mag es selbst die Mehrheit sein, so ist es doch nicht die Mehrheit der Welt. Der König von England mit seinen fünfzig Bischöfen diesseits und jenseits des Kanals hat sich nämlich inzwischen der Meinung unseres Kaisers« – und damit verneigte er sich leicht in Richtung des Herrschers – »angeschlossen.«

Das gab einen Tumult im Saal. »Beweise, Beweise«, erscholl es aus dem Hintergrund. Da winkte Rainald zur Flügeltür hin, und es zogen eine Reihe von englischen Bischöfen in den Saal. Sie wiesen sich als Gesandte und Bevollmächtigte von König Heinrich aus. Ihr Sprecher trat vor und erklärte:

»Unser Herrscher schließt sich den Ausführungen von Herrn Rainald voll und ganz an. König Heinrich verspricht, seinem kaiserlichen Bruder zu folgen, zum Heil der Kirche und der Christenheit; gleichzeitig hat er seine Töchter dem Kaisersohn sowie dem Welfenherzog anverlobt. Wir sind ermächtigt, dies feierlich zu beschwören.«

Im Saal herrschte Stille. Die Bischöfe, die zu Rainalds Gegnern zählten, fürchteten, ihre Bemühungen könnten jetzt als Hochverrat gedeutet werden. Welche Auswirkungen dieses Umschwenken der englischen Politik haben sollte, konnte noch niemand absehen.

Wieder trat Rainald vor.

»Wer ist der Feind der deutschen und der englischen Majestät? Wer bezweifelt die von Gott gewollte Heiligkeit des Herrschertums? Es ist dieser Ketzer Roland, der sich Papst Alexander nennt. Dem müssen wir nun ein für alle Mal ein Ende setzen. Der Würzburger Reichstag wird sich darum jetzt einhellig zu dem rechtmäßigen Papst Paschalis III. bekennen. Damit dies auch für alle Zukunft unwiderruflich ist, wird jeder der hier Anwesenden den Eid auf das Evangelium leisten. Dies soll für alle Zeiten gelten, auch für zukünftige Herrscher. Der Kaiser wird für sich, seine Söhne und späteren Nachkommen schwören, niemals einen anderen Papst als Paschalis und seine kanonisch gewählten Nachfolger anzuerkennen. Die Fürsten, die das Recht haben, den Kaiser zu wählen, erkennen schon jetzt an, daß niemand Kaiser werden kann, der diesen Schwur nicht leisten will. Jeder Mann hat innerhalb der nächsten sechs Wochen diesen Schwur abzulegen. Wer es nicht tut, verliert sein Lehen.«

Rainalds letzte Worte gingen in dem Tumult unter, der nun einsetzte. Niemand hatte mit einem solchen Schritt gerechnet. Auch der Kaiser verließ den Saal und beriet sich draußen mit seinen engsten Getreuen. Als er wieder erschien, richteten sich alle Blicke auf ihn.

Kaiser Friedrich trat vor, wechselte einen langen Blick mit seinem Erzkanzler, legte die Hand auf das Evangeliar und sprach mit lauter Stimme den Schwur nach; ihm folgte sein Vetter, Heinrich der Löwe, dann Rainald von Dassel und sämtliche englischen Gesandten. Schließlich taten alle, was der Kanzler von ihnen gefordert hatte. Einige der Bischöfe erklärten, der Eid solle nur so lange gelten, wie sie im Dienst des Kaisers stünden und sie nicht mehr binden, falls sie auf ihr Bistum verzichten würden. Diese Erklärungen nahm Rainald mit ernsthafter Miene und Kopfnicken zur Kenntnis; aber es blieb dabei, daß niemand den Saal verlassen durfte, solange er nicht die Eidesformel gesprochen und seine Unterschrift auf einem langen Pergament geleistet hatte.

Der Reichstag war damit beendet. Der Kaiser, gefolgt von seinem Erzkanzler, verließ den Saal und ging in seine Gemächer.

Erst tief in der Nacht kam Rainald zurück. Constantin hatte sich schlaflos auf seinem Lager hin und her gedreht und stand nun auf.

»Willst du mir noch von dem Gespräch mit dem Kaiser berichten oder bist du zu müde?« fragte er.

Rainald winkte den Diener fort, der ihm noch etwas zu essen bringen wollte. »Ich bin nicht hungrig. Und ich brauche auch niemanden zum Auskleiden, geht nur alle zu Bett. – Außer dir, Constantin.«

Er ging eine Weile im Raum auf und ab, um seine Gedanken zu ordnen, blieb eine Weile am Fenster stehen und atmete die laue Nachtluft.

»Das wäre also geschafft. Übrigens hat der heutige Erfolg auch seinen Preis. Die Fürsten haben eine Bedingung gestellt für die Anerkennung von Papst Paschalis.«

Constantin hob den Kopf. »Welche?«

»Ich soll mich endlich zum Priester weihen lassen.«

Constantin brach in Gelächter aus. Dies schien ihm völlig aberwitzig. Aber Rainald schüttelte den Kopf.

»Du kannst es dir offenbar nicht vorstellen, aber ich habe tatsächlich die Weihe noch nicht empfangen.«

»So, so«, meinte Constantin. »Wie ich dich kenne, war das aber wohl kaum pure Vergeßlichkeit?«

»Du kennst mich schon richtig. Es war kühle Berechnung. Solange ich die Priesterweihe nicht empfangen habe, konnte ich auch nicht zum Erzbischof geweiht werden; und solange dies nicht geschehen ist, konnte Alexander mich auch nicht absetzen. Das Amt konnte ich, wie du gesehen hast, auch gut ohne die förmlichen Voraussetzungen ausüben.«

»Ein bemerkenswerter Schachzug«, befand Constantin. »Und nun?«

»Nun werde ich Ende der Woche von Papst Paschalis selbst zum Priester geweiht. Sobald der Kaiser das nächste Mal nach Köln kommt, empfange ich dann in seiner Gegenwart die Weihe zum Erzbischof. Die Voraussetzungen haben sich eben geändert.«

»Und die Vorgänge von heute, was haben die damit zu tun?«

»Der Kaiser hat zwar den Eid abgelegt, aber er meint, so etwas sei noch nie dagewesen. Papst Paschalis sei nur durch brutalste Gewalt anerkannt worden. Wir hätten zwar unser Ziel erreicht, aber es bliebe ein so böser Nachgeschmack, daß dies Folgen für die Zukunft haben könnte. Unrecht hat der Kaiser damit nicht. Und er ist ja dafür bekannt, daß er ein Meister des politischen Ausgleichs ist. Ich habe keine andere Möglichkeit gesehen; aber daß mein Vorgehen den Ruf des Kaisers beschädigt hat, kann ich nicht bestreiten.«

»Dann sollte der Reichstag nicht so zu Ende gehen. Es müßte noch etwas geschehen, was die Gedanken auf etwas anderes lenkt«, bemerkte Constantin.

Rainald wandte sich ihm zu. »Aber was?«

Constantin stand auf und ging zu dem Tisch, auf dem er einen Imbiß hatte vorbereiten lassen. Er schenkte Rainald einen Becher ein, etwas Wein mit viel Wasser, und ließ ihn erst einmal trinken.

»Während ich auf dich gewartet habe, habe ich mir den Kopf zerbrochen, ob wir auf diesen Paukenschlag nicht noch einen Trompetenstoß setzen könnten«, fing er an. »Ich habe da eine Idee; aber vielleicht wirst du mich für völlig verrückt halten.«

Rainald setzte den Becher wieder auf den Tisch und sah seinen Freund aufmerksam an.

»Wenn du so damit hinter dem Berg hältst, muß dir ja etwas ganz Ungewöhnliches eingefallen sein. Heraus damit.«

»Ich dachte mir, bei dieser ewigen, leidigen Papstgeschichte handelt es sich um ein Problem, das mit der Religion zusammenhängt. Aber es ist auch ganz eng mit unserem Kaiser, seiner Würde und seinem Ansehen verbunden.« Constantin stockte und suchte nach Worten.

»Weiter«, sagte Rainald und zog die Augenbrauen hoch.

»Ich habe also überlegt, wie wir etwas finden könnten, was ebenso mit Religion und Kaisertum zu tun hat und was die Menschen so beeindruckt, daß sie dein gewaltsames Vorgehen von heute gar nicht mehr als solches wahrnehmen.«

»Jetzt machst du mich aber wirklich neugierig. Bis hierher stimme ich dir voll und ganz zu«, sagte Rainald.

»Bist du auch der Meinung, daß der Kaiser, den alle nur Carolus Magnus nennen, ein besonders wichtiger Mensch war?«

Rainald überlegte kurz.

»Ganz gewiß war er das. Und sein Ruhm weht nach wie vor durch ganz Europa. Aber noch sehe ich den Zusammenhang nicht. Was willst du mit Karl dem Großen?«

»Ihn durch Papst Paschalis heiligsprechen lassen«, sagte Constantin schlicht.

Rainald fiel der Becher, den er gerade wieder hatte füllen wollen, aus der Hand und rollte scheppernd über den Boden. Er bemerkte es nicht. Sein blitzscharfer Geist hatte sofort begriffen, was Constantin vorschwebte.

»Lieber Freund, das ist einfach unglaublich«, sagte er andächtig. »Mit Karl als Heiligem wertest du das Kaisertum als solches, also auch das unseres Herrn Friedrich, gewaltig auf. In dem ewigen Gezerre, wer höher stehe, ob Kaiser oder Papst, und welcher von beiden sich folglich dem anderen unterzuordnen habe, senkt sich die Waagschale endgültig zugunsten des Kaisers. Damit wäre auch unser Zwang von heute zu Recht geschehen. Wie bist du nur darauf gekommen?«

Constantin legte den Kopf schief. »Ich habe meinen Verstand gebraucht«, sagte er bescheiden. »Außerdem würde ich den großen Karl dann noch gleich zum Schutzpatron von Würzburg erklären. Das wertet die Kaiserpfalz auf und erfreut die hiesigen Bürger.«

»Ich hätte mir denken können, daß du auch an die Bürger denkst. Constantin, du bist wirklich ein ungewöhnlicher Mann!«

»Ja, und an die Aachener Bürger denke ich auch. In den Mauern ihrer Stadt ruhen seit dreieinhalb Jahrhunderten die Gebeine Karls. Da geraten die Franzosen, die ihn auch als *ihren* Kaiser beanspruchen, hoffnungslos ins Hintertreffen. Die Aachener werden mit ihrem neuen Heiligen ein Glanzstück haben, das viele fromme Pilger anzieht. Ich denke, so mancher wird eine Doppelwallfahrt unternehmen, natürlich zuerst nach Köln, denn wir haben ja immerhin gleich Drei Heilige Könige, und dann nach Aachen. Das wird der Stadt sehr nützen, und sie werden dich zutiefst verehren.«

»Oder dich? Es ist ja deine Idee.«

»Oh nein, lieber Freund, ich bin nur ein einfacher Kaufmann und ziehe es entschieden vor, im Hintergrund zu bleiben. Lade du nur die Last der Bewunderung auf deine Schultern, da ist sie gut aufgehoben.«

Rainald ging im Saal auf und ab und rieb sich die Hände. Er war hochzufrieden. »Allerdings werde ich die Heiligsprechung nicht Paschalis überlassen. Ich selbst will sie vornehmen, und zwar in Aachen. Zu Ruhm und Ehre des Heilands und zum Segen des Römischen Reiches. Aber zuerst kommt meine Weihe zum Priester und dann zum Erzbischof, sonst könnte ich schlecht in Anspruch nehmen, den großen Karl zu kanonisieren. Ein solches Ereignis muß sehr gut vorbereitet werden, und wir werden die Christen von nah und fern dazu einladen. Übrigens, wenn du schon so gründlich nachgedacht hast: Seine Verdienste sind natürlich klar und unbestritten, aber welche Punkte sprechen denn eigentlich dafür, daß der große Kaiser auch ein Heiliger gewesen ist?«

»Ich habe keine Ahnung«, erwiderte Constantin einfach. »Aber es wird wirken und deinen Zwecken nützen, und nur darauf kommt es mir an.«

Rainald von Dassel saß am Fenster seines Palastes und schrieb. Eine warme Septembersonne schien auf seine Tafel. Er hörte lautes Lachen und sah in den Hof hinunter. Seine Stallburschen hatten mitten im Hof drei Sättel übereinandergeschichtet und übten sich darin, mit einem großen Satz darüber zu springen. Eben war einer von ihnen zu kurz gesprungen und mitsamt den Sätteln in einer Pfütze gelandet, darüber wollten sich die anderen jetzt ausschütten vor Lachen.

Rainald freute sich, als er unten Constantin sah, der eben den Hof betrat und der Wache zunickte. Kurz darauf war der Freund bei ihm.

»Als Datum für meine Weihe zum Erzbischof haben wir den 2. Oktober festgesetzt«, teilte Rainald ihm mit.

»Der Kaiser und seine Gemahlin Beatrix werden anwesend sein, es wird also nicht an Glanz fehlen. Wir wollen den Kölnern das Fest bieten, auf das sie seit sechs Jahren gewartet haben. Bitte besprich dich mit dem Kämmerer, welche Summe dafür nötig ist, und auch mit dem Kölner Rat, was sie dazu beisteuern wollen. Alles wie immer, und gespart wird nicht. Die Hauptarbeit wird mein Sekretär Richolf übernehmen, aber ich wäre dir dankbar, wenn du die Oberaufsicht führen wolltest. Also, ein prachtvolles Fest. Aber nicht mehr. Das wirklich große Ereignis dieses Jahres kommt ja noch. Wenn die Leute sich an das Jahr 1165 erinnern, dann soll ihnen nicht

Würzburg einfallen, sondern Aachen. Die Heiligsprechung von Kaiser Karl soll ein Ereignis sein, von dem man in ganz Europa sprechen wird.«

Constantin nieste. Er hatte am Tag zuvor seinem Sohn Fordolf am Rhein das Schwimmen beigebracht, das war für das Kind eine Offenbarung gewesen. Sein schwaches Bein war im Wasser bestens zu gebrauchen, und als er sich erst einmal ohne Hilfe des Vaters über Wasser halten konnte, war er nicht mehr herauszubringen gewesen, ehe seine Lippen nicht blau waren und er am ganzen Körper zitterte. Er hatte diesen aufregenden Tag dennoch gesund und munter überstanden, nur sein Vater hatte sich erkältet.

»Mein lieber Rainald, ich kenne ja deinen Spruch: Wichtiger als das, was geschieht, ist, was die Leute darüber denken. Nicht umsonst hast du alle verfügbaren jüngeren Mönche aus den Klöstern deines Erzbistums geholt und kreuz und quer durch Europa geschickt, damit sie überall die Heiligsprechung des großen Kaisers verkünden sollen.«

Aber auch die älteren Mönche waren für Rainald äußerst fleißig gewesen. In vielen Klöstern waren die Archive fieberhaft durchwühlt worden; alte Stammbäume wurden verglichen, Berichte über Ehestreitigkeiten, Dispense über zu nahe Verwandtschaft ausgewertet. Das Ergebnis war: Kaiser Friedrich stammte keineswegs nur über seine väterliche Großmutter, die Kaisertochter Agnes, von dem großen Karl ab; auch seine Mutter Judith aus dem Hause der Welfen zählte zu dessen Nachkommen und ebenso die Frau seines Urgroßvaters, Hildegard von Mousson.

Darüber wurden saubere Abschriften angefertigt und an sämtlichen Höfen Europas den Herrschern überreicht.

»Das wird dem französischen König den Wind aus den Segeln nehmen. Natürlich kann er auch seine Deszendenz von Carolus Magnus nachweisen, aber er ist eben ein Capetinger, und die haben vor zweihundertfünfzig Jahren die letzten Karolinger entmachtet und abgesetzt. Das mindert seine Möglichkeiten, sich als deren Nachfolger aufzuspielen«, erklärte Rainald zufrieden.

»Und dann kommt noch dazu, daß der Leib des Kaisers in Aachen bestattet ist. Wir haben ihn also in personam«, bemerkte Constantin. »Das drängt den französischen König klar in die zweite Linie zurück.«

Constantin hatte auch die Idee gehabt, Märchenerzähler durch die Lande zu schicken, welche die Lebensgeschichte des großen Frankenkaisers in phantasievollen, bunten Schilderungen vorbrachten. Mit offenem Mund saßen die Bauern und Bürger am abendlichen Feuer und lauschten den Erzählungen, aber auch die Ritter verschmähten es durchaus nicht, sich durch die Sänger unterhalten zu lassen.

Jedenfalls war Karl der Große jetzt in aller Munde, der Retter und Gestalter des Abendlandes, der Europa vor den Gefahren der Araber beschützt, alle Nachbarn unterworfen und ein Reich geschaffen hatte, in dem man in Sicherheit leben konnte.

Karl, der das westliche Kaisertum neu begründet hatte.

Karl, dessen Name in allen slawischen Sprachen inzwischen die Bedeutung »König« hatte.

Karl, der große Krieger, der sich dennoch ein erhebliches Maß an Bildung angeeignet hatte.

Karl, der sich um die Jugend sorgte und darum Schulen eingerichtet hatte.

Karl, der fürsorglich allen Familien seines Herrschaftsbereichs befahl, Gemüse und Heilkräuter in ihren Gärten zu ziehen, auf daß ihre Gesundheit geschützt würde.

Karl, der bei seinen Kämpfen auf der iberischen Halbinsel das Grab des heiligen Jakobus gefunden hatte.

Karl mit seiner Kirche, Thron und Pfalz in Aachen.

Karl, der liebevolle Familienvater.

Karl, der große, einmalige – und jetzt bald auch noch Heilige.

So wurde es jedenfalls dargestellt. Daß zahllose junge Männer als fränkische Krieger in Karls endlosen Kämpfen ihr Leben verloren hatten, daß er die Sachsen überfallen, viele von ihnen mit harter Hand und eisernem Schwert abgeschlachtet und die Überlebenden brutal unter seine Hoheit gezwungen hatte, war zwar auch aus den gefundenen Pergamenten hervorgegangen, aber darüber ließen die Märchenerzähler auch nicht das kleinste Wort verlauten.

Jedenfalls sollte am 29. Dezember das große Ereignis stattfinden. Von nah und fern strömten die Menschen nach Aachen, um dabeizusein.

Auch Eckebrecht und seine Familie reisten nach Aachen. Es war vor Weihnachten kalt gewesen und hatte stark geschneit, darum konnten sie jetzt mit dem Schlitten fahren. Darin saßen Eckebrecht, seine beiden Schwiegertöchter Engilradis und Hadewigis und deren Tochter Sophia, die nun fünfzehn Jahre zählte. Ihr liebliches Gesicht war rund und fröhlich wie das ihrer gleichnamigen Großmutter, die beim Stadtbrand ums Leben gekommen war, aber ihre Gestalt war zierlich.

Die Bewerber schwirrten um ihr Haus wie Bienen über eine blühende Wiese, ihr Vater Gunther brachte es jedoch nicht über sich, sein einziges Kind fortzugeben, und wollte noch ein Jahr warten, bevor er sich für einen Bräutigam entschied. Sophia war schon in Trauer verfallen und sah sich als alte Jungfer enden, die niemand mehr wollte; aber Hadewigis hatte zu ihr gesagt: »Nun mach dir nichts daraus, mein liebes Kind. Wenn Vater nächstes Jahr einen Mann für dich aussuchst, dann darfst du mitbestimmen, das verspreche ich dir. Wir haben es nicht nötig, nach möglichst hohem Rang oder möglichst viel Geld zu greifen, denn das haben wir alles bereits selber. Du bekommst also einen schönen, jungen, liebenswerten Mann. Ein guter Kaufmann muß er freilich sein.«

»Aber wo sollen wir den denn finden?« hatte Sophia ängstlich gefragt. Ihre Mutter meinte jedoch: »Es gibt nicht bloß eine Handvoll, es gibt ein ganzes Land voll.«

Darauf war Sophia wieder fröhlich geworden.

Außerdem saßen im Schlitten die beiden unzertrennlichen Mädchen, Engilradis und Druda, und auch Fordolf und der kleine Helperich, in dicke Mäntel, Mützen und Stiefel gehüllt und zusätzlich noch in viele Pferdedecken und Pelze eingewickelt. Ein zweiter Schlitten folgte mit Petrissa, Gertrudis und Liveradis und ihren Kindern. Die Männer, Fordolf, Gunther, Constantin und Helperich sowie ihr Schwager Erinfried saßen zu Pferd.

»Das ist das erste Mal, daß ich in einem Wagen reise«, sagte Eckebrecht mürrisch zu seinem Sohn Fordolf.

»Ja, Vater. Es tut mir leid. Aber Engilradis hat solche Angst um dich, daß sie gedroht hat, sie bliebe zu Hause, wenn du auf ein Pferd steigst. Bitte, Vater! Sie hat doch recht. Du bist schon fast achtzig, da ist der Ritt nach Aachen einfach zu weit. Übrigens hast du damals, als die Räuber uns überfallen haben, auch in einem Wagen gesessen.«

Eckebrecht schnaubte unmutig. »Ja, als Lenker auf dem Kutschbock, nicht aber als menschliche Fracht.«

Engilradis legte ihre Hand auf den Arm des Schwiegervaters und lächelte ihn an.

»Aber im Schlitten holpert und schaukelt es doch viel weniger als auf dem Pferd. Und ich bin so froh, daß du mir Gesellschaft leistest. Im Gegensatz zu dir würde ich mich auf kein Pferd trauen, da ist es für mich schön, daß du mit mir im Schlitten sitzt.«

Das versöhnte Eckebrecht auf der Stelle. Er machte noch immer ein unzufriedenes Gesicht, rückte aber schon hin und her, bis es ihm behaglich war.

»Schließlich sitzen Hadewigis und die Kinder ja auch hier, du wärst also gar nicht allein gewesen«, knurrte er, schon milder.

»Ja, aber sie wären im Ernstfall kein Schutz für mich, du aber wohl«, schmeichelte Engilradis ihm. Sie stopfte die Pelzdecke noch etwas sorgfältiger um den greisen Kaufherrn fest, damit seine alten Knochen nicht froren, und drückte dann den kleinen Fordolf an sich.

Sie kehrten in Kerpen bei Werner von Rode ein, um sich bei einem Imbiß aufzuwärmen, erhielten erhitzte Steine, die in Tücher gehüllt und an die Füße gelegt wurden, und reisten dann gemeinsam mit dessen Familie weiter. Da viel Volk nach Aachen strömte, waren die Straßen reichlich ausgefahren, und sie überholten viele Wanderer, die alle das gleiche Ziel hatten – bei der Heiligsprechung des großen Kaisers dabeizusein und sich vielleicht ein Zipfelchen von dessen Heiligkeit bei dieser Gelegenheit zu sichern.

Es war schon dunkel, als sie Aachen erreichten. An diesem Tage aber waren die Tore noch offen und von vielen Fackeln beleuchtet. Rainald wollte nicht, daß etwa verspätet Ankommende im Schnee vor der Stadt erfrieren mußten. Das wäre ein schlechtes Omen für den großen Tag gewesen.

Die Herbergen waren alle hoffnungslos überfüllt, und der kleinste Platz, sei es im Stall, auf dem Dachboden oder gar in der Küche, wurde von den Aachener Bürgern als Schlafplatz feilgeboten – zu Preisen, als handele es sich um das geräumigste Zimmer im besten Gasthaus. Wem das zuviel war, der mußte sich einen geschützten Winkel an der Stadtmauer suchen, falls er nicht das Glück hatte, in einem der Klöster oder Kirchen einen Schlafplatz zu ergattern.

Für Eckebrecht und seine Familie gab es diese Schwierigkeiten nicht. Sie wohnten, wie stets, wenn sie in Aachen waren, bei Hadewigis Schwester Ostecha. Ihr Mann, ein Aachener Ritter, war vor mehreren Jahren gestorben, und Frau Ostecha war vor Kummer darüber dürr, grauhaarig und faltig geworden und sah viel älter aus als ihre Schwester Hadewigis, deren glattes, alterslos schönes Gesicht Ruhe und Zufriedenheit ausstrahlte.

Nun war also der 29. Dezember gekommen, der große Tag. In der Stadt Aachen summte es wie in einem Bienenstock. Schon Stunden vor Tagesanbruch standen die Leute um den Dom herum, um sich die besten Plätze zu sichern. Bei Sonnenaufgang erschienen dann die Ordner, machten eine Absperrung rund um den Domplatz und scheuchten die Leute davon, was ein heftiges Gemurre hervorrief.

Bäcker, die frischen, duftenden Kuchen und Brezeln anboten, drängten sich durch die Menge, und ihre köstliche Ware wurde ihnen aus der Hand gerissen, ebenso wie den Glühwein- und Warmbierverkäufern. Schnaps auszuschenken hatte die Stadtobrigkeit verboten, damit nicht Betrunkene die Feierlichkeiten stören könnten.

Den Kölner Bürgern wurden hier keine Sonderrechte eingeräumt, aber Herr Rainald hatte dafür gesorgt, daß Constantins gesamte Familie einen guten Platz im Dom selbst erhielt, und zwar weit vorn, unmittelbar hinter den größten Kirchenfürsten und vor den übrigen Klerikern.

Das ging nicht ohne deren Widerspruch ab, weil sie meinten, sie seien an Rang einer Kaufmannssippe weit überlegen; aber Rainalds Soldaten sorgten rasch für Ruhe und Ordnung.

Als dann noch Kaiser Friedrich bei seinem Einzug Constantin ein freundliches Lächeln im Vorbeigehen widmete, war das allgemeine Staunen groß. An Friedrichs Hand ging die Kaiserin, und die schöne junge Frau in ihrem mit Hermelin besetzten Prachtgewand erregte allgemeine Bewunderung.

Der Aachener Dompropst feierte die Heilige Messe, die wie üblich sehr lang dauerte, aber er hielt keine Predigt, die hatte Herr Rainald sich vorbehalten.

Anschließend sollten die Gebeine des großen Kaisers Karl erhoben werden. Schon tags zuvor waren die Steinplatten über seiner Ruhestätte fortgeräumt worden. Nun wurde sein Sarkophag aus der Grabkammer geholt. Dazu waren, da man in der überfüllten Kirche nicht gut einen Kran einsetzen konnte und Zugpferde schon einmal gar nicht, zwölf Männer nötig, kräftige Kerle, denen als Entlohnung nicht nur ein gutes Stück Geld, sondern auch Vergebung ihrer Sünden versprochen worden war. Sie schwitzten gewaltig, bis sie den Sarkophag herausgestemmt hatten.

Der Dompropst ging mit einem seidenen Tuch um den Steinsarg herum und wischte sorgfältig allen Staub ab. Dann wurde der Deckel entfernt, und der Kaiser selbst ging, tauchte die Finger in das Wasser einer goldenen Schüssel und legte dann persönlich Hand an, um die Gebeine zu bergen, in Brokat zu wickeln und auf dem Hochalter abzulegen. Das sollte zeigen, daß niemand außer ihm würdig genug war, die Überreste seines großen Vorgängers zu berühren.

Dann trat Rainald an den Hochaltar, hob die Arme und betete eine Weile im stillen. Constantin wußte, daß dies nicht zur Schau geschah: Rainald war zwar ein kühler Rechner, aber auch ein zutiefst frommer, gläubiger Mensch, und diese Heiligsprechung bedeutete ihm über die politische Zweckmäßigkeit hinaus sehr viel.

Dann wandte er sich um, hielt eine lange Lobrede auf den verstorbenen Kaiser, in der dessen Verdienste ausführlich gewürdigt wurden. Hätte Karl sie hören können, er hätte sich selbst vermutlich nicht wiedererkannt.

Schließlich, nach vielen weiteren Gebeten, verlas der Erzbischof die Zustimmung von Papst Paschalis und sprach dann den großen Frankenherrscher heilig.

Dann nahm er eine goldene Schere, betete noch einmal, enthüllte behutsam den Schädel des nunmehr heiligen Kaisers und schnitt eine kleine Haarsträhne ab. Auf seinen Wink trat ein Diener heran, der mit einem überaus kostbaren Reliquiar aus purem Gold gewartet hatte. Rainald legte die Haarsträhne sorgsam hinein, verschloß das Reliquiar, hob es nach allen Seiten hoch, damit alle im Dom es sehen konnten, und ging dann zu dem Kaiser und seiner Gemahlin hinüber. Friedrich saß noch nicht auf Karls steinernem Thron, der sozusagen für Karls Geist reserviert war, sondern auf einem Thron mit Baldachin unmittelbar neben dem Hochaltar. Rainald kniete nieder und bot dem Kaiser das Reliquiar, das im Schein vieler Kerzen erglänzte.

Das war nicht abgesprochen gewesen, und Friedrich war sehr gerührt und erschüttert. Er hob den Erzbischof auf, ging mit dem Reliquiar hinüber zum Hochaltar, kniete dort vor dem neuen Heiligen und gelobte mit lauter Stimme, ihm stets ein würdiger Nachfolger zu sein.

Da brachen die Menschen im Dom in so ohrenbetäubendes Freudengeschrei aus, daß die Kerzen flackerten und der kleine Helperich vor Schreck zu weinen anfing.

Nach dieser feierlichen Handlung gab es ein gewaltiges Festmahl, für den Kaiser und die ersten Fürsten des Reiches im Saal des Bürgerhauses, für die etwas weniger bedeutenden Herrn in einem großen Zelt, das auf dem abgesperrten Domplatz inzwischen errichtet worden war. Rainald hatte Constantin an der Kaisertafel unterbringen wollen, aber dieser hatte sich entschieden dagegen verwahrt und erklärt, er wisse die Ehre zu schätzen, aber er kenne auch seinen Platz. Im übrigen wolle er seine Familie nicht allein lassen. So hatte die gesamte Sippe Eckebrechts einen Platz im Festzelt erhalten.

Die Stadt Aachen, auf deren Kosten der Kaiser Pfauenzungen, die Großen im Festzelt Braten und die Bürger auf den Straßen Eintopf mit Suppenfleisch schmausten, hatte sich nicht lumpen lassen, da die Ratsherrn doch genau wußten, welche großen, unüberschätzbaren Vorteile ihnen der neue Heilige bringen würde. Aber auch hier arbeitete die Werbung des scharfsinnigen Kanzlers Rainald: Spielleute mischten sich überall unters Volk, schlugen Rad, jonglierten geschickt mit Bällen, balancierten auf Seilen, spielten mit allen Instrumenten, die sie aufbieten konnten, und sangen ihre Lieder zum Ruhme des großen toten und auch des jetzt lebenden Kaisers.

Eckebrecht wischte sich die Bratensoße aus dem kurzen weißen Bart, tunkte die letzten Reste mit einer Brotkruste auf und schob den kleinen Helperich, der auf seinem Knie gesessen und mit ihm geschmaust hatte, jetzt aber eingeschlafen war, zu Engilradis hinüber.

»Ein schönes Fest«, sagte er zufrieden und blickte sich in dem überfüllten Zelt um. »Daran werden wir alle noch lange denken. Sonst habe ich ja eher düstere Erinnerungen an diese Stadt.«

Fordolf wollte sofort wissen, was denn sein Urgroßvater hier Schmähliches erlebt habe.

»Nun ja«, begann dieser zu erzählen und rückte sich bequemer zurecht, »ich machte einmal eine Handelsfahrt hierher, das ist jetzt gerade fünfzig Jahre her, und wurde auf dem Rückweg von Räubern überfallen. Dein Großvater Fordolf war bei mir, er war damals ein Knabe von neun Jahren. Er hat tapfer gekämpft und die Räuber in die Flucht geschlagen.«

Der kleine Fordolf, der ebenfalls gerade neun Jahre zählte, blickte staunend zu seinem Großvater hinüber. »Also, ich glaube nicht, daß ich das auch könnte«, bemerkte er zweifelnd.

»Ich hatte eben solche Angst, daß der Räuber meinen Vater Eckebrecht umbringen könnte, daß ich ganz vergaß, Angst um mich selbst zu haben«, sagte der ältere Fordolf schmunzelnd. »Du hast jetzt vielleicht den Eindruck, ich hätte ganz allein eine Räuberbande in die Flucht geschlagen, aber ganz so war es nicht.«

Damit war der jüngere Fordolf zunächst zufrieden.

»Und sonst, Urgroßvater?« fragte er begierig weiter. »Was hast du noch für schlechte Erinnerungen an Aachen?«

Eckebrecht schwieg. Er erinnerte sich an das Jahr 1125, als er zu den Krönungsfeierlichkeiten für König Lothar von Supplinburg nach Aachen gereist war. Dort hatte er erfahren, daß auch Juden aus Lyon anwesend waren, aus der gleichen Stadt, aus der auch seine Mutter Rachel gestammt hatte. Seine Mutter, an deren schwarze Haare und Augen er sich nur noch verschwommen, wie an einen wundervollen Traum, erinnern konnte. Sie hatte zusammen mit ihrem Mann Alexander bei dem großen Judenmord im Jahr 1096 das Leben verloren. Eckebrecht hatte damals noch den Namen Constantin getragen, er hatte mutterseelenallein die Schrecknisse überlebt, hatte Zuflucht im Hause des Christen Wolbero und seiner Frau Blithildis gefunden und war schließlich von diesen adoptiert worden. Dazu war es nötig gewesen, Christ zu werden.

Eckebrecht hatte die Lyoner Juden angesprochen und entdeckt, daß einer von ihnen sein Vetter war; aber dieser hatte nichts von ihm wissen wollen und erklärt, da er die Taufe genommen und damit den Glauben seiner Väter verraten habe, sei er für sie so gut wie tot.

Das hatte Eckebrecht bis ins Mark getroffen, und die Erinnerung tat auch heute, vierzig Jahre später, noch sehr weh. Darum konnte er auch nicht darüber sprechen und seufzte nur einmal tief auf.

Dann aber fiel ihm ein weiteres Ereignis aus der alten Kaiserstadt ein.

»Stell dir vor«, sagte er zu seinem Urenkel, »im Jahre 1147 war ich mit meiner Familie hier zur Krönung von Prinz Heinrich, dem Sohn von König Konrad. Und da hat doch tatsächlich mein jüngster Sohn Johannes, du weißt schon, der jetzt in Byzanz lebt, vor lauter Eifersucht dem Kaufmann Vogelo mit Macht eine Kanne auf den Kopf geschlagen und ist geflohen, weil er glaubte, Vogelo sei tot. Gott sei Dank hat dieser es überlebt und auch keinen dauernden Schaden davongetragen, aber es kam mich ziemlich teuer, ihm eine Entschädigung und der Stadt eine Buße für die Störung des Stadtfriedens zu zahlen.«

Fordolf konnte sich an seinen Großonkel Johannes nicht erinnern, denn dieser war nur einmal in dem Jahr von Fordolfs Geburt in Köln gewesen. Aber daß er so gewalttätig gewesen sein sollte, beeindruckte den Jungen sehr.

»Jetzt kann ich verstehen, daß du an Aachen schlechte Erinnerungen hast«, meinte er nachdenklich. »Aber heute, nicht wahr, heute ist doch ein schöner Tag! Kann der dann nicht zu einer guten Erinnerung werden?«

Fordolf schaute sich im Zelt um und bemerkte einen Mann in seltsamer Tracht, der mit den Wachen am Zelteingang verhandelte und dann hereinkam.

»Schau mal, Urgroßvater, wie dieser Mann dort die Haare trägt«, wunderte er sich.

Eckebrecht blickte auf und sah einen Juden vor sich stehen, in seidenem Kaftan, mit langem grauem Bart und ebensolchen Schläfenlocken. Er hatte den großen, breitkrempigen Hut so tief in die Stirn gezogen, daß die Augen beschattet waren.

»Du bist der Kölner Kaufmann Eckebrecht?« fragte der Mann

knapp. Eckebrecht fühlte, wie sein Herz unruhig schlug. Er fühlte sich stets beklommen, wenn er mit seinen ehemaligen Glaubensgenossen zu tun hatte, denn sie ließen ihn ihre Verachtung merken.

»Ja, das bin ich. Möchtest du dich zu uns setzen und mit uns trinken?« fragte er und wurde dabei abwechselnd rot und bleich.

»Danke, nein. Die Wachen haben mich nur hereingelassen, weil ich ihnen sagte, daß ich eine wichtige Nachricht für dich habe. Die möchte ich dir mitteilen, und dann gehe ich wieder. Meine Botschaft ist folgende: Ich handelte diesen Sommer in Byzanz. Für die Rückreise schloß sich eine Flotte von sechs Kaufmannsschiffen zusammen, darunter war auch ein deutscher Kaufmann, der dort in Byzanz lebt.«

»War es etwa mein Sohn Johannes?« fragte Eckebrecht.

»Ja, diesen Namen trug er. Ich erfuhr, daß er ursprünglich aus Köln stammt. Er hatte seinen ältesten Sohn bei sich.«

»Das ist mein Enkel Apollonius. Er ist jetzt zwölf Jahre alt«, sagte Eckebrecht aufgeregt.

»Ich muß dir mitteilen, daß wir von Seeräubern angegriffen wurden. Sie hatten ein Dutzend schneller Schiffe, unsere Aussichten waren schlecht. Mit Mühe haben vier von unseren Schiffen sich freigekämpft, zwei hatten dieses Glück nicht und wurden von den Seeräubern geentert, darunter das Schiff, das dein Sohn Johannes befehligte.«

Eckebrecht stöhnte auf und griff sich an das Herz.

»Was ist ihm geschehen?« fragte er, indes kam nur ein Flüstern heraus, das in dem lärmerfüllten Zelt kaum zu hören war. Aber der Jude hatte es dennoch verstanden.

»Ich weiß nicht, ob sie getötet oder gefangen wurden. Ich weiß nur, daß die Seeräuber mit diesen beiden Schiffen davonzogen.«

Eckebrecht war kreidebleich geworden. »Ich danke dir für deine Botschaft«, sagte er mühsam, und seine Lippen waren steif wie Holz.

Der Jude trat einen Schritt näher und schob den Hut etwas zurück, so daß man jetzt seine Augen sehen konnte. Sie waren kalt wie schwarze Steine und voller Haß.

»Danke mir nicht. Ich bin nicht gekommen, um dir einen Gefallen zu tun, sondern um dir zu zeigen, daß die Strafe des Allmächtigen die Abtrünnigen und alle ihres Blutes trifft«, zischte er.

Eckebrecht starrte ihn an. Seine Augen waren weit aufgerissen.

»Sag mir deinen Namen«, ächzte er.

»Isaac, Sohn des Ebenezer«, sagte der Jude knapp, drehte sich auf dem Absatz um und ging grußlos. Sein seidener Kaftan wehte hinter ihm her, als er aus dem Zelt verschwand.

Eckebrecht war aufgestanden, als könnte er ihn zurückhalten. Dann sank er auf seinen Sitz zurück, und sein Atem ging schwer. Entsetzt faßte Engilradis nach seinem Arm.

»Um Gottes willen, wer war denn das?« fragte sie atemlos. »Und warum hat er dir diese entsetzliche Botschaft so triumphierend ins Gesicht geschleudert?«

Nur mit großer Mühe brachte Eckebrecht die Worte heraus: »... mein Blutsverwandter, der Sohn meines Vetters in Lyon ... er haßt mich, weil ich Christ geworden bin ... oh Gott, sie hassen mich noch immer!«

Fordolf und Constantin griffen dem alten Kaufherrn behutsam unter die Arme, um ihn hinauszuführen, während die Frauen die Kinder versammelten und ihnen folgten. Verstört kehrten sie in das Haus von Frau Ostecha zurück und fuhren gleich am nächsten Morgen in aller Frühe nach Köln zurück. Sie erlebten nicht mit, wie die Gebeine des großen Kaisers in einen Prunksarg umgebettet und unter einer prächtigen Lichterkrone neu beigesetzt wurden, wobei Kaiser Friedrich seinem Vorgänger jede nur erdenkliche Ehre erwies.

Eckebrecht war so hart getroffen, daß er selbst nicht handeln konnte. Mehr noch als der Gram um das ungewisse Schicksal seines jüngsten Sohnes, von dem niemand wissen konnte, ob er noch lebte oder längst als Leichnam im Meer trieb, hatte ihn der triumphierende Haß seines Verwandten getroffen. Siebzig Jahre war es nun her, daß Eckebrecht als einsames, hilfloses Kind das Pogrom überlebt hatte, und seitdem ließen ihn seine ehemaligen Glaubensgenossen dafür büßen, daß er bei den Christen Zuflucht gefunden hatte.

Fordolf, Gunther und Constantin sandten Boten nach Venedig, Ancona und Genua. Sie forschten monatelang nach Johannes und seinem Sohn. Vergeblich, sie fanden nichts über die beiden oder die Seeräuber heraus.

Aachen war wirklich eine Unglücksstadt für Eckebrecht.

Im September des folgenden Jahres saß Constantin über den Abrechnungen des Münzmeisteramtes. Zu seinen Füßen kniete sein kleiner Sohn Helperich mit ein paar Holzklötzchen und übte zählen.

»Zwei Klötzchen und drei Klötzchen sind fünf Klötzchen«, teilte er dem Vater stolz mit, und Constantin lobte seinen kleinen Rechenkünstler.

Da hörte er hastige Schläge des Türklopfers, und einen Augenblick später steckte die alte Wigberta den Kopf zur Tür herein.

»Herr, unten ist der Reitknecht des Erzbischofs. Du sollst sofort in seinen Palast kommen.«

Rasch griff sich Constantin seinen Umhang und eilte die Stiege hinab. Unten wartete Egino, der Bruder von Eckebrechts Knecht Gerhard.

»Gut, daß ich Euch angetroffen habe, Herr Constantin. Ich bin gerade mit unserem Herrn, dem Erzbischof, von seiner Reise durch das Erzbistum zurückgekommen. Wir konnten schon die Kölner Stadtmauern sehen, da hatte er einen Schwächeanfall und wäre um ein Haar vom Pferd gestürzt. Sein Sekretär Richolf Scherfgin hat ihn gerade noch am Arm erwischt und festgehalten, bis ich die Zügel von des Herrn Erzbischofs Roß packen konnte. Wir haben ihn auf Herrn Richolfs Umhang ins Gras gebettet, und ich bin wie der Wind zum Stadttor gefegt, damit sie einen Wagen schicken. Herr Richolf hat mir noch nachgerufen, ich solle zuerst dem Arzt und dann Euch Bescheid sagen, damit Ihr Euch im Palast einfindet. Nun habe ich aber den Arzt nicht angetroffen und bin daher zuerst zu Euch gekommen, ist das schlimm?«

Constantin beruhigte den Mann, der, ähnlich wie sein Bruder Gerhard, nicht unbedingt mit Geistesgaben gesegnet war, aber dafür treu war und gewissenhaft. Er schickte sofort seinen eigenen Knecht los, um den Arzt aufzuspüren, und machte sich mit Egino auf den Weg zum Palast.

»Wenn ich das so sagen darf, Herr Constantin«, fuhr Egino fort, »Herr Rainald sah schon die ganze letzte Woche gar nicht gut aus. Blaß war er und gehustet hat er zum Erbarmen. Ich habe mehrmals gehört, wie Herr Richolf ihn angefleht hat, er möge sich doch ein paar Tage ins Bett legen und ausheilen lassen, aber nein, wenn Herr Rainald einen Reiseplan aufgestellt hat, dann wird der auch erfüllt, mag er krank sein oder gesund.«

»Du machst dir Sorgen um ihn, nicht wahr, Egino? Ich glaube, du bist seit fünf Jahren in seinem Dienst?«

»Seit sechs, Herr. Ja, ich mache mir Sorgen, denn er ist ein sehr guter Herr, und ich verehre ihn aus ganzem Herzen. Aber so gut er zu uns Dienern ist, zu sich selber ist er hart und verlangt von sich immer das Äußerste.«

Das wußte Constantin. Rainald hatte sich noch nie geschont. Sie waren nun am Palast angekommen, und Constantin veranlaßte, daß alles für den Kranken hergerichtet wurde. Der Arzt war inzwischen auch eingetroffen, und kurz darauf kam der Wagen mit dem Erzbischof. Constantin erschrak, als er seinen Freund erblickte, so krank und elend sah er aus. Aber sein Gesicht leuchtete auf, als sein Blick auf Constantin fiel.

»Gut, daß du da bist«, sagte er zufrieden. »Da weiß ich doch, wen ich herumscheuchen kann, bis ich selbst wieder auf dem Damm bin.«

Ohne Widerspruch legte sich Rainald in sein Bett und ließ den Arzt hereinkommen, einen Mann von etwa vierzig Jahren, der seine spiegelnde Glatze unter hochgekämmten und auf dem Kopf zusammengebundenen Haarsträhnen verbarg. Der zog Rainalds Augenlid hoch, legte ihm die Hand auf die Stirn, betrachtete seine Zunge, bat ihn, etwas Wasser zu lassen, und prüfte es sorgfältig. Dann legte er sein Ohr auf die Brust des Erzbischofs und horchte lange mit gerunzelter Stirn, wobei er immer wieder »hm, hm« machte.

»Nun ist es aber genug«, sagte Rainald unwillig. »Überfordere meine Geduld nicht, sondern sage mir, was du festgestellt hast.«

Der Arzt verbeugte sich und fragte: »Hochwürdigster Herr Erzbischof, seid Ihr in den letzten ein, zwei Wochen krank gewesen?«

Rainald winkte ab. »Eine leichte Unpäßlichkeit, mehr nicht.«

»So, so. Und wie äußerte sich diese leichte Unpäßlichkeit?«

»Etwas Husten, Schnupfen, Fieber, nichts weiter Bedeutsames.«

»Euer Körper ist da anderer Meinung als Euer Kopf. Ihr wart krank und habt Eurem Leib nicht die Möglichkeit gegeben, sich zu erholen. Da hat Euer Herz zu hart arbeiten müssen und ist erkrankt.

Der Ausschlag hier auf Eurer Haut, die Kurzatmigkeit, die Unregelmäßigkeit Eures Herzschlags und das laute Rauschen in Eurer Brust – ich habe keinen Zweifel. Dazu der Ohnmachtsanfall, bei dem Ihr fast vom Pferd gestürzt wärt, wie mir Euer Sekretär berichtet hat. Fieber habt Ihr übrigens auch, und nicht zu knapp. Ich muß darauf bestehen, daß Ihr zumindest die kommende Woche im Palast verbringt, viel schlaft, nur leichte Kost zu Euch nehmt und nicht arbeitet! Auch nicht diktiert, lest oder dergleichen. Ihr braucht Ruhe, Ruhe, Ruhe!«

Rainald sah den Arzt betroffen an. »Ist es so schlimm? Ist mein Leben in Gefahr?«

Der Arzt dachte nach. »Von drei Menschen mit Eurer Krankheit wird einer wieder ganz gesund, einer behält einen Schaden, und den dritten ruft Gott zu sich. Wer dieser dritte ist, weiß Gott allein, und ich als Arzt kann es nicht vorhersagen. Wenn Ihr erlaubt, komme ich heute abend wieder und jeden Tag zweimal, bis zu Eurer Genesung.«

Er verbeugte sich nochmals und ging.

»Oder bis zu meinem Tod«, murmelte Rainald.

»Sag doch nicht so etwas«, bat Constantin erschrocken und faßte nach der Hand des Freundes.

»Ich habe zugehört, was der Arzt gesagt hat. Und ich glaube, du hast es auch gehört«, erwiderte Rainald nüchtern. »Es ist nicht gesagt, daß ich sterben muß, aber es kann sein. Für diesen Fall muß ich mir genau überlegen, was noch alles zu tun ist. Schick mir bitte rasch meinen Sekretär.«

»Aber, Rainald! Der Arzt hat doch ausdrücklich verboten ...«

Rainald wollte lachen, aber es ging sofort in Husten über. »Ich muß mir noch viel Mühe geben, ein erträglicher Kranker zu werden. Aber Patientia ist die Geduld, und die hatte ich mit mir selbst noch nie ...«

Constantin holte rasch einen Becher Wasser, half dem Freund, sich aufzurichten, und ließ ihn trinken.

»Da siehst du es«, brummte Rainald undankbar, »du behandelst mich ja auch wie einen Sterbenden. Aber laß gut sein. Nicht den Sekretär. Ich sage dir einfach, was ich will, und du sorgst dann dafür, daß es geschieht. Du kannst meinen Siegelring nehmen.«

»Ich denke gar nicht daran«, sagte Constantin aufgebracht. »Meinetwegen will ich dir ja gern helfen, schon damit du ruhig bleibst. Aber deinen Ring? Nein. Der bleibt an deinem Finger, wo er hingehört. Falls er nicht schon sowieso eingewachsen ist, denn den trägst du ja, seit ich dich kenne.«

»Er ist nicht eingewachsen«, meinte Rainald und drehte am Ring, der locker am Fingerglied saß.

Constantin erschrak. »So dünn bist du geworden? Unter deinen weiten Gewändern ist mir das noch nicht aufgefallen. Ich werde jetzt in die Küche gehen und den Koch fragen, welche Anweisungen er vom Arzt erhalten hat. Dann bringe ich dir etwas zu essen, und du kannst inzwischen darüber nachdenken, welche schwierigen und zeitraubenden Arbeiten du diesmal wieder auf meinem Rücken abladen willst.«

Er kehrte nach einer halben Stunde zurück und trug ein Tablett mit einer Hühnerbrühe mit Ei und Kräutern, dazu einen Becher Milch mit Rotwein darin.

»Pfui«, sagte Rainald und schaute angewidert in den Becher. Aber Constantin bestand darauf, daß der Freund seine Mahlzeit langsam, aber restlos verzehrte.

Als er dann aber Rainalds Wünsche vernahm, erschrak er sehr.

»Das kann nicht sein. Kein Wunder, du fieberst ja auch. Ich werde dich morgen noch einmal fragen, was du beabsichtigst.«

Rainald setzte sich im Bett auf und sah Constantin streng an.

»Oh nein, lieber Freund, du hast mich ganz richtig verstanden. Du sollst den Kaiser und die Fürstenhöfe wissen lassen, daß ich verspreche, meinen Frieden mit dem Möchtegernpapst Alexander zu machen – das Wort Möchtegern läßt du übrigens im Reintext besser weg –, falls ich nicht nach Italien ziehe. Und zwar auf die Weise, wie es mir drei Ratgeber empfehlen werden. Laß einmal nachdenken, wen wähle ich da am besten?« und er runzelte die Stirn. »Ach ja, sagen wir: die Zisterzienser. Und den König von Frankreich. Und als letzten? Das ist schwierig. Doch, ich weiß: den Erzbischof von Canterbury. Wie heißt er noch gleich? Ja, richtig, Thomas.«

Constantin saß schweigend da und betrachtete seinen kranken Freund.

»Ich frage mich, ob das Glitzern in deinen Augen vom Fieber

kommt? Oder doch davon, daß du dir wieder einen besonders listigen Schachzug ausgedacht hast?« sann er nach.

»Ich muß doch sehr bitten, daß du einem vielleicht Sterbenden etwas mehr Respekt zollst. Was heißt denn hier Schachzug? Ich zittere um mein Seelenheil«, sagte Rainald und sah dabei sehr zufrieden und gar nicht ängstlich aus.

»Bitte, lieber Rainald, tu mir die Liebe und sprich nicht vom Tod«, bat Constantin ganz sanft. »Das ist gar kein Thema zum Scherzen. Ich möchte so gern, daß ich mich noch viele, viele Jahre an deiner Freundschaft wärmen kann. Du bist für mich der wichtigste Mensch auf der Welt. Außer meiner Mutter. Und außer meinem Großvater Eckebrecht. Und vielleicht noch außer meinem Vater und meinen Kindern.«

»Bist du jetzt mit der Aufzählung deiner Familie fertig?« fragte der Erzbischof spöttisch.

»Ja. Und übrigens stelle ich mir deinen Gedankengang so vor: Wenn du wirklich nicht nach Italien ziehen kannst, dann wird es dem Kaiser nicht nachgetragen, daß du Alexander stets abgelehnt hast, weil du ja einsichtig geworden bist. Aber bis es zu dem Frieden käme, den du da so großzügig in Aussicht stellst, würde wohl sehr viel Wasser den Rhein hinabfließen. Die Zisterzienser und König Ludwig könnten zur Not ja eine gemeinsame Lösung finden, aber der Erzbischof von Canterbury noch dazu – niemals. Nun verrate mir, ob ich deine Gedanken erraten habe.«

»So in etwa schon«, meinte Rainald behaglich, mußte aber gleich wieder husten. »Ach ja, Constantin – vergiß bitte nicht zu erwähnen, daß ich zu diesem Angebot von meinem eigenen Klerus gezwungen werde.«

»Wie bitte?« Constantin hob die Augenbrauen. »Wer von deinen Klerikern wagt es, dir Vorschriften machen zu wollen?«

»Keiner bis jetzt, ich will es auch niemand geraten haben«, erklärte Rainald. »Aber es läßt mir eine Hintertür, mich anders zu entscheiden, falls die Situation sich ändert.«

»Dachte ich es mir doch. Und jetzt, lieber Erzbischof, solltest du schlafen, und ich verlasse dich und begebe mich zu deinem Sekretär und deinen Schreibern, um sie gehörig zu beschäftigen«, bestimmte Constantin. »Schlaf gut, lieber Freund. Schlaf dich gesund.«

Er nahm ein Tuch aus der Waschschüssel, kühlte damit sorgsam die fieberheiße Stirn und die Handgelenke des Kranken und ging hinaus. In der Tür drehte er sich noch einmal um.

»Wie hat übrigens Alexander auf deine Heiligsprechung von Karl dem Großen reagiert?«

Rainald, schon im Halbschlaf, murmelte: »Er hat schwächlich widersprochen. Nur er allein habe das Recht, jemanden heiligzusprechen, und so weiter. Aber er hat nicht gewagt, die Kanonisierung für ungültig zu erklären.«

Und mit zufriedener Miene schlief er ein.

Rainald gehorchte dem Arzt zu Constantins Erstaunen zwei Wochen lang, aber nur, weil er so schwach war, daß es ihm sogar schwerfiel, auch nur den Nachtstuhl aufzusuchen. Der Arzt kam, wie angesagt, zweimal täglich. Constantin hingegen ging bei Rainald den ganzen Tag ein und aus und hielt ihn über alle Dinge des Erzbistums und der Politik, die er erfuhr, auf dem laufenden, weil er genau wußte, daß Rainald sonst trotz seiner Schwäche nicht im Bett geblieben wäre. Mit liebevollem Zwang brachte er den Kranken dazu, die leichte Kost zu essen, die sein besorgter Koch mit allergrößter Sorgfalt zubereitete. Wenn Rainald das Essen gar zu hartnäckig ablehnte, schaute Constantin betrübt in die Schüssel und sagte bedauernd:

»Schade, ich hätte große Lust auf dieses Hühnchen in Weißweinsoße gehabt; aber wenn du nicht essen willst, dann mag ich auch nicht.«

Dann nahm Rainald ein wenig, um den hungrigen Freund nicht um seine Mahlzeit zu bringen.

Einmal brachte Constantin den kleinen Helperich mit, und Rainald meinte:

»Bei diesem drolligen kleinen Kerl hättest du mich zum Gevatter bitten müssen! Dein Bruder konnte wohl auch andere Patenkinder finden, oder nicht? Weißt du, ohne Frau leben zu müssen, ist oft hart, aber daß ich niemals ein solch liebenswertes kleines Wesen von meinem eigenen Fleisch und Blut haben werde – das ist ein solch schmerzliches Opfer, das Gott von mir fordert, daß ich hoffe, er wird mir dagegen alle Schuld aufwiegen, wenn ich einmal vor seinem Richterstuhl stehe.«

Schließlich ging es Rainald besser, und er stand wieder auf, ging aber auf strenge Anordnung seines Arztes noch nicht seiner gewohnten Arbeit nach, sondern wanderte im Palastgarten zwischen den letzten Herbstblumen umher, fand auch einmal einen vergessenen Spätapfel am Baum, machte in Constantins Gesellschaft Spaziergänge am Rhein und kam schließlich auf die Idee, sich im Gewand eines Pilgers zu verkleiden und unerkannt durch Kölns Straßen und Gassen zu gehen, um das Leben des einfachen Volkes kennenzulernen. Er horchte genau hin, wenn die Leute sich unterhielten, und machte sich seine Gedanken. Sein rastloser Geist spürte Mißstände auf und fand mühelos Möglichkeiten, wie man diesen begegnen konnte.

»Ich lasse große Flächen roden«, sagte er zu Constantin und betrachtete eine Bettlerin, die den Vorübergehenden flehend ihren Säugling entgegenhielt. »Es gibt zu viele Leute in Köln, die keine regelmäßige Arbeit haben und von der Hand in den Mund leben, oder, schlimmer, von Bettelei oder gar Diebstahl und Raub. Denen verschaffe ich für Monate Arbeit, und sie sind beschäftigt und haben Brot. Nächstes Jahr werden wir dann Äcker anlegen und manche von ihnen als Bauern seßhaft machen. Der Gewinn liegt in der Zukunft. Außerdem habe ich mir auch deine Mahnungen zu Herzen genommen und endlich eine neue Ordnung für die Kölner Münzgenossenschaft erlassen. Du wirst sehen, daß dies den Wert der Kölner Mark auf lange Zeit sichern wird. Weiter habe ich gehört, daß kirchliches Gut verschleudert wird, weil einige Äbte zu üppig leben; dem schieben wir gleich einmal einen Riegel vor. Ab heute ist Verkauf und Verpfändung von Klostergut streng verboten, das wird sie davon abhalten, teure Dinge auf Kredit zu kaufen. Und für diejenigen, denen karges Leben so lieb ist wie mir selbst, werde ich ein neues Kloster gründen, ein Benediktinerkloster, wo Armut, Keuschheit und Gehorsam noch etwas gelten.«

»Großartig«, befand Constantin. »Aber nun hast du für heute genug reformiert und geordnet. Komm mit, wir gehen in eine Badstube und lassen uns rasieren und massieren. Du wirst sehen, das setzt ganz neue Kräfte frei.«

Der Oktober begann unfreundlich in diesem Jahr. Statt goldener Herbstsonne und bunten Blättern gab es tagelang nur Regen, und ein kalter Wind pfiff durch die Straßen. Die Markthändler fluchten, weil die Regenströme ihre Waren verdarben, und die Kunden blieben auch lieber zu Hause.

Constantin eilte, den Kopf gegen den scharfen Regenwind gesenkt, auf den Palast zu. Hinter ihm rannte Ambrosio, der im letzten Jahr sehr in die Höhe geschossen war, mit einem Körbchen, in das Constantins Mutter Engilradis einen Kuchen für den Stadtherrn gelegt hatte. Im Hof des Palastes schwirrten die Diener durcheinander, Pferdeknechte stritten sich um die besten Plätze, um ihren Tieren die Hufe nachzufeilen, und Wagen wurden beladen.

»Was ist los bei dir, bekommst du hohen Besuch?« fragte Constantin, als er bei Rainald eintrat.

»Nein. Ich reise selber ab. Ist mein Bote nicht bei dir gewesen?«

»Er hat mich wohl nicht angetroffen, denn ich war bei meinen Eltern. Was soll das heißen, du reist ab?«

»Genauer: Ich hoffe, wir reisen ab. Du wirst mich doch begleiten?«

»Rainald, ich weiß ja nicht einmal, wo es hingehen soll.«

»Nach Italien, das ist doch keine Frage.«

Constantin faßte sich an den Kopf.

»Lieber Freund, du bist gerade wieder von einer ernsthaften Erkrankung aufgestanden. Eine so weite Reise, und über die Alpen bei diesem Wetter – damit wird dein Arzt aber gar nicht einverstanden sein.«

Rainald schüttelte den Kopf. »Darauf kann ich bedauerlicherweise keine Rücksicht nehmen. Ich habe Nachrichten bekommen, die es ratsam erscheinen lassen, auf dem schnellsten Weg abzureisen.«

Constantin nahm Ambrosio das Körbchen ab.

»Aber nicht, bevor du den Kuchen gegessen hast, den meine Mutter für deine Genesung gebacken hat. Bitte setz dich und iß, und sag mir, von welchen schlimmen Nachrichten du sprichst.«

Rainald setzte sich und begutachtete den Kuchen. »Apfelkuchen, den esse ich besonders gern«, sagte er erfreut. »Den essen wir gemeinsam. Du nimm dir auch, Ambrosio. Du siehst halbverhungert aus. Gibt Constantin dir etwa nicht genug zu essen?«

»Das scheint nur so, weil ich so rasch wachse«, meinte der Junge schüchtern, griff aber rasch nach dem angebotenen Stück.

»Die erste schlechte Nachricht: König Heinrich von England hat gekniffen. Er hat die Eide seiner Bevollmächtigten in Würzburg widerrufen.«

»Wie bitte?« fragte Constantin fassungslos. »Trotz der Verlobungen der Fürstenkinder?«

»Ohne mit der Wimper zu zucken.«

»Aber mit welcher Begründung?«

Rainald zog eine Augenbraue in die Höhe. »Er habe nicht gewußt, daß der Kaiser von Alexander gebannt sei.«

»Dann war er wohl der einzige in Europa, dem das entgangen war. Fahr fort.«

»Die zweite schlechte Nachricht: Daraufhin fühlte sich Alexander sehr stark und reiste schleunigst nach Rom ab.«

Constantin sah den Freund verblüfft an.

»Und wie konnte er von Frankreich aus dorthin gelangen? Noch ist Oberitalien doch wohl in deutscher Hand!«

»Zu Schiff«, erklärte Rainald. »Er wurde zwar durch pisanische Galeeren gejagt und landete darum zuerst in Palermo, aber dann ist er doch durchgeschlüpft und kam nach Rom.«

»Über Palermo? Ohne von den Normannen belästigt zu werden? Sieh mal einer an.« Constantin pfiff gedankenvoll durch die Zähne. »Wie stellten sich denn die Römer zu ihm?«

Rainald zuckte mit den Schultern. »Soweit ich erfahren habe, haben sie ihn begeistert aufgenommen. Er hatte nämlich Geld dabei, und sie sehnten sich nach einer prunkvollen Hofhaltung. Allerdings haben meine Leute ein Schreiben von ihm abgefangen, in dem er den Erzbischof von Reims anbettelt, weil ihm schon wieder alles durch die Finger gelaufen ist.«

»Dann lösen die Römer vielleicht das Problem für uns?«

»Nein, Constantin, denn jetzt kommt die dritte schlechte Nachricht. Wie ich von meinen Spitzeln in Rom erfuhr, hat Kaiser Manuel von Byzanz ihm angeboten, einen Goldstrom nach Rom zu schicken und die griechische Kirche der Oberhoheit Roms zu unterstellen, falls Alexander ihm die westliche Kaiserkrone überträgt und er damit das ehemalige Römische Reich wieder vereinigen kann.«

Constantin, der gerade seinen Kuchen mit einem Schluck Wasser herunterspülen wollte, verschluckte sich, hustete gewaltig und mußte von Ambrosio auf den Rücken geklopft werden. Schließlich ächzte er:

»Die westliche Kaiserkrone? Ich dachte, die ziere noch immer das Haupt unseres Herrn Friedrich. Habe ich wichtige Veränderungen im Reich verpaßt?«

»Eher nein. Manuel meint, da doch Friedrich gebannt sei, wäre die Krone wohl frei ...«

Constantin fuhr sich durch die Haare. »Verzeih, Rainald, wenn ich so rasch die Schlußfolgerungen nicht überschaue. Wird der falsche Papst da zustimmen oder nicht?«

Rainald lächelte schadenfroh. »Der arme Alexander sitzt in einer häßlichen Zwickmühle. Einerseits träumen die Päpste seit Jahrhunderten davon, die Christen in Morgenland und Abendland zu vereinigen. Andererseits kann er nicht damit rechnen, daß die Könige von England und Frankreich statt des besonnenen und maßvollen Friedrich den byzantinischen Despoten auf dem Kaiserthron sehen möchten. Und dann hätte er doch so gern, daß sein Kirchenstaat ganz Italien umfassen soll. Den könnte er völlig abschreiben, wenn Kaiser Manuel seinen Fuß auf italienischen Boden setzt. In Ancona hat er sich schon einen Brückenkopf gesichert. Zur Zeit hält der Papst, wie ich höre, die griechischen Gesandten hin, stimmt nicht zu, lehnt nicht ab; aber niemand weiß, wie er sich noch entscheiden könnte.«

»Aber Rainald, hast du mich nicht erst vor wenigen Wochen beauftragt, überall verbreiten zu lassen, daß du deinen Frieden mit Alexander machen willst?« gab Constantin zu bedenken.

»Ich sagte aber ausdrücklich: falls ich nicht nach Italien ziehe. Nun ziehe ich aber, und das hat Alexander selbst verschuldet. Denn – und jetzt kommt die letzte schlechte Nachricht – er hetzt und wühlt ohne Unterlaß in der Lombardei. Es hat bei Verona schon einen Aufstand gegeben, mit dem unsere Leute unten leider nicht fertiggeworden sind. Aus allen diesen Gründen müssen wir nach Italien: Der Kaiser mit den deutschen Rittern, ich und auch du. Was willst du hier in Köln, wenn es in Italien so viel zu erledigen gibt? Und jetzt endlich einmal eine gute Nachricht: Der Kaiser hat den Reichsfürsten die Lage so deutlich geschildert, daß sie die Gefahr erkannt haben, die dem Reich droht, und die Heeresfolge gelobt haben. Noch in diesem Monat rücken sie nach Italien ab, bevor der Winter uns die Alpenpässe verschneit. Ich soll, so wünscht es der Kaiser, über Genua marschieren, der neue Mainzer Erzbischof über Pisa, und vor Rom sollen wir uns vereinigen, dort will der Kaiser zu uns stoßen, nachdem er die Griechen aus Ancona vertrieben hat. Dann erobern wir Rom und nehmen diesen Alexander gefangen. Dann ist unser Herr, der Kaiser, seiner Herrschaft über Italien schon sehr nahe. Darum brauchst du jetzt gar nicht mehr über meine Krankheit zu reden, die hat hinter mir zu liegen. Mein Kaiser hat mich gerufen, und nichts wird mich hindern, seinem Ruf zu folgen. Also, gehst du mit oder nicht?«

»Ich gehe mit«, antwortete Constantin.

»Ich gehe auch mit«, meldete sich da eine kleine Stimme aus dem Hintergrund.

Constantin drehte sich um, die Stirn gerunzelt. »Was fällt dir ein? Du gehst auf keinen Fall mit. Es wird mit Sicherheit zu Kämpfen kommen, Ambrosio. Du bist noch ein Kind, du bleibst hier in Köln.«

»Wer wird euch dann aufwarten?«

»Ich werde ohne Aufwartung auskommen, keine Sorge. Und nun keine Widerrede mehr. Du gehst inzwischen zur Schule.«

Mai 1167

Und so zog Constantin wieder einmal nach Italien. Während der Kaiser auf Ancona vorrückte, sollten die beiden Erzbischöfe von Köln und von Mainz die Städte Genua und Pisa wieder auf die kaiserliche Seite ziehen, und zwar möglichst auf friedlichem Weg. Der Kaiser konnte es sich nicht leisten, hier schon einen Teil seiner Truppen zu verlieren.

Constantin war mit Rainald nach Genua gereist. Ihm gelang es, während der Zeit der Verhandlungen die mitgebrachten Waren in der Stadt abzusetzen, und seine Wagen verkaufte er gleich mit, denn die konnte er in dem nun sicher bevorstehenden Kampf nicht gebrauchen. Rainalds Bemühungen hingegen blieben dieses Mal ohne Erfolg. So gab er den Versuch auf und zog mit seinem Heer voraus zur Stadt Rom. Er kam Ende Mai dort an und besetzte das nahegelegene Tuskulum.

Am folgenden Tag standen Constantin und sein Stiefsohn Theoderich auf der Stadtmauer von Tuskulum und schauten hinüber nach Rom. Die Maisonne brannte glühend herab, und Constantin wischte sich den Schweiß mit seinem Ärmel vom Gesicht.

»Ich mache mir Sorgen«, sagte Constantin. »Bisher nichts als Pech. Aus Genua sind wir abgerückt ohne irgendwelche Erfolge. Herr Rainald hat gehofft, er könne Rom im Handstreich nehmen, aber seitdem wir das letzte Mal hier waren, hat Alexander starke Befestigungen errichtet. Ich war gestern im Gefolge unseres Erzbischofs, als er sich den Römern gezeigt hat in der Hoffnung, sie einzuschüchtern. Aber stell dir vor, sie haben uns von den Mauern herab verspottet. ›Schickt euer Kaiser schon Priester, um uns die Messe zu lesen?‹ hat ein Hauptmann heruntergerufen. ›Das ist nicht nötig, hier haben wir Papst Alexander, der kann das allein erledigen. Macht also gefälligst, daß ihr wieder fortkommt.‹ Sie scheinen eine erdrückende Übermacht zu haben, Herrn Rainalds Spitzel haben uns schlecht unterrichtet. Ich schätze unsere Lage hier als äußerst gefährlich ein.«

»Aber Vater, Tuskulum ist doch so gut befestigt, können wir da nicht in Ruhe abwarten, daß Erzbischof Christian von Pisa heranrückt, solange der Kaiser vor Ancona festgehalten wird?«

»Nach den Botschaften, die Herr Rainald vom Kaiser bekommen hat, kann er Ancona nur durch Verhandlungen einnehmen«, bemerkte Constantin. »Und die Lombarden ducken sich zwar noch in erzwungenem Gehorsam, aber ich schätze, beim ersten größeren Mißerfolg schlagen sie gegen uns los.«

Theoderich antwortete nicht und schaute angestrengt in die Ferne. »Ambrosio«, wandte er sich an den kleinen Italiener, der gerade zu ihnen heraufgeklettert kam, »du hast doch die besten Augen von uns. Schau bitte einmal da hinüber nach Rom. Was siehst du?«

Ambrosio, der in Köln so lange gebettelt und gefleht hatte, bis Constantin ihn schließlich doch mitnahm, hob zum Schutz gegen die sengende Sonne die Hand über die Augen und spähte in die angegebene Richtung.

»Mir scheint, eine große Truppe verläßt die Stadt«, verkündete er dann aufgeregt.

»Also doch. Wieso kommen sie jetzt, wo es so heiß ist, und nicht in der frühesten Morgendämmerung?«

»Vielleicht wollten sie zuerst noch ausschlafen«, spottete Constantin grimmig. »Los, Ambrosio, lauf schleunigst los, die Wachen sollen Alarm blasen.«

Kurz darauf erschollen gellend die Hörner. Alle, die sich einen Platz im Schatten gesucht hatten, um ein wenig zu ruhen, griffen nach ihren Waffen und rannten los.

»Tore überprüfen«, bellte Rainalds Feldhauptmann und scheuchte ein paar Männer los. »Feuer anzünden. Wasser und Pech kochen. Alle Mauern besetzen, und zwar ein bißchen plötzlich!«

Er wandte sich an den Erzbischof, der gerade in voller Rüstung erschien. »Meinen untertänigen Gruß, hochwürdigster Herr Erzbischof. Steine liegen genug auf den Mauern, das habe ich selbst erst heute morgen überprüft. Die Schützen an den Schießspalten haben große Mengen an Pfeilen. Habt Ihr sonst noch Befehle für mich?«

»Nein«, sagte Herr Rainald, »du machst das alles ausgezeichnet. Was schätzt du, wie viele Soldaten da anrücken?«

Der Hauptmann schaute auf die Truppen, die sich heranwälzten.

»Was ich da schon sehe, sind sicher weit über zehntausend Mann, und noch immer quellen neue Soldaten aus der Stadt, und es ist gar kein Ende abzusehen«, meinte er dann sorgenvoll. »Herr, gegen eine solche Übermacht können wir nicht bestehen. Wir haben ein paar hundert Ritter sowie etwa tausend Brabanzonen.«

Rainald kannte die Zahlen. Dazu kam, daß die Brabanzonen eine minderwertige Truppe waren, Gesindel, das als Söldner im Rheinland sich hatte anwerben lassen. Wie mutig sie sich schlagen würden, war noch nicht abzusehen.

Rainald kratzte sich am Kopf. Es juckte bei der Hitze unter dem Helm. »Wie lange kannst du Tuskulum gegen sie halten?«

»Vier Stunden etwa, länger nicht.«

»Dann geh und tu deine Arbeit. Ich tue meine. Kommst du, Constantin?«

Aber Constantin hatte sein Pferd nicht dabei.

Rainald ritt von einem Mauerabschnitt zum nächsten, hielt flammende Ansprachen, machte Mut, legte auch schon einmal selbst Hand an. Wo er auftauchte, wuchs die Entschlossenheit der Verteidiger erheblich.

Dann waren die Römer heran. Ein Hagel von Pfeilen überschüttete sie, sobald sie deren Reichweite unterschritten hatten. Die Angreifer hoben die Schilde, und die meisten Pfeile fielen harmlos auf die Erde, nur wenige Männer stürzten getroffen zu Boden. Auch die römischen Schützen legten an, aber ihre Pfeile richteten noch viel weniger Schaden an.

»Hier, Ambrosio, noch mehr Pfeile«, rief Constantin und deckte sich und einen Bogenschützen mit dem Schild ab. »Siehst du die Pferde, die Balken zum Rammen näher schleppen? Auf die mußt du zielen, damit die Balken gar nicht erst in die Nähe unserer Tore kommen.«

»Ein Jammer um die unschuldigen Tiere«, murrte der Schütze, zielte aber genau auf die Beine eines der Pferde, soweit sie nicht von Panzerdecken geschützt waren, schoß und traf. Das Roß wieherte vor Schmerz auf und stieg in die Höhe, dann krachte sein Körper auf den Soldaten vor ihm und riß ihn zu Boden.

Inzwischen kochten Pech und Wasser in großen eisernen Kesseln, neben denen es bei der Sonnenhitze kaum auszuhalten war. Sobald die Römer sich zu nahe an die Mauern wagten, um Leitern anzustellen und Seile mit Mauerhaken hochzuwerfen, bekamen sie einen kochenden Guß und wälzten sich schreiend am Fuße der Mauer auf dem Boden, wo sie ein leichtes Ziel für die Schützen waren. Die Verteidiger ließen auch Kalk und Salz auf die Angreifer herabregnen, die diesen die Augen verätzten und auf der Haut wie Feuer brannten.

Aber der Sturm der Angreifer nahm kein Ende. Sie zogen ihre Toten und Verletzten zurück und brachten immer wieder frische Männer nach vorn, während die wenigen Verteidiger wie besessen arbeiteten und sich keine Pause gönnen konnten. Inzwischen war Rainald an die Stelle zurückgekehrt, wo er Constantin verlassen hatte.

»Wir fangen dich, Rainald von Dassel!« schrie einer der Römer zur Mauer hinauf. »Seine Heiligkeit *il papa* hat einen hohen Preis auf deinen Kopf ausgesetzt, den will sich jeder von uns gern verdienen!«

Der Hauptmann suchte nach dem Erzbischof und entdeckte dessen weißes Pferd dort, wo der Kampf am heftigsten tobte. Rainald stand neben einem Schießspalt, an den Constantin sich gepreßt hatte und hinausspähte.

»Herr Erzbischof, ich muß Euch leider melden, daß ich Tuskulum nicht länger halten kann. Innerhalb der nächsten Stunde wird der Feind in den Mauern sein«, keuchte der Hauptmann. Sein Gesicht war puterrot und schweißüberströmt.

Constantin hob die Hand. »Schaut einmal dorthin«, sagte er zu Rainald. Dieser spähte in die Richtung, die sein Freund ihm gewiesen hatte.

»Nur noch eine halbe Stunde müßt ihr durchhalten«, erwiderte der Erzbischof dann dem Hauptmann. »Mir scheint, dort kommt Christian von Mainz.«

Der Hauptmann trat nahe an die Mauer und sah hinaus. Er bemerkte im Rücken des Feindes eine Staubfahne und atmete auf.

»Falls das Verstärkung für die Römer ist, wird unsere Lage nicht schlimmer, als sie schon ist. Sollte es aber der Erzbischof von Mainz mit seinen Truppen sein, dann sind wir gerettet.«

Und er sprang wieder auf sein Pferd und sprengte davon, um seine Leute mit dieser Botschaft zum Durchhalten zu ermuntern. Mit neuer Kraft erhöhten die kaiserlichen Soldaten ihre Anstrengungen und jubelten, als die Truppen näher kamen und die Mainzer Farben erkennbar wurden.

Aber der Hauptmann, der inzwischen wieder zu Rainald zurückgekehrt war, sah mit gerunzelter Stirn hinunter.

»Das gefällt mir nicht, hochwürdigster Herr Erzbischof. Die Mainzer müssen ja völlig erschöpft sein nach ihrem Gewaltmarsch in dieser Sonnenglut. Seht selbst, wie langsam sie beginnen, sich zu verschanzen. Sie haben keine Kraft mehr.«

Während Rainald noch versuchte, sich ein Bild von der Lage dort unten zu machen, sah er, daß die Römer den erbärmlichen Zustand der Ankömmlinge ebenfalls erkannt hatten. Sie kümmerten sich nicht länger um Tuskulum mit seinen starken Mauern, sondern ordneten ihre Leute neu in Richtung auf die Mainzer Truppen, die ihnen als die leichtere Beute erschienen. Als Rainald das erkannte, handelte er blitzschnell. Wie so oft in seinem Leben, setzte er alles auf eine Karte. Drei, vier scharfe Befehle, und schon gellten die Trompeten. Die deutschen Ritter hasteten von den Mauern herunter und sprangen auf ihre Rösser, hinter ihnen versammelte sich die Hälfte der Brabanzonen, während die übrigen weiter auf den Mauern und an den Toren zur Verteidigung bereitstanden. Während draußen die Römer sich auf die Mainzer stürzten und ihre Reihen im ersten Sturm durchbrachen, sprengte Rainald an der Spitze seiner Ritter im Galopp aus dem Tor; in der linken Faust hielt er seine Fahne, in der rechten sein Schwert. Die Römer wurden verwirrt, als auch in ihrem Rücken Kampfgeschrei ertönte, und vermochten ihren Vorteil nicht auszunutzen.

Mit dem Mut der Verzweiflung und mit letzter Kraft stürmte nun Erzbischof Christian an der Spitze seiner Männer nach vorn und schwang dabei seine Keule auf den Kopf der Angreifer, die so leichtsinnig waren, in seine Reichweite zu kommen. Die Römer hatten den Sieg bei ihrer erdrückenden Übermacht schon sicher geglaubt, nun verloren sie den Kopf. In die Zange genommen von zwei brüllenden Erzbischöfen, von denen einer eine Fahne, der andere eine Keule schwang: Das war zuviel. Ehe sie sich entschieden hatten, nach welcher Richtung hin sie jetzt kämpfen sollten, waren schon so viele niedergemäht, daß die übrigen schließlich in heilloser Flucht Richtung Rom davonrannten.

Keuchend blieben die Sieger zurück und schauten den Fliehenden nach. Viele von ihnen glitten von ihren Pferden und lagen selbst eine Weile wie tot am Boden, völlig erschöpft von der Hitze und den Anstrengungen. Die beiden Erzbischöfe ritten aufeinander zu und umarmten sich, noch auf dem Pferd sitzend. Dann zogen sie langsam Seite an Seite in Tuskulum ein.

»Ihr kamt reichlich spät«, bemerkte Rainald mit hochgezogenen Augenbrauen.

»Ihr hättet besser vorarbeiten müssen«, entgegnete Christian spitz. Dann brachen sie in Gelächter aus, das allerdings recht hohl klang.

Eine Stunde später betrat Constantin mit schleppendem Schritt das Zelt des Erzbischofs. Rainald stand mit dem Rücken zu ihm und diktierte gerade seinem Schreiber einen Brief an die Stadt Köln.

»… hundertsechs Ritter aus meinem geliebten Erzbistum Köln führte ich mit mir, die Römer aber zählten etwa vierzigtausend Mann. Von diesen lagen über neuntausend tot auf dem Schlachtfeld und fünftausend gerieten in unsere Gefangenschaft. Sehr viele sind davongelaufen oder haben sich in den Wäldern versteckt; nach Rom kehrten kaum zweitausend zurück. Wir verloren dabei nicht einen einzigen Mann, alle Zelte der Römer, Waffen, Panzer, Gewänder, Pferde, Esel und Gold eroberten wir als Siegesbeute. Wir schenkten es den Söldnern und Knechten. Uns Rittern genügt Ehre und Ruhm.«

Erzbischof Christian, der sich auf einer Liege ausgestreckt hatte und gerade eine Fleischwunde am Bein verbunden bekam, wandte ein: »Ihr tragt zu dick auf, Rainald. Wer hat denn bis jetzt die Gefangenen gezählt? Und ich habe auch kein Gold gesehen, außer dem Schmuck der getöteten Anführer.«

»Und daß wir keinen einzigen Mann verloren haben, muß ich auch bestreiten, hochwürdigster Herr Erzbischof«, sagte Constantin. Seine Stimme klang so trostlos, daß Rainald sich sofort umwandte.

»Constantin, ich bin sehr froh, dich – augenscheinlich unverletzt – zu sehen. Christian, dies ist mein bester Freund und Berater, der Kaufmann Constantin aus Köln. Aber du siehst elend aus. Was ist geschehen?«

Er bemerkte, daß Constantin sich kaum mehr auf den Beinen halten konnte, führte ihn zu einem Hocker und drückte ihn sanft nieder. Constantin bedeckte seine Augen mit der Hand.

»Ambrosio«, flüsterte er.

»Was ist mit dem Jungen?« fragte Herr Rainald beklommen.

Constantin holte tief Luft und begann mühsam:

»Ich ritt mit hinaus, meinen Stiefsohn Theoderich an meiner Seite. Ich rief Ambrosio noch zu, er solle in Tuskulum bleiben und nicht zu leichtsinnig den Kopf über die Mauer heben, ich würde ihn nach der Schlacht dort abholen. Ich ging davon aus, daß er meinem Befehl gehorchen würde, aber das tat er offenbar nicht, sondern packte sich einen Esel und ritt hinter uns her. Einmal außerhalb der Mauern, gerieten wir sofort in die Kämpfe. Wir schlugen uns, so hart wir konnten, weil wir wußten, daß es auf Tod und Leben für uns alle ging. Einige Römer drängten Theoderich und mich zurück, auf einen Rammbock zu. Theoderich traf einen der Römer, stolperte aber über einen Balken und fiel zu Boden, wo ihn ein zweiter Mann bedrängte. Ich war gerade mit einem Gegner fertiggeworden und eilte hin, um meinem Stiefsohn zu helfen, da sah ich, wie hinter dem Rammbock ein Mann auftauchte und eine Keule hob, um Theoderich den Schädel einzuschlagen. Er war noch ein Stück entfernt, aber ich wußte, daß ich nicht mehr rechtzeitig kommen würde, um meinen Stiefsohn zu retten; doch da sah ich plötzlich Ambrosio, der auf einem Esel heranstürmte, der Himmel weiß, wo er herkam. Er hatte einen Spieß in der Hand und rammte ihn dem Römer in den Leib, gerade ehe seine Keule niedersausen konnte, während Theoderich seinen zweiten Angreifer von unten in den Bauch traf.«

Constantin holte tief Luft. Er sah sehr blaß aus, und Rainald reichte ihm eilig einen Becher Wasser. Constantin trank und fuhr fort:

»Ich hörte den Mann mit der Keule laut aufbrüllen und sah, wie Ambrosio erstarrte. Der Mann ließ die Keule fallen, griff sich an die riesige Wunde, brach dann zusammen und fiel zu Boden. Ich war inzwischen heran. Ambrosio ging ganz vorsichtig in die Knie, griff zögernd nach dem Helm des Mannes, zauderte noch einen Augenblick und schob ihn dann nach oben. Als er das Gesicht des Gefallenen sah, schrie er laut auf. Ich packte ihn an der Schulter. ›Was hast du, Ambrosio?‹ keuchte ich. Er sah mich an, der Wahnsinn sprach aus seinem Blick. Ich glaube, er hat mich gar nicht wahrgenommen. Dann packte er die Keule, obwohl er sie mit beiden Händen halten mußte, weil sie so schwer war, und rannte davon, wobei er einen ganz schrecklichen, unheimlichen, langanhaltenden Schrei ausstieß. Er griff nacheinander drei, vier der Römer an, die noch in unserer Nähe kämpften. Die ersten stießen ihn einfach beiseite, denn sie sahen wohl, daß er ja noch ein Kind war, aber der letzte schlug ihm mit seinem Schwert den Arm mitsamt der Keule ab. Ich sah zuerst den Arm fallen, dann sank Ambrosio ganz langsam zu Boden. Ich erschlug den Mann mit meinem Schwert, ehe er noch einmal zustechen konnte, und nahm Ambrosios Kopf in den Arm. Das Blut sprudelte in dicken Bächen aus seinem Körper. Ich nahm es wahr, aber ich konnte es nicht glauben. ›Warum, Ambrosio, warum nur?‹ schrie ich. Er sah mich an, als wüßte er nicht so recht, wer ich denn wäre, und flüsterte: ›Mein Vater. Der

Mann mit der Keule. Es war mein Vater. Ich habe meinen eigenen Vater erschlagen!‹ Dann schloß er die Augen. Er hat wohl noch ein oder zwei Minuten gelebt, aber er wollte nichts mehr sehen und nichts mehr sagen.«

Constantin schwieg, während die beiden Erzbischöfe ihn stumm und voller Entsetzen ansahen. Dann stand er mühsam auf.

»Ich bin nach der Schlacht noch einmal zurückgegangen zu dem Mann, den Ambrosio getötet hatte. Ich dachte, wenn es Ambrosios Vater ist, dann sollte ich sie wohl beide zusammen begraben. Ich fand ihn auch hinter dem Rammbock liegen; aber als ich ihn ansah, bemerkte ich, daß er höchstens dreißig Jahre zählte. Ich habe Ambrosios Vater nie gesehen, aber da er mehrere ältere Geschwister hatte, dürfte sein Vater mindestens vierzig Jahre alt sein. Allerdings hatte der Mann einen Hobel und eine Säge an seinem Gürtel hängen, ich nehme an, daß er damit an dem Rammbock gearbeitet hat. So hat Ambrosio ihn wohl mit seinem Vater verwechselt, den er ja immerhin fünf Jahre lang nicht gesehen hat. Er hat sein Leben für nichts weggeworfen …«

Constantin seufzte tief auf.

»Du hast also nicht völlig recht, wenn du nach Köln berichtest, du habest keinen einzigen Mann verloren. Aber es ist auch nicht ganz unwahr, denn er war ja noch kein Mann, sondern ein Kind.«

Mit steifen Bewegungen ging er hinaus und schloß die Zeltklappe behutsam hinter sich. Dann öffnete sich der Spalt wieder, und Constantin steckte seinen Kopf noch einmal herein.

»Er hat sich immer hartnäckig als mein Diener ausgegeben. Aber für mich war er viel eher ein Ziehsohn. Hätte ich doch nur seinen Betteleien nicht nachgegeben und ihn in Köln gelassen«, sagte er tieftraurig und ging endgültig.

Dieser Sieg war so unglaublich, daß die Römer von panischem Schrecken ergriffen wurden. Eine solch kleine Ritterschar war der überwältigenden Masse von Angreifern nicht erlegen –

war das Zauberei? Oder war Gott doch mit den Deutschen und hatte sie unüberwindlich gemacht? Mit mißtrauischen Augen betrachteten sie den gestern erst noch bejubelten Papst Alexander, der ihnen den Sieg fälschlich versprochen hatte.

Noch immer wären die Römer den Truppen der beiden Erzbischöfe zahlenmäßig überlegen gewesen, aber sie wagten sich nicht mehr aus der Stadt heraus. Von ihren Mauern herab beobachteten sie mit hilfloser Wut, wie die Feinde draußen planmäßig, genau und gründlich die Reben niederschlugen, die Felder verwüsteten und die Olivenbäume abhackten. So hatten sie es auch mit Mailand gemacht, und voller Angst erwarteten die Römer ein gleiches Schicksal. Sie packten vorsichtshalber ihren wertvollsten Besitz und überlegten sich, wohin sie denn fliehen wollten, wagten aber nicht, die Stadt zu verlassen, nachdem Rainald und Christian ihre Truppen rund um Rom postiert hatten.

Rainalds Bote ritt mehrere Pferde zuschanden, um dem Kaiser in unglaublich kurzer Zeit die Siegesbotschaft zu bringen. Da Ancona sich ihm gerade eben kampflos unterworfen hatte, marschierte Barbarossa sofort in Richtung Rom. Sein Heer traf dort in guter Ordnung ein und fand die beiden erzbischöflichen Sieger, durch Boten vorbereitet, schon in Schlachtordnung vor. Auf der Stelle griffen sie gemeinsam die Stadt an. Als die Römer die drei deutschen Heere gegen ihre Mauern anstürmen sahen, verloren sie den Mut und ließen die Waffen sinken.

Constantin und Theoderich kämpften im Gefolge von Erzbischof Rainald. Sie bemerkten, daß die Verteidiger der Stadtmauern verschwanden und den Kampf aufgaben. Einige päpstliche Gardisten, denen ihr Herr mit dem Höllenfeuer drohte, falls sie ihn nicht verteidigen würden, leisteten noch halbherzigen Widerstand, wurden aber von den Deutschen ohne viel Federlesens niedergerannt. Constantin machte Theoderich ein Zeichen, daß er zu einem der Stadttore reiten wollte, und stürmte vor. Das Tor öffnete sich ächzend, und schon waren die Kölner in der Stadt. Ihre Soldaten schoben einen Wagen vor, in dem ein Feuer brannte, entzündeten daran Pechfackeln und schleuderten sie auf den Petersdom, in dem sie Alexander vermuteten.

»Wieso ging das Tor auf, sobald du darauf losgestürmt bist?« rief

Theoderich Constantin zu und mühte sich mit einer Fackel ab, die nicht brennen wollte.

Constantin lachte grimmig. »Ich wußte, daß Herr Rainald die Torwächter bestochen hat«, antwortete er und warf seinen Feuerbrand auf eine alte Kapelle im Vorhof des Petersdoms.

»Achtung, aufgepaßt!«

Mit lautem Krachen zerbarsten die ehernen Domportale. Die Feuersglut griff in die Kirche über, und die Flammen leckten schon am Petrusgrab; da verließ auch die letzten Soldaten Alexanders der Mut, und sie ergaben sich den Siegern auf Gnade und Ungnade.

»Löschen!« befahl der Erzbischof, und schon rannten die rauchgeschwärzten Soldaten, die eben noch in Brand gesteckt hatten, was sie nur konnten, holten Wasser und retteten das Heiligtum der Christenheit.

Alle suchten fieberhaft nach Alexander, aber sie fanden ihn nicht. Er war listig in das einfache Habit eines Mönchs geschlüpft, so daß ihn niemand erkannte, und verbarg sich in einem der zahlreichen Klöster. In der Nacht ließ er sich den Tiber hinabrudern und entkam. Seine Anhänger ließ er zurück, mochten sie selber sehen, wie sie zurechtkamen.

Und so war endlich der Tag gekommen, für den Rainald so hart gearbeitet hatte, für den die Deutschen so erbittert gekämpft hatten, den Kaiser und Kaiserin so ersehnt hatten: Sie sollten die Krone aus der Hand von Papst Paschalis erhalten!

Einen Gottesdienst wie diesen hatte der Petersdom noch nie gesehen.

Da zog Papst Paschalis III. ein, in goldstrotzenden Gewändern, den Krummstab und die Augen zum Himmel erhoben. Endlich war er in der Kirche, die ihm von seinem Amte her zustand.

Hier schritt Kaiser Friedrich in vollem Ornat. An seiner Hand ging die schöne Kaiserin, geschmückt wie eine Braut lächelte sie in die Menge.

Nun stand Paschalis im Petersdom und hielt das Diadem der römischen Kaiser in der Hand. Er war vor zwölf Jahren dabei gewesen, als Papst Hadrian IV. es zum ersten Mal auf das Haupt Friedrichs gedrückt hatte.

Aber von dem Hochaltar, vor dem dies damals geschehen war, sah man nur noch verbrannte Reste. Die Tore der Kirche waren geborsten und hingen schief in ihren Angeln. Von der uralten Kapelle Santa Maria in Turri war nur noch eine verkohlte Ruine vorhanden. Überall sah man die Spuren des gestrigen Kampfes und der Flammen.

Unmittelbar neben der Ruine des Hochaltars stand Rainald von Dassel. Er nahm die Spuren der Verwüstung nicht wahr, obwohl seinem scharfen Blick sonst nichts entging. Der sonst so stolze, gelassene, selbstbeherrschte Mann war heute außer sich vor Glück und hatte Mühe, die Freudentränen zurückzuhalten. Dies war sein großer Tag. Das Ziel seines Lebens, für das er viele Jahre auf das härteste gearbeitet hatte, für das er auch Untaten auf seine Seele geladen hatte, die er dereinst vor seinem Schöpfer würde verantworten müssen, war erreicht. Die Einheit der Heiligen Kirche war wiederhergestellt, und ihr Herr war der Kaiser, Rainalds geliebter Freund, Friedrich von Hohenstaufen, auch der Rotbart genannt.

Neben Rainald stand Constantin. Vergeblich hatte der Zeremonienmeister heftig dagegen protestiert, daß ein Mann, der Laie und nur ein Bürger war, in den Kreis der Auserwählten und Hocherlauchten treten sollte. Rainald hatte seine zornige Abwehr einfach mißachtet. »Dies ist mein engster Freund. Er hat durchaus seinen Anteil daran, daß wir heute hier sind. Er wird an meiner Seite stehen und sonst nirgends«, hatte er befohlen. Und wie hätte sich der Zeremonienmeister gegen den allmächtigen Erzbischof von Köln auflehnen können? So widerfuhr Constantin heute eine Ehre, wie sie nie zuvor ein Kölner erfahren hatte.

Auch er war zutiefst erschüttert und fühlte die einmalige Bedeutung dieses Tages: Sie hatten gesiegt. Die Stadt Rom in des Kaisers Hand! Italien in dumpfem Gehorsam geduckt! Belanglos der Neid der anderen Könige Europas, die nun für alle Zeit in dem Kaiser ihren Herrn anerkennen mußten. Ein Nichts war jetzt Alexander, feige geflohen aus der Stadt, die er hätte verteidigen müssen.

Nun krönte Paschalis den Kaiser und seine Kaiserin. Ein Chor aus Mönchen und Novizen erhob jubelnd seine Stimme. Sie trugen lange weiße Gewänder, deren Säume von dem überall noch herumliegenden Ruß geschwärzt waren.

Der Papst strahlte. Der Kaiser strahlte. Kaiserin Beatrix strahlte. Am meisten strahlte Rainald von Dassel.

Und gerade in diesem Augenblick fiel Constantin ein, was sein alter Lehrer in Köln ihm einst gesagt hatte: daß bei den Triumphen der römischen Kaiser ein Sklave hinter diesen stand, der von Zeit zu Zeit in das Ohr des Herrschers flüsterte: »Gedenke, daß du sterblich bist ...«

Es war sehr heiß in diesen Tagen. Der Kaiser hatte seinen Aufenthalt nicht im schwülen Rom nehmen wollen, wo die Hitze wie eine dicke, träge Wolke hing und das Atmen erschwerte. Auf den Hügeln über der Stadt hatte er sein Zelt aufstellen lassen, wo ab und zu ein Windhauch Kühlung vorgaukelte. Seine Kaiserin mit ihrem Säugling, Prinz Konrad, hatte er in die Albaner Berge geschickt, wo das Klima erträglicher war.

»Ich komme bald nach«, hatte er ihr versprochen. »Rainald wird nur noch dieser widerspenstigen Stadt Rom eine vernünftige, ordentliche, deutsche Verwaltung geben, damit Paschalis nicht zu viel Ärger hat, wenn ich nicht in der Nähe bin. Du weißt ja, wie rasch und gründlich er so etwas erledigen kann. Du wirst also nicht lange auf mich warten müssen.«

Und genau das tat Rainald. Er prüfte die römischen Bräuche, entschied, was davon beibehalten werden konnte und was er zu ändern wünschte.

Sein Zelt stand unmittelbar neben dem des Kaisers, um sie herum die Unterkünfte der höchsten Herrn des Reiches, der Bischöfe und Herzöge. Dahinter erstreckten sich die zahllosen Zelte der Ritter, Knappen und Soldaten. Sie waren müde von den Strapazen der Gewaltmärsche, von den harten, blutigen Kämpfen und auch von den Siegesfeiern, wo sie mehr getrunken und gegessen hatten, als ihnen guttun mochte.

Am meisten aber setzte ihnen die Hitze zu, eine schwüle, ungesunde Hitze, die sie in ihrer Heimat nie kennengelernt hatten. In dieser Mittagsstunde schliefen fast alle in den Zelten, die zwar heiß und stickig waren, aber doch vor der Sonnenglut schützten.

Constantin betrat das Zelt Rainalds.

»Ich hätte mir denken können, daß du als einziger im Lager nicht schläfst«, bemerkte er und wischte sich mit dem Ärmel den Schweiß vom Gesicht.

Rainald saß an seinem kleinen, klappbaren Tisch auf dem harten Hocker, den er auf seinen Feldzügen stets benutzte. Er hatte Aufzeichnungen vor sich liegen und studierte sie mit gerunzelter Stirn. Jetzt hob er den Kopf und lächelte den Freund an.

»Dazu habe ich keine Zeit«, bemerkte er. »Die Verwaltung von Rom wird mir noch ein paar Tage Kopfzerbrechen machen.«

Da Constantin keine weitere Sitzgelegenheit fand, ließ er sich auf dem kargen, schmalen Feldbett des Erzbischofs nieder.

»Was tust du anschließend?« fragte er.

»Ich bereite den Zug nach Sizilien vor«, meinte Rainald geistesabwesend, während er schon wieder die Pergamentrollen verglich.

»Das habe ich vermutet. Und befürchtet«, stellte Constantin fest. »Aber mir gibst du doch jetzt Urlaub, nicht wahr? Ich möchte nach Köln zurück.«

Rainald hob bestürzt den Kopf.

»Du willst fort? Könntest du nicht noch bei mir bleiben, bis ...« begann er.

Constantin schüttelte jedoch nachdrücklich den Kopf.

»Rainald, lieber Freund, du hast doch nie Zeit. Immer mußt du etwas für deinen Kaiser erobern, ordnen, richten. Du bist wie eine Kerze, die an beiden Enden brennt. Aber ich habe die Kämpfe hier jetzt satt, und die Hitze erst recht. Ich möchte heim und sehen, wie es meinen Kindern geht. Meine Tochter Engilradis wird nächstes Jahr vierzehn, ich muß überprüfen, welchen Bräutigam meine Mutter sich für sie inzwischen angedacht hat. Auch für meine Stieftochter Druda müssen wir uns langsam nach einem Ehemann umsehen.«

»Was ist mit deinem Sohn Fordolf, willst du, daß ich ihn in meine Kanzlei aufnehme?« fragte Rainald. Aber Constantin zuckte spöttisch mit der Schulter.

»Besten Dank. Aber dein anstrengendes Leben würde mein Fordolf nicht aushalten. Sein Geist ist wach und lebendig, bloß sein Körper ist nicht stark genug für die Strapazen, die jeder in deinen Diensten ertragen muß.«

»So wie du«, bemerkte Rainald nachdenklich.

»Ja, so wie ich. Nur bin ich nie krank gewesen und werde damit fertig; und das Leben eines reisenden Kaufmanns ist ja auch sehr anstrengend. Ständig unterwegs, lange Ritte oder Fahrten mit dem Wagen, Schlafen im Zelt oder im Freien, unregelmäßige Mahlzeiten ... Übrigens bin ich gern bei dir und mag deine Freundschaft nie lange Zeit missen. Nur jetzt möchte ich auch einmal wieder heim, und zwar sofort.«

Da hörte man von draußen ein fernes Grollen. Rainald erhob sich und trat vor das Zelt. Die Sonne, die so gleißend gebrannt hatte, war hinter dicken schwarzen Wolken verschwunden. In der Ferne sah man Blitze, die ihre zackigen Bahnen in das gewittrige Firmament rissen. Viel kühler aber war es noch nicht geworden.

»Natürlich kannst du reisen, wenn ich dich auch sehr vermissen werde«, sagte Rainald beschwichtigend. »Aber doch nicht sofort, weil es gewittert. Morgen oder übermorgen, wann du willst. Ich weiß noch nicht, wann ich wieder in Köln sein werde. Aber vielleicht kommst du nächstes Jahr wieder und besuchst mich in Sizilien. Ich werde den Kölnern auch ganz besondere Bedingungen für den Handel in Palermo einräumen!«

»Vielleicht, lieber Freund. Wer weiß, was nächstes Jahr sein wird«, meinte Constantin. »Dann werde ich jetzt ein wenig schlafen.«

Aber daraus wurde nichts. Das Gewitter war im Handumdrehen da, und Regenfluten wie Ströme ergossen sich auf die Zelte. Blitze krachten ohrenbetäubend, und wer so unklug gewesen war, sein Zelt in einer Senke aufzubauen, fand sich plötzlich von schlammigen Bächen überschwemmt. An Schlaf war gar nicht zu denken, und selbst Rainald ließ den Diener seine Pergamente wegräumen.

Indes brachte das Gewitter keine dauerhafte Abkühlung. Nach einer Stunde verstummte das Grollen, die Wolken lösten sich auf, und die Sonne brannte wieder herab, als habe es nie ein Gewitter gegeben. Nur die durchweichten Wege, die riesigen Pfützen und die tropfnassen Zelte, die jetzt in der Hitze zu dampfen begannen, erinnerten noch daran.

Auch in der Nacht gingen die Temperaturen nur wenig zurück, es war so schwül, daß der Schweiß am erhitzten Körper herablief. Obwohl der Erzbischof streng befohlen hatte, die Latrinen in gebührender Entfernung zu errichten und alle paar Tage neue zu graben, den Unrat pausenlos entfernen und die Reste der Mahlzeiten genauestens einsammeln ließ, krochen doch ganze Heerscharen von beißenden Insekten herum, und nach dem Gewitterregen sirrten Stechmücken in dichten Schwärmen, peinigten die Menschen bis aufs Blut und ließen sie nicht zum Schlaf kommen.

Theoderich und Constantin erhoben sich im Morgengrauen, mißmutig nach der qualvollen Nacht.

»Wo steckt denn Gerhard?« fragte Theoderich schlecht gelaunt. »Ich hatte ihm doch gesagt, daß wir mit dem ersten Tageslicht packen wollen.«

»Dann geh bitte und weck ihn«, beschied ihn Constantin. »Vielleicht hat er gestern zu viel getrunken. Du weißt doch, daß er wie ein Bär schlafen kann.«

Er dachte traurig an den kleinen Ambrosio, der jeden Morgen mit dem ersten Hahnenschrei aufgetaucht war, um für die Bedürfnisse seines Herrn zu sorgen, obwohl Constantin das nie von ihm verlangt hatte, und der nun in seinem Grab vor den Mauern Tuskulums ruhte.

Mit geübten Griffen begann er, die Gegenstände aus seinem Zelt zu verstauen, als die eiligen Schritte Theoderichs draußen zu hören waren.

»Vater, bitte komm schnell. Mir scheint, Gerhard ist krank. Sehr krank«, sagte Theoderich höchst besorgt. Sie eilten beide zu den Pferden, wo Gerhard sich sein Lager gemacht hatte. Sie fanden ihn röchelnd. Er glühte vor Fieber, seine Augen standen offen, aber sein glasiger Blick erkannte sie nicht. Er lag in seinem eigenen Kot und stank erbärmlich.

»Hol den Feldscher, rasch«, sagte Constantin, schöpfte Wasser aus einer großen Lache, kühlte damit Gerhard die Stirn und mühte sich, ihn zu säubern. Es dauerte lange, bis Theoderich zurückkam. Hinter ihm stolperte einer der Heeresärzte. Er warf nur einen Blick auf den Kranken und trat rasch zurück.

»Das ist die Pestilentia, kein Zweifel. Er ist verloren, bei dieser Krankheit gibt es keine Rettung«, sagte er und wollte sich wieder davonmachen.

»Halt«, rief Constantin und packte ihn am Ärmel. »Was bist du denn für ein Arzt? Selbst wenn du recht haben solltest: Was gedenkst du zu tun, damit es ihm leichter geht?«

»Nichts«, befand der Mann und entwand sich Constantins Griff. »Weil er schon der fünfte Fall ist, den ich heute gesehen habe. Ich weiß kein Heilmittel gegen diese Krankheit, aber das eine weiß ich: daß wir heute abend schon Dutzende oder gar Hunderte von Toten haben werden. An Eurer Stelle würde ich so schnell wie möglich von hier verschwinden. Vielleicht habt Ihr Glück und tragt die Krankheit noch nicht in Euch.«

Und damit ging er.

Constantin und Theoderich sahen sich fassungslos an.

»Vater, was machen wir nun?« flüsterte der junge Mann.

Constantin war blaß geworden. Entschlossen sagte er: »Ich werde Gerhard hier nicht allein liegen und jämmerlich umkommen lassen. Ich kenne ihn seit meiner frühesten Kindheit. Wie könnte ich sonst seinen Eltern in die Augen sehen? Bitte, Theoderich, kümmere dich um unser Gepäck und bereite alles vor. Wir reisen aber nicht ab, solange Gerhard hier hilflos liegt. Und vorher bringe mir bitte noch Wasser, und zwar aus der Quelle.«

Und er blieb neben dem Knecht, mühte sich, dessen großen Leib bequemer zu betten, gab ihm von Zeit zu Zeit etwas zu trinken und redete sanft mit ihm, wenn er im Fieberwahn schrie. Es war deutlich zu sehen, daß es mit Gerhard rasch zu Ende ging. Vor seinem Mund stand Schaum, den Constantin ihm immer wieder behutsam abwischte.

Um die Mittagszeit kam Theoderich zurück. Seine blonden Haare klebten strähnig an seinem Kopf, die Verzweiflung sprach aus seinen Augen.

»Das Gepäck ist fertig. Aber wir werden es vielleicht nicht wegschaffen können: Die Seuche geht auch unter den Pferden um. Ich habe mir ein Maultier herausgesucht, das noch gesund aussieht, und habe es im Wald versteckt. Vater, im Lager geht es fürchterlich zu. Ich habe gehört, daß mehrere Bischöfe mit dem Tod ringen. Der Vetter des Kaisers, der junge Friedrich von Schwaben, ist schon gestorben.«

Constantin hob betroffen den Kopf. Der Sohn König Konrads tot? Der junge Mann, der die Schönheit der Staufer geerbt hatte und auch ihr gewinnendes Wesen, war sehr beliebt gewesen.

»Und der junge Welf soll im Sterben liegen«, fügte Theoderich hinzu.

»Was ist mit Herrn Rainald? Und dem Kaiser?« fragte Constantin bang.

»Herrn Rainald sah ich im Lager herumgehen und den Kranken helfen. Der Kaiser ist bis jetzt gesund, er berät sich mit den Fürsten, was nun zu tun ist.«

Constantin senkte den Blick wieder auf Gerhard herab. Dessen Gesicht war jetzt ruhig und entspannt. Sein Mund stand offen, und seine Augen waren gebrochen. Constantin legte die Hand auf Gerhards Brust und fühlte keinen Herzschlag. Er nahm sein Handgelenk und tastete nach dem Puls, fand ihn aber nicht. Behutsam drückte er ihm die Augenlider zu.

»Guter, treuer Gerhard. Nun wirst du Köln nicht mehr wiedersehen. Gott schenke dir den ewigen Frieden«, sagte er traurig, und seine Augen waren naß.

»Im Lager fahren Karren herum, welche die Toten einsammeln«, sagte Theoderich zögernd.

»Nein, Theoderich«, erwiderte Constantin bestimmt. »Unser Gerhard wird nicht mit hundert anderen Leichen in ein Loch geworfen. Wir werden ihn begraben, wie es sich gehört.«

Ein großes Grab war nötig, weil Gerhard solch ein Riese gewesen war. Constantin und Theoderich waren von Schweiß völlig durchnäßt, als sie ihre traurige Aufgabe erledigt hatten. Nach einem letzten Gebet kehrten sie erschöpft ins Lager zurück.

Constantin fand Rainald nicht in seinem Zelt und setzte sich davor, um auf ihn zu warten. Nach einer Weile sah er die hohe Gestalt des Freundes und eilte auf ihn zu.

»Was geschieht nun?« fragte er.

Rainald sah ihn an. Seine Augen lagen tief in den Höhlen, er war sehr erschöpft.

»Wir ziehen ab. Auf den Bergen des Apennin ist es weitaus kühler, dort können wir uns erholen und neue Kräfte sammeln.«

Constantin erstarrte.

»Damit geben wir Rom wieder preis«, sagte er langsam.

»So ist es. Aber nun gilt es, so viele Menschenleben zu retten wie möglich. So lautet der Befehl des Kaisers: unverzüglicher Aufbruch.

Wir haben schon Hunderte von Toten zu beklagen. Wir müssen fort. Es kommt jetzt auf jede Stunde an.«

»Nehmen wir die Kranken mit?«

»Es geht nicht. Wir haben kaum noch Pferde. Wir müssen sie zurücklassen und der Barmherzigkeit Gottes empfehlen, etwas anderes ist nicht möglich.«

Da tauchte Theoderich auf. Bekümmert teilte er Constantin mit, daß das Maultier im Wald ebenfalls verendet war. So ließen sie alle Besitztümer zurück, nahmen nur so viel Proviant und Wasser, wie jeder tragen konnte, und machten sich zu Fuß auf den Weg, eine lange Schlange von Menschen, die sich schweigend dahinschleppte.

Aber der Tod ging mit ihnen. Immer wieder brach ein Mann zusammen und blieb sterbend liegen. Die anderen schleppten sich dann an ihm vorbei, weiter, stumpfsinnig, am Rande ihrer Kräfte.

Sie waren schon am Fuße der Berge angelangt, da blieb Rainald von Dassel stehen. Er reichte Constantin, der neben ihm marschierte, schweigend seinen Wasserschlauch. Er beugte sich nach vorn und übergab sich. Dann brach er im Staub der Landstraße zusammen.

Constantin kniete nieder und nahm den Kopf des Freundes in den Arm. Er wollte ihm helfen, ihn stützen, ihn beschwören: »Stirb nicht. Du nicht. Nicht du. Komm, nimm meinen Arm. Wir schaffen es zusammen!«

Er sagte es nicht. Es würde nichts nützen. Er sah den Tod in den Augen Rainalds.

Noch einmal bot der Erzbischof seinen eisernen Willen auf.

»Schreibzeug. In meinem Bündel. Schreib, Constantin.«

Und Constantin suchte den Tintenstein, die Feder, das letzte Stück Pergament aus Rainalds Bündel heraus. Er nahm seinen Trinkbecher, rührte darin ein paar Tropfen Tinte an und schrieb Rainalds Testament nach seinem Diktat. Er nahm nicht wahr, was er da schrieb; seine Augen brannten, und seine Kehle war wie zugeschnürt. Aber als das Testament später geprüft wurde, zeigte sich, daß es messerscharf durchdacht sowie klar und eindeutig und rechtlich unanfechtbar formuliert war.

Constantin stützte Rainald, so daß er die Feder halten konnte, und dieser unterschrieb sein Testament. Dann zog er mit großer Mühe seinen Siegelring vom Finger und reichte ihn dem Freund. Constantin hatte keinen Siegellack, aber er tauchte den Ring in die letzten Tropfen Tinte und drückte das Siegel unter Rainalds Unterschrift. Er wischte den Ring sorgfältig mit dem Saum seines Gewands sauber und wollte ihn Rainald wieder anstecken, aber dieser schüttelte den Kopf.

»Für dich, mein lieber Freund. Wenn du auch damit keine Briefe an Könige und Fürsten siegeln wirst ...«

Theoderich war am Zug der Männer entlanggelaufen und hatte einen Bischof gesucht, aber keinen gefunden. Er kam schließlich mit einem Pater zurück, dessen Gesicht unter der Tonsur bleich und abgezehrt war. Er spendete dem Sterbenden die Sakramente.

»Das tue ich nun schon den ganzen Tag«, murmelte er und verschwand wieder eilig.

Constantin sah, daß sich Rainalds Augen schon verdunkelten, und drückte ihn fest an sein Herz. Da kam noch einmal ein Funke in den Blick des Sterbenden, und er versuchte etwas zu sagen.

Constantin beugte sich tiefer, damit er besser verstehen konnte. Aber die Stimme Rainalds kam ganz klar und deutlich.

»Ich dachte, nun ist mein Kaiser Herr über unsere Welt, und niemand könne ihn besiegen. Ich habe übersehen, daß der Tod jeden besiegen kann.«

Mit diesen Worten ging er dahin. Constantin saß wie erstarrt und hielt ihn noch immer fest. Er sah nicht die vorbeischlurfenden Männer, er sah nur das hagere Gesicht seines besten Freundes, der nun nicht mehr war als Staub. Dann war die Kolonne an ihnen vorbei und entschwand in der Ferne. Nur Theoderich kauerte neben Constantin.

»Was für ein großer Mann«, sagte Constantin schließlich mühsam. »Er war so wichtig für uns alle. Warum gerade er? Warum nicht zum Beispiel ich?«

Theoderich legte seine Hand auf Constantins Schulter.

»Du bist auch wichtig. Sehr wichtig für uns – alle deine Kinder, deine Eltern, den Großvater Eckebrecht, deine Geschwister ... Wenn du sterben müßtest, dann würde ich auch sagen: Warum gerade er? Warum nicht ich?«

Der Kaiser hatte inzwischen vom plötzlichen Tod seines wichtigsten Helfers und Freundes erfahren. Er schickte einige Männer mit einer Bahre und zwei Pferden von den wenigen, die noch am Leben waren. Schweigend legten sie den großen Toten auf die Bretter, schweigend schnallten sie ihn fest und zogen mit ihm davon.

Constantin ging hinter der Bahre, auf der sein Freund lag. Sein Herz war so eng, daß er kaum Luft bekam, und die Trauer hüllte ihn ein wie ein schwarzer Mantel. In einer Hand hielt er Rainalds Testament, in der anderen den Siegelring. Es war der 14. August des Jahres 1167.

Als der traurige Zug am Abend rastete, sammelte Constantin alle um sich, die von der Kölner Truppe noch am Leben waren. Obwohl sie vor Erschöpfung fast umfielen, machten sie eine Holzkiste, so gut es eben ging, legten ihren toten Erzbischof hinein und füllten die Kiste dann mit Sand und Salz, denn sie hatten keine Möglichkeit, ihn einzubalsamieren.

Ohne die beiden kostbaren Pferde des Kaisers hätten sie ihn nicht wegbringen können, aber auch so war es sehr schwer, und sie mußten oft Hand anlegen, um den Sarg über schwierige Wegstrecken und durch Bäche zu schaffen.

Die nächsten Wochen waren entsetzlich. Sie marschierten vom Morgengrauen bis zur Nacht. Ihre Mundvorräte waren bald aufgebraucht, da gab es nur noch winzige Portionen von dem, was der Kaiser unter strenger Bewachung an Vorräten noch mit sich führte und was einzelne von ihnen unterwegs erbeuteten, erjagten oder stahlen. Sehr bald waren auch die Römer hinter den erschöpften Kriegern her, und das ganze Land entbrannte im Aufruhr gegen die deutsche Herrschaft. Sie merkten kaum, daß die Seuche erlosch, denn nun starben ihre Kameraden in den schweren Kämpfen, die sie auf ihrem Rückzug zu bestehen hatten, und manche auch einfach an Hunger und Entkräftung. So schnell war aus dem siegreichen Heer von Rom ein Bettelhaufen geworden! Die Kölner als Nachhut waren den Angreifern aus dem Hinterhalt am schlimmsten ausgesetzt, aber der Kaiser schickte ihnen ein paar Dutzend Männer zur Verstärkung, denn sie mußten ja auch noch den Sarg mitschleppen und verteidigen.

Irgendwie kamen sie schließlich doch noch nach Pavia, die einzige Stadt in Italien, die sich nicht vom Kaiser abgewandt hatte. Das lag allerdings nicht daran, daß die Pavesen die Deutschen besonders liebten, sondern der Kaiser hatte dort seine Beamten mit einigen Truppen zurückgelassen, und die sorgten dafür, daß die Stadt nicht vom Pfad der Tugend abwich. Dort war auch die Kaiserin, und sie weinte vor Freude, daß sie ihren Mann lebendig in die Arme schließen durfte. Die überlebenden Männer, zerschunden und zu Tode erschöpft, versuchten, wieder zu Kräften zu kommen, während Herr Friedrich Eilboten mit einem dringenden Hilferuf an die deutschen Fürsten und die Städte sandte; aber es kam niemand. Constantin mußte erkennen, daß alles verloren war, was Herr Rainald in fünfzehn Jahren so mühevoll für seinen kaiserlichen Herrn aufgebaut, erkämpft und verteidigt hatte. Rainalds Traum war zerronnen: Umsonst die Zerstörung Mailands. Vergeblich die harten Kämpfe. Für nichts die vielen Toten, gefallen und von der Seuche niedergeschlagen.

Constantin fragte sich verzweifelt und ratlos, wie es denn nun weitergehen sollte.

Eines Abends klopfte es an die Tür der Kammer, die der Kaiser Constantin und Theoderich hatte zuweisen lassen, und – war es zu glauben? – Friedrich selbst trat ein. Kein Soldat, kein Diener begleitete ihn. Er sah überaus müde und sorgenvoll aus.

Constantin und Theoderich sprangen von ihrem Lager auf, denn sie hatten sich schon zur Ruhe begeben, und verneigten sich tief vor dem Herrscher, aber Friedrich winkte nur ab.

»Keine kräftezehrenden Höflichkeiten, setzt euch bitte«, sagte er und ließ sich auf den einzigen Hocker fallen, während sie sich gehorsam auf den Strohsack hockten. »Wir sind unter uns, da brauchen wir keinerlei Förmlichkeiten. Ich habe nur noch wenige treue Diener, und ob sie mich so sehr lieben wie du deinen verstorbenen Herrn, du Münzmeister von Köln, das weiß ich nicht. Hingegen weiß ich wohl, daß du sein enger Freund warst; und das war ich ebenso. Du sollst wissen, Constantin, auch ich habe Rainald geliebt – und ihn gefürchtet, denn er hatte einen eisernen Willen, und er hat mich so manches Mal zu Dingen gezwungen, die ich eigentlich nicht wollte, aber die er als das Beste für mich befand. Eins wüßte ich gern, Constantin, hat er das mit dir auch so gemacht?«

Dieser dachte nach und nickte dann mit einem schiefen Lächeln. »In gewisser Weise, ja«, meinte er. »Er brachte mich dazu, daß ich dauernd Reisen machte, die wohl zum Leben eines Ritters gehören, aber zu dem eines Kaufmanns nur in Grenzen. Aber mich gezwungen – nein, das kann ich nicht sagen. Mir kam die Zeit, die ich mit ihm verbrachte, so ungeheuer spannend vor, daß ich nicht hätte darauf verzichten wollen.«

»Hast du dadurch dein Geschäft vernachlässigen müssen und wirtschaftlichen Schaden erlitten?« fragte der Kaiser. »Ich denke, dafür könnte ich dich entschädigen. – Falls ich lebendig nach Hause kommen sollte«, fügte er noch hinzu und lachte dabei, aber es war kein lustiges Lachen.

»Das ist nicht nötig, Majestät«, sagte Constantin rasch. »Herr Rainald hat mich nicht nur zum Münzmeister gemacht, sondern mir auch sonst in Köln gute Verdienstmöglichkeiten geschaffen. Ich bin in der Zeit, da ich sein Freund sein durfte, nicht ärmer geworden, sondern reicher.« Er sah dem Kaiser offen ins Gesicht. »Und wahrhaftig nicht nur an Geld ...«, fügte er hinzu.

»Laß doch bitte die Majestät, Constantin«, sagte Herr Friedrich freundlich. »Jedenfalls solange wir hier allein sind. Aber du hast recht – auch mich hat er bereichert, sehr sogar. Seine Ideen, seine Visionen, seine unbedingte Treue – und vor allem seine Zuneigung. Diesen Verlust werde ich nie verschmerzen. Ich beneide dich glühend, daß du ihn in seinen letzten Minuten in den Armen halten durftest! –

Aber wenn du dich fragen solltest, warum ich heute abend so heimlich zu dir gekommen bin: Ab und zu möchte ich auch einmal nicht Majestät sein, sondern nur Mensch. Rainald hatte dafür dich, und darum wollte ich gern noch einmal mit dir sprechen. Ich habe immerhin dafür meine geliebte Kaiserin.

Und dann muß ich dir sagen, daß ich das Heer auflöse, und zwar sofort. Wir können uns hier nicht mehr halten, jeder von uns weiß das. Morgen in aller Frühe werde ich als Knecht verkleidet die Stadt verlassen. Vielleicht gelingt es mir, über die Berge zu entkommen, während ganz Italien Jagd auf mich macht. Ich schäme mich, meine Getreuen hier im Stich zu lassen, obwohl ich weiß, daß sie vielleicht den Haß ausbaden müssen, den die Italiener ganz offensichtlich gegen mich hegen. Aber ich helfe ihnen auch nicht, indem ich mich hier abschlachten lasse. Das Reich braucht mich noch.

Meine Kaiserin habe ich schon heute weggeschickt. Sie hat gelacht, als sie das älteste Kleid der Küchenmagd angezogen hat. Nicht einmal das hat ihre Schönheit verstecken können, und darum hat sie sich auch noch das Gesicht und die Haare mit Asche beschmiert und humpelte gebückt durch die Kammer wie eine alte Frau.

›Wehe dir, Friedrich, wenn du nun sagst, daß ich dir nicht mehr gefalle‹, hat sie dazu munter gesagt. ›Und sieh zu, daß du mich bald einholst.‹«

Und der Kaiser lächelte grimmig.

»Eine wunderbare Frau und eine großartige Gefährtin ist unsere Frau Kaiserin«, befand Constantin.

»Ja, das ist sie in der Tat. – Nun zu dir, Constantin. Sollen wir unseren gemeinsamen Freund Rainald heute nacht hier in Pavia heimlich bestatten?«

Da wurde Constantin blaß und schwieg eine Weile. Dann sagte er: »Majestät, das kann ich nicht. Ich bin sicher, sobald wir fort sind, würden die Italiener ihn wieder ausgraben; und was würden sie dann seiner Leiche antun? Ich fürchte, sie hassen ihn.«

Herr Friedrich sah ihn sorgenvoll, aber mit großer Anteilnahme an.

»Du magst recht haben«, sagte er behutsam. »Aber ich wünsche mir sehr, daß auch du die Möglichkeit hast, dich nach Hause durchzuschlagen. Wie soll das gehen, wenn du ihn mitnimmst? Wie du sagst: Es ist nur sein Leichnam …«

Aber Constantin schüttelte den Kopf und sagte mit fester Stimme: »Ich habe meinen jungen Ziehsohn eigenhändig vor Tuskulum begraben und unseren langjährigen Knecht im Lager vor Rom. Mein Freund Rainald soll auch anständig unter die Erde, und damit Schluß. Ich bringe ihn heim.«

Da stand der Kaiser auf, legte die Hand auf Constantins Schulter, blickte ihm lange in die Augen und sagte sanft: »Möge es dir gelingen. Möge Gott dich schützen, da ich es im Augenblick nicht vermag. Ich danke dir.«

Und damit ging er.

November 1167

In Köln waren die Bürger zutiefst verunsichert. Schreckliche Gerüchte über eine Katastrophe in Italien hatte man gehört, aber nichts Genaues. Viele Kölner Mütter und Väter, deren Söhne mit dem Erzbischof nach Italien gezogen waren, zitterten um ihre Kinder. Die Kirchen waren voll mit Betenden, die inbrünstig um die gesunde Heimkehr ihrer Angehörigen flehten.

Dann kam die schlimme Nachricht: Rainald von Dassel war tot. Der Wohltäter Kölns, der große Fürst, vielleicht der einzige auf dem Kölner Erzstuhl, den seine Untertanen geliebt und verehrt hatten, wenn auch aus verschiedenen und nicht selbstlosen Gründen.

Aber was war mit den Kölner Bürgersöhnen? Die Rede war von großen Schlachten, von einer grauenhaften Seuche. Jeden konnte es getroffen haben.

Als an diesem grauen Novemberabend die Glocken der Stadt zu läuten begannen, zuerst die vom Dom, dann Groß Sankt Martin, dann all die vielen anderen, da wußten die Bürger: Nun hieß es, sich zu wappnen. Nun würden sie bald erfahren, was geschehen war.

In dem Haus in der Straße Unter Goldschmied räumte Fordolf eilends seine Waren ein, um den Laden zu schließen. Er war fast fertig, da hörte er den Klopfer an der Tür schlagen. Rasch hängte er noch die Riegel ein und lief dann zum Tor, aber Engilradis war noch schneller gewesen. Sie stand in der Tür und hielt eine Gestalt fest umschlungen.

Der alte Eckebrecht, inzwischen etwas steif geworden, hastete die Treppe herunter, so schnell es seine Beine erlaubten.

»Ist es Constantin?« fragte er atemlos.

»Nein, ich bin es«, sagte Theoderich und löste sich aus Engilradis Armen. »Aber erschreckt nicht, Constantin ist auch in Köln.«

Alle atmeten auf. Engilradis blickte sich suchend um. »Gerhard ist ja sicher gleich nach Hause gegangen, aber wo ist Ambrosio?«

»Er ist tot«, sagte Theoderich traurig. »Und Gerhard auch. Wir kommen nur zu zweit zurück.«

Engilradis preßte die Hand vor den Mund. »Gott helfe ihren Seelen«, flüsterte sie, und Tränen liefen über ihr Gesicht. »Und wo ist Constantin?«

»Im Dom. Bei dem Leichnam von Herrn Rainald.«

Engilradis hatte bereits nach ihrem Umhang gegriffen. »Komm, Fordolf«, sagte sie bestimmt, und beide eilten gemeinsam davon.

Theoderich machte schon Anstalten, ihnen zu folgen, aber Eckebrecht griff nach seinem Arm.

»Du bleibst hier und berichtest mir, was geschehen ist«, befahl er. Da der junge Mann so aussah, als könnte er jeden Augenblick zusammenbrechen, ging Eckebrecht zunächst einmal in die Küche und bestellte eine kräftige Mahlzeit, und zwar höchstens in der Zeit, die man braucht, um drei Vaterunser zu beten; dazu einen großen Krug warmen Würzwein, und das möglichst sofort.

Als er zurückkam, stand Theoderich noch immer mit hängenden Armen mitten im Zimmer. Eckebrecht drückte ihn auf den bequemsten Stuhl, stopfte ihm fürsorglich noch ein Kissen in den Rücken und ließ sich ihm gegenüber nieder.

»Und jetzt rede, Junge«, sagte er freundlich.

Theoderich seufzte tief auf. »Ach, Großvater Eckebrecht«, sagte er tonlos, »wir haben Schreckliches durchgemacht. Nachdem wir in hartem Kampf Rom schließlich eingenommen hatten, glaubten wir natürlich alle, daß wir Italien nun völlig in der Hand hätten. Aber dann kam die Seuche und raffte das halbe Heer in Windeseile dahin. Bischöfe, Herzöge, Grafen, Ritter, Priester oder gemeine Soldaten – der Tod machte keinen Unterschied. Unser Lager stank wie die Pest, und es war uns nicht möglich, die vielen Toten zu begraben. Nur unserem armen Gerhard, dem haben wir ein richtiges, gutes Grab gegeben – und es war harte Arbeit, du weißt ja, wie riesig er war. Wir haben alle Steine, die wir finden konnten, auf die Stelle gelegt, damit er nicht von Tieren ausgegraben wird. Und Vater hat ihm sein eigenes Zügelzeug mitgegeben, als Zeichen unserer Dankbarkeit, und hat noch gesagt, er wolle gern sein Pferd an einem Strick führen, wenn nur

Gerhard eine Erinnerung an uns im Grab bei sich hätte. Aber nachher hatten wir zwar noch einen Strick, aber kein Pferd mehr dazu, die starben auch zu Hunderten an der Seuche.«

Theoderich stöhnte.

»Ja, und dann verloren wir den größten Mann: Herr Rainald, der bis zum Schluß herumging und den anderen half und Mut machte, wurde krank und stolperte benommen neben uns her. Dann starb er im Straßenstaub, und Vater hielt ihn in seinen Armen. Ich selbst ging zum Kaiser und meldete ihm, daß sein treuester Diener nicht mehr war. So wenige Pferde waren dem Kaiser nur noch verblieben, aber er schickte uns zwei, damit wir unseren Erzbischof nicht am Wegesrand verscharren mußten, sondern versuchen konnten, ihn in die Heimat zu bringen. Und wenn das auch als eine sehr schwer lösbare Aufgabe erschien, so war ich doch froh darüber, denn Vater hatte erklärt, er ließe Rainald nicht allein zurück, die Römer würden ganz gewiß seine Leiche schänden, und das könne er nicht zulassen. Du weißt ja, wie Vater ist, wenn er einmal einen Entschluß gefaßt hat, weicht er nie und nimmer davon ab.«

Inzwischen war die gute alte Magd Berta hereingekommen und trug einen Krug, in dem der Würzwein dampfte, sowie eine Schüssel mit Buttergrütze und kaltem Fleisch.

»Jetzt iß erst einmal, Theoderich, du siehst nämlich zum Erbarmen aus«, sagte sie energisch. »Hinterher hören wir dir gern weiter zu.«

Und sie gab acht, daß er alles aufaß und auch nicht ein Krümelchen übrigließ.

Nun hatte Theoderich wieder etwas Farbe im Gesicht.

»Danke, Berta«, sagte er. »So gut habe ich lange nicht mehr gegessen. Zu Hause schmeckt es eben doch am besten.«

»Recht so«, sagte Eckebrecht. »Und nun weiter, Junge.«

»Ach, Großvater Eckebrecht, du kannst dir nicht vorstellen, wie entsetzlich die nächsten Wochen verlaufen sind. Diese Märsche vom Morgengrauen bis zur Nacht!«

Und er erzählte von ihrem schweren Weg nach Pavia und dem nächtlichen Besuch des Kaisers.

Eckebrecht hatte Theoderichs Bericht gelauscht, ohne ein Auge von ihm zu wenden. Jetzt nickte er nachdenklich.

»Ich habe Kaiser Heinrich IV. gesehen und seinen Sohn, Kaiser Heinrich V., auch Kaiser Lothar und König Konrad. Aber Friedrich Barbarossa ist wohl der größte von ihnen. Ich denke, noch in ferner Zukunft wird er nicht vergessen sein. Und auch nicht sein Kanzler, Rainald von Dassel. Aber, Theoderich: Ich sehe, daß es euch gelungen ist, den großen Toten heimzubringen, denn du sitzt ja vor mir. Aber ich kann mir nicht vorstellen, wie ihr das geschafft habt.«

Theoderich zuckte die Schultern.

»Ja, Großvater Eckebrecht, ich war dabei, und doch kann auch ich es mir kaum vorstellen. Uns zu verkleiden und durchzuschleichen – das ging mit einem Sarg und zwei Pferden ja nun wirklich nicht. Uns irgendwo verstecken? Sinnlos. Wir wußten sehr wohl, sobald ruchbar ist, daß der Kaiser nicht mehr da ist und der letzte Rest seines Heeres sich auflöst, werden die Italiener die deutschen Beamten davonjagen und ganz Pavia durchkämmen.«

»Ja, dann sag mir doch endlich, wie ihr durchgekommen seid!«

Theoderich lächelte über die Ungeduld Eckebrechts.

»Ganz einfach. Wir zählten, wie viele Kölner wir nun noch waren. Außer Vater und mir waren es noch ganze sechs. Acht Lebende und ein Toter gegen ganz Italien. Wir bewaffneten uns bis an die Zähne, fütterten die Pferde noch einmal gut, luden den Sarg mit seiner kostbaren Fracht auf den neuen Wagen, den ich in Pavia gekauft hatte, nachdem der alte dem Zusammenbruch bedenklich nahe schien, und marschierten einfach los. Durch Pavia kamen wir noch, aber nachdem wir die Stadt verlassen hatten, wurden wir mehrfach von italienischen Soldaten angehalten. Du weißt ja, wie gut Vater Italienisch spricht, er erfand eine Geschichte, wir seien aus Como und brächten einen Gefallenen heim. Damit kamen wir zunächst auch durch.

Wir machten einen Bogen um das verwüstete Mailand und sahen in der Ferne schon die Gipfel der Alpen aufragen, da hielt uns wieder eine Streife an. Ihr Anführer glaubte als einziger Vaters Geschichte nicht. ›Ich bin selbst aus Como, aber ich kenne dich nicht, und unsere Leute reden auch nicht so wie du. Du lügst!‹ sagte er. Da richtete Vater sich hoch auf, er war sicher einen Kopf größer als der kleingewachsene Italiener. ›Ja, ich habe gelogen‹, brüllte er mit aller Kraft, die er noch hatte. ›Aber ich will und werde meinen toten Bruder hier in diesem Sarg in unsere Heimat bringen, oder ihr müßt uns alle zusammen jetzt hier erschlagen!‹ Und, Großvater Eckebrecht, ob du es glaubst oder nicht: Der Anführer sah ihn eine Weile schweigend an, während wir darauf warteten, daß er seinen Leuten ein Zeichen geben würde, uns niederzumachen, und im Geiste ein letztes Gebet sprachen. Dann sagte er halblaut zu Vater: ›So geh und begrabe deinen Toten. Aber kommt nicht wieder in dieses Land, denn es ist unseres und nicht eures.‹ Und dann winkte er seinen Männern, ihm zu folgen, und ritt davon.

Am nächsten Tag erreichten wir dann die Berge und waren in Sicherheit. Mühe und Plage genug hatten wir noch, den Sarg heimzuschaffen, besonders, da uns auch langsam das Geld ausging, aber wir waren doch nicht mehr ständig in drohender Lebensgefahr.

Nur die Alpenpässe, die machten uns große Schwierigkeiten. Es war kälter als sonst in dieser Jahreszeit, und als wir oben waren, überraschte uns ein Schneesturm. Wir waren nicht darauf gefaßt, hatten auch keine entsprechende Kleidung. Eins der Pferde stürzte in einen tiefen Abgrund und brach sich die Beine. Das arme Tier wieherte erbärmlich, und Vater erlöste es mit einem Pfeilschuß. Zum Glück fanden wir eine kleine verlassene Hütte, sie war schon morsch, und es zog darin, aber es lag sogar etwas Brennholz da, und wir machten uns ein kleines Feuer. Einer unserer Männer entdeckte eine Gemse, und wir jagten sie und konnten sie schließlich töten. So hatten wir auch etwas zu essen. Am zweiten Tag sagte Vater zu dem Sarg: ›Herr Erzbischof, falls du schon unter den Heiligen bist, dann sorge bitte dafür, daß wir hier wieder herauskommen. Andernfalls müßten wir deinen Sarg als Schlitten mißbrauchen, und das würden wir lieber vermeiden.‹

Die anderen Männer standen starr vor Schreck und sahen Vater vorwurfsvoll an wegen seiner Worte, aber ich weiß, Herr Rainald hätte darüber sehr gelacht. Vielleicht ist er wirklich schon unter den Heiligen, oder aber er kann sich im Himmel ebensogut durchsetzen wie hier auf der Erde, jedenfalls war es am nächsten Tag wesentlich wärmer, und gegen Mittag war der Schnee so weit weggetaut, daß wir den Abstieg wagen konnten – ohne den Sarg zum Schlitten zu machen. Wir ließen ihn nur vorsichtig an Seilen hinabgleiten, und als einer der Männer unter dem Gewicht stöhnte, meinte Vater, Herr Rainald hätte die Heiligen Drei Könige unter noch schwierigeren Umständen nach Köln geschafft, und die hätten in drei schweren Marmorsarkophagen gelegen, sie sollten sich also wegen eines einzelnen Holzsarges gefälligst nicht anstellen, auch wenn der Sand ihn schwer mache. Unten übernahm dann das Pferd, das uns geblieben war, wieder brav diese Last.

Den Rest kannst du dir leicht vorstellen, Großvater Eckebrecht, du hast ähnliche Reisen gemacht. Es dauerte lange, und es war mühsam, aber nun sind wir daheim, wenn auch abgerissen wie die Bettler. Und nun will ich nichts mehr weiter als baden und dann lange, lange schlafen.«

Fordolf und Engilradis kamen in dieser Nacht nicht heim. Sie suchten ihren Sohn Constantin im Dom. Vor dem Altar stand eine schlichte Holzkiste. Die groben Latten waren teilweise angesplittert, und etwas Sand war auf den Steinboden gesickert. Es war fast dunkel, eine einsame Kerze brannte mit kleinem, stetem Flämmchen.

Neben dem Sarg kauerte ihr Sohn. Sein Kopf lag auf dem Sarg, und er schlief den Schlaf der Erschöpfung. Seine Eltern blieben zögernd stehen und betrachteten ihn. Schließlich legte Engilradis ihre Hand behutsam auf seine Schulter. Er seufzte auf, erwachte aber nicht. Sie kniete nieder und nahm ihn in die Arme.

»Mein Sohn! Mein Constantin! Du bist wieder zu Hause! So wach doch auf!«, rief sie leise. Da reckte er sich und öffnete schlaftrunken die Augen. Als er seine Mutter erkannte, entspannte sich sein Gesicht, und er lächelte.

»Ich kann dir gar nicht sagen, wie froh ich bin, daß du lebst und daß du wieder hier bist. Bitte steh jetzt auf und komm nach Hause, es ist kalt hier«, bat sie ihn.

Aber Constantin schüttelte den Kopf.

»Mutter, du ahnst ja nicht, unter welchen Mühen ich meinen Freund Rainald durch Eis und Schnee geschleppt habe. Ich könnte dir nicht sagen, wie lange wir unterwegs waren oder welcher Tag heute ist. Seit seinem Tod habe ich jede Nacht an seinem Sarg verbracht. Nun haben wir es doch geschafft, ihn hierherzubringen, obwohl ich schon kaum mehr daran geglaubt habe. Diese eine, letzte Nacht will ich ihn nun nicht allein lassen. Morgen wird er beigesetzt, wie es sich gehört, dann nehme ich von ihm Abschied und komme wieder heim. Kannst du das verstehen, Mutter?«

Fordolf wollte sich einmischen und den Sohn überreden, aber Engilradis legte rasch ihre Hand auf seinen Arm.

»Ich verstehe das, Constantin«, sagte sie mit fester Stimme. »Du willst deinen Freund nicht allein lassen. Und ich will meinen Sohn nicht allein lassen.«

Und sie schob die Zipfel ihres Umhangs zusammen, um sich, so gut es ging, vor der Kälte des Steinbodens zu schützen, setzte sich darauf und schmiegte sich an den Sohn, damit sie ihm von ihrer Wärme abgeben konnte. Fordolf seufzte und tat es ihr gleich, obwohl er es entschieden vorgezogen hätte, die Nacht in seinem Bett zu verbringen.

August 1169

Engilradis ließ den Rock sinken, auf den sie gerade eine Borte nähte, und schaute die beiden Mädchen erstaunt an. »Wollt ihr denn wirklich am gleichen Tag heiraten?« fragte sie zweifelnd. Aber die jüngere Engilradis nickte heftig.

»Ach, Großmutter, seit zehn Jahren sind wir nun unzertrennlich, Druda und ich. Erst zu Hause, dann im Kloster, und dann bei dir. Als wenn wir Schwestern wären. Und nun sollen wir uns trennen und heiraten. Da wollen wir das wenigstens gemeinsam tun.«

Engilradis lachte.

»Liebes Kind, das klingt ja beinahe so düster, als solltet ihr in den Kerker gehen. Gefällt dir dein Bräutigam denn etwa nicht?«

Die jüngere Engilradis ließ den Kopf sinken und wurde rot.

»Doch, schon. Nur, es ist alles so neu für uns. Wir hatten schon daran gedacht, wieder ins Kloster der heiligen Ursula zu gehen, diesmal für immer, als Nonnen. Dann hätten wir zusammenbleiben können.«

»Und was hat euch beide denn von diesem frommen Vorhaben abgebracht?« wollte ihre Großmutter wissen.

»Mein Vater hat gesagt, verheiratet zu sein ist wunderschön. Nichts könnte so glücklich machen wie eine gute Ehe.« Und Engilradis strahlte bei dieser herrlichen Aussicht.

»Ach so.« Sieh einmal an, dachte die Großmutter bei sich. Ausgerechnet Constantin, der zweimal aus kühler Berechnung geheiratet hat und sich dann mit Händen und Füßen gegen eine dritte Heirat gesträubt hat, singt ein Loblied auf die Ehe. Seltsam.

»Und Kinder. Viele Kinder sollten wir haben, meint Vater«, fügte Druda hinzu.

Nun ja, als Vater war mein Sohn immer fabelhaft, dachte Engilradis. Da hat er keinen Unterschied zwischen eigenen und erheirateten Kindern gemacht. Kein Wunder, daß sie ihn alle vergöttern.

»Und du, Druda? Magst du deinen Bräutigam Cunrad?«

Druda kicherte verschämt und nickte.

»Nun gut«, meinte die ältere Engilradis, »so haltet eben euren Kirchgang gemeinsam, wenn ihr euch das wünscht. Dann gibt es eben zwei Bräute.«

»Nein, drei«, berichtigte sie Druda. »Sophia möchte auch mit uns zusammen heiraten.«

Sophia war schon fast neunzehn Jahre alt und damit erheblich älter als Engilradis und Druda, die beide noch keine fünfzehn Jahre zählten. Aber ihr Vater Gunther hatte sein einziges Kind nicht zu früh hergeben mögen. Als sie sechzehn war, hatte er schließlich aus dem großen Kreis von Bewerbern Gerard Birklin ausgewählt, den jüngsten Bruder der Beatrix, die Constantin vor fast zwei Jahrzehnten zur Frau gewünscht und nicht bekommen hatte. Er war der Erbe des Kaufherrn Hermann Birklin, und sein Vater hatte ihm ein prächtiges Haus übertragen, in dem er mit Sophia wohnen sollte. Aber am Tag vor der Hochzeit war er auf einen Apfelbaum gestiegen, um seiner Braut ein paar Früchte zu pflücken. Ein besonders schöner, rotbackiger Apfel hatte ihn gelockt; ein Fehltritt auf einen zu dünnen Ast, der unter seinem Gewicht brach, und Gerard war hinabgestürzt und hatte sich das Genick gebrochen.

Die Nachricht von dem Unglück hatte Sophia erreicht, als sie gerade ihr Hochzeitskleid anprobierte. Sie war kreideweiß geworden, hatte das prächtige Gewand heruntergerissen und es mit einer Schere in kleine Fetzen zerschnitten, bis der Boden damit übersät war. Dann hatte sie eine ganze Nacht lang geweint und ihren Eltern erklärt, nun wolle sie niemals mehr heiraten, sondern ins Kloster gehen.

Dies entsprach ganz und gar nicht den Wünschen von Gunther und Hadewigis. Liebevoll hatten sie auf ihre Tochter eingeredet, aber Sophia blieb eigensinnig. Schließlich hatte Gunther seinen alten Vater Eckebrecht zu Hilfe gerufen. Dieser hatte sich stundenlang mit Sophia eingeschlossen, und als ihre Kammertür sich wieder öffnete und die beiden herauskamen, hatte das Mädchen sich gefaßt und sah im Kloster nicht mehr die einzig denkbare Zuflucht. Aber ihr Vater hatte ihr versprechen müssen, nicht eher über einen neuen Bräutigam mit ihr zu reden, bis sie selbst diesen Wunsch äußern würde. Und so hatte sie noch zwei weitere Jahre in ihrem Elternhaus verbracht.

Engilradis stieß einen Freudenschrei aus. »Unsere liebe Sophia hat sich nun doch noch für eine Ehe entschieden? Wieso weiß ich nichts davon? Und wer ist der Glückliche, den sie gewählt hat?«

Druda tätschelte ihr die Hand. »Nicht böse sein, Großmutter. Sie hat es uns erst gestern abend ganz im Vertrauen erzählt, und wir mußten ihr versprechen, daß wir den Mund halten, wenigstens bis sie mit ihren Eltern gesprochen hat. Vor zwei Wochen hat sie auf dem Tanzfest der Kaufmannsgilde einen jungen Mann gesehen, in den sie sich sofort heiß verliebt hat. Es ist Gottschalk, der Sohn des Tuchhändlers Regenzo. Sie haben sich heimlich jeden Tag in der Kirche verabredet, bis Sophia sich sicher war, daß sie nur diesen und keinen anderen zum Mann will. Und als sie von uns hörte, daß wir am gleichen Tag heiraten wollen, da hat sie ganz entschlossen gesagt, sie sei auch mit dabei.«

Die Großmutter überlegte. »Eine gute Familie, wenn auch nicht ganz so gut und auch nicht ganz so reich wie unsere. Seine Mutter Godelieve ist eine Tochter des Kaufmanns Pilgrim, wenn ich mich recht entsinne. Aber hat der junge Gottschalk nicht den Spitznamen superbus, der Überstolze?«

Die beiden jungen Mädchen lachten. »Ja, Großmutter, so nennen ihn seine Freunde, Gottschalk Overstolz. Aber Sophia gegenüber ist er gar nicht stolz, er liegt ihr zu Füßen. Sie hat so gestrahlt vor Glück, als sie uns davon erzählt hat. Heute morgen wollte sie mit ihren Eltern reden, darum kann jeden Augenblick Onkel Gunther hier erscheinen, um uns zu unterrichten.« Und so war es.

Es wurde also für September eine dreifache Hochzeit angesetzt. Ganz Köln war gespannt auf dieses große Ereignis, wo das Haus Eckebrechts drei seiner jungen Mädchen mit drei großen Handelshäusern verband. Die glänzendste Partie machte die junge Engilradis mit Hildeger Hardefust, dessen Familie schon seit hundert Jahren zu den ersten in Köln zählte. Aber auch von Gottschalk Overstolz wurde erwartet, daß er selbstverständlich in den ersten Rang aufsteigen würde.

Cunrad, der Bräutigam von Druda, war etwas weniger bekannt und trug den Beinamen inter sellatores, unter den Sattelmachern. Er selbst war zwar Kaufmann, aber er beharrte eigensinnig auf seinem Wohnhäuschen im Viertel der Sattelmacher, weil dort seine Großeltern gelebt hatten, bei denen er als Kind viel Zeit verbracht und an denen er sehr gehangen hatte.

In Köln wurde hinter vorgehaltener Hand gemunkelt, Constantin habe bei seiner Stieftochter weniger sorgfältig ausgewählt als bei seinem leiblichen Kind, Cunrad sei von minderer Herkunft und mit der noblen Familie Hardefust nicht zu vergleichen. Aber das war durchaus nicht wahr. Cunrads Vater war der fette Sigewin gewesen, der zum Rat der Bürger gehört hatte, aber früh verstorben war, nur seine Mutter stammte aus einer Handwerkerfamilie.

Es war auch gar nicht so, daß Constantin Druda in diese Ehe hätte drängen müssen. Vielmehr hatte er ihr, wie auch Engilradis, freigestellt, aus den Bewerbern um ihre Hand selbst auszuwählen und sie nur beraten. Sie hatte sich für Cunrad entschieden, weil ihr seine lustige Art und sein freundliches Wesen so gefielen.

So stand Constantin nun an diesem Septembermorgen in seiner Kammer und kleidete sich für das große Fest an.

Seine Tochter Engilradis steckte den Kopf zur Tür herein.

»Vater, der Barbier ist gekommen.«

Im Gegensatz zu den meisten Männern liebte Constantin es, glatt rasiert zu sein. Wenn er in Köln war, ließ er sich darum in der Frühe stets den Barbier kommen.

»Vater, nun komm doch schon. Du wirst noch zu spät zu meiner Hochzeit kommen«, drängte Engilradis ungeduldig, während ihr Vater in aller Ruhe seine Beinlinge verschnürte.

»Ich werde nicht zu spät kommen, denn ohne mich wird deine Hochzeit nicht beginnen«, sagte er gewollt träge und drückte dann seine zappelige Tochter rasch an sich. »Wie ich sehe, bist du bereits festlich angekleidet? Hat dich endlich die Ungeduld gepackt, unter die Haube zu kommen?«

Engilradis zuckte mit den Schultern, wurde rot, lachte und verschwand.

»Daß du mich heute auf gar keinen Fall schneidest! Ich will keinen blutigen Kratzer auf der Backe haben, wenn meine Töchter heiraten!« sagte Constantin streng zu dem Barbier Evert. Dieser gab sich darum auch ganz besondere Mühe, und Constantin konnte mit unversehrtem Gesicht wieder aufstehen.

Er fand die beiden Mädchen bereits fertig geschmückt. Wohlgefällig musterte er seine Töchter. Die Bräute hatten sich genau abgesprochen, was sie tragen wollten: Engilradis, welche die kleine, untersetzte Gestalt ihrer Mutter geerbt hatte, aber dazu die klaren, schönen Gesichtszüge und das goldblonde Haar des Vaters, hatte sich für ein hellblaues Gewand entschieden, dessen Ärmel in leuchtendem Rot abgesetzt waren.

Die braunhaarige Druda war einen Kopf größer als ihre Freundin Engilradis. Sie war stämmig und etwas grobschlächtig, wie ihr Vater, der Ritter Godefried, und hatte nicht viel von der Schönheit ihrer Mutter Friederun geerbt, aber sie war warmherzig und liebevoll und wäre für Engilradis durchs Feuer gegangen.

Sie hatte sich ein hellgrünes Gewand gewählt und hatte es von der Schneiderin kürzer machen lassen als üblich; denn sie hatte für ihre Größe zierliche kleine Füße, die in den schönsten Schuhen steckten, die in ganz Köln zu finden waren, und die sollte man auch sehen.

Inzwischen war auch die Familie Gunthers eingetroffen, weil der Brautzug vom Hause Constantins aus zur Domkirche gehen sollte. Sophia, die wegen ihrer zierlichen Gestalt nicht älter wirkte als Engilradis und Druda, trug ein schlichtes gelbes Kleid, das gerade darum sehr kleidsam wirkte. Alle drei Mädchen hatten ihre Haare in einem Netz am Hinterkopf zusammengefaßt: Engilradis hatte ein silbernes, Druda ein goldenes und Sophia ein rotes gewählt. Dazu hatten sie Blumen ins Haar gesteckt. Sie boten zusammen ein Bild von überwältigendem Liebreiz.

Der kleine Helperich steckte immer wieder ungeduldig den Kopf zum Fenster hinaus. Jetzt verkündete er: »Es sind jetzt alle da, wir können losgehen!«

Wigberta öffnete die Haustür, und Constantin schritt, Engilradis an einer Hand und Druda an der anderen, hinaus, gefolgt von Gunther, der seine Tochter führte. Draußen warteten die drei jungen Männer, der schöne dunkelhaarige Gottschalk, der große blonde Hildeger und der rundliche Cunrad, der die Statur seines Vaters geerbt hatte und die Lachlust von seiner Mutter. Alle weiteren Familienangehörigen und Freunde hatten sich in einem weiten Kreis versammelt, der fast die ganze Dwergasse ausfüllte. Gerard Unmaze, nun schon alt und grau, aber immer noch polternd und von eisernem Durchsetzungsvermögen, hatte darauf bestanden, für seine Enkelin Pfeifer und Trommler zu dingen und einen Akrobaten, der abwechselnd auf den Händen vor der Hochzeitsgesellschaft herlief, Räder schlug oder mit Bällen jonglierte.

Die Hochzeit war so prächtig und schön, wie man es erwarten konnte; nur Constantin war nicht recht bei der Sache.

»Was hast du, mein Sohn?« fragte ihn Engilradis. »Du hörst nicht, was man zu dir sagt, du gibst die falschen Antworten. Wo sind deine Gedanken?«

Constantin lächelte und schüttelte den Kopf. Aber dann sagte er: »Mutter, du wirst nicht glauben, wen ich heute Nacht im Traum gesehen habe. Ich träumte von Beatrix Birklin, deren Heirat mir damals solchen Herzenskummer gemacht hat. Ich sah sie ganz deutlich, wie sie im Tanzsaal stand und mich anlächelte. Dabei habe ich seit vielen Jahren nicht mehr an sie gedacht. Und dieser Traum verfolgt mich nun schon den ganzen Tag, obwohl meine Aufmerksamkeit doch diesen drei schönen Bräuten gelten sollte!«

Engilradis nickte nur und sah ihren Sohn aufmerksam an.

»Könnte es sein, daß du dich einsam fühlst?« fragte sie behutsam. Aber gleich hob ihr Sohn abwehrend die Hände.

»Drei Hochzeiten sind genug, Mutter, bitte plane nicht auch gleich eine für mich«, spottete er und flüchtete hinüber zu Eckebrecht.

Als er sich spät in der Nacht auf den Heimweg machte, waren nur Theoderich und Heinrich bei ihm. Fordolf und Helperich waren lange vorher müde geworden und mit der alten Wigberta heimgegangen.

»Nun sind wir Männer allein«, sagte Constantin zu den beiden jungen Männern. »Euch beide werde ich wohl gar nicht mehr los?«

»Du wirst langsam so schlimm wie deine Mutter, was Heiratspläne angeht. Von mir bekommst du die gleiche Antwort wie letztes Jahr, ich möchte noch nicht heiraten, und Heinrich auch nicht. Da Fordolf ja ins Kloster gehen will und Helperich erst knapp neun Jahre zählt, bleibt es dann wohl an dir selbst hängen, wenn dein Bedarf an Hochzeiten nicht einmal heute gedeckt ist, Vater«, spöttelte Theoderich.

Constantin war daraufhin während des restlichen Weges ziemlich einsilbig.

»Vater, Theoderich wollte dich nicht kränken«, sagte Heinrich besorgt.

»Natürlich nicht. Mir ist nur gerade erst richtig klar geworden, daß morgen die Mädchen nicht mehr bei uns sind. Kein ewiges Getuschel, kein Gekicher, kein Schmeicheln um ein neues Kleid oder ein Haarband. Und tüchtig in der Küche waren sie beide schon, hoffentlich taugt die junge Magd Regina etwas, die wir jetzt an ihrer Stelle haben, sonst müssen wir in der nächsten Zeit zu meiner Mutter gehen, wenn wir etwas Anständiges essen möchten.« Constantin seufzte. »Ich werde Engilradis und Druda sehr vermissen«, sagte er dann traurig.

»Aber du kannst sie doch oft besuchen!«

»Das ist nicht dasselbe.«

»Vater, so geht es allen Eltern, die ihre Kinder verheiraten. Laß den Kopf nicht hängen, du hast doch noch uns.«

Aber Constantin murmelte eigensinnig ein zweites Mal: »Schon. Aber das ist nicht dasselbe.«

Nein, es war nicht dasselbe wie vorher. Die Mädchen fehlten überall. Nun, da sie verheiratet waren, machte Constantin sich plötzlich Sorgen, ob die Männer auch eine gute Wahl waren und ob sie seine Töchter auch glücklich machen würden – eine Frage, die er sich bei seinen eigenen Hochzeiten nie gestellt hatte. Er fand immer wieder neue Vorwände, im Hause Hardefust und inter sellatores vorzusprechen und die jungen Ehefrauen, die mit der Haube auf dem Kopf seltsam verändert aussahen, forschend zu betrachten. Aber er fand nichts auszusetzen, Engilradis und Druda, die beide zuvor Scheu vor der Ehe gezeigt hatten, waren nun glückstrahlende und verliebte junge Frauen, und ihre jungen Ehemänner trugen sie offensichtlich auf den Händen.

»Vater, welcher junge Mann wäre dir auch gut genug gewesen?« spöttelte Engilradis, die seine Sorgenfalten bemerkt hatte. »Ich bin sehr gern mit Hildeger verheiratet, du brauchst dir wirklich keine Gedanken zu machen. Er ist so lieb zu mir. Ich habe ja vorher nicht gewußt, wie schön das ist.«

Sie legte die Arme um den Vater und drückte ihn heftig. »Danke, Vater, für alles!« flüsterte sie ihm ins Ohr.

Das rührte und tröstete ihn, aber die unbehagliche Unruhe, die ihn befallen hatte, wollte nicht weichen.

Kurz darauf bat ihn Eckebrecht zu sich. Als Constantin in das Kontor trat, saß sein Großvater und schaute mit gerunzelter Stirn seine Notizen an.

»Schön, daß du gekommen bist«, begrüßte er den Enkel. »Ich habe eine Aufgabe für dich. Eine Schuldnersache, könntest du das für mich erledigen?«

Constantin zog die Augenbrauen hoch. Für rückständige Schulden war sonst der Handlungsgehilfe Reginfried zuständig. »Gern, Großvater, wenn du meinst, daß ich diese Aufgabe erledigen sollte.«

Eckebrecht zuckte die Schultern. Er war alt und müde geworden, seit er von der Kaperung von Johannes' Schiff erfahren hatte, und das ungewisse Schicksal seines jüngsten Sohnes lastete schwer auf ihm, aber noch immer war sein Geist scharf, und er lenkte seinen Handel wieder wie eh und je.

»Weißt du, die Angelegenheit ist ein wenig peinlich. Kaufmann Zacheus hat von uns im Frühjahr eine große Ladung Wein bezogen und sollte sie auf Johanni bezahlen. Zu Johanni bat er mich um Stundung bis Sankt Michael; aber diese Frist ist jetzt auch vorbei, und noch immer hat er nicht gezahlt.«

»Und wo ist das Problem, Großvater?« fragte Constantin verwundert. Er begriff nicht, warum er sich um eine solch einfache Aufgabe kümmern sollte.

»Das Problem ist: Zacheus ist ein Verwandter von uns. Sein Vater Nathanael bat mich während der Hungersnot vor über dreißig Jahren um Hilfe, weil seine und meine Großmutter Basen waren.«

»Ach so.« Constantin wußte natürlich, daß sein Großvater als Jude geboren und als verwaister Knabe von dem reichen Kaufmann Wolbero adoptiert worden war; daß er sich darum hatte taufen lassen, war ihm von seinen ehemaligen Glaubensgenossen niemals verziehen worden. Constantin hatte den Haß und die Verachtung im Gesicht des Lyoner Juden Isaac gesehen, als er dem verleugneten Vetter die schreckliche Botschaft von der Gefangennahme Johannes' ins Gesicht schleuderte.

»Jetzt verstehe ich auch, warum du so ungewöhnlich viel Geduld mit der Zahlung hattest. Ich werde mich selbstverständlich gern um die Angelegenheit kümmern, mach dir keine Sorgen. Ich gehe gleich hin.«

Constantin wußte natürlich, wo die Juden lebten. Nach dem entsetzlichen Massaker, bei dem Eckebrechts Eltern ums Leben gekommen waren, waren sie noch enger zusammengerückt und wohnten nun überwiegend entlang der alten römischen Stadtmauer in der Straße hinter dem Bürgerhaus, die seither Judengasse genannt wurde, im Stadtviertel von Sankt Laurenz. Das war von Eckebrechts Haus in der Straße Unter Goldschmied nur ein paar Schritte entfernt. Constantin ließ sich also den Schuldbetrag nennen und machte sich auf den Weg. Er bog in die Enge Gasse ab und zog den Umhang enger um sich, denn es pfiff ein scharfer Wind.

Die Häuser in der Judengasse standen nah beieinander, als wollten sie sich gegenseitig Schutz geben. Constantin fragte sich nach dem Haus von Zacheus durch. Es war drei Stockwerke hoch, aber schmal. Der Laden im Untergeschoß war geöffnet, und Constantin trat ein. Der Gehilfe kam ihm entgegen, ein kleingewachsener, wieselflinker junger Mann mit engstehenden Augen und sehr dichtem Haar. Er nannte seinen Namen, Josua, und fragte nach Constantins Wünschen. Dieser bedeutete ihm höflich, er müsse auf jeden Fall mit Zacheus selbst sprechen. Der Gehilfe ging, etwas unwirsch, um diesen zu holen. Constantin betrachtete eine Rolle Samt. Jemand kam die Treppe herunter und ging hinter ihm vorbei. Ein Frauenrock rauschte. Constantin blickte flüchtig auf, und es traf ihn wie ein Schlag: Da ging Beatrix Birklin. Ihre kleine, zierliche Gestalt, ihr süßes Gesicht, wie hätte er sie je vergessen können? Sie nickte ihm kurz zu und war hinaus.

Constantin rang nach Luft, sein Herz ging in heftigen Stößen.

»Was beliebt dem Herrn?« fragte eine grämliche Stimme. Ein Jude im dunklen Kaftan und mit langem, schütterem Bart tauchte auf. Zacheus war in den Vierzigern, aber er sah aus wie weit über fünfzig.

Constantin nahm sich zusammen, damit der jüdische Kaufmann seine Verwirrung nicht bemerkte.

»Hier ging gerade eine junge Frau vorbei, ich frage mich, ob ich sie nicht kenne«, sagte er gewollt beiläufig.

»Meine Tochter Elizabeth. Ich glaube kaum, daß der Herr sie kennt. Nochmals: Was beliebt?«

Constantin atmete tief auf. Natürlich, Beatrix Birklin war seit zwanzig Jahren tot. Aber diese Ähnlichkeit, es war nicht zu glauben.

»Mein Name ist Constantin, ich bin hier im Auftrag meines Großvaters Eckebrecht. Darf ich Euch allein sprechen?«

Zacheus scheuchte den Gehilfen mit einem Wink fort. Josua zog sich beleidigt zurück.

Constantin lächelte freundlich. »Es gibt da wohl Schwierigkeiten wegen einer Weinlieferung.«

Zacheus seufzte abgrundtief auf. »Ja, der Wein. Ein guter Wein. Alle Ware, die Ratsherr Eckebrecht liefert, ist hervorragend. Ich hatte die Absicht, den Wein zu Johanni zu bezahlen, aber es war mir nicht möglich.«

Höflich fragte Constantin: »Und warum war es nicht möglich?«

Zacheus seufzte noch einmal. »Mein Weib wurde krank, sehr krank. Ich hatte so viel an den Arzt zu bezahlen, daß ich Herrn Eckebrecht um Stundung bis Sankt Michael bitten mußte.«

»Ich hoffe, Euer Weib ist nun wieder gesund«, sagte Constantin anteilnehmend.

Zacheus wiegte sich hin und her, richtete die Blicke zum Himmel und klagte: »Ach, ach, ach. Sie ist mir gestorben. Alles war umsonst. Nur die Hilfe des Arztes, die war gar nicht umsonst, obwohl seine Kunst meine Frau nicht heilen konnte.«

»Das tut mir sehr leid«, sagte Constantin. »Nun ist der Michaelstag allerdings auch schon seit einer Reihe von Tagen vorbei.«

Zacheus ließ sich trauernd auf einen Hocker fallen, stand aber gleich wieder auf, da für seinen Gast keine zweite Sitzgelegenheit vorhanden war.

»Ich hätte zum Michaelstag gezahlt, wenn es mir möglich gewesen wäre. Aber ich war an einer Schiffsladung mit Gewürzen beteiligt, und das Schiff wurde im Mittelmeer von Seeräubern gekapert. Da war die Ladung dahin, und mein Anteil auch. Vom Erlös dieser Gewürze wollte ich den Wein bezahlen – wie soll ich nun meine Schulden begleichen? Ach, ach, ach. Wenn Ihr mich nun verklagt, dann muß ich in den Schuldturm, und meine beiden Töchter können dann betteln gehen. Ach, ach, ach!«

Constantin hob abwehrend die Hand. »Ich habe nicht von verklagen gesprochen. Ich werde meinem Großvater von Eurer Notlage berichten. Ich meine nur, Ihr hättet ihm das auch vortragen können, und zwar ungefragt.«

Zacheus schob sich näher an Constantin heran.

»Und weiß der Herr auch, wie unangenehm es ist, wenn man zahlen muß und nicht zahlen kann? Wie man sich dafür schämt? Wie man die Folgen fürchtet?«

Sein Atem roch stark nach Zwiebeln. Sein langer Bart bebte bei jedem Wort. Constantin rückte von ihm ab.

»Was schlagt Ihr vor?« fragte er, noch immer höflich.

Zacheus breitete die Hände aus und zuckte mit den Schultern.

»Ich weiß es nicht. Ich habe das Geld nicht, das ich Eurem Großvater schulde«, sagte er schlicht.

Ein Geräusch hinter seinem Rücken zeigte Constantin, daß jemand zum Laden hereinkam. Er zuckte zusammen. Ein helles Rot flutete über sein Gesicht. Er fühlte ihre Gegenwart, noch ehe er sie gesehen hatte.

Sie ging hinter ihm vorbei. Das leichte Rauschen ihres einfachen Rockes war wie Sturmbrausen in seinen Ohren. Er wandte den Kopf nach ihr; jetzt sah er, daß sie einen Korb mit Gemüse in der Hand hielt. Offenbar war sie auf dem Markt zum Einkaufen gewesen. Wieder nickte sie Constantin knapp zu, machte eine kleine Verneigung zu ihrem Vater hin und ging die schmale, enge Stiege hinauf.

Constantin konnte nicht anders. Er starrte hinter ihr her, bis auch das letzte Zipfelchen ihres langen Rockes verschwunden war. Sein Gesicht, das eben noch gerötet war, wurde blaß. Er holte tief Luft.

Zacheus tat so, als ob er es nicht bemerkt hätte. Aber es war seinen scharfen Augen nicht entgangen.

»Wenn der Herr so gütig sein wollte, bei seinem Herrn Großvater ein Wort einzulegen«, sagte er demütig. »Und wenn der Herr vielleicht morgen wiederkäme, um die gleiche Zeit, falls es dem Herrn genehm ist, um mir das Urteil des Herrn Eckebrecht zu überbringen? Ich werde mich seinem Spruch unterwerfen.«

Constantin nahm sich zusammen und riß seinen Blick von der Stiege los.

»Ich werde mit meinem Großvater sprechen. Ich komme morgen wieder, so wie Ihr es wünscht«, sagte er geistesabwesend, neigte den Kopf zum Abschied und ging wie im Traum zum Haus seiner Eltern.

Eckebrecht erwartete ihn im Kontor.

»Nun?« fragte er kurz.

»Ein eigenartiger Mann«, befand Constantin. »Er sagte, zuerst hätte er wegen der Kosten für die Krankheit seiner Frau nicht zahlen können und dann, weil er einen Anteil an einer Schiffsladung verloren hätte. Das kann stimmen oder auch nicht. Und jetzt hätte er das Geld auch nicht, sagt er, und er befürchtet, daß du ihn in den Schuldturm werfen läßt.«

»Was für einen Eindruck machte er auf dich als Mensch?« wollte Eckebrecht wissen.

»Seine Unterwürfigkeit war mir unangenehm. Ich hatte nicht unbedingt den Eindruck, daß er ehrlich ist. Allerdings –«, Constantin zögerte.

»Was noch?« fragte Eckebrecht.

»Er meinte, wenn er in den Schuldturm käme, müßten seine beiden Töchter betteln gehen.«

Eckebrecht sah seinen Enkel scharf an.

»Da ist doch noch etwas«, bemerkte er.

Constantin holte tief Luft.

»Großvater, ich muß dir etwas sagen. Eine der Töchter ging kurz durch den Laden – sie sah genauso aus wie Beatrix Birklin. Es traf mich wie ein Schlag: das Gesicht, die Gestalt, das Haar, der Gang – alles genau wie sie.«

Eckebrecht dachte bei sich, nach rund zwanzig Jahren sei es eher schwer, sich genau an das Äußere eines Mädchens zu erinnern, das einem nicht sehr vertraut gewesen war. Aber er sagte es nicht, um Constantin nicht weh zu tun, den diese Begegnung offenbar stark verwirrt hatte.

»Zacheus bat mich, ich möchte ihm morgen deine Entscheidung bringen. Der wollte er sich dann unterwerfen. – Sag, Großvater, willst du, daß er in den Schuldturm geht?«

»Unsinn«, sagte Eckebrecht. »Was hätte ich davon? Du verstehst sicher, daß ich bei einem jüdischen Händler ganz besonders vorsichtig sein möchte.«

Er rieb sich die Hände und runzelte die Stirn. »Aber eigentlich kann ich machen, was ich will, sie reden sowieso immer schlecht über mich. Weißt du was, mein Junge: Ich werde dir diese Schuld schenken, und du kannst dann mit Zacheus nach deinem Gutdünken verfahren. Was meinst du dazu?«

Constantin dachte nach. Dann sagte er nur: »Du bist ein weiser Mann, Großvater!« küßte den alten Herrn auf die Wange und ging.

Er versuchte zu Hause, seine Arbeit zu machen, aber es gelang ihm nicht. Er verrechnete sich, er las und wußte nicht, was er gelesen hatte. Daher legte er seine Berechnungen zur Seite und ging seine Tochter Engilradis besuchen, um sich abzulenken.

Aber er war auch dort fahrig und unaufmerksam, so daß seine Tochter schließlich sagte: »Vater, hörst du mir überhaupt zu?«

»Natürlich«, versicherte er ihr eilig, wenn er auch nicht wußte, wovon sie gerade gesprochen hatte. Ganz beiläufig fragte er sie: »Kennst du eigentlich jemanden aus der Judengasse?«

Engilradis sah ihn verdutzt an.

»Nein, Vater. Die Juden halten sich sehr zurück, das weißt du doch. Wir gehen in die Kirche und sie in die Synagoge. Ihre Kinder spielen nicht mit unseren. Nur im Handel kommen Juden und Christen zusammen, und da hast du dich bisher nicht meiner Hilfe bedient.«

»Oh«, machte Constantin. »Hättest du das denn gern gehabt?«

»Aber sicher«, meinte Engilradis, ohne zu zögern. »Geschäfte für Theoderich und Heinrich und Küche und Haushalt für Druda und für mich. Da habe ich mich doch gelegentlich zurückgesetzt gefühlt. Aber Hildeger hat schon gesagt, er will mir alles beibringen, was eine tüchtige Kauffrau wissen muß.« Und sie spielte mit dem Schlüsselbund, der als Zeichen ihrer neuen Hausfrauenwürde an ihrem Gürtel hing.

Constantin war betroffen. Seine Mutter hatte niemals im Geschäft mitgearbeitet; allerdings waren dort außer ihrem Mann auch der Großvater und die Söhne tätig gewesen. Sie hatte viel Zeit auf den großen Haushalt verwendet und auf ihre unermüdliche Sorge für kranke arme Frauen, die im Heim und für die Kinder Hilfe brauchten.

Freilich war Hadewigis, die Frau seines Onkels Gunther, eine großartige Kauffrau, die ihren eigenen Handel mit viel Geschick und Gewinn führte. Ihm fiel auch Edeltrudis ein, vor deren schroffem, kühlem Wesen er die Flucht ergriffen hatte, die aber sicher auch eine erfolgreiche Händlerin war.

»Es tut mir leid, wenn ich etwas an deiner Erziehung versäumt habe«, sagte er zögernd zu seiner Tochter.

Aber Engilradis lachte ihn nur an.

»Laß nur, Vater!« sagte sie und zupfte ihn liebevoll am Ohr. »Ich war doch bis voriges Jahr im Kloster, da war ja wirklich nicht viel Zeit, um mich auch noch als Kauffrau auszubilden. Und die wichtigste Grundlage habe ich ja: Ich kann sehr gut lesen und schreiben, und das kaufmännische Wissen kann ich doch noch erlernen, ich bin schließlich noch jung!«

Dann fiel ihr jedoch seine Frage wieder ein.

»Wieso hast du denn gefragt, ob ich jemand aus der Judengasse kenne?« wollte sie wissen.

Constantin brachte es jedoch nicht über sich, mit seiner blutjungen Tochter über sein Verlangen nach Elizabeth zu sprechen. Er gab eine ausweichende Antwort und ging wieder nach Hause.

In dieser Nacht schlief er kaum. Er dachte an Elizabeth, die seine Gedanken in jedem Augenblick gefangenhielt, obwohl er sie nur ganz kurz gesehen hatte, und an ihren Vater, der ihm überhaupt nicht gefiel. Er überlegte, wie er es anstellen könnte, sie zu sehen, aber es fiel ihm nichts ein.

Er wußte nur: Er fieberte dem Augenblick entgegen, wo er Elizabeth wiedersehen könnte. Oder würde sie vielleicht gar nicht im Laden sein? Das wäre eine herbe Enttäuschung.

Als er sich am nächsten Tag zum Haus des Zacheus aufmachte, wußte er noch immer nicht, was er ihm sagen wollte. Er fand den jüdischen Kaufmann allein im Laden vor.

Er saß einfach nur da, die Beine von sich gestreckt. Er rechnete nicht, er prüfte nicht seine Waren, er räumte nicht auf, er tat gar nichts, so als ob es sich nicht mehr lohne. Immerhin erhob er sich höflich, als Constantin eintrat.

»Der Herr kommt, um mir mein Urteil zu verkünden«, bemerkte er. »Sollen wir unsere Sachen packen und auf die Bettelstraße gehen?«

Unangenehm berührt sah Constantin ihn an. Zacheus Augen waren rot geädert und trübe.

»Mein Großvater hat mir freie Hand gelassen, die Angelegenheit zu regeln«, sagte er kurz. »Macht mir einen vernünftigen Vorschlag, und wir werden uns einigen.«

»Einen vernünftigen Vorschlag.« Zacheus nickte. »Ein kluger Herr, der Herr Constantin.«

Er sagte es beflissen, aber Constantin hatte dennoch das Gefühl, daß Zacheus ihn verspottete.

»Ich könnte Euch einen Anteil aus meinem Geschäft verschreiben, wenn Ihr die Güte haben wollt, meine Bücher zu prüfen«, schlug Zacheus vor. »Ihr könntet zum Abendbrot mein Gast sein und dann meine Geschäftsbücher ansehen. Ich werde bis dahin alles vorbereiten.«

Ohne sich zu besinnen, sagte Constantin zu. Er würde mit Elizabeth bei Tisch sitzen. Die Vorstellung nahm ihm fast den Atem.

Er ging zum Haus seiner Eltern, machte aber vor der Tür wieder kehrt und ging in sein eigenes Haus. Jetzt konnte er weder mit Eckebrecht noch mit Fordolf sprechen, und schon gar nicht mit seiner

Mutter, die ihm seine Verwirrung sofort ansehen würde. Statt dessen ging er zum Rhein, vermied den lärmigen Hafen und wanderte am Strom entlang. Wenn er geglaubt hatte, die dahinplätschernden Wellen würden ihn beruhigen, so hatte er sich getäuscht.

»Ich bin doch sonst ein kühler Mensch, der zuallererst denkt und dann handelt, der sein Fühlen im Griff hat. Außerdem bin ich fast vierzig Jahre alt und war schon zweimal verheiratet; dieses junge Mädchen dagegen dürfte kaum fünfzehn sein, ist also so alt wie meine eigene Tochter. Was ist es denn nur, was mich so in Unruhe versetzt, daß ich kaum einen klaren Gedanken fassen kann? Nur weil sie Beatrix Birklin so ähnlich sieht? Ich habe seit vielen Jahren keinen Gedanken an Beatrix gehabt ...«

Aber er wußte, daß er bei dem Anblick dieses Mädchens in seine Jugend zurückgekehrt war, wo er Beatrix so sehr geliebt hatte und so verzweifelt gewesen war, als sie einem anderen die Hand gereicht hatte. Nie wieder hatte er so heftige Gefühle gehabt, außer beim Tod seiner kleinen Tochter Richmodis.

Die Zeit verging quälend langsam, der Stand der Sonne über dem gemächlichen Rheinstrom schien sich kaum zu verändern. Endlich hörte er das Angelusläuten der vielen Kirchen und Kapellen, das ihm anzeigte, daß es jetzt Zeit zum Abendessen war.

Mit Herzklopfen näherte er sich dem Haus des jüdischen Kaufmanns. Der Laden war bereits geschlossen, und Constantin klopfte an die Tür. Er hörte schlurfende Schritte, und dann öffnete Zacheus ihm selber. Er führte Constantin die Treppe hoch. Die geschlossene Tür auf der rechten Seite mußte in die Küche führen, denn es roch dort nach Speisen, und jemand klapperte mit Töpfen.

Zacheus führte Constantin in einen kleinen Raum. Constantins Hoffnungen sanken schlagartig in sich zusammen, als er bemerkte, daß der Tisch nur für zwei Personen gedeckt war. Zacheus lud den Gast ein, Platz zu nehmen, und ging dann zur Küche, öffnete die Tür und rief etwas hinein. Constantin saß mit dem Rücken zur Tür und konnte darum nichts erspähen. Aber bald darauf kam der Gehilfe mürrisch herein und brachte Fladenbrot und einen Suppentopf. Er aß nicht mit und entschwand wieder.

Constantin war zutiefst enttäuscht und niedergeschlagen und aß nur wenig. So sehr hatte er dem Treffen mit Elizabeth entgegengefiebert, und nun war sie nicht da. Er nahm sich zusammen und sprach mit Zacheus über dessen Handel, seine Pläne und Aussichten. Die karge Mahlzeit war bald beendet, und Josua erschien und räumte ab, unverändert mürrisch.

»Nun wollen wir meine Bücher anschauen, wenn es dem Herrn beliebt«, sagte Zacheus.

Constantin hob die Hand. »Warum nennt Ihr mich immer Herr?« sagte er abwehrend. »Mein Name ist Constantin, das genügt.«

Aber Zacheus nahm das nicht zur Kenntnis. Er holte einige Tafeln, die er vorbereitet hatte, und legte sie Constantin vor. Gemeinsam sahen sie Zacheus' Aufzeichnungen durch. Constantin bemerkte, daß der Handel des Juden früher ausgedehnter gewesen sein mochte, als es zunächst den Anschein gehabt hatte. Bis zu dem Zeitpunkt, als seine Frau erkrankte, war das Geschäft in vernünftigen Bahnen verlaufen. Jetzt allerdings sah es heikel aus.

»Hab ich dummer alter Mann doch die Tafel mit dem Weinverkauf vergessen«, murmelte Zacheus. Er erhob die Stimme. »Elizabeth!« Darauf öffnete sich die Küchentür, und eine Stimme in Constantins Rücken antwortete: »Vater?«

»Unten im Laden muß noch eine Tafel liegen«, befahl der Alte. »Bitte hole sie mir.«

Constantin hatte es nicht fertiggebracht, sich umzudrehen. Es wäre ihm zu unhöflich erschienen. Er hörte, wie flinke Füße die Treppe hinuntereilten. Nach kurzer Zeit kam Elizabeth zurück und trat ins Zimmer.

Nun sprang Constantin auf und wandte sich ihr zu. Sein Herz klopfte bis zum Hals. Da stand sie: Seine Beatrix, die nie die Seine geworden war. Sie trug ein einfaches blaues Kleid und einen schmalen Gürtel, an dem ein Schlüsselbund hing. Ihre Haare waren in einen schlichten Zopf geflochten. Er hatte Beatrix Birklin immer nur auf Festen gesehen, und da war sie herausgeputzt gewesen.

Er verbeugte sich höflich, und sie nickte ihm knapp und kühl zu. Sie reichte ihrem Vater die Tafel, um die er sie gebeten hatte.

»Willst du so gut sein, und dem Herrn die Zahlen vorlesen, mein Täubchen?« bat Zacheus. »Jetzt, wo es dunkel wird, wollen meine alten Augen nicht mehr so recht.«

»Ich werde gleich einen Leuchter bringen«, sagte das Mädchen, nahm aber doch auf dem Stuhl des Vaters Platz und las von der Tafel ab, wobei sie mit dem Finger behutsam die Zahlenreihen entlangfuhr.

Constantin starrte sie an. Sein Herz klopfte heftig. Das waren die Züge von Beatrix, die zarte Rundung der Wange, die kleine gerade Nase, das gleiche üppige braune Haar. Ihre Stimme allerdings war klangvoll und viel tiefer als das zarte, etwas piepsige Stimmchen, das er von Beatrix im Gedächtnis trug.

Er nahm nichts wahr von dem, was sie sagte. Als sie fertig war und die Augen fragend zu ihm hob, sah er, daß ihre Augen braun waren. Die von Beatrix waren blau gewesen, jedenfalls meinte Constantin sich so zu erinnern.

»Würdet Ihr freundlicherweise die letzte Reihe noch einmal vorlesen?« brachte Constantin mit belegter Stimme hervor.

Sie hob erstaunt die Augenbrauen, nahm aber geduldig ihre Tafel noch einmal vor und erläuterte die Zahlen abermals. Viel zu schnell war sie damit fertig und wandte ihm den Blick fragend zu. Nun fiel ihm nichts mehr ein, um sie noch länger zurückzuhalten, und sie ließ die Tafel auf dem Tisch und ging mit einem kurzen Gruß.

Constantin sah noch immer zur Tür, auch als sie schon längst entschwunden war. Erst als Zacheus hüstelte, erinnerte er sich an dessen Anwesenheit. Der jüdische Händler schaute ihn mit einem Blick an, den Constantin nicht recht deuten konnte.

»Hat der Herr eine Entscheidung getroffen?« fragte er höflich. Constantin zögerte. Eine Entscheidung? Oh, nein. Er brauchte einen Grund, um wiederzukommen.

»Erlaubt Ihr, daß ich Eure Unterlagen mitnehme und noch einmal überprüfe?« fragte er. Zacheus zuckte mit den Schultern.

»Wenn der Herr das für nötig hält«, brummte er mürrisch. Aber er schichtete bereitwillig die Tafeln aufeinander und trug sie hinter Constantin her zur Haustür.

»Ist es Euch recht, wenn ich morgen Nachmittag wiederkomme?« fragte Constantin.

»Wie es dem Herrn beliebt«, erwiderte Zacheus mit hochgezogenen Augenbrauen.

In dieser Nacht schlief Constantin wieder nicht. Er drehte sich auf seinem Strohsack hin und her und rief sich jede Sekunde ins Gedächtnis zurück, die das Mädchen anwesend gewesen war. Er zögerte, sie in seinen Gedanken Elizabeth zu nennen. Für ihn war sie Beatrix. Aber als er versuchte, sich an die längst verstorbene Beatrix zu erinnern, fiel ihm das gar nicht mehr leicht.

Er ging am nächsten Nachmittag wieder zu Zacheus, aber zu seiner Enttäuschung ließ sich Elizabeth nicht blicken. Er stellte Zacheus ein paar belanglose Fragen und ging dann wieder, ohne seinem Gastgeber einen endgültigen Bescheid zu geben. Aber als er das Haus niedergeschlagen und enttäuscht verlassen hatte und Richtung Alter Markt ging, sah er Elizabeth die Gasse entlangkommen. Sie schleppte einen schweren Einkaufskorb.

Constantins Herz klopfte heftig bei ihrem Anblick. Er entschloß sich, diese günstige Gelegenheit auf keinen Fall ungenutzt zu lassen, und trat auf sie zu. Sie wollte mit einem kurzen Gruß an ihm vorbeigehen, aber er streckte die Hand nach ihrem Korb aus.

»Ihr gestattet wohl, daß ich Euch diese Last abnehme, sie ist viel zu schwer für ein zartes junges Mädchen«, bemerkte er. Sie sah ihn kühl an und wollte offenbar ablehnen, aber dann überließ sie ihm den Korb und ging neben ihm her.

»Es tut mir leid, daß Ihr Eure Mutter verloren habt«, sagte Constantin mitfühlend.

Wie so oft war es ihm gelungen, die richtigen Worte zu finden. Sie seufzte tief auf.

»Ja, es war sehr schwer für uns, ihr Leiden mit anzusehen. Es ging über viele Wochen, und die letzten Tage ihres Lebens hat sie häufig vor Schmerzen geschrien. Meine Schwester Sara und ich haben bei ihr gesessen und ihr die Hand gehalten, aber wir konnten ihre Leiden ebensowenig lindern wie der Arzt mit seinen Tränken.«

Ihre Augen standen voller Tränen. Constantin blieb stehen, um nicht zu früh bei ihrem Haus anzukommen.

»Eine schreckliche Zeit muß das für Euch gewesen sein. Ich kann Euch das gut nachfühlen. Eins meiner Kinder ist vor Jahren unter schlimmen Schmerzen gestorben, und ich weiß noch genau, wie verzweifelt ich war, weil ich meinem kleinen Gretchen nicht helfen konnte.«

Nun sah Elizabeth ihn zum ersten Mal teilnahmsvoll an. »Das tut mir leid für Euch«, sagte sie leise. »Und für Eure Frau auch.«

»Meine Frau starb kurz darauf an der gleichen Krankheit. Auch bei ihr war keine Hilfe möglich«, sagte Constantin traurig. »Ich bin Witwer.«

Seine zweite Ehe verschwieg er lieber.

»Wie alt war Eure kleine Margarete denn?« fragte Elizabeth noch.

»Sie zählte erst fünf Jahre. Eigentlich hieß sie Richmodis, aber ich nannte sie gern Gretchen, weil sie wie eine kleine Perle war.«

»Oh!« machte Elizabeth. »Meine kleine Schwester Sara ist auch fünf. Sie ist neun Jahre jünger als ich, meine Mutter hatte schon nicht geglaubt, noch ein weiteres Kind zu bekommen. Ich habe Sara sehr lieb.«

»Das ist schön. Ich bin sicher, daß Ihr ein guter und mitfühlender Mensch seid«, erklärte Constantin und sah sie verzehrend an.

Das schien Elizabeth nicht recht zu sein, denn sie meinte: »Ich muß nun rasch heim. Danke für Eure Begleitung.«

Und ehe er wußte, wie ihm geschah, hatte sie ihm den Korb wieder entwunden und eilte davon.

Kurz darauf durfte sich Eckebrecht über einen Besuch seines Enkels freuen.

»Großvater, du mußt mir nun raten«, sagte Constantin vertrauensvoll. »Ich habe dir doch erzählt, daß Zacheus zwei Töchter hat.«

»Ja, und daß eine davon wie Beatrix Birklin aussieht«, erwiderte Eckebrecht.

Constantin holte tief Luft und platzte dann heraus: »Ja. Sie heißt Elizabeth, und ich möchte sie gern heiraten.«

Eckebrecht zuckte zusammen. Verblüfft strich er sich über den schneeweißen kurzen Bart und musterte seinen Enkel mit einem prüfenden Blick.

»Du hast mich schon einmal mit einem sehr plötzlichen Heiratsentschluß überrascht«, meinte er dann.

»Ja, ich weiß. Das war aber eine Sache des Kopfes. Und die Ehe mit Friederun hast du für mich beschlossen«, erwiderte Constantin ungerecht. »Aber mein Wunsch, Elizabeth zu heiraten, hat nichts mit Überlegungen zu tun. Sie ist ganz sicher keine gute Verbindung, und ich brauche auch keine Versorgung mehr für meine Kinder; aber ich will und muß sie haben, wenn ich je wieder Ruhe finden soll.«

»So, so.« Eckebrecht sah Constantin sorgenvoll an. »Und warum, wenn man fragen darf, dieser plötzliche Entschluß? Nur weil sie aussieht wie Beatrix Birklin?«

»Sie hat aber braune Augen. Ihre Haare sind auch dunkler. Und ihre Stimme ist ganz anders, tiefer und voller als die von Beatrix, wenn ich mich recht erinnere«, erklärte Constantin trotzig.

»Eben, wenn du dich nach zwanzig Jahren noch recht erinnerst. Mein lieber Junge, du machst mir Angst. Damals warst du in das Bild eines Mädchens verliebt, das du in Wirklichkeit gar nicht gekannt hast, und nun willst du plötzlich ein anderes Mädchen heiraten, um die Verlorene wiederzufinden. Und das nach all der Mühe, die sich deine Mutter seit Jahren vergeblich gibt, um dich wieder in den Ehestand zu befördern. Geht das nicht zu schnell?«

»Großvater«, sagte Constantin entschlossen, »bei aller Achtung vor dir, aber ich möchte dieses Mal nicht deinen Tadel hören, sondern deinen Rat. Zu schnell? Auf was soll ich warten? Ich bin fast vierzig.«

»Und sie ist, denke ich, so um die vierzehn, denn in diesem Alter pflegen jüdische Mädchen zu heiraten«, sagte Eckebrecht scheinheilig.

»Genau«, meinte Constantin. »Ich wäre nicht der erste, der in meinem Alter ein sehr junges Mädchen heiratet.«

»Gewiß nicht. Wenn mir auch im Augenblick keine Frau einfallen will, die mit Begeisterung mit einem Mann lebt, der gut und gern ihr Vater sein könnte. Wenn ich da an Friederun denke ...«

Constantin vergaß sich nun so weit, daß er mit dem Fuß aufstampfte.

»Schluß, Großvater! Hör auf damit. Ich bin nur zu dir gekommen, weil du mir raten sollst. Sie ist doch Jüdin, wie soll ich es anstellen?«

Jetzt wurde auch Eckebrecht ärgerlich und schlug mit der Faust auf den Tisch.

»Eben, sie ist Jüdin. Um dich zu heiraten, müßte sie sich selbstverständlich taufen lassen. Aber weißt du auch, was das für eine Jüdin bedeutet? Das Judentum vererbt sich nämlich nicht über den Vater, sondern über die Mutter. Das hast du wohl nicht gewußt? Es ist aber so. Und das bedeutet, daß sie ihre Wurzeln abschneiden würde, wenn sie ihren Glauben verläßt, um dich zu heiraten. Alle, die ihr bisher lieb und teuer waren, würden sie nicht mehr kennen. Ich habe sehr bitter erfahren müssen, wie das ist. Deswegen denke ich, ihr Vater würde sie dir niemals geben. Selbst wenn sie dich möchte; und da kannst du gar nicht sicher sein, vielleicht bist du in ihren Augen ein Greis.«

Constantin schwieg betroffen und dachte über die grausamen Worte des Großvaters nach. Aber nach einer Weile legte der Alte ihm die Hand auf den Arm und sagte abbittend:

»Verzeih, lieber Junge, ich war zu hart zu dir. Wie ein Greis siehst du wirklich nicht aus, das habe ich, der ich selbst ein alter Mann bin, so im Zorn gesagt, weil ich etwas dagegen habe, daß du diesem jungen Ding, wie immer sie sein mag, eine solche Last auferlegen willst. Natürlich würdest du den meisten Frauen sehr gefallen, aber muß es denn ein halbes Kind sein, und warum in aller Welt gerade eine Jüdin?«

Constantin seufzte. »Ich werde darüber nachdenken«, versprach er und küßte seinen Großvater zum Abschied. »Ich weiß ja, daß du es gut meinst«, sagte er noch und ging.

Aber als er draußen war, dachte er trotzig: Und ich heirate sie doch, da kann Großvater sagen, was immer er will!

Im Lauf des Tages merkte er, daß er nur darüber nachsann, ob ihm noch ein Vorwand einfiele, um schon wieder bei Zacheus vorzusprechen. Er beschloß, daß dies nicht mit seiner Würde vereinbar wäre, und faßte sich ein Herz.

Es war schon fast dunkel, als er bei Zacheus anklopfte, und dieser sah ihn befremdet an. Er sagte aber nichts, sondern führte Constantin in die Stube, wo sie neulich gegessen hatten. Die Küchentür stand offen, und es war dort kein Licht mehr, die Töchter waren wohl schon zu Bett gegangen.

»Falls dem Herrn mein Geschäft nicht genügend zusagt, so habe ich einen weiteren Vorschlag«, begann Zacheus. »Wie wäre es, wenn ich Euch mein Haus überschreibe und in Zukunft Miete zahle? Dann bliebe von meiner Schuld nur noch ein kleiner Teil übrig, den ich im Laufe des nächsten Jahres wohl abtragen könnte.«

Constantin holte tief Luft, faßte Mut und sagte rasch: »Behaltet Euer Haus. Behaltet auch Euer Geschäft. Gebt mir Eure Tochter Elizabeth zur Frau, und wir zerreißen den Schuldschein, und ich zahle obendrein eine Summe, die Ihr selbst festsetzen könnt.«

Zacheus wandte sich zum Fenster, damit Constantin das triumphierende Aufblitzen in seinen Augen nicht sehen konnte. Er schien auf die dunkle Gasse hinauszustarren und schwieg eine lange Weile. Endlich sagte er, ohne sich zu Constantin umzuwenden:

»Meine Elizabeth will der Herr also heiraten. Der reiche Christ will das arme jüdische Mädchen zur Frau. Und wie soll das möglich sein?«

»Ich kann sie allerdings nur heiraten, wenn sie sich taufen läßt«, gab Constantin zu.

Zacheus drehte sich um und stach mit dem Zeigefinger in Constantins Richtung.

»So, taufen lassen soll sie sich. Und was soll dann aus ihr werden? Weiß der Herr nicht, daß kein Jude mehr etwas mit seinem Herrn Großvater zu tun haben will, der heute Eckebrecht heißt, aber als Constantin unter uns aufgewachsen ist? Daß er sich noch so mühen kann und findet doch keine Anerkennung?«

»Ich weiß«, sagte Constantin kalt. »Ich weiß auch, daß er Eurem Vater Nathanael wochenlang Lebensmittel schenkte, weil Ihr, sein Sohn, sonst verhungert wärt. Und daß Nathanael sich nach der Hungersnot nie wieder bei meinem Großvater blicken ließ. Ich weiß das alles.«

Er holte tief Atem. »Dennoch bitte ich Euch: Gebt mir Eure Tochter zur Frau, und ich will sie vor allen Anfeindungen der Juden schützen, solange ich lebe.«

Er wartete darauf, daß Zacheus ihn nun fragen würde: Und kannst du sie auch vor Anfeindungen der Christen schützen? Aber dieser Gedanke schien Zacheus nicht zu kommen.

Gern hätte der jüdische Kaufmann Constantin noch das eine oder andere an den Kopf geworfen; aber es hätte ja sein können, daß dieser dann einen Rückzieher machen würde, und dieses Wagnis wollte Zacheus nicht eingehen.

So sagte er mürrisch: »Laßt es mich einige Tage überdenken.«

»Und Ihr werdet Eure Tochter fragen, ob sie einverstanden ist?« fragte Constantin.

Zacheus zog die Augenbrauen hoch. »Nein, das werde ich nicht. Ich allein werde das entscheiden, und meine Tochter wird tun, was ich ihr befehle. Ist das bei euch Christen anders?«

Constantin dachte daran, wie er mit Engilradis und Druda über alle Bewerber eingehend und wochenlang gesprochen hatte und wie schließlich die beiden Mädchen sich den ausgesucht hatten, der ihnen der liebste war. Aber er mochte jetzt durchaus nicht mit Zacheus streiten.

»So habt die Güte und gebt mir Bescheid, wenn Ihr Euch entschieden habt«, sagte er abschließend. Um sich das Heft nicht ganz aus der Hand nehmen zu, fügte er noch hinzu: »Binnen drei Tagen, wenn ich bitten darf.«

Und er ging. Er wußte nicht, ob er es richtig gemacht hatte – Zweifel, die ihm bei seinen beiden ersten Eheschließungen nie gekommen wären.

Zacheus wartete zwei Tage lang. Zum einen wollte er Constantins Ungeduld auf die Probe stellen und die Frist möglichst in die Länge ziehen; zum anderen versuchte er in dieser Zeit, sich möglichst genau zu erkundigen, wie reich der größte Kaufmann von Köln wohl sein mochte. Zacheus gehörte durchaus nicht zur gleichen Schicht von Kaufleuten wie die Sippe Eckebrechts, darum war es nicht leicht für ihn, das Vermögen Constantins einzuschätzen. Er war fest entschlossen, die Trumpfkarte, die ihm das Schicksal in die Hand gespielt hatte, bis zum Allerletzten auszureizen und dem Bewerber um Elizabeths Hand so viel abzuverlangen, wie dieser nur irgend leisten konnte.

Außerdem schickte er Josua fort mit einem Handelszug, der am nächsten Tag Köln verließ und nach Genua führte. Zwar hatte Zacheus so wenige Waren, daß die weite Reise sich eigentlich nicht lohnte, aber das merkte Josua nicht. Zacheus gab ihm den Auftrag, seine letzten Goldvorräte zu verkaufen und Seide dafür zu erstehen, und Josua freute sich sehr über die verantwortungsvolle Aufgabe. Er sah darin einen Vertrauensbeweis. Wenn er diesen Auftrag gut erfüllte, wäre es dann nicht möglich, daß Zacheus ihm seine Tochter zum Weib gab? Schon lange hatte Josua, der Sohn eines armen Schneiders, die Absicht, in das Geschäft seines Brotgebers einzuheiraten. Seit einer Weile machte er darum Elizabeth schöne Augen, wohlweislich aber nicht in Gegenwart ihres Vaters. Nun reiste Josua fröhlich ab in der Hoffnung, seinem Ziel mit dieser Handelsfahrt ein gutes Stück näher zu kommen.

Am Abend des zweiten Tages, an dem Zacheus von früh bis spät herumgehorcht hatte, rief er Elizabeth zu sich.

»Vater, das Mehl ist schon wieder um einen Batzen teurer geworden«, sagte Elizabeth kummervoll. »Hast du noch etwas Geld übrig? Sonst tut es mir leid, aber für heute abend kann ich uns dann nur eine Kohlsuppe kochen.«

Zacheus verzog das Gesicht. Er mochte Kohlsuppe nicht, aber das war jetzt nicht wichtig. In Kürze würden die Kohlsuppenzeiten für immer der Vergangenheit angehören.

Er betrachtete seine Tochter eine Weile prüfend. Doch, Elizabeth war wirklich ein besonders liebreizendes Mädchen. Sie war noch viel zu jung, als daß der Kummer um den Tod der Mutter und die ständigen Geldsorgen schon Sorgenfalten in ihr hübsches Gesicht hätten graben können. Aber das würde noch kommen, mit Sicherheit kommen, wenn sie noch jahrelang in so beengten Verhältnissen leben müßte.

»Über Kohlsuppe will ich jetzt nicht mit dir reden. Koche eben, was du noch in der Küche hast, es ist nicht wichtig. Ich habe dich aus einem ganz anderen Grund gerufen: Ich habe einen Mann für dich gefunden«, eröffnete er ihr ohne Umschweife. »Du wirst sehr bald heiraten.«

Elizabeth zuckte zusammen. »Aber Vater, das geht doch nicht! Wer wird dann für Sara sorgen? Und für dich und für Josua?« fragte sie sorgenvoll.

Zacheus winkte barsch ab. »Dafür kann ich eine Magd einstellen«, teilte er ihr mit. »Wir werden in Kürze Geld genug dafür haben. Du heiratest nämlich einen sehr reichen Mann.«

Elizabeth dachte darüber nach, welcher reiche Jude denn wohl um sie gefreit haben könnte. Es fiel ihr keiner ein.

»Wer ist es, Vater?« fragte sie hoffnungsvoll.

»Du wirst Constantin heiraten«, sagte Zacheus und wärmte sich die Hände an dem kleinen Glutbecken.

Elizabeth sah ihn erschrocken an. Nachdem sie die Sprache wiedergefunden hatte, rief sie: »Aber Vater, das ist doch unmöglich. Will Herr Constantin denn Jude werden?«

»So einen Unsinn kann auch nur eine Frau daherschwatzen«, brummte Zacheus, sah aber seine Tochter noch immer nicht an.

»Das Verlöbnis wird gleich gefeiert, und dann wirst du einige Zeit im Kloster Sankt Ursula verbringen, wo die Äbtissin selbst dich auf die Taufe vorbereiten wird. Das ist selbstverständlich die Voraussetzung für diese Ehe, wie jeder weiß, außer so einem dummen jungen Ding wie dir. Die Hochzeit erfolgt dann in vier Wochen.«

Elizabeth begriff, daß es ihrem Vater völlig Ernst war und daß er alles bereits genau geplant hatte. Entsetzt rief sie:

»Mich auf die Taufe vorbereiten? Vater, nein, ich bitte dich! Ich kann doch keinen Goj heiraten! Das kannst du mir nicht antun. Und Christin soll ich auch noch werden? Du verstößt mich ja nicht nur aus unserer Familie, sondern auch aus unserer jüdischen Gemeinde. Das kannst du doch nicht wollen!«

Aber Zacheus hatte jetzt genug. Mit einem raschen Schritt war er heran und packte ihren Arm.

»Schluß mit dem Widerspruch, ich habe es so beschlossen!« zischte er. »Glaubst du, ich lasse mir die einzige Gelegenheit entgehen, mit einem Schlag reich zu werden? Und einen Schwiegersohn zu bekommen, dessen Familie die mächtigste Handelsfamilie in Köln ist? Wir haben damit ausgesorgt, verstehst du? Keine Geldsorgen mehr, nie wieder.«

Elizabeth hoffte, daß es ihr doch noch gelingen könnte, das Herz ihres Vaters zu rühren.

»Lieber Vater, ich flehe dich an, verkaufe mich doch nicht wie eine Ware! Was brauchen wir denn das Geld dieses Christen? Ich liebe Josua und möchte seine Frau werden. Er ist tüchtig, wir werden gemeinsam schon wieder zu Wohlstand kommen.«

Zacheus hatte so etwas geahnt. In kluger Voraussicht hatte er Josua auf eine weite Reise fortgeschickt, die lange genug dauerte, daß er nicht stören konnte.

»Das könnte dir so passen!« rief er. »Du wirst nicht diesen armen Schlucker heiraten, sondern an das Wohl deiner Familie denken. Mein Urgroßvater war noch ein reicher Kaufmann, der in ganz Europa handelte. Der Großvater floh während des großen Judenmords nach Frankfurt und starb dort früh. Mein Vater kam nach Köln zurück, brachte es aber auf keinen grünen Zweig mehr. Dieser Constantin ist die einzige Möglichkeit, die sich mir je geboten hat, es wieder zu etwas zu bringen. Du wirst ihn heiraten, und wenn ich dich an den Haaren zum Traualtar schleifen müßte!«

Elizabeth schlug die Hände vor das Gesicht und begann laut zu weinen.

»Oh weh! Was hätte wohl meine Mutter dazu gesagt? Sie wird sich im Grabe herumdrehen!«

Die kleine Sara war neugierig hereingeschlüpft. Als sie ihre Schwester in Tränen aufgelöst sah, lief sie auf den Vater zu und klammerte sich an sein Knie.

»Vater, bitte nicht mit Elizabeth schimpfen«, bettelte sie.

Aber Zacheus stieß sie zurück, daß sie auf den Boden fiel, und rief zornig: »Kein Wort mehr! Du wirst gehorchen, Elizabeth! Ich befehle es dir. Und wehe dir, wenn du auch nur noch ein einziges Mal wagst, mir zu widersprechen, dann prügele ich dich grün und blau!«

Und er ging hinaus und schlug die Tür heftig hinter sich zu und ließ seine beiden Töchter mit ihrem Schrecken und Kummer zurück.

Am dritten Tag stand Zacheus vor Constantin. Er trug einen langen grauen Samtmantel, schon ein wenig abgewetzt, über seinem Kaftan und eine Pelzmütze auf dem Kopf, die er beim Eintritt in das Haus höflich abnahm.

Constantin führte ihn in sein Kontor, rief Wigberta zu, sie möge bitte etwas zu essen und zu trinken bringen, und plauderte über das Wetter, bis sein Gast mit allem versorgt war, obwohl ihm das Herz bis zum Hals schlug. Zacheus nippte an dem Würzwein, rührte die Speisen aber nicht an.

»Der Herr war so freundlich, sich um meine Tochter zu bewerben. Ich nehme die Bewerbung an«, sagte er hölzern und starrte an Constantin vorbei in eine Ecke.

Constantin atmete tief auf. »Sie wird es immer gut bei mir haben, Zacheus. Ich danke Euch«, erwiderte er dann einfach.

Zacheus wippte mit dem Fuß. »Da wäre dann noch die andere Sache. Euer Angebot ...«

»… das gilt«, fiel Constantin ein. »Der Schuldschein ist hinfällig, und Ihr sagt mir, wieviel Ihr sonst noch braucht.«

»Die Zeiten sind schlecht«, klagte Zacheus. »Im vorigen Jahr hatte ich viel Pech. So geht es bei Kaufleuten manchmal. Einmal läuft alles gut, dann wieder nicht.«

»Wieviel also?«

Zacheus hob die Augen und betrachtete die Zimmerdecke. »Ich brauche dreihundert Mark.«

Constantin verschlug es die Sprache. Das war eine gewaltige Summe, weit mehr, als er gerade zur Verfügung hatte. Er würde bei seiner Familie borgen oder eine Reihe von Besitztümern verkaufen müssen. Fast hätte er nach altem Kaufmannsbrauch ein viel kleineres Gegenangebot gemacht, aber er besann sich und hielt sich zurück. Hier ging es um eine Ehe, nicht um ein Geschäft. Jedenfalls nicht für ihn.

Immerhin sagte er: »Fünfzig Mark bei der Verlobung, fünfzig Mark bei der Hochzeit, und dann nach jeweils sechs Monaten eine Rate in gleicher Höhe, bis die Summe erfüllt ist. Und zwar ohne Zinsen!«

»Gut, ich schlage ein!« rief Zacheus rasch. Sein Gesicht war verklärt. Noch niemals hatte er einen so dicken Fisch an Land gezogen.

»Die Verlobung in drei Tagen, die Hochzeit in vier Wochen«, hielt er noch dagegen und verabschiedete sich. Es war nicht zu verkennen, daß sein Gesicht einen triumphierenden Ausdruck trug.

Constantin blieb zurück. In seinem Innern tobten die widersprüchlichsten Gefühle. Da war die Seligkeit, daß er die so heiß ersehnte Braut bekommen sollte. Seine verlorene Beatrix – nun hatte er sie schließlich doch noch für sich gewonnen.

Andererseits wurmte es den geborenen Kaufmann, daß er von Zacheus so unverschämt ausgenutzt wurde. Auf Anhieb wußte er noch nicht, wie er eine solch riesige Summe Geld aufbringen würde, das würde ihm für die nächsten Monate Kopfzerbrechen genug bereiten.

Und ganz zum Schluß fiel ihm ein, daß er gar nicht danach gefragt hatte, wie denn dem Mädchen die Verlobung gefiele.

Gisela, die Frau von Herrn Richwin Grin, war für ihre spitze Zunge wie auch für ihre Tratschsucht bekannt. Wenn sie so eilig durch die verregneten Straßen Kölns lief, daß sie um ein Haar auf dem schlüpfrigen Weg ausgeglitten wäre, konnte man davon ausgehen, daß sie ein Geheimnis erfahren hatte, das sie ganz dringend bei einer ihrer Freundinnen loswerden wollte.

Sie hielt vor dem Haus des Herrn Hilger vom Malzbüchel inne und schwang energisch den Türklopfer. Frau Udelhildis öffnete ihr selbst und freute sich beim Anblick der Freundin; denn deren gerötetes Gesicht und blitzende Augen versprachen eine aufregende Neuigkeit.

Und so war es. Frau Gisela machte es sich im Saal des Herrn Hilger bequem und nahm sich kaum die Zeit, um drei oder vier Stücke Kuchen zu genießen, die Frau Udelhildis gebacken hatte.

»Los, spanne mich nicht auf die Folter«, sagte Frau Udelhildis und goß ihr einen Becher mit Kräutertee ein. »Was willst du mir erzählen?«

Frau Gisela kaute noch mit vollen Backen. »Du wirst es nicht glauben«, sagte sie genüßlich, aber undeutlich, »was meinst du wohl, wer noch diesen Monat heiratet?«

Frau Udelhildis hatte keine Ahnung.

»Wer ist der begehrteste unverheiratete Mann in Köln?« fragte Frau Gisela.

Ihre Freundin dachte nach. »Mein Bruder Heribord?« fragte sie.

»Blödsinn«, sagte Frau Gisela vernichtend. »Rate weiter!«

Frau Udelhildis machte ein beleidigtes Gesicht, war aber zu neugierig, um sich in die Schmollecke zurückzuziehen. »Herr Constantin?« riet sie ein zweites Mal.

»Genau!« rief Frau Gisela triumphierend. »Und der will jetzt zum dritten Mal heiraten!«

»Oh!« machte Frau Udelhildis. Als ihre Eltern vor drei Jahren sich nach einem Mann für sie umgeschaut hatten, war ihr selbst wie auch ihrer Familie Constantin als Ziel ihrer Träume erschienen. Aber als ihre Mutter einen vorfühlenden Besuch bei Constantins Mutter Engilradis machte, hatte diese ihr bedeutet, ihr Sohn wolle um keinen Preis noch einmal heiraten; und so hatte Frau Udelhildis Herrn Hilger bekommen und war nicht schlecht damit gefahren, wenn er auch den Vergleich mit Constantin nicht aushielt.

»Und wen heiratet er diesmal? Mir fällt im Augenblick keine wunderschöne, steinreiche Witwe ein, die in Frage käme. Oder ist es diesmal vielleicht die Tochter eines Grafen oder gar eine Prinzessin?«

»Blödsinn«, sagte Frau Gisela noch einmal. Ihre Augen glitzerten schadenfroh. »Kennst du irgendwelche Leute aus der Judengasse?«

Frau Udelhildis dachte nach. »Natürlich nicht. Hilger macht ab und zu einmal Geschäfte mit Juden, aber ins Haus gebracht hat er noch nie welche, und ich selber kenne keine. Aber was soll das jetzt, du wolltest mir doch sagen, wen Herr Constantin heiratet.« Und sie goß dem Gast und sich selber vom Tee nach.

Frau Gisela rieb sich die Hände. »Ich bin ganz bei der Sache, keine Angst. Der schöne, reiche, kluge Herr Constantin, Münzmeister und ehemals Zollmeister, größter Kaufmann dieser Stadt, Freund des verstorbenen Herrn Erzbischofs – er heiratet die Tochter eines kleinen jüdischen Händlers aus der Judengasse.«

Frau Udelhildis verschluckte sich vor Schreck und hustete entsetzlich, und ihre Freundin mußte ihr den Rücken klopfen, damit sie wieder zu Atem kam.

»Niemals«, sagte sie dann. »Du treibst deinen Schabernack mit mir, nicht wahr? Er kann doch gar keine Jüdin heiraten!«

Aber Frau Gisela schüttelte triumphierend den Kopf.

»Mein Mann hat es gestern im Bürgerhaus gehört, und daß das junge Mädchen schon im Kloster Sankt Ursula sei, um von der Äbtissin im christlichen Glauben unterrichtet zu werden. Natürlich muß sie zuerst getauft werden, Udelhildis, das ist doch wohl selbstverständlich! Darauf bin ich heute morgen gleich ins Kloster gegangen und habe meine Schwester besucht, du weißt schon, Adelheid, die dort Nonne ist. Sie wußte bereits Bescheid wie alle im Kloster und führte mich kurz in den Klostergarten, da saß das Mädchen mit der Äbtissin und hörte ihr zu.«

»Aber es regnet doch, da können sie nicht im Garten sitzen! Daran erkenne ich, daß du mich anschwindelst!« rief Frau Udelhildis.

»Meine Güte, es regnet erst seit einer Stunde, als ich dort war, war es noch trocken«, sagte Frau Gisela ungerührt und erhob sich, »aber bitte, wenn du mir nicht glaubst ...« und machte Anstalten zu gehen.

Flugs griff Frau Udelhildis nach ihrem Arm und zog sie wieder auf ihren Sitz zurück, legte ihr eilig ein weiteres Stück Kuchen vor und bat: »Verzeih mir, ich habe es nicht so gemeint. Schnell, berichte: Wie sieht sie denn aus?«

Frau Gisela griff erst einmal zu und ließ die Freundin noch zappeln. Aber schließlich bequemte sie sich zu berichten:

»Also, ich finde sie nicht so besonders. Braune Haare, zierlich, ein ganz hübsches Gesicht so weit, das schon, aber eben nichts Außergewöhnliches. Und die Familie hat weder Geld noch Einfluß. Also, wieso Herr Constantin die nimmt ... und dann noch eine Jüdin!« und sie rümpfte die Nase.

Ähnlich hämische Bemerkungen fielen auch noch in weiteren der bedeutenden Häuser Kölns.

So mancher hatte ihm schon die Ehe mit der Tochter des überaus reichen Gerard Unmaze geneidet; dann war Frau Friederun die beste Partie Kölns gewesen, und sie hatte sich für Constantin entschieden und damit ihre zahlreichen anderen Bewerber enttäuscht. Nun war er jahrelang Witwer gewesen, und jedermann hatte geglaubt, er wartete auf die nächste reiche Erbin. Die Mütter von heiratsfähigen Töchtern hatten ihn nicht aus dem Blick gelassen, und es gab kaum eine Witwe passenden Alters und passender Herkunft, die nicht einen Bruder oder Vetter vorgeschickt hätte, um bei Constantin oder seinen nächsten Verwandten eine Andeutung zu machen. Sechs Jahre lang hatte er sie alle miteinander nicht beachtet – und nun ein unbedeutendes junges Mädchen, dazu noch Jüdin!

Köln hatte seinen Skandal.

Aber zunächst einmal waren da Constantins nächste Verwandten. Sie fielen aus allen Wolken, als sie von ihm erfuhren, daß er sich bereits mit Elizabeth verlobt hatte, und dies nur in Anwesenheit ihres Vaters. Er hatte niemand aus seiner Familie zu dieser Zeremonie hinzugezogen.

Der alte Eckebrecht schüttelte den Kopf. »Ich habe dir meine Meinung schon gesagt«, brummte er. »Du lädst da einem jungen Mädchen eine Last auf, an der sie vielleicht ihr ganzes Leben lang zu schleppen hat. Das gefällt mir gar nicht. Aber da du mit ihrem Vater einig bist, haben wir dir nicht weiter dreinzureden.«

Fordolf hätte lieber gesehen, wenn sein Sohn eine weitere glänzende Verbindung eingegangen wäre. Aber da er seinen alten Vater liebte und von dessen ewigem Kampf wußte, den dieser gegen die Verachtung des Renegaten bei den Juden geführt hatte, hielt er sich heraus und stellte nur trocken fest, sein Sohn sei fast vierzig Jahre alt und er habe ihm nichts mehr vorzuschreiben, wie auch immer er selbst über diese Angelegenheit denke.

Immerhin fand Constantin Rückhalt bei seiner Mutter. Wie so oft verblüffte Engilradis die Familie mit ihrer Sicht der Dinge.

»Ich glaube nicht, daß dein Vater die Zusammenhänge diesmal richtig sieht«, vertraute sie ihrem Ehemann Fordolf an. »Constantin wagt zum ersten Mal in seinem Leben, eine Frau wirklich zu lieben.«

»Du hast diese Elizabeth doch im Kloster besucht: Wie ist sie denn?« fragte Fordolf neugierig.

Engilradis dachte nach. »Sie ist klein und zierlich; auf den ersten Blick hat sie wirklich viel Ähnlichkeit mit Birklins verstorbener Tochter, aber hinter diesem süßen Gesicht steckt viel mehr Willenskraft, als die arme Beatrix je hatte. Sie hat mir berichtet, daß ihre Mutter eine liebevolle Frau war, die aber das Unglück hatte, fünf kleine Kinder zur Welt zu bringen und wieder zu verlieren, bevor sie Elizabeth bekam. Dann hatte sie Jahr für Jahr eine Fehlgeburt, bis die kleine Sara geboren wurde und am Leben blieb. Das hat wohl alle ihre Kräfte aufgezehrt, und sie hatte der Krankheit nichts entgegenzusetzen, die sie das Leben kostete und ihre Familie an den Rand des Ruins trieb. Elizabeth war damals dreizehn, aber sie hat seitdem tapfer den Haushalt versorgt, so sparsam sie nur konnte, und sich auch mit allen Kräften bemüht, der kleinen Schwester die Mutter zu ersetzen. Ich habe den Eindruck, daß sie ein sehr liebesfähiger Mensch ist.«

»Das klingt so, als gefiele sie dir«, meinte Fordolf zurückhaltend.

»In der Tat. Aber was viel wichtiger ist: Wenn Constantin sie liebt, dann will ich sie gleichfalls lieben«, erklärte Engilradis streng. Und dann, viel weicher und mit diesem süßen Lächeln, dem Fordolf noch nie widerstehen konnte: »Ich wäre froh, wenn du diese Schwiegertochter auch in dein Herz schließen könntest!«

»Nun ja, wenn du meinst. Aber sage mir: Liebt sie unseren Constantin denn auch?« wollte Fordolf wissen.

»Bis jetzt noch nicht«, äußerte sich Engilradis etwas rätselhaft. »Ich hatte den Eindruck, dieses junge Mädchen ist völlig verwirrt und unglücklich. Ihr Vater hat sie zu der Verlobung gezwungen, das ist ganz klar. Aber ich vertraue fest darauf, daß es unserem Sohn gelingt, sie für sich zu gewinnen und sie schließlich sehr glücklich zu machen.«

»Ihr Vater gefällt mir überhaupt nicht«, bemerkte Fordolf und runzelte die Stirn. Aber seine so geduldige, warmherzige Gattin hatte auch für diesen Mann ein gewisses Mitgefühl.

»Er hat es schwer gehabt in seinem Leben; sicher wäre er anders, wenn seine Frau ihm nicht gestorben wäre«, meinte sie still. »Schau, Fordolf: Unsere anderen drei Kinder haben alle jemanden geheiratet, dem ihr Herz gehörte. Du siehst doch, wie glücklich und zufrieden Helperich und Liveradis in ihren Ehen sind; und unsere arme Gertrudis hat Marcmann so geliebt, daß sie noch immer keinen zweiten Mann haben will. Deshalb bete ich darum, daß auch mein lieber Constantin endlich sein Herz verschenken kann.«

Was hätte Fordolf dagegen noch sagen können?

Auch Constantins Tochter hatte nichts gegen die Heirat ihres Vaters einzuwenden. »Wie könnte ich ihm denn etwas mißgönnen, was mich so froh macht?« sagte sie schlicht und nahm die Hand ihres jungen Ehemanns Hildeger in die ihre.

Es gab in Köln noch eine dritte Frau, die Constantins Verlobung billigte. Gepa, die Äbtissin von Sankt Ursula und Schwester seines Freundes Rainald von Dassel, redete ihm Mut zu.

»Laßt die Leute reden, Herr Constantin. Die kleine Elizabeth ist ein sehr liebenswertes Mädchen und kann Euch eine gute Gefährtin werden, wenn sie erst einmal all ihre Ängste besiegt hat. Es ist mir natürlich nicht verborgen geblieben, daß sie nur äußerlich meinen Lehren folgt und sich im Innern noch sperrt; aber das sage ich Euch nur ganz im Vertrauen. Wüßte es der Herr Erzbischof Philipp, er würde ihr sonst die Taufe versagen und Euch die Hochzeit. Darauf wollen wir es lieber nicht ankommen lassen. –

Euch ist es zu verdanken, daß dieses junge Mädchen durch die Taufe den Weg ins Himmelreich finden wird, der ihr sonst versagt geblieben wäre. Das wird Euch am jüngsten Tag als großer Verdienst angerechnet werden.«

Dieser Gesichtspunkt, so nahe er einer Äbtissin liegen mochte, hatte allerdings in Constantins Gedanken bisher eine zu vernachlässigende Rolle gespielt. Auch dachte er eher an die Hochzeitsnacht als an das jüngste Gericht.

Die Äbtissin lächelte. Ihr weises Gesicht ähnelte dem seines unvergessenen Freundes sehr, war aber nach dem stillen Leben im Kloster viel friedvoller.

»Ich bin sicher, mein Bruder würde Euch auch nicht von dieser Heirat abraten«, meinte sie schalkhaft. »Er war doch immer so aufgeschlossen und vorurteilsfrei …«

Und so fand die meistbeachtete Hochzeit dieses Jahres statt, nachdem tags zuvor der Erzbischof selbst Elizabeth getauft hatte, mit Äbtissin Gepa als Patin. Da Elizabeth nun Christin war, schickte es sich nicht mehr für sie, im Hause ihres jüdischen Vaters zu wohnen. Sie sollte darum die Nacht vor ihrem Hochzeitstag im Hause von Constantins Eltern verbringen.

Am Vorabend ließ Frau Engilradis die Badestube heizen. Widerspruchslos tauchte Elizabeth in den großen Bottich und ließ sich von Engilradis die Haare waschen. In dem heißen Wasser schwammen Kräuter und Rosenblätter.

Und dann brach der Hochzeitsmorgen an. Engilradis selbst wollte die junge Braut schmücken. Um diese Jahreszeit gab es keine Blumen mehr, aber Constantin hatte ihr ein kostbares hellgrünes Seidenband für ihr Haar gekauft, auf das unzählige winzige rote Rosen gestickt waren. Ihr Kleid war in einem etwas dunkleren Grün gehalten. Elizabeth hatte nie zuvor ein so prächtiges Gewand besessen.

Als Engilradis die Kammer betrat, wo dieser ganze Staat ausgebreitet lag, saß die junge Braut schon dort. Sie trug ein ganz schlichtes weißes Gewand ohne jeden Schmuck außer einem einfachen weißen Band um die Hüfte.

»Darf ich dir beim Ankleiden helfen?« fragte Engilradis freundlich.

»Ich bin fertig.«

»Du bist fertig? Aber da liegt ja noch der ganze Hochzeitsstaat!«

Elizabeth sah sehr blaß aus, fast so weiß wie ihr Kleid.

»Bei uns heiraten alle Bräute in einem einfachen weißen Kleid«, sagte sie leise. »Damit eine arme Braut nicht anders aussieht als eine wohlhabende, verstehst du? Und dann ist die weiße Farbe auch ein Zeichen der Reinheit. Darum möchte ich es gern so haben.«

Engilradis schwieg und dachte nach. So jung noch, und doch schon eine feste Persönlichkeit, dachte sie. Nun, Constantin würde sich wundern, aber das half nun nichts. Elizabeth sollte ihren Willen haben.

»Wenn für dich dieses Kleid wichtig und richtig ist, dann sollst du es auch tragen«, sagte sie dann freundlich. »Ganz gleich, was sie anzieht: Eine Braut ist immer die Königin des Tages. Aber das Haarband darf ich dir doch einflechten?«

Dem konnte Elizabeth sich nicht auch noch widersetzen, und Engilradis flocht ihr das Haar wie eine Krone und zierte es mit dem Rosenband.

Die Hochzeitsgesellschaft war viel kleiner als bei Constantins ersten beiden Brautläufen. Es fehlte die Protzerei, die Gerard Unmaze ihm aufgezwungen hatte; es fehlte der Glanz des Kölner Landadels, für den Friederuns Verwandte gesorgt hatten. Im Grunde waren es nur Constantins nächste Angehörige und Freunde, die das junge Paar zum Traualtar geleiteten. Er hatte sich nicht der Demütigung aussetzen wollen, daß seine Einladung nicht beachtet wurde, darum hatte er nur sehr wenige ganz nahe Freunde geladen, bei denen er sicher war, daß sie auch wirklich kamen. Aber halb Köln säumte den Weg, den das junge Paar zur Kirche Sankt Laurenz schritt, um die unbekannte junge Braut zu begutachten und zu kommentieren. Ihr Vater führte sie an der Hand; mit Constantins Zahlungen zur Verlobung und zur Hochzeit war es ihm ein Leichtes gewesen, sich ein neues prunkvolles Gewand zu kaufen.

Als sie vor Sankt Laurenz standen, zögerte die Braut, in die Kirche einzutreten, und stöhnte auf. Da wurde der Griff der väterlichen Hand schmerzhaft, und er sah sie drohend an.

Sie zögerte noch immer; aber da nahm Äbtissin Gepa, die sich selbst zur Hochzeit eingeladen hatte und es sich nicht nehmen ließ, an Elizabeths rechter Seite zu gehen, sanft ihre andere Hand, lächelte sie freundlich an und zog sie behutsam in die Kirche, wo Constantin am Altar auf sie wartete.

Drei Schritte vor dem Altar blieb Elizabeth jäh stehen. »Die Chuppa fehlt, so kann ich nicht heiraten«, jammerte sie.

Zacheus zischte sie an: »Bei Christen gibt es keine Chuppa!«

»Was ist das, eine Chuppa?« fragte Äbtissin Gepa leise. »Ein Baldachin, unter dem ein jüdisches Brautpaar bei der Heirat steht«, knurrte Zacheus.

Gepa zögerte kurz. Ein Blick auf das blasse, störrische Gesicht des Mädchens, und sie ging entschlossen nach vorn zum Altar, wo der Pfarrer mit gerunzelter Stirn wartete. Sie flüsterte ihm etwas ins Ohr, worauf der Pfarrer ungläubig den Kopf schüttelte und einen strengen Blick auf die Braut warf, aber dann doch seine beiden Ministranten mit einem kurzen Befehl in die Sakristei scheuchte. Diese beeilten sich und kamen nach kürzester Zeit mit dem Baldachin zurück, der bei der Fronleichnamsprozession über der Monstranz getragen wurde. Sie stellten sich links und rechts vom Bräutigam auf und hielten den Baldachin wie einen Thronhimmel über seinen Kopf.

Da seufzte Elizabeth tief auf, es klang ergeben, aber auch erleichtert, und sie schritt zu Constantin und stellte sich neben ihn.

Der Bräutigam nahm vor Aufregung nicht recht wahr, was sich an diesem Tag abspielte. In seinem Kopf sauste es, und ihm war schon beim Aufstehen am Morgen schwindlig gewesen. Als er Elizabeth langsam den Gang entlang auf sich zukommen sah, war er wieder zwanzig Jahre alt und floß über vor Sehnsucht nach seiner Beatrix – nein, Elizabeth. Sein Leben, das in den letzten Jahren schon ein wenig trübe geworden war, würde voller Glanz sein und jeder Tag voller Rosen, Sonnenschein und Sternengeflimmer gleichzeitig.

Die Braut hatte den Schleier vor ihr Gesicht gezogen, so daß er ihre Züge nur undeutlich wahrnahm. Ihr »Ja« vor dem Traualtar war nicht viel mehr als ein Seufzer. Seit ihr Vater ihr befohlen hatte, Constantin zu heiraten, hatte sie jede Nacht geweint, nun waren ihre Tränen aufgebraucht und sie überstand die Trauung trockenen Auges. Aber ihre kleine Schwester Sara weinte so bitterlich, daß der Pfarrer sie ungnädig anfunkelte.

Auch vom Festmahl und Brauttanz hatte Constantin später nur eine sehr undeutliche Erinnerung. Immer wieder mußte er Elizabeths Hand fassen, um sicher zu sein, daß sie hier bei ihm war, daß sie nun tatsächlich seine angetraute Frau war. Die Feier fand im großen Saal im Hause seiner Eltern statt.

Sein Großvater Eckebrecht beobachtete das junge Paar, wie es bei

Tisch saß; der Bräutigam aß kaum etwas vor Aufregung, und die junge Braut rührte die Speisen kaum an, weil ihr der Hals wie zugeschnürt war. Eckebrecht war es, als sähe er sich selbst da sitzen mit seiner blutjungen Braut Liveradis, vor rund sechzig Jahren.

Auch er war so voller Freude gewesen, und sie hatte genauso still und abwesend dagesessen wie Elizabeth heute.

Eckebrecht seufzte. Er konnte nur hoffen, daß Constantin mehr Gnade vor den Augen seiner Braut finden würde als er damals.

Auch Engilradis beobachtete ihren ältesten Sohn und machte sich ihre Gedanken. Als das neu vermählte Paar sich zum Aufbruch anschickte, rief sie ihren Sohn beiseite.

»Eins möchte ich dir sehr ans Herz legen, Constantin«, sagte sie zu ihm und sah ihn besorgt an. »Gib gut acht, daß du Elizabeth niemals, niemals aus Versehen mit dem Namen Beatrix rufst. Sie würde dir das nie im Leben verzeihen.«

Da sah Constantin seine Mutter mit einem so weichen, glücklichen Ausdruck an, wie sie ihn noch nie gesehen hatte.

»Du bist lieb, Mutter. Aber du mußt dir keine Sorgen machen. Ich wurde wohl wegen ihrer Ähnlichkeit mit Beatrix auf sie aufmerksam; vorübergehend bin ich noch einmal zwanzig Jahre alt gewesen und glaubte, das nachholen zu können, was ich damals versäumt habe. Aber, Mutter: Inzwischen habe ich mich daran erinnert, fast vierzig Jahre alt zu sein, und bin wieder zur Vernunft gekommen. Ich merkte plötzlich, daß ich mir Beatrix' Bild gar nicht mehr ins Gedächtnis rufen kann. Heute liebe ich Elizabeth, und so soll es bleiben, bis ans Ende unserer Tage.«

Da atmete Engilradis auf, stellte sich auf die Zehenspitzen, küßte ihren Sohn und war beruhigt.

Zwar war es Brauch, daß alle Gäste das junge Paar bis zum Hochzeitsbett geleiteten. Aber Constantin, der nicht zögerte, mit alten Bräuchen zu brechen, wenn ihm das so richtig erschien, hatte sich das ausdrücklich verbeten. Er ließ die feiernde Gesellschaft in seinem Elternhaus zurück; mochte sein Vater Fordolf sehen, wie er sie beschäftigte. Er ging ganz allein mit seiner Braut zur Dwergasse. In der Hand trug er eine Fackel und beleuchtete sorgfältig den Weg vor ihren Füßen, damit sie in der Dunkelheit nicht etwa fehltrat. Als sie an seinem Haus ankamen, öffnete sich gleich die Tür. Nur die alte Magd

Wigberta war im Haus und hatte sie erwartet, alle anderen Hausbewohner feierten im Hause Unter Goldschmied.

»Weißt du, ich alte Frau habe kein Bedürfnis nach dem Trubel«, hatte sie am Vortag zu Constantin gesagt. »Laß mich ruhig das Haus hüten und geh du heiraten. Ich werde dich und deine junge Frau willkommen heißen und bereite alles so vor, wie du es gern vorfinden möchtest. Deine Mutter hat mir einen großen Korb mit dem wunderbaren Essen geschickt, das sie gekocht hat, und so wird mir gar nichts fehlen.«

»Willkommen im diesem Haus, liebe junge Hausfrau«, sagte Wigberta nun und sah die Braut freundlich aus ihren trüben, wäßrigen Augen an. »Mögest du nur glückliche Tage hier erleben, das wünsche ich dir von Herzen.«

Und sie reichte dem Brautpaar einen Pokal mit Wein.

Die Braut gab einen Ton von sich, der wie ein Schluchzen klang, faßte sich aber gleich, nippte an dem Becher und dankte der alten Magd für ihre Segenswünsche. Zögernd blieb sie stehen. Sie hatte das Haus bisher noch nie betreten. Constantin nahm einen tiefen Zug aus dem Pokal, dankte der treuen Magd, legte dann den Arm um seine Braut und führte sie die Treppe hinauf in den ersten Stock. Er hatte Wigberta gesagt, daß er nicht mehr die Schlafkammer benutzen wollte, in der er das Ehebett mit Friederun geteilt hatte, und die Alte hatte am Morgen umgeräumt und in der benachbarten Kammer alles für das junge Paar gerichtet. Ein frischer Strohsack war mit blütenweißen Leintüchern bedeckt, eine große Daunendecke war einladend zurückgeschlagen. Der Boden war mit frischen Kräutern bestreut, und ein kleines Glutbecken verbreitete anheimelnde Wärme im Raum. In der Ecke standen auf einem kleinen Tisch ein Krug mit Wein und einer mit Wasser, dazu ein Teller mit Äpfeln und Honigkuchen.

»Wigberta ist eine gute Seele«, sagte Constantin. »Sie wird dir das Einleben bei uns leicht machen.«

Er wandte sich Elizabeth zu, schlug ihr den Schleier nach oben und legte ihr die Hände auf die Schultern. Lange und zärtlich betrachtete er ihr Gesicht. Sie erwiderte seinen Blick, ohne mit der Wimper zu zucken. Den Ausdruck ihrer Augen vermochte er nicht zu deuten.

»Ich verspreche dir, ich werde dich stets liebevoll behandeln. Du wirst es immer gut bei mir haben«, sagte er mit gepreßter Stimme. Sie antwortete nicht und rührte sich auch nicht.

Er zog sie behutsam an sich. Sie leistete keinen Widerstand, blieb aber steif in seinen Armen. Er betrachtete sie eine Weile nachdenklich. Dann löste er vorsichtig den Schleier und das kostbare Haarband von ihrem Kopf, so daß ihre Haare herabfielen und sie einhüllten. Sie stand mit niedergeschlagenen Augen da.

Langsam und behutsam öffnete er die Fibeln und Knöpfe an ihrem weißen Kleid und zog es ihr aus. Ihr Hemd war weit ausgeschnitten, aber er hatte trotzdem Mühe, sie davon zu befreien, weil sie auch nicht die leisesten Anstalten machte, ihm dabei behilflich zu sein.

Dann stand sie nackt vor ihm. Sein Atem ging rascher, als er sie sah, aber er nahm sich zusammen. Er kleidete sich selbst noch nicht aus, sondern führte sie zum Bett und legte sie sanft darauf nieder. Er nahm nur ihre Hand in seine und streichelte sie ganz sacht. Er wartete lange auf irgendeine Regung, aber es kam keine.

Schließlich fing das Unschlittlicht an zu flackern. Er erhob sich, legte seine Kleider in dem nun schon fast dunklen Raum ab, löschte das Licht und legte sich neben sie. Sie gab keinen Laut von sich, aber er fühlte, wie sie ganz steif vor Schreck wurde. Er wartete eine ganze Weile, bis ihr Atem sich wieder beruhigt hatte.

»Elizabeth«, begann er dann, »du brauchst keine Angst vor mir zu haben. Niemals. Ich merke, daß du noch nicht bereit bist. Ich werde also warten. Nun schlaf in Frieden und denke daran, du brauchst dich nicht zu fürchten.«

Er wollte sie zart auf die Stirn küssen, erwischte im Dunkeln aber das Ohr, weil sie den Kopf abgewandt hatte. Dann drehte er ihr den Rücken zu und begann, so ruhig zu atmen, als sei er schon eingeschlafen. Aber er lag noch lange wach und horchte in den Raum. Nach einer Weile fühlte er am Zucken ihres Körpers, daß sie weinte und jeden Ton dabei unterdrückte. Er hätte sie gern in den Arm genommen und getröstet; aber er hatte das deutliche Gefühl, daß dieser Trost ihr nicht willkommen war, deshalb ließ er es bleiben.

Während Elizabeth die Tränen über ihr Gesicht flossen, dachte sie, daß nun eine graue, trostlose Zukunft vor ihr läge. Sie war eine Ausgestoßene, und daran war ihr Vater schuld, der sie verkauft hatte.

Und Constantin, der Käufer. Sie versuchte, an Josua zu denken, aber ungerechterweise grollte sie auch ihm. Warum war er denn nicht da und rettete sie?

Niemand auf der Welt kümmerte sich um sie.

Und so schlief sie schließlich heftig trauernd ein.

Sie schlief auch noch, als Constantin sich nach einer schlaflosen Nacht erhob. Er betrachtete eine Weile seine schlummernde Braut, dann zog er sich geräuschlos an und verließ die Kammer.

In der Küche fand er Wigberta mit dem Frühbrei.

»Die Söhne sind noch nicht von der Feier erschienen, aber du bist früh auf?«

»Wie du siehst. Und, Wigberta: Die Hochzeitsfeier ist nun beendet. Ganz beendet, verstehst du. Bitte kein Getue mit dem Brautlaken!«

Wigberta hob die Augenbrauen, enthielt sich aber eines Kommentars.

»Es wird geschehen, wie du es willst, Constantin«, sagte sie einfach.

Constantin schüttelte den Kopf. »Nicht, daß du das jetzt falsch verstehst ...« meinte er dann verlegen. »Es ist nicht ... sie hat nicht ... ich habe nicht ...«

»Du brauchst es nicht zu erklären, Herr«, meinte Wigberta freundlich.

»Ach, Wigberta, du gehörst zu den Frauen, die der Himmel zum Trost der Männer erschaffen hat. Ich will dir sagen, wie es ist: Meine kleine Elizabeth hatte offensichtlich Angst ... und da dachte ich, ich lasse ihr erst einmal Zeit, sich an mich zu gewöhnen, verstehst du?«

Wigberta atmete auf. »Ja, Herr«, sagte sie. »Das hast du gut gemacht.« Aber dann fügte sie doch hinzu: »Bist du jetzt enttäuscht, Herr?«

»Nun, ja, vielleicht«, sagte Constantin und zuckte die Achseln. »Natürlich hatte ich mich schon sehr auf die Hochzeitsnacht gefreut. Aber ich bin kein ungeduldiger Zwanzigjähriger. Meine beiden ersten Ehefrauen waren Witwen, sie hatten keine Angst. Aber Elizabeth ... was macht es schon, wenn wir diese Nacht in aller Stille nachholen, in ein paar Tagen vielleicht?«

»Ja, Herr. So wird es richtig sein«, meinte die alte Magd. »Inzwischen werde ich sie hier heimisch machen, dann fühlt sie sich gleich wohler.«

Da beugte sich Constantin über den Küchentisch und küßte die überraschte Magd auf die Stirn.

»Danke dir, Wigberta. Und die Vorfreude behalte ich ja …«

Er wäre weniger zuversichtlich gewesen, wenn er Elizabeths Gedanken gekannt hätte.

Sie hatte nicht geschlafen, wie er gemeint hatte. Den Schlaf hatte sie vorgetäuscht, damit er nicht auf den Gedanken kam, am Morgen nachzuholen, was er in der Nacht unterlassen hatte. Irgendwann wird er mich mit Gewalt nehmen, dachte sie. Aber wenn er das tut, dann werde ich an Josua denken, der mein Mann hätte sein sollen. Mein Vater konnte mich zwingen, Constantin zu heiraten; Constantin kann mich zwingen, ihm anzugehören. Aber wo mein Herz und meine Gedanken sind, das bestimme ich allein.

So war es nicht verwunderlich, daß auch die nächste und die übernächste Nacht keine Hochzeitsnacht stattfand. Constantin wartete auf ein Zeichen, daß seine junge Braut bereit sei, ihn nahe kommen zu lassen, aber vergeblich. Tagsüber ging er fröhlich mit ihr um, zeigte ihr gemeinsam mit Wigberta das ganze große Haus und überreichte ihr feierlich den Schlüsselbund, das Zeichen ihrer neuen Hausfrauenwürde.

Wigberta war allerdings sehr überrascht, als Elizabeth unverzüglich anfing, die Küche umzuräumen.

»Auf dieser Seite des Herdes sollen die Töpfe hängen, in denen wir Milchspeisen zubereiten, und auf dieser die Töpfe und Pfannen für das Fleisch«, erklärte sie.

Wigberta verstand gar nicht, wozu das gut sein sollte. Glücklicherweise war Eckebrecht gerade zu Besuch gekommen und hörte die Wünsche der jungen Hausfrau. Ihm fiel ein, daß seine Mutter Rachel das genauso gehalten hatte. Wie viele Jahre hatte er nicht mehr daran gedacht!

»Schau, Elizabeth«, sagte er behutsam, »in einem christlichen Haushalt wird nicht koscher gekocht. Das Gebot, das Zicklein nicht in der Milch seiner Mutter zu kochen, kennen die Christen nicht.«

»Wie, so unwissend sind sie? Höchste Zeit, daß sie es lernen!«, rief Elizabeth entsetzt. Aber unerbittlich machte Eckebrecht ihr klar, daß sie sich christlichen Gebräuchen anzupassen habe.

»Du bist keine Jüdin mehr, Elizabeth, begreife das bitte«, sagte er.

Und erst in diesem Augenblick begriff sie endgültig, daß ihre Wurzeln für alle Zeit abgeschnitten waren, und sie brach in untröstliches Weinen aus und konnte sich nicht beruhigen.

Constantin hörte es und eilte herbei; als er vernahm, um was es ging, wollte er vermitteln.

»Wollen wir sie nicht schalten und walten lassen, wie sie das möchte?« fragte er seinen Großvater. Aber Eckebrecht schüttelte energisch den Kopf.

»Glaube mir, mein lieber Junge«, erklärte er, »sie muß begreifen, daß sie nur auf einer Seite stehen kann. Auch mich ist es damals hart angekommen, mich in einem christlichen Haushalt einzugewöhnen, und ich erinnere mich an eine Magd, die mir damals mit Freude das Leben schwer gemacht hat. Sie hat mich einmal boshaft dazu verleitet, Schweinefleisch zu essen, ohne daß ich wußte, was es war. Das ist Juden streng verboten, und ich war damals noch nicht Christ. Wenn ich mich recht erinnere, behauptete sie, es sei Kaninchenfleisch. Ich war so verzweifelt darüber! – Das ist in diesem Haus zum Glück nicht so, und Elizabeth muß alles lernen, was nun anders für sie ist.«

Und so lernte Elizabeth tagsüber, wie eine Christin sich zu verhalten und was sie zu tun hatte. Kaum kam aber der Abend, verwandelte sie sich in eine starre Statue, die Constantin in gar keiner Weise ermutigte. So wurde die Hochzeitsnacht nicht nach zwei oder drei Tagen, auch nicht nach ein oder zwei Wochen nachgeholt.

Constantin bemühte sich. Er warb um sie in jeder Weise, kaufte ihr seltene getrocknete Feigen auf dem Markt, schenkte ihr Kleider und Schmuck, brachte ihr eine kleine Puppe für ihre Schwester Sara mit.

Sie dankte ihm wohlerzogen, sah ihm aber dabei nicht in die Augen. Seine Geschenke trug sie nicht.

Dann kam er mit einem jungen Kätzchen an. Es war schwarz und hatte ein weißes Lätzchen und weiße Söckchen. Elizabeth konnte nicht anders, sie stieß einen Ruf des Entzückens aus.

»Einen schönen Gruß von meiner Mutter. Es stammt aus dem letzten Wurf von ihrer Katze, und sie hofft, du würdest es gern haben.«

Sie preßte das kleine Wesen an sich und küßte es zärtlich zwischen die spitzen kleinen Ohren.

Constantin konnte eine Regung der Eifersucht auf das Tierchen nicht unterdrücken.

Er wollte ihr gern seine Zeit widmen, aber wenn er vorschlug, spazierenzugehen oder Verwandte und Freunde zu besuchen, hatte sie meistens gerade etwas Unaufschiebbares zu erledigen.

Er pflegte sich auf das sorgfältigste, wusch sich jeden Abend von Kopf bis Fuß, reinigte die Zähne mit einem aufgesplitterten Zweiglein und kaute dann Pfefferminzblätter, denn er erinnerte sich, wie Friederun ihm einmal anvertraut hatte, wie unangenehm ihr als jungem Ding der Altmännergeruch ihres Ehemanns und sein unfrischer Atem gewesen seien.

Es half ihm aber alles nichts. Jede Nacht lag er bei ihr im Bett, und jede Nacht erstarrte sie voller Abwehr. Constantin fühlte sich verschmäht und ungeliebt, und das schmerzte ihn zutiefst. Insgeheim fragte er sich, ob er nicht doch unrecht getan hatte, diese junge Braut zu nehmen.

Er konnte nicht wissen, daß seine Bemühungen nicht ganz so erfolglos waren, wie er annehmen mußte. Sie hörte seine Stimme, und sie gefiel ihr. Seine Freundlichkeit tat ihr gut, und das Kätzchen hatte ihr Herz gerührt. Daß er noch immer Abstand davon nahm, sich ihr im Bett zu nähern, erleichterte sie. Oder doch nicht? Sie begann, verstohlen hinzuschauen, wenn er sich entkleidete, und nachts lauschte sie auf seinen Atem, ohne Widerwillen zu empfinden.

Ja, wenn sie ihn selbst ausgewählt hätte! Wenn sie nicht der Preis eines schamlosen Handels zwischen ihrem Vater und Constantin gewesen wäre! Wenn ihr Ehemann ein Jude wäre! Vielleicht hätte er ihr gefallen können …

Aber so redete sie sich ein, daß sie Josua treu zu bleiben hätte, denn er hatte ihr einmal, als ihr Vater es nicht sah, einen Kuß geraubt. Dann hatte er ihr erklärt, dies binde sie nun für alle Zeit aneinander. Verstohlen, damit Zacheus nichts bemerkte, hatte er ihr das Versprechen abverlangt, nur die Seine zu werden. Elizabeth, dreizehn Jahre alt und völlig verwirrt und aufgewühlt, hatte es damals versprochen. – Wie es denn nun weitergehen sollte, das wußte Elizabeth allerdings nicht.

Und dann kam Josua aus Genua zurück. Er hatte Zacheus' Schmuckwaren günstig verkauft und für den Erlös Seide erstanden, wie ihm aufgetragen worden war. Er meinte, er habe dies sehr gut erledigt, und hoffte, seinen Brotgeber damit so zu beeindrucken, daß dieser ihm seine Tochter nicht verweigern würde. Er sah sich schon als selbständigen Kaufmann mit eigenem Geschäft. Er fühlte sein Lebensziel zum Greifen nahe.

Aber als er in Köln eintraf und schwitzend den schweren Karren mit seiner Ware in die enge Judengasse geschoben hatte, traf er nur die kleine Sara an, die mit einer Puppe und ein paar Stoffschnipseln spielte. Josua setzte sein persönliches Bündel in einer Ecke ab. Es waren keine Kunden im Laden, aber Josua sah sofort, daß viel mehr Ware da war als bei seiner Abreise, und zwar gute und teure, wie man sie bei Zacheus im Lauf des letzten Jahres nicht mehr gefunden hätte.

Der jüdische Kaufmann saß bei seiner Abrechnung und erhob sich nun, um mit Josua zusammen die Stoffballen von dem Karren hereinzutragen. Stolz wickelte der Gehilfe die Seide aus, und Zacheus begutachtete sie.

»Nun ja«, meinte er dann abschätzig, »nicht erste Qualität, aber immerhin ...«

Josua blieb die Luft weg. Er hatte auf ein großes Lob gehofft, und nun das!

»Es ist die Qualität, die wir bisher immer geführt haben«, verteidigte er sich. »Ich habe siebzehn Mark für den Schmuck erlöst und meine, daß ich dafür sehr viel Seide erhandelt habe. Für erstklassige Ware hat das Geld nicht ausgereicht. Aber auch für diese werden wir den doppelten Preis hier in Köln erzielen ...«

»Kleine Fische«, sagte Zacheus achselzuckend.

Es war offenbar nicht der richtige Moment, um sich als Schwiegersohn und Handelspartner anzutragen. Dennoch konnte sich Josua nicht zurückhalten zu fragen: »Und Elizabeth, ist sie auf dem Markt?«

»Mag sein oder auch nicht«, lautete die geheimnisvolle Antwort. »Ich weiß es nicht.«

Das war höchst ungewöhnlich. Zacheus hatte immer scharf auf seine Tochter geachtet, seit sie mannbar war, und hatte Wert darauf gelegt, immer genau zu wissen, wo sie sich befand. Ratlos stand Josua da.

Da kam die kleine Sara aus ihrem Winkel und piepste: »Woher soll mein Vater denn wissen, wo Elizabeth ist, wenn sie doch nicht mehr bei uns wohnt.«

Josua kratzte sich am Kopf. »Wo wohnt sie denn dann?« fragte er dümmlich.

»Bei ihrem Mann natürlich«, erklärte die Kleine wichtig. »Weißt du denn nicht, daß sie den reichen Constantin geheiratet hat? Und wir haben jetzt eine Magd, stell dir nur vor! Aber sie kommt nur morgens und räumt auf und kocht, dann geht sie wieder. – Schau mal, Constantin hat mir diese wunderschöne Puppe geschenkt«, und sie hob eine kleine Stoffpuppe hoch, die ein Seidenkleidchen anhatte und eine winzige Krone auf dem Kopf trug.

Aber Josua hatte durchaus keinen Sinn für ihr Spielzeug. Entsetzt schaute er Zacheus an, denn er sah alle seine Felle davonschwimmen.

»Du brauchst gar nicht erst zu sagen, daß Constantin Christ ist, denn das weiß ich selbst«, brummte der Alte. »Aber eine bessere Partie hätte sie niemals machen können.«

Eine bessere Partie – natürlich, er, Josua, war eine erbärmliche Partie und hätte nur durch die geplante Heirat emporsteigen können. Eine maßlose Wut stieg in ihm hoch, nicht so sehr auf Elizabeth, in die er gar nicht so besonders verliebt gewesen war, aber auf Zacheus, der ihm so schnöde alle seine Hoffnungen geraubt hatte.

Der Alte erhob sich. »Da du nun schon einmal da bist – ich muß noch zum Hafen. Du kannst dann ja solange den Laden übernehmen.«

Und fort war er.

Sara schien sich in Josuas Gesellschaft auch nicht wohl zu fühlen. Sie packte ihre Puppe und trollte sich nach oben.

Da stand Josua nun, allein gelassen. Er hätte heulen mögen, oder toben und schreien.

»So kann man mit mir nicht umgehen!« zischte er zwischen den Zähnen. »So lasse ich mich nicht abspeisen. Der überaus reiche Constantin ist also der richtige Schwiegersohn, ja? Und ich, der arme Schneidersohn, komme nicht in Betracht, nein? Und die Seide, die ich eingekauft habe, taugt auch nichts? Dann sollst du auch keinen Gewinn von ihr haben, Zacheus!«

Und er eilte die Treppe empor in die Küche, wo die Glut im Herd sorgsam abgedeckt war. Mit zitternden Händen nahm er einen Kienspan, entzündete ihn und lief wieder in den Laden. Er zerrte den ersten der Seidenballen auseinander und hielt den brennenden Span an das Tuch. Es schwelte kurz, aber die Seide wollte nicht brennen. Josua fluchte und versuchte es am nächsten Ballen, aber ebenso ohne Erfolg. Da hielt er statt dessen den Feuerbrand an einen Ballen mit Wolltuch, und schon hüpfte ein Flämmchen über den Stoff. Josua lachte boshaft und setzte ein weiteres kleines Feuer, und noch eines, und noch eines. Dann nahm er sein Bündel und lief hinaus.

»So, Zacheus, wenn dir die Seide nicht paßt, dann brauchst du sie auch nicht mehr«, rief er in den leeren Raum, ließ den Laden krachend heruntersausen und machte sich dann rasch davon.

Schon bald quoll dichter Rauch aus den geschlossenen Läden heraus, und der gefürchtete Ruf »Feurio!« gellte durch die Judengasse. Alle, die ihn hörten, ließen sofort ihre Arbeit fallen und griffen nach den stets bereitliegenden Eimern und Äxten. Nichts war gefürchteter als Feuer, es konnte ganze Stadtviertel in kürzester Zeit in Schutt und Asche legen. Im Nu rannten viele Menschen mit ihren Eimern zu den nächsten Brunnen, und es bildete sich eine Menschenkette zu dem nicht weit entfernten Rhein, um Löschwasser herbeizuschaffen.

Januar 1170

Die junge Magd Regina war im Auftrage Wigbertas auf dem Alter Markt zum Einkaufen gewesen. Sie kam an der Judengasse vorbei und sah die herumhastenden Menschen. So schnell sie konnte, eilte sie in die Dwergasse und fand dort Constantin, der gerade Elizabeth im Schreiben unterrichtete, denn sie konnte zwar Hebräisch schreiben, beherrschte aber nicht die lateinischen Buchstaben.

»Es brennt, Herr«, keuchte Regina. »In der Judengasse!« Weiter brauchte sie nichts zu sagen. Constantin war schon in der Tür.

»Vielleicht braucht dein Vater Hilfe«, rief er Elizabeth zu und eilte hinaus.

»Warte, ich komme mit!« rief sie zurück, holte rasch ihren Umhang und lief ihm nach. Als sie die Judengasse erreichten, sah Elizabeth voller Entsetzen, daß es das Haus ihres Vaters war, das da brannte. Leute rannten mit Eimern, und inzwischen hatten sie auch die Läden mit Äxten zerschlagen; aber ehe sie das Feuer im Erdgeschoß unter Kontrolle bringen konnten, hatte es schon auf das Obergeschoß übergegriffen. Elizabeth stellte sich auf die Zehenspitzen, konnte aber bei dem Menschengewimmel nicht viel sehen. Ihr Vater war nirgends zu entdecken. Aber als ihr Blick an der Hauswand nach oben ging, sah sie, wie von innen die Pergamenthaut vor dem kleinen Fenster im Oberstock zerstoßen wurde. Ihre kleine Schwester Sara schaute hustend und weinend heraus. Dicker Qualm quoll hinter ihr hervor. Die Augen des Kindes waren vor Angst weit aufgerissen.

»Constantin, da!« schrie Elizabeth und zeigte nach oben. Constantin begriff sofort. Er riß einem Löschwilligen den Wassereimer aus der Hand, tauchte Elizabeths Umhang hinein und wickelte ihn dann um seinen Kopf. Er drängelte sich rücksichtslos durch die hastenden Menschen, holte noch einmal tief Luft, bevor er in den Qualm eindrang, und lief dann, so rasch er konnte, über die raucherfüllte Stiege nach oben. Am Fenster hing die kleine Sara, spuckend und würgend. Constantin schnappte sich das Kind, warf sie über seine Schulter und holte noch einmal tief Luft am Fenster. Aber auch hier war so viel Rauch, daß ihm schwindlig wurde.

Auf der Treppe, über die er gerade gekommen war, schlugen ihm inzwischen helle Flammen entgegen.

Constantin zögerte einen kleinen Augenblick. »Hol ganz tief Luft!« befahl er dem Kind. Dann warf er den feuchten Umhang über das vor Angst laut schreiende kleine Mädchen und rannte mit ihr die Treppe hinunter. Das Feuer griff mit gierigen Händen nach ihm. Die Lohe fauchte über seinen Kopf, und er fühlte, wie sein Haar aufloderte. Wie durch ein Wunder kam er über die Stiege, ohne zu stürzen, denn sehen konnte er nichts mehr. Das Feuer fraß an seinen Armen, und er hatte entsetzliche Schmerzen. Er war nicht sicher, ob es ihm gelingen würde, mit dem Kind dieser Glut zu entfliehen. Noch einen Satz, und noch einen, und einen letzten. Dann war er draußen. Jemand nahm ihm das Bündel von der Schulter, und Constantin brach zusammen. Ich verbrenne, dachte er noch. Dann verlor er das Bewußtsein.

Nach einer Weile kam er dann wieder zu sich. Alles tat ihm weh, aber das war es nicht, was ihn geweckt hatte. Viele Stimmen redeten durcheinander, und jemand weinte. Eine Frauenstimme. Seine Mutter? Nein, er hatte seine Mutter noch nie weinen hören. Wer also dann? Seine Lungen, seine Kehle, sein Mund, alles war vom Qualm verätzt, und er hustete lange. Als er damit fertig war, hörte er das Weinen noch immer. Langsam dämmerte ihm, daß dies Elizabeth sein mußte. Aber warum weinte sie so?

Es traf ihn wie ein Schlag. Sara! Das Kind! Sicher war es tot, weil Elizabeth solchen Kummer hatte. Er bemühte sich, die verschwollenen Augen zu öffnen, und schließlich gelang es ihm. Sein Blick fiel auf das Haus seines Schwiegervaters, und er sah, daß das Feuer inzwischen fast gelöscht war, wenn auch noch immer Qualm aus den Fenstern und Türen drang. Die Nachbarn waren damit beschäftigt, die letzten Feuerzungen zu zertreten und auszuschlagen.

Dann wanderte sein Blick zur anderen Seite, und er sah Elizabeth. Sie kniete neben ihm, mitten auf der schmutzigen, nassen Gasse, und die Tränen strömten ihr über das Gesicht. Im Arm hielt sie die kleine Sara, deren Gesicht ebenfalls tränennaß und dazu noch rußig war.

»Sara«, murmelte Constantin. »Was ist mit ihr?«

»Bis auf ein paar kleine Brandwunden ist sie mit dem Schrecken davongekommen«, antwortete Elizabeth und wischte sich mit der Hand die Tränen weg, wobei sie eine dicke Rußspur quer über ihrem Gesicht verteilte.

»Sie lebt. Sie ist heil, sagst du? Ich hatte schon Angst, ich hätte sie nicht lebend herausbekommen. Aber warum weinst du dann eigentlich?«

»Weil ich solche Angst hatte. Du bist aus dem Haus getaumelt, und deine Kleider standen in Flammen. Dann bist du hier vor meinen Füßen zusammengebrochen. Da dachte ich, du wärst es, der nicht überlebt.«

»Lächerlich«, befand Constantin und hustete wieder. »Ich habe zwar Schmerzen, das muß ich zugeben, aber sonst fehlt mir nichts.«

»So? Du solltest einmal sehen, wie du aussiehst. Da, die Arme und

Hände, alles verbrannt. Das Gesicht auch, aber nicht so schlimm. Und deine Haare – die sind fast alle weg.«

Constantin fuhr mit der Hand an seinen Kopf, aber da wurden die Schmerzen so rasend, daß er es lieber ließ.

»Ich würde gern aufstehen, aber ich glaube, ich kann nicht«, murmelte er, versuchte aber dennoch, sich aufzurichten.

»Bitte nicht«, sagte Elizabeth schnell. »Einer der Nachbarn ist schon zu deinen Eltern in Unter Goldschmied gelaufen. Da hinten sehe ich deinen Vater und deinen Bruder kommen. Sie werden wissen, was zu tun ist.«

Nicht nur Fordolf und Helperich, auch der alte Eckebrecht eilte herbei. Sie hängten eine halbverbrannte Tür in Zacheus' Haus aus und legten Constantin darauf, so behutsam wie möglich, aber er biß die Zähne zusammen und wurde ganz weiß. Sie trugen ihn in sein Elternhaus, und Elizabeth ging neben ihm und hielt seine Hand mit ihrer Rechten und die kleine Schwester an der Linken.

Drinnen empfing sie Engilradis mit grimmiger Miene. Sie hatte keine Zeit verloren und sofort einen Kräutersud aufgesetzt, um die Brandwunden ihres Sohnes zu behandeln. Ihre Schwiegertochter Petrissa war ins Kloster von Sankt Ursula gelaufen und kam bald darauf mit Äbtissin Gepa selbst zurück, die ihren Arzneibeutel mitbrachte.

Gepa runzelte die Stirn, als sie Constantins Verbrennungen sah. Zum Glück waren sein Leib und die Beine durch seine Kleidung einigermaßen geschützt gewesen, aber Arme und Hände waren ziemlich verbrannt. Sie schnalzte unwillig mit der Zunge und befahl, links und rechts von Constantin Bütten aufzustellen und mit kaltem Wasser zu füllen. Er sollte seine Arme hineinlegen, bis sie gefühllos wurden. »Das lindert die Schmerzen, beschleunigt die Heilung und läßt die Narben nicht so schlimm werden. Aber schnell muß es gehen!« erklärte sie.

Sie prüfte den Sud, den Engilradis hergestellt hatte, und befand ihn für gut für die weniger schlimmen Brandwunden. Behutsam tupfte sie diese mit dem Sud ab und goß auch etwas davon in die Bütten, die sich langsam füllten, während alle anwesenden Personen eiligst kaltes Wasser für diesen Zweck vom Brunnen herbeischafften.

Dann ließ Gepa Constantin sich auf den Bauch legen, damit er beide Arme in das kalte Wasser hängen konnte. Ein Kissen auf den Büttenrändern sollte die Brandwunden auf dem Körper schützen. Elizabeth zog entsetzt die Luft zwischen den Zähnen ein, als sie die großen Blasen auf seiner rechten Brust sah.

»Du mußt nicht erschrecken, Elizabeth, obwohl ich weiß, daß ich kein schöner Anblick bin«, versuchte Constantin zu scherzen.

»Schau, die Seite über meinem Herzen ist gar nicht verbrannt. Da trug ich deine kleine Schwester.«

Aus irgendeinem Grund öffneten sich bei diesem Trost Elizabeths Tränenschleusen erneut. Sie klammerte sich an Sara, und um ihre Erschütterung zu verbergen, suchte sie das Kind auf Brandwunden ab. Aber siehe da: Sara war von dem feuchten Umhang so gut beschützt worden, daß sie nur rußig war. Am linken Fuß hatte sie eine kleine Brandblase, weil sie einen Schuh verloren hatte. Ernsthaft und wichtig bat sie Gepa, ihre Verbrennung auch zu behandeln, und Gepa steckte unverzüglich das Füßchen des Kindes in einen weiteren kleinen Bottich mit kaltem Wasser.

Die Äbtissin hatte eine kleine, gut versiegelte Flasche mitgebracht, die öffnete sie nun und gab Constantin einen kleinen Löffel daraus. »Ich lasse dir diese Flasche da. Es ist Mohnsaft, der soll seine Schmerzen wenigstens etwas lindern«, sagte sie zu Engilradis. »Sei sehr vorsichtig damit! In großen Dosen ist er tödlich. Gib ihm nicht öfter als viermal am Tag und nie mehr, als er gerade erhalten hat«, mahnte sie. Dann sprach sie ein Gebet für Constantins Heilung und ging.

In der Tür begegnete sie Zacheus. Eckebrecht erhob sich und ging dem jüdischen Händler entgegen.

»Willkommen in meinem Hause, Zacheus«, sagte er.

»Ich danke dir. Man hat mir gesagt, Constantin habe meine jüngste Tochter aus dem brennenden Haus gerettet und dabei schlimme Brandwunden erlitten?« fragte Zacheus. Sein Gewand war naß und rußverschmiert, und er roch stark nach Rauch.

Eckebrecht führte ihn in den Saal.

»Hier wird heute sicher nichts gekocht, Constantin zieht wieder einmal alle Aufmerksamkeit der Frauen dieses Hauses auf sich«, versuchte er die Sorge um seinen Enkel zu überspielen.

Zacheus sah seine kleine Tochter wohlbehalten mit dem Füßchen in der Bütte sitzen und Constantin in einer unbequemen Lage und mit schmerzverzerrtem Gesicht. Seine Tochter Elizabeth wandte kein Auge von ihm und gönnte dem Vater keinen Blick.

Eine Weile stand Zacheus zögernd und wußte nicht, was er tun oder sagen sollte. Dann kniete er neben den Wasserbottichen nieder, so daß er auf gleicher Höhe mit Constantin war.

»Ich war geldgierig dir gegenüber«, murmelte er. »Und du hast es mir vergolten, indem du dein Leben für mein Kind gewagt hast. Ich schäme mich.«

»Jeder würde versuchen, ein Kind aus dem Feuer zu holen, ich habe es nicht für Dank getan«, brummte Constantin.

»Aber es hat sich kein anderer in die Flammen gewagt, nur du. Ich bin für immer in deiner Schuld.«

»Hör schon auf«, erwiderte Constantin ungnädig. »Ich fühle mich nicht besonders wohl und habe im Augenblick keine Lust, mir deine Bekenntnisse anzuhören. Sag mir lieber, ob dein Haus völlig abgebrannt ist und ich dich nun auch noch aufnehmen muß.«

Zacheus schüttelte den Kopf. »Mein Laden ist halb ausgebrannt, und die nicht verbrannte Ware kann ich wegwerfen, die ist durch Qualm und Wasser unbrauchbar geworden. Das Treppenhaus ist auch beschädigt, aber die oberen Stockwerke sind nur vom Rauch geschwärzt, die kann man wieder herstellen.«

»Wie günstig, daß wir Ratenzahlung vereinbart haben«, meinte Constantin sarkastisch. »Hätte ich dir allen Brautpreis auf einmal bezahlen können, dann wäre jetzt alles durch das Feuer hin. So aber wird es dir nicht allzu schwerfallen, dein Haus wieder herzurichten und dich mit neuer Ware zu versehen.«

Zacheus schwieg einen Moment.

»Ich habe doch schon gesagt, daß ich mich schäme«, bemerkte er dann. »Selbstverständlich verzichte ich auf die weiteren Raten.«

»Wir haben einen Vertrag geschlossen, und ich bin gewohnt, mich an Verträge zu halten«, erwiderte Constantin streng. »Ohne die weiteren Raten wärst du auch ruiniert, und ich kann es mir nicht leisten, daß mein Schwiegervater betteln gehen muß, das wäre meinem Ansehen abträglich. – Hast du übrigens schon herausgefunden, warum es in deinem Haus gebrannt hat?«

Zacheus schnaubte zornig. »Das habe ich in der Tat. Mein Gehilfe Josua kam heute aus Genua zurück. Ich ging zum Hafen, um mir die

Stapelware anzusehen, und kurz nachdem ich fort war, hat er wütend die Läden zugeknallt und sich davongemacht, wie die Nachbarn mir berichteten. Und dann hat es sehr bald gebrannt. Ich habe keinen Zweifel, daß er Feuer bei mir gelegt hat. Weiß der Teufel, was in ihn gefahren ist. Die Büttel suchen schon nach ihm.«

Brandstifter wurden ohne großes Federlesen aufgehängt, das wußte jeder. Wer die ganze Stadt in die größte Gefahr brachte, wußte, was ihn dafür erwartete.

Elizabeth unterdrückte einen Schrei und hielt die Hand vor den Mund. »Josua ist es gewesen? Er hat das Haus angezündet? Wie konnte er nur so etwas Schreckliches tun? Und wußte er denn nicht, daß Sara drinnen war?«

Zacheus dachte nach. »Doch, sie war ja bei mir im Laden, als er ankam. Sie hat ihm noch erzählt, daß du jetzt die Frau von Constantin bist.«

Elizabeth begriff schlagartig die Zusammenhänge. Sie senkte den Kopf, damit niemand ihr das Entsetzen vom Gesicht ablesen konnte.

»Möchtest du in unserem Haus schlafen, solange das deine unbewohnbar ist?« fragte Eckebrecht höflich.

»Adonai, der Allmächtige, möge mich davor behüten«, entfuhr es Zacheus. »Das heißt, ich wollte sagen, vielen Dank, es ist nicht nötig. Heute schlafe ich bei meinem Nachbarn in der Judengasse, und morgen abend wird ein Raum so gesäubert sein, daß ich mich darin aufhalten kann. Nochmals meinen Dank. Ich muß jetzt gehen. Komm, Sara!«

Die Kleine schmollte, tat sich auch mit ihrer Brandblase am Fuß wichtig und wäre gern in diesem interessanten Siechenhaus geblieben, aber ihr Vater lud sie sich kurzerhand auf den Arm und verließ das Haus fluchtartig.

»Das war auch höchste Zeit«, befand Engilradis. »Constantin braucht jetzt dringend Ruhe. Nimm die Arme aus dem kalten Wasser, in dieser Haltung kannst du nicht länger bleiben.« Sie half ihrem Sohn, sich zu erheben, was diesem einen unterdrückten Schmerzenslaut entlockte.

Fürsorglich bettete sie ihn auf einen Strohsack und deckte ihm eine leichte Decke über den Körper, wobei sie die Arme freiließ. Dann tupfte sie die Brandwunden noch einmal sehr vorsichtig mit dem

Kräutersud ab und verband ihn behutsam. Fordolf hatte inzwischen ein kleines Glutbecken aufgestellt, damit Constantin nicht frieren mußte.

Sie wollte gerade alle Hausbewohner hinausschicken und sich selbst zur Nachtwache niedersetzen, da fiel ihr Blick auf Elizabeth. Das junge Mädchen sah so niedergeschlagen und verzweifelt aus, daß Engilradis begriff, daß sie eine Aufgabe brauchte.

Als wäre es selbstverständlich, sagte sie darum zu der Schwiegertochter: »Du wirst sicher die Wache bei Constantin übernehmen wollen. Hier ist der Mohnsirup, du hast ja gehört, wir sollen ihn nicht öfter als viermal am Tag geben, das heißt, heute Nacht nur noch höchstens zweimal. Hier steht der Sud zum Trinken, gib ihm, soviel er trinken mag und kann. Und nun gute Nacht. Hoffentlich geht es ihm morgen besser.«

Und damit ging Engilradis mit allen übrigen Familienmitgliedern hinaus. Zurück blieb Elizabeth und schnappte nach Luft. Sie hatte zwar etwas über Krankenpflege gelernt, als ihre Mutter im vorigen Jahr dahingesiecht war; aber daß Engilradis ihr die Verantwortung für Constantin überließ, hätte sie nicht erwartet, und es machte sie stolz.

Gewissenhaft traf sie nun ihre Vorbereitungen für die Nacht. Damit sie nicht etwa plötzlich im Dunkeln saß, überprüfte sie zunächst ihre Kerzenvorräte. Dann sah sie nach, ob der Trunk im Krug ausreichen würde. Sie legte die kleine Flasche mit Mohnsirup neben die brennende Kerze und den Löffel dazu. Dann stellte sie eine Schüssel Wasser und ein Tuch bereit.

Sie beugte sich über Constantin. Er hatte die Augen geschlossen, aber sie wußte nicht, ob er schlief. Seine Züge waren schmerzverzerrt. Es hatten sich dicke Brandblasen gebildet, und sein sonst so schönes Gesicht war aufgequollen. Von seinem blonden Haar war fast alles verbrannt, bis auf einige Büschel am Hinterkopf.

Sie tauchte das Tuch in das Wasser und legte es vorsichtig über seine Stirn und Nase, um ihn zu kühlen. Constantin seufzte leise.

»Das tut gut«, murmelte er. »Willst du nicht versuchen, ein wenig zu schlafen?«

»Auf keinen Fall«, sagte Elizabeth entschlossen. »Deine Mutter hat mir die Wache anvertraut. Von Schlafen hat sie nichts gesagt.«

»Aber du sitzt doch hier neben mir. Wenn ich etwas nötig habe, rufe ich dich, und du wirst sofort wach werden.«

Aber Elizabeth schüttelte beharrlich den Kopf. Gewissenhaft kühlte sie alle paar Minuten das Tuch nach, bis Constantin schließlich sagte: »Es ist jetzt genug, ich würde gern etwas schlafen.«

Gehorsam setzte sie sich neben ihn und rückte das Licht von ihm weg, damit es seinen Schlummer nicht störte. Sie saß ganz still und schaute ihn an. Im Halbdunkeln sah sie seine Brandblasen nicht so deutlich.

Dies war die erste Nacht seit ihrer Hochzeit, wo sie nicht sein Bett teilte. Sie dachte daran, mit welcher inneren Abwehr sie die erste Nacht an seiner Seite gelegen hatte. Sie wunderte sich, wie dumm sie doch gewesen war. Sie hatte also gemeint, sie müsse Josua die Treue halten? Wie schrecklich hatte sie sich geirrt. Hatte er, als er von ihrer Heirat erfuhr, etwa versucht, sie zu entführen oder ähnliche Rittertaten zu ihrer Befreiung zu unternehmen? Oh nein, statt dessen hatte er ihrem Vater das Haus angesteckt. Ein dummer Racheakt. Elizabeth war klug genug, um zu erkennen, daß man so etwas nicht aus verletzter Liebe tut. Also war es ihm offenbar nur um die Einheirat gegangen.

Und hier lag Constantin, der eigentlich ihr Mann war, aber dem sie sich noch immer nicht hingegeben hatte. Wenn sie ehrlich war, mußte sie zugeben, daß er um seine Hoffnungen betrogen worden war. Und wie hatte er dies gedankt? Er hatte ihre kleine Schwester vor einem entsetzlichen Tod gerettet und dabei erhebliche Verbrennungen erlitten. Nie wieder würde er so schön sein wie früher, denn Brandwunden gaben häßliche Narben.

Man konnte auch daran sterben. Elizabeth konnte nicht beurteilen, ob Constantins Leben in Gefahr war. Aber plötzlich wurde ihr klar, daß ihre Zukunft schrecklich leer würde, falls er sein Leben verlor.

Sie beugte sich über ihn. Er atmete tief und schlief offenbar fest. »Laß dir bloß nicht einfallen, etwa zu sterben«, flüsterte sie. »Das wäre nicht klug von dir, denn wir hatten ja noch gar keine Gelegenheit, miteinander zu leben. Natürlich habe ich mich dumm benommen; und das ist mir nicht erst heute klar geworden. Aber ich war schon langsam im Begriff, mich an dich zu gewöhnen. Ich will dir ja sogar verzeihen, daß du ein Christ bist. Also nimm dich gefälligst zusammen und bleibe am Leben!«

Da öffnete Constantin seine verschwollenen Augen und sah sie an. Sie zuckte zurück.

»Das solltest du nicht hören. Ich wollte es dir zwar sagen, aber hören solltest du es nicht«, sagte sie.

»Aber warum denn nicht?« murmelte er.

»Du hast doch selbst zu meinem Vater gesagt, daß du dich nicht wohl fühlst und darum keine Bekenntnisse anhören willst, nicht wahr?«

»Ja. Aber das galt deinem Vater. Deine Eröffnungen hingegen möchte ich sehr wohl hören, dann geht es mir sofort viel besser. Also fahre nur fort. Das beschleunigt meine Heilung.«

Aber nun wußte sie nicht mehr, was sie sagen sollte.

»Hast du Schmerzen? Möchtest du von dem Mohnsirup?« fragte sie schüchtern.

»Es geht schon. Aber zu trinken hätte ich gern, wenn du so gut sein willst.«

Sie goß von dem Kräutersud in einen Becher, brachte ihn an seinen Strohsack und legte den Arm um ihn, damit er sich leichter aufrichten konnte. Es war das erste Mal, daß sie ihn freiwillig berührte, und sie hielt ihn länger fest als nötig.

Irgendwann in dieser Nacht forderte auch ihre junge, gesunde Natur ihr Recht, und als Engilradis am Morgen zur Tür hereinspähte, schlief Elizabeth in ihrem Stuhl. Leise näherte sich Engilradis und betrachtete ihren Sohn. Auch er schlief ruhig, und obwohl sein Gesicht verschwollen war, hatte sie doch den Eindruck, daß er zufrieden aussah.

Äbtissin Gepa kam bald darauf, um nach dem Kranken zu sehen. Inzwischen war auch Elizabeth erwacht und machte sich um Constantin zu schaffen.

»Drei Frauen, und alle nur um mich besorgt, das ist fast zuviel«, befand Constantin. »Ich möchte nicht undankbar erscheinen, aber trotzdem würde ich gern nach Hause gehen.«

»Nicht, bevor ich dich untersucht habe«, erwiderte Frau Gepa streng, wickelte die Verbände von seinen Armen und besah seine Brandwunden.

»Bis jetzt ist nichts entzündet, das ist gut. Elizabeth, wenn du deinen Mann gut versorgst und dich darum kümmerst, daß die Blasen ganz sauber bleiben, und wenn du die Verbrennungen weiter kühlst, kannst du ihn meinetwegen mit nach Hause nehmen. Ich komme dann morgen in die Dwergasse.«

So bekam Constantin seinen Willen. Nach der Frühgrütze machte er sich mit Elizabeth auf den Heimweg und lehnte jedes Hilfsangebot von seiner Familie ab. Er ging noch mühsam und mußte alle paar Schritte anhalten und husten.

»Möchtest du dich vielleicht auf meinen Arm stützen?« fragte Elizabeth schüchtern. Er sah sie an. Seine Augenbrauen und Wimpern waren den Flammen zum Opfer gefallen. Beim Tageslicht sahen seine Brandwunden schlimm aus, und Elizabeth traten die Tränen in die Augen.

»Gut, daß ich mich nicht selber sehen kann«, brummte Constantin. »Ich würde wahrscheinlich auch vor Grausen weinen.«

»Glaub nur nicht, daß es mich stört«, erklärte Elizabeth mürrisch. »Schließlich weiß ich, warum du heute so aussiehst. Morgen wird es schon besser sein, und übermorgen wieder besser, und den Tag darauf ebenso, also brauchst du dich nicht anzustellen.«

»Wenn es jeden Tag besser wird, werde ich nächstes Jahr so schön sein, daß mir alle Mädchen und Frauen in Köln nachlaufen«, spottete Constantin.

»Nicht, wenn ich sie daran hindern kann«, sagte Elizabeth mit fester Stimme. »Und jetzt komm endlich.«

Da nahm Constantin ihren Arm und stützte sich darauf. Auf halbem Weg zur Dwergasse mußte er wieder stehenbleiben und sich ausruhen. In der Nähe spielten einige Kinder, die schauten neugierig auf das Paar.

»Ich habe mir immer eine große Familie gewünscht, mit vielen Kindern«, teilte Elizabeth ihrem Mann mit.

Constantin sah sie erfreut an.

»Wenn das so ist, dann komm schnell. Wir könnten bald damit anfangen ...«

Personen

Historisch belegte Figuren sind mit einem Sternchen gekennzeichnet. Die Darstellung ihres Verhaltens und ihres Charakters im Roman entspricht allerdings nicht in jedem Fall den historischen Tatsachen.

Die Familie Constantins:

Sein Großvater:
*Eckebrecht, Kaufmann in Köln, geboren 1086

Seine Eltern:
*Fordolf, geboren 1106
heiratet 1128 *Engilradis, geboren 1112
Tochter des Ministerialen Helperich und
seiner Frau Gertrudis,
Kinder: *Constantin, *Helperich,
*Gertrudis und *Liveradis

*Constantin, geboren 1130, Kaufmann, Zollmeister und Münzmeister
heiratet in erster Ehe 1152 *Durechin,
geboren um 1120, gestorben 1158
Witwe des Kaufmanns *Dietrich von Wile
(sie hat aus dieser Ehe die Söhne
*Theoderich und *Heinrich)
Kinder dieser Ehe:
1. Richmodis, geboren 1153, gestorben 1158
2. *Engilradis, geboren 1154, sie heiratet 1169 Hildeger Hardefust
3. Fordolf, geboren 1156

*Constantin heiratet in zweiter Ehe 1159
Frau *Friederun, geboren 1125, gestorben 1163
Witwe des Ritters *Godefried
Kind dieser Ehe: *Helperich, geboren 1160

*Constantin heiratet in dritter Ehe 1175
*Elizabeth, Tochter des jüdischen
Kaufmanns *Zacheus

*Helperich, jüngerer Bruder Constantins, geboren 1133
heiratet 1158 Petrissa, Tochter von
*Alexander v.d. Rheingasse und *Cristine
Kinder:
1. Cristine, geboren und gestorben 1161
2. *Engilradis, geboren 1161

*Gertrudis, Schwester Constantins, geboren 1135
sie heiratet 1152 *Marcmann, Sohn des
Kaufmanns *Meginzo
Sohn *Meginzo, geboren 1156 nach dem
Tod des Vaters

*Liveradis, Schwester Constantins, geboren 1139,
sie heiratet 1155 *Erinfried (Stammvater
der Familie Crop von Lyskirchen)
Kinder:
1. *Ludwig, geboren 1156
2. *Constantin, geboren 1160

*Gunther, jüngerer Sohn Eckebrechts und
Onkel Constantins, geboren 1114
verheiratet seit 1140 mit *Hadewigis
von Lechenich, geboren 1110
Witwe des Kaufmanns Bertram
(ihr Sohn aus erster Ehe: Hildebrand,
geboren 1133, gestorben 1162)
einziges Kind von *Gunther und
*Hadewigis:
*Sophia, geboren 1150
sie heiratet 1169 *Gottschalk Overstolz

*Johannes, jüngster Sohn Eckebrechts und
Onkel Constantins, geboren 1119
verheiratet seit 1147 mit *Richlinde
1. Apollonius

Die Erzbischöfe von Köln:

***Arnold I.** (von Merxheim?), *geboren um 1100, gestorben 1151*
Propst von Sankt Andreas in Köln, Erzbischof 1138, 1150 vom Papst wegen Simonie und Vernachlässigung seiner Amtspflichten suspendiert

***Arnold II. von Wied**, *geboren um 1098, gestorben 1156, stirbt bei Wettlauf zu Ostern*
Sohn von Graf Meffried von Wied
1122 Propst Limburg, 1127 Dompropst Köln, 1138 Kanzler, 1147/49 Teilnehmer am Zweiten Kreuzzug, 1151 Erzbischof von Köln, krönt 1152 Friedrich I. Barbarossa in Aachen zum deutschen König, nimmt 1154 an dessen Italienzug teil

***Friedrich II. von Berg**, *geboren um 1120, gestorben 1158, stirbt nach Sturz vom Pferd*
Sohn von Graf Adolf II. von Berg-Altena und von Irmgard von Schwarzenburg
Neffe von Erzbischof Bruno II.
1135 Propst zu Sankt Georg in Köln, 1156 Eb von Köln

***Rainald von Dassel**, *geboren um 1120, gestorben 1167, stirbt an Seuche bei Heerfahrt*
Sohn von Graf Rainald I. von Dassel und Mechtild von Schauenburg
Domschule Augsburg, Studium Paris, 1146 Subdiakon in Hildesheim, 1156 Reichskanzler, 1159 zum Eb von Köln gewählt, obwohl er zu diesem Zeitpunkt weder Priester noch Bischof war.

*__Philipp von Heinsberg__, *geboren um 1130, gestorben 1191, stirbt vor Neapel an der Pest*
Sohn von Graf Goswin II. von Heinsberg und Adelheid von Sommerschenburg
Domdechant in Köln, Dompropst in Lüttich, 1167 Leiter der Reichskanzlei und Eb von Köln